ALEXANDRE DUMAS

ILLUSTRÉ

Le Docteur Mystérieux

ILLUSTRATIONS

DE

CASTELLI, GERLIER, MORIN, PHILIPPOTEAUX, etc.

PARIS

A. LE VASSEUR ET Cie, ÉDITEURS

33, rue de Fleurus, 33

LE DOCTEUR MYSTÉRIEUX

I

UNE VILLE DU BERRI

Le 17 juillet 1785, la Creuse, après une matinée d'orage, roulait profonde et troublée entre deux rangs de maisons fort peu symétriquement alignées sur ses rives, et qui baignaient dans l'eau leur pied de bois. Toutes vieilles et toutes délabrées qu'elles étaient, elles n'en souriaient pas moins au soleil, qui, en sortant du double nuage d'où venait de s'échapper l'éclair, jetait un ardent rayon sur la terre encore trempée de pluie.

Ce tas de maisons boiteuses, borgnes et édentées avait la prétention d'être une ville, et cette ville se nommait Argenton.

Inutile de dire qu'elle était située dans le Berri. Aujourd'hui que la civilisation a effacé le caractère des races, des provinces et des cités, c'est encore un spectacle à faire bondir de joie le cœur de l'artiste qu'Argenton vu des hauteurs qui dominent ses toits chargés de mousse et de giroflées en fleur.

Montez, par un beau jour, le long de ces rochers où se tordent des racines pareilles à des couleuvres, frayez vous-même votre chemin, à travers ces blocs que recouvre une fauve et sèche végétation de lichens jaunis, de fougères ensoleillées et de ronces rougies, accrochez vos ongles à ces ruines qui se confondent avec le roc par la couleur et la solidité de leurs masses, si vastes et si obstinées, qu'il a fallu les terribles guerres de la Ligue et les puissantes épaules de Richelieu pour renverser ces ouvrages de l'art qui, soudés à l'œuvre de la nature, semblaient aussi impérissables que leurs bases granitiques ; et encore ces guerres d'extermination n'ont-elles pu déraciner ces indestructibles fondements qui restent là foudroyés par le canon, déchirés par la scie, ébréchés par le vent, broyés par le sabot des bœufs, écaillés par le fer des chevaux, foulés par le pied du pâtre, mais immobiles.

Au plus haut de ces ruines, faites par les guerres civiles et non par le temps, asseyez-vous et regardez.

Au-dessous de vous s'abîme, comme une ville engouffrée par une catastrophe géologique, une sauvage et pittoresque cohue de maisons, avec des poutres saillantes, de lourds escaliers de bois qui grimpent extérieurement à l'étage supérieur, des toits de chaume poudreux et des tuiles noires que recouvre une crasse de végétation spontanée. Du point où vous la regardez, la ville semble déchirée en deux par une rivière sombre et encaissée, dont le nom significatif, *la Creuse*, indique les profondeurs dans lesquelles elle roule.

De longues perches, fixées aux maisons qui bordent son cours, étalent comme des drapeaux de mille couleurs le linge en train de sécher et qui flotte au vent. Ce groupe d'habitations informes, dont les fondements déchaussés, la charpente accusée à vif, les nervures de bois massives attestent l enfance de l'art de bâtir, est encadré dans le plus frais, le plus charmant et le plus naïf paysage qui se puisse voir.

Ici, la nature n'a point cherché l'effet. Ce bon Berri est de toute la France l'endroit où la simplicité a le plus de caractère, et Argenton est, je crois, la ville la plus simple du Berri ; les moutons, ces armes de la province, si j'ose ainsi dire, y sont plus moutons qu'ailleurs, et les oies qui barbotent dans l'eau rapide de la rivière y ont admirablement l'air de ce qu'elles sont.

Tel est encore Argenton aujourd'hui et tel il devait être en 1785; car c'est une des rares villes de France que le souffle des révolutions modernes et que l'esprit de changement n'a point encore atteinte. Ces maisons, quoique près d'un siècle soit écoulé depuis l'époque que nous venons de citer, étaient vieilles alors comme elles le sont aujourd'hui, car depuis longtemps elles ont atteint un âge qui ne marque plus; si quelque chose étonne le touriste, le peintre ou l'architecte, c'est la solidité de ces masures; elles ressemblent aux rochers et aux débris de fortifications qui les dominent. On dirait qu'elles durent par leur vétusté même, et que c'est l'excès de leur vieillesse qui les fait vivre; il y a si longtemps qu'elles penchent d'un côté ou de l'autre, qu'elles en ont pris l'habitude et qu'elles n'ont plus de raison honnête pour tomber, même du côté où elles penchent.

Rien ne peut donner une idée du calme, de l'insouciance et de la placidité des habitants d'Argenton ce 17 juillet 1785 ; le clocher de l'église venait d'égrener sur la ville l'*Angelus* de midi, et, dans ces tranquilles demeures, chacun offrait à Dieu sa paisible misère comme une expiation de ses fautes et un moyen douloureux mais salutaire de gagner le ciel ; cette quiétude de caractère est en rapport avec la sérénité du paysage et avec les occupations uniformes des habitants de cette petite ville, que n'agite ni l'industrie, ni le commerce, ni la politique, entourés d'une nature toujours la même, d'arbres qu'ils ont toujours connus grands, de maisons qu'ils ont toujours connues vieilles, les habitants d'Argenton ne se voyaient point changer ni vieillir. Comme l'hirondelle qui revenait tous les ans aux toits de leurs maisons, tous les ans la joie du printemps, éclose dans le soleil d'avril, ramenait dans leurs cœurs le courage de supporter les rudes travaux de l'été et l'oisiveté douloureuse de l'hiver.

Argenton, malgré tous les grands mouvements qui s'étaient faits dans les esprits vers la fin du règne de Louis XV et au commencement du règne de Louis XVI, ne reconnaissait guère d'autre puissance que celle de l'habitude. Il y avait alors pour Argenton un roi de France qu'on n'avait jamais vu, mais auquel on croyait et auquel on obéissait sur la parole du bailli, comme on croyait et on obéissait à Dieu sur la parole du curé.

Dans une des rues les plus désertes et les plus rongées d'herbe s'élevait une maison peu différente des autres maisons, si ce n'est qu'elle était presque ensevelie sous un immense lierre, dans lequel le soir, semblaient se réfugier tous les moineaux de la ville et des environs.

Malgré leur confiance dans cette maison à l'abri de laquelle ils ne craignaient pas de s'endormir, après avoir longtemps fait tressaillir le feuillage, malgré leur caquetage joyeux et bruyant qui commençait avec l'aurore, cette maison était mal famée. Là, en effet, demeurait un jeune médecin venu de Paris depuis trois ans et qui en avait vingt-huit à peine. Pourquoi avait-il devancé la mode des cheveux courts et non poudrés que Talma devait inaugurer cinq ans seulement plus tard, dans son rôle de Titus? Sans doute parce qu'il lui était plus commode de porter les cheveux courts et sans poudre. Mais à cette époque, c'était une innovation malheureuse pour un médecin ; quand la science médicale était si souvent mesurée au développement gigantesque de la perruque dont se coiffaient les disciples d'Hippocrate, personne ne remarquait que les cheveux du jeune docteur étaient ondés par la nature mieux que n'eût pu le faire le talent du plus habile coiffeur ; personne ne remarquait que ses cheveux, du plus beau noir, encadraient admirablement un visage pâli par les veilles, dont les traits fermes et sévères indiquaient surtout l'application à l'étude.

Quel motif avait porté cet étranger à se retirer dans une ville aussi agreste et présentant si peu de ressources à l'exercice de la médecine que la ville d'Argenton ? Peut-être le goût de la solitude et le désir du travail non interrompu ; et, en effet, ce jeune savant, surnommé dans la ville *le docteur mystérieux* à cause de sa manière de vivre, ne fréquentait personne, et, chose doublement scandaleuse dans une petite ville de province, ne mettait pas plus le pied à l'église qu'au café. Mille bruits malveillants et superstitieux couraient sur son compte. Ce n'était pas sans raison qu'il ne portait ni poudre ni perruque, mais cette raison était mauvaise puisqu'il ne la disait pas. On l'accusait d'être en communication avec les mauvais esprits, et sans doute l'étiquette n'était point la même dans le monde nocturne que dans le nôtre.

Mais ces soupçons de magie reposaient surtout sur des cures vraiment merveilleuses que le jeune médecin avait opérées par des moyens d'une simplicité extrême ; beaucoup de malades condamnés et abandonnés par les autres praticiens avaient été sauvés par lui en si peu de temps, que les bienveillants criaient au miracle et que les ingrats et les curieux criaient au sortilège. Or, comme il y a plus d'ingrats et d'envieux que de bienveillants, le docteur avait pour ennemis, non seulement presque tous ceux à qui il avait fait du tort comme concurrent, mais encore tous ceux qu'il avait soulagés, secourus, guéris comme malades, et le nombre en était grand.

Les vieilles femmes qui n'étaient pas méchantes, et on en comptait cinq ou six dans Argenton, disaient de lui qu'il avait le bon œil. C'est en effet une croyance très répandue dans cette partie du Berri que certains individus naissent non seulement pour le bien ou le mal de leurs semblables, mais encore pour le bien ou le mal de la création, étendant leur influence jusque sur les animaux, les moissons et les autres productions de la terre. Quelques-uns, aux idées plus abstraites, attribuaient cette faculté surprenante de faire des miracles à un souffle de vie que le docteur projetait sur le front de ses malades ; d'autres à certains gestes et à certaines paroles qu'il récitait tout bas ; d'autres enfin à une connaissance approfondie de la nature humaine et de ses lois les plus obscures.

Toujours est-il que, si l'on différait sur la cause, nul ne contestait l'évidence des phénomènes, cette science s'étant exercée publiquement sur les hommes et sur les animaux.

Ainsi, un jour, un voiturier qui s'était endormi, comme cela arrive souvent, sur le siège mobile suspendu en avant de la roue de sa charrette, était tombé de ce siège, et ses chevaux, en continuant de marcher, lui avaient écrasé une cuisse sous la roue du gros véhicule qu'ils traînaient. Ce n'était pas une cuisse cassée, c'était une cuisse bel et bien écrasée. Les trois médecins d'Argenton s'étaient réunis, et, comme il n'y avait d'autre remède à l'horrible blessure que la désarticulation du col du fémur, c'est-à-dire une de ces opérations devant laquelle reculent les plus habiles praticiens de la capitale, ils avaient décidé d'un commun accord d'abandonner le malade à la nature, c'est-à-dire à la gangrène, et à la mort qui ne pouvait manquer de la suivre.

C'est alors que le pauvre diable, comprenant la gravité de sa situation, avait appelé à son secours le docteur mystérieux. — Celui-ci, étant accouru, avait déclaré l'opération grave, mais inévitable, et en conséquence avait annoncé qu'il allait la tenter sans aucun retard. Les trois médecins lui avaient fait observer, à titre d'avis charitable, qu'à côté de la gravité de *l'inévitable opération*, il y avait la douleur physique pendant la durée de cette opération et la terreur morale qu'allait éprouver, l'opération terminée, le malade en voyant une partie de lui-même se détacher de lui sous le tranchant du bistouri.

Mais le docteur, à cette objection, s'était contenté de sourire, et, se rapprochant du blessé, l'avait regardé fixement en étendant la main vers lui, et, d'un ton impératif, lui avait commandé de dormir.

Les trois médecins s'étaient regardés en riant ; éloignés de Paris, ils avaient bien entendu parler vaguement des phénomènes du mesmérisme, mais ils n'en avaient pas vu l'application. A leur grand étonnement, le malade alors, obéissant à l'ordre de dormir que lui avait donné le médecin, s'était endormi presque subitement. Le docteur lui avait pris la main, et lui avait demandé de sa voix douce, mais dans laquelle cependant était mêlée une nuance de commandement : « Dormez-vous ? » Et, sur la réponse affirmative, il avait tiré sa trousse, choisi ses instruments, et, avec la même sérénité que s'il eût opéré sur un cadavre, il avait sur le corps insensible du blessé pratiqué l'effroyable opération ; il avait demandé dix minutes, et, au bout de neuf minutes, montre à la main, le membre avait été détaché, emporté hors de la chambre, le linge taché de sang enlevé, le malade couché sur un autre lit ; et, au grand étonnement des trois médecins, l'appareil posé, l'amputé s'était sur l'ordre du docteur, réveillé en souriant.

La convalescence avait été longue ; mais, lorsqu'elle fut complète et que le malade put se lever, il trouva un appareil préparé par le médecin lui-même, et à l'aide duquel, quoiqu'il eût perdu à peu près le quart de sa personne, il retrouva la faculté de se mouvoir.

Mais maintenant qu'allait faire ce malheureux? disaient non seulement les trois médecins qui avaient eu l'intention de le laisser mourir, mais encore bon nombre de personnes qui trouvent toujours quelque chose à redire aux événements et aux dénoûments les mieux conduits. Ne valait-il pas mieux, en effet, laisser mourir le pauvre diable que de prolonger avec une infirmité pareille son existence de dix, vingt, trente années peut-être? Qu'allait-il faire? Vivrait-il d'aumônes, et serait-ce une charge de plus pour la commune déjà si pauvre?

Mais tout à coup on apprit par le receveur particulier, qui avait été avisé de cette décision par celui de la province, qu'une rente de trois cents livres était faite au pauvre diable, sans qu'on sût d'où lui venait cette rente et qui l'avait sollicitée.

Sans doute le blessé n'en savait pas plus que les autres sur ce sujet; mais, quand il parlait du docteur, c'était habituellement pour dire :

— Ah ! quant à celui-là, ma vie lui appartient. Il n'a qu'à me la demander et je la lui donnerai de grand cœur.

Eh bien, chose presque incroyable pour quiconque ne connaîtrait pas le monde des petites villes, cette splendide cure fut une de celles qui firent le plus de tort au docteur dans la ville d'Argenton; les trois autres médecins ayant déclaré que peut-être eussent-ils pu sauver le malade en se servant des mêmes moyens, mais qu'ils aimaient mieux voir mourir un homme que de lui sauver la vie à pareil prix, attendu qu'ils regardaient l'âme d'un malade plus précieuse que son corps.

C'était la première fois que ces trois honnêtes praticiens parlaient de l'âme.

Un autre jour, jour de foire, un taureau furieux avait jeté le désordre dans le marché, et les cris des fuyards, femmes et enfants, étaient montés jusqu'au laboratoire du docteur, qui dominait la place. Le docteur avait mis alors la tête à sa fenêtre et avait vu ce dont il s'agissait. Tout fuyait devant l'animal furieux, qui venait d'éventrer un boucher, lequel avait eu l'audace de l'attendre une masse à la main. Lui était descendu alors précipitamment sans chapeau; ses beaux cheveux jetés au vent, les angles de la bouche plissés par cette volonté de fer qui était une des principales qualités ou un des principaux défauts de son caractère, il avait été se placer tout droit sur la route du taureau, l'appelant du geste. L'animal l'avait à peine aperçu, que, acceptant le défi, il s'était élancé sur lui la tête basse...

De sorte que son adversaire, n'ayant pas pu rencontrer son œil, avait été obligé de se jeter de côté pour éviter sa rencontre. Le taureau, emporté par sa course, l'avait dépassé de dix pas, puis s'était retourné, avait relevé la tête, et avait regardé de son œil sombre et profond l'audacieux lutteur qui venait lui présenter le combat. Mais un instant avait suffi, cet œil sombre et profond de l'animal avait rencontré l'œil fixe et dominateur de l'homme, le taureau s'était arrêté court, avait fouillé la terre des pieds, avait mugi comme pour se donner du courage, mais était resté immobile; alors, le docteur avait marché droit à lui, et l'on avait pu voir à chaque pas qu'il faisait le taureau trembler sur ses jambes et s'affaisser sur lui-même; enfin de son bras étendu il avait pu toucher l'animal entre les deux cornes, et, comme un autre Achéloüs devant un autre Hercule, le taureau s'était couché à ses pieds.

Une autre occasion s'était encore présentée pour le docteur de montrer l'étonnante puissance magnétique qu'il exerçait sur les animaux. Il s'agissait de ferrer pour la première fois un cheval de trois ans, encore indompté, qui avait brisé tous les liens qui l'attachaient au travail, avait renversé le maréchal ferrant et était rentré furieux dans son écurie, où personne n'osait aller le chercher, aucune bride ni aucun licou ne lui étant resté sur le corps pour le conduire.

Le docteur, qui passait là par hasard, avait d'abord porté secours à l'homme renversé; puis, comme le choc avait été violent, mais que dans la chute la tête n'avait point porté, il invita le maréchal ferrant à l'attendre, promettant de lui ramener le cheval soumis et obéissant.

Et, en effet, accompagné de ce rassemblement qui, dans les petites villes, se groupe à toute occasion, il était entré dans l'écurie du maître de poste à qui ce cheval appartenait, et, tout en sifflant, les mains dans ses poches, mais sans perdre le cheval du regard, il s'était approché de l'animal furieux, qui avait reculé devant lui jusqu'à ce qu'il se sentit acculé au mur; alors, il l'avait pris par les naseaux, et, sans effort, quoique l'on vît à l'œil sanglant du cheval avec quelle répugnance il obéissait à cette puissance supérieure, il l'avait amené, marchant à reculons, jusque dans le travail où il s'était échappé une heure auparavant, et, là sans qu'il fût nécessaire de l'attacher, le contenant et le fascinant toujours, il avait dit au maréchal ferrant de commencer sa besogne, et à ses quatre pieds, l'un après l'autre, le maréchal avait cloué les fers sans que le cheval fît d'autre mouvement que ce frissonnement douloureux de la peau qui est chez les quadrupèdes de son espèce l'aveu de leur défaite.

On comprend, après de pareils prodiges opérés en face de tous vers la fin du dernier siècle, dans une des villes les moins éclairées de France, sous combien d'aspects différents devait être jugé Jacques Mérey. — C'était le nom du docteur.

II

LE DOCTEUR JACQUES MÉREY

Les plus acharnés parmi les détracteurs de Jacques Mérey étaient certainement les médecins : les uns le traitaient de charlatan, les autres d'empirique et mettaient sur le compte de la crédulité la plupart des prodiges que l'on racontait.

Voyant néanmoins que l'instinct du merveilleux, si vif chez les classes ignorantes, résistait à leur critique et rapprochait du docteur cette foule qu'ils voulaient vainement en écarter, ils se décidèrent à faire franchement cause commune avec le préjugé religieux, et traitèrent de diabolique la science de cet homme qui osait guérir en dehors des formes autorisées par l'école.

Ce qui appuyait ces accusations c'est que l'étranger ne fréquentait ni l'église ni le presbytère; si on lui connaissait une doctrine, soulager son prochain, on ne lui connaissait pas de religion. On ne l'avait jamais vu se mettre à genoux ni joindre les mains, et cependant on l'avait surpris plus d'une fois contemplant la nature dans cette attitude de recueillement et de méditation qui ressemble à la prière.

Mais les médecins et le curé avaient beau dire, il était peu de malades et d'infirmes qui résistassent au désir de se faire soigner par le mystérieux docteur, quittes à se repentir plus tard de leur guérison et à brûler un cierge en guise de remords s'il était vrai qu'ils fussent délivrés de leur mal par l'intervention du diable.

Ce qui contribuait surtout à populariser ces légendes qui s'attachaient à Jacques Mérey comme à un être extraordinaire, c'est qu'il ne prodiguait point à tout le monde les bienfaits de sa science et de son ministère. Les riches étaient obstinément exclus de sa clientèle. Plusieurs d'entre eux ayant réclamé à prix d'or les consultations du docteur, il répondit qu'il se devait aux pauvres et qu'il y avait, sans lui, assez de médecins à Argenton avides de soigner des malades de qualité. Que, d'ailleurs, ses remèdes, presque toujours préparés par lui-même, étaient calculés sur le tempérament rustique de la race à laquelle il les appliquait.

On pense bien que, pendant cette époque où commençaient à se soulever toutes les oppositions philanthropiques ou populaires, cette résistance donna libre carrière à la critique des beaux esprits. Ils cherchèrent plus que jamais à jeter des doutes sur une vertu curative qui se bornait aux cures démocratiques, et, n'osant affronter l'épreuve des gens comme il faut, aimait à envelopper ses services dans la ténébreuse reconnaissance des classes ignorantes.

Jacques Mérey les laissa dire et n'en poursuivit pas moins son œuvre silencieuse et solitaire. Comme il menait une vie très retirée, comme sa maison était impénétrable; comme on voyait chaque nuit veiller à sa fenêtre une petite lampe, étoile du travail, les hommes intelligents et sans parti pris avaient tout lieu de croire, comme nous l'avons déjà dit, que le savant docteur était venu chercher dans le Berri une solitude aussi inviolable que celle que les anciens anachorètes allaient chercher dans la Thébaïde.

Quant aux pauvres et aux paysans, que n'égarait ni la superstition ni la malveillance, ils disaient de lui :

— M. Mérey est comme le bon Dieu, il ne se montre que par le bien qu'il fait.

Or, le 17 juillet 1785, par une chaleur de vingt-cinq degrés, Jacques Mérey était à son laboratoire surveillant dans une cornue les premiers tressaillements d'une opération difficile qui avait déjà plus d'une fois avorté sous sa main.

Il était chimiste et même alchimiste; né dans une de ces époques de doute scientifique, politique et social, où le malaise qui pèse sur une nation pousse les individus à la recherche de l'inconnu, du merveilleux, de l'impossible même, il avait vu Franklin découvrir l'électricité et commander au tonnerre; il avait vu Montgolfier enlever ses premiers ballons et conquérir, en espérance, il est vrai, plutôt qu'en réalité, le domaine de l'air. Il avait vu Mesmer professer le magnétisme animal, mais il n'avait point tardé à laisser le maître derrière lui, car on sait que Mesmer, tout ébloui des premières manifestations de cette force inhérente qu'il rêva, qu'il reconnut, mais qu'il ne perfectionna point, s'était arrêté devant les convulsions, les spasmes et les merveilles du baquet enchanté; qu'il n'avait point poussé ses recherches jusqu'au somnambulisme, à peu près semblable en cela à Christophe Colomb, qui, tout heureux d'avoir découvert quelques îles du nouveau monde, laissa ensuite à un autre l'honneur d'aborder au continent américain et de lui donner son nom.

M. de Puységur, on le sait, avait été l'Améric Vespuce de Mesmer, et Jacques Mérey était le disciple direct de M. de Puységur.

Il avait donc appliqué à la science de guérir la vague découverte du maître allemand. Emporté tout jeune par l'inquiétude du merveilleux, Jacques Mérey s'était jeté dans la forêt Noire des sciences occultes. Ce que cet esprit curieux avait exploré de voies nouvelles et ténébreuses, les antres obscurs dans lesquels il était descendu pour consulter les modernes Trophonius, les puits souterrains par la bouche desquels il s'était plongé au centre des initiations, les heures qu'il avait passées, muet et debout, devant l'implacable sphinx des connaissances humaines, les combats de Titan qu'il avait engagés avec la nature pour la faire parler malgré elle et lui arracher l'éternel et sublime secret qu'elle cache dans son sein, tout cela eût pu faire le sujet d'une épopée scientifique dans le genre du poème de Jason à la recherche de la toison d'or.

Ce qu'il avait le moins rencontré dans ce voyage fabuleux, c'était la toison, c'était l'or.

Mais Jacques Mérey, en vérité, ne s'en souciait guère, et il était habitué à compter comme ses écus toutes les étoiles du ciel.

Puis quelques voix indiscrètes disaient qu'il était riche et même très riche.

Les rêveries des rose-croix, des illuminés, des alchimistes, des astrologues, des nécromanciens, des mages, des physiognomonistes, il avait tout parcouru, tout sondé, tout analysé, et de tout cela il était ressorti pour son esprit et pour sa conscience une religion à laquelle il eût été bien difficile de donner un nom. Il n'était ni juif, ni chrétien, ni turc, ni schismatique, ni huguenot; il n'était ni déiste, ni animiste, il était panthéiste plutôt; il croyait à un fluide universel répandu dans tout l'univers et reliant par une atmosphère vivante et pleine d'intelligence les mondes entre eux. Il croyait, ou plutôt il espérait, que ce fluide créateur et conservateur des êtres pouvait se diriger selon la puissante volonté de l'homme et recevoir son application de la main de la science.

C'est sur cette base qu'il avait élevé un système médical dont l'audace aurait fait hurler toutes les académies et tous les corps savants; mais, une fois que notre docteur s'était dit, je dois croire ceci, ou je dois faire cela, il tenait peu au jugement des hommes, à leur blâme ou à leur approbation; il aimait la science pour la science elle-même, et pour le bien qu'il pouvait en tirer et appliquer au profit de l'humanité.

Quand, ravi au troisième ciel de la pensée, il voyait ou croyait voir les atomes, les simples et les composés, les infiniment petits et les infiniment grands, les cirons et les mondes, tout cela se mouvant en vertu du droit qu'il appelait magnétique, oh! alors, tout son corps débordait d'amour, d'admiration et de reconnaissance pour la grandeur de la nature, et les applaudissements du monde entier ne lui eussent pas semblé valoir mieux en ce moment-là que le bruit à peine perceptible que fait l'aile d'un moucheron qui vole.

Il avait étudié la chiromancie dans Moïse et dans Aristote; la physiognomonie avec Porta et Lavater; il avait, déroulant les lobes du cerveau, pressenti Gall et Spurzheim, et devancé ainsi la plupart des découvertes modernes en physiologie. Ses aspirations, — et cela, nous l'avons dit, tenait à l'époque de malaise dans laquelle il vivait et qui précède tous les grands cataclysmes sociaux et politiques, — ses aspirations, il faut le dire, allaient même plus loin encore que les limites artificielles de la science.

Il est un rêve pour lequel Prométhée a été cloué à son rocher avec des clous d'airain et enchaîné avec des chaînes de diamant; ce qui n'a pas empêché les cabalistes du moyen âge, depuis Albert le Grand, dont l'Église a fait un saint, jusqu'à Cornélius Agrippa, dont l'Église a fait un démon, de poursuivre la même chimère audacieuse; ce rêve était de faire, de créer, de donner la vie à un homme.

Faire un homme, comme disent les alchimistes, en dehors du vase naturel, *extra vas naturale*, tel est l'éternel mirage, tel est le but qu'ont poursuivi de siècle en siècle les inspirés ou les fous.

Alors, et si on arrivait à ce résultat, l'arbre de la science confondrait à tout jamais ses rameaux avec l'arbre de la vie; alors, le savant ne serait plus seulement un grand homme, il serait un dieu; alors, l'antique serpent aurait le droit de relever la tête et de dire aux successeurs d'Adam :

— Eh bien, vous avais-je trompé?

Jacques Mérey, qui, pareil à Pic de la Mirandole, pouvait parler sur toutes les choses connues et sur quelques autres encore, passa en revue tous les procédés dont les savants du moyen âge s'étaient servis pour créer un être à leur image; mais il trouva tous ces procédés ridicules, depuis celui qui couvait la génération de l'enfant dans une courge, jusqu'à cet autre qui avait construit un androïde d'airain.

Tous ces hommes s'étaient trompés, ils n'avaient pas remonté aux sources de la vie.

Malgré tant d'essais infructueux, le docteur ne désespérait point, voleur sublime, de rencontrer le moyen de dérober le feu sacré.

Cette préoccupation avait étouffé chez lui tous les autres sentiments; son cœur était resté froid, et à l'état purement matériel de viscère chargé d'envoyer le sang aux extrémités et de le recevoir à son tour.

C'était une nature de dieu, incapable d'aimer un être qu'il n'aurait point créé lui-même. Aussi, seul et triste au milieu de la foule pour laquelle il n'avait pas de regards, ou n'avait que des regards distraits, il payait cher l'ambition de ses désirs.

Comme le Seigneur avant la création du monde, il s'ennuyait.

Ce jour-là, Jacques Mérey était assez content de la manière dont se comportait dans la cornue la dissolution d'un certain sel dont il étudiait les plus heureuses vertus curatives, quand trois coups précipités retentirent à la porte de la rue.

Ces trois coups éveillèrent les miaulements furieux d'un chat noir, que les mauvaises langues de la ville, les dévotes surtout, prétendaient être le génie familier du docteur.

Une vieille servante, connue dans tout Argenton sous le nom de Marthe la Bossue, et qui jouissait pour son compte d'une nuance d'impopularité inhérente à celle du docteur, monta tout essoufflée l'escalier de bois extérieur, et entra précipitamment dans le laboratoire sans avoir cogné à la porte, comme c'était l'usage formellement imposé par le docteur, qui n'aimait point à être dérangé au milieu de ses délicates opérations.

— Eh bien, qu'avez-vous donc, Marthe? demanda Jacques Mérey; vous avez l'air tout bouleversé.

— Monsieur, répondit-elle, ce sont des gens du château qui viennent vous chercher en toute hâte.

— Vous savez bien, Marthe, répondit le docteur en fronçant le sourcil, que j'ai déjà refusé plusieurs fois de m'y rendre, à votre château; je suis le médecin des pauvres et des ignorants; qu'on s'adresse à mon voisin, au docteur Reynald.

— Les médecins refusent d'y aller, monsieur; ils disent que cela ne les regarde pas.

— De quoi s'agit-il donc?

— Il s'agit d'un chien enragé, qui mord tout le monde; si bien que les plus braves garçons d'écurie n'osent pas l'aborder, même avec une fourche, et qu'il jette en ce moment la consternation chez le seigneur de Chazelay, car ce malheureux chien s'est réfugié dans la cour même du château.

— Je vous ai dit, Marthe, que les affaires du seigneur ne me regardaient pas.

— Oui, mais les pauvres gens que le chien a déjà mordus et ceux qu'il peut mordre encore, cela vous regarde, il me semble. Et, s'ils ne sont pas pansés immédiatement, ils deviendront enragés comme le chien qui les a mordus.

— C'est bien, Marthe, dit le docteur, c'est vous qui avez raison et c'est moi qui avais tort. J'y vais.

Le docteur se leva, recommanda à Marthe de bien surveiller sa cornue, lui ordonna de laisser aller le feu tout seul, c'est-à-dire en s'éteignant, et descendit dans la salle du rez-de-chaussée, où il trouva en effet deux hommes du château, qui, tout bouleversés et tout pâles, lui firent un sinistre récit des ravages que causait l'animal furieux.

Le docteur écouta et répondit par ce seul mot :

— Allons!

Un cheval sellé et bridé attendait le docteur. Les deux hommes remontèrent sur les chevaux fumants qui les avaient amenés, et tous trois ventre à terre, prirent le chemin du château.

III

LE CHATEAU DE CHAZELAY

A deux ou trois lieues d'Argenton, la campagne change de caractère; des lambeaux de terre inculte que les habitants appellent des *brandes*, quelques champs recouverts d'une végétation chétive, des routes pierreuses encaissées dans des ravines et bordées de haies sauvages; çà et là, quelques monticules dont les flancs déchirés laissent apercevoir l'ocre dans laquelle vient se teindre en rouge l'eau murmurante des ruisseaux, telle est la physionomie générale des lieux que parcourait au galop la cavalcade.

Trois chevaux étaient alors pour cette partie du Berri un luxe inouï; on ne connaissait à cette époque, dans cette bienheureuse province de la France, teintée encore aujourd'hui en gris foncé sur la carte de M. le baron Dupin, on ne connaissait, disons-nous, en fait de bêtes de somme, que l'attelage des anciens rois fainéants.

Nos cavaliers rencontrèrent en effet, dans un des chemins creux qu'ils parcouraient, une châtelaine des environs, dont le carrosse, traîné par une couple de bœufs, se rendait gravement et lentement à un souper de famille; il y avait un jour entier que la pesante machine était en route. Il est vrai qu'elle avait déjà fait près de cinq lieues.

Enfin une noire futaie de tourelles se détacha sur le paysage un peu sec que le soleil noyait de ses rayons. Cette sombre masse, qui s'élevait de terre, prenait, à mesure qu'on s'en approchait, la beauté farouche de tous les monuments guerriers du moyen âge; sa construction pouvait remonter à la fin du XIIIe siècle. Un art puissant dans sa

grenouilles coassaient d'autant mieux que, depuis une dizaine d'années, les paysans se refusaient à les battre.

Mais le château de Chazelay n'était point de ceux qui avaient fait de ces concessions; il était resté dans toute la poésie de son caractère sombre et taciturne; de petites tourelles latérales qu'on appelait des poivrières dominaient la porte d'entrée, piquée de dessins en fer et de gros clous à tête ronde; des bois de cerf, des pieds de biche et des traces de sanglier, fixés sur la porte épaisse, annonçaient que le seigneur de Chazelay usait largement de son droit de chasse.

Cette exposition cynégétique se complétait par cinq ou six oiseaux de nuit, de toute taille, depuis la petite chouette jusqu'à l'orfraie. Cette société noctambule était présidée par un grand-duc aux ailes éployées et dont les plumes arrachées par le vent, les yeux ronds et vides, les serres crispées, étalaient la double image de la force vaincue et de la mort violente.

Il faut dire qu'une certaine terreur superstitieuse entourait ce château. C'était dans le pays une vieille tradition,

Il s'agit d'un chien enragé qui mord tout le monde.

rusticité avait tracé les plans de cette demeure féodale, qui projetait son ombre immense sur le village, c'est-à-dire sur quelques pauvres maisons égarées çà et là parmi les arbres à fruits.

C'était Chazelay.

Le château de Chazelay était anciennement relié par une ligne défensive aux châteaux de Luzrac et de Chassin-Grimont, car les petits seigneurs cherchaient à s'appuyer sur leurs voisins pour se fortifier contre les entreprises des hauts et puissants vautours de la féodalité.

Mais, à l'époque où se passe notre histoire, les guerres civiles avaient cessé depuis longtemps. De condottieri, les nobles étaient devenus chasseurs. Quelques-uns même, atteints de doute par la lecture des encyclopédistes, non seulement ne communiaient plus aux quatre grandes fêtes de l'année, mais lisaient le *Dictionnaire philosophique* de Voltaire, se moquaient de leur curé, raillaient une nièce illégitime, ce qui ne les empêchait pas d'aller à la messe le dimanche et de se faire encenser dans leur banc de chêne par les mains du célébrant.

Mal à l'aise dans ces lourdes et rugueuses armures de pierre, la plupart des nobles de la décadence maudissaient l'art guerrier du moyen âge, et auraient volontiers jeté bas leurs châteaux, s'ils n'eussent été retenus par le respect des aïeux, par les priviléges attachés à ces vieux murs; enfin par les souvenirs de domination et de terreur que de tels édifices entretenaient dans l'esprit des paysans.

Ils s'efforcèrent du moins d'adoucir et d'humaniser ces aires d'oiseaux de proie; les uns en retouchant la façade, les autres en remplaçant les meurtrières par des fenêtres ou des œils-de-bœuf, les autres enfin en supprimant les poternes, les ponts-levis, et les fossés remplis d'eau, où les

qui remontait à des siècles, que cette demeure féodale était hantée par un génie malfaisant.

La vérité est que la plupart des seigneurs de Chazelay, comme le grand-duc cloué sur leur porte, étaient morts de mort violente, et que la famille avait été éprouvée par de sanglantes et lugubres catastrophes.

Le propriétaire actuel était un exemple de cette fatalité qui pesait, disait-on, sur le château. Il avait perdu, dès la seconde année de son mariage, une femme jeune et charmante. Un soir qu'elle se rendait au bal et qu'elle était accommodée à la manière du temps, c'est-à-dire avec de larges paniers, la châtelaine avait eu l'imprudence de s'approcher des tisons qui flambaient dans la vaste cheminée du salon; sa robe avait pris feu rapidement; enveloppée de ce nimbe ardent, elle avait fui de chambre en chambre, excitant la flamme autour d'elle, au lieu de la calmer, par le courant d'air que sa course créait. Ses femmes, voyant cette apparition flamboyante, effrayées des cris qui partaient de ce tourbillon de feu, n'osèrent point lui porter secours, si bien qu'en moins de dix minutes la pauvre créature était morte au milieu des plus affreuses tortures, et son mari, absent du château en ce moment-là, n'avait retrouvé qu'une chose informe, calcinée et sans nom.

Elle avait laissé une fille, sur laquelle le seigneur de Chazelay sembla reporter tout son amour; mais peu à peu cette enfant, qu'on avait vue naître dans le village, pour laquelle les cloches joyeuses avaient sonné pendant trois jours, que des comtesses et des marquises avaient portée toute fleurie de dentelles et de rubans sur les fonts baptismaux, cette enfant fut séquestrée, puis disparut tout à fait, et le bruit courut qu'elle était morte par accident, et qu'elle avait été secrètement enterrée dans le caveau de la famille.

Depuis ce jour, le château de Chazelay, qui était naturellement triste, était devenu funèbre. Un nuage de corbeaux obscurcissait les cinq tourelles dont le toit circulaire et pointu, chargé d'un artichaut de plomb, dominait les bâtiments et les cours intérieures. La nuit, on entendait piauler la chouette dans le vieux donjon que blanchissait la lune, et les paysans, saisis d'un tremblement superstitieux, s'éloignaient de ces fantômes de pierre sur lesquels s'étendait, croyait-on, la responsabilité d'un crime.

Quel était ce crime?

A quel seigneur de Chazelay remontait-il? Par quelle filiation morale étendait-il son influence sur la destinée du seigneur actuel? On l'ignorait.

De la porte d'entrée flanquée des petites tourelles dont nous avons déjà parlé, et contre laquelle s'adossait la maison du gardien du château, on pénétrait dans une première cour, qui était occupée par les écuries, les étables, les greniers, les granges, et, en général, par tous les bâtiments d'exploitation.

C'était la ferme.

Etait-ce une illusion, ou serait-il vrai que les animaux subissent l'influence morale des lieux où ils habitent? toujours est-il que les chiens, sans doute effrayés par la vue de leur congénère furieux, secouaient mélancoliquement leur chaîne, et que, à l'arrivée d'un étranger, ils firent entendre le hurlement qui, la nuit, annonce aux superstitieux la mort du maître ou de l'un de ses plus proches parents. Les bœufs, que l'on dételait pour les mener boire, portaient la corne basse et fixaient sur la terre leur grand œil limpide, et les chevaux eux-mêmes, semblaient, comme les superbes coursiers d'Hippolyte, se conformer à la triste pensée universellement répandue sur chacun.

De cette cour extérieure, on découvrait les fossés de ce qu'on eût pu appeler la forteresse. Par un pont-levis jeté sur ces fossés, et à l'aide d'un passage bas et sombre creusé dans l'épaisseur d'un donjon, sur la muraille duquel s'étendait une large tache de rouille ou de sang, on pénétrait dans une autre cour. A part les cuisines et quelques salles de l'aile du bâtiment destinées à marquer la configuration intérieure du corps de logis, on ne voyait encore rien du château, rien que cette masse puissante et monolithe dont la mélancolie plombait sur les hommes et les animaux mêmes.

Dans cette première cour, l'herbe poussait entre les cailloux; des instruments de labour étaient négligemment jetés çà et là, et quelques canards muets barbotaient dans l'eau stagnante et huileuse des fossés.

Telle était la physionomie ordinaire du château de Chazelay. Mais, au moment où Jacques Mérey, suivi des deux hommes du château, pénétra dans la cour extérieure, la tristesse habituelle des visages et des choses avait fait place à une terreur et à un désordre qu'il est difficile de décrire. Des garçons de service, armés de bâtons, de fourches et de fléaux, avaient d'abord poursuivi un gros chien qui venait d'effrayer le village en en mordant plusieurs autres. Harcelé et blessé, mais rendu plus furieux encore par ces blessures, l'animal ne s'était plus borné à piller les quadrupèdes; il avait mordu deux des assaillants; puis, trouvant la porte de la ferme seigneuriale ouverte, il s'était glissé dans la cour et avait été s'acculer à un enfoncement de la muraille pareille à un four.

A la porte du pont-levis, tout le monde s'était arrêté; M. de Chazelay lui-même, au lieu d'aller à l'animal avec son fusil de chasse, s'était enfermé au château; une frayeur superstitieuse semblait avoir cloué tout le monde au seuil de ce château fatal, qui, même dans d'autres temps, n'était pas abordé sans effroi.

Ce chien était la forme visible du mauvais génie qu'on disait avoir pour ces lieux une prédilection amère et néfaste.

Cependant, les chevaux attachés dans leur écurie, les bœufs et les vaches liés dans leurs étables, les chiens enfermés dans leurs loges, faisaient entendre des lamentations et des aboiements dont tous les cœurs étaient glacés.

S'il y a du bruit en enfer, ce bruit doit ressembler aux cris de détresse qui sortaient en ce moment-là du château maudit. A travers cet orage de gémissements, on entendait çà et là quelques voix de femmes, sans doute quelques servantes et des filles de chambre que le chien avait surprises dans leurs travaux et qui, réfugiées derrière leur abri mal assuré, appelaient du secours.

En arrivant dans la première cour, le docteur jeta un regard autour de lui. Il vit deux hommes qui lavaient leurs plaies à une fontaine; l'un était mordu à la joue, l'autre à la main. Il avait prévu le cas et s'était muni d'un acide corrosif pour donner les premiers soins aux blessés.

Jacques Mérey sauta à bas de son cheval, courut à eux, tira son bistouri, débrida les plaies, et, dans les sillons tracés par la lame d'acier, injecta l'acide qui devait prévenir les effets de la morsure de l'animal. Puis les malades pansés, il s'informa où était le chien, et ayant appris qu'il était dans la seconde cour, où personne n'osait pénétrer, il écarta ceux qui lui barraient le chemin et entra seul résolument et sans armes.

Les paysans jetèrent un cri d'épouvante en voyant le docteur marcher droit à cet enfoncement dans lequel était tapi le chien; et, là, s'arrêtant la bouche souriante, mais les lèvres légèrement retroussées sur ses dents blanches, fixer son regard sur celui du chien. Tous croyaient que l'animal furieux allait se précipiter sur le docteur; mais, au contraire, le chien, qui était arc-bouté sur ses quatre pattes, s'abattit avec un gémissement plaintif. Puis, comme attiré par une force irrésistible, il sortit en rampant de l'enfoncement où il était à moitié caché. La fureur de son œil sanglant était tombée; sa gueule, ouverte et remplie d'une écume fétide, s'était fermée; il se traîna jusqu'aux pieds du docteur comme un coupable qui implore sa grâce, ou plutôt comme un malade qui demande sa guérison; humble, désarmé, vaincu par une force occulte, l'animal semblait se calmer dans cette force et déposer sa rage aux pieds de l'homme invulnérable qui le regardait doucement et tranquillement.

Le docteur fit un signe, le chien se redressa sur ses jambes de devant, et s'assit, levant des yeux craintifs et suppliants vers le docteur, qui posa sa main sur la tête hérissée et frémissante de l'animal.

A ce spectacle, l'admiration des paysans éclata; ils n'avaient jamais lu les récits que les poètes nous ont laissés d'Orphée endormant le chien Cerbère et refoulant au fond de sa gorge le triple aboiement du monstre. Mais ces naïfs enfants de la nature n'en furent que plus émus de la nouveauté du prodige; ils se demandaient les uns aux autres ce que le docteur avait pu jeter dans la gueule de l'animal enragé, et en vertu de quelle loi cet homme commandait à l'aveugle fureur.

Enhardis de plus en plus devant l'attitude soumise du chien devant lequel ils tremblaient et reculaient tout à l'heure, les hommes armés d'instruments aratoires s'approchèrent pour le tuer; mais le docteur, se tournant vers eux avec autorité:

— Arrière! dit-il; qu'aucun de vous ne touche à ce chien, je vous le défends; celui qui lui ferait le moindre mal serait un lâche. D'ailleurs, ce chien est à moi.

Alors, les paysans confondus lui proposèrent des cordes pour lui lier les pattes.

— Non, dit Jacques en secouant la tête, il n'est pas besoin de cordes, croyez-moi; il me suivra de lui-même, et sans qu'il soit nécessaire de l'y forcer.

— Mais, au moins, crièrent plusieurs voix, muselez-le, docteur, muselez-le!

— Inutile, répondit Jacques Mérey; j'ai une muselière plus solide que toutes celles dont vous pouvez vous servir pour lui maintenir la gueule.

— Et cette muselière quelle est-elle? demandèrent les paysans.

— Ma volonté.

Cela dit, il fit un signe au chien.

L'animal, à ce geste, se dressa sur ses quatre pattes, releva et fixa sur l'œil de son maître son œil obéissant et fatigué, poussa par trois fois un aboiement plaintif, et suivit Jacques Mérey avec la même obéissance joyeuse que s'il lui eût appartenu depuis longtemps.

IV

COMME QUOI LE CHIEN EST NON SEULEMENT L'AMI DE L'HOMME, MAIS AUSSI L'AMI DE LA FEMME

Le lendemain, Jacques Mérey reçut un message du château. Dans une lettre tout juste assez polie pour ne pas être blessante, le seigneur de Chazelay, qui cependant à la vue du chien s'était retiré et enfermé chez lui, le seigneur de Chazelay qui se piquait d'être un esprit fort, témoignait ne point croire au miracle accompli la veille par le docteur, quoique de sa fenêtre il eût pu voir ce miracle s'accomplir.

Un chien s'était en effet glissé dans la ferme du château, et de la première cour était entré dans la seconde, où il avait porté le trouble et le désordre avec lui; mais ce chien était-il réellement enragé?

Là était le doute; que des gens simples et ignorants crussent à la fascination du regard et de la volonté, rien n'était plus naturel ; mais des gens instruits et bien nés ne pouvaient raisonnablement admettre de semblables prodiges.

Comme cependant le docteur avait fait preuve d'énergie et de résolution en affrontant la morsure d'un chien qui paraissait être enragé, le châtelain lui envoyait deux pièces d'or, qu'il le priait d'accepter à titre d'honoraires.

Jacques Mérey déchira la lettre et refusa les deux pièces d'or. La science n'était pas la préoccupation morale de Jacques Mérey, on peut même dire qu'il n'aimait la science que par rapport à un but. Ce but vers lequel tendaient toutes les forces de son esprit, tous les mouvements de son cœur, c'était le but de la philosophie du XVIIIe siècle, le bonheur du genre humain.

Il interrogeait, avec M. de Condorcet, le moment, encore éloigné sans doute (mais qu'importe la distance !) où la raison perfectible de l'homme découvrirait les causes premières des choses, où les nations ne se feraient plus la guerre, et où les hommes délivrés des maux qu'engendrent la misère et l'ignorance, accompliraient sur la terre une existence indéfinie. L'Ecriture sainte n'avoue-t-elle pas elle-même que la mort est la dette du péché, c'est-à-dire la violation des lois naturelles ? Or, le jour où l'homme connaîtrait ces lois et où il les observerait, l'homme s'affranchirait de sa dette, et, comme cette dette, c'était la mort, l'homme ne mourrait plus.

Créer et ne plus mourir, n'est-ce point l'idéal de la science ? Car la science est la rivale de Dieu. L'homme connût-il les mystères de toutes les choses de ce monde, l'homme arrivât-il à exposer devant Dieu lui-même d'irréfutables théories, Dieu lui répondra :

— Si tu sais tout, tu n'es qu'à la moitié de ta route ; maintenant, crée un ver ou une étoile, et tu seras mon égal.

Abîmé dans ces rêves de bonheur lointain, dans cet espoir de puissance indéfinie, dans cet âge d'or de l'humanité que les poètes avaient placé au commencement du monde, parce que les poètes sont les sublimes enfants de la nature, Jacques Mérey voyait avec un frémissement d'impatience les obstacles moraux et les barrières matérielles qu'opposait la classe des privilégiés à l'accomplissement des destinées de l'homme sur la terre.

Nature douce et sensible, comme on disait alors, il était venu à la haine par l'amour.

C'est parce qu'il aimait les opprimés qu'il détestait les oppresseurs.

A part les deux ou trois fois qu'il l'avait croisé sur son chemin, le seigneur de Chazelay lui était personnellement inconnu. Il est vrai que Jacques Mérey, esprit supérieur, n'en voulait point aux hommes, mais aux abus et aux inégalités sociales dont les nobles étaient la vivante incarnation. Il refusa l'or du château avec le même dédain qu'il eût refusé les présents d'un ennemi.

Cette sombre apparition du moyen âge féodal remuait dans son sang plébéien des souvenirs de colère ; il voyait dans ces vieux murs le signe d'une domination qui, bien que diminuée, durait encore ; il se demandait quelle force pourrait jamais déraciner ces titaniques monuments de la race conquérante. Alors, découragé par la lenteur du progrès, par l'énormité des obstacles que rencontre l'affranchissement d'un peuple, il se plongeait avec désespoir dans l'étude de la nature, seul asile que la société telle qu'elle était faite eût laissé à la science.

Seul, il faisait souvent des promenades au plus profond des bois, et, là, grave, attentif, pareil à Œdipe devant le Sphinx, il semblait interroger l'âme de l'univers.

Le chien qu'il avait sauvé de sa propre fureur était devenu son ami le plus sincère et le plus dévoué ; il suivait le docteur dans toutes ses courses ; doux et caressant, il lui obéissait comme l'ombre de sa pensée.

Aussi le curé de Chazelay ne manqua-t-il pas de dire qu'il y avait dans l'histoire des sorciers plusieurs exemples de cette accointance d'un esprit familier sous la forme d'un animal domestique. Cet animal à coup sûr devait avoir des cornes, et s'il ne les montrait point, c'était pour mieux cacher son jeu.

Un jour que Jacques Mérey était parti de bonne heure pour herboriser, il se trouva, sans trop savoir comment il était arrivé là, sur la lisière d'un bois touffu, emmêlé, impénétrable, comme il en existe encore tant dans cette partie du Berri, véritable forêt d'Amérique en petit, où nulle route frayée ne gardait la trace d'un pas humain.

La solitude plaisait au docteur, nous l'avons déjà dit ; il aimait à se rapprocher de la nature, nous l'avons dit encore ; mais la profonde nuit qui régnait dans ce bois sauvage, l'aspect menaçant des herbes et des broussailles remplies de couleuvres ; la masse compacte des rochers qui découpaient leur verdure de mousse sur la sombre verdure des chênes, tout cela saisit le docteur aux entrailles ; il hésitait à l'entrée de ce bois comme un initié des mystères d'Eleusis au seuil du temple, où l'attendaient les redoutables épreuves et les ténèbres.

Alors, le chien s'approcha du docteur avec une physionomie étrange ; léchant les mains de son maître et le tirant par l'habit, il semblait le conjurer de le suivre dans l'épaisseur du bois.

C'était un de ces points de doctrine sur lesquels Jacques Mérey s'accordait avec les illuminés, les cabalistes et même les historiens, que les animaux sont doués quelquefois d'un esprit de divination. La science des présages et des augures, cette science vieille comme le monde, à laquelle ont cru tous les sages de l'antiquité depuis Homère jusqu'à Cicéron, n'était point une chimère aux yeux du docteur.

Il pensait que les animaux, les plantes, les objets inanimés eux-mêmes, ont un langage, et que ce langage, interprète des éléments de la nature, peut donner à l'homme des avertissements salutaires.

Et, en effet, interrogez à la fois la fable et l'histoire, et vous les trouverez toutes deux d'accord sur ce sujet.

N'est-ce point un bélier qui découvrit à Bacchus, mourant de soif, ces sources du désert autour desquelles verdissent aujourd'hui les oasis d'Ammon ? Ne sont-ce point deux colombes qui conduisirent Enée du cap Misène au rameau d'or caché sur les rives du lac Averne ? Et n'est-ce point une biche blanche qui fraya le chemin d'Attila à travers les Palus-Méotides ?

Jacques Mérey suivit donc le chien, persuadé qu'il le conduisait à un but quelconque.

L'animal s'avança dans le bois ; le docteur marchait derrière lui, péniblement, le visage à chaque instant fouetté par les branches, les jambes perdues dans les herbes, ne voyant devant lui que la queue de son chien, boussole vivante, et n'entendant que le froissement des plantes et le bruit des reptiles fuyant sous les orties.

Après un quart d'heure de marche, l'homme et le chien, le chien d'abord, parvinrent à une clairière, au milieu de laquelle, appuyée au tronc d'un chêne immense, s'élevait une cabane.

La queue du chien remua de joie.

Cette cabane devait appartenir soit à un bûcheron, soit à un braconnier ; peut-être celui qui l'habitait exerçait-il ces deux états.

Elle était située au centre d'une forêt appartenant à M. de Chazelay. Comment M. de Chazelay, si grand amateur de la chasse, permettait-il qu'un braconnier, dont il était impossible qu'il ignorât l'existence, s'établît ainsi sur ses terres ?

Jacques Mérey s'adressa vaguement toutes ces questions ; mais l'habitude où il était de sacrifier les choses importantes aux choses secondaires fit qu'il laissa de côté la cause et ne s'occupa que de l'effet.

Le chien se dressa contre la porte ; puis, comme la pression n'était pas assez forte, il laissa retomber ses deux pattes de devant à terre et poussa la porte avec son museau.

La porte céda assez à temps pour que de sa main le docteur l'empêchât de se refermer. Sa vue pénétra alors dans l'intérieur.

Cet intérieur était assez propre et indiquait un état au-dessus de la misère. Une vieille femme assise sur un escabeau filait tranquillement sa quenouille, tandis qu'un homme d'une trentaine d'années, qui devait être le fils de cette femme, nettoyait les pièces démontées de la batterie d'un fusil. Devant la cheminée, où flambaient des branches sèches, un quartier de chevreuil était en train de rôtir et répandait ce fumet à la fois aromatique et appétissant de la venaison.

Au moment où le chien entra, la vieille femme poussa un cri de plaisir et l'homme bondit de joie. Jamais on ne vit reconnaissance plus touchante ; c'étaient des caresses, des embrassements, des transports à n'en pas finir.

Puis des dialogues auxquels le chien répondait par des modulations qui eussent fait croire qu'il entendait les reproches qu'on lui faisait et qu'il essayait de se disculper.

— D'où viens-tu, misérable bandit ? d'où viens-tu, affreux vagabond ? disait l'homme.

— Qu'as-tu fait pendant quinze grands jours que tu nous as laissés dans l'inquiétude ? demandait la femme

— Nous t'avons cru mort ou enragé, ce qui revient au même, reprenait l'homme.

— Mais, non, Dieu merci ! Il se porte bien ; pauvre Scipion ! il a l'œil limpide comme une goutte d'eau et vif comme un ver luisant.

— Tu dois avoir faim, mauvais drôle ! tiens, mords là dedans.

Et l'enfant prodigue, fêté, caressé à son retour au logis, se voyait offrir le reste du déjeuner ou du souper de la veille avec le même empressement et les mêmes excitations que s'il eût été un véritable convive.

Alors seulement Scipion, dont le docteur venait d'apprendre le véritable nom, — nom qu'il devait sans doute à un parrain plus lettré que ne l'était son maître, — Scipion, qui avait déjeuné avant de quitter la maison du docteur, ayant tout dédaigné, le bûcheron releva la tête et s'aperçut de la présence de Jacques Mérey.

La vue de cet étranger parut lui déplaire; l'homme fronça le sourcil, et la femme eût pâli si sa peau n'eût pas été depuis longtemps tannée par l'âge et par le soleil.

Jacques Mérey, voyant l'effet désagréable que causait à ses hôtes son apparition inattendue, s'empressa de leur raconter l'histoire de Scipion, et comment il l'avait sauvé des fourches et des fléaux des garçons d'écurie du château de Chazelay.

Une larme se forma lentement dans l'œil aride de la vieille femme, et mouilla le lin de sa quenouille.

Quant au bûcheron, il éprouva le même sentiment de reconnaissance sans doute pour l'homme qui avait sauvé son chien; cependant un nuage sombre ne resta pas moins sur son front.

Le docteur se croyait tombé, nous l'avons dit, dans une cabane de braconnier; il attribua le trouble de ces gens au métier qu'ils faisaient et à la crainte d'être découverts. Mais, avec le sourire d'un patriarche et les lèvres d'un jeune homme :

— Rassurez-vous, mes amis, leur dit-il, je ne suis point un espion du château; le Seigneur, qui est au-dessus des seigneurs de la terre, a donné les animaux à l'homme pour que l'homme en fît sa nourriture. Or, Dieu n'a point établi de distinction entre le noble et le roturier; nos mauvaises lois sociales ont seules fait cela; elles ont donné le droit de chasse aux uns et l'ont refusé aux autres, et les nobles, qui ne respectent rien, pas même la parole de Dieu, ont violé la promesse que Jéhovah avait faite à Noé et à ses successeurs dans la personne de Noé. « Tout ce qui se meut sur la terre et dans les eaux vous appartient, a dit le Seigneur. »

Mais, au moment où le docteur achevait sa démonstration du droit de chasse, droit universel, droit indestructible, puisqu'il est basé sur les saintes Écritures, un spectacle aussi nouveau qu'inattendu frappa ses yeux.

Une espèce d'alcôve pratiquée au fond de la cabane était voilée par des rideaux de serge; le chien venait de soulever et d'écarter ce rideau avec sa tête, et, dans la pénombre, Jacques Mérey distingua comme un paquet inerte de membres humains appartenant évidemment à un enfant qui avait l'air de vivre.

— Qu'est cela? s'écria-t-il.

Et il saisit le rideau pour l'écarter.

Mais le braconnier se leva d'un air solennel.

— Monsieur, lui dit-il, pour avoir vu ce que vous venez de voir, tout autre que vous ne sortirait pas vivant d'ici; mais je m'aperçois que mon chien vous aime; il vous doit de n'avoir pas été tué à coups de fourche et de ne pas être mort de la rage; or, mon chien, voyez-vous, c'est mon seul ami; en considération de mon chien, je vous fais grâce; mais jurez-moi que vous ne raconterez à personne ce que vous avez vu, et surtout ce que vous avez cru voir.

— Monsieur, dit Jacques Mérey en lâchant le rideau, mais en croisant les bras en homme décidé à aller jusqu'au bout, vous oubliez que je suis médecin et qu'un médecin est le confesseur du corps : je veux savoir ce que c'est que cet enfant.

Les yeux du bûcheron, qui avaient d'abord jeté une flamme, s'adoucirent.

— Vous êtes médecin... dit-il en devenant pensif. En effet, vous avez rendu la vie et la raison à mon chien, qui avait déjà perdu l'une et qui allait perdre l'autre.

Puis, tout à coup :

— Oh! s'écria-t-il, quelle idée! si ce que vous avez pu pour un animal, vous le pouviez...

Il secoua la tête avec découragement.

— Mais non, dit-il, c'est impossible!

— Rien n'est impossible à la science, mon ami, répondit le docteur d'un ton radouci; Jésus-Christ n'a-t-il pas dit : « Si vous avez la foi seulement gros comme un grain de sénevé, vous direz à cette montagne : « Remue-toi et jette-toi dans la mer; » et la montagne se remuera et se jettera dans la mer. » Oh! s'écria le docteur, la foi n'est que le premier âge de la science; le second, c'est la volonté. Vouloir, c'est pouvoir. Jésus n'a-t-il pas ajouté : « Les œuvres que je fais, celui qui croit en moi les fera? » Or, brave homme, vous êtes chrétien : je le vois à ce crucifix placé à la tête de votre lit. Mais ou votre christianisme est faux, ou vous devez admettre que tout chrétien a le droit de faire ce qu'on appelle des miracles, et ce que, moi qui ne crois pas aux miracles, j'appelle le produit de la souveraineté de l'intelligence sur la matière.

Ces paroles n'étaient pas très compréhensibles pour le braconnier; aussi, après avoir réfléchi un instant :

— Je ne comprends rien à vos beaux raisonnements, monsieur; dit-il; mais je me dis comme ça à moi-même que ce serait une fière providence qui vous aurait amené.

Il s'arrêta et toussa plusieurs fois comme si ce qu'il allait dire ne pouvait passer par sa gorge.

V

OU LE DOCTEUR TROUVE ENFIN CE QU'IL CHERCHAIT

Le docteur attendit un instant, espérant que le braconnier achèverait sa phrase suspendue.

Mais, comme il continuait à garder le silence :

— La providence qui m'a conduit ici, dit-il, la voilà.

Et il montra Scipion.

— Il est bien vrai que ce brave animal a toujours été l'âme, le défenseur, le bon génie, et je dirai même quelquefois le pourvoyeur de notre cabane. Et puis...

Il s'arrêta de nouveau.

— Et puis? insista le docteur.

— Et puis, dit le braconnier, c'est stupide à dire, je le sais bien, mais il l'aime tant, elle!

— Qui, elle? demanda le docteur, ne pouvant croire qu'il fût question de la petite idiote et de Scipion.

— Eh! mon Dieu, oui, elle, dit le braconnier, dont les traits s'adoucirent; la pauvre créature qui est là!

Et, tout en haussant les épaules, il désignait de la main le rideau derrière lequel s'agitait cette forme humaine inachevée.

— Mais quelle est donc cette créature? demanda le docteur.

— Une pauvre innocente.

On sait que les paysans, par *innocents*, désignent les pauvres d'esprit, les idiots et les fous.

— Comment! fit le docteur; vous avez chez vous un pauvre enfant dans cet état-là, et vous n'avez pas consulté les médecins?

— Bon! dit le braconnier; avant qu'elle fût ici, elle en a eu, des médecins, et des premiers encore; on l'a conduite à Paris, mais ils ont tous dit qu'il n'y avait rien à faire.

— Il ne fallait pas vous contenter de cela, vous; et, lorsque l'enfant vous a été rendue ou donnée, — je ne cherche pas à savoir vos secrets, — il fallait vous enquérir de votre côté; il y a autre part qu'à Paris des médecins habiles et amoureux de la science, qui guérissent pour guérir.

— Où voulez-vous qu'un pauvre diable comme moi aille chercher ces gens-là? Je ne sais pas seulement où ça demeure, la médecine. Tel que vous me voyez, tenez, je n'ai jamais pu vivre dans les villes; vos maisons alignées et pressées les unes contre les autres m'étouffent. On ne respire pas là dedans. Il me faut, à moi, le grand air, le mouvement, le plafond des forêts, la maison du bon Dieu, enfin. Braconnier, oui, c'est une vie qui me va celle-là; vivre de mon fusil, respirer l'odeur de la poudre, sentir le vent, la rosée, la neige dans les cheveux; la lutte, la liberté; avec cela on est heureux comme un roi.

— Eh bien, maintenant que vous m'avez trouvé sans me chercher, et qu'à trois ou quatre mots qui vous sont échappés vous m'avez laissé croire que la Providence n'est pas étrangère à notre rencontre, me laisserez-vous voir le pauvre enfant?

— Oh! mon Dieu! oui, dit le braconnier.

— C'est une fille, avez-vous dit?

— Ai-je dit que c'était une fille, monsieur? Alors, je me suis trompé; ce n'est, sauf votre respect, qu'un animal immonde que nous avons toutes les peines du monde à tenir propre; mais, au fait, libre à vous de regarder. Tenez, la voilà.

Et, soulevant tout à fait le rideau de serge, il indiqua du doigt une créature inerte, ramassée sur elle-même, et se roulant sur une mauvaise paillasse.

Jacques Mérey contempla tristement cette chose humaine.

Alors, les entrailles du docteur frémirent.

C'était une de ces natures d'élite qui tressaillent de pitié devant toutes les infortunes et devant toutes les dégradations; plus un être était abaissé, plus il se sentait attiré vers lui par le magnétisme du cœur.

La pauvre idiote ne s'aperçut nullement de la présence d'un étranger; sa main, nonchalante et molle, que l'on eût crue privée d'articulations, caressait le chien. Il semblait que ces deux êtres inférieurs fussent en communication, sinon de pensée, du moins d'instinct, et qu'ils se portassent l'un vers l'autre en vertu de la grande loi des affinités. Seulement, le chien était dans sa nature, la petite fille n'y était pas.

Le docteur réfléchit longtemps; il se sentait attiré vers ce néant de toutes les forces de sa charité.

L'enfant poussa une plainte.

— Elle souffre, murmura-t-il. L'absence de la pensée serait-elle une douleur ? Oui, car tout aspire à la vie, c'est-à-dire à l'intelligence.

Le braconnier alors, lui montrant l'idiote, dont rien ne pouvait attirer l'attention, secoua douloureusement la tête.

— Vous voyez, monsieur le médecin, dit-il. Il y a peu de chose à espérer avec une fille qui ne peut s'occuper à rien ; ma mère et moi ne sommes jamais arrivés à lui faire tenir une quenouille, quoiqu'elle ait déjà sept ans.

Mais le docteur, se parlant à lui-même :

— Elle s'occupe du chien, dit-il.

Et, sur ce mouvement de sympathie que l'enfant avait montré à l'animal, Jacques Mérey bâtit à l'instant même tout un système de traitement moral.

— Ça, c'est vrai, répéta le braconnier ; elle s'occupe du chien, mais c'est tout.

— Cela suffit, dit Jacques Mérey rêveur, nous avons trouvé le levier d'Archimède.

— Je ne connais pas le levier d'Archimède, murmura le braconnier, et j'aime mieux, pour mon compte, manier mon fusil que le levier de qui que ce soit. Mais, si vous pouviez, continua-t-il en élevant la voix et frappant sur sa cuisse, si vous pouviez donner une idée à cette fille-là, ma mère et moi, nous vous aurions de la reconnaissance, car nous l'aimons, quoiqu'elle ne nous soit rien. Vous savez, l'habitude ; à force de la voir, nous avons fini par nous y attacher, si repoussante qu'elle soit. — N'est-ce pas, petite ?

— Tenez, continua-t-il, elle ne m'entend même pas, elle ne reconnaît même pas ma voix.

— Non, reprit le docteur en secouant la tête de haut en bas, non, mais elle a entendu et reconnu le chien ; c'est tout ce qu'il me faut, à moi.

Jacques Mérey promit de revenir, et appela le chien, se déclarant incapable de retrouver la maison s'il n'avait pas ce guide fidèle.

Mais le chien le suivit jusqu'à la porte seulement, et, quand Jacques Mérey en eut dépassé le seuil, le chien secoua la tête en signe de dénégation, et revint vers l'enfant, plus fidèle à son ancienne amitié qu'à sa nouvelle reconnaissance.

Le docteur s'arrêta tout pensif.

Il y avait plus d'un renseignement pour lui dans cette persistance du chien à rester près de la petite idiote.

Et, en effet, il réfléchit que, s'il voulait sérieusement traiter cette enfant, c'étaient des soins de tous les jours, de toutes les heures, de toutes les minutes ; c'étaient des inventions et des imaginations toujours nouvelles qu'il lui fallait. D'ailleurs, il se sentait déjà par la pitié attaché à ce petit être isolé, qui ne correspondait à rien dans la nature, et qui représentait le néant de l'intelligence et de la matière au milieu des êtres animés qui se *mouvaient* et qui *pensaient*, deux choses qu'il était incapable de faire.

Les anciens cabalistes, voulant donner à Dieu un motif d'impulsion pour le faire sortir de son repos, disent que Dieu créa le monde par amour.

Jacques Mérey, malgré toutes ses tentatives, n'avait encore rien créé ; mais, nous l'avons dit, il aspirait à faire un être semblable à lui. La vue de cette jeune fille idiote, chez laquelle, de l'existence humaine, il n'existait que la matière, renouvela l'ardeur de son rêve. Comme Pygmalion, il devint amoureux d'une statue, non pas de marbre, mais de chair, et, comme le statuaire antique, il conçut l'espérance de l'animer.

Les circonstances au milieu desquelles le docteur s'était trouvé lui avaient permis d'étudier non seulement les mœurs des hommes, mais encore les instincts et les inclinations des animaux.

Il avait abandonné volontairement la société des villes pour se rapprocher de la nature et des êtres inférieurs qui la peuplent, persuadé que les animaux ont une âme comme nous, c'est-à-dire enferment dans une enveloppe plus ou moins grossière une étincelle du fluide divin, mais que cette âme est seulement relative à des fonctions différentes des nôtres. Il considérait la Création comme une grande famille, dont l'homme était non pas le roi, mais le père ; famille dans laquelle il y avait des aînés et des cadets, ceux-ci tenus en tutelle par ceux-là.

Il avait souvent observé, avec cet intérêt qui naît dans les esprits profonds, tout incident, si léger qu'il soit, qui dénote un fait en réserve pour l'avenir. Il avait souvent regardé un jeune chien et un jeune enfant jouant ensemble.

En écoutant les sons inarticulés qu'ils échangeaient au milieu de leurs jeux et de leurs caresses, il avait souvent été tenté de croire que l'animal essayait de parler la langue de l'enfant et l'enfant celle du chien.

A coup sûr, quelle que fût la langue qu'ils parlaient, ils s'entendaient, se comprenaient, et peut-être échangeaient-ils ces idées primitives qui disent plus de vérités sur Dieu que n'en ont jamais dit Platon et Bossuet.

En regardant les animaux, c'est-à-dire les humbles de la Création ; en voyant l'air intelligent des uns, l'air doux et rêveur des autres, le docteur avait compris qu'il y avait un profond mystère entre eux et le grand tout. N'est-ce point pour établir ce mystère et pour les envelopper dans la bénédiction universelle qui descend sur nous et sur eux pendant cette sainte nuit de Noël, que le Seigneur, type de toute humilité, voulut naître dans une crèche, entre un âne et un bœuf. L'orient, que Jésus touchait de la main, n'a-t-il pas adopté cette croyance, que l'animal n'est qu'une âme endormie qui plus tard se réveillera homme, pour plus tard peut-être se réveiller dieu.

En un instant, ce monde de pensées, résumé de l'histoire et des travaux de toute sa vie, se présentèrent à l'esprit de Jacques Mérey ; il comprit que, puisque le chien ne voulait pas quitter l'enfant, c'est que l'enfant et le chien ne devaient pas être séparés ; que d'ailleurs, quelque régularité qu'il mît dans ses visites, il ne pouvait les faire que de deux jours en deux jours tout au plus ; or, à son avis, un traitement continu, une surveillance de toutes les heures, était nécessaire pour tirer cette âme des ténèbres dans lesquelles un oubli du Seigneur l'avait plongée.

Il rentra donc dans la cabane, et, s'adressant au braconnier et à la femme qui paraissait être sa mère :

— Braves gens, leur dit-il, encore une fois, je ne vous demande pas votre secret sur cette enfant ; vous avez évidemment fait pour elle tout ce que vous pouviez faire, et, de quelque main que vous l'ayez reçue, vous n'avez point trompé la main qui vous l'a confiée. C'est à moi de faire le reste. Donnez-moi, ou plutôt prêtez-moi cette petite fille, qui vous est un fardeau inutile ; j'essayerai de la guérir et de vous rendre à la place de cette matière inerte et muette une créature intelligente qui vous aidera dans vos travaux et qui, en prenant place dans la famille, y apportera sa part de forces et de capacités.

La mère et le fils se regardèrent alors, puis tous deux se retirèrent dans le fond de la cabane, discutèrent quelques instants, parurent se ranger au même avis, et le fils, revenant vers le docteur, lui dit :

— Il est évident, monsieur, que vous êtes ici par l'intervention visible du Seigneur, puisque c'est ce chien que nous avions cru perdu et dont nous avions déjà fait notre deuil qui vous y a conduit. Prenez l'enfant et emportez-le. Si le chien veut vous suivre, qu'il vous suive et s'en aille avec l'enfant ; la main de Dieu est dans tout cela, et ce serait une impiété de notre part de nous opposer à sa volonté sainte.

Le docteur déposa sur une table sa bourse et tout ce qu'elle contenait ; il enveloppa l'enfant dans son manteau, et sortit accompagné du chien, qui, cette fois, ne fit aucune difficulté pour le suivre, et qui, plus joyeux qu'il ne l'avait jamais été, allait et revenait devant lui, flairant de son nez et donnant de petits coups de tête à l'enfant, qu'il ne pouvait voir, mais qu'il devinait dans son enveloppe ; puis il repartait, aboyant avec la même fierté qu'un héraut d'armes qui proclame la victoire de son général.

VI

ENTRE CHIEN ET CHAT

En voyant le chien si joyeux, le regardant avec des yeux si intelligents, lui parlant avec des accents si nuancés, le docteur s'affermissait plus que jamais dans l'idée de faire de ce chien qu'il avait sauvé l'intermédiaire intelligent, le lien actif entre sa volonté d'homme et le néant de la pauvre idiote qu'il s'agissait de faire vivre.

C'était un moyen de s'introduire en quelque sorte par surprise dans la place. Tout plein des mythes cabalistiques de l'antiquité, le docteur se demandait si les poètes n'avaient point entrevu cette initiation quand ils nous représentent Orphée passant à travers le triple aboiement du chien Cerbère avant d'arriver à Eurydice. Son entreprise offrait, suivant lui, plus d'un point de ressemblance avec la tentative du grand poète primitif. Il s'agissait de plonger au plus profond de cet enfer qu'on appelle l'imbécillité et de venir chercher une intelligence accroupie dans les ténèbres de la mort, et, comme Orphée avait fait pour Eurydice, la ramener malgré les dieux à la lumière du jour.

Orphée avait échoué, il est vrai, mais parce qu'il avait manqué de foi. Pourquoi avait-il douté de la parole du dieu des enfers ? pourquoi s'était-il retourné pour voir si Eurydice le suivait ?

Ce fut dans cette disposition d'esprit que le docteur rentra chez lui et monta à son laboratoire.

La vieille Marthe, qui avait eu déjà beaucoup de peine à s'habituer à Scipion, qui avait par sa présence inattendue effarouché son chat, voyant que son maître apportait quelque chose dans son manteau, et croyant que c'étaient quelques paquets d'herbes médicinales qu'il avait récoltées dans la montagne, le suivit, car c'était son office à elle de classer ces herbes avec des étiquettes.

Le chat suivit la vieille.

Ce chat, que Marthe la Bossue avait d'abord appelé *le Président* à cause de sa belle fourrure, qui lui avait rappelé la robe d'hermine du président du tribunal de Bourges, qu'elle avait vu une fois en sa vie, avait été en effet fort effarouché de la présence de Scipion. Scipion, de son côté, avec l'instinct haineux des animaux de son espèce pour les chats, s'était élancé sur le Président et l'avait suivi sous les chaises et sous les fauteuils, culbutant tout le mobilier du docteur, jusqu'à ce que, trouvant une fenêtre ouverte, le chat se fût élancé par cette fenêtre, eût gagné les toits et disparu.

Soit jalousie de voir sa place prise dans la maison, et par conséquent dans le cœur des maîtres de cette maison, soit terreur excessive éprouvée dans cette rencontre où les forces étaient inégales, le Président, dont la vocation n'était pas la guerre, et qui depuis longtemps même, grâce à la pâtée régulière que lui donnait, deux fois le jour, la vieille Marthe, avait renoncé à la faire aux rats et aux souris, et ne regardait plus ces animaux, lorsque par hasard ils tombaient sous sa patte, que comme un dessert indigne de lui, le Président fut trois jours sans daigner rentrer à la maison, bien que, chaque nuit, on entendît ses miaulements plaintifs retentir sur le toit et même dans le grenier.

Quoique Marthe la Bossue n'eût point osé se plaindre, M. le docteur lui paraissant avoir droit de vie et de mort sur ce qui l'entourait, il s'était fait, à la suite de cette fugue du Président, un changement notable dans sa physionomie, et ce n'était qu'en soupirant qu'elle présentait le matin le café au lait à son maître et qu'en rechignant qu'elle trempait à midi la soupe de Scipion.

Le docteur aimait l'harmonie pour l'harmonie elle-même, comme il haïssait la guerre à cause de ses résultats. Il vit qu'un des ressorts qui faisaient mouvoir les quatre personnages de sa maison s'était arrêté, soit par lassitude, soit par accident; il s'informa à la vieille Marthe de la cause de sa tristesse et, avec l'accent du reproche et en fondant en larmes, elle se contenta de montrer le fauteuil où le chat avait coutume de dormir, en s'écriant :

— Le Président, monsieur le docteur!

C'était l'heure de la soupe de Scipion et de la pâtée du Président. Jacques Mérey ordonna à Marthe d'aller préparer l'un et l'autre et de les apporter dans des récipients de différentes grandeurs.

Marthe sortit, secouant les épaules, en femme qui dit :

— Hélas! c'est bien inutile, ce que vous m'ordonnez là.

Mais, comme elle était habituée à obéir sans discussion, elle se hâta de faire ce que lui ordonnait son maître.

A peine avait-elle refermé la porte que le docteur était sur le balcon et cherchait des yeux le Président.

Comme la maison dominait toutes les autres et que le laboratoire dominait la maison, l'œil du docteur put plonger jusqu'aux profondeurs les plus caverneuses de la Creuse; mais il n'eut point la peine de se perdre dans ces sombres cavités : à dix mètres de lui, sur un toit de chaume, le Président dormait au soleil, enveloppé de sa fourrure tant soit peu souillée par les excursions nocturnes auxquelles il s'était livré depuis son départ de la maison.

Le docteur appela le Président avec un sifflement tout particulier. L'animal, qui dormait, sentit pénétrer ce bruit au plus profond de son sommeil et tressaillit. Il ouvrit ses grands yeux jaunes, regarda autour de lui en s'étirant, bâilla à se démonter la mâchoire; mais, au milieu de son bâillement, il aperçut le docteur qui l'avait appelé.

Soit que cette attention de son maître lui parût une réparation suffisante, soit que, comme les autres animaux, il ressentît l'influence irrésistible du magnétisme, il se mit à l'instant même sur ses quatre pattes et s'achemina vers le balcon.

Le docteur rentra, appela Scipion à lui. Un des talents de Scipion était de faire le mort pour laisser passer l'infanterie et la cavalerie légère, ne se réveillant que lorsqu'on lui annonçait la grosse cavalerie. Le docteur lui montra son tapis et lui ordonna de faire le mort. Scipion se coucha et ferma les yeux.

Au même moment, le Président montrait à l'angle du balcon sa tête fine, qui, malgré l'invitation du maître, n'était point exempte d'inquiétude.

Jacques Mérey alla à lui, le prit dans ses bras, l'embrassa sur le front, ce qui ne lui était jamais arrivé, le caressa de la main, dirigeant sa caresse depuis l'occiput jusqu'à l'extrémité de l'épine dorsale, caresse à laquelle le Président fut si sensible, que le docteur le sentit frissonner sous sa main, du museau à l'extrémité de la queue; frémissement auquel succéda à l'instant même ce ronron particulier aux félins pour exprimer le bien-être porté à la plus haute puissance.

Alors, il le coucha entre les pattes de Scipion, lui faisant un oreiller de l'une d'elles, tandis que de l'autre il lui enveloppait le corps comme une mère fait de son nourrisson. Les deux animaux qui trois jours auparavant avaient voulu se dévorer, — car, si la force était du côté de Scipion, la bonne volonté ne manquait pas au Président, — se trouvèrent nez à nez et tout émerveillés de leurs dispositions non seulement pacifiques, mais bienveillantes vis-à-vis l'un de l'autre.

Ils étaient sous le charme de ce rapprochement lorsque Marthe entra tenant d'une main la pâtée du chat, et de l'autre la soupe du chien. Son étonnement fut si grand, qu'elle posa la pâtée du chat sur la table, pour faire le signe de la croix.

Elle n'avait pas elle-même une confiance bien absolue dans la pureté de croyance de son maître, et chaque fois qu'elle lui voyait accomplir un acte qui lui paraissait dépasser les limites de la puissance humaine, elle commençait à tout hasard par se mettre en garde contre Satan, en dessinant entre elle et lui le signe de la croix.

— Ah! monsieur! dit-elle en regardant le chien et le chat entre les pattes l'un de l'autre, en voilà encore un, de vos tours!

— Donne à ces animaux leur déjeuner, et attends, dit le docteur, qui n'était pas fâché souvent d'apprécier, de ses propres yeux, l'effet que ce que le peuple appelle des miracles produisait sur les âmes vulgaires.

Marthe obéit, mais son trouble était si grand qu'elle déposa la pâtée du chat devant le nez du chien et la soupe du chien devant le nez du chat.

Et, comme elle voulait réparer cette erreur :

— Laisse faire, dit Jacques Mérey; chacun trouvera bien son écuelle.

Alors, de ce sifflement avec lequel il avait réveillé le Président, il tira les deux animaux de leur sommeil factice, et, comme il l'avait prédit, Scipion fit un bond à gauche, pour arriver à sa soupe, et le Président passa entre les jambes de Scipion pour arriver à sa pâtée.

A partir de ce jour, l'harmonie la plus parfaite s'était rétablie et avait régné, à la grande satisfaction de Marthe, mais à la plus grande satisfaction encore de son maître, dans la maison du docteur.

C'était donc avec une confiance en son maître qu'avaient encore augmentée les événements que nous venons de raconter, que Marthe suivait le docteur à son laboratoire, croyant lui voir rapporter sa moisson d'herbes ordinaire.

Mais son étonnement fut grand, lorsque après avoir, avec toute sorte de précautions, déposé son manteau à terre, le docteur en laissa tomber les quatre coins, et qu'elle vit que ce qu'elle avait pris pour des bottes d'herbes n'était rien autre chose qu'une enfant de sept à huit ans, qui resta immobile sur le parquet à l'endroit où l'avait déposée Jacques Mérey, et qui ne donna signe de vie par un mouvement quelconque que quand le chien accourut près d'elle et se fut mis à lui lécher le visage.

— Ah! mon Dieu! qu'est-ce que c'est que *ça*? s'écria Marthe la tête en avant et les bras écartés.

— *Ça!* dit le docteur avec son mélancolique sourire; *ça!* c'est une masse de chair sans âme, sans volonté, sans mouvement, oubliée par le Créateur parmi ces êtres difformes et incomplets auxquels il faut que la science rende ce que la nature a oublié de leur donner.

— Jésus Dieu! monsieur le docteur, exclama Marthe, vous n'allez pas encore embarrasser, j'espère bien, la maison d'un pareil fétiche? C'est bon à mettre dans les grands bocaux qui sont à la porte des apothicaires, mais pas autre chose.

— Au contraire, Marthe, dit Jacques Mérey, je vais la garder, et c'est toi qui plus particulièrement seras chargée de veiller sur elle. Pour commencer, tu vas aller acheter une baignoire de demi-grandeur, et tu vas savonner cette créature des pieds à la tête.

Comme toujours, la vieille Marthe obéit. Une heure après l'ordre donné, la baignoire pleine d'eau, tiède à point, recevait la petite créature, et la main exercée de Marthe la frottait du plus doux savon que l'on avait pu trouver.

Le docteur assistait à cette toilette et y donnait toute son attention. L'enfant, en sortant de la cabane du bûcheron, était tellement salie par le contact des choses les plus immondes, qu'il était impossible de voir non seulement la couleur de ses cheveux, mais encore celle de sa peau.

Peu à peu, sous la main de Marthe et au milieu de la mousse savonneuse, apparaissait un corps d'une blancheur mate et maladive, comme l'est celui des enfants qui ont été tenus enfermés.

Il y a dans les atomes de l'air et dans les rayons du soleil ce que l'on pourrait appeler la couleur de la vie; les plantes qui n'ont ni air ni soleil poussent pâles et blanches, tandis que leurs sœurs qui jouissent des conditions ordinaires de la vie éclatent de toutes les couleurs qu'elles empruntent au prisme solaire.

Il était difficile de dire, même quand le soin le plus scrupuleux eut présidé au débarbouillage de la figure, si l'enfant était belle ou laide. Aucun des traits n'était assez suffisamment arrêté pour qu'on le jugeât; l'œil, qui s'entr'ouvrait à peine et dont on ne pouvait apprécier la grandeur, était cependant d'un beau bleu céleste; la bouche, mal dessinée, renfermait des dents assez belles, mais auxquelles la pâleur des lèvres ôtait toute leur valeur; les sourcils étaient plutôt indiqués par les tons de chair, qu'ils n'étaient marqués par l'arc velouté dont la femme sait tirer un si bon parti, qu'ils soient abondants ou non. Sa tête était à peu près dénudée de cheveux, excepté au cervelet, où quelques boucles d'un blond pâle indiquaient que, si cette créature devenait jamais une femme, elle se rattacherait à la douce race germanique par la couleur de sa chevelure.

En somme, à part quelques engorgements au cou, aux aines et aux genoux, le docteur parut assez satisfait de l'état dans lequel il trouvait la pauvre petite abandonnée.

Un des caractères de l'idiotisme, c'est la torpeur.

La nature a fait à l'homme trois dons, et dans ce triangle elle a renfermé la vie.

Ces trois dons sont la sensation, la volonté, le mouvement. L'homme éprouve, il veut, il agit. Ces trois actions s'enchaînent et ne peuvent se désunir. Du moment que l'homme n'éprouve pas, il ne peut pas vouloir, et, ne pouvant vouloir, il n'agit pas.

L'idiot n'éprouve pas; de là la cause première de son immobilité.

Ainsi, dans la cabane du braconnier, la pauvre enfant ne quittait jamais son lit, et restait des heures entières à rouler sur elle-même comme un animal, ou à se balancer comme ces magots de la Chine qui n'ont de mouvement que dans le va-et-vient de la tête, d'une épaule à l'autre.

C'était là son plus grand rapprochement de la vie.

Elle détestait le grand air, le mouvement, la lumière, enfin, elle avait la tendance naturelle des corps bruts qui aspirent au repos.

Le docteur Mérey mit l'enfant nue sous la garde du chien et descendit au jardin.

Comme dans toutes les provinces, où le terrain ne coûte pas cher, le jardin était grand relativement à la maison. Il était planté d'arbres forestiers au milieu desquels, au sommet d'un tertre, s'épanouissait un magnifique pommier. Un cours d'eau, une source, claire, brillante, sanglotant un doux murmure, sortait du pied de ce tertre, descendait en petites cascades, et, traversant une cour pavée, dans l'encaissement d'un ruisseau, allait, après avoir arrosé le jardin dans toute sa longueur, se jeter dans la Creuse.

A cette source, si humble et si exiguë qu'elle fût, le jardin véritable oasis, devait toute sa fraîcheur et toute sa verdure. Trois ou quatre magnifiques saules pleureurs, placés d'étage en étage, mêlaient leur feuillage doré aux différentes nuances de vert que présentait au regard la palette variée du jardin.

D'un coup d'œil, Jacques Merey mesura tout le parti qu'il pouvait tirer pour sa petite malade, d'un jardin en pente douce où le soleil, si ardent qu'il fût, était toujours tamisé par l'ombre des arbres. Un crayon à la main, il se fit à l'instant même l'architecte et le jardinier de ce petit Trianon. Une surface plane fut destinée à une fine pelouse de gazon anglais sur laquelle l'enfant pourrait se rouler tout à son aise. Un bassin, dont la profondeur ne devait pas dépasser trente centimètres, fut tracé avec des piquets de bois, que devait remplacer une grille de fer; c'était le bain futur de l'enfant sans nom et sans âme qui gisait dans le laboratoire.

Des branches de tilleul furent entrelacées par Jacques Mérey lui-même, pour former un berceau impénétrable aux rayons du soleil dans ces jours de canicule et d'exaspération de la nature pendant lesquels tout devient dangereux, même le soleil. Enfin, deux ou trois emplacements furent désignés pour y planter des fleurs, car Jacques Mérey, dans la cure qu'il allait entreprendre, comptait appeler à lui toutes les ressources de la nature.

Le lendemain matin, quatre ouvriers jardiniers étaient, au point du jour, introduits dans le jardin, et une double paye leur était offerte s'ils avaient, en une semaine, opéré tous les travaux que le docteur venait en dix minutes de jeter sur le papier.

VII

UNE AME A SA GENÈSE

Huit jours après, la besogne était terminée; le gazon, semé dès le premier jour, commençait à sortir de terre. Le bassin, foncé de gravier pris à la rivière, entouré d'une grille qui empêchait l'enfant d'y rouler, disposé de manière à ce qu'elle y pût prendre, sous la surveillance de Marthe, un bain complet dans lequel rien ne gênerait le caprice de ses mouvements, s'étendait sur un diamètre d'une dizaine de pas; enfin des fleurs avaient été transportées dans leurs pots, pour qu'elles n'eussent point à souffrir du déplacement, et formaient, de leurs différentes nuances trois tapis bariolés.

Le petit Eden était prêt à recevoir sa petite Eve.

L'enfant n'avait pas de nom; on n'avait jamais pensé à lui en donner un. Qu'avait-on besoin de l'appeler, puisqu'elle ne répondait pas? Elle avait bien reçu autrefois sans doute, au moment de sa naissance, le nom de quelque saint ou de quelque sainte porté au calendrier, mais ces élus du Seigneur avaient si mal veillé sur leur filleule, que ce n'était véritablement pas la peine de rechercher ce nom impuissant, et qui, d'ailleurs, était probablement perdu volontairement au fond de la mémoire de ses nourriciers.

Mais Marthe la Bossue, qui non seulement avait un nom, mais aussi un surnom, ne pouvait pas se contenter d'un pareil incognito; elle tourmenta donc tant son maître pour savoir le nom de l'enfant, que celui-ci, qui, au bout du compte, voulait l'habituer dans l'avenir à répondre à une appellation, lui répondit qu'elle se nommait Eva. Et ce n'était pas sans raison et sans y avoir réfléchi que Jacques Mérey donnait ce nom à la petite orpheline; n'avait-il pas essayé de faire sur elle la même œuvre que Dieu avait faite sur la première femme? Cette création toute matérielle qui lui était tombée entre les mains, n'allait-il pas, lui, si son projet réussissait, en faire une créature que Dieu pourrait reconnaître parmi les femmes, comme il reconnaît une fleur parmi les fleurs? Quel nom plus significatif eût-il pu lui donner que celui d'Eva?

Nous disons Eva, parce que lui seul persista à lui donner ce nom. Marthe la Bossue trouvait le nom de Rosalie bien plus joli, et elle demanda la permission de substituer ce nom à celui que le docteur lui désignait, et qui d'ailleurs n'était pas dans le calendrier.

Jacques Mérey, qui commençait à éprouver un sentiment étrange pour la petite fille, ne fut point fâché que tout le monde l'appelât d'un nom tandis que lui seul l'appellerait d'un autre, et tandis qu'à lui seul elle répondrait lorsqu'il l'appellerait de ce nom-là.

L'enfant, appelée Rosalie par tout le monde, fut donc par le docteur seul appelée Eva.

Le jour où Eva fit son entrée dans le jardin était une chaude journée d'été; il fit étendre un tapis sous le berceau de tilleuls, et Scipion, bien lavé, bien frotté à son tour, fut admis à partager l'ombre avec l'enfant.

Le docteur avait beaucoup compté sur le chien pour l'aider dans son œuvre de création. Le chien porterait un jour Eva sur son dos; le chien traînerait un jour la voiture d'Eva; en attendant, le chien, avec une adresse admirable, jouait avec l'enfant, lui imprimait malgré elle ce mouvement qui lui paraissait antipathique, mais qu'elle acceptait de la part du chien.

Pendant toute cette première journée, le docteur se tint en tiers avec les deux pauvres êtres qu'il ne quittait pas des yeux.

L'enfant était nue, la chaleur le permettait, et le docteur ne voulait, par aucun obstacle, gêner ses premiers mouvements; plusieurs fois, il essaya de la faire tenir debout; mais ses jambes plièrent, même en donnant un banc pour appui à ses mains.

Le docteur vit donc qu'il fallait, momentanément du moins, ne s'occuper que de l'organisme, pour le mettre en état d'accepter ultérieurement les bénéfices d'un traitement moral.

Les premiers jours et même les premiers mois se passèrent en soins médicaux destinés à combattre le lymphatisme de ce corps.

Ce furent d'abord des bains froids dans le bassin de la source; ces bains commencèrent d'abord à faire jeter des cris de douleur à l'enfant; il en est toujours ainsi, et dans notre pauvre nature humaine, le cri de douleur précède le cri de joie; puis, aux bains froids, auxquels la petite Eva s'habitua peu à peu, qu'elle supporta bientôt sans angoisse, et qu'elle finit même par prendre avec plaisir, succédèrent, quand les jours de chaleur furent passés, les bains salins et alcalins, auxquels vinrent en aide une bonne et succulente nourriture.

Chez le braconnier, l'enfant n'avait jamais mangé que des soupes au lait ou des panades; la soupe au bœuf y était rare, et à peine l'enfant avait-elle eu l'occasion d'en goûter deux ou trois fois dans sa vie.

D'ailleurs, sous le rapport de la nourriture, elle ne manifestait aucune préférence; elle avalait ce qu'on lui donnait, et le mouvement de ses mâchoires, comme tous les autres mouvements de son corps, était purement instinctif.

Le docteur commença par substituer d'excellents consommés aux panades et aux soupes au lait; puis, peu à peu, quand il se fut assuré que l'estomac pouvait supporter quelque chose de plus substantiel, il en arriva aux gelées de viandes blanches d'abord, puis de viande noire et particulièrement de gibier, cette dernière viande contenant le double de partie nutritive des autres.

L'hiver se passa tout entier dans ces soins de tous les jours, et sans que l'on pût constater le moindre progrès dans l'intelligence ou dans l'organisme physique de l'enfant. Mais la patience du docteur semblait plus obstinée que la faiblesse qu'elle avait entrepris de combattre.

Souvent il était près de désespérer.

Un fait qu'il provoqua, et qui réussit selon ses désirs, lui rendit toutes ses espérances.

Un jour, il ordonna à Marthe d'emmener le chien et de l'enfermer dans une niche bâtie au fond du jardin, où l'on ne pouvait entendre ses cris.

Mais le chien ne voulut pas suivre Marthe; il fallut que ce fût le docteur lui-même qui le conduisît à la niche et qui lui ordonnât d'y rentrer.

L'intelligent animal comprenait à quelle séparation on le condamnait; contre tout autre que le docteur, à coup sûr, il se fût défendu; mais par le docteur il se laissa enchaîner et enfermer, se contentant de se plaindre douloureusement d'une pareille injustice.

Bien entendu que ce fut le docteur qui se chargea de porter la nourriture au pauvre prisonnier. Pour le consoler, il lui laissa une gamelle pleine d'une soupe qu'il avait tout particulièrement recommandée à la vieille Marthe. Puis il revint près d'Eva.

C'était la première fois depuis près d'un an que la petite fille était privée de son compagnon; elle l'avait vu sortir avec le docteur, et l'avait suivi des yeux jusqu'à la porte; en ne le voyant pas rentrer avec lui, ses yeux demeurèrent fixes et marquèrent une nuance d'étonnement.

Le docteur saisit cette nuance, tout imperceptible qu'elle était.

Mais ce ne fut pas tout. Le reste de la journée se passa. L'enfant, inquiète, regardait à droite et à gauche, faisant même de certains mouvements qu'elle n'avait jamais faits pour regarder derrière elle; puis des plaintes, vers le soir, commencèrent à s'échapper de ses lèvres.

Mais ce n'étaient pas des plaintes que voulait Jacques Mérey; souvent déjà il l'avait entendue se plaindre; c'était un sourire, car il ne l'avait jamais vue sourire encore, et cependant peu à peu, incontestablement, les traits de son visage s'étaient accentués; l'œil s'était agrandi, tout en restant sinon atone, du moins vague; le nez s'était formé, les lèvres s'étaient dessinées et avaient pris une teinte rosée; enfin sa tête s'était couverte de cheveux du plus beau blond.

Le docteur veilla près d'elle; les plaintes de la journée se continuèrent pendant le sommeil. Deux ou trois fois, l'enfant fit des mouvements plus brusques qu'elle n'en faisait étant éveillée, et elle agita son bras avec moins de mollesse que de coutume.

Rêvait-elle? y avait-il une pensée dans ce cerveau? ou n'était-ce que de simples tressaillements nerveux qui la secouaient?

Il saurait cela le lendemain.

Le lendemain, en s'éveillant, Eva trouva près d'elle le chat, pour lequel elle n'avait jamais manifesté ni sympathie ni antipathie; c'était Jacques Mérey qui avait placé là l'animal afin de voir comment l'accueillerait Eva.

Eva, à moitié éveillée, sentant un poil doux à la portée de sa main, commença par caresser l'animal; mais, peu à peu, ses yeux s'ouvrirent et, avec la fatigue visible d'un effort accompli, se fixèrent sur le Président, qu'elle commençait à ne plus confondre avec Scipion; enfin, reconnaissant l'identité du matou, elle le repoussa avec un dépit assez visible pour que l'irascible matou se crût insulté et sautât à bas du lit de l'enfant.

Dans ce moment, on entendit par les escaliers un grand bruit de chaînes et comme le galop d'un cheval qui aurait gravi l'escalier du laboratoire, puis la porte mal fermée s'ouvrit sous une violente secousse, et Scipion parut, délivré de sa captivité.

Il avait brisé sa chaîne et mangé sa porte.

Il vint se jeter sur le lit d'Eva.

Eva jeta un cri de joie, et, pour la première fois, sourit.

C'était le dénoûment qu'attendait le docteur, quoiqu'il l'eût préparé d'une autre façon, et qu'il eût compté sans la vigueur et sans l'impatience de Scipion.

Il s'empressa de détacher du cou du chien le collier et la chaîne qu'il traînait, et dont les anneaux eussent pu blesser les membres délicats de l'enfant. Puis, joyeux, il contempla cette double joie se manifestant dans une mutuelle caresse.

Ainsi, la veille, l'enfant avait bien véritablement regretté le chien.

Ainsi, la nuit, l'enfant avait bien véritablement rêvé.

Ainsi, malgré les vingt-quatre heures écoulées, Eva n'avait point oublié Scipion.

Il y avait dans le cerveau de l'enfant, sinon la mémoire encore, du moins le germe de la mémoire.

Jacques Merey murmura tout bas la devise de Descartes: *Cogito, ergo sum.* (Je pense, donc je suis.)

L'enfant *pensait*, donc elle *était*.

Puis, aux premiers jours du printemps, quand l'eau eut repris son cours et son murmure; quand avril eut fait éclater les bourgeons laineux des hêtres et des tilleuls; quand l'herbe eut de nouveau de sa tête verte percé la surface brune de la terre, par un beau soleil et par une belle matinée, l'enfant, suivie du chien, fit sa rentrée dans son paradis.

Le tapis l'attendait sous les tilleuls; mais cette fois, une surprise attendait Jacques, qui fut la récompense de ses soins. En se cramponnant à l'angle du banc, l'enfant se souleva d'elle-même, et, aidée du docteur, qui appuya ses deux mains au rebord de la banquette, elle se tint debout, et, toute joyeuse, poussa une exclamation de plaisir qui pour le docteur fut une exclamation de triomphe.

Ainsi venait de se révéler presque en même temps le double progrès de la pensée dans le cerveau et de la force dans les muscles. Ainsi, comme chez les autres enfants, et en retard seulement de six ou sept années, se développaient ensemble ces deux jumeaux, l'un terrestre, l'autre divin, qu'on appelle le corps et l'âme.

VIII

PRIMA CHE SPUNTI L'AURA

C'était un progrès à ravir le docteur de joie, mais un progrès relatif.

Eva commençait à distinguer ce qui se trouvait dans le cercle de son rayon visuel; mais elle paraissait insensible au bruit, et, pour quelque bruit qui se fît autour d'elle, elle ne se retournait point.

Le docteur s'arrêta à une idée qui lui était déjà venue plusieurs fois, mais que, dans la crainte d'avoir deviné vrai, il n'avait pas voulu approfondir: c'est que la pauvre enfant était sourde.

Un jour qu'elle jouait avec Scipion sur la pelouse, et que, trop faible encore pour se tenir sur ses jambes, elle se traînait sur ses pieds et sur ses mains, le docteur, qui avait abandonné pour elle creusets et cornues, monta à son laboratoire, prit un pistolet, le chargea, et vint le tirer derrière Eva et à son oreille.

Scipion bondit, aboya, se précipita dans les massifs, les fouilla pour savoir sur quel gibier le docteur avait tiré.

Mais l'enfant ne tressaillit même pas.

Elle suivait des yeux le chien, elle paraissait s'amuser de sa folie, elle lui faisait de la main, et pour le rappeler auprès d'elle, des gestes tout à fait inintelligibles d'un autre que lui. Mais, tout en s'occupant de l'effet, elle était restée complètement étrangère à la cause.

Alors, le docteur résolut d'employer l'électricité comme adjuvant au traitement que subissait la jeune fille: toutes les fois qu'elle retombait dans ses phases de torpeur, et ces phases, à peu près périodiques, se renouvelaient pendant vingt-quatre, trente-six ou même quarante-huit heures, deux ou trois fois par mois, Jacques Mérey la frictionnait avec une brosse électrique, lui faisait prendre des bains d'eau électrisée, et dirigeait sur le conduit auditif un courant électrique continu pendant quelques minutes d'abord, puis pendant un quart d'heure, une demi-heure et même une heure.

Au bout de trois mois de traitement, le docteur renouvela l'expérience du pistolet.

L'enfant tressaillit et se retourna au bruit.

Il était évident pour le docteur que, jusque-là, Eva avait été muette parce qu'elle avait été sourde; quand elle entendrait le bruit de la parole, qui ne parvenait pas encore jusqu'à elle et qui frappait son oreille sans y pénétrer, elle parlerait.

Mais le docteur était encore loin d'avoir atteint ce résultat.

Aussi continua-t-il avec énergie le même traitement électrique. L'enfant paraissait physiquement s'en trouver à merveille, et elle y recueillait un remarquable accroissement de forces physiques. Aussi le docteur résolut-il de faire une autre tentative.

Le pauvre voiturier qui avait eu la cuisse brisée, et à qui le docteur avait si heureusement fait l'opération que nous avons décrite, outre les trois cents francs que lui avait fait obtenir son protecteur inconnu, avait obtenu de la mairie d'annoncer à son de trompe dans les rues d'Argenton les nouvelles municipales, les ventes publiques, les objets perdus, les récompenses promises.

Le bruit de sa trompette était populaire à Argenton, et, dès que l'on entendait sa fanfare accoutumée, la seule qu'il sût, chacun, mis en mouvement par ce désir de nouvelles si impérieux dans les petites villes, où elles sont si rares que l'on en fait quand il n'en vient point, accourait au carrefour où elle se faisait entendre.

Un jour qu'il venait de remplir son office et qu'il passait devant la porte de Jacques Mérey, celui-ci l'appela.

Basile se hâta de se rendre à l'invitation du docteur, aussi vite que le lui permettait sa jambe de bois.

Le docteur, inutile de le dire, était resté un dieu pour le brave Basile, qui, voyant de quelle pluie de bénédictions, la Providence l'avait gratifié depuis son accident, en était arrivé à ne pas regretter sa jambe, qui ne lui eût jamais, présente, rapporté ce que, absente, elle lui rapportait.

Jacques Mérey expliqua à Basile ce qu'il désirait de lui : c'était sa fanfare la plus aiguë.

Basile avoua naïvement au docteur qu'il n'en savait qu'une, mais qu'il pouvait, si l'oreille destinée à l'entendre n'était pas trop délicate, au risque de quelques notes hasardées, la monter un ton plus haut.

Le docteur répondit que l'instrumentiste ne devait pas craindre de risquer quelques sons discordants. Il les lui eût demandés s'il ne les lui eût pas offerts de lui-même.

Tous deux montèrent au laboratoire, car on était arrivé aux premiers froids d'hiver. La douce chaleur du poêle, chaleur maintenue de 18 à 20 degrés, permettait à l'enfant de rester vêtue d'une simple chemise. Elle était couchée sur Scipion et tenait le Président entre ses bras.

Le Président était beaucoup moins lié avec l'enfant que Scipion. Et, il faut le dire, malgré le nom que lui avait donné Marthe, et malgré sa fourrure bien autrement douce que celle du chien, le Président n'était pas d'un caractère facile, et, de même qu'il y a toujours beaucoup du chat dans le tigre, il y a toujours un peu du tigre dans le chat. Et Marthe elle-même, malgré sa tendresse de mère pour le quinteux matou, n'était pas à l'abri d'un coup de griffe dans ses jours de misanthropie.

Il est vrai que, si le Président eût été amplement doué de ce filon de mémoire qui avait à la grande joie du docteur traversé le cerveau d'Eva, il eût bien, malgré sa fourrure immaculée et son embonpoint chanoinesque, eu quelques reproches à faire à la vieille servante, quand l'indifférence moqueuse des chattes argentonaises lui rappelait que sa trop prévoyante nourrice ne lui avait pas rendu l'équivalent de ce qu'elle lui avait ôté.

Mais jamais avec Eva le Président n'avait manifesté un de ces moments d'impatience, et jamais la moindre égratignure rayant d'un trait la peau, hélas ! trop blanche de l'enfant, n'avait témoigné que les griffes aiguës de l'involontaire soprano fussent sorties de leur fourreau de velours.

Le docteur recommanda à Basile d'entrer sans bruit, non pas à cause de l'enfant qui ne l'entendrait pas, à coup sûr, mais à cause du chien et du chat qu'il pourrait effrayer. Aussi, malgré le bruit que faisait en frappant sur le parquet cette jambe que Basile devait à la libéralité du docteur, ils arrivèrent tous deux, leurs pas assourdis par le tapis, à la distance d'un mètre à peu près du groupe pittoresque que formaient l'enfant entre les deux animaux.

Scipion et le Président, qui avaient l'oreille fine, avaient bien entendu venir deux personnes, mais l'une de ces deux personnes était le maître, et par conséquent on le savait trop bienveillant pour supposer, même eût-on les susceptibilités excessives du chien et les mauvaises imaginations du chat qu'il vînt avec de méchantes intentions. Quant à celui qui l'accompagnait, ce n'était pas tout à fait un inconnu pour les deux animaux. Assis sur le seuil de la porte, Scipion, et, couché sur son toit, le Président, l'avaient plus d'une fois vu passer devant la maison et même s'arrêter pour parler au docteur. Quant à cet instrument d'une forme inconnue qu'il tenait à la main, c'eût été par trop d'intelligence aux deux quadrupèdes de le suspecter, tous deux ignoraient les tonnerres d'inharmonie et de discordance qu'il renfermait dans son sein. Aussi, lorsqu'il l'approcha de sa bouche, mouvement que ne vit point Eva, mais que suivirent en clignant béatement des yeux le Président et Scipion, nul ne se douta de ce qui allait arriver.

Tout à coup la formidable fanfare éclata si terrible, que d'un seul bond le Président fut sur le toit voisin en passant à travers un carreau qui se trouvait sur sa route ; que Scipion fit entendre le plus lugubre gémissement qui fût sorti du larynx d'un chien hurlant à la lune, et qu'Eva se prit à pleurer. L'épreuve était heureuse mais non concluante, Eva pouvait aussi bien pleurer à propos de la fuite du Président ou du brusque mouvement de Scipion qu'à propos de la fanfare qui venait d'éclater si inopinément sur sa tête.

Aussi fit-il signe à Basile de s'interrompre, et comme Eva continua de pleurer encore quelques minutes, il fut impossible de connaître la véritable cause de ses larmes.

Mais, ses larmes ayant cessé, le docteur prit Scipion par le collier, afin qu'aucun mouvement de l'animal ne vînt effrayer la malade, et ordonna à Basile de recommencer son morceau. Basile, orgueilleux de l'effet qu'il avait produit, ne se fit pas prier ; il rapprocha l'instrument de sa bouche, et en tira un son si terrible et si menaçant, que les larmes d'Eva recommencèrent et qu'elle fit un mouvement pour fuir comme avaient fui le Président et Scipion.

Dès lors, il n'y avait pas de doute à conserver, c'était bien la trompette qui avait fait pleurer l'enfant, et la fuite du chat et les lamentations du chien n'étaient pour rien dans ses larmes.

Le docteur, enchanté de l'épreuve et convaincu de la bonté de son système curatif, donna un écu de six livres au musicien, qui fit toute sorte de difficultés pour recevoir de l'argent de celui dont il avait reçu la vie ; mais le docteur insista tellement, que Basile finit par mettre son écu de six livres dans sa poche, offrant à son sauveur de revenir toutes et quantes fois il lui plairait, offre obligeante, mais dont le docteur ne profita pas.

Scipion, bon caractère, esprit calme et bienveillant, revint, aussitôt que Basile fut sorti, se remettre à la disposition de l'enfant ; mais le Président, caractère plus aigre et plus rancunier, ne reparut qu'à l'heure de la pâtée.

Malgré la lenteur du traitement, car il y avait déjà plus de deux ans qu'Eva avait quitté la maison du braconnier, la joie du docteur était grande, car il ne doutait pas que la malade ne fût en voie de guérison.

Il laissa écouler trois autres mois pendant lesquels l'enfant fut soumis à un traitement électrique décroissant, car Jacques Mérey craignait de fatiguer outre mesure les organes sur lesquels il opérait ; puis, un jour, il fit apporter un orgue qui, avec toute sorte de précautions, lui était arrivé de Paris par le roulage.

Il y avait bien un orgue dans l'église d'Argenton, mais il y avait aussi un curé, et Jacques Mérey était tenu par tout le clergé pour un si mauvais chrétien, qu'à moins d'exorcisme opéré sur lui, on ne lui eût point permis de faire ses expériences dans l'église.

Comme rien ne lui coûtait quand il s'agissait d'Eva, il avait donc, dans les espérances curatives qu'il fondait sur la musique, fait sans la regretter le moins du monde la dépense d'un de ces orgues de salon qui coûtaient alors cent cinquante ou deux cents pistoles, et qu'on était obligé de faire venir d'Allemagne, la fabrique d'Alexandre étant encore inconnue.

Aux larmes versées par Eva lorsque Basile avait exécuté son morceau, le docteur avait non seulement acquis la certitude qu'elle avait entendu, mais avait conçu l'espérance qu'elle aurait le sens musical, et que les larmes lui étaient venues aux yeux autant de la discordance du musicien et de l'instrument que de la formidable harmonie qui s'était échappée de leur réunion.

Ce fut toute une grande affaire que l'installation de cet orgue, sur lequel Jacques Mérey comptait énormément. La question n'était pas de le placer et de l'établir avec l'aplomb convenable à ces sortes d'instruments, mais il importait qu'aucune vibration n'en sortît avant l'heure où Jacques Mérey désirait que ses sons mélodieux produisissent leur effet, non seulement sur l'oreille, mais aussi sur le cœur de l'enfant.

On était aux premiers jours du printemps, dans cette période merveilleuse où un nouveau fluide se répand par toute la nature, et, comme une chaîne d'amour, fait éclore les êtres qui ne sont pas nés encore et rattache d'un lien plus ardent ceux qui ont déjà subi son influence.

C'était la troisième fois que les bourgeons des arbres éclataient sous les jeunes et premières feuilles d'avril depuis qu'Eva, encore enfermée dans son bourgeon d'hiver, attendait dans la maison du docteur, un rayon de ce soleil vivifiant ; elle avait dix ans.

Jacques Mérey attendit que se levât une de ces journées qui remplissent toutes les conditions vivifiantes de cette aurore printanière à laquelle les choses inanimées semblent elles-mêmes devenir sensibles ; il ouvrit la fenêtre pour qu'un rayon de soleil pénétrât dans le laboratoire ; il attira les branches de lierre qui pendaient du toit pour faire à ce rayon un voile de verdure ; il coucha l'enfant sous le flot tempéré de cet œil de feu, et, tandis que son sourire et ses membres détendus indiquaient ce bien-être qu'éprouve toute créature sous le regard du Créateur, il marcha à son orgue ouvert d'avance et laissa tomber ses mains sur la première mesure du *Prima che spunti l'aura*, de Cimarosa.

Jacques Mérey n'était pas ce qu'on peut appeler un habile instrumentiste, c'était seulement un de ces hommes d'harmonie qui ont en eux toutes les qualités intellectuelles, musicales, poétiques, qui naissent de l'accord d'un grand cœur et d'un esprit élevé. Il eût été poète, il eût été peintre, il eût surtout été musicien, si cette fureur du bien ne l'eût entraîné sur les traces des Cabanis et des Condorcet.

Ce fut donc avec une mélodie toute particulière que l'instrument presque divin vibra sous ses doigts en sons mélancoliques et prolongés; et, comme le musicien s'était placé de manière à ne pas perdre le moindre effet produit par l'instrument sur l'auditeur, il put voir, au premier flot de mélodie qui se répandit dans l'appartement, Eva tressaillir, relever la tête, sourire, et, sur ses genoux, en s'aidant à peine de ses mains, venir à lui comme le magnétisé vient au magnétiseur, et, arrivée près de sa chaise, s'accrocher aux bâtons et se soulever de toute sa hauteur en se soutenant au dossier du siège et en s'abreuvant à cette source de notes qui jaillissait des touches de l'orgue sous les doigts du docteur.

Le docteur, joyeux, la prit dans ses bras et la pressa contre son cœur, mais Eva, l'écartant doucement, laissa retomber sa propre main sur l'ivoire de l'orgue et en tira avec une satisfaction étrange un long gémissement.

Mais elle n'essaya même pas de recommencer, et laissa retomber sa main inerte auprès d'elle, comme si elle eût reconnu l'impossibilité de produire les mêmes sons qu'elle venait d'entendre un instant auparavant.

Alors, par des mots inarticulés, elle essaya de faire comprendre son désir.

Le docteur, qui n'avait qu'une âme pour lui et pour elle, crut avoir compris ce murmure, si inintelligible qu'il fût, et, laissant retomber ses deux mains sur l'orgue, il reprit le morceau où il l'avait abandonné.

Il y avait dans le jardin, tous les ans, une nichée de rossignols; le docteur avait recommandé par-dessus toute chose qu'on ne tourmentât jamais le mâle sur sa branche, la femelle sur son nid, les petits sous elle.

Aussi, tous les ans, quelque échappé de la nichée dernière, peut-être le même mâle et la même femelle, revenaient faire leur nid au même endroit, dans une épaisse touffe de seringas; cette touffe était adossée à la tonnelle formée par des branches de tilleul entrelacées.

Comme les ordres de Jacques Mérey, à l'endroit du roi des chanteurs, avaient été observés religieusement; comme le Président était nourri de manière à n'avoir jamais besoin de chercher ailleurs un en-cas, tous les ans, à la même époque, du 5 au 8 mai, on entendait éclater la voix merveilleuse du ménestrel nocturne.

Cette fois, Jacques Mérey guetta son retour; il comptait éprouver sur l'organisme d'Eva cet instrument le plus merveilleux de tous, le chant de l'oiseau.

Le 7 mai, le chant se fit entendre. Il pouvait être onze heures du soir lorsque la première note parvint jusqu'au laboratoire du docteur, dont la fenêtre était ouverte. Il réveilla l'enfant.

Jacques Mérey avait remarqué que, lorsqu'on réveillait Eva, elle était d'humeur beaucoup moins souriante que lorsqu'elle se réveillait d'elle-même; mais il espérait trop de l'épreuve pour attendre que le rossignol chantât à une heure où elle aurait les yeux ouverts. Il l'emporta toute maussade dans son berceau, et descendit avec elle au jardin.

L'enfant se plaignait sans pleurer, comme font les enfants de mauvaise humeur; mais, à mesure que le docteur entrait dans le jardin et s'approchait de l'endroit où chantait le rossignol, la sérénité reparaissait sur le visage de l'enfant; ses yeux s'ouvraient comme si elle eût espéré voir mieux dans la nuit que dans le jour. Sa respiration même, de haletante qu'elle était, devenait régulière; elle écoutait non seulement de toutes ses oreilles, mais avec tous ses sens; et, lorsque le docteur l'eût posée à terre, sous la tonnelle, elle se leva toute droite, sans appui cette fois, et marcha, en faisant de ses bras un balancier, vers l'endroit d'où venait le son.

C'était la première fois qu'elle marchait.

Il n'y avait plus aucun doute pour le docteur, tous les sons arrivaient et arriveraient désormais jusqu'à elle, tous les sens allaient rentrer chez elle par la porte des sons, le monde intellectuel allait cesser d'être un mystère pour l'enfant.

La science ou le Seigneur avait prononcé le mot de l'Evangile : *Ephata* (ouvre-toi) !

IX

OU LE CHIEN BOIT, OU L'ENFANT SE REGARDE

Une fois ouverte sur l'intelligence, cette porte ne se referme plus.

Il y avait par la ville d'Argenton un pauvre fou qui avait été guéri par le docteur Mérey, et qui, comme Basile, lui en avait gardé une grande reconnaissance; celui-là s'appelait Antoine.

Peut-être avait-il un autre nom, mais personne ne s'en était inquiété plus que lui ne s'en était inquiété lui-même; sa folie consistait à se croire *l'éternelle justice* et le *centre de vérité*.

Comment ces idées si abstraites entrent-elles dans le cerveau d'un paysan?

Il est vrai qu'elles n'y entrent que pour le rendre fou. Le docteur, comme nous l'avons dit, l'avait guéri ou à peu près. Il se croyait toujours *l'éternelle justice* et le *centre de vérité*. Il se croyait toujours en communication avec Dieu.

Sur tous les autres points, il raisonnait avec justesse, et l'on avait même pu remarquer que sa folie, après l'avoir quitté, avait laissé à ses idées une élévation qu'elles n'avaient point auparavant.

Il était porteur d'eau de son état lorsque sa folie l'avait pris, et faisait avec une brouette et un tonneau le service dans la ville. Pendant tout le temps de sa maladie, ce service avait été interrompu; mais à peine revenu à la santé il s'était remis à ce labeur, qui était son seul gagne-pain.

On le voyait parcourir la ville traînant sa petite charrette chargée de son tonneau, au robinet duquel pendait le seau qui lui servait à transporter sa marchandise à l'intérieur des maisons; seulement, il avait toujours la main droite placée en manière de conque à son oreille, pour entendre la voix de Dieu et ne rien perdre des pieuses paroles que le Seigneur lui disait.

Avant d'entrer dans la chambre où il avait l'habitude de verser l'eau dont il emplissait son seau dans un récipient quelconque, il avait l'habitude de frapper trois fois la terre du pied, et de dire d'une voix formidable :

— *Cercle de justice ! centre de vérité !*

Il va sans dire que le docteur était devenu une de ses meilleures pratiques, et que, tous les jours, soit dans la cuisine de Marthe, soit dans le laboratoire du docteur, il versait ses trois ou quatre seaux d'eau, qui étaient utilisés pour les besoins du ménage.

Sa visite chez le docteur avait lieu de huit à neuf heures du matin.

Pour la première fois, Eva était levée lorsque, quelques jours après le concert que lui avait donné le rossignol, concert qu'elle réclamait tous les soirs et qu'excepté par les mauvais temps on lui accordait le plaisir d'entendre, Antoine ouvrit la porte, frappa trois fois du pied, et de sa voix de tonnerre cria :

— *Cercle de justice ! centre de vérité !*

L'enfant se retourna tout effrayée et poussa un cri qui avait la modulation d'un appel.

Jacques Mérey, qui était dans le cabinet voisin, accourut tout joyeux : c'était la première fois qu'Eva donnait une attention quelconque à la voix humaine.

Le docteur la prit dans ses bras, l'approcha d'Antoine, et son regard, en s'approchant de lui, exprima une certaine terreur.

C'était assez pour un jour de cette nouvelle sensation de crainte; le docteur fit signe à Antoine de s'éloigner; mais il lui recommanda de venir tous les jours afin que l'enfant s'habituât à lui; et, en effet, au bout de quelques jours, l'enfant semblait attendre l'arrivée d'Antoine, dont le manège l'amusait, et dont la grosse voix maintenant la faisait rire.

Un jour, Antoine reçut la recommandation de ne pas venir le lendemain. Le lendemain, à l'heure habituelle, Eva donna quelques signes d'impatience; elle se leva, alla jusqu'à la porte, devant laquelle elle resta debout, le mécanisme lui en étant inconnu. Elle revint alors avec impatience vers le docteur; mais, sa vue ayant été attirée par un foulard rouge qu'il avait autour du cou, elle oublia Antoine pour tirer de toute sa force le foulard, que le docteur tira lui-même doucement et laissa tomber entre ses mains.

Alors, elle le secoua avec des rires bruyants, comme elle eût fait d'un étendard; puis, de même qu'elle l'avait vu autour du cou de Jacques Mérey, elle essaya de le mettre au sien; ce fut un nouveau trait de lumière pour le docteur. Il se demanda si la coquetterie ne serait point un mobile capable d'éveiller dans son cerveau un nouvel ordre de sensations et d'idées; il avait cru reconnaître que, malgré son indifférence, elle promenait volontiers ses yeux sur les fleurs d'une couleur vive.

C'était l'heure où l'on descendait l'enfant dans le jardin.

Depuis longtemps, le rossignol avait un nid, des petits, une famille et par conséquent avait cessé de chanter, car on sait que les soucis de la paternité vont chez lui jusqu'à lui imposer pendant les trois couvées que fait sa femelle le silence le plus complet.

Jacques Mérey, qui avait à réfléchir sur l'incident du foulard et qui voulait en tirer parti, s'assit sur un banc tandis que Scipion et Eva jouaient sur la pelouse que baignait le bassin fermé par une grille et le petit ruisselet qui s'en échappait et qui était trop peu profond pour donner la crainte que l'enfant ne s'y noyât ; d'ailleurs, y fût-elle tombée, Scipion l'en eût tirée à l'instant même. Le docteur, sans rien suivre des yeux que sa pensée, voyait vaguement errer sur le gazon l'enfant et le chien ; tous deux cessèrent à l'instant de se mouvoir et par leur immobilité fixèrent le regard du docteur.

Jusqu'à l'âge de sept ans, nous l'avons vu, la pauvre enfant avait été couverte de vêtements grossiers, que les soins assidus de la grand'mère avaient eu toutes les peines du monde, comme elle l'avait dit, à maintenir propres.

La vieille n'avait que faire d'orner un enfant que personne ne voyait et qui ne se connaissait pas elle-même.

Quant au docteur, il avait, dans l'absence de vêtements,

La toilette fut conforme aux indications du docteur.

Le chien et la jeune fille étaient couchés l'un à côté de l'autre à la marge du ruisseau.

Le chien buvait ; l'enfant, qui était parvenue à fixer le mouchoir sur sa tête, se regardait.

Elle se leva sur ses genoux, et agenouillée regarda encore.

Il y avait déjà quelque temps, on a pu le voir, que le docteur, abandonnant peu à peu le traitement physique, s'occupait du moral et de l'intelligence, et, comme les sciences occultes étaient en grand honneur à cette époque, il ne négligeait pas une occasion d'appliquer leurs secrets les plus cachés au double traitement qu'il faisait suivre à sa pupille avec tous les mystérieux procédés de la cabale.

cherché à développer, par le contact de l'air, de la brise et du soleil, toutes les parties vitales de ce corps et de ces membres, qui devraient à l'absence de la compression un développement toujours si chétif et si lent chez les lymphatiques et les scrofuleux.

A son réveil, le lendemain, Eva trouva une robe ponceau brodée d'or sur la chaise la plus proche de son lit ; la robe fixa ses yeux dès que ses yeux furent ouverts, et, lorsque Marthe la bossue la descendit de son lit, maintenant qu'elle marchait sans appui, elle alla droit à la robe.

Marthe lui fit entendre comme elle put, ou plutôt ne put pas lui faire entendre, que cette robe était pour elle, autrement qu'en la lui passant sur le corps. Elle s'y était cramponnée de toutes ses forces quand elle avait cru qu'on allait la lui ôter ; mais, du moment qu'elle vit faire le même mouvement pour lui passer la robe que l'on faisait pour lui passer la chemise, quand elle vit qu'on ajustait à son corps ces riches étoffes, elle se laissa faire en joignant les mains et laissa, — opération qui ne se passait pas toujours sans larmes, — peigner ses cheveux blonds, qui commençaient non seulement à épaissir, mais à s'allonger, et qui tombaient sur ses épaules.

La toilette fut longue, minutieuse et conforme aux indications qu'avait en sortant laissées le docteur.

Jacques Mérey arriva une heure environ après la toilette faite. Il apportait avec lui un miroir, meuble inconnu jusqu'alors dans la cabane des braconniers, et placé trop haut dans le laboratoire du docteur pour que la petite Eva eût jamais pu se rendre compte de l'utilité de ce meuble, auquel elle n'avait au reste fait aucune attention.

C'était un de ces miroirs magnétiques dont l'usage paraît remonter aux temps les plus fabuleux de l'Orient, un miroir comme ceux où se regardaient les reines de Saba et de Babylone, les Nicaulis et les Sémiramis, et à l'aide desquels les cabalistes prétendent transmettre aux initiés les privilèges de la seconde vue. Ce miroir avait été, si on ose parler ainsi à des lecteurs qui ne sont point familiers avec les sciences occultes, ce miroir avait été animé par Jacques Mérey, qui, à l'aide de signes, lui avait pour ainsi dire communiqué ses intentions, sa volonté, son but.

Humaniser la matière, la charger de transmettre le fluide électrique d'une pensée, tous les actes que la science relègue encore aujourd'hui parmi les chimères, le docteur Jacques Mérey les expliquait au moyen de la sympathie universelle. J'en demande humblement pardon à MM. de l'Académie des sciences en général, et à MM. de l'Académie de médecine en particulier, mais Jacques Mérey était de l'école des philosophes péripatéticiens.

Il croyait avec eux à une âme divine et universelle qui anime et met en mouvement toutes les choses sensibles, mais à l'extinction de laquelle le grand tout ne fait pas plus attention qu'à la flamme d'une luciole errante qui replie ses ailes et cesse tout à coup de briller.

Suivant lui, tout s'enchaînait dans la Création : les plantes, les métaux, les êtres vivants, le bois même, travaillaient, exerçaient les uns sur les autres des actions et des réactions dont les spirites, à l'heure qu'il est, développent la théorie et cherchent le secret. Pourquoi le fer et l'aimant seraient-ils les seuls éléments sensibles l'un à l'autre, et quel est le savant qui donnera une définition plus claire de l'aimant appelant le fer à lui, que d'un spirite vivant attirant à lui l'âme d'un mort? La base de ces influences constituait, disait-il, le mécanisme de la physique occulte à laquelle Cornélius Agrippa, Cardan, Porta, Zirkker, Bayle et tant d'autres ont rapporté les effets magiques de la baguette divinatoire et généralement les phénomènes si nombreux de l'attraction des corps.

Toute la nature se résumait pour Jacques Mérey dans ces deux mots *agir* et *subir*.

A l'en croire, tous les corps vivants exhalaient de petits tourbillons de matière subtile. L'air, ce grand océan des fluides respirables, est le conducteur de ces atomes suspendus dans l'air.

Ces corpuscules gardent la nature du tout dont ils sont séparés ; ils produisent sur certains corps les mêmes effets que produirait la masse entière de la substance dont ils émanent.

Telle est maintenant la force de la volonté humaine qu'elle trace une route invincible parmi ces mouvements de la matière, qu'elle dirige ces effluves d'atomes vivants, qu'elle les fait passer d'un corps dans un autre, et qu'elle est servie de la sorte par une multitude d'agents secrets dont il ne tient qu'à elle de déterminer les lois.

Aux gens qui ne voulaient pas croire qu'il pût se faire quelque chose dans la nature en dehors du cercle de leur connaissance, cercle bien restreint pour le commun des mortels, Jacques Mérey n'avait pas de peine à prouver que le monde est encore une énigme, et qu'il est absurde de donner au mouvement de la vie universelle la limite de nos sens et de notre raison. Sans accorder au miroir magnétique la confiance ou la croyance crédule et infaillible que lui donnent les savants du moyen âge, Jacques Mérey pensait avoir reconnu que, fixés sur la glace, les atomes d'une pensée, à peu près comme l'industrie fixe les atomes du mercure, qui sont pourtant bien mobiles et bien fugaces, ces atomes, ces molécules, cette poussière intelligente fixée à l'intention d'une personne sont ensuite recueillis par elle seule.

C'était du magnétisme tout pur, qui depuis a été pratiqué par M. de Puységur et par ses adeptes. C'était donc un de ces miroirs, aimanté par son action, animé par sa volonté que Jacques Mérey avait apporté dans son laboratoire ; cependant, comme un ciel à la surface duquel les nuages se volatilisent et qui apparaît peu à peu dans sa pureté et dans son éclat, on commençait à s'apercevoir que l'idiote était belle. Mais ce n'était encore qu'une tiède statue que la nature semblait modeler pour montrer aux hommes combien leur art est faux, ridicule et monstrueux quand il s'attache à montrer seulement la beauté plastique, et que l'on cherche vainement l'âme dans les yeux sans regard. Considérée longtemps au reste, cette belle fille cessait peu à peu d'être non seulement belle, mais vivante ; à ce visage immobile, à ces lignes correctes et froides, à ces traits admirables mais inanimés, il manquait une seule chose, l'expression. C'était le contraire du conte arabe, où la bête cache au moins un esprit sous la laideur. Ici, on sentait que la beauté cachait le néant, c'est-à-dire l'absence de la pensée.

Le chien, voyant sa petite maîtresse si bien embellir, la contemplait avec des yeux d'admiration ; puis, comme, en passant devant le miroir, il s'y était vu lui-même et qu'il avait pris un instant plaisir à s'y regarder, il tira l'enfant pour qu'elle s'y vît à son tour.

Elle se regarda ; un indéfinissable sourire se répandit sur sa froide et somnolente figure, qui jusque-là avait quelquefois exprimé la douleur, souvent la tristesse, presque jamais la joie ; elle semblait éprouver ce vague sentiment de bonheur et de satisfaction qu'éprouva Dieu, dit la Bible, quand il vit que tout était bon dans la création, sentiment que les créatures à leur tour éprouvèrent sans doute elles-mêmes en voyant qu'elles répondaient à l'idée de leur auteur.

Alors, sur cette bouche qui n'avait fait entendre jusque-là que des sons vagues, rauques, inarticulés, il se forma ce mot complètement nouveau, et compréhensible quoique inarticulé, et l'on entendit ces deux sons qui ressemblaient bien plus à un bêlement de brebis qu'à une parole humaine :

— BE...ELLE !...

C'est-à-dire : « Je suis belle ! »

C'était la fleur qui devenait femme.

Les métamorphoses d'Ovide n'étaient plus des fables, il était donc possible de changer la nature d'un être, de lui donner la connaissance de lui-même, de l'intéresser enfin à un ordre nouveau de sensations et d'idées.

Toutes ces conséquences apparurent comme dans un éclair à l'esprit du docteur, qui ne douta plus de son œuvre.

Eva avait douze ans lorsque cet assemblage de lettres produisit sur ses lèvres le premier mot qu'elle eût prononcé.

Le docteur avait autrefois cherché la pierre philosophale. Il avait fatigué ses matrices et ses cornues à poursuivre la transmutation des métaux, mais l'invincible résistance des *corps simples* avait fini par décourager ses efforts. Il avait beau dire que ces mots de *corps simples* et de *corps élémentaires* sont des termes relatifs à l'état présent de nos connaissances, qu'ils désignent purement et simplement la limite à laquelle s'arrête la puissance actuelle de nos moyens de décomposition ; il avait beau se répéter que la science franchirait, selon toute probabilité, beaucoup de ces prétendues barrières de la nature ; que, jusqu'aux grandes découvertes de Priestley et de Lavoisier, il était aussi naturel de considérer l'eau et l'air comme des éléments, qu'il l'est aujourd'hui de donner le même titre à l'or. Malgré cette possibilité entrevue par lui dans l'avenir, il avait fini par abandonner une voie ruineuse où, contrairement à ses espérances, au lieu de semer du plomb et de récolter de l'or, il semait de l'or et ne récoltait que du plomb.

Émerveillé par le succès laborieux de ses premières tentatives sur la nature de l'idiote, il y avait persisté, quoi qu'il eût vu que c'étaient des années et non des mois qu'il fallait consacrer à cette œuvre.

Mais effrayé d'abord, il s'était bientôt demandé si ce n'était pas changer le plomb en or, si ce n'était pas faire de l'alchimie vivante, que de poursuivre l'entreprise presque divine de donner l'âme à un corps, la pensée à la matière ; et si la pierre philosophale, si l'élixir de vie des anciens maîtres, depuis Hermès jusqu'à Raymond Lulle, n'était pas un symbole de transformations que la volonté impose à la matière humaine.

Et, en effet, Jacques Mérey ne voyait pas sans une joie orgueilleuse les progrès lents, mais continus, que faisait Eva dans la connaissance d'elle-même.

Scipion, de son côté, en paraissait ravi ; lui qui, jusque-là, dans son orgueil de quadrupède, avait l'air de se considérer comme le protecteur et comme l'instituteur de cette jeune fille, commençait à reconnaître une maîtresse dans son élève ; après s'être laissé conduire par lui, elle le commandait, et, du jour où sa voix avait prononcé un mot, un seul, de la langue humaine, il avait paru reconnaître, sans aucune contestation ce signe de supériorité donné par le Seigneur à l'homme sur les animaux.

La vieille Marthe elle-même, malgré le double entêtement des vieillards et des bossus, était émerveillée devant l'œuvre du maître, qu'elle regardait comme fort incomplète tant que l'objet de tous ses soins resterait muet. Elle avait beau voir se développer chez la jeune fille, avec la furie d'une sève que son inaction primitive a rendue plus abondante du moment que la nature lui a permis de circuler, la jeunesse, la beauté, la vie, les formes physiques, tout l'organisme enfin, elle s'obstinait à dire sans malice aucune :

— Elle ne sera pas femme tant qu'elle ne parlera pas.

Mais, du jour où Eva prononça le mot *belle* et où, sur la prière et l'indication du docteur, elle eut prononcé quelques mots primitifs comme *Dieu, jour, faim, soif, pain* et *eau*, l'opinion de Marthe changea entièrement, et elle fut prête à se mettre à genoux devant celle qu'au premier abord elle avait traitée de *fétiche* bon à mettre dans le bocal d'un apothicaire.

Le Président seul était resté, soit égoïsme de chat, soit stoïcisme de juge, dans son indifférence primitive. Eva ne lui avait pas fait de mal, il ne lui faisait pas de mal ; et, quand il arrondissait le dos sous sa main, qui de jour en jour prenait de plus charmantes proportions, ce n'était pas pour dire à la jeune fille : *Je t'aime !* comme le lui disait Scipion en gambadant autour d'elle et en lui léchant les mains ; c'était purement et simplement qu'il subissait l'effet d'une caresse sensuelle, qui développait chez lui le mouvement de cette électricité concentrée dans ses poils, et que ses pieds mauvais conducteurs ne rendaient pas à la terre.

Quant à Eva, elle n'avait, jusque-là, fait que deux parts de ses affections :

L'une pour Scipion.

L'autre pour le docteur.

Elle ne craignait pas Marthe, et allait volontiers avec elle ; le chat lui était indifférent ; Antoine la faisait rire ; Basile lui faisait peur.

La gamme de ses sentiments, de la sympathie à l'antipathie, ne comprenait que six notes.

Nous avons mis Scipion avant le docteur dans la gamme de ses sentiments parce que ce fut d'abord Scipion qu'Eva remarqua et affectionna par-dessus tout ; puis, peu à peu, quand l'intelligence commença de s'infiltrer dans son cerveau, et de son cerveau pénétra jusqu'à son cœur, elle commença de comprendre et d'apprécier les soins du docteur, et, trop ignorante encore pour faire un choix dans ses sentiments, elle lui paya sa reconnaissance avec une affection qui se rapprochait plus de l'amour que de toute autre émanation de l'esprit ou du cœur.

Ainsi depuis longtemps déjà, lorsqu'elle prononça le mot *belle*, le docteur était l'objet de sa préoccupation de tous les instants ; seulement, le regard qu'elle jetait autour d'elle pour voir s'il était là, le son inarticulé qu'elle poussait pour l'appeler, était plutôt le cri de détresse de l'animal abandonné et s'effrayant de son abandon que celui d'un cœur s'adressant à un autre cœur. Ce qu'appelait ce cri, c'était un protecteur venant à l'appui de la faiblesse et de l'isolement, ayant conscience de leur humilité et de leur impuissance, et non pas même l'appel d'un ami à un ami.

Il y avait toujours eu enfin quelque chose d'inférieur et de craintif, plutôt que de passionné et même de tendre, dans les deux bras que l'enfant avait tendus vers le docteur.

C'était le chien demandant son maître, ou plutôt c'était l'aveugle implorant son conducteur.

Et, chose remarquable, c'est que le physique, qui, pendant les sept premières années de la vie d'Eva, était resté enchaîné au moral, s'était en quelque sorte un beau jour détaché de lui pour faire son chemin à part.

Au moral, Eva avait six ans à peine ; au physique, elle en avait douze.

Il fallait rétablir cet équilibre entre l'intelligence et les années.

Maintenant qu'Eva parlait, les choses allaient marcher toutes seules.

Maintenant quelle sorte de curiosité allait se développer chez elle ? serait-ce la curiosité de la vue, serait-ce la curiosité du cœur ?

Habituée depuis longtemps à s'entendre appeler Eva, elle avait depuis longtemps compris que c'était là son nom ; seulement, ce nom produisait sur elle une impression différente selon la personne qui le prononçait, et il n'y avait que trois personnes qui le prononçassent.

Le docteur, Marthe et Antoine.

Quand c'était le docteur, de quelque soin, futile ou sérieux, qu'Eva fût occupée, elle bondissait, quittait tout et s'élançait du côté d'où venait la voix.

Quand c'était Marthe, elle se levait lentement et se contentait d'aller se placer dans le rayon de l'œil de la vieille servante, n'allant à elle que si une seconde fois elle l'appelait ou lui faisait un signe pressant de venir.

Enfin, si c'était Antoine qui, après être entré, avoir frappé du pied trois fois et avoir dit de sa voix formidable : *Cercle de justice, centre de vérité !* ajoutait d'une voix plus douce :

— Bonjour à mademoiselle Eva.

Eva, sans se déranger, tournait la tête de son côté, et, ne parlant pas encore, avec un sourire enfantin, lui disait *bonjour* de la tête.

Jacques Mérey avait mesuré avec joie le degré de plaisir qu'éveillaient dans son âme ces différents appels.

Il l'avait vue joyeuse accourir au sien. C'était une vive affection que ce mouvement trahissait.

Il l'avait vue souriante répondre sans empressement à celui de Marthe ; sa lenteur indiquait une simple obéissance passive.

Il l'avait vue se retourner simplement au bonjour d'Antoine ; il n'y avait dans ce mouvement qu'une bienveillante indifférence.

Restait à connaître avec quelles modulations différentes Eva prononcerait à son tour les trois noms du docteur, de la vieille servante et du porteur d'eau.

Ce fut la curiosité du cœur qui se développa la première chez Eva.

Nous avons dit que, depuis longtemps, elle savait comment on l'appelait, puisque nous avons raconté de quelle façon elle répondait à son nom prononcé par trois bouches différentes.

Elle désira à son tour savoir comment s'appelait le docteur.

Un jour, elle réfléchit longtemps, regarda le docteur plus tendrement encore que de coutume ; puis, rassemblant toute la puissance de son esprit dans la volonté d'exprimer sa pensée.

— Moi, dit-elle en mettant un doigt sur sa poitrine, moi, Eva.

Puis, mettant le même doigt sur la poitrine du docteur.

— Et toi ? ajouta-t-elle.

Le docteur bondit de joie, elle venait de souder une idée à une autre idée. Elle venait donc de dépasser la limite de l'intelligence animale pour entrer dans l'intelligence humaine.

— Moi, dit-il, moi, *Jacques*.

— *Jacques*, répéta Eva, à la manière des échos, sans même saisir l'intonation du docteur, et comme si ce mot n'eût présenté aucune idée à son esprit.

Le docteur sentit son cœur se serrer et la regarda tristement.

Mais le cœur d'Eva était déjà à l'œuvre, elle était elle-même mécontente de la pâle intonation de sa voix ; elle secoua la tête et dit :

— Non ! non !

Puis elle répéta le nom de Jacques une seconde fois en essayant de lui donner une expression selon sa pensée.

Mais elle fut cette fois encore mécontente d'elle-même, et, répondant à la pression de la main du docteur :

— Attends, dit-elle.

Et, après une seconde pendant laquelle sa figure s'anima de toutes les expressions tendres qui peuvent s'épanouir sur le visage de la femme :

— Jacques ! s'écria-t-elle une troisième fois.

Et elle mit dans ce mot une telle tendresse, que celui auquel elle faisait appel ne put s'empêcher, en la serrant contre son cœur, de s'écrier à son tour :

— Eva, chère Eva !

Mais, à cette étreinte, la jeune fille pâlit, ferma les yeux, et, sans force pour supporter une pareille sensation, retomba inerte, la bouche à demi-ouverte et près de s'évanouir

Le docteur comprit la somme de ménagements qu'exigeait cette frêle organisation, et se recula vivement.

Il l'écrasait de sa force ; — d'un baiser, il l'eût tuée !

C'étaient des sensations plus douces, des sensations essentiellement morales qu'il fallait éveiller en elle.

Après avoir réfléchi, Jacques Mérey s'arrêta à la pitié. Eva n'avait jamais vu pleurer, Eva n'avait jamais vu souffrir.

Un jour que Scipion jouait avec elle dans le jardin, — nous disons jouait avec elle, car, de même qu'elle s'était élevée d'abord jusqu'à l'instinct du chien, le chien, du moment qu'elle l'avait dépassé, s'était cramponné à elle, l'avait suivie et s'était élevé jusqu'à son intelligence ; tout ce qu'elle commandait à Scipion, Scipion le faisait : retrouver les objets perdus ou cachés n'était qu'un jeu ; il y avait longtemps que l'intelligent animal avait laissé loin derrière lui les sauts pour le roi, pour la reine et pour le dauphin de France, et les refus pour le roi de Prusse ; il y avait longtemps que sa mort simulée laissait enjamber par-dessus son corps l'infanterie et la cavalerie légère pour ne se réveiller qu'à l'approche de la grosse cavalerie ; tout ce que Scipion avait pu faire pour amuser l'enfant, monter sa garde, fumer sa pipe, marcher sur les pattes de derrière, il l'avait fait. Il en était arrivé non plus à amuser Eva, mais à jouer avec Eva, lisant tous ses caprices dans un regard, jouant avec elle à cache-cache et au colin-maillard, lorsqu'un jour, disons-nous, après avoir traversé un buisson pour obéir au commandement d'Eva, il poussa un cri, alla chercher l'objet qu'Eva lui avait commandé de rapporter, mais revint en tenant en l'air sa patte de derrière.

Puis, ayant déposé l'objet demandé aux pieds d'Eva, il se coucha, se plaignit douloureusement et se mit à lécher sa patte en essayant d'en extraire quelque chose avec les dents. Eva le regarda avec étonnement d'abord, puis ensuite avec inquiétude ; un spectacle nouveau se produisait pour elle.

C'était celui de la douleur.

Son instinct la porta à prononcer le nom de Scipion d'une façon plus douce et plus tendre, puis elle souleva la patte de l'animal et chercha la cause de la douleur.

C'était une épine, qui, en entrant dans les chairs du chien, s'était brisée au ras de la peau.

Eva essaya plusieurs fois d'arracher l'écharde avec ses doigts ; mais, n'ayant pas de prise, elle n'en put venir à bout. Alors, continuant de souffrir, Scipion continua de se plaindre, tirant doucement sa patte à lui quand Eva en approchait sa main.

Eva reconnut alors qu'elle était impuissante à soulager, et cette idée lui vint à l'esprit ou plutôt au cœur, que ce qu'elle ne pouvait pas faire entrait dans le domaine de ce que pouvait faire Jacques.

C'était un nouveau progrès de son esprit.

Elle appela donc d'un ton plein d'angoisse :

— Jacques ! Jacques ! Jacques !

Et chacune de ces appellations était plus pressante et plus triste.

Dès la première, Jacques s'était mis à la fenêtre de son laboratoire et avait compris ce dont il était question, car Eva lui montrait le chien couché languissamment près d'elle. Jacques descendit vivement.

Il se coucha à son tour près du chien, et comme Eva lui montrait la patte de l'animal soulevée et saignante, il prit une pince dans sa trousse, et, parvenant à saisir l'épine brisée dans la plaie, il la tira des chairs de la pauvre bête, qui, soulagée aussitôt, se remit à bondir sur ses quatre pieds, et à bondir joyeusement. Aussi joyeuse que lui, Eva se mit à bondir avec lui : comme elle avait partagé ses douleurs, elle partageait sa joie.

Quelques jours après, la vieille Marthe fit une chute dans l'escalier. Eva était seule à la maison avec elle, elle avait entendu le bruit de cette chute, elle était descendue précipitamment, elle trouva Marthe étendue sur le palier.

La vieille femme s'était démis le genou dans sa chute. Eva voulut l'aider à se relever, mais c'était impossible : sa force ne lui permettait pas de soulever la vieille servante.

Elle voulut examiner la plaie, comme elle avait fait pour Scipion, mais il n'y avait pas de plaie ; force fut donc d'attendre le docteur, qui, n'étant jamais longtemps dehors, revint quelques minutes après l'accident.

Dès qu'Eva l'entendit rentrer, elle le reconnut à sa manière d'ouvrir et de fermer la porte. Elle appela de toutes ses forces et d'une voix plus inquiète et plus émue qu'elle n'avait fait pour Scipion.

Le docteur monta, et, en voyant Marthe assise sur l'escalier, il craignit un accident plus grave que celui qui était arrivé, c'est-à-dire une frature.

Mais, à la première inspection du genou, il reconnut une simple luxation, prit la vieille dans ses bras, et l'emporta dans sa chambre, suivi d'Eva qui était suivie de Scipion.

Quant au Président, le bruit de la chute l'avait effrayé, et, abandonnant à son malheureux sort celle qui avait pour lui le cœur et les soins d'une nourrice, il s'était élancé par une fenêtre et avait gagné les toits.

Pendant toute cette journée, Eva ne joua point et resta dans la chambre de Marthe ; mais, comme l'indisposition n'était pas grave, dès le lendemain elle se remit à sa vie habituelle.

Nous avons dit qu'Antoine, en frappant trois fois du pied en criant sur le seuil de la porte : *Cercle de justice ! centre de vérité !* avait gagné les bonnes grâces d'Eva, qui s'était toujours tenue vis-à-vis de lui néanmoins dans la mesure d'un salut amical.

Un jour qu'elle était seule avec Scipion dans le laboratoire, Jacques Mérey étant dans le cabinet à côté, le porteur d'eau monta son seau habituel au deuxième étage, frappa du pied, prononça les paroles sacramentelles ; et, comme il faisait chaud, que son front ruisselait de sueur et que la jeune fille était seule, il crut pouvoir se permettre, la croyant toujours idiote, de s'écrier devant elle :

— Sacristi ! qu'il fait chaud. Je boirais bien un coup.

Eva le regarda, le vit en effet rouge et couvert de sueur, s'essuyant le front avec sa manche.

— Attends, lui dit-elle.

C'était un mot dont elle se servait depuis longtemps, nous l'avons vu, pour commander l'attention.

Et elle s'élança hors du laboratoire.

Antoine tout étonné attendit en effet.

Un instant après, Eva remonta avec un beau verre d'eau claire à la main, et le présenta au journalier.

— Ah ! mademoiselle, dit-il, c'est bien gentil de votre part ; mais, comme j'en vends, si j'avais eu soif d'eau, j'aurais pu en boire.

En ce moment, du cabinet où était Jacques Mérey sortirent ces trois mots :

— Du vin, Eva !

Eva savait ce que c'était que du vin, quoiqu'elle n'en eût jamais bu, malgré les instances du docteur, mais elle lui en avait vu boire.

Elle descendit, en conséquence, et, pensant que, quand on offrait du vin à un homme qui a chaud, il fallait lui en offrir beaucoup et du meilleur, elle lui monta un verre plein de Bordeaux.

En voyant la couleur du breuvage qui lui était offert, Antoine sourit béatifiquement.

Puis, prenant le verre des mains d'Eva, comme il eût fait d'un verre de vin de Suresnes ou de vin d'Argenteuil, il avala d'un coup, et sans prendre la peine de le déguster, le contenu du verre que lui offrait Eva.

Eva, joyeuse, le regardait faire.

Le vin avalé, Antoine cligna de l'œil et fit clapper sa langue.

— Bon ? demanda Eva.

— Velours ! répondit laconiquement Antoine.

Puis le porteur d'eau vida son seau dans le récipient ordinaire et s'éloigna.

— Velours ? demanda Eva au docteur rentrant dans son laboratoire. Velours ?

Si le docteur n'eût point entendu la demande d'Eva et la réponse d'Antoine, il eût été fort embarrassé pour répondre à la question de son élève.

Mais il prit dans l'armoire où il enfermait ses effets un habit de velours, fit passer à l'enfant sa main dessus, et, lui faisant le signe d'un homme qui fait glisser doucement sa main sur son estomac, il lui répéta le mot :

— Velours !

Alors, Eva comprit que le vin avait fait à l'estomac d'Antoine juste le même effet que le toucher du velours avait fait à sa main.

Et elle en demeura toute joyeuse le reste de la journée.

Jacques Mérey était non moins joyeux qu'elle, car il disait, en se rappelant l'épine de Scipion, la foulure de la vieille Marthe et le verre de vin d'Antoine :

— Non seulement elle sera belle, mais elle sera bonne

X

ÈVE ET LA POMME

Peu à peu et seulement avec plus de vitesse qu'un enfant n'apprend à parler, Eva en vint à exprimer par la parole à peu près toutes ses pensées ; seulement, comme tous les peuples primitifs, elle fut longtemps à s'habituer à mettre les verbes à leurs temps, s'obstinant à s'en servir seulement à l'infinitif ; mais, lorsqu'il s'agit de lui apprendre à lire, ce fut un bien autre travail.

Eva, qui avait toutes les curiosités de la nature, qui ne voyait pas un objet nouveau sans demander le nom de cet objet et sans le graver aussitôt dans sa mémoire, Eva n'avait aucune des curiosités de la science.

Elle méprisait profondément les livres et ce qu'ils contenaient. Les seuls qu'elle appréciât étaient les livres à gravures, et encore, quand elle regardait la gravure, si Jacques Mérey se refusait à lui en donner l'explication, ce qu'il faisait de temps en temps pour exciter sa curiosité, elle passait sans se plaindre et sans insister aux gravures suivantes. Le docteur se demandait comment il parviendrait à vaincre une pareille insouciance.

Il chercha quelque temps, puis une idée lui vint qui lui parut et qui en effet était en tout point lumineuse. Un jour, il prépara du phosphore, prit Eva par la main, descendit dans la cave, en ferma le soupirail de manière que la lumière n'y pénétrât point ; puis alors, avec un pinceau, il traça sur la muraille la première lettre de l'alphabet : la lettre à l'instant même apparut toute en flamme.

Eva jeta un petit cri ; mais sa peur disparut bientôt à côté de cette lettre qui s'effaçait lentement c'est vrai, mais qui allait s'effaçant. Il traça un *b*, puis un *c*, puis un *d*, puis un *e*.

Il s'arrêta à ces cinq lettres.

— Encore ? dit Eva.

— Oui, répondit Jacques, mais quand tu les auras nommées l'une après l'autre et que tu les sauras par cœur.

Et il traça de nouveau un *a* sur la muraille.

— Quelle est cette lettre, demanda le docteur.

Eva fit un effort, et, tandis que la lettre allait s'effaçant :

— Un *a*, un *a*, dit-elle.

Le docteur sourit. Il avait trouvé le moyen d'intéresser la curiosité d'Eva à l'endroit de cette chose si abstraite et si difficile pour les enfants qu'on appelle la lecture.

Un mois après, Eva savait lire.

Il n'en était point de même pour la musique.

Eva l'adorait; ses moments de récréation, ou plutôt ses heures de joie, étaient quand le docteur se mettait au piano, et, comme maître Wolfram, les mains sur les touches, les yeux en l'air, l'âme au ciel, jouait quelque splendide rêverie de ces vieux maîtres qu'on appelle Porpora, Haydn, ou Pergolèse. Mais, quand il voulait faire sourire d'un sourire plus doux les charmantes lèvres d'Eva et attirer une larme à l'angle de son œil si brillant qui se voilait en devenant humide, c'était le premier air qu'elle avait entendu, c'était le *Prima chè spunti l'aura* que jouait le docteur.

Souvent l'enfant s'était approchée du piano et avait posé ses petites mains dessus, mais ses doigts n'avaient point encore la force nécessaire à la pression des touches; puis son professeur, avec sa logique habituelle, ne voulait lui rien apprendre à demi et par routine. Il attendait donc qu'elle sût lire ses lettres pour lui faire lire ses notes, et peut-être comptait-il aussi sur son grand désir d'apprendre la musique pour lui faire une récompense des choses antipathiques par celles qui paraissaient lui être les plus agréables.

Il en résultait qu'Eva avait toujours écouté, toujours regardé avec la plus grande attention le docteur, mais n'avait jamais essayé, même en son absence, de tirer le moindre son de l'instrument.

Ici se place l'évolution d'un phénomène psychologique dont jamais le docteur n'avait été témoin, et qui fut tout simplement pour lui un de ces hasards providentiels qui viennent en aide à l'homme de science, et qui semblent une récompense de la nature pour son fervent adorateur.

On était au mois d'août; un orage terrible éclata, un de ces orages comme il en fond sur le Berri, et au milieu des éclairs duquel on croirait que l'on va entendre, au lieu du tonnerre, la trompette du jugement dernier.

Ce n'était pas le premier orage qui eût éclaté sur Argenton depuis qu'Eva avait franchi la barrière qui conduit de la végétation à l'existence.

Pendant les premiers orages, et avant d'être soumise à l'électricité, l'enfant avait éprouvé des tressaillements nerveux et des terreurs involontaires qui avaient donné à Jacques Mérey la première idée d'appliquer à sa guérison cette même électricité qui la secoua si violemment des pieds à la tête.

Nous avons vu qu'en effet, pendant deux ou trois ans, il avait soumis Eva à un traitement tout particulier dont l'électricité était la base, et il avait pu remarquer que, plus il avançait dans ce traitement, moins Eva était accessible à ce phénomène météorologique qu'on appelle l'orage. Elle en était arrivée à ne plus craindre ni la lueur des éclairs, ni le bruit du tonnerre, mais elle n'en était pas encore arrivée à en recevoir une joyeuse perception.

Jacques Mérey fut donc assez étonné, cet orage ayant éclaté dans des conditions de violence telles qu'il ne se souvenait pas d'en avoir entendu un pareil; Jacques Mérey fut donc très étonné de voir la jeune fille non seulement n'éprouver aucune crainte, mais encore manifester une sensation de bien-être étrange.

Les portes et les fenêtres étaient fermées selon l'habitude, pour ne pas établir de courant d'air; mais Eva alla droit à la fenêtre et l'ouvrit juste au moment où un éclair combiné avec un coup de tonnerre effroyable éclatait au-dessus de la maison. L'éclair et le coup de tonnerre avaient été tellement simultanés, que le docteur s'élança et tira Eva à lui, croyant que le tonnerre allait tomber sur la maison même ou tout proche d'elle.

Mais, dans ce mouvement presque involontaire, Eva s'arracha de ses mains et courut à la fenêtre en criant:

— Non, non, laisse-moi voir les éclairs; laisse-moi entendre le tonnerre, cela me fait du bien.

Elle écarta les bras et elle aspira cet air tout chargé d'électricité avec un bonheur que trahissait la sensualité de sa pose et de son visage.

Ses traits s'illuminaient comme si elle eût été en communication avec la flamme céleste.

On eût dit que l'orage se répercutait dans cette chétive créature et doublait ses forces.

En ce moment, et comme le docteur la laissait maîtresse absolue de ses actions, elle se dirigea vers l'orgue, l'ouvrit, et, d'une manière incomplète sans doute, mais suffisante pour en reconnaître le principal motif, elle joua le fameux air de *Cimarosa*, devenu son air favori.

Le docteur écoutait dans l'étonnement, presque dans l'admiration; il ignorait, ce qui a été reconnu depuis, les aptitudes étranges des facultés instinctives qu'ont certains individus, et particulièrement les fous, pour la musique.

Et en effet c'est Gall qui, le premier, a signalé des individus qui, sans maîtres aucuns, étaient nativement des musiciens, des dessinateurs, des peintres.

En peinture, Giotto et Corrège avaient donné un exemple, dont les autres, plus tard, donnèrent la preuve.

Un des hommes qui ont le mieux et le plus étudié la folie et surtout l'idiotisme, M. Morel, de Rouen, me racontait avoir connu des imbéciles, des idiots véritables, qui exécutaient à première vue la musique la plus difficile, mais qui ne jouaient pas avec plus de compréhension, plus de sentiment, plus d'âme, ce morceau la centième fois que la première; leur talent était le résultat d'un instinct inné, d'une aptitude naturelle, d'une certaine disposition artistique qui doit faire admettre les localisations cérébrales, sans que l'on puisse dire au juste dans quelle case du cerveau est nichée telle ou telle faculté; et la preuve que tout cela n'est qu'instinct, c'est que, comme nous l'avons dit, ces individus-là ne progressent point et restent toujours au même degré, ne peuvent rien inventer et rien perfectionner.

C'est un pur instinct qui naît et qui meurt avec eux.

Il y a parmi les hommes les mêmes distinctions qu'entre les animaux, et c'est une conséquence de cette logique absolue de la nature, qui ne laisse pas plus d'intervalle dans la chaîne physique des corps que dans l'échelle des intelligences.

L'abeille et le castor sont certainement les plus instinctifs des animaux, mais ils sont bien moins intelligents que le chien, qui est capable d'une certaine éducation et chez lequel existent des facultés affectives susceptibles d'être développées.

Parfois certaines facultés instinctives chez les individus sont le résultat d'une maladie. Mondheux le célèbre calculateur, était épileptique; il possédait, et cela à la plus haute puissance, la table des logarithmes, mais il eût été incapable de raisonner un problème de simple arithmétique.

M. Morel, que je ne saurais trop citer, dont j'ai profondément étudié le livre et dont j'ai avidement écouté les avis lorsque j'ai entrepris d'écrire l'histoire si simple et en même temps si pleine de difficultés que je mets sous les yeux de mes lecteurs, me racontait encore, lorsque je l'eus consulté sur la possibilité de facultés développées par l'orage chez une jeune fille devenant adulte, qu'il avait soigné un jeune instinctif qui jouait à première vue les morceaux des plus grands maîtres, et cela mieux que n'eût fait son professeur; mais il n'avait jamais pu acquérir la moindre notion de composition musicale, et il était incapable de perfectionnement.

— Mais, ajoutait M. Morel, le plus étonnant de tous les idiots que j'ai connus, celui que je me plaisais à présenter aux médecins qui nous visitaient, c'était un nommé Perrin, né dans un village près de Nancy, où le crétinisme est endémique. Celui-là était un idiot dans la pure acception du mot, sourd et muet, ne poussant que des cris inarticulés. On l'occupait à soigner les vaches. Un jour qu'il passait au moment où le tambour du village faisait une annonce, on le vit tourner comme un furieux autour du musicien officiel, lui arracher son tambour, lui prendre ses baguettes, et se mettre à battre une marche des plus ronflantes et des plus justes.

M. Morel le demanda à sa commune. On le lui accorda, et il devint dans son hôpital le tambour en chef de la section des imbéciles. C'était lui qui dirigeait la promenade quand les malades sortaient.

Jacques Mérey ne connaissait point tous ces exemples, qui furent le résultat des observations faites depuis les événements dont il fut le principal héros; aussi fut-il prodigieusement étonné en voyant le fait qui s'accomplissait sous ses yeux, et auquel il n'eût certes pas cru s'il l'eût lu dans un livre ou s'il lui eût été raconté par un de ses confrères. Il résolut de ne pas perdre un instant pour mettre Eva à la musique comme il l'avait mise à la lecture.

Mais Eva refusa toutes ces précautions dont Jacques avait entouré ses études alphabétiques; elle prit le solfège, l'ouvrit à la première page et dit de sa voix la plus caressante:

— Montrer à moi, cher Jacques!

Et Jacques commença sa leçon à l'instant même, et, huit jours après, Eva connaissait les notes, leur valeur, les signes qui, ajoutés à la clef, haussent ou abaissent les tons.

Un mois après, elle jouait à livre ouvert tous les morceaux transcrits pour l'orgue qu'on lui présentait.

Nous l'avons vu, Jacques Mérey s'était emparé de tous les moyens capables d'agir sur cette intelligence assoupie, sur cette *Belle au bois dormant* qui avait attendu si longtemps que l'on eût rompu le charme dont une des mauvaises fées de la nature l'avait affligée dans son berceau.

Nous l'avons vu successivement employer la science occulte, la science réelle, les mystérieuses révélations de la nature. Nous l'avons vu recourir à Albert le Grand, à Hermès, à Raymond Lulle, à Cornélius Agrippa, à la Bible. Un jour, il avait lu dans le livre du Seigneur un passage qui exprime hardiment l'action d'un être sur un autre être, l'omnipotence de la volonté, la force magnétique du regard, l'irrésistible commandement du fort au faible.

C'est quand Jéhovah envoie Moïse au pharaon et lui dit: « Tu seras le dieu de cet homme. »

Envoyé par la science auprès d'une idiote qui s'opiniâtrait à ne pas laisser sortir les forces de son intelligence captive, Jacques Mérey suivit le précepte donné à Moïse, et se fit le dieu de cette enfant.

Ses agents extérieurs étaient autant d'intermédiaires par lesquels il faisait parvenir ses ordres jusqu'à elle : le Président, Scipion, la vieille Marthe, Antoine, Basile, les étoffes qui récréaient sa vue, les fleurs qui charmaient son odorat, les pelouses sur lesquelles elle se roulait, l'eau de la source qu'elle buvait à même le réservoir, tout dans la nature devenait ainsi à son caprice une vaste machine électrique qu'il chargeait, si on ose dire ainsi, de l'irrésistible fluide de sa volonté.

Eva commençait à être femme physiquement et moralement, mais elle ne connaissait pas encore son sexe.

Elevée par le braconnier et par sa mère, elle n'éprouvait aucun embarras à demeurer nue devant eux.

Depuis qu'elle avait été transportée chez le docteur, depuis qu'elle avait été baptisée du nom d'Eve et qu'elle était devenue la reine de son Eden, elle courait revêtue d'une simple chemise tantôt rouge (nous avons vu l'effet que cette couleur produisait sur elle), tantôt bleue, toujours d'une couleur voyante, avec l'innocence de celle dont elle portait le nom.

Il est vrai qu'Eve, supériorité ou infériorité sur Eva, n'avait pas même la chemise.

Lorsque le docteur avait pris cette décision de n'enfermer le corps de l'enfant dans aucun lien, lorsqu'il l'avait revêtue du plus simple de tous les vêtements, il s'était assuré qu'aucun œil profane ne pouvait pénétrer sous l'épaisseur des ombrages de son jardin.

D'ailleurs, Eva était très obéissante ; le docteur lui avait indiqué son domaine, et elle s'y était toujours enfermée scrupuleusement.

Eva n'avait pas été vue même par le serpent.

On était arrivé à l'automne de l'année 1791 ; depuis six ans, le docteur poursuivait son œuvre.

Eva allait avoir quatorze ans.

Il y avait au centre du jardin, sur le plateau au pied duquel jaillissait la source, il y avait, nous l'avons dit, un superbe pommier tout chargé de fleurs en avril, tout chargé de fruits en septembre. Eva, comme son aïeule, aimait beaucoup les fruits, et surtout les pommes.

Jacques Mérey fit sur cet arbre ce qu'il avait déjà fait sur le miroir ; il aimanta pour ainsi dire le feuillage d'une force d'attraction et de volonté ; les arbres jouent un rôle important dans les annales de la science mesmérienne. On sait quelle juste célébrité s'attacha, dans le dernier siècle, à cet ormeau séculaire de Buzancy, à l'ombre duquel M. de Puységur observa les merveilles du somnambulisme.

Au cours des effets qu'il cherchait à produire, Jacques Mérey appelait toujours les explications de la physique occulte. Il croyait que les arbres surtout étaient de grands appareils destinés à recevoir et à transmettre la matière subtile de l'homme. Voilà pourquoi il avait arrêté sa pensée sur le pommier ; la similitude dans l'espèce n'avait été que le second motif de son choix.

Eva sortit de la maison à son heure accoutumée ; c'est-à-dire vers huit heures du matin, et, comme si elle eût été attirée par l'arbre magnétique ou simplement par le fruit de la gourmandise, elle se dirigea du côté des belles pommes mûres qui détachaient sur le vert foncé des branches leur couleur de pourpre et d'or. Elle était presque nue. Jamais de plus belles formes ne s'accusèrent avec plus de liberté ! On eût dit une des trois Grâces de Germain Pilon, si chastement et si coquettement drapées à la fois, qu'en laissant presque tout voir elles laissaient tout désirer.

Mais ces splendeurs de la nature, ces trésors de la beauté physique étaient couverts et sanctifiés aux yeux de Jacques Mérey par le plus chaste de tous les voiles.

Par la science.

Ne voit-on pas, dans les ateliers, des peintres et des sculpteurs cesser d'être hommes devant un beau modèle nu.

Ils sont artistes.

Dans cette belle créature, Jacques Mérey ne voyait point une femme, mais un sujet à guérir.

Il était médecin.

Quand la pauvre enfant, se levant sur la pointe des pieds pour atteindre celle des pommes qu'elle convoitait, eut cueilli cette pomme et satisfait sa gourmandise, le docteur sortit de derrière le buisson où il était caché.

Le premier mouvement d'Eva fut un petit cri de surprise et de frayeur, le second fut de s'élancer vers le docteur ; mais, comme Jacques Mérey fixait à dessein sur sa nudité un regard profond et hardi, la jeune fille, comme sous un rayon de soleil trop brillant, baissa les yeux, et, voyant son sein qui était nu, elle se fit de ses deux belles mains croisées un fichu pour le cacher. On eût dit la statue antique de la Pudicité.

Le docteur alla à elle, lui prit la main.

Elle releva les yeux, les baissa de nouveau, et un nuage rose se répandit sur le marbre de la statue.

Elle avait rougi : elle était femme.

Pygmalion était dépassé, Galatée n'avait pas rougi : elle n'était que déesse !

XI

LA BAGUETTE DIVINATOIRE

Il ne manquait plus à Eva qu'une chose pour devenir ce que Jacques Mérey voulait faire d'elle, c'est-à-dire un être accompli du côté de l'intelligence comme elle l'était du côté de la beauté.

Il ne lui manquait plus que d'aimer.

L'esprit des femmes est encore plus dans leur cœur que dans leur tête.

L'état habituel d'Eva avant les derniers événements que nous venons de raconter, et quand la vie végétative l'emportait sur la vie intellectuelle, était l'indifférence ; elle avait le même visage pour les personnes que pour les choses ; non seulement elle ne comprenait pas, mais, à part Scipion, elle n'aimait pas. Or, depuis que tout son être avait été bouleversé par de fécondes émotions, depuis qu'elle avait failli s'évanouir dans les bras de Jacques Mérey, depuis qu'ayant goûté le fruit de l'arbre du bien et du mal, elle avait rougi devant lui comme Eve devant le Seigneur, sans éprouver encore l'amour, elle éprouvait déjà le trouble des instincts amoureux ; mais, entre ces pâles clartés de sentiments communs à tous les êtres, et ces lumineuses effluves du cœur qui font de la femme l'être le plus aimant et le plus aimé de la Création, il y a un abîme.

Pour animer cette fleur et lui donner le parfum de la femme comme il venait de lui en donner déjà la coloration, le docteur comptait beaucoup sur la puissance du regard.

Tous les anciens avaient mis dans le regard le siège de la puissance et de l'action physiologique d'un être sur les autres êtres ; Horace n'a été que l'écho des traditions de l'Orient lorsqu'il nous représente Jupiter, le grand magnétiseur des mondes, qui remue tout l'Olympe par un froncement de sourcil, *cuncta supercilio moventis*.

Cette idée de la puissance du regard, dont nous voyons au reste à tous moments des exemples même sur les animaux, était tellement répandue chez les Juifs, que Jésus-Christ fait plusieurs fois allusion à la différence du *bon* et du *mauvais œil*.

« Ton œil, dit-il, est la lanterne de ton corps ; si ton œil est simple et droit, tout ton corps sera lucide ; si ton œil est mauvais, tout ton corps sera ténébreux. »

L'œil du docteur était bon, car Jacques Mérey était une de ces rares créatures envoyées sur la terre pour le bien de leurs semblables.

Il aimait. Suprême preuve de bonté ; c'était pour se répandre comme Dieu dans ses ouvrages qu'il avait la passion de créer et de guérir.

En promenant cet œil conducteur de sa volonté sur tous les objets dont s'approchait Eva, il tendait à se mettre psychologiquement en relation avec elle ; il cherchait en quelque lieu du corps où Dieu l'avait placée l'âme de la jeune fille. Pur comme ce ciel qu'Hippolyte implore en témoignage de sa chasteté, c'était à l'âme qu'il en voulait et non au corps.

Entourée de Jacques comme d'une atmosphère immense, Eva le retrouvait invisible, mais présent en tout ce qu'elle touchait, car le docteur avait eu soin d'agir sur tous les meubles de la chambre qu'elle habitait, sur tous les arbres, sur toutes les fleurs du jardin dont elle était la plus belle fleur, sur les bagatelles de sa toilette, jusque sur la nourriture qu'elle prenait, jusque sur l'air qu'elle respirait. Souvent, lorsqu'elle demandait un verre d'eau, il avait soin de le charger de son souffle, et c'était comme s'il lui eût donné son âme à boire. Tous ces objets, vivifiés par lui dans un seul but, étaient autant de sacrements qui le mettaient en communion avec l'intéressante créature à laquelle il sacrifiait sa vie, et du bonheur de laquelle il voulait faire son bonheur.

Absent, — et parfois Jacques Mérey s'absentait un jour ou deux pour se rendre compte à lui-même de sa puissance, — absent, Jacques Mérey se servait de la nature comme d'une entremetteuse pour faire parvenir à Eva le sentiment qu'il voulait lui inspirer. Il attachait une vertu de révélation aux tertres de gazon sur lesquels la jeune fille avait l'habitude de s'asseoir ; au ruisseau où le chien buvait et où elle se regardait ; au houx qui absorbait l'électricité par les pointes de ses feuilles ; il chargeait le vent, le murmure des arbres, le chant des oiseaux, le sanglot des petites cascades, tous les bruits du jardin enfin, de murmurer à l'oreille d'Eva le mot qui n'était pas encore dans son cœur.

Un jour que la jeune fille s'était approchée d'un rosier sauvage, qui de lui-même avait développé dans un massif sa tige chargée d'étoiles rosées, Eva remarqua au milieu du buisson une fleur qui attirait mystérieusement sa main et qui demandait pour ainsi dire à être cueillie.

Elle étendit le bras et cueillit la fleur.

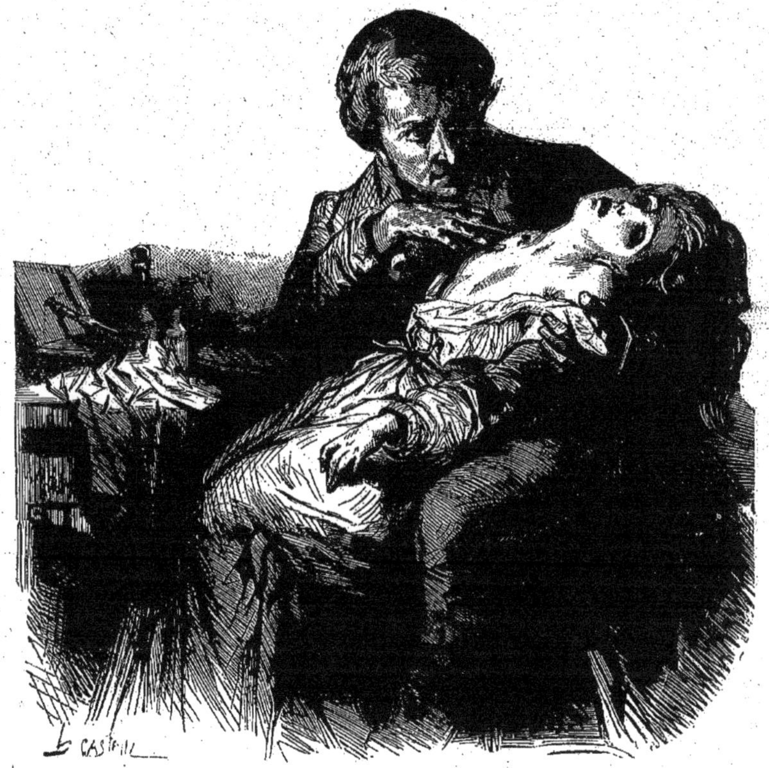

Jacques rassembla toute son énergie pour sommer Eva de s'éveiller.

Mais à peine l'eut-elle portée machinalement à sa bouche, qu'elle respira dans le doux parfum de l'églantine un doux sommeil pendant lequel Jacques Mérey, tel qu'elle l'avait vu près du pommier, le jour où elle avait rougi pour la première fois, passa comme une ombre sur la toile de son cerveau.

C'était Jacques qui s'était communiqué à la rose sauvage pour qu'Eva le cueillît et le respirât dans cette fleur.

Nous avons déjà vu que le docteur attachait une grande valeur aux signes dont se servait l'ancienne magie pour fixer certains phénomènes de volonté. Il était alors ou plutôt il avait été grandement question dans les derniers temps, parmi les physiciens, de la baguette divinatoire, à laquelle on attribuait la vertu de se mouvoir d'elle-même entre les mains de certaines personnes et de révéler par ce mouvement la présence souterraine des sources, des métaux, et même des cadavres. La baguette ne tournait pas entre les mains de tout le monde, ce qui est le propre des phénomènes nerveux, qui varient d'intensité avec la nature des individus. Au reste, une explication plus ou moins satisfaisante de la vibration de la baguette était donnée par ce que l'on appelait alors la physique occulte. Cette science rapportait à l'écoulement des corpuscules, et à l'action de ces corpuscules sur la baguette de coudrier, la cause du mouvement indicateur qui avait fait découvrir plusieurs fois des ruisseaux, des trésors enfouis et la trace même de crimes inconnus.

Jacques Mérey eut l'idée de se servir de cette baguette pour découvrir au fond du cœur de son élève la source d'amour virginal qui y était encore cachée.

La philosophie de la baguette, comme on disait alors, avait la prétention d'expliquer, en les ramenant à une cause naturelle toutes les fables et tous les mythes de l'antiquité. Enée conduit par le rameau d'or à la porte des enfers n'était plus qu'une image poétique des mystères auxquels pouvait aboutir la connaissance de la loi qui dirigeait dans l'air le mouvement des corpuscules.

La baguette de Moïse, qui avait fait jaillir l'eau du rocher ; celle de Jephté, qui s'était reprise à verdoyer ; celle de Circé, qui avait changé les compagnons d'Ulysse en pourceaux, tous ces exemples guidaient et encourageaient la science des Cagliostro, des Mesmer et des Saint-Germain dans la recherche de l'inconnu. Seulement, le docteur, plus généreux que Circé, aimait mieux changer les pourceaux en hommes que les hommes en pourceaux.

Jacques Mérey fit avec Scipion une promenade dans la forêt la plus proche, y coupa une baguette de coudrier, la chargea à force de fluide de transmettre sa volonté à Eva, et chargea Scipion de lui reporter la baguette, tandis que lui par un autre chemin regagnait Argenton et rentrait dans le jardin par une porte donnant sur la campagne et dont lui seul avait la clef.

Nous avons dit que, dans ce jardin, grand au reste comme un parc, Jacques Mérey avait tracé un cercle où devait se promener Eva sans jamais le dépasser.

Eva, dans son obéissance passive, n'avait jamais eu l'idée de franchir la limite désignée.

A l'extrémité du jardin, il y avait une grotte toute garnie de mousse, où sourdait, dans un petit réservoir limpide comme l'air, la source qui reparaissait au pied du tertre sur lequel était planté le pommier.

Le docteur l'appelait la grotte des Méditations.

C'était là que, isolé du monde, éloigné de tout bruit, délivré de toute préoccupation, il venait rêver à ces choses inconnues que, tant qu'elles ne sont pas réalisées, on croit des choses impossibles.

Il y était venu souvent avant de connaître Eva, plus souvent peut-être depuis qu'il la connaissait.

L'entrée de cette grotte, éclairée intérieurement par une ouverture donnant au-dessus du réservoir, était toute masquée par des lierres et des lianes pendantes. Il fallait la connaître pour se douter qu'elle était là.

Eva, en prenant la baguette de la gueule de Scipion, n'éprouva d'abord aucun changement en elle. Puis, comme elle la garda involontairement entre ses mains, au bout d'un instant elle ressentit cette inquiétude vague, ce besoin de mouvement, cette nécessité d'air qui force à ouvrir les fenêtres de sa chambre si le temps est mauvais et à sortir si le temps est beau.

En conséquence, elle s'achemina vers le jardin, sa promenade habituelle, ou plutôt sa seule promenade.

Cette fois, sans même y songer, sans être arrêtée par aucun obstacle matériel ou idéal, elle franchit la limite hier encore imposée à sa volonté, et, la baguette à la main, guidée en quelque sorte ou plutôt réellement par elle, elle écarta les lierres et les lianes, et apparut à la porte à moitié éclairée par le jour extérieur, pareille à une fée tenant sa baguette à la main.

Elle avait une longue tunique de cachemire blanc serrée à la taille par un ruban bleu. Ses cheveux blonds qui descendaient jusqu'aux genoux voilaient ses épaules.

La présence de Jacques Mérey dans la grotte ne lui arracha aucun cri de surprise. Son sens intérieur, son sens affectif, son âme enfin savait qu'il était là.

Elle prononça le nom de Jacques avec la plus douce intonation et lui tendit les bras.

Jacques tint quelque temps Eva pressée contre son cœur. Entre ces deux êtres qui, attirés l'un vers l'autre, semblaient se chercher dans le grand mystère de la nature, c'était une sorte de communion silencieuse et ineffable.

Ils s'assirent l'un près de l'autre sur un banc de mousse.

Alors, Eva prit les deux mains de Jacques dans les siennes, le regarda avec ses grands yeux fixes dont l'émail semblait taillé dans la nacre perlière, et lui dit d'une voix lente, profonde, réfléchie, qui savourait une à une toutes les lettres de ces deux mots :

— Je t'aime !

Au même instant, elle renversa sa tête sur l'épaule de Jacques, et ses cheveux roulèrent sur le visage du jeune médecin, le mouvement du cœur et des artères perdit son rythme ordinaire, et le souffle parut s'arrêter sur les lèvres entr'ouvertes de la jeune fille.

Les magnétiseurs du dernier siècle ont donné plusieurs noms à cet état d'assoupissement et d'insensibilité qui ressort du somnambulisme, mais qu'il ne faut pas confondre avec lui. L'âme, dans ce moment-là, semble rompre ses liens avec le corps. Psyché reprend ses ailes et s'envole on ne sait où. Sainte Thérèse monte au ciel et s'agenouille devant Dieu.

Ce mot éternel et divin que murmurait depuis plus d'un mois toute la nature aux oreilles de la jeune fille, ce mot que la vertu magnétique avait en quelque sorte arraché de son âme, ce mot *je t'aime*, avait envoyé Eva au troisième ciel de l'extase.

L'extase diffère du magnétisme, en ce que, pendant cet état, comme si la personne magnétisée avait trouvé un protecteur plus puissant, elle échappe à son magnétiseur. L'influence de Jacques Mérey avait jusque-là trouvé dans Eva une docilité d'esclave. La pauvre enfant obéissait à l'action du magnétisme. Sans le savoir, sa volonté était enchaînée à une force extérieure, toute-puissante, irrésistible ; mais les limites du magnétisme dépassées, cette force avait beau agir, commander, l'âme fugitive ne répondait plus à ses ordres que par l'insensibilité de la résistance. En vain Jacques rassembla toute son énergie pour sommer une dernière fois Eva de s'éveiller, le sommeil continuait malgré lui, un sommeil qui, mêlé de catalepsie, prenait peu à peu la rigidité de la mort.

Ce sommeil glaçait Jacques Mérey d'épouvante et d'inquiétude.

Epuisé de fatigue, il était tombé à genoux devant Eva, appuyant ses lèvres sur sa main.

Au contact de ses lèvres, il sentit sa main tressaillir ; mais ce tressaillement était si obscur et si insensible, cette main ressemblait si bien à celle d'une jeune trépassée, que sa crainte redoubla, la sueur lui perla sur le front. Il se redressa debout, tenant son front dans ses deux mains et regardant Eva avec des yeux effarés.

C'est alors qu'il vit sa bouche entr'ouverte et ses lèvres tressaillant sous un léger frémissement, qui n'était rien autre chose que le souffle, et qu'une inspiration lui vint.

Le baiser qu'il avait donné à la main, s'il le donnait aux lèvres !...

Jacques Mérey avait le sentiment de la délicatesse poussé au plus haut degré. Avait-il le droit, lui éveillé, de poser ses lèvres sur les lèvres d'Eva endormie ?

N'était-ce point une atteinte à la pudeur féminine ? une souillure à cette colombe immaculée ?

Si cependant c'était le seul moyen de la sauver.

Jacques Mérey leva les yeux au ciel, prit Dieu à témoin de la pureté de son intention, demanda pardon à la Vesta antique, à la chasteté symbolisée dans la personne de la mère de Jésus, se pencha sur Eva, et toucha ou plutôt effleura sa bouche de ses lèvres.

A l'instant même, comme si la chaîne qui liait la jeune fille au monde supérieur se brisait par cet attouchement humain, Eva jeta un léger cri, et, frémissant de la pointe des pieds à la racine des cheveux :

— Qui m'a éveillée ? dit-elle. J'étais si heureuse !

Puis, tournant ou plutôt élevant son regard vers le docteur, elle parut étonnée de voir un homme devant elle ; mais aussitôt une subite rougeur couvrit pour la seconde fois ses joues. Et, prenant la main de Jacques, éveillée cette fois, elle lui redit dans un sourire ce qu'elle venait de lui dire endormie :

— Je t'aime !

Puis elle porta la main au côté gauche de sa poitrine ; la jeune fille venait de trouver la place de son cœur.

XII

L'ANNEAU SYMPATHIQUE

Ce fut pour Eva comme une révélation de toute la nature ; ce qu'elle avait vu dans son extase, le ciel, Dieu, les anges, resta dans son esprit, dans sa mémoire, dans son âme : peut-être ces trois mots n'expriment-ils qu'une seule et même chose, voilà pourquoi nous les disons tous les trois au lieu de n'en dire qu'un seul.

Mais le miracle ne se borne point à la vue extérieure.

Pour la première fois, à cette lumière nouvelle, elle distingua sous leur véritable aspect le ciel, la terre, les oiseaux, les fleurs ; jusque-là, dans le demi-jour de son indifférence, Eva n'avait rien apprécié de toutes ces merveilles. Il faut, pour voir et entendre la Création, autre chose que des yeux et des oreilles.

Il faut de l'amour.

A mesure que le cercle des objets visibles et matériels s'élargissait pour elle, Eva apprenait à parler de toutes ces choses jusque-là inconnues, car les idées nouvelles inspirées par des objets nouveaux appellent naturellement des paroles afférentes à ces idées et à ces objets.

Cette éducation était ce que les psychologistes d'alors appelaient une *transfusion*.

Eva recevait tout de Jacques ; le docteur lui apprit le nom des plantes, des animaux, des étoiles. Il lui raconta le poème tout entier de la Création.

La jeune fille l'écoutait avidement et devinait en quelque sorte la science de Jacques, tant ce qu'il lui disait était imprégné de sympathie et d'amour. En lui, elle étudiait par cœur toute la nature ; dans la pensée du maître, elle lisait sa pensée à elle et la raison des choses, non seulement perceptibles, mais abstraites, non seulement visibles, mais invisibles.

L'immensité de l'univers et le spectacle de la vie expliqué par Jacques lui donnait le sentiment de l'existence de Dieu, dont lui avait seulement parlé jusque-là le chant des oiseaux, le parfum des fleurs, le rayon caressant du soleil de mai.

Au grand livre de la nature, le docteur donna pour commentaire les ouvrages des poètes allemands ou anglais, que Eva ne tarda point à lire et voulut absolument comprendre.

La langue allemande et la langue anglaise étaient aussi familières à Jacques que sa langue maternelle, et, au bout de deux ou trois mois, Eva savait lui dire : *Je t'aime*, en trois langues différentes.

Ce jeune cerveau était comme ces terres vierges de l'Amérique qui n'ont rien produit depuis la création et qui, pour donner trois moissons à l'année, n'attendaient qu'une triple semence.

Jacques apprenait ainsi à Eva non seulement à devenir savante, mais en même temps elle apprenait toute seule à devenir belle : elle avait pour cela des dispositions très rares.

Mais, en dépit de ses grands yeux, de ses traits irréprochables, de ses formes admirablement modelées, elle ne produisait, dans son état primitif, sur le peu d'étrangers qu'elle voyait, qu'une impression pénible et presque désagréable ; pour être belle, il lui manquait d'être femme.

Le traitement moral du docteur révéla chez Eva une beauté toute nouvelle, la beauté de l'âme, la beauté de la vie, la beauté de la pensée.

Sa physionomie, autrefois morne et uniforme, commença de se multiplier comme par miracle.

Ce sentiment pour lequel nous n'avons pas de nom, que les Allemands désignent sous le nom de *gemüth*, et les Anglais sous celui de *feeling* ; ce sentiment pour lequel notre langue n'a d'autre terme que celui de *sens affectif* ou *sens émotif*, était venu poétiser la forme en l'animant. Ce n'étaient plus ces lignes froides et immobiles dont rien ne dérangeait la régularité glacée ; ce n'était plus ce visage toujours le même, mais où l'absence de la pensée imprimait le sceau du néant ; il y avait maintenant dans Eva plusieurs individualités, suivant les impressions personnelles qu'elle recevait, suivant surtout le visage de Jacques, dont elle reflétait la joie ou la tristesse.

Avec l'amour se déclara chez elle la coquetterie, qui est pour ainsi dire la fleur de l'amour. Eva, jusque-là insouciante d'elle-même, prit un plaisir extrême à soigner sa toilette, à relever et à lisser elle-même ses longs cheveux, à être belle enfin.

La perpétuelle relation dans laquelle vivaient Jacques et Eva avait créé, et chaque jour resserrait entre ces deux êtres une sympathie unique et sans borne.

Ils étaient évidemment sous l'entière puissance de cette loi universelle que les savants appliquent au monde et les poètes aux individus ; que les premiers appellent l'attraction et que les autres appellent l'amour.

Encore le mot d'amour, si délicat et si puissant qu'il soit, ne saurait-il exprimer cette vie à deux que le lien magnétique avait formé entre ce jeune homme et cette jeune fille.

Tout ce qu'on observe des affinités mystérieuses qui existent entre certains frères jumeaux que la nature a soudés l'un à l'autre, tout ce que les poètes ont raconté des sympathies de l'héliotrope et du soleil, tout ce que les savants ont imaginé des rapports enchaînés de la lune et de l'Océan, ne donnerait qu'une idée bien imparfaite de l'état d'identification auquel étaient parvenus Jacques et Eva.

Et en effet ils se pressentaient, ils se devinaient, ils se cherchaient, se parlaient dans la rêverie des bois, dans la plainte éternelle des fontaines, dans l'harmonie générale des êtres. Ils aspiraient l'un et l'autre à tout ce qui s'élève, à tout ce qui monte vers le ciel. Les jours où l'un était malade, l'autre était souffrant. S'il arrivait à Jacques de rougir, le même nuage rose se formait sympathiquement sur les joues d'Eva. Dans les moments de gaîté, un même sourire de bonheur glissait sur leurs lèvres. Ils étaient émus de la même manière par les mêmes lectures ; ce que l'un pensait, l'autre l'avait deviné déjà. C'était le même être aimant deux fois dans une seule existence ; le lien qui les unissait l'un à l'autre était une sorte d'égoïsme double.

Ils buvaient, si l'on peut s'exprimer ainsi, la vie à la même coupe.

Jacques, voulant exprimer cette parfaite conformité de sentiment, nommait Eva sa sœur ; Eva appelait Jacques son frère ; mais ces deux mots comme tous les autres étaient impuissants à caractériser cette union que les langues humaines n'ont pas prévue.

Les choses trop tendres que Jacques avait pudeur de dire, car leur attachement, si intime qu'il fût, se distinguait surtout par l'absence des procédés terrestres, ou par leur innocence s'il était forcé d'y recourir, les choses trop tendres que Jacques avait pudeur de dire, il les communiquait aux arbres sous lesquels Eva venait s'asseoir ; ces arbres agitaient sur la tête de la jeune fille leurs rameaux, et leurs feuilles, comme autant de langues vertes et mobiles, racontaient dans un chuchotement mystérieux le cœur de Jacques au cœur d'Eva !

Le magnétisme a comme la magie ancienne des signes et des moyens occultes pour bouleverser les rapports naturels des choses et même pour changer les choses de goût, de nature et d'aspect. Jacques se servait de cette puissance sur Eva. Il donnait aux roses l'odeur des violettes ; il changeait l'eau en vin ; il multipliait le pain de la table ; il faisait sécher et reverdir les arbres à fruit. Tous ces miracles, bien entendu, n'existaient que dans l'esprit halluciné du sujet. Or, c'était précisément l'intention de Jacques de créer autour d'Eva un monde fabuleux sur lequel dominât sa pensée. Jacques ne se servait de cette influence redoutable que pour le bonheur de son élève. S'il s'était fait le dieu d'Eva, c'était pour achever en elle l'œuvre imparfaite du Créateur.

Un jour que Jacques était allé voir un pauvre malade à une lieue d'Argenton, et qu'une opération trop difficile pour qu'il la confiât à un autre, le retenait deux heures de plus qu'il ne comptait consacrer à ce voyage, voulant voir jusqu'où allait chez lui la transmission de la pensée, il prit une feuille de papier à lettre, blanche, tailla une plume neuve, et écrivit sans encre sur le papier, de manière que pour tout autre qu'Eva, l'écriture ne laissait aucune trace.

« Retardé pendant deux heures. Sois sans inquiétude, sœur chérie, et attends-moi à cinq heures, sous *l'arbre de la science du bien et du mal*.

« Ton frère,

« JACQUES. »

C'était ainsi que le docteur appelait le pommier, depuis l'aventure où, pour la première fois, Eva avait rougi.

Puis il noua le billet au cou de Scipion et lui ordonna d'aller retrouver Eva.

Scipion obéit.

Il trouva Eva près du ruisseau où il avait l'habitude de boire ; il vint à elle : la jeune fille dénoua le billet, et, quoiqu'il ne portât aucune trace d'écriture, elle lut.

Eva n'avait ni montre ni pendule, mais, sans même regarder le ciel pour voir où en était le soleil, à cinq heures moins cinq minutes elle vint s'asseoir sur le tertre.

A cinq heures précises, Jacques, rentré par la petite porte du jardin, venait s'asseoir à l'ombre du pommier où Eva, cinq minutes auparavant, venait s'asseoir elle-même.

Jacques poussa un cri de joie, Eva avait la seconde vue.

Il faisait une belle soirée d'automne. Les deux amants étaient fiers et heureux de vivre, de se voir, de se toucher sympathiquement par toutes les fibres de l'âme ; leur poitrine se gonflait superbement, il leur semblait à chaque bouffée d'air qu'ils respiraient le ciel.

A la figure solennelle et grave de Jacques, Eva se douta tout de suite qu'elle allait recevoir une communication délicate et importante.

Et en effet celui-ci regardait doucement et sérieusement la jeune fille.

— Eva, lui dit-il, j'ai exercé jusqu'ici sur vous une action qui était nécessaire pour vous amener au point moral et physique où vous êtes parvenue aujourd'hui, mais à laquelle je renonce. Au moment où je vous parle, je retire à moi toute ma puissance magnétique ; je vous rends la triple liberté de l'âme, du cœur et de l'esprit ; je vous rends votre sens moral dans toute son étendue ; je vous rends votre libre arbitre enfin ; ce n'est point à moi que vous allez obéir, c'est à vous-même. Jusqu'ici, nous n'avons jamais parlé ensemble de l'engagement que l'homme contracte avec la femme et qu'on appelle le mariage ; les devoirs de cet état, je vous les expliquerai plus tard, nous n'en sommes encore qu'aux fiançailles. Vous avez jusqu'ici vécu dans la solitude, il est temps de vous mettre en relations avec le monde et de choisir un homme que vous aimiez.

— Jacques, vous savez bien que c'est inutile, répondit Eva, mon fiancé, c'est vous.

Jacques appuya la main d'Eva contre son cœur, et, tirant un anneau d'or de son doigt :

— Si telle est votre volonté, Eva, telle est aussi la mienne. Recevez donc, selon l'usage, cet anneau d'or, c'est le témoin de notre promesse, c'est notre anneau de fiançailles.

Et il lui glissa au doigt un anneau magnétisé par lui avec l'intention que toutes les fois qu'Eva penserait à Jacques ayant cet anneau à la main, elle le verrait tout absent qu'il fût, sinon avec les yeux du corps, du moins avec les yeux de l'âme.

XIII

UNDE ORTUS ?

Arrivés au point où en étaient les deux amants, c'est-à-dire au jour de leurs fiançailles, une grave question devait se présenter à leur esprit, sinon comme un obstacle, du moins comme une inquiétude.

De qui Eva était-elle la fille ?

On sait comment Jacques Mérey avait obtenu du braconnier et de sa mère l'enfant qu'il avait emportée chez lui.

Deux motifs les avaient déterminés à confier la petite fille au docteur : le premier, tout égoïste, est qu'en l'emportant, il les débarrassait d'un grand ennui.

Le second, moins personnel, était l'espérance que les soins de Jacques Mérey pourraient améliorer l'état de l'idiote.

Mais, en l'emportant, le docteur avait pris l'obligation formelle de rendre l'enfant le jour où elle serait réclamée par ses parents véritables.

La certitude où il était que ces parents n'étaient ni le braconnier ni la vieille femme, la certitude qu'il avait que sa vraie famille avait voulu se débarrasser d'elle en la déposant chez le braconnier, lui donnait l'espoir qu'elle ne serait jamais réclamée.

C'est pour cela qu'il avait enfermé Eva dans le paradis terrestre qu'il lui avait créé et qu'il ne l'avait laissé voir que des quelques personnes que nous avons nommées.

La première, la seconde, la troisième année même, Joseph, c'était le nom du braconnier, et Magdeleine, c'était celui de la vieille femme, n'étaient venus qu'une fois chaque année prendre des nouvelles de l'enfant et demander à la voir.

Chaque fois, Eva avait été apportée devant eux ; mais, comme dans les trois premières années sa guérison n'avait pas fait de grands progrès, ils avaient à peu près perdu l'espérance que le docteur, si savant qu'il fût, pût jamais faire de cette créature inerte, sans parole et sans pensée, un être digne de prendre sa place dans le monde des intelligences.

Puis, il faut bien accuser Jacques Mérey de cette petite tromperie dans laquelle son cœur avait fait taire sa conscience, quand le mieux s'était déclaré d'une manière sensible, c'est lui qui, sans attendre que Joseph et sa mère vinssent demander des nouvelles d'Eva, allait leur en porter.

Pour se faire un ami du braconnier, à chacune de ses visites il lui faisait cadeau de quelques boîtes de poudre et de quelques livres de plomb que le braconnier, qui n'osait acheter ces objets à la ville, recevait toujours avec une vive reconnaissance.

Aux questions sur l'état, sur la santé d'Eva, le docteur répondait évasivement :

— Elle va un peu mieux, je n'ai pas perdu l'espérance. la nature est si puissante !

Et naturellement le braconnier, qui voyait toujours dans Eva la boule informe de chair qu'on avait emportée de chez lui, haussait les épaules en disant :

— Que voulez-vous, docteur, à la grâce de Dieu !

Puis les deux hommes allaient faire un tour ensemble dans la forêt. Après que le docteur avait eu soin de laisser sa bourse à la vieille mère, il tuait un ou deux lièvres, trois ou quatre lapins ; il rapportait son gibier à la maison et se gardait bien de parler à qui que ce soit de la course qu'il venait de faire et des gens qu'il avait visités.

Quant à Eva, elle avait été longtemps insouciante de sa naissance, comme de tout. Mais, lorsque sa naissance morale eut tiré son esprit des limbes où cette espèce d'hydrocéphalie dont elle était atteinte l'avait reléguée, elle commença à se préoccuper de son origine.

Elle avait un vague souvenir d'avoir revu, dans une des dernières visites qu'il lui avait faites, le braconnier et sa mère. Mais ce souvenir n'avait rien de tendre, et aucun souvenir filial ne se remuait pour eux dans son cœur.

Jacques Mérey lui avait dit que deux ans ils avaient eu soin d'elle ; elle leur était reconnaissante de ces soins, mais aucune voix intérieure ne lui disait : « Cet homme est ton père, cette femme est ta mère. »

Il y a plus ; toutes les fois qu'elle abordait cette question, Jacques Mérey l'écartait avec un certain malaise qui laissait des traces sur son visage.

Si bien qu'elle avait fini par ne plus faire de questions sur sa naissance, et par ne plus chercher à connaître ses parents.

Dans une nature comme celle d'Eva, ouverte à toutes les intuitions primitives, ce silence avait lieu d'étonner.

Souvent Jacques Mérey l'avait trouvée triste, soucieuse, inquiète ; son cœur cherchait une voix mystérieuse lui demandant :

— Qui es-tu ?

L'être humain est si faible, si borné, si calamiteux, qu'il a besoin pour ne pas s'effrayer de lui-même de se chercher des points d'appui et des racines dans ceux qui l'ont précédé sur la terre. Il a besoin de savoir d'où il sort, par quelle porte il est entré dans la vie, à quel bras il s'est appuyé pour faire ses premiers pas.

Ombrageux, il a besoin de sentir un passé derrière lui ; de là le culte des ancêtres chez les Indiens comme chez tous les peuples primitifs. L'homme se considère comme une bouture de l'arbre généalogique ; comme une bouture de cet arbre, c'est à lui qu'il rapporte ses destinées. Le fils est responsable de l'âme de son père et du sort qui attend cette âme dans l'autre monde. S'il accomplit fidèlement les sacrifices, s'il remplit ses devoirs envers sa caste, il achève et développe, dans sa propre existence, l'immortalité de celui qui lui a donné le jour. Cette transmission, cette solidarité, cette communion de l'homme avec ses ancêtres, qui forme l'élément principal des anciens dogmes, tout cela est une suite de l'inquiétude du sang pour remonter à sa source.

Au nombre des questions dont l'homme doit sérieusement se préoccuper chaque fois qu'il pense et qu'il fait un retour sur lui-même, le savant Linné met en première ligne celle-ci :

— *Unde ortus ?* (D'où viens-je ?)

Pour répondre à cette question, les peuples nouveau-nés ont eu recours aux généalogies.

On connaît celle de saint Luc, qui fait remonter Jésus jusqu'au premier homme et le premier homme jusqu'à Dieu.

Toutes les anciennes religions sont des genèses ; elles racontent sous des mythes plus ou moins enveloppés, plus ou moins transparents, la filiation des choses, l'origine du monde, la naissance de l'homme, la succession des familles représentées l'une après l'autre par un chef ; elles rétablissent en un mot le fil conducteur qui, remontant vers le passé, conduit l'homme du temps à l'éternité. Jacques Mérey pouvait encore satisfaire aux questions d'Eva sur la nature ; il lui disait le commencement des mondes, l'origine probable de la terre, la succession des êtres inorganiques et organiques, depuis les polypes jusqu'aux mammifères.

Aidé des lumières de la physique occulte, il expliquait par le mouvement des atomes la formation primitive des plantes, les différents essais de la nature sur les animaux avant d'arriver à l'homme.

Si ces explications n'étaient pas toujours concluantes, elles étaient du moins conformes à la science de son temps, dont il avait touché et même dépassé les limites.

Mais, quand Eva arrivait à une question beaucoup plus simple, quand elle semblait lui dire, par la curiosité de son regard et par le muet mouvement de ses lèvres :

— Et moi, de qui suis-je née ?

Toute la science du savant se troublait ; il en était réduit à déclarer son impuissance et à se taire.

On raconte que Pic de la Mirandole avait dû soutenir une thèse qui avait duré trois jours.

Le cercle des connaissances humaines tel qu'il était tracé dans ce temps-là avait été parcouru, et, sur tous les points, Pic de la Mirandole avait défié ses examinateurs de le mettre en défaut.

L'Envie était pâle et se mordait les lèvres, n'ayant pas autre chose à mordre.

Les théologiens s'en mêlèrent.

La théologie était une forêt pleine de traquenards dans laquelle l'esprit le plus exercé avait bien de la peine à ne pas être pris ; une sorte de puits ténébreux dans lequel les plus hardis mineurs perdaient pied, un buisson épineux où les plus vieux docteurs laissaient des lambeaux de leur robe.

Lui, simple, calme, grave, avait dérouté toutes les argutics, évité tous les pièges, désarmé tous les syllogismes, échappé à tous les dilemmes, usé tous les artifices.

Ce jeune homme était véritablement doué de la science universelle.

Alors, une courtisane qui avait assisté à tous ces exercices moins pour voir et pour entendre que pour être vue elle-même, lassée de la longueur des examens, se leva et fit signe qu'elle voulait adresser, elle aussi, une question au savant invulnérable.

Un murmure de surprise fit le tour de la docte assemblée.

Fier d'avoir démonté tous ses adversaires dans cette fameuse thèse *De omni re scibili et de quibusdam aliis*, Pic de la Mirandole considéra non sans un peu d'étonnement cette femme qui osait l'interroger ; un sourire de dédain plissait légèrement ses lèvres.

— Pourriez-vous, demanda la courtisane, me dire quelle heure il est ?

Pic de la Mirandole fut contraint d'avouer qu'il n'en savait rien.

Eh bien, il en était de même pour Jacques Mérey ; sa science était solide et universelle, on eût dit qu'il avait assisté au conseil du Dieu créateur, tant il connaissait bien la raison des choses, l'origine et le but des êtres, d'où ils viennent, où ils vont. Rien ne l'arrêtait dans la filiation des créatures, des éléments, des mondes, et il ne savait comment dévoiler la naissance de la femme qu'il aimait !

Tout ce qu'il savait, c'est qu'Eva n'était point la fille du bûcheron ni de la bûcheronne.

En 1792, époque à laquelle nous sommes arrivés et qui va bientôt nous emporter avec elle sur ses ailes de feu, les races n'étaient point encore mêlées en France comme elles l'ont été dans la suite par la révolution française ; il y avait vraiment alors un type aristocratique ; si la noblesse s'était maintenue longtemps dans ce pays, dont les mœurs légères et faciles inclinent visiblement à l'égalité, cela tenait à la différence du sang.

Les femmes surtout portaient leur naissance et leur rang dans la distinction de leur personne ; l'échafaud de 93 aurait confirmé l'existence de cette égalité de race si l'hérédité physiologique avait besoin de confirmation.

On ne détruit que ce qu'on ne peut pas effacer.

Je ne veux point dire que les familles nobles fussent supérieures aux familles plébéiennes ; les premières recélaient en elles un germe de décadence et d'altération, tandis que les secondes, plus pures, plus vigoureuses, aspiraient fortement à la vie sociale.

Mais il est juste de dire que les anciennes familles avaient un type de beauté qui leur était propre, et qui tenait peut-être autant à l'éducation qu'à la nature.

La Révolution rencontra le type aristocratique qui par sa fine beauté blessait le type populaire, et, ne pouvant le modifier assez vite à son gré par des alliances bourgeoises, elle le faucha.

Ce type, Jacques Mérey, ce démocrate, ce socialiste par excellence, ne pouvait se défendre de le retrouver dans Eva.

Saint Berhard, qui avait pour galanterie religieuse de passer en revue les perfections de la sainte Vierge et de la caresser dans ses litanies des épithètes les plus tendres et les plus flatteuses, ne trouve rien de mieux à lui dire que de l'appeler « Vase d'élection. » *(Vas electionis.)*

Ces signes d'élection, qui font de certaines femmes les vases précieux de la nature par la délicatesse de la matière et par la pureté des formes, le docteur les reconnaissait fatalement et tristement dans la jeune fille qui passait pour être celle du bûcheron.

Ses mains fines, roses et transparentes, ses doigts sans nœuds et aux ongles effilés, son pied petit et cambré, son cou onduleux qu'on eût pris pour de l'albâtre animé, tout dénonçait chez elle une race exquise, tout démentait l'origine roturière que les apparences assignaient à Eva.

Au fond, les opinions politiques de Jacques Mérey souffraient beaucoup de cet aveu qu'il était contraint de se faire à lui-même. Il lui en coûtait de démêler chez cette jeune fille les caractères d'une race qu'il détestait ; il s'en voulait d'être obligé de reconnaître une beauté dans ce type dominateur ; il eût donné dix ans de sa vie pour nier le témoignage de ses yeux, récuser la science et dire à la nature : « Tu as menti. »

Du moins, il se consolait en pensant que ces familles si orgueilleuses de leur sang se précipitaient toutes vers leur déclin ; que la beauté des traits, la blancheur de la peau n'empêchent point dans les classes nobles l'invasion du lymphatisme et des sombres maladies qui en sont la suite.

Il savait, preuves en mains, qu'en ne renouvelant pas leurs alliances, ces races privilégiées s'épuisaient sur elles-mêmes, que les enfants de l'aristocratie naissaient vieux ; que la plupart d'entre eux naissaient infirmes et la carie aux os ; que les idiots et les idiotes abondaient dans les grandes maisons, et qu'après être tombée en quenouille par l'abus de la galanterie et des plaisirs, la noblesse tombait en enfance.

Les signes de cette dégénérescence lui semblaient empreints sur le roi qui gouvernait alors, sur le mou et lymphatique Louis XVI, dont la bonté négative a été caractérisée il y a dix-sept cents ans par Tacite.

Sa vertu consistait à ne pas avoir de vices.

Il retrouvait les mêmes indices d'épuisement et d'imbécillité dans cette pâle noblesse qui, poussée par une main supérieure et invisible, prenait depuis cent ans à tâche de ruiner elle-même et sa fortune et sa santé.

Eva commençait de son côté à exprimer hautement ses doutes.

— Cet homme et cette femme, disait-elle à Jacques en parlant du bûcheron et de la bûcheronne, ont eu pour moi les soins d'un père et d'une mère ; et cependant rien ne me dit là, continuait-elle en mettant la main sur son cœur, que leur sang soit mon sang ; bien au contraire, j'ai beau m'écouter intérieurement, rien ne remue en moi pour eux. Eh bien, je dois vous le dire, Jacques, le démon de l'incertitude me dévore ; vous m'avez tirée des limbes dans lesquelles je sommeillais, vous êtes le véritable auteur de mon existence. Vous m'avez donné la lumière de l'âme et la lumière du cœur. Avant de vous connaître, je ne vivais pas, je végétais. Vous avez fait de moi une créature à votre image, et pourtant, Dieu soit loué ! vous n'êtes pas mon père.

Elle rougit légèrement et reprit :

— Vous qui savez tout, mon Jacques bien-aimé, vous dont le regard perce les voiles de toute la nature, vous dont la clairvoyance s'élève jusqu'aux astres, vous qui scrutez les mondes dont l'océan de l'air est peuplé, vous qui voyez au delà de nos yeux et qui entendez ce que l'oreille des hommes n'entend pas, dites-moi de qui je suis née.

Et Jacques Mérey n'osait pas répondre.

XIV

OU IL EST PROUVÉ QU'ÉVA N'EST PAS LA FILLE DU BRACONNIER JOSEPH, MAIS SANS QUE L'ON SACHE DE QUI ELLE EST LA FILLE.

Le lendemain d'un jour où les questions d'Éva étaient devenues plus pressantes, le docteur résolut, coûte que coûte, de faire une démarche pour se renseigner.

Il envoya Scipion à Joseph ; Scipion avait un billet au cou. Jacques disait au braconnier :

« Demain, au point du jour, je serai chez vous avec mon fusil. J'ai besoin de gibier. »

Le lendemain, à six heures du matin, Jacques Mérey était à la cabane de Joseph.

On partit, on tira quelques coups de fusil, on tua un lièvre, deux faisans, trois ou quatre lapins, que Scipion, à qui ses nouveaux talents n'avaient rien fait perdre des anciens, rapporta tout joyeux.

L'heure du déjeuner arriva ; on s'assit sur l'herbe, et Jacques Mérey tira de son carnier du pain, des fruits, un morceau de jambon, une gourde de bon vin.

Lorsque quelques gorgées de cette liqueur à laquelle il goûtait si rarement eurent mis Joseph en belle humeur, Jacques entama avec le braconnier le chapitre d'Éva.

— Joseph, lui dit-il, il y a longtemps que tu n'es venu voir la petite.

Le braconnier haussa les épaules.

— Que voulez-vous ! dit-il, ça me retourne le cœur quand je la vois.

— Elle a beaucoup grandi et beaucoup embelli depuis quatre ans, mon cher Joseph, continua Jacques.

— Qu'importe, reprit Joseph, si elle ne parle pas ! Samuel Simon, le crétin de la rue de l'Écluse, lui aussi, parle : il dit *papa, maman*. A quoi ça l'avance-t-il ?

— Eva parle, et parle bien, je t'assure, Joseph ; elle est même très savante.

— Mais elle reste du matin au soir dans un fauteuil, comme Samuel Simon.

— Non, elle marche et elle court très légèrement.

— Ça me fait plaisir, ce que vous me dites là, monsieur Jacques ; car, la pauvre petite, je m'y étais attaché, tout idiote qu'elle était, et je l'aimais comme si j'étais son père.

— Quoique vous ne le fussiez point, n'est-ce pas, Joseph ?

Le braconnier changea de couleur ; il avait, malgré lui et sans y songer, laissé échapper son secret.

— Je crois que j'ai dit une grosse bêtise ! fit-il.

— En m'avouant que tu n'étais pas son père ? Il y avait longtemps que je le savais.

— Comment cela ? demanda naïvement le braconnier.

Jacques haussa les épaules.

— Espérais-tu me cacher quelque chose, à moi ? N'as-tu pas entendu dire de par la ville que je faisais des miracles, que je savais tout, comme le bon Dieu ? Comment veux-tu que celui qui donne de l'esprit à la matière n'en ait point assez lui-même pour lever les voiles d'une intrigue et pour pénétrer un secret ? Entre nous, Joseph, je crains bien que ce secret ne soit sinon un crime tout à fait, du moins une abominable action.

— Comment cela, monsieur Jacques ?

— Les parents de la pauvre Eva auront voulu se débarrasser d'un être inerte et inutile, au lieu de se dire que la nature ne produit rien d'inutile ni d'inerte, et de tâcher de faire ce que j'ai fait, c'est-à-dire de tailler la chair avec la science, comme le sculpteur taille le marbre avec son ciseau. Ils auront pensé d'abord à la jeter dans quelque étang, ou à l'étouffer entre deux matelas, mais la peur les aura retenus ; peut-être savait-on qu'ils avaient cette enfant ! En tout cas, Dieu le savait ! A défaut de la justice des hommes, ils ont craint la justice de Dieu !

Sans approuver tout à fait, Joseph fit un signe de la tête qui semblait dire : « Vous pourriez bien avoir raison. »

— Tu as pensé quelquefois à cela, n'est-ce pas Joseph ?

— Oui, répondit le braconnier, et j'avoue que ce n'est pas sans inquiétude.

— Eh bien, le moyen de te rassurer, dit le docteur, c'est de me raconter franchement tout ce que tu sais de cette jeune fille et de sa naissance.

— Je ne demanderais pas mieux, monsieur Jacques, car vous nous avez rendu un grand service et à elle aussi : mais...

— Mais quoi?

— Mais si ce que je vais vous dire allait me compromettre et nuire à l'enfant?

— Je te promets, Joseph, que, excepté elle, nul ne saura jamais un seul mot de ta révélation.

— Et d'ailleurs, tenez, continua Joseph en homme décidé, il y a déjà un temps que ce secret-là me pèse, et que j'éprouve le besoin de m'en décharger.

— Parle donc, je t'écoute.

— C'était le 29 décembre 1782; il y aura au mois de décembre prochain dix ans de cela, que, voyant une jolie gelée suivie d'une petite neige fine qui recouvrait à peine la terre, je me dis à moi-même: « Joseph, mon ami, voilà un joli temps pour faire un coup de fusil. » Sur quoi, je pris mon chien.

— Scipion? demanda Jacques.

— Non, son prédécesseur, qui n'avait pas un nom si ronflant, qui s'appelait tout simplement Canard; et nous partîmes. Nous voilà en chasse: un coup de fusil par-ci, un coup de fusil par-là. Pif! paf! deux lièvres dans le carnier, l'un fera le civet, l'autre fournira la garniture; pendant ce temps, la mère était restée à la maison, elle filait tranquillement sa quenouille, la bonne vieille. Tout à coup deux hommes masqués poussent la porte et entrent. Qui fut effrayée? je vous le demande; ce fut elle! Elle crut qu'on venait pour m'arrêter, car les anciens seigneurs de Chazelay étaient durs aux braconniers, on disait même qu'ils en avaient fait pendre quelques-uns dans le parc du château, sous prétexte qu'ils avaient droit de justice sur leurs terres; ces hommes la rassurèrent en lui donnant le bonjour avec la main; puis l'un des deux s'approcha d'elle, laissant en arrière son compagnon, qui avait l'air de porter un paquet sous son manteau.

« — Femme, lui dit l'homme qui s'était approché d'elle, je sais que vous avez été bonne nourrice et bonne mère, quoique votre fils ait un peu tourné au chenapan...

« — Oh! monsieur, mon pauvre Joseph! s'écria ma mère, peut-on dire...

« Mais lui l'interrompit.

« — Ce n'est pas de lui qu'il est question, dit-il, mais de vous. Pourriez-vous vous charger d'un enfant?

« — Bien certainement, monsieur.

« — L'aimeriez-vous?

« — Comme s'il était le mien, pauvre agneau!

« — Vous êtes plus vieille que je ne croyais.

« — Bon! les petits enfants et les vieilles femmes, cela s'entend toujours.

« — Mais, continua l'homme masqué, je dois vous dire une chose.

« — Laquelle?

« — C'est que l'enfant est imbécile.

« — Elle n'en a que plus besoin de bons soins, répondit la mère.

« — Ces soins, vous les lui donnerez, alors?

« — Oui; mais, vous voyez, nous sommes pauvres; il faudrait, pour que l'enfant ne manquât de rien, que les parents voulussent bien venir à notre secours.

« — Combien vous faudrait-il par an pour la traiter comme votre fille?

« La mère calcula.

« — Cent francs, monsieur, cela vous paraît-il de trop?

« — Vous aurez trois cents francs par an tant que l'enfant restera chez vous, et cinq cents francs tout de suite.

« — Oh! monsieur, pour ce prix-là, elle sera traitée comme une dauphine.

« — C'est bien; voici les cinq cents francs et voici le premier mois. Chaque mois sera payé d'avance. Faites-moi un reçu des huit cents livres et de l'enfant.

« — Ah! monsieur, dit la mère, voilà le malheur! c'est que je ne sais pas écrire.

« — Diable! fit l'homme en se retournant du côté de son compagnon, voilà qui est fâcheux!

« J'étais là depuis les premiers mots de la conversation; car, voyant entrer deux hommes chez ma mère, j'étais accouru vite et m'étais glissé par la petite porte du fournil.

« J'avais donc tout entendu. Je m'avançai.

« — Mais je sais écrire, moi, monsieur, dis-je à l'inconnu, et je vais vous donner les reçus que vous demandez.

« — Quel est cet homme? s'écria le visiteur masqué.

« — C'est mon fils Joseph, monsieur, celui que vous appeliez tout à l'heure un chenapan.

« — Il n'est point question de cela, ma mère; que ces messieurs m'appellent comme ils voudront, je sais que je suis honnête homme; cela me suffit.

« Je tirai une plume et du papier de l'armoire, car je voyais dans le nourrissage de l'enfant une bonne affaire, et je ne voulais pas que la mère la manquât.

« — Dictez, monsieur, dis-je en m'asseyant devant la table et m'apprêtant à écrire.

« L'homme s'appuya sur le dossier de ma chaise pour suivre ma plume des yeux et voir si j'écrivais bien ce qu'il dictait.

« — Écrivez, dit-il.

« J'écrivis:

« Cejourd'hui, 29 décembre 1782, j'ai reçu d'un inconnu « une petite fille de cinq ans reconnue idiote et incurable; « je m'engage, au nom de ma mère et au mien, à la garder « à la cabane ou dans tout autre domicile que je choisirai, « jusqu'à ce qu'elle me soit réclamée par la personne qui « me présentera ce reçu et l'autre moitié du louis d'or dont « la première moitié sera ou plutôt est à l'instant même « déposée entre mes mains. »

« L'inconnu tira de la poche de son gilet un louis coupé en deux d'une façon bizarre, mais cependant dont les deux moitiés s'adaptaient parfaitement; il m'en donna une et garda l'autre. Puis il continua:

« Celui qui dépose l'enfant entre les mains de Joseph « Blangy et de sa mère, outre la somme de huit cents francs « qu'ils ont reçue à la signature des présentes, s'engage « à leur payer tous les ans et d'avance la somme de trois « cents francs. Et si l'un des deux meurt, au survivant « des deux la même somme sera payée.

« Quand l'enfant aura atteint l'âge de quinze ans, comme « elle nécessitera peut-être de nouvelles dépenses, on pren- « dra de nouveaux arrangements.

« Selon les soins que l'on aura pris de l'enfant, une « récompense sera donnée. »

« — Signez, dit l'homme masqué; signez pour votre mère et pour vous.

« J'écrivis au bas du reçu:

« Accepté pour moi et pour ma mère, avec engagement « de me conformer à tout ce qui est porté à l'engagement « ci-dessus.

« JOSEPH BLANGY. »

« — Et maintenant, monsieur, demandai-je à l'homme masqué, avez-vous d'autres recommandations à me faire?

« — Une seule.

« — Laquelle?

« — Te taire.

« Cela nous est facile, à ma mère et à moi, répondis-je, car nous aimons la compagnie des animaux, des arbres, des choses qui ne parlent pas enfin. Dans cette cabane, nous ne voyons jamais personne, et, excepté *bonjour* et *bonsoir*, à peine ma mère et moi échangeons-nous deux paroles en deux mois. Le plus grand bavard de la maison, c'est Canard. Il ne parle pas, il est vrai, mais il aboie.

« L'homme masqué qui avait joué un rôle actif dans toute cette histoire prit le reçu, le relut avec soin, le mit dans sa poche avec la moitié du louis d'or, et dit à ma mère:

« — Allons, venez ici, et tendez votre tablier.

« Ma mère s'approcha, fit ce qu'on lui demandait, et reçut dans son tablier la petite idiote à peu près dans l'état où vous l'avez vue.

« — Comment s'appelle-t-elle, mon cher monsieur? demanda ma mère.

« Sans doute l'inconnu craignit-il que nous n'allions compulser les registres de baptême des environs, car il répondit:

« — Inutile que vous sachiez son nom, puisqu'elle ne répond à aucun nom; qu'il vous suffise de savoir qu'elle est catholique.

« Puis, se tournant vers moi:

« — Tu as entendu? dit-il, une seule chose t'est recommandée, le silence.

« Les deux hommes sortirent; mais, en sortant, l'un d'eux dit à l'autre:

« — Scipion est resté.

« Je m'aperçus alors seulement qu'un beau chien noir était allé se coucher près du feu, ni plus ni moins que s'il était chez lui.

« — Eh bien, Scipion, lui dis-je; tu n'entends pas qu'on t'appelle?

« Scipion ne bougea point.

« J'allais le chasser pour qu'il suivît son maître, mais celui-ci:

« — Gardez ce chien, dit-il; il était très attaché à l'enfant, et l'enfant ne connaît que lui. Pour te dédommager de son entretien et de sa nourriture, j'engage ma parole que tu ne seras jamais inquiété comme braconnier par M. de Chazelay.

« Et il sortit en disant:

« — Reste, Scipion, reste!

« Permission dont le chien paraissait bien résolu de se passer.

« Et maintenant, monsieur Jacques, continua le braconnier, vous en savez autant que moi.

— Et la rente vous fut toujours exactement payée?
— Rubis sur l'ongle.
— Par qui?
— Par le second homme masqué.
— Et, lors des différentes visites qu'il vous a faites, vous n'avez rien pu saisir dans ses paroles?
— Il n'a jamais dit un mot. Je le crois sourd et muet. Quand il parlait avec son compagnon, il lui parlait avec les doigts, et l'autre répondait de même.
— Et vous ne savez rien de plus, Blangy?
— Non.
— Sur l'honneur?
— Sur l'honneur!
— Retournez chez vous et montrez-moi la moitié du louis d'or; vous l'avez conservée, je suppose?
— Il ne faut pas le demander! elle est dans le reliquaire de ma mère, avec un os du petit doigt de sainte Solange.

Le docteur se leva et prit le chemin de la cabane.

Dix minutes après, ils étaient arrivés, et Joseph remettait la pièce d'or au docteur.

C'était en effet la moitié d'un louis à l'effigie de Louis XV et au millésime de 1769.

Cette moitié n'avait rien de particulier, que le soin qu'on avait pris de la tailler en zigzag pour rendre impossible une erreur ou une tromperie.

Le docteur n'en savait pas beaucoup plus que lorsqu'il était parti; seulement, au lieu du doute il avait la certitude qu'Eva n'était pas la fille du braconnier.

XV

OU IL NOUS FAUT ABANDONNER LES AFFAIRES PRIVÉES DE NOS PERSONNAGES POUR NOUS OCCUPER DES AFFAIRES PUBLIQUES.

En rentant dans la ville d'Argenton, Jacques Mérey fut frappé d'étonnement à la vue du trouble qui paraissait s'être emparé de cette population, d'habitude si calme et si tranquille.

Mais ce qui l'étonna bien plus, c'est que, aussitôt qu'on l'eut reconnu, cette population l'entoura en lui demandant des conseils sur ce qu'il y avait à faire dans une circonstance si critique.

— Il faut d'abord, dit Jacques Mérey, avant que je vous donne des conseils, il faut d'abord que vous vouliez bien me dire de quoi il est question.

— Comment! vous ne savez pas? s'écrièrent vingt voix.

— C'est impossible! s'écrièrent vingt autres.

Jacques Mérey haussa les épaules en homme qui n'est pas le moins du monde au courant de la situation.

— Affaire politique? demanda-t-il.

— Je crois bien, affaire politique!

— Eh bien, qu'est-il arrivé?

— Allons donc, dit une voix, vous faites semblant de ne pas savoir, et vous savez aussi bien que nous.

— Mes amis, dit Jacques Mérey avec son exquise douceur, vous savez comment je vis; à moins que ce ne soit pour faire une visite à quelque pauvre malade, je ne sors jamais de chez moi, et chez moi je travaille; j'ignore donc complètement ce qui se passe au dehors des quatre murs qui m'enferment, et où je fais de la science, avec l'espoir que cette science sera utile un jour, à vous d'abord, et ensuite à l'humanité.

— Ah! nous savons bien que vous êtes un brave homme; nous vous aimons, nous vous respectons et nous espérons vous en donner bientôt une preuve. Mais c'est justement parce que nous vous aimons et vous respectons que nous venons vous demander ce qu'il y a à faire dans l'extrémité où nous nous trouvons.

— Eh bien, voyons, mes bons amis, quelle est l'extrémité dans laquelle nous nous trouvons? demanda le docteur.

— On se bat à Paris, dit un des hommes qui entouraient Jacques.

— Comment! on se bat?

— C'est-à-dire qu'on s'est battu, mais, à ce qu'il paraît, tout est fini maintenant, dit un autre.

— Dites-moi ce qui est fini, mes enfants.

— Eh bien, reprit le premier, en deux mots, voilà ce que c'est: le peuple a voulu entrer aux Tuileries comme au 20 juin, vous savez, le jour où Capet a mis le bonnet rouge?

— Je ne sais rien, mes amis; mais continuez.

— Le roi s'y est opposé, et les Suisses ont tiré sur le peuple.

— Sur le peuple? les Suisses ont tiré sur les Parisiens?

— Oh! il n'y avait pas que des Parisiens, il y avait des Marseillais et des gardes françaises. Il paraît que c'est ceux-là qui ont fait le plus grand carnage; on s'est battu dans la cour des Tuileries, dans le vestibule, dans les appartements, dans le jardin. Il y a eu sept cents Suisses tués, et onze cents citoyens.

— Oui, dit un autre, il paraît que c'était terrible; comme c'est Saint-Antoine et Saint-Marceau qui ont principalement donné, on a remporté les morts par charretées; au sang, on pouvait les suivre; puis on les étendait de chaque côté de la rue, et chacun venait reconnaître les siens au milieu des pleurs et des sanglots.

— Et le roi? demanda Jacques Mérey.

— Le roi s'est retiré à l'Assemblée nationale avec toute la famille royale, se mettant sous la protection de la nation. Mais l'Assemblée nationale a été envahie, on a demandé la déchéance. L'Assemblée nationale a répondu qu'elle n'avait pas mission de décider d'une si grave question; que cela regardait la Convention qui allait s'ouvrir. Puis on a décidé que le roi habiterait le Luxembourg.

— Au moins, là, dit Jacques Mérey avec un sourire, s'il veut se sauver, il aura la facilité des catacombes.

— C'est justement ce qu'a dit le procureur de la commune, le citoyen Manuel. Alors, on a décidé que le roi serait enfermé au Temple; on l'y a conduit et il y est prisonnier.

— Et où avez-vous vu tout cela?

— D'abord dans *l'Ami du peuple*, du citoyen Marat; puis l'adjoint du maire est revenu de Paris, et il était à l'Assemblée nationale pendant toute la journée du 10 août.

— Et sait-on quelle résolution a prise l'Assemblée nationale? demanda Jacques Mérey.

— Aucune relativement au roi; elle veut faire face à l'ennemi avant tout.

— Oui, c'est vrai, dit Jacques Mérey avec un sentiment de tristesse profond, l'ennemi est en France. Et qu'a décrété l'Assemblée vis-à-vis de l'ennemi? car là est le véritable péril.

— Elle a décrété que la *patrie en danger* serait proclamée, et que les enrôlements volontaires se feraient sur la place publique.

— Et quelles nouvelles a-t-on de l'ennemi?

— Il est à Longwy et marche sur Verdun.

Jacques Mérey poussa un soupir.

— Mes amis, dit-il, dans des circonstances comme celles où nous nous trouvons, chacun doit sonder sa propre conscience et l'interroger sur ce qu'il a à faire. Certes, tout ce qui est jeune, tout ce qui peut porter un fusil, tout ce qui ne peut servir la France que les armes à la main doit prendre les armes. Mais, avant tout, nous avons une Assemblée nationale brave et fidèle, nous devons nous reposer sur elle avec confiance du salut de la patrie. Ce que je puis vous dire d'avance, ce qui est ma conviction, c'est que la France ne périra pas. La France, mes amis, c'est la nation élue par le Seigneur, puisqu'il a mis en elle le plus noble des sentiments que puisse contenir le cœur de l'homme, l'amour de la liberté. La France, c'est le phare qui éclaire le monde. Ce phare a été allumé par les plus grands hommes que le XVIIIe siècle ait produits: par les Voltaire, par les Diderot, par les Grimm, par les d'Alembert, par les Rousseau, par les Montesquieu, par les Helvétius. Dieu n'a pas fait naître tant et de si beaux génies pour que leur passage soit inutile et leur trace effacée. Le canon de la Prusse peut renverser les remparts de nos villes, il ne renversera pas l'Encyclopédie. Restez bons Français et laissez à la Providence le soin de conduire les événements.

— Mais enfin, s'écrièrent plusieurs voix, il faut cependant que quelqu'un nous guide. Nous ne vous demandons qu'un conseil, un conseil ne se refuse pas.

— Mes bons amis, dit le docteur, si j'avais habité Paris pendant ces derniers temps, si j'étais de l'Assemblée nationale, si j'avais suivi de l'œil et de la pensée tout ce qui s'est passé depuis quatre ou cinq ans en France et à l'étranger, peut-être en effet pourrais-je vous guider dans ce que vous avez à faire, vous autres provinciaux, en ces terribles circonstances, où l'incurie, la mauvaise foi et la trahison de la royauté vous ont mis. Mais je ne suis qu'un pauvre médecin n'ayant plus aucune prétention à la vie publique, et priant la Providence de ne pas me détourner de ma voie, et de me laisser au milieu de vous pour y faire le peu de bien auquel je suis appelé.

— Mais vous, docteur, qu'allez-vous faire maintenant? demanda la foule.

— Ce que j'ai fait par le passé, c'est-à-dire continuer ma mission ici-bas, vous soutenir dans vos défaillances, vous guérir dans vos maladies. Ebloui par les rêves de ma jeunesse et par les folles illusions de l'espérance, j'ai cru d'abord que j'étais né pour les grandes choses et que ma place était marquée au milieu des cataclysmes que les révolutions allaient imposer à la société. Je me trompais. Comme Jacob, j'ai lutté avec l'ange, et je suis las de la lutte. J'ai pensé un instant que l'homme était le rival de Dieu, et, à l'instar de Dieu, pouvait créer. Dieu a eu pitié de mon néant ; il m'a pris comme un sculpteur sublime prend un apprenti, et il m'a donné à achever son œuvre ébauchée. Voilà tout ; il m'a payé mon travail sinon en orgueil, du moins en bonheur. Merci à Dieu !

Ces paroles parurent causer à la foule qui les écoutait, non seulement un grand étonnement mais une profonde tristesse ; quelques-uns de ceux qui paraissaient les chefs du rassemblement échangèrent quelques paroles entre eux, puis ils firent signe que l'on ouvrît les rangs pour laisser passer le docteur.

Mais un d'eux, se plaçant sur son chemin comme un dernier obstacle :

— Si vous ne savez pas ce que vous valez, monsieur Mérey, nous le savons, nous, et nous ne permettrons pas qu'un homme de votre science et de votre patriotisme reste étranger et perdu dans une petite ville comme la nôtre, lorsque vont se passer les événements les plus graves que les annales d'un peuple aient déroulés à la face du monde ; l'ennemi est en France ; l'ennemi est à Paris surtout ; la France a besoin de tous ses enfants, et il ne sera pas dit qu'un des plus dignes lui aura fait défaut. Allez maintenant, monsieur Jacques Mérey, demain vous aurez de nos nouvelles.

Et il livra passage au docteur, qui rentra chez lui sans que personne songeât plus à l'arrêter.

Le docteur avait hâte de revoir Eva. Depuis la veille au soir, il l'avait quittée, et, étant parti avant le jour, n'avait pas voulu la réveiller.

Eva l'attendait sur la porte du jardin.

— Tu venais au-devant de moi, mon cher amour ? lui dit Jacques Mérey.

— Je vous sentais approcher ; puis tout à coup vous vous êtes arrêté, n'est-ce pas ?

— Oh ! ce n'est pas moi qui me suis arrêté, c'est cette brave population, qui me demandait des conseils sur ce qu'elle avait à faire. Je lui ai dit qu'elle avait à me laisser revenir bien vite près de mon Eva.

— Et bien, moi aussi, je me suis arrêtée où j'étais, car j'avais déjà fait quelques pas au-devant de vous.

— Et quand ils ne se sont plus opposés à mon retour ?

— Je me suis sentie enlevée de terre, et je suis accourue.

— Viens, chère Eva ! lui dit-il en enveloppant sa taille flexible de son bras ; j'ai à causer avec toi de choses sérieuses.

Et il l'entraîna sous le berceau de tilleuls.

***

Tandis que le docteur causait de choses sérieuses avec Eva, c'est-à-dire s'assurait de son amour et lui affirmait le sien, la ville était dans une agitation croissante, que redoublaient encore les élections à la nouvelle Assemblée, c'est-à-dire à la Convention nationale.

Ces élections se faisaient à Châteauroux.

A Argenton, comme ailleurs, les deux partis étaient en présence :

Le parti du roi ;

Le parti du peuple.

Ceux qui s'adressaient à Jacques Mérey et qui lui demandaient ce qu'il y avait à faire, c'étaient ceux du parti populaire qui, le regardant à la fois comme un savant médecin, comme un ami des pauvres, comme un homme désintéressé, pensaient que la réunion de ces qualités devait faire un bon citoyen, et se tenaient prêts à suivre ses conseils en tous points.

Mais Jacques Mérey, homme de conscience avant tout, absorbé qu'il était depuis six ou sept ans dans son œuvre, s'étant complètement détourné des affaires publiques, n'était plus assez au courant de la situation de la France pour donner un conseil dont il pût affirmer la valeur.

Puis Jacques Mérey était à cet âge où, quand l'homme aime, il aime avec toutes les puissances de son être ; sans autre amour que celui de la science à l'époque où, dans toute sa sève juvénile, il éparpille son amour dans toutes les femmes, il avait gardé concentré en lui-même cet amour qui s'allume à l'adolescence et qui brille de tout son éclat dans ce printemps de la vie aux limites duquel il allait arriver, lorsque, comme une fleur qui s'ouvre, comme un fruit qui se colore, Eva, rose et pêche à la fois, avait commencé de s'ouvrir et de se colorer sous ses yeux ; d'abord elle avait absorbé tous ses regards, puis toutes ses pensées.

Jacques avait cru faire œuvre de science en caressant sa création, — il avait fait œuvre d'amour ; — et, quand Joseph lui avait parlé de ces parents inconnus qui pouvaient réclamer Eva un jour, lorsqu'il lui avait montré cette pièce d'or dont l'autre morceau demeurait menaçant dans des mains étrangères, il avait en quelque sorte jeté un regard sur ce que serait sa vie sans Eva, et, prêt à jeter un cri de désespoir à l'aspect d'une si profonde solitude, d'un désert si aride, il avait pris sa tête entre ses mains, en murmurant ces deux mots, qui sortent au moment de la douleur du cœur des athées eux-mêmes :

— Mon Dieu ! mon Dieu !

Et c'était au moment où il revenait tout frémissant encore de la grande émotion qu'il avait éprouvée, qu'on lui proposait, à lui, de mettre de côté cet amour qui était devenu toute sa vie, et de s'occuper de ce problème insoluble qu'on appelle le Progrès, de cette déesse toujours fugitive qu'on appelle la Liberté.

Avant de revoir Eva, peut-être eût-il pu hésiter. Mais, après l'avoir revue, c'était chose impossible.

Cette femme, à peine femme encore, n'était-elle pas tout à la fois sa fille et son amante ? On a vu des cœurs, qui ont besoin d'aimer, s'attacher dans la solitude à un insecte, à un oiseau, à une fleur ; à plus forte raison devait-il s'attacher d'un amour invincible à la femme qui n'eût pas existé sans lui. Il avait trouvé l'écrin vide. Il y avait mis tout un trésor de jeunesse, d'intelligence et de beauté. Maintenant, l'écrin était bien à lui et il pouvait sans crainte et sans remords l'appuyer sur son cœur.

Et c'est ce que faisait Jacques Mérey en jurant à Eva de ne jamais se séparer d'elle.

Au moment où le docteur faisait ce serment, on entendait les sons aigus de la trompette de Baptiste, lequel — la trompette détachée de sa bouche — annonçait à haute voix et officiellement, la prise des Tuileries par le peuple, l'arrestation du roi et son incarcération au Temple.

XVI

L'ÉTAT DE LA FRANCE

La population d'Argenton qui n'avait pas pénétré dans le jardin du docteur, et qui ignorait les mystères de l'arbre de science, du berceau de tilleuls et de la grotte de mousse, ne comprenait rien à l'indifférence du docteur pour les affaires publiques.

En effet, si jamais homme avait donné des preuves de haine pour la noblesse et des preuves de dévouement à la démocratie, c'était bien lui. Refus constant de soigner les riches, refus constant de rien recevoir pour avoir soigné les pauvres, promptitude à accourir au premier appel du malade plébéien, soit de jour, soit de nuit, voilà ce que l'on avait toujours trouvé chez lui lorsqu'on était venu frapper à sa porte.

Et lorsque, pour la première fois, au nom de la mère commune, au nom de cette chose sacrée qu'on appelait la patrie, on venait faire un appel au citoyen, l'homme se cachait derrière le savant, le philanthrope disparaissait.

Elle avait pourtant bien besoin du concours de tous ses enfants, cette pauvre France !

Autant que le monde avait besoin d'elle.

Et en effet, en 1791, la France avait paru au monde rajeunie et épurée ; elle semblait dater de l'avènement au trône de Louis XVI et avoir jeté aux égouts de Marly sa robe souillée par Louis XV.

Le nouveau monde la bénissait comme ayant concouru à sa délivrance. Le vieux monde était amoureux d'elle ; de tous les Etats tyranniques — et en 91 la tyrannie était partout — des voix gémissantes l'imploraient ; partout où elle eût étendu la main vers les peuples, les peuples si froids et si désenchantés lui eussent serré la main ; partout où elle eût mis le pied, elle eût été reçue à genoux !

C'était la trinité sublime de la justice, de la raison et du droit !

C'est qu'à cette époque, la France n'étant pas entrée dans la violence, l'Europe n'était pas entrée dans la haine.

Et en effet que voulait la France de 1791 ?

A l'intérieur, la liberté et la paix pour elle.

A l'extérieur, la paix et la liberté pour les autres nations.

Aussi, que disait l'Allemagne qui battait des mains à chaque pas que faisait la France ? « Oh ! si la France venait ! »

Quelle autre main que la main même de la Suède écrivait sur la table du successeur du grand Gustave : « Point de guerre avec la France ? »

C'est qu'à cette époque chacun savait bien qu'en travaillant pour elle, elle travaillait pour le monde !

Toute son ambition se bornait à reprendre Liège et la Savoie, deux provinces de France, puisqu'elles parlent la même langue qu'elle.

Des autres puissances, elle ne voulait rien, rien prendre ni rien accepter.

Aussi, en 91, relevait-elle la tête; elle avait le sentiment de sa puissante et féconde virginité.

Elle savait bien que par cet amour des peuples elle assumait sur elle la haine des rois.

Les haines principales lui venaient de la Russie, de l'Angleterre, de l'Autriche.

Catherine, que Diderot appelait la grande Catherine, que Voltaire appelait la Sémiramis du Nord, cette étoile polaire qui, pour faire la lumière, devait se substituer au soleil de Louis XIV; Catherine, la Messaline russe, qui, de plus que la Messaline romaine, avait assassiné son Claude; Catherine, qui par le Scythe Souvarov avait accompli les massacres d'Ismaël et de Raya, qui avait déjà dévoré une partie de la Pologne et qui s'apprêtait à dévorer l'autre; Catherine, qui, dépassant Pasiphaé, *avait une armée pour amant*, selon la terrible expression de Michelet; Catherine, insatiable abîme qui ne disait jamais: *Assez!* Catherine, le jour de la prise de la Bastille, avait reçu un soufflet en pleine face.

La tyrannie allait donc avoir une barrière.

Aussi écrivait-elle à Léopold pour lui demander comment il ne vengeait pas les insultes journalières faites à sa sœur Marie-Antoinette.

Aussi avait-elle renvoyé sans l'ouvrir la lettre par laquelle Louis XVI lui annonçait qu'il acceptait la Constitution.

L'Angleterre, dans la personne de son ministre, M. Pitt, — son roi était fou et son prince de Galles ivre, — jouissait profondément de tout ce qui se passait en France. M. Pitt nous haïssait de toute la puissance de son terrible génie, à cause de la part que nous avions prise à l'indépendance de l'Amérique. Un œil sur la carte de l'Inde, l'autre sur Paris, il voyait les pertes que faisaient nos colonies, les progrès que faisait notre révolution. La reine avait une telle peur de lui, qu'elle lui avait envoyé, quelques jours avant le 10 août, madame de Lamballe pour lui demander grâce. *Je n'en parle pas*, disait-elle, *que je n'aie la petite mort*.

L'Autriche était aussi malade que nous, plus malade encore, en supposant que des pays despotiques se résument dans leurs souverains. Elle était gouvernée par le vieux prince de Kaunitz, qui avait quatre-vingt-deux ans, et par son empereur Léopold, qui en avait quarante-quatre. Appelé à l'empire un an auparavant, il avait transporté de Florence à Vienne son harem italien. Il sentait que, épuisé de débauche, il n'avait plus que des mois à vivre, et, par des aphrodisiaques qu'il préparait lui-même, il changeait ses mois en jours. Sa maladie, du reste, était celle des rois, laquelle consiste à oublier les soucis du trône dans les abus du plaisir; de là, madame de Pompadour, madame du Barry, le Parc-aux-Cerfs; de là les trois cents religieuses de Pierre III de Portugal; de là les caprices gomorrhéens de Frédéric; de là les mignons de Gustave; de là enfin les trois cent cinquante-quatre bâtards d'Auguste de Saxe, dont l'histoire, la prude qu'elle est, n'a pas daigné signaler la naissance, mais que compte un à un la chronique, cette vieille bavarde qui regarde à travers toutes les serrures, fût-ce celles de Tzarskoë-Selo, de Windsor, de Schœnbrünn ou de Versailles.

Près de Kaunitz et de Léopold, il y avait le jeune Metternich, la grande intelligence de l'époque, qui ne voulait pas qu'on nous fît la guerre et qui résumait sa politique dans cette image toute réaliste: « Laissez bouillir la révolution française dans sa marmite. »

A ces ennemis extérieurs, qui n'avaient pas encore donné leur programme, il faut ajouter les ennemis intérieurs.

Le roi d'abord.

Et qu'ici l'on nous permette une petite digression.

D'où vient que les rois, au lieu d'acquiescer purement et simplement aux désirs de leurs peuples, réagissent contre ces désirs, et, forcés dans leurs derniers retranchements, appellent l'étranger à leur secours?

C'est que, pour eux, leur peuple est l'étranger, et l'étranger la famille.

Ainsi prenons Louis XVI, fils d'une princesse de Saxe, dont il eut le sang lourd et l'inerte obésité. Il n'a déjà dans les veines qu'un tiers de sang français, puisqu'il descend lui-même d'un prince qui avait épousé une étrangère. — Or, il épouse à son tour Marie-Antoinette, — Autriche et Lorraine; — nous voilà avec deux sixièmes de sang français sur le trône, deux sixièmes de Saxe, un sixième d'Autriche et un sixième de Lorraine.

Comment voulez-vous que le sang français l'emporte? — Impossible.

Aussi à qui Louis XVI a-t-il recours dans sa lutte politique contre la France? A son beau-frère d'Autriche, à son beau-frère de Naples, à son neveu d'Espagne, à son cousin de Prusse, c'est-à-dire à sa famille.

Les historiens et même les légendaires ont été rarement justes pour Louis XVI.

Les légendaires étaient presque tous de la domesticité du roi.

Les historiens sont presque tous du parti de la République.

Soyons du parti de la postérité, c'est le droit du romancier.

Le roi avait reçu du duc de la Vauguyon une éducation jésuitique qui avait modifié en mal le cœur droit qu'il avait reçu de son père et de sa mère. Jamais ce qu'il restait de cette loyauté primitive, ne lui permit de comprendre le plan de M. de Kaunitz et de la reine, détruire la Révolution par la Révolution. En réalité, le roi n'aimait personne: ses enfants, parce qu'il doutait de sa paternité; la reine, parce qu'il doutait de son amour; et cependant la reine était la seule qui eût sur lui quelque influence. La seule de la famille, bien entendu.

Mais, en échange, il était tout aux prêtres. C'est à leur influence qu'il faut attribuer ses serments prêtés et révoqués, sa fausseté dans la comédie constitutionnelle, ses mensonges politiques enfin.

Il était toujours le roi de 88. La chute de la Bastille ne lui avait rien appris; 89 était toujours pour lui une émeute, et 92 un complot du duc d'Orléans.

Jamais il ne voulut admettre le peuple comme une majesté égale à la majesté royale. Chez lui, le droit divin primait le droit populaire, et il tint pour une offense suprême que, le 13 septembre 1791, le président Thouret, qui venait lui faire accepter la Constitution, le voyant s'asseoir se fût assis.

Ce fut ce soir-là que M. de Goguelat partit pour Vienne, avec une lettre du roi pour l'empereur.

A partir de ce moment, les Français étaient non seulement l'étranger, mais l'ennemi; et on en appelait contre eux à la famille.

Et voici dans quelle aberration son éducation jésuitique et princière jetait Louis XVI: c'est qu'il put en même temps annoncer son acceptation de la Constitution à tous les rois de l'Europe, et à l'Autriche sa protestation contre elle.

Il y aurait une histoire bien curieuse à écrire, par malheur les documents de celle-là manquent, c'est l'histoire du confessionnal de Louis XVI, c'est-à-dire d'un cœur naturellement bon, d'une âme foncièrement honnête aux prises avec l'obstination cléricale. Richelieu disait que les douze pieds carrés de l'alcôve d'Anne d'Autriche lui donnaient plus de peine à gouverner que le reste de l'Europe.

Le roi pouvait dire que sa conscience dans le confessionnal soutenait plus d'assauts que Lille.

Mais Lille résista comme une ville loyale.

La conscience de Louis XVI se rendit comme Verdun.

Par malheur, en même temps que le roi déclarait à Vienne que le peuple français était ennemi du roi, le peuple français se convainquait peu à peu que le roi était son ennemi.

Mais celle que depuis longtemps il regardait comme son ennemie, c'était la reine.

Ses sept ans de stérilité, que l'on ne savait à quoi attribuer tant que l'on ne connaissait pas l'infirmité du roi, ses amitiés exagérées avec mesdames de Polignac, de Polastron et de Lamballe, dont la dernière au moins lui fut fidèle jusqu'à la mort; ses imprudences avec Arthur Dillon et de Coigny, ses folles matinées, ses plus folles nuits au petit Trianon, ses largesses folles à ses favorites, qui la firent appeler *madame Déficit*, son opposition à l'Assemblée, qui la fit appeler *madame Veto*, cette préférence éternelle donnée à l'Autriche sur la France, cet orgueil des Césars allemands qu'elle mettait son amour-propre à ne pas voir plier, ce cri continuel dans l'attente de l'ennemi, tantôt à madame Elisabeth, tantôt à madame de Lamballe: « Ma sœur Anne, ne vois-tu rien venir? » en avaient fait l'exécration des Français.

Ils venaient, ces Prussiens tant désirés, tant attendus, ils venaient précédés de la terreur pour le peuple et de l'espérance pour la royauté. Ils venaient, le manifeste du duc de Brunswick à la main, et ils commençaient dès la frontière à le mettre à exécution. Ils venaient, et déjà la cavalerie autrichienne était aux environs de Sarrelouis, enlevant les maires patriotes et les républicains connus. Puis les uhlans, dans leurs passe-temps, leur coupaient les oreilles et les leur clouaient au front.

La nouvelle fut terrible aux Parisiens quand ils la lurent dans les bulletins officiels. Mais la terreur fut plus grande encore quand, l'armoire de fer forcée, on eut connaissance d'une lettre adressée à la reine dans laquelle on lui annonçait avec joie que les tribunaux arrivaient derrière les armées, et que les émigrés réunis à l'armée du roi de Prusse, déjà en possession de Longwy, instruisaient le proces de la Révolution et préparaient les potences destinées aux révolutionnaires.

Puis venait l'exagération qui accompagne d'ordinaire les grandes catastrophes.

C'était, disait-on, à Paris que les contre-révolutionnaires en voulaient; tout ce qui avait trempé dans la Révolution, y passerait. Si les Autrichiens ont enfermé à Olmutz la Fayette, qui avait voulu sauver le roi, ou plutôt la reine, — et remarquez que l'enchanteresse avait successivement usé Mirabeau, la Fayette et Barnave, — à plus forte raison réagiraient-ils contre les trente mille personnes qui avaient été chercher le roi à Versailles; contre les vingt mille qui avaient ramené le roi de Varennes; contre les quinze mille qui avaient envahi le château le 20 juin, et contre les dix mille qui l'avaient forcé le 10 août.

On les exterminera depuis la première jusqu'à la dernière. La mise en scène était déjà arrêtée.

Dans une grande plaine déserte, — il n'y a pas de plaine déserte en France, mais les souverains ayant dit : « Les déserts valent mieux que les peuples révoltés, » on en ferait une, — et les Parisiens indiquaient la plaine Saint-Denis, où l'on brûlerait tout, moissons, arbres, maisons, — on dresserait un trône à quatre faces : un pour Léopold, un pour le roi de Prusse, un pour l'impératrice de Russie, l'autre pour M. Pitt. Sur ces quatre faces, on dresserait quatre échafauds. La population, vil bétail, serait chassée aux pieds des rois alliés. Là, comme au jugement dernier, on séparerait les bons des mauvais, et les mauvais (les révolutionnaires, bien entendu), on les guillotinerait.

Mais, à peu d'exceptions près, les révolutionnaires, c'était tout le monde, c'étaient les cent mille hommes qui avaient pris la Bastille, c'étaient les trois cent mille hommes qui s'étaient juré fraternité au Champ de Mars, c'étaient tous ceux qui avaient mis la cocarde tricolore à leur oreille.

Et ceux qui voyaient plus loin se disaient :

— Hélas ! c'est non seulement la France qui périra, mais la pensée de la France; c'est la liberté du monde qui sera étouffée dans son berceau, c'est le droit, c'est la justice.

Et toutes ces menaces qui épouvantaient Paris réjouissaient la reine.

Une nuit, raconte madame Campan, — qui n'est pas suspecte de jacobinisme, — une nuit que la reine veillait, c'était quelques jours avant le 10 août, et que, à travers les persiennes de la fenêtre de sa chambre restée ouverte, selon l'habitude qu'elle en avait fait prendre, elle suivait la marche de la nuit, elle appela deux fois madame Campan, qui couchait dans sa chambre.

Madame Campan lui répondit.

La reine, au clair de la lune, s'efforçait de lire une lettre ; cette lettre lui apprenait la prise de Longwy, et la marche rapide des Prussiens sur Paris.

La reine calcula les lieues, puis les jours, et, avec un soupir de satisfaction :

— Il ne leur faut que huit jours, dit-elle ; dans huit jours, nous serons sauvés !

Ces huit jours écoulés, les Prussiens étaient encore à Longwy et la reine était au Temple.

C'étaient tous ces événements dont le bruit, parvenu jusqu'à Argenton, avait porté le parti populaire à demander des conseils à Jacques Mérey.

XVII

L'HOMME PROPOSE

Le lendemain, vers neuf heures du matin, Jacques Mérey étant à son laboratoire et Eva à son orgue, on entendit au bout de la rue une grande rumeur qui allait s'approchant.

Cette rumeur n'avait rien d'inquiétant, car c'étaient les cris de joie qui y dominaient particulièrement.

Jacques ouvrit la fenêtre, jeta un coup d'œil dans la rue, et vit une grande foule portant des drapeaux. En tête marchait la musique, et en avant de la musique Baptiste avec sa trompette.

Le docteur referma la fenêtre et se remit à son fourneau.

Au bout de cinq minutes, il lui sembla que toute cette foule s'arrêtait devant sa maison.

La porte de son laboratoire s'ouvrit et Eva parut, toute pâle et tout émue.

— Qu'as-tu, ma chère enfant ? s'écria le docteur en allant à elle.

— Ces gens, dit-elle cette foule, tout ce monde, c'est pour vous, mon ami.

— Comment, pour moi, demanda Jacques.

— Oui. Elle est arrêtée devant la maison. Et, tenez, voilà la trompette de Baptiste qui va nous annoncer quelque chose.

Et elle porta machinalement ses mains à ses oreilles.

En effet, la trompette de Baptiste fit entendre son air habituel ; il n'en savait qu'un.

Puis la parole succéda au son, et, d'une voix claire et parfaitement accentuée :

— Il est fait à savoir, dit-il, aux citoyens d'Argenton, que le citoyen Jacques Mérey a été nommé hier député à la Convention.

— Vive le citoyen Jacques Mérey !

Et toute la foule répéta :

— Vive le citoyen Jacques Mérey.

En ce moment, un pas se fit entendre dans l'escalier, et Antoine parut à son tour, et, frappant du pied, prononça les paroles sacramentelles :

— Centre de vérité, cercle de justice.

Et aussitôt il ajouta :

— Tous les gens qui sont en bas demandent le docteur Jacques Mérey.

Le docteur regarda Eva.

— Il faut y aller, dit-elle.

Le docteur descendit, Eva le suivit tremblante.

Le docteur s'arrêta sur la porte de la rue qui dominait la voie publique de la hauteur de cinq ou six marches.

A son apparition, la musique entonna l'air fraternel :

Où peut-on être mieux...

Baptiste, qui ne voulait pas rester muet au milieu de la symphonie universelle, emboucha sa trompette, et joua son air.

Tout ce charivari cessa pour faire de nouveau place aux cris de « Vive Jacques Mérey, notre député à la Convention ! »

Jacques Mérey avait compris. C'était cela que lui annonçait le patriote qui lui avait barré le passage la veille, et qui avait dit en le lui rouvrant :

— Allez, demain vous aurez de nos nouvelles.

Mais, depuis la veille, le docteur n'avait pas changé d'avis ; les naïves protestations d'amour d'Eva l'avaient au contraire encore plus profondément confirmé dans sa résolution.

Il fit signe qu'il voulait parler, tout le monde cria :

— Silence.

— Mes amis, dit-il, j'ai un vif regret que vous n'ayez pas voulu croire à mes paroles d'hier. Ma détermination est la même aujourd'hui. Je vous remercie du grand honneur que vous m'avez fait ; mais je n'en suis pas digne et je me récuse.

— Tu n'en as pas le droit, citoyen Mérey, dit une voix.

— Comment ! s'écria le docteur ; je n'ai pas le droit de faire de moi-même ce que je veux ?

— L'homme ne s'appartient pas à lui-même ; il appartient à la nation, reprit le citoyen qui avait parlé en passant des derniers rangs aux premiers, et quiconque osera soutenir le contraire sera proclamé par moi mauvais citoyen.

— Je suis un philosophe et non un homme politique, je suis un médecin et non un législateur.

— Soit ! philosophe, tu as médité sur la grandeur et la chute des empires ; médecin, tu as étudié les maladies du corps humain ; philosophe, tu as vu que la liberté était aussi nécessaire à l'esprit, pour vivre et se développer, que l'air aux poumons pour hématoser le sang et pour respirer. Quand l'empire romain a-t-il commencé à tomber moralement (et dans les empires tout abaissement moral présage la chute physique) ? quand les Césars se sont faits tyrans. Tu es médecin, as-tu dit ? et que crois-tu donc qu'est un peuple, sinon un tout immense soumis aux lois de l'individu ? Seulement, l'individu vit des années et le peuple des siècles, mais pendant ces siècles le corps social comme le corps humain a ses maladies qu'il faut soigner, et dont il faut le guérir ; tout législateur ne saurait être médecin, mais tout médecin peut être législateur. Cicéron l'a dit, quand un membre est gangrené, il faut le couper pour sauver le reste du corps. Accepte le mandat qui t'est offert, Jacques Mérey ; prends la lancette, le bistouri, la scie ; il y a de l'ouvrage à la cour pour les médecins et surtout pour les chirurgiens.

— Comme chirurgien, la place est prise, dit Jacques Mérey, et vous avez là-bas un terrible tireur de sang qu'on appelle Marat. A lui seul il suffira, je l'espère.

— Ce n'est ni avec la lancette, ni avec le bistouri, ni avec la scie que Marat veut tirer le sang, c'est avec la hache ; j'ai parlé d'un chirurgien et non d'un bourreau.

— Quand vous aurez besoin de moi là-bas, reprit Jacques avec la tristesse de l'homme qui répond à de bonnes raisons par de mauvaises, j'irai, mais le moment n'est pas venu. N'avez-vous pas Siéyès qui est la logique, Vergniaud qui est l'éloquence, Robespierre qui est l'intégrité, Condorcet qui est la science, Danton qui est la force, Pétion qui est la loyauté, Roland qui est l'honneur? que ferais-je moi pauvre ver luisant au milieu de pareils flambeaux?

— Tu ferais ton devoir, auquel tu manques aujourd'hui, Jacques Mérey! Dieu ne t'a pas donné une haute intelligence passes à côté d'une gloire immortelle comme un aveugle près d'un trésor. Jacques Mérey, la France pouvait t'honorer, elle te méprisera; elle pouvait te bénir, elle te maudira.

— Et qui donc es-tu pour t'obstiner à forcer ainsi ma volonté?

— Je suis ton collègue Hardouin, élu aujourd'hui en même temps que toi à Châteauroux, et je me faisais une gloire

Monsieur le commissaire, dit le seigneur de Chazelet, voilà qui tranche la question.

et un profond savoir pour que tu enfouisses le tout au fond d'une province, quand Paris, le cerveau de la France, est en travail de la liberté. Pour la réussite d'un tel travail, il faut la réunion de toutes les capacités; ne vois-tu pas que c'est une volonté providentielle qui centralise dans Paris tout ce que la province a d'esprits supérieurs? L'Assemblée nationale a proclamé les droits de l'homme; la Constituante, la souveraineté du peuple. Il reste à la Convention nationale quelque chose de grand à proclamer; tu peux être de ceux-là qui crieront au monde: « La France est libre! » et tu refuses! Jacques Mérey, je te le dis, tu de m'asseoir là-bas près de toi, d'appuyer ta parole, de la combattre peut-être.

— Eh bien, Hardouin, pardonne-moi le premier et implore mon pardon de ceux qui nous écoutent; mais une cause secrète, une cause que je dois taire, une cause plus importante que toutes celles que je viens de dire, m'enchaîne ici.

Hardouin monta les quelques marches qui le séparaient de Jacques Mérey.

— Cette cause, je la connais, dit-il à voix basse et en s'approchant de son oreille; tu aimes, lâche cœur, et tu sacrifies tes concitoyens, ton pays, ton honneur à un amour insensé ; prends garde, ton amour est ta faute : Dieu te punira par ton amour.

Mais Jacques Mérey ne l'écoutait plus. L'œil fixé sur une espèce de ruelle qui communiquait directement du centre de la ville à sa maison, il regardait venir avec inquiétude un groupe composé de quatre personnes, si toutefois on peut appeler groupe quatre personnes marchant deux à deux et à une certaine distance les unes des autres.

Les deux personnes qui marchaient en tête étaient le seigneur de Chazelet, que l'on commençait à appeler le *ci-devant* seigneur, et le commissaire de la ville, ceint de son écharpe.

Les deux autres étaient Joseph le braconnier et sa mère. Il faut dire que ceux-ci avaient plutôt l'air de se faire traîner que de les suivre de bonne volonté.

Ils semblaient venir droit à la maison de Jacques Mérey, que le commissaire désignait du doigt au seigneur de Chazelet.

Le docteur, de son côté, semblait les voir venir avec une angoisse croissante. Il éprouvait ce qu'éprouvent instinctivement les animaux quand un orage, s'amassant au ciel, charge l'air d'électricité et suspend le tonnerre au-dessus de leur tête.

La foule s'écarta devant le commissaire de police, tout en grondant à la vue du seigneur de Chazelet.

Le commissaire de police marcha droit au docteur.

— Citoyen Jacques Mérey, lui dit-il, je te somme, si tu ne veux encourir les peines portées par la loi contre les coupables de séquestration de mineur, de remettre à l'instant même entre les mains du citoyen Félix-Adrien-Prosper de Chazelet sa fille Hélène de Chazelet, que tu retiens depuis six ans enfermée dans ta maison, et qui t'a été confiée par Joseph Blangy et sa mère, qui n'en étaient que dépositaires, pour lui donner comme médecin les soins que nécessitait son état.

Un cri déchirant éclata derrière le docteur. Ce cri, c'était Eva qui l'avait poussé : elle venait d'entr'ouvrir la porte et avait entendu la sommation du commissaire de police.

Elle serait tombée évanouie si le docteur ne l'eût soutenue entre ses bras.

— Est-ce là la jeune fille que vous avez remise il y a sept ans entre les mains du docteur Mérey ? demanda le commissaire en s'adressant à Joseph Blangy, ainsi qu'à sa mère, et en désignant Eva.

— Oui, monsieur, répondit le braconnier ; quoiqu'il y ait une grande différence entre l'idiote sans forme humaine et sans intelligence que le docteur a reçue de nos mains, et ce qu'est aujourd'hui mademoiselle Eva.

— Elle ne s'appelle pas Eva, mais Hélène, dit le seigneur de Chazelet.

— Ah ! s'écria le docteur, il ne lui restera rien de moi ; pas même le nom que je lui avais donné.

— Allons, du courage, sois homme ! dit Hardouin en lui serrant la main.

— Ah ! c'est toi qui m'as porté malheur ! s'écria Jacques Mérey.

— Je t'aiderai à le supporter, répondit Hardouin.

Puis, comme des murmures se faisaient entendre dans la foule à la vue de cet homme foudroyé, et à celle d'Eva, qui, revenue à elle, se suspendait d'un bras à son cou en sanglotant :

— Je reconnais, dit le seigneur de Chazelet, que les soins que vous avez donnés à ma fille méritent rémunération, et je suis prêt à vous compter telle somme que vous demanderez pour cette cure qui vous fait le plus grand honneur.

— Oh ! malheureux ! dit Jacques Mérey, qui offre de l'argent en échange de la beauté, du talent, de l'intelligence ! n'avez-vous pas compris qu'on ne fait pas ce que j'ai fait pour de l'argent, et que c'était elle seule qui pouvait me payer ?

— Vous payer, et comment cela ?

— Je l'aime, monsieur ! s'écria Eva.

Et tout ce qu'il y avait d'âme, de cœur et de passion en elle, Eva le mit dans ce cri.

— Monsieur le commissaire, dit le seigneur de Chazelet, voilà qui tranche la question. Vous comprenez que la dernière et l'unique héritière d'une maison comme la nôtre ne peut pas épouser le premier venu.

Jacques, à cette insulte, frissonna de la tête aux pieds et releva son front plissé par la colère.

— Oh ! mon ami, mon bien-aimé, murmura Eva, pardonne-lui ; il ne connaît que la noblesse des hommes et ne sait pas ce que c'est que la noblesse de Dieu.

— Monsieur, dit Jacques redevenant homme, voici mademoiselle Hélène de Chazelet que, à la vue de tous, je remets entre vos mains. Belle, chaste et pure, digne, je ne dirai pas d'être l'épouse d'un roi, d'un prince ou d'un noble, mais digne d'être la femme d'un honnête homme.

— Oh ! Jacques, Jacques, vous m'abandonnez ! s'écria Eva.

— Je ne vous abandonne point. Je cède à la force ; j'obéis à la loi ; je me courbe devant la majesté de la famille : je vous rends à votre père.

— Vous savez, monsieur Mérey, ce que je vous ai dit relativement au payement ?

— Assez, monsieur ! la population tout entière d'Argenton s'est chargée d'acquitter votre dette : elle m'a nommé membre de la Convention.

— Faites avancer la voiture, Blangy.

Blangy fit un signe, une voiture en grande livrée s'avança ; un laquais poudré ouvrit la portière. Jacques Mérey soutint Eva pour descendre les quatre ou cinq marches qui conduisaient à la rue ; puis, après lui avoir donné devant la foule un baiser au front, il la remit entre les mains de son père.

Celui-ci l'emporta évanouie dans la voiture, qui partit au galop. Scipion jeta un regard douloureux sur le docteur et suivit la voiture.

— Lui aussi ! murmura Jacques Mérey.

— Et maintenant, dit Hardouin, vous acceptez, n'est-ce pas ?

Le feu du génie et la flamme de la colère brillèrent tout ensemble dans les yeux de Jacques Mérey.

— Oh ! oui, dit-il, j'accepte. Et malheur à ces rois qui jurent et qui trahissent leur serment ! malheur à ces princes qui reviennent avec l'étranger l'épée nue contre leur mère ! malheur à ces seigneurs aux enfants desquels nous donnons notre science, notre vie, notre amour, que nous tirons des limbes pour en faire des créatures dignes de s'agenouiller devant Dieu un lis à la main, et qui, pour nous remercier nous appellent les premiers venus ! malheur à eux ! — Au revoir, Hardouin ! — Merci, citoyens électeurs ; vous entendrez parler de moi, je vous le promets, je vous le jure !

Et, d'un geste superbe, prenant le ciel à témoin du serment qu'il venait de faire, il rentra chez lui, et, là, loin de tous les yeux, sans témoins de sa faiblesse, il tomba étendu sur le tapis, sanglotant, s'enfonçant les mains dans les cheveux, et criant :

— Seul ! seul ! seul !

XVIII

UNE EXÉCUTION PLACE DU CARROUSEL

Le samedi 26 août 1792, la diligence de Bordeaux déposait rue du Bouloi le citoyen Jacques Mérey, député à la Convention.

Une tristesse profonde planait sur Paris. Décidément Longwy, chose dont on avait douté pendant trois jours, était pris par trahison, et l'Assemblée nationale avait décrété à l'instant même que tout citoyen qui, dans une place assiégée, parlerait de se rendre, après confrontation faite avec les témoins qui auraient entendu la proposition infâme, et affirmation de ceux-ci, serait, sans autre forme de procès, mis à mort.

Les souverains alliés avaient, le 24 août, pris possession de Longwy au nom du roi de France.

La Commune de Paris, dans laquelle s'était déjà incarné le sentiment de la République, avait exigé de l'Assemblée la création d'un tribunal extraordinaire, et, malgré la résistance de Choudieu, qui avait dit : *On veut une inquisition, je résisterai jusqu'à la mort* ; malgré celle de Thuriot, qui s'était écrié : *La Révolution n'est pas seulement à la France, nous en sommes comptables à l'humanité*, le tribunal extraordinaire avait été voté.

Il faut dire que, pendant les quelques jours qui venaient de s'écouler, la situation ne s'était point embellie. Le voile de deuil qui couvrait la France s'épaississait de plus en plus ; les Prussiens étaient partis de Coblentz le 30 juillet. Ils avaient avec eux toute une cavalerie d'émigrés ; — ces messieurs étaient trop fiers pour servir dans l'infanterie ; — ils voulaient bien sauver le roi, mais à cheval. Cette cavalerie montait à quatre-vingt-dix escadrons. Le 18 août, ils avaient fait leur jonction avec le général autrichien. Les deux armées, fortes de cent mille hommes, avaient investi et pris Longwy.

L'ennemi marchait sur Verdun.

La Fayette, républicain en Amérique, constitutionnel en France, la Fayette, qui n'avait pas fait un pas depuis 83, c'est-à-dire depuis l'indépendance de l'Amérique jusqu'au 10 août, c'est-à-dire jusqu'à la chute de la monarchie française, et que nous devions, sans qu'il eût fait un pas, retrouver en 1830 tel qu'il était en 1792, la Fayette avait appelé son armée à marcher sur Paris pour y défaire le 10 août ; mais l'armée n'avait pas bougé, et c'était lui qui avait été obligé de fuir, comme plus tard devait fuir Dumouriez, dont il eût fait le pendant dans l'histoire si les Autrichiens, en l'arrêtant et en le faisant prisonnier, n'avaient point donné à Béranger l'occasion de faire ce vers :

Des fers d'Olmutz nous effaçons l'empreinte.

L'Assemblée l'avait décrété d'accusation. Dumouriez l'avait remplacé à l'armée de l'Est en même temps que Kellermann remplaçait Lukner à l'armée du Nord.

On apprenait en même temps l'insurrection de la Vendée.

A l'Est, la guerre du grand jour, la guerre étrangère.

A l'Ouest, la guerre des ténèbres, la guerre civile.

L'une marchant au-devant de l'autre, Paris mis entre les deux.

Sans compter deux ennemis puissants :

Le prêtre, la femme.

Le prêtre, inviolable dans cette sombre forteresse de chêne où il se retire et qu'on appelle le confessionnal.

La femme, endoctrinée par lui, et qui a pour elle les pleurs et les soupirs sur l'oreiller.

— Qu'as-tu ? demande le mari.

— Notre pauvre roi qui est au Temple ! Notre pauvre curé qu'on veut forcer de prêter serment ! la sainte Vierge s'en voile le visage ; le petit Jésus en pleure.

Et le lit devenait l'allié du confessionnal.

Mais, par bonheur, voici l'arrière-garde du Nord qui s'avance. Un corps de trente mille Russes vient de se mettre en marche.

La Commune de Paris, plus en contact avec tous que l'Assemblée, sentait la conspiration contre-révolutionnaire ramper du palais à la mansarde et des carrefours aux prisons.

Elle rugissait.

L'Assemblée se sentait impuissante à repousser sans quelque grand coup l'ennemi du dehors, et surtout l'ennemi du dedans.

Elle s'effrayait.

Prenant un terme moyen, au lieu du grand coup que rêvait la Commune, elle avait décrété une grande démonstration.

— Mais que demandent donc les républicains ? disaient les constitutionnels, les larmes aux yeux ; les Suisses sont morts, les Tuileries sont foudroyées, le trône est en poussière ; le roi est au Temple, les royalistes sont en prison. Demain va avoir lieu la fête expiatoire du 10 août, et ce soir même on exécute, en face des Tuileries, ce bon Laporte, ce fidèle serviteur du roi, qui est venu annoncer à l'Assemblée nationale, au nom de son maître en fuite, que ce maître n'avait jamais juré la Constitution que contraint et forcé, de sorte qu'il aimait mieux quitter la France que de tenir son serment.

C'est vrai ! les cent-suisses étaient morts : mais la masse des royalistes était en armes et prête à agir ; le roi avait perdu les Tuileries, avait perdu son trône, avait perdu sa liberté : mais, en perdant les Tuileries, le trône et la liberté, il gardait l'Europe ; mais, en rompant avec la France, il avait tous les rois pour alliés et tous les prêtres pour amis. On allait célébrer l'apothéose des morts du 10 août : mais, le soir où l'on avait appris la trahison de Longwy, les royalistes s'étaient montrés par groupes autour du Temple, échangeant des signes avec le roi ; on allait exécuter Laporte : mais, tandis qu'on punissait le valet innocent, on laissait le maître coupable conspirer tout à son aise.

« L'histoire, dit Michelet, n'a gardé le souvenir d'aucun peuple qui soit entré si loin dans la mort. Quand la Hollande, voyant Louis XIV à ses portes, n'eut de ressource que de s'inonder, que de se noyer elle-même, elle fut en moindre danger, car elle avait l'Europe pour elle ; quand Athènes vit le trône de Xerxès sur le rocher de Salamine, perdit terre, se jeta à la nage, n'eut plus que l'eau pour patrie, elle fut en moindre danger ; elle était toute sur sa flotte, puissante, organisée dans la main du grand Thémistocle, et elle n'avait pas la trahison dans son sein ; la France était désorganisée et presque dissoute, trahie, livrée et vendue. »

C'était juste en ce moment, c'est-à-dire dans l'après-midi du 26 août, que Jacques Mérey arrivait à Paris et se faisait conduire à l'hôtel de *Nantes*, qui dressait ses cinq étages sur la place du Carrousel.

Jacques Mérey commença par réparer le désordre causé dans sa toilette par une nuit et deux journées de diligence. Son intention était d'aller immédiatement rendre visite à ses deux amis Danton et Camille Desmoulins.

C'était Danton qui, du temps où il était avocat au conseil du roi, avait obtenu pour Baptiste la pension viagère qui avait si fort étonné les bonnes gens d'Argenton.

Mais, au moment où, sa toilette achevée, il s'approchait machinalement de la fenêtre, il vit s'arrêter à quinze pas de l'hôtel une charrette peinte en rouge et portant tout un mécanisme peint de la même couleur.

Deux hommes, avec des bonnets rouges et des carmagnoles, étaient assis sur la première banquette de la voiture.

Un cabriolet suivait. Un homme, tout vêtu de noir, en descendit.

La Révolution ne lui avait rien fait changer à son costume : il portait la cravate blanche, les bas de soie et la poudre. Il paraissait âgé de soixante-cinq à soixante-six ans.

C'était Monsieur de Paris, autrement dit le bourreau.

Les deux hommes en carmagnole et en bonnet rouge étaient ses aides.

Le cabriolet s'éloigna. Monsieur de Paris resta pour faire dresser la guillotine.

Jacques Mérey était resté immobile à la fenêtre. Il avait beaucoup entendu parler de la nouvelle invention de M. Guillotin, et il avait même soutenu avec le célèbre Cabanis une discussion sur la douleur plus ou moins grande que devait causer la section des vertèbres, et sur la persistance de la vie chez le décapité.

Il n'était pas du tout de l'avis de M. Guillotin, qui prétendait que les gens qui auraient affaire à sa machine en seraient quittes pour une légère fraîcheur sur le cou, et qui affirmait qu'il n'avait qu'une crainte, c'est que la mort par la guillotine serait si douce qu'elle accroîtrait le nombre des suicides, et qu'on ne saurait comment se défaire des vieillards las de la vie, qui voudraient absolument finir à l'aide de la nouvelle invention.

Jacques Mérey ne pouvait pas descendre pour examiner de près le fatal instrument, qui grandissait à vue d'œil sous ses yeux ; mais il pouvait inviter Monsieur de Paris à monter chez lui, et avoir ainsi d'un professeur émérite tous les renseignements qu'il désirait obtenir sur l'invention et les améliorations de l'œuvre philanthropique qui, ne pouvant pas faire l'égalité des Français devant la vie, avait fait au moins l'égalité des Français devant la mort.

Et, comme il commençait à tomber une pluie fine qui le servait à merveille dans son dessein.

— Monsieur, dit-il à l'homme habillé de noir, il n'est point absolument besoin que vous restiez dehors et vous fassiez mouiller pour suivre l'érection de votre machine ; montez chez moi, vous verrez aussi bien que de la place, et vous serez à couvert. En outre, comme je sais que vous êtes un homme instruit, quelque peu médecin même, nous causerons sérieusement de notre art commun, car je suis, moi, médecin tout à fait.

Monsieur de Paris, reconnaissant à l'aspect et à la parole de celui qui l'interpellait, qu'il avait affaire à un homme sérieux et comme il faut, salua, et, donnant un dernier ordre à ses aides, il prit l'escalier latéral par lequel on montait aux appartements.

Jacques Mérey attendait l'homme noir à sa porte, qu'il tenait entr'ouverte pour lui indiquer l'endroit où il était attendu.

Le bourreau entra.

Tout le monde sait que l'exécuteur des hautes œuvres, M. Sanson, était un homme parfaitement distingué.

Jacques Mérey le reçut et le traita en conséquence.

Après les premiers compliments échangés :

— Monsieur, dit-il à l'exécuteur des hautes œuvres, j'ai connu autrefois un très habile praticien qui s'était, avant M. Guillotin, beaucoup occupé de la même question qui a illustré ce dernier.

— Ah ! oui, dit Sanson, vous voulez parler du docteur Louis, n'est-ce pas ? celui qui était médecin par quartier du roi ?

— Justement, dit Jacques, j'ai étudié sous lui, et j'ai été son élève.

— Eh bien, monsieur, reprit Sanson, je peux vous donner sur le docteur Louis et sur ses essais tous les renseignements que vous pouvez désirer. Un jour, il nous convoqua à quatre heures du matin, dans la cour de Bicêtre. Un instrument dans le genre de celui-ci était dressé, et trois cadavres de la nuit même attendaient l'expérience qui devait être faite. Ce fut la première fois que je vis opérer le couperet et que je le mis en mouvement ; car, vous savez, monsieur, que ce sont mes aides qui font tout, et que je n'ai, moi, qu'à détacher l'anneau du clou qui le retient et à le laisser glisser dans la rainure, comme vous pourrez d'ailleurs le voir tout à l'heure, si vous voulez assister — et vous êtes à merveille pour cela — à l'exécution de ce pauvre diable de Laporte.

— Oui, monsieur, c'est ce que je ferai, répondit Jacques Mérey et au point de vue de la science, car je vous prie de croire que je ne suis nullement sanguinaire ; mais revenons à l'instrument du docteur Louis, qui, autant que je puis me le rappeler, s'appela même un temps la *petite Louisette*. Je crois que l'expérience dont vous parlez ne lui fut pas favorable.

— C'est-à-dire monsieur, que les deux premières exécutions réussirent à merveille. La tête fut détachée des cadavres comme elle l'eût été d'hommes vivants ; mais la troisième échoua.

— Était-il arrivé quelque accident à la machine ou était-ce un vice de conformation ? demanda le docteur Mérey.

— C'était un vice de conformation, non pas dans la machine, monsieur, mais dans le couperet. Le couperet tombait à plat, ce qui n'eût rien empêché s'il eût été secondé par une masse de plomb comme celle qui pèse sur lui aujourd'hui.

— Ah ! je comprends ! dit Jacques Mérey ; ce fut le docteur Guillotin qui inventa la taille en biseau et, comme Améric Vespuce, il détrôna Christophe Colomb.

— Non, monsieur, non ; la chose ne s'est pas passée comme cela ; le roi, — je vous demande pardon, c'est une vieille habitude, — le citoyen Capet, voulais-je dire, qui s'occupe de mécanique, voulut non pas voir celle du docteur Louis, mais s'en faire rendre compte ; on lui en fit un dessin exact, qu'il examina avec soin ; puis tout à coup, prenant une plume : « Là, dit-il, est le défaut. » Et il traça sur le fer cette ligne savante qui de carré le rendit triangulaire. Le docteur Guillotin alla trouver le docteur Louis avec le dessin du roi, — pardon, du citoyen Capet ; — et, comme le docteur Louis était déjà fort ennuyé qu'on eût donné à son invention le nom de *petite Louisette*, n'ayant pas besoin de cela pour sa réputation, il autorisa son confrère, le docteur Guillotin, à faire à sa machine toutes les corrections qui lui conviendraient et même à la baptiser de son nom. Voilà comment le docteur Guillotin est devenu l'auteur de cet instrument de supplice qui abaisse notre profession au niveau des plus humbles professions mécaniques, puisque maintenant, pour trancher une tête, il s'agit tout simplement de décrocher un anneau d'un clou, et qu'il n'est plus besoin, comme au temps où on décollait avec l'épée, de force ni d'adresse.

— Et vous regrettez ce temps-là ? dit Jacques Mérey.

— Oui, monsieur ; l'épée à la main, nous étions des justiciers ; la ficelle à la main, nous ne sommes plus que des bourreaux. Vous êtes jeune, vous, et vous regardez en avant ; moi je suis vieux et je regrette le temps passé ; mon fils, qui est mon premier aide et qui a quarante-deux ans, s'y est fait tout de suite ; mon petit-fils, qui en a douze, n'y pensera plus et fera la chose comme si elle s'était toujours passée ainsi.

— Mais, dit Jacques Mérey, excusez mon indiscrétion, monsieur ; vous paraissez voir avec tristesse les préparatifs de cette exécution.

— Oui, monsieur, c'est vrai. Je vous demande pardon de ne pas vous appeler citoyen, et de ne pas vous tutoyer ; mais, comme vous pouvez le voir, et comme je vous l'ai dit tout à l'heure, je suis vieux et ne puis arriver à perdre mes anciennes habitudes. Oui, cette exécution m'attriste profondément ; je puis vous l'avouer, à vous, monsieur, qui me paraissez être un philosophe ; nous sommes, dans notre famille, les vieux serviteurs de la royauté ; il m'en coûte, à mon âge, de changer de maître et de devenir le valet du peuple.

— Mais alors pourquoi, pouvant déléguer votre fils à votre place pour l'exécution de ce soir, pourquoi la faites-vous vous-même ?

— Quoique M. Laporte ne soit ni un grand seigneur, ni un noble, c'est un homme éminent, qui a servi le roi avec fidélité : j'aurais cru manquer à tous mes devoirs en n'assistant pas moi-même à ses derniers moments ; il peut avoir quelque mission suprême à me confier, quelque secret important à me dire ; je lui manquerais sur l'échafaud, et, quoique je ne sache pas si j'en descendrai vivant, tant je me sens faible, j'ai cru qu'il était de mon devoir d'y monter. Le soir de mon mariage, il y a de cela quarante-quatre ans, nous étions en train de danser joyeusement lorsqu'une troupe de jeunes seigneurs qui revenaient de quelque joyeuse expédition, voyant le premier étage que j'habitais illuminé comme pour une fête, monta et demanda le maître de la maison.

« Je m'approchai et m'inclinai devant eux, attendant respectueusement qu'ils voulussent bien dire la cause de leur visite.

« — Monsieur, me dit celui qui paraissait chargé de porter la parole pour les autres, nous sommes, comme vous pouvez le voir, des seigneurs de la cour ; il nous semble de bien bonne heure pour rentrer chez nous ; vous nous paraissez en fête, quelque baptême ou quelque mariage ? Nous vous promettons de ne porter malheur ni à l'enfant, ni à la mariée.

« — Monsieur, répondis-je, ce serait un grand honneur pour nous, mais je doute que vous nous le fassiez quand vous saurez qui je suis.

« — Qui êtes-vous donc ? demanda-t-il.

« — Je suis Monsieur de Paris, répondis-je.

« — Comment ! dit l'un d'eux, qui n'avait pas encore parlé ; comment, monsieur, c'est vous qui décapitez, qui pendez, qui rouez, qui cassez les bras et les jambes ?

« — C'est-à-dire, monsieur, entendons-nous, ce sont mes aides qui font tout cela, lorsqu'il s'agit du commun et de criminels vulgaires ; mais lorsque, par hasard, le patient est un grand seigneur comme vous autres, messieurs, je me fais un honneur de remplir toutes ces fonctions moi-même.

« Vingt ans après nous nous retrouvâmes face à face sur l'échafaud, ce jeune homme et moi ; je lui tins ma parole, je l'exécutai moi-même, et je le fis souffrir le moins que je pus. C'était le baron de Lally-Tollendal.

Jacques Mérey s'inclina ; il admirait cette conscience, d'autant plus sincèrement qu'en effet Sanson était fort pâle et, à la vue des premières baïonnettes qui apparaissaient au guichet du Carrousel, paraissait près de se trouver mal.

Jacques Mérey lui offrit un verre de vin.

— Oui, monsieur, lui dit-il, si vous voulez me faire l'honneur de trinquer avec moi.

— Je le veux bien, répondit le docteur ; mais à la condition que vous ferez raison à mon toast, quel qu'il soit.

— C'est convenu, monsieur ; c'est bien le moins que je vous doive pour le grand honneur que vous me faites.

Jacques Mérey sonna, demanda une bouteille de madère et deux verres.

Il les emplit à moitié, en présenta un au bourreau, et, le choquant du sien :

— A l'abolition de la peine de mort ! dit-il.

— Oh ! de grand cœur, monsieur, dit Sanson. Dieu m'épargnerait ainsi de bien tristes journées que je prévois.

Les deux hommes choquèrent de nouveau leur verre et le vidèrent d'un trait.

— Maintenant, dit l'exécuteur des hautes œuvres, serait-ce indiscret à moi de demander le nom de l'homme qui n'a pas dédaigné de toucher mon verre du sien ?

— Je m'appelle Jacques Mérey, monsieur, et suis député à la Convention.

— Ah ! monsieur, laissez-moi vous baiser la main, car, d'après ce que vous venez de dire, vous ne condamnerez pas à mort notre pauvre roi.

— Non, parce que je crois fermement que nul homme n'a le droit de reprendre ce qu'il n'a pas donné et ce qu'il ne peut pas rendre : la vie ! Mais la peine la plus dure après la mort, je la demanderai pour lui, car ce baron de Lally, dont vous parliez tout à l'heure et que vous avez exécuté, était, près de l'homme qui a voulu livrer la France à l'étranger, plus blanc que la neige. Allez, monsieur, faites votre office terrible, et n'oubliez pas, toutes les fois que vous passerez sur cette place, qu'il y a au premier étage de l'hôtel de *Nantes* un philosophe qui vous sait gré de plaindre les victimes que vous exécutez, d'appeler Louis XVI « le roi », et non « Capet », de dire « monsieur » au lieu de « citoyen », et qui est tout prêt à vous serrer la main chaque fois que vous lui tendrez la vôtre.

Sanson s'inclina avec la dignité d'un homme qui vient d'être relevé à ses propres yeux, et sortit.

En effet, les troupes commandées pour l'exécution commencèrent à envahir le Carrousel et formèrent un carré autour de l'échafaud écartant tout le monde et laissant un espace vide entre les spectateurs et la fatale machine. La curiosité était encore grande, car c'était la quatrième ou cinquième fois qu'elle opérait, et, comme l'avait dit le grand-père Sanson, c'était la première fois qu'il allait *assister* un patient.

Il était déjà sur l'échafaud lorsque le carré se forma. Il avait essayé du pied chaque marche de l'escalier ; il avait pesé sur les planches de la plate-forme pour s'assurer de leur solidité ; il faisait fonctionner la bascule pour voir si rien ne l'arrêterait ; enfin il faisait glisser le couperet dans sa rainure pour voir si la rainure était suffisamment graissée.

C'est ainsi que, avant la représentation d'une pièce importante, le machiniste fait, la toile baissée, la répétition de ses décors.

L'exécution était fixée pour neuf heures ; elle devait se faire aux flambeaux pour produire une plus grande impression.

A huit heures trois quarts, on commença d'entendre les roulements du tambour, qui, détendu à dessein, rendait ce son sourd et funèbre qui accompagne les convois.

Bientôt les premières torches parurent à la porte du Carrousel qui donne sur la Seine. Le condamné venait de la Conciergerie, et, pour surcroît de peine, il devait être exécuté devant ce palais qu'il avait, pendant près de quarante ans, habité avec le maître pour lequel il allait mourir.

La charrette où il était amené était entourée d'escadrons de cavalerie ; en tête du cortège marchaient une soixantaine de *sans-culottes* portant des torches.

Le carré de soldats s'ouvrit pour laisser passer la charrette et son conducteur, assis sur le timon.

Le condamné était seul dans le fatal tombereau ; il avait refusé un prêtre assermenté, et nul n'ayant pas prêté serment n'avait osé risquer sa tête à l'accompagner sur l'échafaud.

Il était en chemise, en culotte et en bas de soie noire ; le col de sa chemise était coupé au ras des épaules et ses cheveux au ras de la nuque.

Il regarda avec tristesse, mais non avec crainte, l'échafaud dressé devant lui :

— Est-il temps de descendre ? demanda-t-il à haute voix.

— Attendez que l'on vous aide, cria un des valets.

— Inutile, répondit le patient, et, pourvu qu'on me mette le marchepied, je descendrai seul.

Puis, avec un sourire, et regardant le double rang d'infanterie et de cavalerie qui entourait l'échafaud :

— Vous n'avez pas peur que je me sauve, n'est-ce pas ? dit-il.

On enleva alors la planche qui fermait le tombereau par derrière, on y plaça le marchepied. Le patient descendit seul et sans aide, tourna autour du tombereau, suivi du valet qui avait apporté le marchepied, et, en avant de l'escalier, où l'attendait le grand-père Sanson pour l'aider à monter sur la plate-forme, il trouva l'huissier, qui lui lut sa condamnation à mort : « pour cause de trahison au peuple. »

— Ne pourriez-vous ajouter : *et de fidélité au roi ?* demanda Laporte.

— Ce qui est écrit est écrit, dit l'huissier. Vous n'avez pas de révélation à faire ?

— Non, répondit Laporte, sinon que j'espère que les trois quarts des Français sont coupables comme moi, et, à ma place, se seraient conduits comme moi.

L'huissier se dérangea et démasqua l'escalier de l'échafaud.

Sanson lui offrit le bras. Le patient, orgueilleux de montrer qu'il avait conservé toute sa force en face de la mort, refusait de s'y appuyer.

Sanson lui dit deux mots tout bas, et il ne fit plus aucune difficulté de monter, aidé par lui.

Il monta lentement, mais chacun put remarquer que c'était l'exécuteur qui ralentissait son pas ; pendant ce temps, ils parlaient bas, et sans doute Laporte le chargeait-il de ses volontés dernières.

Arrivés sur la plate-forme, ils causèrent encore quelques secondes, puis Sanson lui demanda :

— Êtes-vous prêt ?

— M'est-il permis de faire ma prière ? demanda Laporte.

Sanson fit de la tête signe que oui.

Le patient s'agenouilla, mais il indiqua que ses mains liées derrière le dos le gênaient pour prier.

Sanson les lui délia à la condition qu'il se laisserait lier de nouveau lorsque la prière serait terminée.

Laporte rapprocha ses deux mains et dit à haute voix la prière suivante, que l'on put entendre au milieu du silence solennel qui se faisait autour de l'échafaud :

— Mon Dieu ! pardonnez-moi mes péchés et regardez comme une expiation la mort douloureuse que je vais supporter pour avoir été fidèle à mon roi. Qu'il sache que, à l'heure de ma mort, mon âme est à Dieu et que mon cœur est à lui.

Puis il ajouta en latin :

— *In manus tuas, Domine, commendo spiritum meum.*

— *Amen !* dit à haute voix l'exécuteur.

De grands murmures coururent dans la foule ; mais, lorsqu'on vit le condamné se relever, faire le signe de la croix en se tournant du côté des Tuileries, et donner sans résistance ses mains à lier, cette résignation de victime toucha la foule, qui se tut.

Ce qui suivit eut la durée de l'éclair.

Le condamné fut poussé sur la bascule, sa tête glissa à travers la lucarne, le couperet tomba.

— La tête ! la tête ! cria la foule.

Le bourreau s'approcha d'un pas ferme, fouilla dans le panier, tirant par les cheveux blancs la tête souillée de sang, et la montra au peuple qui battit des mains.

Mais en même temps on le vit vaciller, ses doigts se détendirent et lâchèrent la tête, qui roula de l'échafaud à terre, tandis que lui tombait mort sur la plate-forme.

— Un médecin ! un médecin ! crièrent les aides.

— Me voilà ! répondit Jacques Mérey, et, se suspendant d'une main au balcon, il se laissa tomber dans la rue.

Non seulement la foule, mais la troupe elle-même s'ouvrit devant lui. On le vit rapidement traverser l'espace vide, monter deux à deux l'escalier de la plate-forme, en criant :

— Enlevez-lui son habit !

Alors, à genoux près du corps inerte, il lui posa la tête sur son genou, et, déchirant sa chemise de manière à mettre le bras à découvert, il fouilla rapidement la veine d'un coup de lancette.

Mais, quoiqu'il se fût passé dix secondes à peine entre la chute de l'exécuteur et la tentative du docteur pour le rendre à la vie, le sang ne vint pas.

Le bourreau, fidèle à son devoir, était mort près de la victime, morte fidèle à son roi.

XIX

MADAME GEORGES DANTON ET MADAME CAMILLE DESMOULINS

On se rappelle que, au moment où il venait de secouer la poussière de la route pour se rendre chez ses deux amis, Danton et Desmoulins, Jacques Mérey, en s'approchant de la fenêtre, avait vu se dresser l'échafaud, et que c'était ce spectacle nouveau pour lui qui l'avait retenu.

Aussi, après une nuit qui ne fut pas exempte de cauchemars et dans laquelle il vit à plusieurs reprises la tête pâle et sanglante de Laporte pendue par ses cheveux blancs à la main du bourreau, et où, tout endormi, il chercha sa trousse pour y trouver une lancette, Jacques Mérey se leva-t-il encore tout troublé des événements de la veille.

Il eût cru certainement avoir été le jouet de quelque mauvais rêve s'il n'eût eu devant lui la façade des Tuileries encore toute criblée des balles populaires et toute tachée du massacre des Suisses.

D'ailleurs, la guillotine était restée debout, et des groupes de curieux stationnaient autour d'elle pour se raconter les détails inouïs qui avaient accompagné et suivi l'exécution de la veille.

A neuf heures du matin, on lui avait annoncé qu'un monsieur, vêtu de noir à la manière de l'ancien régime, désirait lui parler.

Il lui avait fait demander son nom. Mais celui-ci avait refusé de répondre, lui faisant dire tout simplement qu'il était le fils de celui à qui, la veille, il avait inutilement tenté de rendre la vie.

Le docteur avait compris à l'instant même que celui qui voulait lui parler était le fils de Sanson, élevé par la mort de son père au titre de *Monsieur de Paris*.

Il donna l'ordre de faire entrer à l'instant même.

Et, en effet, il ne s'était point trompé.

— Monsieur, lui dit Sanson, je sais qu'il est peu convenable à moi de me présenter chez vous, fût-ce pour vous offrir mes remerciments ; mais notre premier aide, Legros, m'a dit avec quel empressement vous aviez tenté de porter secours à mon père ; plus le cercle qui nous enferme dans la famille est infranchissable pour les étrangers, plus l'amour de la famille est grand chez nous. J'adorais mon père, monsieur... — Et, en effet, en disant ces mots, les larmes tombaient silencieusement des yeux de l'homme qui parlait. — Il en est résulté que j'ai mieux aimé être indiscret, inconvenant même, et venir vous dire : Monsieur, je n'oublierai jamais votre dévouement à l'humanité, que d'être soupçonné par vous, d'ingratitude pour vous, d'indifférence pour mon père. Je ne sais en quoi et si jamais je puis vous être utile, mais, dans quelque circonstance que ce soit, soyez certain, monsieur, que je risquerai ma vie pour la vôtre.

— Monsieur, lui dit Jacques Mérey, croyez que je suis aise de vous voir ; j'ai eu le plaisir de boire hier à l'abolition de la peine de mort un verre de vin d'Espagne avec monsieur votre père ; je l'avais invité à monter chez moi, d'abord pour lui épargner la pluie qui tombait à torrents, et ensuite pour lui faire une question toute spéciale ; l'intérêt de la conversation m'en a fait oublier le but.

— Dites, monsieur, reprit Sanson, et, si je peux répondre à cette question, je le ferai avec bonheur.

— Je voulais connaître l'opinion de votre père sur la persistance de la vie chez les décapités ; à défaut de l'opinion de votre père, me ferez-vous l'honneur de me dire la vôtre ?

— Monsieur, répondit Sanson, ce n'est pas à nous autres, qui ne faisons que lâcher le fil qui tient le couperet, qu'il faut demander cela, c'est à nos aides. Si vous voulez, je vais appeler celui qui est chargé des derniers détails, et je crois que là-dessus il pourra vous donner tous les renseignements que vous désirez.

Le docteur fit un signe approbatif.

Sanson s'approcha de la fenêtre, appela un gros garçon rouge et de joyeuse humeur qui déjeunait assis sur la bascule de la guillotine avec un morceau de pain et des saucisses.

Le garçon leva la tête, regarda qui l'appelait, sauta du haut en bas de la plate-forme sans se donner la peine de se servir de l'escalier, et accourut au premier étage de l'hôtel de *Nantes*, où l'attendaient Jacques Mérey et Sanson fils.

— Legros, dit l'exécuteur à celui qu'il venait d'appeler, voici monsieur, que tu reconnais bien, n'est-ce pas ?

— Je crois bien, citoyen Sanson, que je le reconnais ; c'est lui qui a sauté hier de la fenêtre du premier pour venir porter secours à ton père, comme j'ai sauté aujourd'hui du haut en bas de la plate-forme pour venir demander ce que tu désirais de moi.

— Voulez-vous, monsieur, adresser vous-même à ce garçon la question que vous avez à lui faire? demanda Sanson.

— Je voulais te demander, citoyen Legros, dit Jacques Mérey, employant la langue en usage à cette époque, si tu croyais à la persistance de la vie chez les décapités?

Legros regarda le docteur en homme qui n'a pas compris.

— Persistance de la vie? demanda-t-il? Qu'est-ce que cela veut dire?

— Cela veut dire que je désire savoir si tu crois que, une fois séparées l'une de l'autre, les deux parties du corps du décapité souffrent encore.

— Tiens! dit Legros, tu me fais juste la même question que le citoyen Marat m'a déjà faite. — Connais-tu le citoyen Marat?

— De réputation seulement. J'ai quitté Paris il y a dix ans, et n'y suis de retour que depuis hier.

— Ah! c'est un pur, celui-là, le citoyen Marat; et, si nous en avions seulement dix comme lui, en trois mois la Révolution serait faite.

— Je le crois bien, dit Sanson, hier il demandait 293,000 têtes!

— Et qu'as-tu répondu au citoyen Marat, quand il t'a fait la même question que moi?

— Je lui ai répondu que pour le corps je n'en savais rien, mais que pour la tête j'en étais sûr.

— Tu crois qu'il y a douleur sentie et appréciée par la tête une fois séparée du corps?

— Ah çà! mais tu crois donc que, parce qu'on les guillotine, les aristocrates sont morts, toi? Eh bien, écoute, on en guillotine trois aujourd'hui; c'est pas beaucoup; j'ai un panier tout neuf, veux-tu que je te le montre demain? Ils en auront ravagé le fond avec leurs dents.

— Cela peut être une action toute machinale, une dernière contraction nerveuse, dit le docteur comme s'il se fût parlé à lui-même, mais frissonnant encore des termes expressifs dont s'était servi le valet Legros.

Puis, se retournant vers Sanson:

— Monsieur, lui dit-il, je crois qu'il y a un moyen plus sûr que celui-là; et, si vous répugnez à en faire l'épreuve, laissez ce brave garçon, qui ne me paraît pas d'une sensibilité alarmante, faire l'épreuve à votre place. Aussitôt la tête coupée, qu'il la prenne par les cheveux et qu'il lui crie son nom à l'oreille. Il verra bien à l'œil du décapité s'il l'a entendu.

— Oh! si ce n'est que ça, dit Legros, ce n'est pas bien difficile.

— Monsieur, dit Sanson, je tenterai l'épreuve moi-même, pour vous être agréable et pour vous prouver ma reconnaissance, et, ce soir, un mot de moi que vous trouverez à l'hôtel vous en dira le résultat.

Peut-être la conversation eût-elle duré plus longtemps, mais un coup de canon que l'on entendit indiqua que la fête des morts commençait.

Le 27 août était, on se le rappelle, consacré à cette fête.

L'ordonnateur de ces sortes de solennités était un des administrateurs de la commune. Il se nommait Sergent.

C'était un artiste, non pas précisément dans son art, — de son art il était graveur et dessinateur, — mais artiste en fêtes révolutionnaires; son patriotisme, un peu exagéré peut-être, était l'inépuisable volcan auquel il demandait ses inspirations sombres, lugubres, splendides, à la hauteur des fêtes qu'il avait à célébrer.

C'était lui qui, aux désastreuses nouvelles venues de l'armée, avait, le 22 juillet 1792, proclamé la *patrie en danger*.

C'était lui qui, le 27 août de la même année, un mois à peine après cette proclamation, venait d'organiser la fête des morts.

Au milieu du grand bassin des Tuileries, une pyramide gigantesque couverte de serge noire avait été dressée.

Sur cette pyramide étaient tracées en lettres rouges des inscriptions rappelant les massacres de Nancy, de Nîmes, de Montauban, du champ de Mars, imputés, comme on le sait, aux royalistes.

C'était pour faire pendant à cette pyramide que la guillotine était restée debout.

On avait réservé pour cette journée trois exécutions capitales, elles faisaient partie du programme de la fête.

A onze heures du matin sortirent de la Commune de Paris, c'est-à-dire de l'hôtel de ville, entourées d'un nuage d'encens et, comme eût fait une théorie athénienne dans la rue des Trépieds, marchant au milieu des parfums, les veuves et les orphelines du 10 août, en robes blanches, serrées de ceintures à la taille, portant dans une arche, sur le modèle de l'arche d'alliance, cette fameuse pétition du 17 juillet 1791 qui hâtivement avait demandé la République, et qui reparaissait à son heure comme les choses fatalement décrétées.

De temps en temps, une femme vêtue de noir marchait seule, portant une bannière noire, sur laquelle étaient écrits ces trois mots: MORT POUR MORT.

Après cette procession lugubre et menaçante, comme pour répondre à son appel, marchait ou plutôt roulait une statue colossale de la Loi, assise dans un fauteuil et tenant son glaive.

Derrière la Loi venait immédiatement le terrible tribunal révolutionnaire institué le 17 août et qui approvisionnait déjà la guillotine.

Mêlée au tribunal, toute la Commune s'avançait, conduisant la statue de la Liberté;

Puis enfin les juges et les tribunaux chargés de défendre cette liberté au berceau, et au besoin de la venger.

Les deux statues s'arrêtèrent un instant de chaque côté de la guillotine pour voir tomber la tête d'un condamné, et continuèrent leur chemin.

Il serait difficile sans l'avoir vu de se faire une idée de ce qu'était un pareil cortège s'avançant à travers une population morne de tristesse ou ivre de vengeance, accompagné des chants de Marie-Joseph Chénier et de la musique de Gossec.

Jacques Mérey regarda défiler le cortège lugubre; puis, sentant que la douleur publique égalait sa douleur privée, avec un triste sourire sur les lèvres, il prit le chemin de la demeure de Danton.

Danton et Camille Desmoulins, ces deux amis, que la mort elle-même qui sépare tout ne put séparer, demeuraient à quelques pas l'un de l'autre.

Danton occupait un petit appartement du passage du Commerce, au premier étage d'une sombre et triste maison qui faisait et fait probablement encore aujourd'hui arcade entre le passage et la rue de l'Ecole-de-Médecine.

Camille Desmoulins demeurait au second étage d'une maison de la rue de l'Ancienne-Comédie.

Ce fut chez Danton que Jacques Mérey se présenta d'abord.

Le député de Paris n'était point chez lui. Le docteur n'y trouva que madame Danton.

Jacques Mérey lui était complètement inconnu de visage; mais à peine se fut-il nommé que madame Danton, qui avait souvent entendu parler de lui comme d'un homme du plus grand mérite, l'accueillit en ami de la maison et le força de s'asseoir.

Danton venait d'être nommé, depuis trois jours seulement, ministre de la justice, ce qu'ignorait encore Jacques Mérey. Et il était en train de s'installer dans son ministère.

Quant à sa femme, elle hésitait à abandonner son modeste appartement, répétant sans cesse à son mari: « Je ne veux pas habiter l'hôtel de la justice; il nous y arrivera malheur. »

Qu'on nous permette, puisque nous allons pendant quelque temps vivre avec de nouveaux personnages, de peindre, au fur à mesure qu'ils se présenteront à nous, les personnages avec lesquels nous allons vivre.

Danton, qui n'était point chez lui, et que nous retrouverons comme Orphée prêt à être déchiré par des bacchantes, était d'Arcis-sur-Aube; avocat au conseil du roi, mais avocat sans cause, il se maria avec la fille d'un limonadier établi au coin du pont Neuf.

Dans cette union, c'était la femme qui apportait pour dot sa confiance dans l'avenir; non seulement elle avait rêvé, mais elle avait deviné le plus puissant athlète révolutionnaire qui dût combattre et renverser la royauté.

Etait-ce pour cela, était-ce parce qu'elle était grande, calme et belle comme la Niobé antique, que Danton l'adorait? Non. C'était probablement parce que, la première, elle avait eu foi en lui.

L'Orient a dit: la femme, c'est la fortune.

Cette première femme de Danton, ce fut sa fortune à lui, tant qu'elle vécut.

Nous avons vu plus tard un second exemple de bonheur porté par la femme:

Napoléon fut invulnérable tant qu'il fut l'époux de Joséphine.

Les premières années du mariage de Danton avaient été dures. L'argent manquait souvent dans le jeune ménage; alors, on allait s'asseoir à la table du limonadier, et, si la table du limonadier était trop surchargée par la présence des deux jeunes époux, le ménage émigrait une seconde fois et s'en allait à Fontenay-sous-Bois, près Vincennes.

Danton avait été nommé membre de la Commune de Paris, et en opinions violentes il atteignait les plus exagérés de ses confrères.

C'est grâce à cette violence et surtout à ces paroles prononcées à la tribune: « Que faut-il pour renverser les ennemis du dedans et repousser les ennemis du dehors? De l'audace, de l'audace, et encore de l'audace! » qu'entre l'invasion et le massacre, il avait obtenu la terrible, nous dirons presque la mortelle faveur, d'être ministre de la justice.

Il venait encore de recevoir une formidable mission.

La trahison de Longwy près de s'accomplir, la trahison de Verdun que l'on craignait, avaient fait voter par l'Assemblée nationale une levée de trente mille volontaires à Paris et dans ses environs.

C'était Danton qui avait été chargé de faire cette razzia dans les familles. De sorte qu'à chaque instant sa femme s'attendait à le voir rentrer poursuivi par les mères et les orphelins dont il enlevait les fils et les pères.

Il venait depuis la veille seulement de proclamer ces enrôlements volontaires, et l'on dressait sur toutes les places, dans tous les carrefours, des théâtres, où les magistrats seraient chargés de recevoir les signatures de ceux qui sauraient écrire, ou les consentements de ceux qui ne le sauraient pas, et où les tambours devaient par un roulement annoncer chaque enrôlement nouveau.

Puis, pour le lendemain, il s'apprêtait à demander à l'Assemblée une chose bien autrement terrible quand on connaît l'esprit des Français : c'étaient les visites domiciliaires.

Danton avait sa mère.

Les deux femmes vivaient ensemble ; elles soignaient à qui mieux mieux les deux enfants de Danton :

L'un qui datait de la prise de la Bastille, l'autre de la mort de Mirabeau.

Mérey causa longuement avec cette femme, qui l'intéressait d'une façon étrange, car il avait vu sur son visage les signes d'une mort précoce ; ses yeux profondément cernés par les veilles et par les larmes, ses pommettes brûlées par la fièvre, le reste de son visage blêmi par les craintes incessantes, ce saint devoir accompli de nourrir elle-même les enfants qu'elle avait donnés à son mari, tout cela disait au médecin : « Tu as sous les yeux une victime marquée pour la mort. »

Et de cet intérêt qui avait pris le cœur de Jacques, de cette douceur que la pitié avait communiquée à sa voix, il était ressorti un charme qui avait été chercher jusqu'au fond de son âme la confiance de la pauvre créature.

Elle lui raconta alors combien de fois elle l'avait arrêté dans ces emportements terribles qui faisaient bondir de terreur l'Assemblée tout entière ; elle lui parla du roi qu'elle aimait et qu'elle ne voulait pas voir coupable, de la pieuse madame Elisabeth qu'elle admirait, de la reine qu'elle essayait d'excuser ; elle lui dit que, lorsque son mari avait fait le 10 août, c'est-à-dire avait renversé le roi, il lui avait juré que, une fois renversé, le roi lui serait sacré et qu'il ferait tout au monde pour lui sauver la vie.

Et Jacques Mérey écoutait tout cela avec une profonde tristesse, car il sentait que Danton avait pris là des engagements qu'il ne pourrait tenir, et il voyait la malheureuse femme, dont il eût pu compter les jours, entrer à chaque secousse plus rapidement dans la mort.

Il promit de chercher Danton dans tout Paris.

Trouver Danton n'était pas difficile ; partout où il passait, ses pas étaient marqués ; partout où il parlait, sa voix formidable laissait un écho.

S'il le trouvait, il le ramènerait à la maison, et là, lui qui paraissait si calme et si doux, il calmerait et adoucirait Danton.

Pauvre femme ! elle était loin de se douter quelle flamme brûlait dans ce cœur qu'elle croyait apaisé, et quels serments de vengeance avait prononcés cette voix douce et consolante.

Jacques Mérey se rendit tout droit du passage du Commerce à la rue de la Vieille-Comédie.

Il monta au second étage de la maison qui lui avait été indiquée, sonna et demanda Camille Desmoulins.

Camille Desmoulins était sorti comme Danton. Dans ces jours terribles, les hommes d'action se tenaient peu chez eux.

C'étaient les femmes qui gardaient la maison comme d'anciennes Romaines ; les hommes agissaient, les femmes pleuraient.

Celle qui vint lui ouvrir la porte accourut rapidement et lui ouvrit en s'essuyant les yeux.

Celle-là n'était pas comme madame Danton, marquée d'avance pour la tombe ; elle était pleine de jeunesse, exubérante de vie ; elle avait la lèvre rose, l'œil vif, les joues fraîches, et sur tout cela cependant on sentait que l'insomnie et les larmes avaient passé ; mais il y a un âge et un état de santé où l'insomnie aiguise le regard, où les larmes font sur les joues l'effet de la rosée sur les fleurs.

— Ah ! monsieur, dit-elle vivement, j'avais cru reconnaître la manière de sonner de Camille ; je sais cependant bien qu'il a sa clef pour rentrer à toute heure de la journée et de la nuit ; mais, quand on attend, on oublie tout. Venez-vous de sa part, monsieur ?

— Non, madame, répondit Jacques Mérey ; j'ai deux amis seulement à Paris, où je suis arrivé d'hier : Georges Danton et votre cher Camille ; car je présume que je parle à sa bien-aimée Lucile Ce que vous me dites m'apprend qu'il n'est point à la maison.

— Hélas ! non, monsieur, il est sorti avec l'aube. Il avait dit qu'il rentrerait avant midi et il est deux heures. Mais vous dites que vous êtes son ami ; entrez donc, monsieur, entrez. Nous sommes dans un moment où il va avoir besoin de tous ses amis. Dites-moi votre nom, monsieur, afin que, si vous voulez entrer et l'attendre un instant avec moi, je sache à qui je parle, ou que, si vous vous en allez, je puisse lui dire qui est venu.

Jacques Mérey se nomma.

— Comment, c'est vous ! s'écria Lucile ; si vous saviez combien de fois je l'ai entendu prononcer votre nom ! Il paraît que vous êtes un grand savant, et que vous pourriez, si vous vouliez, jouer un rôle dans notre sainte Révolution. Plus de vingt fois, il a dit dans les heures de danger : « Ah ! si Jacques était ici, quel bon conseil il nous donnerait ! » Entrez donc, monsieur, entrez donc !

Et Lucile, avec une familiarité toute juvénile, prit le docteur par le revers de son habit, le tira dans l'antichambre, et, refermant la porte derrière lui, le conduisit ainsi jusque dans un petit salon, où elle lui montra un canapé et lui fit signe de s'asseoir.

— Tenez, continua-t-elle, dans cette fameuse nuit du 10 août, je me rappelle qu'il a demandé à Danton où vous étiez, et que Danton lui a répondu que vous étiez dans une petite ville de province, à Argenton, je crois.

— Oui, madame.

— Vous voyez bien que je vous dis la vérité. « Il faut lui écrire, disait-il à Danton, il faut lui écrire. »

— Et que répondit Danton ?

— Danton haussa les épaules : « Il est heureux là-bas, dit-il, ne troublons pas des gens heureux dans leur bonheur. »

« Puis, comme nous étions à table, et que Camille et Danton mangeaient seuls, il remplit son verre, le choqua contre celui de Camille, et lui dit quelques mots en latin que je ne compris pas, mais que j'ai retenus. Je n'ai pas osé en demander l'explication à Camille.

— Vous les rappelez-vous, demanda Jacques, assez pour me les dire sans y rien changer ?

— Oh ! oui. *Edamus et bibamus, cras enim moriemur.*

— Aujourd'hui, madame, dit Jacques, je puis vous traduire ces mots, car le danger est passé, et ils s'appliquaient au danger. « Buvons et mangeons, avait dit Danton à votre mari, car nous mourrons demain. »

— Ah ! si j'avais entendu cela, je serais morte de peur.

Jacques sourit.

— Je vous connaissais de réputation, madame, et, à votre charmant visage mutin, orageux et fantasque, j'aurais cru que vous étiez brave.

— Je le suis quand il est là, brave ; si je meurs avec lui, vous verrez comme je mourrai bravement ; mais, si je meurs loin de lui et sans lui, je ne peux répondre de rien. Vous n'étiez pas ici, n'est-ce pas, monsieur, pendant la nuit et la journée du 10 août ?

— Je crois avoir eu l'honneur de vous dire, madame, que je n'étais arrivé à Paris que d'hier.

— Ah ! c'est vrai. Mais, je vous l'ai dit, quand il n'est pas là, je suis folle. Si vous l'aviez vu cette nuit-là, tout homme que vous êtes, vous auriez eu peur aussi, allez.

En ce moment, on entendit le bruit d'une clef qui grinçait dans la serrure.

— Ah ! c'est lui, s'écria-t-elle ; c'est Camille !

Et, bondissant du salon dans l'antichambre, elle laissa Jacques Mérey seul, admirant cette nature primesautière, prompte au rire, prompte aux larmes, recevant toutes les impressions sans essayer jamais d'en cacher aucune.

Elle rentra, pendue au cou de Camille, les lèvres sur les lèvres.

Jacques Mérey poussa un profond soupir ; il pensait à Eva.

Camille lui tendit les deux mains.

Camille était petit, médiocrement beau et bégayait en parlant. Comment avait-il conquis cette Lucile si jolie, si gracieuse, si accomplie ?

Par l'attrait du cœur, par le charme du plus piquant esprit.

Il fit grande fête à cet ami de collège qu'il n'avait pas vu depuis dix ans ; les questions et les réponses se croisèrent, tandis que Lucile, assise sur un de ses genoux, le regardait avec une indicible tendresse.

Camille voulut retenir Jacques à dîner, Lucile joignit ses instances à celles de son ami, et fit une adorable petite moue lorsque Jacques refusa.

Mais Jacques annonça qu'il avait promis à madame Danton de chercher son mari et de le lui ramener. Alors, ni l'un ni l'autre n'insistèrent plus ; seulement, ils s'engagèrent à aller passer la soirée chez Danton et à y retrouver Jacques Mérey, si toutefois Jacques Mérey retrouvait Danton

XX

LES ENROLEMENTS VOLONTAIRES

Pendant les trois ou quatre heures que Jacques Mérey avait passées chez Danton et chez Camille Desmoulins, Paris, surtout en se rapprochant des quartiers du centre, avait complètement changé d'aspect. On se serait cru dans quelqu'une de ces places fortes menacées par l'approche de l'ennemi.

Partout des bureaux d'enrôlement, c'est-à-dire des plates-formes pareilles à des théâtres, s'étaient élevées comme si le génie de la France n'avait eu qu'à frapper avec sa baguette le sol de Paris pour les en faire sortir.

A chaque angle de rue, des factionnaires répétaient pour mot d'ordre, les uns : *La patrie est en danger* ; les autres : *Souvenez-vous des morts du 10 août.*

Danton avait fixé au même jour cette fête funèbre et les enrôlements volontaires, afin que le deuil rejaillit sur la vengeance.

Il n'avait pas fait fausse route. Cet appel des sentinelles à tous ceux qui passaient, ce cortège de veuves et d'orphelines qui sillonnaient les rues de la capitale, le saint et terrible drapeau du danger de la patrie, drapeau noir dont les longs plis flottaient à l'hôtel de ville et qu'on retrouvait sur tous les grands monuments publics, inspiraient un sentiment de solidarité profond à toutes les classes de la société. C'était à qui se ferait recruter pour la patrie, offrant des uniformes, allant de maison en maison. Les enrôlés volontaires, tout enrubannés, parcouraient les rues en tous sens et en criant : « Vive la nation ! Mort à l'étranger ! »

Tout autour des théâtres où l'on s'inscrivait, c'étaient des embrassements, des larmes, des chants patriotiques, au milieu desquels éclatait la *Marseillaise*, connue à peine.

Puis, d'heure en heure, un coup sourd, un de ces bruits qui retentissent dans toutes les âmes, un coup de canon, se faisait entendre, rappelant à chacun, si on avait pu l'oublier que l'ennemi n'était plus qu'à soixante lieues de Paris.

Jacques Mérey avait été droit à l'hôtel de ville, c'est-à-dire à la Commune. Danton venait d'en sortir. Il allait à l'Assemblée, disait-on, c'est-à-dire à côté des Feuillants.

L'hôtel de ville était encombré de jeunes gens qui venaient s'enrôler ; l'immense drapeau noir flottait à la fenêtre du milieu et semblait envelopper tout Paris.

La Commune était en permanence.

On sentait que c'était là le cœur de la Révolution ; l'air que l'on y respirait donnait l'amour de la patrie, l'enthousiasme de la liberté.

Mais là était le côté brillant, le mirage, si l'on peut dire, de la situation ; là étaient les beaux jeunes gens pleins d'ardeur, se grisant à leurs propres cris de « Vive la nation ! Mort aux traîtres ! » Mais ce qu'il eût fallu voir pour se faire une idée du sacrifice, c'était l'appartement, c'était la mansarde, c'était la chaumière d'où le volontaire sortait ; c'était le père sexagénaire qui, après avoir remis aux mains de son enfant le vieux fusil rouillé, était retombé sur son fauteuil, faible, en face de l'abandon ; c'était la vieille mère au cœur brisé, aux sanglots intérieurs, faisant le paquet du voyage, et quel voyage que celui qui mène à la bouche du canon ennemi ! et ramassant les quelques sous épargnés à grand'peine sur sa propre nourriture, et les nouant au coin du mouchoir avec lequel elle s'essuie les yeux.

Hélas ! nos mères, matrones de la République, femmes de l'Empire, ont toutes eu deux accouchements : le premier, joyeux, qui nous mettait au jour ; le second, terrible, qui nous envoyait à la mort.

Tous ne mouraient pas, je le sais bien, beaucoup revenaient mutilés et fiers, quelques-uns avec la glorieuse épaulette ; mais combien dont on n'entendait plus parler et dont on attendait inutilement des nouvelles, pendant de longs jours, pendant de longs mois, pendant de longues années !

La Sibérie, qui l'eût cru ? était devenue un espoir.

Après cette désastreuse campagne de Russie, où de six cent mille hommes il en revint cinquante mille, on se disait :

— Il aura été fait prisonnier par les Russes et envoyé en Sibérie. Il y a si loin de la Sibérie en France, qu'il lui faut bien le temps de revenir à ce pauvre enfant.

Et la mère ajoutait en frissonnant :

— On dit qu'il fait bien froid en Sibérie !

Puis, de temps en temps, on entendait dire en effet qu'un échappé de cet enfer de glaces était arrivé dans telle ville, dans tel village, dans tel hameau.

C'étaient cinq lieues, c'étaient dix lieues, c'étaient vingt lieues à faire. Qu'importe ! on les faisait, à pied, à âne, en charrette. On arrivait dans la famille joyeuse. — Où est-il ? — Le voilà.

Et l'on voyait un spectre hâve, décharné, aux yeux creux, à qui, maintenant qu'il était arrivé, les forces manquaient

— En restait-il encore après vous ? demandait la mère haletante.

— Oui, l'on m'a dit qu'il y avait encore des prisonniers à Tobolsk, à Tomsk, à Irkoutsk ! Peut-être votre enfant est-il dans l'une de ces trois villes. J'en suis bien revenu, pourquoi n'en reviendrait-il pas, lui ?

Et la mère s'en allait moins triste, et, au retour, répétait à ses voisins, qui l'accueillaient avec sollicitude, les paroles qu'elle avait entendues.

— Il en est bien revenu ! pourquoi mon enfant n'en reviendrait-il pas ?

Et la mort chaque jour faisait un pas vers elle, et, sur son lit d'agonie, s'il survenait quelque bruit inusité, la pauvre vieille se soulevait encore et demandait :

— *Est-ce lui ?*

Ce n'était pas lui.

Elle retombait, poussait un soupir et mourait.

Donner leurs enfants à cette guerre implacable du monde entier contre la France, à ce gouffre de Curtius qui engloutissait des victimes par milliers et ne se refermait pas, quelques-unes s'y résignaient, mais la plupart ne pouvaient supporter cette pensée et tombaient dans des accès de rage et de maudissement.

Aussi Danton, revenant de l'hôtel de ville à l'Assemblée nationale, forcé de traverser les halles, tomba-t-il dans un groupe de ces femmes furieuses.

Il fut reconnu.

Danton, c'était la Révolution faite homme. Sa face bouleversée, sillonnée, labourée par les passions, en portait à la fois les beautés et les ravages. Dans ce visage couvert de scories, comme les abords d'un volcan, à peine les yeux étaient-ils visibles, excepté lorsqu'ils lançaient des éclairs. Le nez s'efface presque sous la grêle de la petite vérole. La bouche s'ouvre terrible, entre les puissantes mâchoires de l'homme de lutte. Dans ce tempérament tout sensuel, où domine la chair, il y avait du dogue, du lion et du taureau ; enfin, derrière cette laideur sublime, beaucoup de cœur. Un cœur *généreux*, dit Béranger ; un cœur *magnanime*, dit Royer-Collard.

— Ah ! te voilà ! lui crièrent les femmes, toi qui as fait insulter le roi le 20 juin ! toi qui as fait mitrailler le palais le 10 août ! (Les dames de la halle étaient en général royalistes.) Aujourd'hui, tu nous prends nos enfants ; on voit bien que tu es aveugle de passer par les halles ; te voici entre nos mains, tu n'en sortiras plus !

Et deux d'entre elles allongèrent le bras pour porter la main sur Danton.

Mais lui les repoussa du geste.

— Bacchantes du ruisseau ! s'écria-t-il avec son rire terrible qui ressemblait à un rugissement, ne savez-vous donc point qu'on ne touche pas à Danton sans tomber mort ? Danton, c'est l'arche. Le 20 juin, votre roi, si c'eût été un vrai roi, il fût mort plutôt que de mettre le bonnet rouge. Je ne suis pas roi, Dieu merci ! mais essayez de me le mettre malgré moi, votre bonnet rouge, et vous verrez ! Le 10 août ! mais, si celui que vous appelez votre roi eût été un homme, il se serait fait tuer avant qu'un seul d'entre nous eût mis le pied dans son palais ! Votre roi ! Est-ce que c'est moi qui vous prends vos enfants ? C'est lui.

— Comment, lui ? interrompirent cent voix.

— Oui, lui ! Contre qui vont-ils marcher, vos enfants ? Contre l'ennemi. Qui a attiré l'ennemi en France ? C'est le roi. Qu'allait-il faire hors de France, lorsque de braves patriotes l'ont arrêté à Varennes ? Chercher l'ennemi ! Eh bien, l'ennemi est venu. Faut-il l'accueillir comme on l'a fait à Longwy ? Faut-il lui ouvrir les portes de Paris ? Faut-il devenir Prussien, Autrichien, Cosaque ? O folles créatures ! peut-être les attendez-vous avec impatience, ces assassins, ces brûleurs, ces violeurs ! et dans le geste que vous faites pour les inviter à venir, peut-être y a-t-il encore plus d'obscénité que de trahison.

— Que dis-tu donc là ? s'écrièrent les femmes.

— Ce que je dis ? reprit Danton en montant sur une borne, je dis que, si vous croyez, parce que vous les avez portés dans votre ventre, parce qu'ils sont sortis de vos entrailles, parce que vous les avez nourris de votre lait, si vous croyez que vos enfants sont à vous, vous vous trompez étrangement ! Vos enfants sont à la patrie. L'amour, la génération, l'enfantement, tout cela est pour la patrie ! La maternité individuelle n'est qu'un moyen de donner des défenseurs à la mère commune, la France ! Ah ! misérables rénégates que vous êtes ! la France se met d'un côté, et vous de l'autre ; la France crie : « A moi ! à l'aide ! au secours ! » Vos enfants s'élancent à ce cri et vous les retenez ! Il ne vous suffit pas d'être des mères lâches, vous êtes des filles impies. Oh ! moi ausi, j'ai deux enfants, nés dans des heures sacrées ; que la France me les demande, je lui dirai : « Mère, les voilà ! » J'ai une femme que j'adore ; que la France me la demande, je lui dirai : « Mère, la voilà ! » Et que, après mes enfants et ma femme, la France me crie : « A ton tour ! » je bondirai au-devant du gouffre en disant : « Mère, me voici ! »

Les femmes se regardèrent étonnées.

— O sainte liberté ! s'écria Danton, moi qui croyais le jour du sacrifice arrivé, et le jour de la fraternité près d'éclore, je me trompais donc ! O natures perverses, c'était à vous qu'il était réservé de me briser le cœur, c'était à vous qu'il était donné de faire une chose plus difficile que de tirer le sang de mes veines, c'était à vous qu'il était donné de me tirer les larmes des yeux ! Malheur à qui fait pleurer Danton, car il fait pleurer la Liberté même !

Et des larmes, de vraies larmes d'amour pour la France, commencèrent de couler sur les joues de Danton.

C'est qu'en effet Danton était la voix sombre et sublime de la patrie ; ce n'était point à tort qu'il disait : *Celui qui fait pleurer Danton fait pleurer la Liberté.* L'acte chez lui était au service de la parole ; il dit de sa voix énergique et profonde : « Que la Révolution soit ! » et la Révolution fut. Née de lui, la Révolution mourut avec lui.

A la vue de ces pleurs roulant sur le visage de Danton, les femmes bouleversées n'y purent tenir plus longtemps : les unes l'arrachèrent de la borne et le serrèrent entre leurs bras ; les autres s'enfuirent en cachant leur visage dans leur tablier.

Jacques Mérey avait vu toute cette scène depuis le commencement jusqu'à la fin. D'abord il s'était tenu à l'écart, prêt à porter secours à son ami, si besoin était ; puis il avait admiré cette prodigieuse éloquence qui savait se plier à toutes les circonstances, parlementaire à la tribune, populaire sur la borne ; il avait entendu ses premières paroles burlesques, violentes, obscènes ; il avait vu ce masque effrayant s'animer et s'embellir de sa fureur vraie ou simulée ; il avait senti pénétrer jusqu'au fond de son cœur ces syllabes brusques dardées comme des coups d'épée, puis, quand Danton pleura, lui, laissa tout naturellement couler ses larmes.

Danton débarrassé de ces femmes, s'essuya le visage, vit Jacques Mérey à dix pas de lui, le reconnut et se précipita dans ses bras.

Danton, nous l'avons dit, se rendait à l'Assemblée nationale. Les premiers mots, les premières preuves d'affection échangés entre les deux amis :

— Il n'y a pas de temps à perdre, dit Danton à Jacques ; je vais à l'Assemblée pour y provoquer une mesure de la plus haute importance ; viens avec moi.

L'Assemblée était dans une grande agitation ; des nouvelles venaient d'arriver de Verdun. L'ennemi était à ses portes et le commandant Beaurepaire avait fait serment de se faire sauter la cervelle plutôt que de se rendre. Mais on assurait qu'il y avait dans la ville un comité royaliste qui forcerait la main au commandant Beaurepaire.

A la vue de Danton, un grand murmure se fit.

Danton ne parut pas même l'entendre.

Il monta à la tribune, et, sans trouble, sans hésitation, il demanda les visites domiciliaires.

Une opposition très vive éclata, on parla de la liberté compromise, du domicile violé, du secret du foyer mis au grand jour.

Danton laissa dire avec un calme dont on l'eût cru incapable ; puis, quand la tempête fut apaisée :

— Quand une armée étrangère est à soixante lieues de la capitale, quand une armée royaliste est au cœur de Paris, il faut que ceux qui sont sous la main de la France sentent peser cette main sur eux. Vous êtes tous d'avis que sans la Révolution nous péririons, que la Révolution seule peut nous sauver. Eh bien, si je représente comme ministre de la justice la Révolution, il faut que je connaisse les obstacles qu'on nous oppose et les ressources qui nous restent. Que venez-vous me parler de liberté compromise, de domicile violé, de secrets mis au grand jour ! quand la patrie est en danger, tout appartient à la patrie, hommes et choses. Au nom de la patrie, je demande, j'exige les visites domiciliaires !

Danton l'emporta. Les visites domiciliaires furent décrétées, et, pour qu'on n'eût pas le temps de rien cacher aux visiteurs, on décida qu'elles commenceraient la nuit même.

Jacques Mérey se chargea d'aller tranquilliser madame Danton ; quant à lui, Danton, il se rendrait sans perdre un instant au ministère de la justice, où il donnerait ses ordres, et où il prendrait ses mesures pour qu'ils fussent exécutés.

Il invitait madame Danton, si elle craignait quelque chose, à venir l'y rejoindre

La pauvre femme craignait tout ; elle fit charger une voiture de ses effets les plus nécessaires, et se décida, ce qu'elle n'avait pu faire encore, à aller habiter le sombre hôtel avec son mari.

Jacques Mérey l'y conduisit. Madame Danton voulait le retenir à l'hôtel ; elle pensait que plus il y aurait d'hommes dévoués autour de son mari, moins il y aurait à craindre pour lui.

Mais il était quatre heures du soir ; la générale commençait de battre dans toutes les rues, et chacun était averti de rentrer chez soi à six heures précises.

En un instant la population disparut comme par enchantement ; on entendit ce fatal claquement des portes qui se ferment, claquement que nous avons si souvent entendu depuis ; toutes les fenêtres suivirent l'exemple des portes. Des sentinelles furent mises aux barrières, la Seine fut gardée, et, quoique les visites ne dussent commencer qu'à une heure du matin, chaque rue fut interceptée par des patrouilles de soixante hommes.

Jacques Mérey ne voulait pas, pour son début à Paris, commencer par désobéir à la loi. Au milieu de la solitude la plus absolue, il rentra à l'hôtel de *Nantes*, et, mourant de faim, se fit servir à dîner.

On lui apporta sur une assiette un billet proprement plié et cacheté de cire noire.

Le cachet représentait une cloche fêlée avec cette devise : *Sans son.*

A ce cachet noir, à ce jeu de mots lugubre qui servait à indiquer que l'épître venait du bourreau, Jacques Mérey devina ce que contenait la lettre.

C'était l'éclaircissement qu'il avait demandé à l'exécuteur sur la persistance de la vie après la séparation de la tête et du corps.

Il ne se trompait pas. Voici la brève explication que contenait la lettre :

« Citoyen,

« J'ai fait l'épreuve moi-même. Ayant tranché la tête à un condamné nommé Leclère, j'ai saisi, au moment où elle allait tomber dans le panier, la tête par les cheveux, et, ayant approché son oreille de ma bouche, j'ai crié son nom. L'œil fermé s'est rouvert avec l'expression de l'effroi, mais s'est refermé presque aussitôt.

« L'épreuve n'en est pas moins décisive ; la vie persiste, c'est du moins mon avis.

« Celui qui n'ose se dire votre serviteur.

« SANSON. »

Cette presque certitude flatta l'amour-propre de Jacques Mérey, puisqu'elle confirmait son opinion ; mais elle lui ôta quelque peu de son appétit.

Il voyait toujours dans la pénombre de sa chambre cette tête sanglante aux mains du bourreau, l'œil gauche démesurément ouvert et écoutant avec la double expression de l'angoisse et de l'effroi.

XXI

L'OUVRAGE NOIR !

Jacques achevait à peine son dîner que la porte s'ouvrit et que Danton entra.

Le docteur se leva avec étonnement.

— Oui, c'est moi, lui dit Danton, qui voyait l'effet produit par sa présence inattendue. Depuis que je t'ai rencontré, j'ai beaucoup réfléchi ; tu vois dans quel état est Paris ?

— Il est évident que le sentiment de la terreur y est profond, répondit Jacques.

— Et tu ne vois pas cependant comme moi dans les profondeurs de la situation. Je vais t'y conduire, et alors tu me remercieras d'avoir trouvé moyen de t'éloigner de Paris.

— Ne puis-je donc pas vous être utile ici ?

— Non ! car ta mission ne commence que le 20 septembre, et jusque-là tu dois rester étranger à tous les événements qui vont se passer ici. Quelques-uns y laisseront leur vie. (Jacques fit un mouvement d'insouciance.) Je sais qu'en acceptant la charge de député à la Convention, tu as fait le sacrifice de la tienne ; mais beaucoup y laisseront leur réputation ou leur honneur. Or, tu dois te présenter à la Convention pur de tout engagement, libre de tout parti. Il sera temps pour toi, une fois que tu seras de l'Assemblée, de te faire jacobin ou cordelier, de t'asseoir dans la plaine ou sur la montagne.

— Que va-t-il donc, à ton avis, se passer ici ?

— Je vois encore vaguement l'avenir, si prochain qu'il soit, mais j'y flaire du sang, et beaucoup. Il faut que la lutte de la Commune et de l'Assemblée cesse. Jusqu'à présent, l'Assemblée s'est laissé traîner à la suite de la Commune. Chaque fois que l'Assemblée essaye de s'en défaire, la Commune montre les dents, à l'Assemblée qui recule. L'Assemblée, mon cher Jacques, c'est la force selon la loi et avec la loi ; la Commune, c'est la force populaire sans contrôle et sans limites. L'Assemblée, dans une de ses reculades, a voté un million par mois pour la Commune de Paris. Elle n'est pas, comme tu le comprends bien, décidée à renoncer en se suicidant à un pareil subside. Elle a placé sa dictature entre des mains effrayantes, non pas entre les mains d'hommes du peuple, j'en aurais moins peur que de celles où elle se trouve, des lettrés de taverne, des scribes de ruisseau, un Hébert qui a été marchand de contremarques, un Chaumette, cordonnier manqué, mais démagogue réussi ; c'est à ce dernier qu'elle a eu l'idée de donner le pouvoir sans limite d'ouvrir et de fermer les prisons, d'arrêter et d'élargir ; tous ensemble ils ont pris cette mortelle décision d'afficher aux portes de chaque prison les noms des prisonniers. Or, pendant que le peuple lit ces noms et rêve le massacre, les prisonniers eux-mêmes le provoquent ; ceux de l'Abbaye, par exemple, insultent les gens du quartier à travers leurs grilles ; ils font entendre des chansons antirévolutionnaires ; ils boivent à la santé du roi, aux Prussiens, à leur prochaine délivrance ; leurs maîtresses viennent les voir, manger et boire avec eux ; les geôliers sont devenus les valets de chambre des nobles, les commissionnaires des riches ; l'or roule à l'Abbaye et le peuple qui manque de pain montre le poing à cet insolent Pactole qui coule dans les prisons. Paris est inondé de faux assignats. Où dit-on qu'est la fabrique ? dans les prisons mêmes ; vrais ou non, ces bruits se répandent et exaspèrent la foule. Joins à cela un Marat qui, tordant sa vilaine bouche, demande tous les matins cinquante mille, cent mille, deux cent mille têtes. Non contente de fouler aux pieds toute liberté individuelle, cette féroce dictature d'où je sors et que je voudrais contenir en vain, s'attaque à une liberté bien autrement dangereuse, à la liberté de la presse. Quand c'est Marat qu'elle devrait poursuivre, c'est un jeune patriote plein de dévouement et d'intelligence qu'elle attaque ; c'est Girey qu'elle poursuit, qu'elle poursuit jusqu'au ministère de la guerre où il s'est réfugié. L'Assemblée, mise en demeure, a été forcée de mander à sa barre le président de la Commune Huguenin. Huguenin n'a point paru. L'Assemblée, il y a une heure, a cassé la Commune, en déclarant qu'une nouvelle Commune serait nommée par les sections dans les vingt-quatre heures.

Au reste, singulière anomalie, qui prouvera dans quel épouvantable gâchis nous sommes : l'Assemblée, en cassant la Commune, a déclaré qu'elle avait bien mérité de la patrie.

— *Ornandum et tollandum*, a dit Cicéron.

— Oui, mais voilà que la Commune ne veut être ni couronnée ni chassée. La Commune veut rester, régner par la terreur ; elle restera et régnera.

— Et tu crois qu'elle aura l'audace d'ordonner quelque grand massacre ?

— Elle n'aura pas besoin d'ordonner ; elle laissera faire, elle laissera Paris dans l'état de sourde fureur où est le peuple ; elle laissera crier les ventres vides, hurler les estomacs affamés ; et si une voix a le malheur de crier : « Assez de statues brisées comme cela ! assez de marbres en morceaux ! assez de plâtres en poussière ! au lieu de nous en prendre à ces effigies, prenons-nous-en à ces aristocrates qui boivent à la victoire des étrangers, à ce roi qui les appelle. A l'Abbaye, au Temple d'abord, à la frontière après ! » Alors, tout sera dit. Il n'y a que la première goutte de sang qui coûte à verser. La première goutte versée, il en coulera des flots.

— Mais, dit Jacques Mérey, n'y a-t-il donc point parmi vous un homme qui puisse dominer la situation et diriger l'esprit des masses ?

— Nous ne sommes en réalité que trois hommes populaires, dit Danton. Marat, qui veut et qui prêche le massacre ; Robespierre, qui aurait l'autorité ; moi, qui aurais peut-être la force.

— Eh bien ?

— Nous ne pouvons recourir à Marat pour empêcher ce qu'il demande. Robespierre ne se risquera pas à se mettre en travers du flot populaire. Pour chasser des cœurs le démon du massacre, pour faire rougir la mort d'elle-même, pour la faire rentrer dans le néant d'où elle sort, il faut être César ou Gustave-Adolphe.

— Non, répliqua Jacques Mérey, il faut être Danton ; il faut prendre un drapeau et parler à ces hommes comme tu as parlé hier à ces femmes qui voulaient te déchirer. Beaucoup peuvent approuver l'idée du massacre, mais, crois-moi, les massacreurs sont peu nombreux. Mets aux portes des prisons tes deux mille enrôlés volontaires d'aujourd'hui ; dis-leur que le prisonnier, tant que la sentence n'est point portée contre lui, est sacré ; qu'il est sous la foi de la nation tout entière, et que la prison est un asile plus inviolable que le sanctuaire. Ils t'écouteront, et, pleins d'enthousiasme, ils donneront, s'il le faut, leur vie pour la noble cause dont tu les auras chargés.

— Ah ! ma foi ! non, dit Danton avec insouciance ; ils se sont enrôlés pour marcher à l'ennemi, et je ne veux pas tromper leur attente ; je ne pousserai point au massacre, mais je ne m'y opposerai pas ; j'y risquerais ma vie.

— Et depuis quand Danton ménage-t-il sa vie ? dit en riant Jacques Mérey.

— Depuis que je m'aperçois que personne ne ferait ce qui reste à faire : à établir la République. Ce n'est pas ce fou furieux de Marat qui peut être le Brutus de la nouvelle république, — lui ne fait pas le fou, il l'est réellement. — Ce n'est pas cet hypocrite de Robespierre, qui en est peut-être le Washington ; il s'est opposé à la guerre que tout le monde voulait, et va être un an ou deux à rétablir sur sa base sa popularité ébranlée. Il n'y a donc que moi. Eh bien, moi, je te le dirai tout bas, au risque de t'épouvanter, moi, je ne suis pas bien convaincu qu'il soit sage de marcher à un ennemi terrible en laissant un ennemi plus terrible derrière soi. Le peuple, dans les grands cataclysmes révolutionnaires, a parfois de ces subites et foudroyantes illuminations. Oui, l'ennemi à craindre, le véritable ennemi, celui qui perdra la France si nous le laissons vivre, conspirer, correspondre, de sa prison au Temple et du Temple au camp de Frédéric-Guillaume, c'est le roi, ce sont les royalistes et tous les aristocrates.

— Comment, tu laisserais la vengeance populaire monter jusqu'au roi ?

— Non, car la mort des royalistes et des aristocrates suffira pour épouvanter le roi et l'empêcher de continuer ses coupables menées. D'ailleurs, ce n'est pas dans un orage populaire qu'il faut que le roi meure, c'est par un jugement public, c'est par un arrêt de la nation, c'est de la mort des traîtres, des transfuges et des parjures.

— Mais je croyais que tu avais fait serment à ta femme non seulement de ne jamais prendre part à la mort du roi, mais de le défendre.

— Ami, aux jours de révolution, bien fou qui fait de pareils serments, et plus fous encore sont ceux qui y croient. Si j'ai fait le serment que tu dis, c'était avant la fuite de Varennes, il y a déjà longtemps de cela, et des serments faits à cette époque je me souviens à peine. Laisse écouler encore deux ou trois mois, je l'aurai oublié tout à fait. Et puis, après tout, est-ce donc un sang si pur que celui qui coulera par-dessous les portes des prisons ? De faux Français, de mauvais citoyens, des traîtres, des parricides ! Et puisque nous avons des hommes qui consentent à faire l'*ouvrage noir*, comme disent les Russes, couvrons-nous le visage, gémissons et laissons-les faire. Il est bon, crois-moi, de compromettre Paris tout entier aux yeux du monde, afin que Paris sache qu'il n'y a pas de pardon pour lui s'il laisse entrer l'ennemi dans ses murs.

Jacques Mérey regarda Danton, et vit dans les lignes calmes de son visage les preuves d'une inébranlable décision ; il n'agirait pas, mais, comme il le disait, il n'empêcherait pas les autres d'agir.

— Tu as raison, Danton, dit Jacques Mérey, je ne suis pas encore assez profondément trempé dans le stoïcisme révolutionnaire pour dire comme toi : « Tel sang est pur, tel sang est impur ; » pour moi, médecin, le sang est encore la matière la plus précieuse à la vie, de la chair coulante, une liqueur composée de fibrine, d'albumine et de sérosité, que je dois essayer de faire rentrer dans les veines de l'homme au lieu de l'en faire sortir ; envoie-moi donc bien vite là où je puisse faire le bien sans faire le mal, et où je ne sois pas obligé de passer par le mal pour arriver au bien.

— Voilà justement ce qui m'a fait venir te trouver. Ecoute, voici en deux mots ce qui se passe là-bas. Le 19 août 1792, les Prussiens et les émigrés sont entrés en France. Ils entrèrent par une pluie battante, présage terrible pour eux.

— Tu crois aux présages ?

— Ne sommes-nous pas des Romains ? Les Romains y croyaient, faisons comme eux. — Ils se présentèrent le 20 devant Longwy, c'est-à-dire que, de Coblence à Longwy, ils ont mis vingt jours à faire quarante lieues. Au huitième coup de canon, Longwy se rendit, et le roi Frédéric-Guillaume y fit son entrée. Au lieu de marcher immédiatement sur Verdun, ils restèrent huit jours campés autour de leur conquête ; ils y sont encore. La France, pendant ce temps, resta sur la défensive. Or, la défensive ne va point à la France. La France n'est point un bouclier, c'est une épée : sa force est dans son attaque.

« Ces huit jours d'hésitation de l'ennemi ont sauvé la France ; pendant ces huit jours, deux mille hommes sont partis chaque jour de Paris ; tu crois que les enrôlements volontaires datent d'aujourd'hui, tu te trompes. Il a fallu, il y a trois jours, un décret de l'Assemblée pour forcer de rester à leur atelier les typographes qui imprimaient les séances; il a fallu étendre le décret aux serruriers, tous auraient pris le fusil, pas un ne serait resté pour en faire. Nos églises, désertes par la disparition d'un culte inutile, sont devenues des ateliers où des milliers de femmes travaillent au salut commun : elles préparent les tentes, les habits, les équipements militaires, chacune couvre et réchauffe d'avance son enfant qui part et qui va combattre l'ennemi.

à moi, au premier tombeau ouvert, il m'a semblé entendre ce cri sorti des abîmes de la mort : « Prenez non seulement nos cercueils, mais nos ossements, si de nos ossements vous pouvez vous faire des armes contre l'ennemi. »

Jacques Mérey se leva.

— Danton, dit-il, tu es vraiment grand, plus grand encore que je ne croyais !

— Non, mon ami, répondit Danton avec simplicité, c'est la France qui est grande et non pas nous. Nous, nous n'atteignons pas la hauteur de cette femme, de cette mère

Le vieux paysan armé veille sur son sillon.

« Dans ces églises mêmes s'accomplissait sous leurs yeux une action mystérieuse et salutaire. Sur ma proposition, l'Assemblée a décidé que l'on fouillera les tombeaux et qu'on emploiera pour la défense du pays le cuivre et le plomb des cercueils.

Jacques Mérey regarda Danton avec plus d'admiration encore que d'étonnement.

— Et c'est sur ta proposition, dit-il, que l'Assemblée a rendu ce décret ?

— Oui, répondit Danton. Si près de périr, la France des vivants n'avait-elle pas le droit de demander secours à la France des morts ? Crois-tu que ces morts dont on a ouvert et pris les cercueils ne les eussent point donnés pour sauver leurs enfants et les enfants de leurs enfants ? Quant

qui apporta à l'Assemblée sa croix d'or, son cœur d'or, son dé d'argent, tandis que sa fille, une enfant de douze ans, apportait sa timbale d'argent et une pièce de quinze sous. Le jour où j'ai vu cela, vois-tu, j'ai dit : « La France a vaincu ! Avec ta croix d'or, avec ton cœur d'or, avec ton dé d'argent, femme ; avec ta timbale d'argent, avec tes quinze sous, enfant, la France va lever des armées. » Non ; où nous fûmes grands, sais-tu où ce fut ? C'est lorsque la Gironde, les jacobins et les cordeliers sont tombés d'accord pour confier la défense nationale au seul homme qui pouvait sauver la France :

— A Dumouriez ?

— A Dumouriez. Les Girondins le haïssaient, et non sans raison ; ils l'avaient fait arriver au ministère, et lui les en avait chassés; les jacobins ne l'aimaient nullement, ils savaient très bien qu'il portait deux masques et jouait un double jeu; mais ils savaient aussi qu'il serait ambitieux de gloire et qu'avant tout il voudrait vaincre.

— Et toi, qu'as-tu fait?

— J'ai fait plus que les autres. Je lui ai envoyé Fabre d'Eglantine, ma pensée, Westermann, mon bras, Westermann, c'est-à-dire le 10 août en personne. Tous les vieux soldats, les Luckner et les Kellermann lui ont été infériorisés. Dillon son chef lui a été soumis. Toutes les forces de la France ont été mises dans sa main.

— Et tu ne doutes pas, tu ne trembles point parfois de t'être trompé?

— Si fait, et tu vas voir tout à l'heure que si, puisque c'est à cette occasion que je te fais partir. Tu vas te rendre à Verdun; tu t'entendras avec Beaurepaire pour organiser la meilleure défense possible; puis, si Verdun est pris, tu te rendras immédiatement près de Dumouriez. Je te donnerai des lettres qui t'accréditeront près de lui; tu l'étudieras profondément. S'il marche franchement, droitement, dans la voie de la République, tu l'y encourageras par ton exemple et par tes éloges; s'il hésite, si tu vois en lui quelque embarras, quelque manœuvre suspecte, tu lui brûleras la cervelle et tu donneras le commandement à Kellermann. Voici tes pouvoirs.

— Se bornent-ils là?

— Si l'ennemi est vaincu, ne pas le pousser à bout en le mettant dans une position désespérée. J'ai tout lieu de croire que Frédéric-Guillaume ne tient pas énormément à la coalition. Une grande bataille, une grande victoire, et que les Prussiens arrivent à sortir de France, toute leur machine est démontée. D'ailleurs, on m'attendra, et c'est moi qui me charge de faire la conduite à ces messieurs.

— Prends garde, Danton, si tu épargnes l'armée prussienne après avoir laissé frapper si cruellement Paris, on dira que tu as reçu des subsides du roi Guillaume.

— Bon! on dira bien autre chose de moi, va! Mais nous autres hommes de lutte, qui faisons et qui défaisons les révolutions, nous sommes comme ces chefs barbares que leurs soldats enfermaient d'abord dans un cercueil d'or, puis dans un cercueil de plomb, puis enfin dans un cercueil de chêne. Le premier historien qui nous exhume ne voit que le cercueil de chêne; le second le brise et ne trouve que le cercueil de plomb; le troisième, plus consciencieux que les autres, fouille plus loin qu'eux et trouve le cercueil d'or. C'est dans celui-là que je serai enseveli, Jacques.

Jacques tendit la main à cet homme étrange, qui venait de grandir d'une coudée sous ses yeux.

— Et quand partirai-je? demanda-t-il.

— Ce soir, et il n'y a pas une minute à perdre. Verdun est à près de soixante lieues de Paris, il te faut vingt-cinq heures pour y aller. Voilà dix mille francs en or, il faut que tu en fasses assez.

— J'en aurai trop.

— Tu rendras tes comptes à ton retour. Songe que tu es en mission pour le gouvernement, et qu'aucun obstacle ne doit arrêter un homme qui a le sabre au côté, deux pistolets à sa ceinture et dix mille francs dans sa poche.

— Rien ne m'arrêtera.

— Adieu, bonne chance! Tu vas faire la besogne sainte, poétique, glorieuse; nous, nous allons faire *l'ouvrage noir*. Adieu!

Deux heures après, Jacques Mérey était en route.

XXII

BEAUREPAIRE

Quand le jour vint, Jacques Mérey était déjà à Château-Thierry.

Nous devons dire que, se retrouvant seul avec ses souvenirs, Jacques Mérey s'y était abandonné complètement. Il avait oublié Danton, Dumouriez, Beaurepaire, Paris, Verdun, pour se replonger tout entier dans sa pauvre petite ville d'Argenton et en revenir au cœur de son cœur, — comme dit Hamlet, — à Eva.

Quelle douce et triste nuit que cette nuit passée tout entière avec l'absente. Combien de soupirs, combien d'exclamations à moitié étouffées! Combien de fois le doux nom d'Eva fut-il répété, les bras étendus pour saisir le vide!

Paris et sa sanglante fantasmagorie faisaient fuir le rêve adoré. Mais, aussitôt que disparaissaient l'échafaud, les têtes coupées au poing du bourreau, les hurlements des femmes, les cris sortis des prisons, le pas régulier des patrouilles nocturnes, il rentrait par la porte d'or dans la vie du pauvre amant.

Mais à peine le jour fut-il venu que la vie réelle, comme une femme jalouse, vint réclamer le voyageur et s'emparer de lui par tous les sens. Les routes sont couvertes de volontaires qui rejoignent en chantant la *Marseillaise*. Les collines sont hérissées de camps; de gardes nationaux à droite et à gauche du chemin, le vieux paysan armé veille sur son sillon.

— Où sont tes enfants, vieillard?

— Ils marchent à l'ennemi.

— Et quand l'ennemi les aura tués?

— Il faudra nous tuer à notre tour.

Un pays défendu ainsi est invahissable.

C'était ce hérissement de baïonnettes et de piques que voyait ou plutôt que sentait l'ennemi, et voilà pourquoi il a si peu insisté, si peu combattu, si peu profité du temps.

Puis, il faut le dire, le chef de cette coalition, si menaçant dans ses manifestes, était assez inerte de sa personne. Jeune, il avait eu de beaux succès guerriers sous le grand Frédéric. Il était resté brave, spirituel, plein d'expérience; mais l'abus des plaisirs continué au delà de l'âge avait tué la détermination rapide. L'aigle était devenu myope.

Plus Jacques Mérey avançait sur la route, plus les rangs des volontaires s'épaississaient.

Un peu au delà de Sainte-Menehould, il rencontra sur la route un bivac. Il fit arrêter sa voiture et demanda à parler au chef du détachement.

Le chef du détachement était le colonel Galbaud, conduisant à Verdun le 17e régiment d'infanterie, un bataillon de volontaires nationaux et quatre canons.

Jacques Mérey se fit reconnaître de Galbaud. Celui-ci, par ordre de Dumouriez, venait prendre le commandement temporaire de la ville pour la défendre jusqu'à la dernière extrémité, cette place étant en ce moment une des clefs de la France.

Galbaud arrivait à marches forcées et craignait de ne pas arriver à temps.

Il chargea Jacques Mérey d'annoncer sa venue à Beaurepaire et de lui donner au besoin l'ordre de faire une sortie, si Verdun était entouré, pour protéger son arrivée.

Jacques comprit qu'il n'y avait pas de temps à perdre et ordonna aux postillons de redoubler de vitesse.

Les postillons brûlèrent le pavé.

Au point du jour, on aperçut la ville et l'on entendit une canonnade; en même temps, Jacques Mérey vit la côte Saint-Michel se couvrir de troupes.

C'étaient les Prussiens qui arrivaient et qui investissaient la ville.

Heureusement la route par laquelle arrivait Jacques Mérey était encore libre.

Le tout était d'arriver avant les Prussiens.

— Cinq louis d'or si nous entrons dans Verdun! cria Jacques Mérey au postillon.

La voiture partit comme une trombe, passa sur le front de l'avant-garde prussienne à trois cents pas d'elle, et, au milieu d'une grêle de balles, se fit ouvrir la porte de la ville, qui se referma derrière elle.

— Où trouverai-je le colonel Beaurepaire? demanda Jacques Mérey.

Mais, au milieu de l'épouvante générale que produisait l'arrivée des Prussiens, au milieu des portes et fenêtres qui se fermaient, des habitants effarés qui regagnaient leurs maisons, il eut bien de la peine à obtenir une réponse positive.

Le colonel Beaurepaire était en conseil à l'hôtel de ville.

Au moment où Jacques Mérey en montait les degrés, il trouva le commandant de place qui les descendait.

Il le reconnut et se fit reconnaître.

Tous deux montèrent en voiture et se rendirent chez le commandant.

Un jeune officier attendait avec une impatience visible.

— Eh bien? demanda-t-il.

— La défense à outrance est arrêtée.

— Dieu soit loué! dit le jeune officier en levant au ciel des yeux bleus d'une douceur infinie. Donnez-moi un poste où je puisse glorieusement combattre et mourir, n'est-ce pas, commandant?

— Sois tranquille, répondit Beaurepaire, ce n'est pas les hommes comme toi que l'on oublie.

— Alors, je vais attendre ici, n'est-ce pas?

— Attends.

Jacques Mérey et Beaurepaire entrèrent dans un cabinet retiré dont les murailles étaient couvertes de plans de la ville de Verdun.

— Qu'est-ce que ce jeune homme? demanda Jacques Mérey; j'ai presque envie de te demander, ajouta-t-il en riant, quelle est cette jeune fille.

— Cette jeune fille est un de nos plus braves officiers. Il se nomme Marceau. Il est ici comme chef du bataillon d'Eure-et-Loir. Tu le verras au feu.

Jacques Mérey justifia de ses pouvoirs à Beaurepaire et lui demanda quels étaient ses moyens de défense.

— Par ma foi! dit celui-ci, nous pourrions répondre comme les Spartiates: *Nos poitrines;* comme garnison, 3,000 hommes à peu près; 12 mortiers, dont deux hors de service; 32 pièces de canon de tout calibre, dont deux démontées; 99,000 boulets de 24 et 22,511 de tous calibres. Ajoutez à cela, pour armer des volontaires s'il s'en présente, 143 fusils d'infanterie, 368 de dragons et 71 pistolets.

— Tu sortais du conseil défensif quand je suis arrivé?

— Oui. Il avait d'abord mis la ville en état de siège, ordonné de dépaver les rues et défendu les attroupements sous peine de mort.

— Ces ordres seront-ils exécutés?

— Regarde dans la rue.

— En effet, on commence à dépaver. Très bien. Maintenant, au plus pressé.

Et alors Jacques Mérey reconta à Beaurepaire qu'il avait rencontré Galbaud, qui venait pour s'enfermer dans Verdun avec un ordre de Dumouriez et un renfort de troupes.

— Morbleu! s'écria Beaurepaire, rien ne peut m'être plus agréable que ce que vous me dites là. C'est la responsabilité qu'il m'enlève et par conséquent la vie qu'il me donne. Commandant en chef de la place, j'avais juré de m'ensevelir sous ses ruines; commandant en second, je suis le sort de tous. Ma femme et mes enfants te doivent une belle chandelle, mon cher Galbaud!

— Mais tu sais que la ville est complètement entourée.

— Oui, et c'est pour cela qu'il faut aider l'entrée de Galbaud par une sortie. J'ai justement là l'homme des sorties, Marceau.

Il sonna: un planton entra.

— Prévenez le chef de bataillon Marceau que je l'attends.

On eût dit que le jeune officier avait été magnétiquement averti du désir de son chef, tant il apparut rapidement.

— Marceau, lui dit Beaurepaire, prends trois cents hommes d'infanterie, tous les cavaliers de la garnison, trois compagnies de grenadiers de la garde nationale et ceux des notables de la ville qui voudront t'accompagner en amateurs.

— Je me charge de ceux-là, dit Jacques Mérey.

— Tu viens avec nous? demanda Marceau.

— Oui, et je ne vous serai pas inutile, ne fût-ce que comme chirurgien

— Le citoyen, dit Beaurepaire à Marceau, est envoyé par le pouvoir exécutif.

— Et, comme j aurai peut-être des ordres rigoureux à donner, des mesures rigoureuses à prendre, je ne suis pas fâché qu'on me voie un peu à la besogne et que l'on sache au besoin à qui l'on obéit! Allons examiner le terrain.

Mérey partit avec Marceau, s'empara d'un fusil de dragon, bourra ses poches de cartouches, tandis que Marceau faisait battre le rappel, sonner le boute-selle, et demander des hommes de bonne volonté parmi les notables.

Cinq ou six se présentèrent.

Puis Marceau et Mérey montèrent avec une lunette sur un des clochers les plus élevés de la ville, et ils aperçurent au loin l'avant-garde de Galbaud qui arrivait par la route de Sainte-Menehould. Un cordon de Prussiens leur fermait l'entrée de la ville.

En descendant du clocher, ils reçurent un imprimé de la part du duc de Brunswick.

Beaucoup de citoyens avaient de ces imprimés et les lisaient.

Par quel moyen le duc les avait-il introduits dans la ville, nul ne le savait.

Donc, il avait des communications cachées avec Verdun.

C'était une sommation de rendre la ville.

J'ai cherché inutilement dans Thiers et dans Michelet la sommation faite à la ville par le duc de Brunswick. Plus heureux qu'eux, lorsque je me suis rendu à Verdun pour y chercher la trace de mes héros, j'ai retrouvé cette sommation entière. Comme on y rencontre le caractère orgueilleux du Prussien, et ses menaces farouches suivies de cet inexplicable repos, incompréhensible pour tous ceux qui n'en ont pas reconnu comme nous la véritable cause, c'est-à-dire le suicide de la volonté dans l'excès des plaisirs, nous donnons ici cette sommation tout entière.

La voici:

« Les sentiments d'équité et de justice qui animent Leurs Majestés l'empereur et le roi de Prusse, ont suspendu les opérations qu'elles auraient pu ordonner pour mettre sur-le-champ la ville en leur pouvoir. Elles désirent prévenir autant qu'il est en elles l'effusion du sang. En conséquence, j'offre à la garnison de livrer aux troupes prussiennes les portes de la ville et celles de la citadelle, de sortir dans les vingt-quatre heures avec armes et bagages, à l'exception de l'artillerie. Dans ce cas, elle et les habitants seront mis sous la protection de Leurs Majestés Impériale et Royale; mais, si elles rejetaient cette offre généreuse, elles ne tarderaient pas d'éprouver les malheurs qui seraient les suites naturelles de ce refus: elles seraient soumises à une exécution militaire et les habitants livrés à toutes les fureurs du soldat.

« BRUNSWICK. »

Marceau rassembla ses hommes. Jacques Mérey se mit à la tête des notables dans les rangs des gardes nationaux, et l'on se massa derrière la porte de France, de manière qu'il n'y eût plus qu'à l'ouvrir au moment donné. Une sentinelle placée sur les remparts devait indiquer le moment où Galbaud attaquerait de son côté.

Au premier coup de fusil des tirailleurs de Galbaud, la porte s'ouvrit; la cavalerie se porta en avant et l'infanterie de la garnison et la garde nationale se jetèrent de chaque côté par Jardin-Fontaine et Thierville.

A la côte de Varennes, on rencontra l'ennemi.

Par malheur, il avait eu le temps de faire filer sur ce point des renforts considérables, et particulièrement la cavalerie des émigrés.

Le combat fut acharné des deux côtés; les deux troupes patriotes furent lancées à plusieurs reprises l'une au-devant de l'autre. Jacques Mérey en arriva un moment à voir reluire les baïonnettes de Galbaud; mais rien ne put rompre la haie vivante placée entre les deux armées pour les empêcher de se rejoindre.

Un instant il sembla à Jacques Mérey voir passer, à travers la fumée de la mousqueterie, un cavalier ayant la taille et le visage du marquis de Chazelay. Il l'appela de la voix et le défia du geste; mais le fantôme ne répondit point et rentra dans la fumée d'où un instant il était sorti.

Puis, en ce moment, les Prussiens ayant fait un effort violent, les patriotes furent repoussés. De nouveaux renforts arrivèrent; les rangs ennemis s'épaissirent; tout espoir de faire jonction avec Galbaud disparut, et Marceau, épuisé, couvert du sang de ses adversaires, luttant un contre dix, fut forcé de donner le signal de la retraite.

La petite troupe rentra dans la ville, et Galbaud, renonçant à l'espoir d'entrer dans Verdun, se retira de son côté.

Le bombardement commença le 31 août, à onze heures du soir, et dura jusqu'à une heure du matin. Il ne produisit que peu d'effet, quoique les habitants de la ville haute, quartier aristocratique et clérical, eussent illuminé leurs maisons pour diriger les coups de l'ennemi.

Le 1er septembre, à trois heures du matin, le roi de Prusse vint à la batterie Saint-Michel, et le feu recommença pendant cinq heures.

Quelques maisons commencèrent à s'enflammer.

Quant à l'artillerie verdunoise, elle n'atteignait point les hauteurs où étaient les Prussiens, et par conséquent ne leur faisait aucun mal.

Au reste, un seul assiégé fut tué, c'était un ex-constituant nommé Gillion, qui était venu s'enfermer dans Verdun, à la tête des volontaires de Saint-Mihiel; il fut frappé d'un éclat d'obus sur le quai de la Boucherie.

Cependant, les femmes étaient réunies en foule sur la place de l'Hôtel-de-Ville où se tenait le conseil défensif en permanence et où Beaurepaire avait un logement séparé de celui de sa femme et de ses enfants.

Ces femmes poussaient de grands cris, demandant aux membres du conseil d'avoir pitié d'elles et de leurs enfants, et de ne pas achever la ruine du pays et des propriétés particulières.

Différentes députations venaient de différentes parties de la ville pour supplier le conseil défensif d'accepter les conditions offertes la veille par le roi de Prusse dans la sommation qu'il avait introduite dans Verdun.

En même temps, on entendait la trompette d'une parlementaire.

Après une courte discussion, à la majorité de dix voix contre deux, il fut convenu qu'on le recevrait.

Il fut introduit les yeux bandés, et demandant si le bombardement de la nuit avait changé quelque chose à la décision de la ville.

Cette demande exposée, on le fit sortir sans lui avoir débandé les yeux.

La parole fut d'abord à Beaurepaire, qui se contenta de dire:

— J'ai promis de m'ensevelir sous les ruines de Verdun, l'ennemi n'y entrera qu'en passant sur mon cadavre.

Puis, comme tous les regards se tournaient sur Jacques Mérey, que l'on savait chargé d'une mission particulière:

— Citoyens, dit-il, vous le savez, Verdun est la clef de la France. Le brave colonel de Beaurepaire vient de vous dire ce qu'il compte faire. Vous m'avez vu au feu aujourd'hui sans que rien me forçât d'y aller; mais, ayant exposé ma vie pour vous, il m'a semblé que mon droit serait plus grand de vous dire ce que la France attend de vous.

« La France attend de vous un grand acte d'héroïsme; tenez huit jours et vous avez donné le temps à Paris d'organiser la défense, et vous avez sauvé la patrie, et vous aurez le droit de mettre cette légende au bas des armes de la ville :

« *A Verdun la France reconnaissante.*

« Défendez-vous. Je courrai les mêmes dangers que vous, et, s'il le faut, je mourrai avec vous.

Soutenu par cette double allocution, le conseil exécutif demanda une trêve de vingt-quatre heures pour rendre une réponse définitive à Sa Majesté Frédéric-Guillaume.

On fit revenir le parlementaire et on lui transmit la réponse du comité.

— Messieurs, dit-il, je suis venu demander un *oui* ou un *non*, pas autre chose ; Sa Majesté le roi de Prusse est pressé.

— Nous n'avons pas d'autre réponse à lui faire, répliqua Beaurepaire ; s'il est pressé, qu'il agisse.

— Alors, messieurs, dit le jeune parlementaire, préparez-vous à l'assaut.

— Et vous, dites à votre maître, répliqua Beaurepaire, que si dans l'assaut nous sommes obligés de céder au grand nombre des assiégeants, nous savons où sont les magasins de poudre et nous saurons ouvrir les tombeaux des vainqueurs sur le champ même de leur victoire.

Cette fière réponse porta ses fruits. Les vingt-quatre heures de trêve furent accordées.

Jacques Mérey savait que, dans les circonstances où l'on se trouvait, les heures avaient la valeur des jours, et il espérait pouvoir faire traîner le siège en longueur en l'embarrassant dans d'interminables pourparlers.

Mais les corps administratifs et judiciaires envoyèrent une députation composée de vingt-trois membres porteurs d'une supplique dans laquelle ils disaient que, pour éviter la ruine entière et la subversion totale de la place, il leur paraissait indispensable d'accepter les conditions offertes à la garnison de la part du duc de Brunswick au nom du roi de Prusse, puisque cette capitulation conservait à la nation sa garnison et ses armes : tandis que la ruine de la ville ne serait d'aucune utilité à la patrie.

On lut cette lettre devant Marceau, qui se trouvait là par hasard.

Il se leva.

— Et moi, dit-il, au nom de l'armée, au nom de mon bataillon, au mien, je demande que la ville profite des dix-huit heures de trêve qui lui restent pour se mettre en état de résister aux coalisés.

Mais, comme si cette réponse avait été entendue de la rue, des plaintes, des gémissements, des lamentations montèrent jusqu'aux fenêtres de la salle du conseil qui étaient ouvertes. C'était un chœur d'enfants, de femmes, de vieillards, rassemblés sur les degrés de l'hôtel de Ville pour joindre leurs larmes et leurs supplications aux vœux secrets de ceux des membres défensifs qui étaient pour la reddition de la ville.

Ces vœux ne tardèrent point à se formuler, et le conseil se sépara ou plutôt proposa de se séparer, en remettant au lendemain la rédaction de la capitulation.

Jacques Mérey avait les yeux fixés sur Beaurepaire, il le vit pâlir légèrement :

— Pardon, citoyens, dit-il, est-il bien décidé dans vos esprits, je ne dirai pas dans vos cœurs, que malgré ce qui vous a été dit de la nécessité pour la France que Verdun tienne, vous êtes dans l'intention de rendre la ville ?

— Nous reconnaissons l'impossibilité de la défense, répondirent les membres du conseil d'une seule voix.

— Et si je ne pense pas comme vous, si je refuse cette capitulation ? insista Beaurepaire.

— Nous ouvrirons nous-mêmes les portes de Verdun au roi de Prusse, et nous nous en remettrons à sa générosité.

Beaurepaire jeta sur ces hommes un regard de mépris terrible :

— Eh bien, messieurs, dit-il, j'avais fait le serment de mourir plutôt que de me rendre ; survivez à votre honte et à votre déshonneur, puisque vous le voulez, mais, moi, je serai fidèle à mon serment. Voilà mon dernier mot. Je meurs libre. Citoyen Jacques Mérey, tu rendras pour moi témoignage.

Et, tirant un pistolet de sa poche, avant qu'on eût eu le temps non seulement de s'opposer à son dessein, mais encore de le deviner, il se brûla la cervelle.

Jacques Mérey reçut dans ses bras ce martyr de l'honneur.

Le lendemain, tandis que les jeunes filles de Verdun, couvertes de voiles blancs, jetant des fleurs sur la route que devait suivre le roi de Prusse pour se rendre à l'hôtel de Ville et portant des dragées dans des corbeilles, allaient ouvrir au vainqueur la porte de Thionville, la garnison sortait avec les honneurs de la guerre par la porte de Sainte-Menehould, escortant un fourgon attelé de chevaux noirs où se trouvait le cadavre de Beaurepaire enseveli dans un drapeau tricolore.

Elle ne voulait pas laisser le cadavre du héros prisonnier des Prussiens.

Le bataillon d'Eure-et-Loir formait l'arrière-garde et le dernier marchait Marceau, son commandant.

L'avant-garde prussienne suivit l'armée française jusqu'à Livry-la-Perche pour observer Clermont.

Là, elle s'arrêta.

Alors, Marceau, se dressant sur ses étriers, leur envoya au nom de la France cet adieu menaçant :

— Au revoir dans les plaines de la Champagne !

XXIII

DUMOURIEZ

Si nous nous sommes si longtemps arrêté sur le siège de Verdun et sur la mort héroïque de Beaurepaire, c'est que, à notre avis, aucun historien n'a donné à la prise de Verdun l'importance qu'elle a en histoire, et à la mort de Beaurepaire l'admiration que lui doit l'historien, ce grand prêtre de la postérité.

Voici à quelle occasion j'ai été à même de remarquer cette étrange lacune.

J'ai toujours été indigné, même sous la Restauration, des autels poétiques que l'on tentait d'élever à ces prétendues vierges de Verdun qui avaient été, des fleurs d'une main, des dragées de l'autre, ouvrir à l'ennemi les portes de leur ville natale, qui était la clef de la France.

Cette trahison envers la patrie n'a d'excuse que dans l'ignorance de femmes qui ont cédé aux ordres de leurs parents et qui n'avaient pas le sentiment du crime qu'elles commettaient.

Les prêtres aussi y furent pour beaucoup.

Il en résulta que, voulant répondre par un livre aux vers de Delille et de Victor Hugo, je cherchai, voilà tantôt sept ou huit ans, des documents sur cette reddition de Verdun, qui n'eut pas une médiocre part aux 2 et 3 septembre.

Je m'adressai d'abord tout naturellement au plus volumineux de nos historiens, à M. Thiers. Mais M. Thiers, préoccupé de la bataille de Valmy, qu'il est pressé de gagner, se contente de dire, page 198 de l'édition de Furne ; *Les Prussiens s'avançaient sur Verdun.*

Puis, page 342 : *La prise de Verdun excita la vanité de Frédéric.*

Puis, page 347 : *Galbaud, envoyé pour renforcer la garnison de Verdun, était arrivé trop tard.* Pas un mot de plus ; de Beaurepaire il n'en est pas question.

Le fait n'est cependant pas commun.

Une ville rendue contre la volonté d'un commandant de place qui se brûle la cervelle ;

Vingt-trois citoyens, convaincus d'en avoir ouvert les portes à l'ennemi, exécutés le 25 avril 1794 ;

Dix femmes, dont la plus vieille âgée de cinquante-cinq ans et la plus jeune de dix-huit, les suivant sur l'échafaud pour avoir offert des fleurs et des bonbons à l'ennemi, cela valait la peine d'être relaté, ne fût-ce que dans une note.

Quant à Dumouriez, dans ses Mémoires, il ne dit que quelques mots de Verdun, et appelle Beaurepaire, Beauregard !

Quand ce ne serait que pour cette erreur, Dumouriez mériterait le titre de traître.

Michelet, l'admirable historien, cet homme à qui les gloires de la France sont si chères, parce qu'il est lui-même une de ces gloires, ne passe pas ainsi à côté du cercueil de Beaurepaire sans s'arrêter.

Il s'y agenouille, il y prie.

« Un sentiment tout semblable, dit-il, fit vibrer la France en ce qu'elle eut de plus profond quand un cercueil la traversa, rapporté de la frontière, celui de l'immortel Beaurepaire, qui, non point par des paroles, par un acte d'un seul coup, lui dit ce qu'elle devait faire en pareille circonstance.

« Beaurepaire, ancien officier de carabiniers, avait formé, commandé depuis 89 l'intrépide bataillon des volontaires de Maine-et-Loire. Au moment de l'invasion, ces braves eurent peur de n'arriver pas assez vite. Ils ne s'amusèrent point à parler le long de la route ; ils traversèrent la France au pas de charge et se jetèrent dans Verdun.

« Ils avaient un pressentiment qu'au milieu des trahisons dont ils étaient environnés, ils devaient périr ; aussi chargèrent-ils d'avance un député patriote de faire leurs adieux à leurs familles, *de les consoler et de dire qu'ils étaient morts.* Beaurepaire venait de se marier et n'en fut pas moins ferme. Le conseil de guerre assemblé, Beaurepaire résista à tous les arguments de la lâcheté ; voyant enfin qu'il ne gagnait rien sur ces nobles officiers dont le cœur tout royaliste était déjà dans l'autre camp :

« — Messieurs, dit-il, j'ai juré de ne me rendre que mort ;

survivez à votre honte. Je suis fidèle à mon serment ; voici mon dernier mot : je meurs !

« Il se fit sauter la cervelle.

« La France se reconnut, frémit d'admiration ; elle mit la main sur son cœur et y sentit monter la foi. La patrie ne flotta plus aux regards, incertaine et vague ; on la vit réelle, vivante. On ne doute guère des dieux à qui l'on sacrifie ainsi. »

Mais des *vierges de Verdun*, Michelet n'en parle point.

Sans doute il n'a pas voulu près d'une si belle tâche de sang mettre une tache de boue.

Mais ce qu'il y a de certain, c'est qu'aucun historien, aucun chroniqueur, aucun contemporain, ne parle de madame de Beaurepaire. Je crois avoir rencontré les seules lignes qui aient été écrites sur elle dans une brochure intitulée *les Réminiscences du roi de Prusse*.

En effet, cette brochure contient l'anecdote suivante, qui se rapporte probablement à elle.

« Le duc de Weimar, auquel la réputation des bonbons et des liqueurs de Verdun était bien connue, s'informa de la boutique où l'on pouvait trouver ce qui se faisait de mieux. On nous conduisit chez un marchand nommé Le Roux, au coin d'une petite place. Cet homme nous reçut avec beaucoup d'amabilité, et ne manqua point en effet à nous servir parfaitement.

« Lorsqu'il commençait à faire nuit, notre collation fut troublée par un bien triste incident. La maison d'en face était habitée *par une jeune femme, parente* du défunt commandant de place. On lui avait caché l'événement jusqu'à cet instant ; mais il fallut bien le lui apprendre. Elle en fut si cruellement affectée, qu'elle tomba étendue à terre, en proie à des attaques de nerfs et à des convulsions extrêmement violentes. On ne put l'emporter qu'avec la plus grande peine. »

Il est probable que l'on ne voulut pas dire aux princesses que cette jeune femme était madame de Beaurepaire, et qu'on leur dit seulement que c'était une parente du commandant de place.

La reddition de Verdun eut un immense retentissement par toute la France.

Paris épouvanté crut voir l'ennemi à ses portes. Il y était en effet, puisqu'en cinq étapes il franchissait la distance qui l'en séparait. On battit la générale par toute la ville ; on sonna le tocsin ; le canon grondait d'heure en heure.

C'est alors que Danton, seul, inébranlable et comprenant le parti que l'on pouvait tirer du dévouement de Beaurepaire, se précipita au milieu de l'Assemblée bouleversée, et, montant à la tribune, rendit compte des mesures prises pour sauver la patrie, et dit ces mémorables paroles enregistrées par l'histoire :

— Le canon que vous entendez n'est point le canon d'alarme, c'est le pas de charge sur nos ennemis. Pour les vaincre, pour les atterrer, que faut-il ? De l'audace, encore de l'audace, toujours de l'audace.

Ce fut alors que le dévouement héroïque de Beaurepaire fut raconté comme savait raconter Danton

A l'instant même, une commission fut nommée qui proposa le décret suivant :

I

L'Assemblée nationale décrète que le corps de Beaurepaire, commandant le premier bataillon de Maine-et-Loire, sera déposé au Panthéon français.

II

L'inscription suivante sera placée sur sa tombe.

IL AIMA MIEUX SE DONNER LA MORT QUE DE CAPITULER AVEC LES TYRANS

III

Le président est chargé d'écrire à la veuve et aux enfants de Beaurepaire.

Le nom de Beaurepaire fut donné à une rue qui a jusqu'à ce jour, nous le croyons du moins, conservé ce nom glorieux, que nous prions M. Haussmann de transporter à une autre si celle-là était démolie.

Tandis que l'assemblée nationale rend ses derniers honneurs à Beaurepaire, tandis que Marceau, qui a tout perdu dans la ville, armes et chevaux, répond à un représentant du peuple qui lui demande : « Que voulez-vous que l'on vous rende : — Un sabre pour venger notre défaite ! tandis que le roi de Prusse, entré à Verdun, s'y trouve si commodément qu'il y reste une semaine occupé à donner des bals, à manger des dragées et à affirmer qu'il ne vient en France que pour rendre la royauté aux rois, les prêtres aux églises, la propriété aux propriétaires, tandis que le paysan dresse l'oreille et comprend que c'est la contre-révolution qui entre en France ; que celui qui a un fusil prend son fusil, que celui qui a une fourche prend sa fourche, que celui qui a une faux prend sa faux, cinq généraux étaient réunis dans la salle du conseil de l'hôtel de ville de Sedan, sous la présidence de leur général en chef Dumouriez.

Nous ne sommes pas de ceux qui pensent qu'une faute, qu'une faiblesse ou même qu'une mauvaise action doit faire perdre à un homme tous les mérites de sa vie passée. Non, les actions humaines doivent être pesées une à une et à chacune l'historien doit apporter la part de louange ou de blâme.

On comprend que ces quelques lignes ne tombent de notre plume que pour nous aider à aborder une des plus étranges personnalités de notre époque, c'est-à-dire un homme qui, royaliste au fond, sauva la République, qui fit plus que Lafayette pour la France, moins que lui contre elle, et qui cependant fut déshonoré, exilé de France, mourut en Angleterre sans éveiller un regret, tandis que Lafayette rentra sous des arcs de triomphe, devint le patriarche de la révolution de 1830, et mourut glorieux et honoré au milieu de sa glorieuse et honorable famille.

Dumouriez pouvait avoir à cette époque cinquante-six ans ; leste, dispos, nerveux, à peine en paraissait-il quarante-cinq. Né en Picardie, quoique d'origine provençale, il avait l'esprit du Méridional et la volonté de l'homme du centre. Sa tête fine s'illuminait, dans certaines occasions, de regards pleins de feu. Esprit intelligent, cerveau complet, il était bon à tout. Il avait tout à la fois, chose rare, la rouerie du diplomate et le courage obstiné du soldat. A vingt ans simple hussard, il s'était fait hacher en morceaux par six cavaliers plutôt que de se rendre ; mais à trente il s'était laissé engrener dans cette diplomatie secrète de Louis XV, médiocrement honorable en ce qu'elle touchait à l'espionnage. Tout cela fut effacé sous Louis XVI par la fondation du port de Cherbourg, dont il fut le premier agent.

C'était un de ces hommes à peu près universels, dont les grandes connaissances peuvent être appliquées à tout, mais auxquels il faut l'occasion. Jusque-là elle ne s'était pas présentée. Serait-il grand diplomate, serait-il général victorieux ? nul ne pouvait le dire, et peut-être lui-même n'avait-il pas encore la mesure exacte de son génie.

Porté en 1792 au ministère par les girondins, c'est-à-dire par les ennemis du roi, il était sorti des Tuileries complètement rallié au roi, à la suite d'une scène avec Marie-Antoinette. Au fond, Dumouriez avait bon cœur et était impressionnable aux femmes.

Deux jeunes filles vêtues en hussard, qui étaient ses aides de camp, qui ne le quittaient sur le champ de bataille que pour exécuter ses ordres, les demoiselles de Fernig, dont j'ai connu le frère, servent de preuve à ce que j'avance.

Il n'y avait donc rien d'étonnant à ce que Danton se défiât d'un pareil homme, et à ce qu'il envoyât le docteur Mérey, dont il connaissait la franchise, pour le surveiller.

La séance s'ouvrait au moment où nous introduisons le lecteur dans la salle du conseil.

« Citoyens, dit Dumouriez en s'adressant à ses cinq collègues, je vous ai réunis pour vous faire part de la situation grave où nous nous trouvons.

« Je vais résumer les faits en quelques mots.

« Le 19 août 1792, il y a quinze jours de cela, les Prussiens et les émigrés sont entrés en France. Si nous étions des Romains, je vous dirais qu'ils sont entrés dans un jour néfaste, dans un jour de tonnerre, de pluie et de grêle ; mais ce ne fut que sur les deux heures qu'ils arrivèrent à Brehain, la ville où ils s'arrêtèrent pour passer la nuit, pendant que leurs détachements pillent les campagnes environnantes. Pour en arriver là, Brunswick, le héros de Rosbach, a fait de Coblentz à Longwy quarante lieues en vingt jours.

« Cette invasion, qui, au dire du roi de Prusse, ne devait être qu'une promenade militaire de la frontière à Paris, ne se présente pas, il faut le dire, sous un aspect d'activité bien redoutable.

« Mais, citoyens, mon système est toujours de croire, quand un ennemi aussi expérimenté que le nôtre commet une faute, mon système est toujours de croire qu'il a une raison de la commettre, ce qui ne m'empêche pas d'en profiter.

« 60,000 Prussiens, héritiers de la gloire et des traditions du grand Frédéric, s'avancèrent donc en une seule colonne sur notre centre, le 22 août dernier. Ils sont entrés à Longwy, et hier nous avons entendu le canon du côté de Verdun.

« Les Prussiens sont donc devant Verdun, s'ils ne sont point à Verdun.

« 26,000 Autrichiens, commandés par le général Clairfayt, les soutiennent à droite en marchant sur Stenay.

« 16,000 Autrichiens, sous les ordres du prince Hohenlohe-Kirchberg, et 10,000 Hessois, flanquent la gauche des Prussiens.

« Le duc de Saxe-Teschen occupe les Pays-Bas et menace les places fortes.

« Le prince de Condé, avec 6,000 émigrés, s'est porté sur Philipsbourg.

« Tout au contraire, nos armées sont disposées de la façon la plus malheureuse pour résister à une masse de 60,000 hommes. Beurnonville, Moreton et Duval réunissent 30.000 hommes dans les trois camps de Maulde, de Maubeuge et de Lille.

« L'armée de 33,000 hommes que nous commandons est complètement désorganisée par la fuite de Lafayette, qui s'était fait aimer d'elle ; mais cela ne m'inquiète que secondairement. Si je ne m'en fais pas aimer, je m'en ferai craindre.

« 20,000 hommes sont à Metz, commandés par Kellermann.

« 15,000 hommes, sous Custine, sont à Landau.

« Biron est en Alsace avec 30,000. Inutile non seulement de nous occuper de lui, mais d'y penser.

« Nous n'avons donc à opposer à nos soixante mille Prussiens que mes vingt-trois mille hommes et les vingt mille de Kellermann, en supposant qu'il consente à m'obéir et veuille bien faire sa jonction avec moi.

« Voilà la situation claire, nette, précise. Vos avis ? »

Le plus jeune des généraux se leva ; c'était à lui de parler.

Le plus jeune des généraux c'était ce beau Dillon, qui passait pour avoir été l'amant de la reine. Après l'échauffourée de Quiévrain, son frère, que l'on avait pris pour lui, avait été tué par ses propres soldats, sous le prétexte que l'amant de la reine ne pouvait être qu'un traître.

Quant à lui, on citait à l'appui de ce bruit d'intimité avec Marie-Antoinette deux faits :

On avait reconnu à son colback une magnifique aigrette, montée en diamants, que l'on avait vue deux ou trois jours auparavant à la coiffure de la reine, et dans la cour des Tuileries il avait passé une revue paré de cette aigrette.

Puis on racontait que, à un bal où il avait eu l'honneur de valser avec la reine, la reine, qui aimait cette danse à la folie, s'était arrêtée tout étourdie pour reprendre haleine, sans s'apercevoir que le roi était derrière elle, et, se penchant nonchalamment sur l'épaule du bel officier, lui avait dit :

— Mettez la main sur mon cœur, vous verrez comme il bat.

— Madame, dit, en arrêtant la main de Dillon, le roi qui avait entendu, le colonel aura la galanterie de vous croire sur parole.

Arthur Dillon était non seulement d'une beauté remarquable, mais il était brave à toute épreuve, et si l'on pouvait reprocher quelque chose à son intelligence guerrière, c'était trop de témérité.

— Citoyens, dit-il, c'est avec la timidité d'un jeune homme que j'oserai donner mon avis devant des hommes de votre distinction et de votre expérience. Mais je crois, d'après ce que vient de nous dire le général en chef, notre ligne de défense impossible, et serais d'avis de gagner la Flandre et d'agir contre les Pays-Bas autrichiens de manière à opérer une diversion qui forçât les ennemis de revenir sur Bruxelles, où d'ailleurs la présence des Français ferait certainement éclater une révolution.

Il salua et se rassit ; le général Monet se leva.

— Il me semble, dit-il, tout en rendant justice à l'intention de notre jeune collègue, que nous retirer en Flandre serait abandonner le poste où la France nous a placés. Nous sommes le seul obstacle à l'invasion de Paris. Je propose de nous retirer vers Châlons et de défendre la ligne de la Marne.

En ce moment, le soldat de planton annonça qu'un cavalier couvert de poussière, arrivant de Verdun, demandait à parler sans retard au général en chef.

Dumouriez consulta de l'œil le conseil. Il reconnut dans tous les regards l'avidité des nouvelles.

— Faites entrer, dit-il.

Jacques Mérey parut avec le costume moitié civil, moitié militaire des représentants du peuple : redingote bleue à larges revers avec ceinture supportant un sabre et des pistolets, chapeau à plumes tricolores, culotte de peau collante, bottes molles montant au-dessus du genou.

— Citoyens, dit-il, je suis porteur de mauvaises nouvelles ; mais les mauvaises nouvelles ne supportent pas des retards, voilà pourquoi j'ai insisté pour être introduit près de vous. Verdun a été livré à l'ennemi ; Beaurepaire, son commandant, s'est brûlé la cervelle. Le général Galbaud est en retraite sur Paris, par Clermont et Sainte-Menehould. Et je viens vous dire de la part de Danton, que le salut de la France est entre vos mains.

Et, s'avançant vers le général en chef, il lui présenta la lettre dont il était porteur.

Dumouriez salua, prit la lettre sans la lire :

— Citoyens, dit-il, quelle est l'opinion de la majorité ?

Les trois généraux qui n'avaient point encore parlé se levèrent, et l'un des trois, parlant pour lui et les deux autres :

— Général, dit-il, nous nous rallions à l'avis du général Monet.

— C'est-à-dire que vous êtes d'avis de vous retirer vers Châlons et de défendre la ligne de la Marne.

— Oui, citoyen général, répondirent les trois officiers d'une seule voix.

— C'est bien, dit Dumouriez ; citoyens, j'aviserai.

Et, levant la séance, il salua et congédia les officiers.

Puis se tournant vers Jacques Mérey.

— Citoyen représentant, dit-il, tu as besoin d'un bain, d'un bon déjeuner et d'un bon lit ; tu trouveras tout cela chez moi, si tu me fais l'honneur d'accepter l'hospitalité que je t'offre.

— De grand cœur, dit Jacques Mérey, d'autant plus que j'ai à vous laisser pressentir des nouvelles de Paris plus intéressantes et plus terribles encore peut-être que ne sont celles de Verdun.

Dumouriez, avec la courtoisie d'un ancien gentilhomme, sourit, salua et passa devant pour montrer le chemin au messager.

Il le conduisit à la salle à manger, où l'attendaient, pour se mettre à table, Westermann et Fabre d'Eglantine.

— Citoyens, dit-il à Westermann et à Fabre d'Eglantine, vous allez déjeuner aussi rapidement que possible ; puis, comme il faut faire face aux nouvelles qui viennent d'arriver, Westermann, vous allez vous rendre à Metz et donner à Kellermann l'ordre de venir me joindre sans perdre une minute à Valmy. Vous, Fabre, vous allez prendre un cheval, et vous rendre à toute bride à Châlons, où vous arrêterez la retraite de Galbaud que vous ramènerez avec ses deux ou trois mille hommes à Révigny-aux-Vaches, où ils garderont jusqu'à nouvel ordre les sources de l'Aisne et de la Marne.

Les deux hommes désignés firent un mouvement.

— Voici monsieur, dit Dumouriez, qui est envoyé comme vous par Danton, avec les mêmes instructions que vous. Il reste près de moi et suffira à me brûler la cervelle si besoin est.

— Mais, dit Westermann, notre mission est de rester près de toi, citoyen général, et non d'aller où tu nous envoies.

— Notre mission est de servir la patrie ; or, pour le service de la patrie, je vous ordonne, moi, général en chef de l'armée de l'Est, vous, Westermann, d'aller à Metz et de m'amener Kellermann et, à défaut de Kellermann, ses vingt mille hommes. Vous aurez tout à la fois dans votre poche sa destitution et votre nomination ; à vous, Fabre, d'aller à Clermont et d'arrêter la retraite. Si Galbaud essaye de vous résister, vous l'arrêterez au milieu de ses hommes et l'enverrez pieds et poings liés au comité de salut public. C'est ce que je ferai moi-même pour le premier qui me résistera.

Pendant que vous déjeunerez, j'écrirai les ordres et le citoyen Mérey prendra un bain, à la sortie duquel je le mettrai au courant de mes intentions. Déjeunez donc, chers amis ; et toi, citoyen, mon valet de chambre va te conduire au bain ; tu sais où est la salle à manger, au sortir du bain, je t'y attendrai.

Fabre et Westermann se mirent à table. Dumouriez entra dans son cabinet, qui confinait à la salle à manger, et Jacques Mérey suivit le valet de chambre du général qui le conduisait au bain.

XXIV

LES THERMOPYLES DE LA FRANCE

Lorsque Jacques Mérey, le corps convenablement frotté par le valet de chambre du général et les habits convenablement époussetés par son hussard, entra dans la salle à manger, Dumouriez y était seul et l'attendait.

— Citoyen, dit-il à Jacques Mérey, je ne suis point étonné que Danton me soupçonne et multiplie autour de moi ses agents ; d'un mot, je vais le rassurer, et vous aussi.

Jacques Mérey s'inclina.

— La situation est mauvaise, continua Dumouriez, mais telle que pouvait la désirer un homme de ma trempe. La bataille que je vais livrer sauvera ou perdra la France. Je suis ambitieux et je veux attacher mon nom à une victoire. Je veux qu'on dise : Les Prussiens n'étaient plus qu'à cinq journées de Paris; Dumouriez, un homme inconnu, a sauvé la nation, — remarquez que je dis la nation. — D'autres, Villars à Denain, le Maréchal de Saxe, à Fontenoy, ont sauvé le royaume; Dumouriez, à l'Argonne, aura sauvé la nation. La forêt d'Argonne, c'est les Thermopyles de la France. Je les défendrai et serai plus heureux que Léonidas. Déjeunons!

Puis en s'asseyant il frappa sur un timbre.

— Appelle Thévenot et mes deux officiers d'ordonnance, dit Dumouriez, montrant en même temps un fauteuil à Jacques Mérey.

Quelques secondes après, un jeune homme portant l'uniforme de chef de brigade entra. Il pouvait avoir trente à trente-deux ans, avait l'œil ferme et intelligent, était de grande taille, et salua Dumouriez qui lui tendit familièrement la main.

— Le chef de brigade Thévenot, dit Dumouriez; mon premier aide de camp toujours, mon conseiller quelquefois.

Puis, indiquant le docteur:

— Le citoyen Jacques Mérey, docteur médecin, dit-il en souriant d'une certaine façon, pour le moment représentant du peuple attaché à ma personne.

Puis, comme deux jeunes gens, vêtus en officiers de hussards, paraissant quinze ou seize ans, entraient, il continua:

— Messieurs de Fernig, qui font sous moi leurs premières armes, et que j'aime comme mes enfants.

Et, en effet, l'œil plein d'expression et même un peu dur de Dumouriez devint, en regardant les deux jeunes gens, d'une douceur extrême.

Tous deux s'approchèrent de lui, il réunit leurs quatre mains dans les deux siennes en leur souriant paternellement.

Eux l'embrassèrent tour à tour au front.

Jacques Mérey, qui s'était soulevé sur son siège pour Thévenot, se leva tout à fait pour les deux frères, ou plutôt pour les deux sœurs, dont il reconnut à l'instant même le sexe.

— Nous allons nous battre, et rudement, selon toute probabilité, reprit Dumouriez; s'il arrivait malheur à l'un ou l'autre de ces enfants, je vous le recommande, docteur.

Et presque malgré lui sa bouche laissa échapper un soupir.

— Le citoyen Mérey, qui avait été envoyé par notre *ami* Danton à Verdun, et Dumouriez souligna par son sourire et par son intonation le mot ami, est arrivé nous annonçant que, comme Longwy, la ville s'est rendue aux premiers coups de canon.

— Est-ce que Beaurepaire n'était pas là? demanda Thévenot.

— Beaurepaire, forcé de capituler par la municipalité, s'est brûlé la cervelle pour ne pas signer la capitulation, dit Jacques Mérey.

— Mais ce n'est pas le tout, dit Dumouriez; le docteur, qui a quitté Paris il y a trois jours seulement, prétend qu'il va s'y passer des choses terribles.

— Dans quel genre? demanda Thévenot.

Les deux jeunes hussards étaient muets, mais leur regard parlait pour eux.

— Ce que j'ai cru deviner dans les quelques mots que Danton m'a dit, reprit le docteur, c'est qu'il était important de compromettre Paris tout entier en le trempant jusqu'au cou dans la révolution, afin que les Parisiens, n'attendant point de pardon des souverains alliés, s'ensevelissent sous les ruines de la capitale.

— Et de quelle façon Danton s'y prendra-t-il?

— On a parlé du massacre des prisons. On ne peut, dit-on, envoyer les volontaires à la frontière en laissant derrière eux un ennemi plus dangereux que celui qu'ils vont combattre.

— En effet, dit Dumouriez, que la nouvelle n'étonna ni ne révolta, c'est peut-être un moyen.

Les deux jeunes gens avaient échangé un regard avec Thévenot, qui leur répondit par un mouvement d'épaules.

Leur regard disait *compassion*, le mouvement d'épaules de Thévenot signifiait *nécessité*.

En ce moment le bruit d'un cheval entrant au galop dans la cour se fit entendre. Les deux jeunes filles firent un mouvement pour se lever, Dumouriez les arrêta d'un regard.

Puis à Thévenot:

— Voyez ce que c'est, dit-il.

Thévenot alla à la fenêtre, qu'il ouvrit. Il se trouvait à la hauteur du courrier qui arrivait.

— De quelle part? demanda Thévenot.

— Le général verra, répondit le courrier en tendant son pli au chef de brigade.

— Dépêche pour vous seul, à ce qu'il paraît, dit Thévenot.

Et il remit la dépêche au général, en criant aux gens de la maison qui aidaient le courrier à mettre pied à terre, brisé qu'il était par la route:

— Ayez soin à ce que cet homme ne manque de rien.

— Pour *moi seul*, mon cher Thévenot, répéta Dumouriez. Vous savez que je n'ai pas de secrets pour vous ni pour personne, ajouta-t-il en se tournant du côté du docteur.

Et brisant le cachet.

— Ah! c'est du prince, dit-il; pardon, je ne pourrai jamais m'habituer à l'appeler *Égalité*. Que voulez-vous, mon cher Thévenot, je suis un aristocrate, c'est connu.

Puis se tournant vers Jacques Mérey, et lisant au fur et à mesure:

— Vous aviez raison, docteur, lui dit-il, cela a commencé avant-hier par des voitures de prisonniers que l'on amenait à l'Abbaye. La moitié des prisonniers ont été tués dans les voitures, l'autre moitié dans la cour de l'église où on les avait fait entrer. De là le massacre s'est étendu à l'Abbaye et va probablement s'étendre aux autres prisons. C'est Marat et Robespierre qui ont fait le coup. Danton n'a point paru; il était au champ de Mars passant la revue des volontaires.

Puis s'interrompant:

— Ah! par ma foi! dit-il, il y en a trop long, et puis c'est une affaire entre *bourgeois*, qui ne nous regarde pas, nous autres militaires. Lisez, docteur, lisez.

Et il jeta la lettre du duc d'Orléans de l'autre côté de la table, avec une expression de mépris indiquant combien il se trouvait heureux d'être général en chef sur le théâtre de la guerre au lieu d'être ministre à Paris.

Jacques Mérey la prit avec un calme prouvant qu'il n'avait rien à faire avec le mépris de Dumouriez, et la lut d'un bout à l'autre.

— Ah! dit-il, l'Assemblée a réclamé l'abbé Sicard et l'a sauvé.

— Cette bonne Assemblée! s'écria Dumouriez, elle a osé! Mais elle va se faire donner le fouet par la Commune.

— Manuel, continua Jacques, a sauvé de son côté Beaumarchais.

— Par ma foi! dit Dumouriez, il eût pu mieux choisir.

— Le duc continue, dit Jacques Mérey, en vous annonçant qu'il vous enverra un courrier tous les jours, et en demandant si vous voulez ses deux fils aînés pour aides de camp.

Et Jacques Mérey posa la lettre sur la table.

— Diable! fit Dumouriez, voilà de ces demandes auxquelles il faut songer avant que d'y répondre. Comme il y va, monseigneur! deux princes dans mon armée! On verra.

Chacun demeura sérieux ou tout au moins pensif pendant le reste du repas. Seules les deux sœurs échangèrent quelques mots tout bas, puis Dumouriez se leva, et, s'adressant à Thévenot et à Jacques:

— Citoyens, leur dit-il, faites-moi le plaisir de me suivre dans mon cabinet.

Tous deux se levèrent et suivirent Dumouriez.

— Eh bien! demanda Thévenot, qu'a-t-on décidé au conseil?

— Rien de bon. Dillon a proposé une pointe en Flandre. C'était bon il y a quinze jours. L'ennemi serait à Paris avant que nous ne fussions à Bruxelles. Les autres veulent se retirer derrière la Marne. Laisser l'ennemi faire un pas de plus en France serait une honte; il n'y est déjà entré que trop avant.

Alors, continua Dumouriez, j'ai répondu que je réfléchirais; mais déjà mon plan était fait. J'ai dit tout à l'heure à notre cher hôte que les bois de l'Argonne seraient les Thermopyles de la France. Je tiendrai parole. Voici, sur la plus grande échelle où j'ai pu le trouver, un plan de la forêt d'Argonne qui s'étend, vous le voyez, de Semuy à Triaucourt. Maintenant il nous faudrait un homme pratique, un garde de la forêt; nous n'en sommes qu'à sept ou huit lieues; faites monter à cheval un hussard qui prenne un cheval en main, et qu'il nous amène le premier garde venu.

— Inutile, citoyen général, dit Jacques Mérey.

— Pourquoi inutile? demanda Dumouriez.

— Mais parce que je suis de Stenay, parce que pendant dix ans j'ai herborisé, chassé et pêché même dans la forêt d'Argonne, qui est en quelque sorte enfermée par deux rivières, l'Oise et l'Aisne, et que je connais ma forêt mieux qu'aucun garde.

— Alors, dit Dumouriez, le citoyen Danton nous a rendu un double service.

— Vois-tu, Thévenot, dit Dumouriez s'animant, vois-tu tous les avantages de mon plan. Outre que l'on ne recule pas, outre que l'on ne se réduit pas à la Marne comme dernière ligne de défense, on fait perdre à l'ennemi un temps précieux, on l'oblige à rester dans la Champagne-Pouilleuse, sur un sol désolé, fangeux, stérile, insuffisant à la nourriture d'une armée; on ne lui cède pas un pays riche et fertile où il pourrait hiverner. Si l'ennemi, après avoir perdu quelques jours devant la forêt, veut le trouver, il y rencontre Sedan et toute la ligne des places fortes des Pays-Bas; remonte-t-il du côté opposé, il trouve Metz et l'armée de Kellermann. Kellermann, moi et Galbaud réunissons alors 50.000 hommes, et à la rigueur nous pouvons livrer bataille; d'ailleurs ne vois-tu pas que le ciel est d'intelligence avec nous: une pluie constante, infatigable, tombe sur les Prussiens et les mouille à fond; ils ont déjà trouvé la boue en Lorraine; vers Metz et Verdun, la terre, d'après les rapports qui me sont faits, commence à se détremper : la Champagne sera pour eux une véritable fondrière; les paysans émigrent, les grains disparaissent comme si un tourbillon les avait emportés; il ne restera plus pour l'ennemi que trois choses sur la route : les raisins verts, la maladie et la mort.

— Bravo, général, cria Thévenot. Ah! voilà où je vous reconnais.

Jacques Mérey lui tendit la main. Il n'y avait point à se tromper à l'enthousiasme qui brillait dans ses yeux.

— Général, lui dit-il, disposez de moi comme garde, comme soldat, mais associez-moi d'une façon ou de l'autre à cette grande action qui va sauver la France. Soyons vainqueurs d'abord, et je me charge d'être le Grec de Marathon.

— Eh bien! fit Dumouriez, dites-nous vite ce que vous pensez des passages qui traversent la forêt d'Argonne? Il n'y a pas un instant à perdre, les fers de nos chevaux sont rouges.

Jacques Mérey se pencha sur la carte.

— Ecoutez, Thévenot, dit Dumouriez, et ne perdez pas un mot de ce qu'il va dire.

— Soyez tranquille, général.

Il y avait quelque chose de solennel, presque de sacré, dans ces trois hommes qui, inclinés sur une carte, conspiraient l'honneur de la France et le salut de trente millions d'hommes!

— Il y a, dit Jacques Mérey au milieu du plus profond silence, cinq défilés dans la forêt d'Argonne. Suivez-les sous mon doigt. Le premier, à l'extrémité, du côté de Semuy, appelé le *Chêne Populeux*; le second, à la hauteur de Sugny, appelé la *Croix-aux-Bois*; le troisième, en face Brécy, appelé *Grand-Pré*, le quatrième en face Vienne-la-Ville, appelé la *Chalade*; le cinquième enfin, qui n'est autre que la route de Clermont à Sainte-Menehould, appelé les *Islettes*. Les plus importants sont ceux de *Grand-Pré* et des *Islettes*.

— Malheureusement aussi les plus éloignés de nous; aussi à ceux-là je me porterai moi-même avec tout mon monde.

— Maintenant, dit Jacques Mérey, pour accomplir cette opération vous avez deux routes : l'une qui passe derrière la forêt et qui dérobe votre marche à l'ennemi, l'autre qui passe devant et qui la lui révèle.

Dumouriez réfléchit un instant.

— Je passerai devant, dit-il; en nous voyant faire ce mouvement, je connais Clerfayt, c'est M. Fabius en personne; il croira qu'il m'est arrivé des renforts et que j'attaque séparément Autrichiens et Prussiens; il se retirera derrière Stenay, dans son camp fortifié de Brouenne. Mettez-vous là, Thévenot.

Thévenot s'assit, et, tout fiévreux de la même fièvre qui brûlait le général en lutte avec son génie, tira à lui plume et papier, et attendit.

— Ecrivez, dit Dumouriez, donnez ordre à Dubouquet de quitter le département du Nord et de venir occuper le Chêne-Populeux; — à Dillon, de se mettre en marche entre la Meuse et l'Argonne. Je le suivrai avec le corps d'armée. Il marchera jusqu'aux Islettes, qu'il occupera, ainsi que la Chalade, forçant tout devant lui. Vous m'avez prié de vous employer, docteur; je ne sais pas refuser ces demandes-là aux bons patriotes. Je vous mets au poste du danger; vous serez son guide.

— Merci dit Jacques, tendant la main à Dumouriez.

— Moi, continua Dumouriez, je me charge de la *Croix-aux-Bois* et de *Grand-Pré*. Y êtes-vous?

— Oui, dit Thévenot, qui, sous la dictée du général, avait pris l'habitude d'écrire aussi vite que la parole.

— Maintenant, ordre à Beurnonville de quitter la frontière des Pays-Bas, où il n'a rien à faire, et d'être à Rethel le 13 avec 10.000 hommes.

— Et maintenant, faites battre le départ et sonner le boute-selle.

Ce dernier ordre fut donné par Dumouriez aux deux frères ou aux deux sœurs Fernig, qui s'élancèrent au grand galop dans la ville.

Un quart d'heure après, l'ordre de Dumouriez était exécuté, et l'on entendait, dominant le brouhaha qu'il occasionnait, les fanfares éclatantes de la trompette et les sourds roulements du tambour.

XXV

LA CROIX-AUX-BOIS

Deux heures après, toute l'armée était en marche et campait à quatre heures de Sedan.

Le lendemain, Dillon avait connaissance des avant-postes de Clerfayt, occupant les deux rives de la Meuse.

Une heure après, sous la conduite de Jacques Mérey, le général Miakinsky attaquait avec quinze cents hommes les vingt-quatre mille Autrichiens de Clerfayt, qui, ainsi que l'avait prévu Dumouriez, se retirait et se renfermait dans son camp de Brouennes.

Dillon passa devant le Chêne-Populeux qui, nous l'avons dit, devait être occupé et défendu par le général Dubouquet, et continua sa marche entre la Meuse et l'Argonne, suivi par Dumouriez et ses quinze mille hommes.

Le surlendemain, Dumouriez était à Baffu; là, il s'arrêtait pour occuper les défilés de la Croix-aux-Bois et de Grand-Pré.

Dillon continua audacieusement son chemin; il fit garder la Chalade, en passant, par deux mille hommes, et arriva aux Islettes, où il trouva Galbaud avec quatre mille hommes.

Le général était venu là de lui-même, et n'avait pas encore vu Fabre-d'Eglantine, qui courait après lui sur la route de Châlons.

C'est aux Islettes que Jacques Mérey fut d'une véritable utilité à Dillon; il connaissait le pays, ravins et collines. Il indiqua au général, sur le haut de la montagne qui domine les Islettes, un emplacement admirable pour établir une batterie qui rendait ce passage inabordable et dont, après soixante-seize ans, on voit encore l'emplacement aujourd'hui.

Outre cette batterie, Dillon éleva d'excellents retranchements, fit des abatis d'arbres qui formèrent sur la route autant de barricades, et se rendit complètement maître des deux routes qui conduisent à Sainte-Menehould et de Sainte-Menehould à Châlons.

Les travaux de Dumouriez à Grand-Pré étaient non moins formidables : l'armée était rangée sur des hauteurs s'élevant en amphithéâtre; au pied de ses hauteurs étaient de vastes prairies que l'ennemi était forcé d'aborder à découvert.

Deux ponts étaient jetés sur l'Aire, deux avant-gardes défendaient ces deux ponts; en cas d'attaque, elles se retiraient en les brûlant; et en supposant Dumouriez chassé de hauteur en hauteur, il descendait sur le versant opposé, trouvait l'Aisne qu'il mettait entre lui et les Prussiens en faisant sauter ces deux ponts.

Or, il était à peu près certain que l'ennemi échouerait dans ses attaques et que de ce poste élevé Dumouriez dominerait tranquillement la situation.

Le 8, on apprit que, la veille, Dubouquet, avec six mille hommes, avait occupé le passage du Chêne-Populeux; le seul qui restât libre était donc celui de la Croix-aux-Bois, situé entre le Chêne-Populeux et le Grand-Pré. Dumouriez y alla de sa personne, fit rompre la route, abattre les arbres et y mit pour le défendre un colonel avec deux escadrons et deux bataillons.

Dès lors sa promesse était remplie; l'Argonne, comme les Thermopyles, était gardée. Paris avait devant lui un retranchement que celui qui l'avait élevé regardait lui-même comme inexpugnable.

Le duc d'Orléans avait tenu parole. Jour par jour, Dumouriez avait été instruit des massacres des prisons; sous une apparente insouciance, ces hideux assassinats de madame de Lamballe à l'Abbaye, des enfants à Bicêtre, des femmes à la Salpêtrière, lui soulevaient le cœur; il notait les assassins sur le calepin des représailles, et se promettait, tout en souriant à ces horribles nouvelles, une affreuse vengeance si jamais il arrivait au pouvoir.

Le duc d'Orléans lui-même n'était pas resté impassible aux massacres. On avait porté la tête de madame de Lamballe sous ses fenêtres, sous prétexte qu'une amie de la reine devait être une ennemie du duc d'Orléans; mais on l'avait forcé de saluer cette tête, mais on avait forcé madame de Buffon de la saluer. Elle s'était levée de table, et, pâle jusqu'à la lividité, à moitié morte, elle avait paru au balcon.

Le duc d'Orléans, qui payait un douaire à madame de Lamballe, écrivait à Dumouriez :

« Ma fortune, à cette mort, s'est augmentée de 300.000 francs de rente, mais ma tête ne tient qu'à un fil.

« Je vous envoie mes deux fils aînés, *sauvez-les*. »

Dès lors il n'y avait plus à balancer, il fallait les prendre. Le 10, le duc de Chartres arriva de la Flandre française avec son régiment, dans lequel son frère, le duc de Montpensier, servait comme lieutenant.

C'était à cette époque un beau et brave jeune homme de vingt ans à peine, ayant été élevé à la Jean-Jacques par madame de Genlis, extrêmement instruit, quoique son instruction fût plus étendue que profonde. Dans les quelques combats où il s'était trouvé, il avait fait preuve d'un rare courage.

Son frère n'était encore qu'un enfant, mais un enfant charmant, comme celui que j'ai connu et qui portait le même nom que lui.

Dumouriez les reçut à merveille, et dès ce jour une idée pointa dans son esprit.

Louis XVI était devenu impossible ; trop de fautes, et même de parjures, l'avaient rendu odieux à la nation. La république était imminente ; mais serait-elle durable ? Dumouriez ne le croyait pas. Le comte de Provence et le comte d'Artois, en s'exilant, avaient renoncé au trône de France. Il ne fallait que populariser, par deux ou trois victoires auxquelles il prendrait part, le nom du duc de Chartres, et, à un moment donné, le présenter à la France comme un moyen terme entre la république et la royauté.

Ce fut le rêve que fit et que caressa Dumouriez à partir de ce moment.

Avec le duc de Chartres et son frère, le corps que Dumouriez avait commandé dans les Flandres vint le rejoindre ; il était composé d hommes très braves, très aguerris, très dévoués. S'il restait quelque doute sur Dumouriez, ce que les nouveaux venus racontèrent de leur général les effacèrent.

Puis Dumouriez avec sa haute intelligence comprenait que c'est surtout le moral du soldat qu'il faut soutenir. Il ordonna à la musique de jouer trois fois par jour. Il donna des bals sur l'herbe avec des illuminations sur les arbres, bals auxquels il attira toutes les jolies filles de Cerney, de Melzicourt, de Vienne-le-Château, de la Chalade, de Saint-Thomas, de Vienne-la-Ville et des Islettes. Les deux princes commencèrent leur étude de la popularité en faisant danser des paysannes. Les deux jeunes hussards les aidaient de leur mieux. Deux ou trois fois Dumouriez invita les officiers prussiens et autrichiens de Stenay, de Dun-sur-Meuse, de Charny et de Verdun à y venir ; s'ils fussent venus, il leur eût fait visiter ses retranchements. Ils ne vinrent pas et il ne put se donner le plaisir de cette gasconnade.

Les souffrances cependant étaient à peu près les mêmes pour nos soldats que pour l'ennemi : la pluie cinq jours sur six ; on était obligé de sabler avec le gravier de la rivière l'endroit sur lequel on dansait ; mauvais vin, mauvaise bière ; mais il y avait dans l'air et dans la parole du chef la flamme du Midi ; en voyant le général gai, le soldat chantait ; en voyant le général manger son pain bis en riant, le soldat mangeait son pain noir en criant : Vive la nation !

Un jour il se passa une chose grave, et qui montra d'outre en outre l'esprit de toute cette armée sur laquelle reposait le salut de la France.

Chaque jour des détachements de volontaires arrivaient et étaient incorporés dans des régiments. Châlons, comme les autres villes, envoya son contingent ; mais Châlons s'était, au profit de la Révolution, débarrassé de ce qu'il avait de pis : c'était une tourbe de drôles, parmi lesquels se trouvaient une cinquantaine d'hommes qui, sur la circulaire de Marat ! avaient septembrisé de leur mieux. Ils aboyèrent en criant Vive Marat ! la tête de Dumouriez ! la tête de l'aristocrate ! la tête du traître. Ils croyaient rallier à eux les trois quarts de l'armée, ils se trouvèrent seuls. Puis, tandis qu'ils faisaient de leur mieux pour mettre la discorde parmi les patriotes, Dumouriez monta à cheval avec ses hussards. Les mutins virent d'un côté mettre quatre canons en batterie, de l'autre côté un escadron prêt à charger. Dumouriez ordonna à ses canonniers d'allumer les mèches, à ses hussards de tirer le sabre du fourreau ; il en fit autant qu'eux, et s'approchant d'eux à la distance d'une trentaine de pas :

— L'armée de Dumouriez, dit-il à haute voix, ne reçoit dans ses rangs que de bons patriotes et des gens honnêtes. Elle a en mépris les maratistes et en horreur les assassins. Il y a au milieu de vous des misérables qui vous poussent au crime. Chassez-les vous-mêmes de vos rangs ou j'ordonne à mes artilleurs de faire feu, et je sabre avec mes hussards ceux qui seront encore debout.

Donc, vous entendez, pas de maratistes, pas d'assassins, pas de bourreaux dans nos rangs. Chassez-les. Devenez bons, braves et grands comme ceux parmi lesquels vous avez l'honneur d'être admis !

Cinquante ou soixante hommes furent chassés. Ils disparurent comme s'ils s'étaient abîmés sous terre. Le reste rentra dans les rangs, et prit l esprit de l'armée, complètement pur des excès de l'intérieur.

Jusqu'au 10 septembre, le roi de Prusse resta à Verdun, répétant à qui voulait l'entendre qu'il venait pour rendre *au roi la royauté*, les *églises aux prêtres*, les *propriétés aux propriétaires*.

Ces mots, nous l'avons déjà dit, avaient fait dresser l'oreille au paysan. S'il ne s'était agi que de rendre l'église aux prêtres, le sentiment de la France, qui est profondément religieux, leur en eût de lui-même rouvert les portes, mais en rendant les églises aux prêtres, on rendait les biens au clergé.

Or, on avait confisqué pour quatre milliards de biens aux couvents et aux ordres religieux, et par les ventes qui depuis janvier en avaient été la suite, ces propriétés avaient passé de la main morte à la vivante, des paresseux aux travailleurs, des abbés libertins, des chanoines ventrus, des évêques fastueux aux honnêtes laboureurs (1) ; en huit mois une France nouvelle s'était faite.

Le 10, cependant, les Prussiens se décidèrent à se mettre en mouvement ; ils sondèrent tous nos avant-postes, escarmouchèrent sur le front de tous nos détachements.

Sur plusieurs points nos soldats étaient si désireux d'en arriver à une action décisive, qu'ils escaladèrent leurs retranchements et chargèrent à la baïonnette.

Le soir même, il y eut rapport chez le général. Jacques Mérey, qui n'avait aucune fonction fixe, s'était chargé d'inspecter tous les postes. Il revint de son inspection en disant que le passage de la Croix-au-Bois n'était pas suffisamment gardé.

Mais, sur ce point, il ne se trouva malheureusement point d'accord avec le colonel qui y commandait. Le passage de la Croix-aux-Bois était le seul que les Prussiens n'eussent pas éprouvé. Le colonel prétendit qu'il leur était inconnu, et que non seulement il y avait assez d'hommes pour le garder, mais qu'il pouvait encore envoyer deux ou trois cents hommes au camp de Grand-Pré.

Jacques Mérey insista près de Dumouriez ; mais le colonel, qui tenait à prouver qu'il avait raison, envoya à la Chalade un bataillon et un escadron.

La nuit suivante, tourmenté par ses pressentiments, Jacques Mérey monta à cheval et s'achemina vers le passage de la Croix-au-Bois.

Mais peu à peu d'autres pensées que celles qui avaient déterminé son départ leur succédèrent dans son esprit, et il se mit à rêver comme il rêvait quand il était seul.

A Eva ;

A sa vie si vide depuis qu'elle semblait et même qu'elle était si agitée.

Oui, certes, Jacques Mérey était un excellent patriote ; oui, la France tenait dans son cœur la place qu'elle devait y tenir, mais elle n'y avait rien fait perdre à la toute-puissance du souvenir d'Eva.

Où était-elle ? que devenait-elle ? Ne lui avait-elle pas été arrachée avant que la création complète, non pas du corps, mais du cerveau fût accomplie ?

Elle resterait belle, il y avait même à parier qu'elle embellirait encore ; mais son esprit serait-il assez soutenu par l'éducation pour conserver un sens moral qui pousse toujours son libre arbitre au bien ; sa mémoire serait-elle assez tenace pour continuer d'enfermer dans son cœur le souvenir de celui qui, après Dieu, l'avait faite ce qu'elle était.

— Oh ! murmurait Jacques, la clarté s'était faite dans son esprit, mais il y avait encore du trouble dans son âme...

Et il voyait peu à peu son image s'obscurcissant dans cette âme pour ainsi dire inachevée, jusqu'à ce qu'elle se confondit dans cette nuit du passé où flottent les rêves vains sortis par la porte d'ivoire.

Jacques Mérey avait jeté la bride sur le cou de son cheval. Il n'était plus sur la limite de la forêt d'Argonne, il ne suivait plus les rives de l'Aisne, il n'allait plus surveiller le passage menacé de la Croix-au-Bois. Il était à Argenton, dans la maison mystérieuse, sous l'arbre de la science ; il conduisait Eva dans la grotte où pour la première fois elle lui avait dit qu'elle l'aimait et où elle le lui redisait encore. Il revivait enfin sa vie heureuse, quand tout à coup il crut entendre le pétillement de la fusillade suivi du cri d'alarme !

D'un même mouvement, il se dressa sur ses étriers et son cheval hennit.

Toute la fantasmagorie du passé disparut alors comme dans une féerie. Pareil à un dormeur qu'un rêve avait transporté dans des jardins délicieux, sous un lumineux soleil, et qui se réveille la nuit dans un désert, au milieu des précipices, lui se réveilla dans un chemin boueux, dans une forêt sombre, trempé par une pluie fine et glacée, au milieu des éclairs de l'artillerie et de la fusillade qui illuminaient l'épaisseur du bois.

Jacques Mérey mit son cheval au galop, mais en arrivant à la petite plaine de Longwée il se trouva au milieu des fuyards.

Il devina tout, la Croix-aux-Bois avait été attaquée comme il l'avait prévu, la position était forcée par les Autrichiens et les émigrés commandés par le prince de Ligne.

Une espèce de bataillon carré s'était formé au commencement de la petite plaine. Jacques Mérey courut là où on résistait encore. Mais comme il arrivait, trois ou quatre cents cavaliers chargeaient le colonel français au milieu de ses quelques centaines d'hommes, avec lesquels il essayait de soutenir la retraite.

Jacques Mérey se jeta au milieu de la mêlée.

Le colonel luttait corps à corps avec deux des cavaliers, qui, par une charge à fond, avaient, au cri de Vive le roi ! rompu le carré. De ses deux coups de pistolet, Jacques les jeta à bas de leurs chevaux, mais à l'instant même il se

(1) Michelet, 4e vol., page 216.

trouva entouré ; il mit le sabre à la main ; puis, au milieu des ténèbres, para et porta quelques coups. La nuit était complètement sombre, on ne voyait qu'à la lueur des coups de pistolet. Deux ou trois coups échangés firent une de ces clartés éphémères ; mais à cette clarté Jacques crut reconnaître, sous l'uniforme gris et vert des émigrés, le seigneur de Chazelay. Il jeta un cri de rage, poussa son cheval sur lui ; mais au même instant il sentit son cheval faiblir des quatre pieds : une balle qui lui était destinée l'avait atteint à la tête au moment où il le faisait cabrer pour franchir l'obstacle. Il s'abîma entre les pieds des chevaux, resta un instant immobile, s'abritant au cadavre de l'animal mort ; puis, se relevant et se glissant par une éclaircie, il se trouva sous le dôme de la forêt, c'est-à-dire dans une profonde obscurité.

Il ne pouvait rien dans cette terrible échauffourée qui livrait un des passages à l'ennemi, mais il pouvait beaucoup s'il prévenait à temps Dumouriez de cette catastrophe. Il s'appuya au tronc d'un chêne, se tâta pour voir s'il n'avait rien de cassé ; puis, s'orientant, il se rappela qu'un petit sentier conduisait de Longwée à Grand-Pré, et que ce sentier côtoyait une des sources de l'Aisne ; il écouta, entendit à quelques pas de lui le murmure d'un ruisseau, descendit une courte berge, trouva la source. Dès lors il était tranquille ; comme il avait trouvé le ruisseau il trouva le sentier, éloigné seulement d'une lieue et demie de Grand-Pré. Il y fut en trois quarts d'heure.

Deux heures du matin sonnaient au moment où, trempé tout à la fois de pluie et de sueur, couvert de boue et de sang, il frappait à la porte du général.

XXVI

LE PRINCE DE LIGNE

Jacques Mérey avait instinctivement trop l'intelligence des accidents de guerre pour communiquer la nouvelle à un autre qu'au général en chef.

C'est, en pareil cas, le sang-froid, la décision rapide et surtout le silence du général qui sauvent l'armée.

Il connaissait la chambre de Dumouriez et s'apprêtait à le faire réveiller par le planton qui veillait dans son antichambre, lorsqu'il vit que la lumière filtrait à travers les rainures de la porte.

Il frappa à cette porte. La voix ferme et nette du général lui répondit :

— Entrez.

Dumouriez n'était pas encore couché. Il travaillait à ses Mémoires, où il avait l'habitude de consigner jour par jour ce qui lui arrivait.

En retard de quelques jours, il se remettait au courant.

— Ah ! ah ! dit-il en voyant Mérey couvert de boue et de sang. Mauvaise nouvelle, je parie !

— Oui, général ; le passage de la Croix-aux-Bois est forcé par les Autrichiens.

— J'en avais le pressentiment, et le colonel ?

— Tué.

— C'est ce qu'il avait de mieux à faire.

Dumouriez alla en toute hâte à un grand plan de la forêt d'Argonne pendu au mur.

— Ah ! dit-il philosophiquement, il faut que chaque homme ait le défaut de ses qualités. Ardent à concevoir, je manque souvent de patience dans l'exécution. J'aurais dû étudier chaque passage de mes propres yeux ; je ne l'ai pas fait, et, imbécile que je suis, j'ai écrit à l'Assemblée que l'Argonne était les Thermopyles de la France ! Voilà mes Thermopyles forcés, et tu n'es pas mort, Léonidas ?

— Heureusement, dit Jacques Mérey, après les Thermopyles, Salamines !

— Cela vous est bien aisé à dire, fit Dumouriez avec le plus grand calme, et si Clerfayt ne perd pas son temps, selon son habitude, s'il tourne la position de Grand-Pré, si avec ses trente mille Autrichiens il occupe les passages de l'Aisne, tandis que les Prussiens m'attaqueront de face, enfermé avec mes vingt-cinq mille hommes par soixante-quinze mille hommes, par deux cours d'eau et la forêt, je n'ai plus qu'à me rendre ou à faire tuer mes hommes depuis le premier jusqu'au dernier. La seule armée sur laquelle comptât la France est anéantie, et messieurs les alliés peuvent tranquillement prendre la route de la capitale.

— Il faut, sans perdre un instant, les débusquer de là, général.

— C'est bien ce que je vais essayer de faire. Eveillez Thévenot dans la chambre à côté.

Jacques Mérey ouvrit la porte et appela Thévenot.

Thévenot ne dormait jamais que d'un œil ; il sauta à bas de son lit, passa un pantalon et accourut.

— La Croix-aux-Bois est forcée, lui dit Dumouriez ; faites éveiller Charot, qu'il parte avec six mille hommes, et que, coûte que coûte, il reprenne le passage.

Thévenot ne prit que le temps de s'habiller, s'élança vers le quartier du général Charot, le réveilla et lui transmit l'ordre du général.

Pendant ce temps, Jacques Mérey donnait à Dumouriez tous les détails de ce qui s'était passé sous ses yeux à la Croix-aux-Bois.

Lorsque Dumouriez apprit qu'il était revenu au camp de Grand-Pré par des sentiers traversant la forêt, il lui demanda s'il pouvait par ces mêmes sentiers guider une colonne qui attaquerait en flanc tandis que Charot attaquerait en tête.

Jacques Mérey s'engagea à conduire cette colonne, pourvu qu'elle fût formée d'infanterie seulement ; quant à la cavalerie, il regardait comme une chose impossible de la faire passer par de pareils chemins.

Quelque diligence que l'on y mît, il était grand jour lorsque la colonne fut prête à partir. Mais Dumouriez réfléchit qu'une attaque de jour entraînait avec elle trop de chances diverses, tandis que, attaqué la nuit d'un côté par lequel il ne pouvait pas attendre l'ennemi, et en même temps obligé de se défendre en tête, il y avait lieu de tout espérer.

Il fallait trois heures au général Charot pour faire les trois lieues qu'il avait à franchir par la chaussée de l'Argonne qui nécessitait un double détour. Il ne fallait qu'une heure et demie à Jacques pour conduire sa colonne à la hauteur de Longwée.

Il fut donc convenu que Charot partirait à cinq heures pour arriver à la nuit close à l'entrée du défilé, et Jacques à dix heures et demie. Les premiers coups de canon de Charot, qui amenait avec lui deux pièces de campagne, devaient servir de signal à Mérey pour charger.

Mérey eut donc le temps de changer d'habits et de prendre un bain avant de se remettre en route, et, à six heures et demie, avec son costume de représentant, un fusil de munition à la main, il prit la tête de la colonne.

Le duc de Chartres avait demandé à être de l'expédition. Mais Dumouriez lui avait dit en riant :

— Patience, patience, monseigneur ; attendez une belle bataille à la lumière du soleil, les combats de nuit ne vont pas aux princes du sang.

Puis il avait ajouté à voix basse :

— Surtout quand ils sont aptes à succéder !

A huit heures, Mérey et ses cinq cents hommes voyaient à un quart de lieue, à travers les arbres, les feux des bivacs qui coupaient la forêt sur toute la ligne du défilé, mais qui se groupaient plus nombreux autour du village de Longwée où était le quartier général du prince de Ligne.

Chaque soldat posa son sac à terre, s'assit sur son sac, mangea un morceau de pain, but une goutte d'eau-de-vie, et, plein d'impatience attendit.

Vers dix heures on entendit les premiers coups de fusil échangés entre les avant-postes autrichiens et l'avant-garde française.

Puis, dix minutes après, le grondement du canon annonça que l'artillerie venait de se mêler de la partie.

Dès les premiers coups de fusil, la petite colonne conduite par Jacques avait vu un grand trouble se manifester sur toute la ligne du défilé ; on voyait à la lueur des feux les soldats saisir leurs armes et courir du côté de l'attaque.

Jacques avait toutes les peines du monde à maintenir ses hommes, mais ses instructions étaient précises : ne pas donner avant le premier coup de canon.

Ce premier coup de canon tant attendu se fit enfin entendre. Les soldats saisirent leurs fusils et, Jacques Mérey à la tête, s'élancèrent.

— A la baïonnette ! cria Jacques Mérey. Ne faites feu qu'au dernier moment !

Et tous s'élancèrent à ce cri magique de Vive la nation ! qui, répété par l'écho de la forêt, eût pu faire croire aux Autrichiens et aux émigrés qu'il était poussé par dix mille voix.

Mais, pour combattre contre la France, les émigrés n'en étaient pas moins braves. Le cri de Vive le roi ! répondit au cri de Vive la nation ! Et, pareille à un tourbillon, une charge de cavalerie, conduite par un homme de trente à trente-cinq ans, portant l'uniforme de colonel autrichien, habit blanc, pantalon rouge, ceinture d'or, descendit du haut de la colline où le village était situé.

— Feu à vingt pas, et recevez les survivants sur vos baïonnettes !

Puis, d'une voix qui fut entendue de tous :

— A moi, l'officier ! cria-t-il.

Et, se plaçant au milieu du chemin, à la tête de la colonne, il attendit que les premiers cavaliers fussent à vingt pas de lui, ajusta l'officier, et fit feu.

Cinq cents coups de fusil accompagnèrent le sien.

Chacun s'était posté le plus commodément possible pour tirer ; chacun avait visé à la lueur du feu des bivacs. La chaussée ne permettait à la cavalerie de charger que sur huit hommes de front ; mais les balles en se croisant avaient plongé des deux côtés dans les rangs ; plus de cent chevaux et de deux cents cavaliers tombèrent.

Quant à l'officier, emporté par le galop de son cheval, il vint rouler auprès de Jacques Mérey, tué roide d'une balle au milieu de la poitrine.

La chaussée était tellement obstruée de cadavres d'hommes et de chevaux, que les derniers rangs ne purent franchir la barricade sanglante qui venait de se lever entre eux et les patriotes.

Quelques-uns des survivants, échappés au massacre, vinrent se jeter sur les baïonnettes et furent tués ou pris.

— Rechargez ! cria Mérey, et feu à volonté !

Les patriotes rechargèrent leurs fusils et, s'élançant sous bois de chaque côté de la chaussée, ce que ne pouvaient faire les cavaliers, ils les poursuivirent en les fusillant.

Quant à ceux qui étaient démontés, c'était l'affaire de la baïonnette ; tous se défendaient avec acharnement, d'abord parce qu'ils étaient braves, ensuite parce qu'ils savaient que tout prisonnier émigré était un homme fusillé.

Donc ils aimaient mieux en finir sur le champ de bataille que dans les fossés d'une citadelle ou contre un vieux mur.

Au reste, on entendait le canon de Charot qui se rapprochait, indication sûre que les Autrichiens battaient en retraite ; ils avaient fait la même faute : la Croix-aux-Bois prise, ils ne l'avaient pas fait garder par un nombre d'hommes assez considérable.

Les fuyards arrivèrent sur les derrières de la colonne autrichienne, annonçant que l'armée était coupée, que le corps des émigrés était aux trois quarts exterminé, et que son chef, le prince de Ligne, avait été tué par le premier coup de fusil qui avait été tiré.

Le désordre se mit dans les rangs des Autrichiens et des émigrés ; chacun se jeta dans les bois, tirant de son côté. La résistance cessa ou à peu près ; trois ou quatre cents Autrichiens furent tués, autant pris ; deux cent cinquante émigrés restèrent sur le champ de bataille.

Quelques-uns, après une résistance désespérée, furent conduits à Dumouriez.

Quant à Jacques Mérey, à peine le combat avait-il cessé qu'il songea aux blessés. Les ambulances étaient encore mal organisées à cette époque, ou plutôt elles ne l'étaient pas du tout. Craignant quelque retour offensif de l'ennemi, il fit réunir tous les chevaux sans maître que l'on pût trouver, y compris celui du prince de Ligne, que l'on reconnut à sa housse et à ses fontes brodées d'or, et les employa à transporter les blessés à Vouziers, où il établit le quartier général de ses malades, laissant à un plus ambitieux que lui le soin de porter la nouvelle de la victoire au général en chef.

Jacques Mérey ordonna que les Autrichiens fussent amenés avec des soins égaux à ceux qui étaient accordés aux Français ; et, couchés dans les mêmes chambres, ils recevaient les mêmes soins.

Mais à peine l'ambulance était-elle installée, à peine les premiers pansements étaient-ils faits, que le canon se fit entendre de nouveau, et cette fois en se rapprochant de Vouziers, ce qui indiquait que c'était le général Charot qui à son tour battait en retraite.

En effet, au bout de deux heures, quelques-uns de ces hommes qui semblent avoir des ailes aux pieds pour annoncer les catastrophes arrivèrent à Vouziers, se disant suivis du corps d'armée du général Charot qui battait en retraite.

Clerfayt, comprenant l'importance de la position de la Croix-aux-Bois, était accouru au canon avec les trente mille hommes qui lui restaient, et avec ces trente mille hommes il avait renversé tout ce qui s'opposait à son passage.

On annonça à Jacques Mérey qu'un des soldats qui avaient combattu sous lui avait à lui remettre divers objets précieux qu'il ne voulait remettre à personne. Il fit venir l'homme, c'était un caporal. Il avait fouillé le chef des émigrés, avait trouvé sur lui une bourse contenant cent vingt louis, un portefeuille dans lequel était une lettre commencée pour sa femme, une montre enrichie de diamants et plusieurs bagues précieuses.

Il apportait le tout au docteur, sous ce prétexte tout militaire que, puisque c'était lui qui avait tué le prince, c'était lui qui en devait hériter.

— Mon ami, lui dit Jacques Mérey, je ne me crois aucun droit à tous ces objets, et cependant, comme ils sont entre mes mains, voilà à mon avis ce qu'il faut en faire : il faut faire venir des médecins, de Mézières, de Sedan, de Rethel, de Reims et de Sainte-Menehould, accepter le dévouement de ceux qui seront riches, et payer les soins de ceux qui seront pauvres avec les cent vingt louis du prince de Ligne. Es-tu de cet avis ?

— Parfaitement, citoyen représentant.

— Comme le prince de Ligne n'est point un émigré, mais un prince du Hainaut, et que ses biens ne sont pas confisqués, mon avis est encore qu'il faut remettre le portefeuille, la montre et les bijoux trouvés sur lui au général Dumouriez ; il les fera passer à sa femme, qui, quoi que tu en dises, a encore plus de droits à son héritage que moi.

— C'est encore juste, dit le caporal.

— Enfin, continua Jacques, comme il ne faut pas t'ôter aux yeux de qui de droit le mérite de ta belle action, c'est toi qui porteras au général, avec une lettre de moi, le portefeuille, la montre et les bijoux. Après quoi, aussi vite que possible, tu me rapporteras ici la réponse du général, et, comme il faut que cette réponse arrive le plus tôt possible, tu prendras le cheval du prince, que je regarde comme ma propriété, et tu diras au général que je le prie, pour l'amour de moi, de le mettre dans ses écuries.

Quatre heures après, le caporal était de retour sur un cheval que Dumouriez envoyait à Jacques Mérey en échange du sien.

Il était porteur d'une lettre de Dumouriez qui ne contenait que ces mots :

« Venez vite ; j'ai besoin de vous.

« DUMOURIEZ. »

— Eh bien ! dit-il au soldat, tu as l'air content, mon brave.

— Je crois bien, répondit celui-ci ; le général m'a fait sergent et m'a donné sa propre montre.

Et il montra à Jacques Mérey la montre que lui avait donnée Dumouriez.

— Bon, dit en riant Jacques, elle est d'argent.

— Oui, répondit le soldat ; mais les galons sont d'or !

XXVII

KELLERMANN

Jacques Mérey trouva Dumouriez calme, quoique la situation fût presque désespérée.

Charot, au lieu de se retirer sur Grand-Pré, avait été prévenu et s'était retiré sur Vouziers.

Dumouriez avec ses quinze mille hommes, se trouvait séparé de Charot, qui était, comme nous l'avons dit, à Vouziers, et de Dubouquet, qui était au Chêne-Populeux, par les trente mille hommes de Clerfayt.

Le général en chef écrivait.

Il donnait l'ordre à Beurnonville de hâter sa marche sur Rethel, où il n'était pas encore et où il eût dû être le 13 ; à Charot et à Dubouquet de faire leur jonction et de marcher sur Sainte-Menehould.

Enfin, il écrivait une dernière lettre à Kellermann, dans laquelle il le priait, quelques bruits qu'il entendît venir de l'armée, et si désastreux que fussent ces bruits, de ne pas s'arrêter un instant et de marcher sur Sainte-Menehould.

Il chargea des deux premières lettres ses deux jeunes hussards, qui, connaissant le pays et admirablement montés, pouvaient en quatre ou cinq heures atteindre Attigny par un détour. Il leur ordonna de prendre deux chemins différents, afin que si l'un des deux était arrêté en route, l'autre suppléât.

Tous deux partirent.

Alors prenant Jacques Mérey à part :

— Citoyen Jacques Mérey, lui dit-il, depuis deux jours vous nous avez donné de telles preuves de patriotisme et de courage, et de votre côté vous m'avez vu agir si franchement, qu'il ne peut plus y avoir entre nous ni doutes ni soupçons.

Jacques Mérey tendit sa main au général.

— A qui avez-vous besoin que je réponde de vous comme de moi-même ? dit-il.

— Il n'est pas question de cela. Vous allez prendre mon meilleur cheval et vous rendre au-devant de Kellermann ; vous ne lui parlerez pas en mon nom, le vieil Alsacien est blessé d'avoir été mis sous les ordres d'un plus jeune général que lui, voilà pourquoi il ne se presse pas d'obéir ; mais vous lui parlerez au nom de la France, notre mère à tous ; vous lui direz que la France, les mains jointes, le supplie de faire sa jonction avec moi ; une fois sa jonction faite, je lui abandonnerai le commandement s'il le désire, et je servirai sous lui comme général, comme aide de camp, comme soldat. Kellermann, très brave, est en même temps prudent jusqu'à l'irrésolution : il ne doit être qu'à quelques lieues d'ici. Avec ses 20.000 hommes il passera partout, trouvez-le, amenez-le. Dans mon plan, je lui réserve les hauteurs de Gizaucourt ; mais qu'il se place où il voudra, pourvu que nous puissions nous donner la main. Voilà mon plan : Dans une heure je lève le camp ; je m'adosse à Dillon, que je laisse aux Islettes. Je rallie Beurnonville et mes vieux soldats du camp de Maulde, cela me fait 25.000 hommes les 6.000 hommes de Charot et les 4.000 de Dubouquet me font 35.000 hommes ; les 20.000 de Kellermann, 55.000. Avec 55.000 soldats gais, alertes, bien portants, je ferai tête, s'il le faut à 80.000 hommes. Mais il me faut Kellermann. Sans Kellermann, je suis perdu et la France est perdue. Partez donc, et que le génie de la nation vous mène par la main !

Une heure après, en effet, Dumouriez recevait un parlementaire prussien qu'il promenait par tout le camp de Grand-Pré ; mais le parlementaire était à peine à Chevières, qu'il faisait décamper et marcher en silence, ordonnant de laisser tous les feux allumés.

L'armée ignorait que le défilé de la Croix-aux-Bois avait été forcé. Elle ignorait le motif de cette marche et croyait faire un simple changement de position. Le lendemain, à huit heures du matin, on avait traversé l'Aisne et l'on s'arrêtait sur les hauteurs d'Autry.

Le 17 septembre, après deux de ces paniques inexplicables qui éparpillent une armée comme un tourbillon fait d'un tas de feuilles sèches, tandis que des fuyards couraient annoncer à Paris que Dumouriez était passé à l'ennemi, que l'armée était vendue, Dumouriez entrait à Sainte-Menehould avec son armée en excellent état ; il y était accompagné par Dubouquet, Charot et Beurnonville, et il écrivait à l'Assemblée nationale :

« J'ai été obligé de quitter le camp de Grand-Pré, lorsqu'une terreur panique s'est mise dans l'armée ; dix mille hommes ont fui devant quinze cents hussards prussiens. La perte ne monte pas à plus de cinquante hommes et quelques bagages.

« Tout est réparé. Je réponds de tout ! »

Pendant ce temps, Jacques Mérey courait après Kellermann.

Il ne le rejoignit que le 17, vers cinq heures du matin, à Saint-Dizier. En apprenant le 17 l'évacuation des défilés, il s'était mis en retraite.

Ce qu'avait prévu Dumouriez serait arrivé s'il n'avait eu l'idée d'envoyer Jacques Mérey à Kellermann.

Jacques Mérey lui expliqua tout comme eût pu le faire le stratégiste le plus consommé. Il lui raconta tout ce qui était arrivé, lui fit toucher du doigt les ressources infinies du génie de Dumouriez ; il lui dit quelle gloire ce serait pour lui de participer au salut de la France, et il lui dit tout cela en allemand, dans cette langue rude qui a tant de puissance sur le cœur de ceux qui l'ont bégayée tout enfant.

Kellermann, convaincu, donna l'ordre de la retraite et le lendemain celui de marcher sur Gizaucourt.

Le 19 au soir, Jacques Mérey entrait au galop dans la ville de Sainte-Menehould, et entrait chez Dumouriez en criant :

— Kellermann !

Dumouriez leva les yeux au ciel et respira.

Il avait vu pendant toute la journée les Prussiens venir, par le passage de Grand-Pré, occuper les collines qui sont au delà de Sainte-Menehould et le point culminant de la route.

Le roi de Prusse s'était logé à une mauvaise auberge appelée l'*Auberge de la Lune*, ce qui fit donner à son campement, ou plutôt à son bivac, le nom de *camp de la Lune*, nom que cette hauteur porte encore aujourd'hui.

Chose étrange ! l'armée prussienne était plus près de Paris que l'armée française, l'armée française plus près de l'Allemagne que l'armée allemande.

Le 20, au matin, Dumouriez sortit de Sainte-Menehould pour aller prendre sa position de bataille, et fut tout étonné de voir les hauteurs de Gizaucourt dégarnies et celles de Valmy occupées.

Y avait-il erreur, ou Kellermann, forcé d'obéir, avait-il voulu au moins prendre une position de son choix ?

Par malheur, sa position était mauvaise pour la retraite. Il est vrai qu'elle était bonne pour le combat.

Seulement, il fallait vaincre.

Battu, Kellermann était obligé de faire passer son armée sur un seul pont, à droite et à gauche, des marais à enfoncer jusqu'au cou si l'on essayait de se replier.

Mais, pour le combat, nous le répétons, la position était belle et hardie.

Le matin, de la fenêtre de l'auberge de la Lune, le roi de Prusse regarda avec sa lunette la position des deux généraux.

Puis, après avoir bien regardé, il passa la lunette à Brunswick.

Brunswick examina à son tour.

— Qu'en pensez-vous ? demanda le roi de Prusse.

— Ma foi ! sire, dit Brunswick en secouant la tête, je pense que nous avons devant nous des gens qui veulent vaincre ou mourir.

— Mais, en effet, dit le roi en indiquant Valmy, il me semble que ce n'est pas là, comme nous l'avait dit M. de Calonne, une armée de *vagabonds*, de *tailleurs* et de *savetiers*.

— Décidément, dit Brunswick en rendant au roi sa lunette, je commence à croire que la révolution française est une chose sérieuse.

En ce moment un brouillard commença de flotter dans l'air et de se répandre dans la plaine, cachant l'une à l'autre chacune des trois armées.

Mais l'instant d'éclaircie avait suffi à Dumouriez pour juger la position de Kellermann.

Si Clerfayt et ses Autrichiens s'emparaient du mont Yron, placé derrière Valmy, ils canonnaient de là Kellermann, qui, ayant les Prussiens en tête et les Autrichiens en queue, ne pouvait recevoir de lui aucun secours. Il envoya donc le général Steingel avec 4.000 hommes pour occuper le mont Yron, qui n'était occupé que par quelques centaines d'hommes qui ne pouvaient résister.

Puis il ordonna à Beurnonville d'appuyer Steingel avec seize bataillons.

Enfin il dépêcha Chazot avec neuf bataillons et huit escadrons pour occuper Gizaucourt.

Mais Chazot s'égara dans le brouillard et alla se heurter à Kellermann, auquel il demanda ses ordres, et qui, déjà embarrassé de ses vingt mille hommes sur son promontoire de Valmy, le renvoya à Dumouriez.

Dumouriez le renvoya à Gizaucourt ; mais Brunswick, de son côté, avait reconnu la faute que l'on avait commise en n'occupant pas tout d'abord ce village, qui offrait une position aussi avantageuse que le mont de la Lune, et l'avait fait occuper.

Vers onze heures le brouillard se leva. Dumouriez, avec son état-major si leste et si élégant, traversa la plaine de Dammartin-la-Planchette à Valmy, alla serrer la main de Kellermann, honneur qu'il rendait à son doyen d'âge, puis, sous prétexte de communiquer avec lui, il lui laissa, avec le titre de son officier d'ordonnance, le jeune duc de Chartres.

Puis, tout bas à celui-ci :

— C'est ici, dit-il, que sera le danger ; c'est ici que vous devez être. Arrangez-vous de manière à être remarqué.

Le jeune prince sourit, serra la main de Dumouriez.

Il n'avait pas besoin de cette recommandation.

Quelque temps avant que le brouillard eût disparu, les Prussiens, qui avaient une batterie de soixante pièces de canons braquées sur Valmy, sachant que les Français ne pouvaient bouger de là, commencèrent le feu.

Tout à coup, nos jeunes soldats entendirent éclater un tonnerre, et en même temps un ouragan de fer s'abattit sur eux.

Ils commençaient leur éducation militaire par la chose la plus difficile, recevoir sans bouger le feu de l'ennemi.

Nos artilleurs répondaient, c'est vrai ; mais leurs boulets à eux portaient-ils? Au reste, c'est ce qu'ils verraient bientôt, le brouillard s'enlevait doucement et se dissipait peu à peu.

Quand le brouillard eut disparu tout à fait, les Prussiens virent l'armée française à son poste, pas un homme n'avait bougé.

En ce moment où la lumière du soleil reparut comme pour voir cette grande lutte de laquelle dépendait le destin de la France, les obus des Prussiens, mieux dirigés, tombèrent sur deux caissons qui éclatèrent; il en résulta un peu de trouble. Kellermann mit son cheval au galop pour juger lui-même de l'importance de l'accident. Un boulet atteignit le cheval à la poitrine, à 25 centimètres du genou du général : l'homme et l'animal roulèrent dans la poussière. Un instant on les crut tués tous deux ; mais Kellermann se releva avec une ardeur toute juvénile, monta sur un cheval qu'on lui amenait, refusant celui du duc de Chartres qui avait mis pied à terre et qui lui offrait le sien. Mais, lorsqu'il arriva sur le lieu de la catastrophe, le calme était déjà rétabli.

Brunswick voyant que, contre toute attente, cette prétendue armée de vagabonds, de tailleurs et de savetiers recevait la mitraille avec le calme de vieux soldats, pensa qu'il fallait en finir et ordonna de charger. Entre onze heures et midi, il forma trois colonnes qui reçurent l'ordre d'enlever le plateau de Valmy.

Kellermann voit les colonnes se former, donne le même ordre, mais seulement ajoute :

— Ne pas tirer ; attendre les Prussiens à la baïonnette.

Du camp de la Lune à Valmy il y a à peu près deux kilomètres le terrain, pendant un quart de kilomètre, descend par une pente douce ; puis, pendant trois quarts de kilomètre à peu près, on coupe en travers une petite vallée, on arrive à un ressaut de terrain, puis au bout de deux cents pas se présente la montée assez abrupte de Valmy.

Il y eut un moment de silence, pendant lequel on n'entendit que le tambour prussien battant la charge ; les trompettes de la cavalerie qui accompagnaient les colonnes pour les soutenir se taisaient. Le roi de Prusse et Brunswick, appuyés au mur de l'auberge, leur lunette à la main, ne perdaient pas un détail.

Pendant ce moment de silence, les trois colonnes prussiennes étaient descendues et commençaient de franchir l'espace intermédiaire.

Brunswick et le roi de Prusse ne perdaient pas de vue le plateau de Valmy ; ils virent les vingt mille hommes de Kellermann, les six mille hommes de Steingel et les trente mille hommes de Dumouriez mettre leurs chapeaux au bout de leurs fusils et faire retentir la vallée d'un seul cri, du cri tonnant de Vive la nation !

Puis le canon commença de gronder. Seize grosses pièces du côté de Kellermann, trente pièces du côté de Dumouriez ; Kellermann serrant les Prussiens en tête, Dumouriez les brisant en flanc.

Et dans chaque intervalle des détonations de l'artillerie, les chapeaux toujours agités au bout des baïonnettes, et l'éternel cri de Vive la nation !

Brunswick repoussa avec colère les canons de sa lunette les uns dans les autres.

— Eh bien ? demanda le roi de Prusse.

— Il n'y a rien à faire contre de pareils hommes, dit Brunswick ; ce sont des fanatiques.

Les Prussiens montaient toujours, fermes et sombres ; chaque volée de Kellermann plongeait en profondeur et traçait de longs sillons dans les rangs ; chaque volée de Dumouriez coupait les lignes par des vides immenses ; les lignes flottaient un instant, puis se remplissaient de nouveau, et le mouvement de progression continuait.

Mais arrivé au ressaut de terrain que nous avons indiqué, c'est-à-dire à un tiers de portée de canon de Valmy, il sembla qu'une barrière de fer et de feu, que personne ne peut franchir, venait de s'élever ; les vieux soldats de Frédéric s'y entassaient par monceaux ; mais, comme aux flots, Dieu criait :

— Vous n'irez pas plus loin !

Et ils n'allèrent pas plus loin ; ils n'eurent pas l'honneur d'aborder nos jeunes soldats. Brunswick frémissant ordonna d'arrêter un massacre inutile ; à quatre heures il fit sonner la retraite. La bataille était gagnée.

L'ennemi venait de faire son premier pas en arrière ; la France était sauvée.

Le jeune duc de Chartres n'avait rien fait et n'avait rien pu faire de remarquable. Il était resté bravement au milieu du feu. C'est tout ce que lui demandait Dumouriez, et cela suffisait à ce que son nom fût dans le bulletin de la bataille.

* * *

Que l'on ne s'étonne pas que celui qui écrit ces lignes s'étende avec une si profonde vénération sur tous les détails de notre grande, de notre sainte, de notre immortelle Révolution ; ayant à choisir entre la vieille France, à laquelle appartenaient ses aïeux, et la France nouvelle, à laquelle appartenait son père, il a opté pour la France nouvelle ; et, comme toutes les religions raisonnées, la sienne est pleine de confiance et de foi.

J'ai visité cette longue ligne qui s'étend du camp de la Lune à ce ressaut que ne purent franchir les Prussiens. J'ai gravi la colline de Valmy, véritable *Scala santa* de la révolution, que tout patriote devrait monter à genoux. J'ai baisé cette terre sur laquelle, pendant une de ces journées qui décident des destins du monde, battirent tant de vaillants cœurs et où le vieux Kellermann, l'un des deux sauveurs de la patrie, voulut que le sien fût enterré

Puis je me relevai en disant avec fierté :

— Là aussi était mon père, venu du camp de Maulde comme simple brigadier, avec Beurnonville.

Un an après, il était général de brigade.

Un an après, il était général en chef

XXVIII

LES HOMMES DE LA CONVENTION

Ce fut le lendemain de la grande journée que nous venons de raconter, que la salle de spectacle des Tuileries s'ouvrit pour recevoir les membres de la Convention.

Nous connaissons tous ce petit théâtre de cour, destiné à contenir cinq cents personnes à peine et qui allait recevoir sept cent quarante-cinq conventionnels

En général, plus l'arène est petite, plus le combat est acharné.

Le rapprochement, qui rend l'amitié plus solide, rend la haine plus grande.

Quand deux ennemis se touchent, ils ne se menacent plus, ils se frappent.

Que devait être la Convention ?

Un concile politique où la France, écrivant son nouveau dogme, allait assurer son unité.

Par malheur, avant d'être elle était déjà divisée.

Et cependant où était le centre de l'unité vitale ? où était le cœur de la France dans la Convention ?

Forte comme elle l'était, la France pouvait lutter contre le monde.

Mais pouvait-elle lutter contre elle-même ?

Là était la question.

Triompherait-elle avec le schisme de la Montagne et de la Gironde dans son sein ?

Triompherait-elle avec la guerre civile dans la Vendée ?

Elle ne craignait pas la royauté. Le jour où le roi avait menti, il avait donné sa démission.

UN ROI NE MENT PAS.

Elle craignait sa guerre civile de l'Ouest, ses prêtres armant le peuple contre le peuple.

Ce qu'elle craignait c'est ce qui arriva.

Au fur et à mesure qu'ils entraient, ces hommes, tous enfants du 10 août, tous inspirés de l'esprit qui avait présidé à cette grande journée, ces hommes se désignaient par les noms de royalistes et d'hommes de septembre.

Ces hommes qui venaient combattre pour la France et qui, au lieu de combattre pour la France, avaient combattu l'un contre l'autre, ces hommes s'ignoraient complètement.

Ils se frappèrent sans se connaître.

Les girondins n'étaient pas royalistes, c'était eux que l'on désignait sous ce nom.

Ce fut un discours de Vergniaud qui fit le *dix août*.

« Nous avons vu, avait-il dit en désignant du doigt les Tuileries, nous avons vu vingt fois la terreur sortir de ce château. Qu'elle y rentre une fois, et que tout soit dit ! »

Les montagnards n'avaient rien à faire avec *septembre*. On savait que Danton lui-même, qui en avait pris la responsabilité pour que le sang versé ne tachât point la France, on savait que Danton n'y était pour rien.

On savait que c'était Marat et Robespierre qui avaient tout fait, avec un agent secondaire, Panis.

Les deux accusations étaient donc fausses.

Presque tous les girondins, qu'on accusait de *royalisme*, votèrent la mort du roi.

Presque tous les montagnards désapprouvèrent *septembre*.

Seulement ils ne voulurent pas que septembre fût puni. Au moment où la France avait besoin de tous ses enfants, ce n'était pas le moment, parmi les plus ardents patriotes, de se juger, de se punir et de s'épurer.

On a calculé du reste que, sur sept cent quarante-cinq membres qui s'assirent sur les bancs de la Convention le jour de son ouverture, cinq cents n'étaient ni girondins ni montagnards ; tous ces nouveaux arrivants de province, marchands, avocats, bourgeois, professeurs, journalistes, venaient en amis du bien, de l'humanité, de la France. Ils voulaient tous la prospérité de la nation ; mais ils n'étaient, nous le répétons, ni girondins ni montagnards.

C'était à la Montagne à les attirer à elle par la terreur.

C'était à la Gironde à les rallier à son parti par l'éloquence.

Cependant on put voir à la nomination du président et des secrétaires, combien *l'horreur* de septembre dominait *l'envie* qu'inspirait la Gironde.

Pétion fut nommé président.

Les six secrétaires furent : Camus et Rabaud-Saint-Etienne, deux constituants ;

Les quatre autres, Brissot, Vergniaud, Lasource, des girondins ;

Condorcet, un ami de la Gironde, qui devait mourir avec

elle, et par sa mort comme par sa vie, — juste qu'il était, — la justifier dans l'histoire.

Pas un homme de la Montagne, tout est pris à droite.

La majorité est donc à la droite.

Aussi, dès son entrée, la masse, cette éternelle victime de l'erreur, était-elle dans l'erreur. Ses instincts vulgaires, ses craintes personnelles, la vue basse de la bourgeoisie, ne lui permettaient pas de regarder en face l'énergique légion de la Montagne, dans laquelle était le salut national.

Il est vrai qu'au sommet de cette âpre et dure Montagne siégeait la pâle et froide figure de Robespierre, peau de parchemin collée sur un crâne d'inquisiteur, sphinx étrange posant éternellement des énigmes dont il ne disait jamais le mot; Danton, masque terrible du damné, avec sa bouche torse, son visage labouré par la petite vérole, sa voix de dictateur, son attitude de tyran; et Marat, ce roi des batraciens, qui semblait, comme Philippe-Egalité, avoir renoncé à la royauté — des reptiles — pour s'appeler Marat tout court; Marat par son père Sarde; Marat, par sa mère Suisse, n'ouvrant la bouche que pour demander *des têtes*, n'ouvrant ses lèvres jaunes que pour demander *du sang*.

Danton le méprisait, Robespierre le haïssait et tous deux cependant le toléraient.

Marat faisait peur physiquement et moralement.

En opposition à cette masse de républicains farouches, formée à cette heure encore du double club des Jacobins et des Cordeliers, on voyait les vingt-neuf girondins autour desquels se groupait le parti de la Gironde, tous hommes de bien sur lesquels la calomnie même n'avait pas de prise, ou n'avait à reprocher que des fautes communes à beaucoup dans cette époque de mœurs légères, plusieurs jeunes et beaux, presque tous pleins de talent, Brissot, Roland, Condorcet, Vergniaud, Louvet, Gensonné, Duperret, Lasource, Fonfrède, Ducos, Garat, Fauchet, Pétion, Barbaroux, Guadet, Buzot, Salles, Sillery.

Evidemment la sympathie était là.

Chacun prit sa place bruyamment.

Puis on fit l'appel nominal.

Quand on en vint au nom de Jacques Mérey, Danton répondit pour lui :

— En mission près de Dumouriez

L'appel nominal fini, le président et les secrétaires nommés, la Convention constituée enfin, le premier qui parla, au milieu d'un silence solennel, fut le cul-de-jatte Couthon, l'apôtre de Robespierre.

Il se souleva, et de sa place dit quelques paroles qui avaient une portée immense.

— Je propose d'ouvrir la nouvelle session en jurant haine à la royauté, haine à la dictature, haine à toute puissance individuelle.

Quoique venant de la Montagne, la proposition fut accueillie par un bravo unanime, auquel succéda un formidable cri de Vive la nation !

On eût dit l'écho de celui qui avait été poussé la veille sur le champ de bataille de Valmy.

Mais Danton se leva.

On fit silence.

— Avant, dit-il, d'exprimer mon opinion sur le premier acte que doit faire l'Assemblée nationale, qu'il me soit permis de résigner dans son sein les fonctions qui m'avaient été déléguées par l'Assemblée législative. Je les ai reçues au bruit du canon; hier nous avons reçu la nouvelle que la jonction des armées était faite; aujourd'hui, la jonction des représentants est opérée. Je ne suis plus que mandataire du peuple, et c'est en cette qualité que je vais parler. Il ne peut exister de constitution que celle qui sera textuellement, nominativement, acceptée par la majorité des assemblées primaires. Ces vains fantômes de dictature dont on voudrait effrayer le public, dissipons-les; disons qu'il n'y a de constitution que celle qui est acceptée du peuple. Jusqu'ici on l'a agité, il fallait l'éveiller contre les tyrans. Maintenant que les lois sont aussi terribles contre ceux qui les violeraient que le peuple l'a été en foudroyant la tyrannie, qu'elles punissent tous les coupables, abjurons toute exagération, déclarons que *toute propriété territoriale et industrielle sera éternellement maintenue*.

Cette déclaration répondait si merveilleusement aux paroles du roi de Prusse à Verdun et aux craintes de la France, qu'elle fut couverte d'applaudissements, quoiqu'elle vint de celui que l'on regardait comme le chef des septembriseurs.

Et, en effet, la crainte générale n'était pas le massacre. Chacun savait bien que, dans ce cas, organiser la défense serait chose facile. Non, la crainte générale était qu'on ne reprît les biens des émigrés, et que l'on ne déclarât nuls les ventes et les achats.

Le peuple français avait admirablement compris le mot *révolution*. Il l'avait décomposé, il savait qu'il voulait dire :

Propriété facile, à bon marché, à la portée de tous, un toit pour le pauvre, un foyer pour le vieillard, un nid pour la famille.

Au milieu des bravos suscités par cette promesse de l'Adamastor de la Chambre, deux voix protestèrent.

— J'eusse mieux aimé, dit Cambon, que Danton se bornât à sa première proposition, c'est-à-dire qu'il établît seulement le droit que le peuple a de voter sa constitution. Mais Danton est en opposition avec lui-même. Quand la patrie est en danger, a-t-il dit, tout appartient à la patrie. Qu'importe alors que la propriété subsiste si la personne périt !

Du groupe des girondins une autre voix, celle de Lasource, s'éleva :

— Danton, s'écria-t-il, en demandant que l'on consacre la propriété, la compromet. Y toucher, même pour l'affermir, c'est l'ébranler. La propriété est antérieure à la loi !

La Convention alla aux voix et les deux propositions de Danton furent résumées ainsi :

1° Il ne peut y avoir de constitution que lorsqu'elle est acceptée du peuple;

2° La sûreté des personnes et des propriétés est sous la sauvegarde de la nation.

Ce fut alors que Manuel se leva et dit, en étendant la main avec ce geste qui commande l'attention et le silence :

— Citoyens, ce n'est pas tout ! Vous avez consacré la souveraineté du vrai souverain, *le peuple*; il faut le débarrasser de son faux souverain, *le roi*.

A ces mots, une voix de droite s'écria :

— Le peuple seul doit en juger.

Mais, à ces mots, Grégoire, l'évêque de Blois, se leva.

Grégoire avait eu une grande autorité dans la première assemblée où il avait siégé. Il s'y était trouvé le chef du clergé populaire. La fusion des ordres consommée, il avait été élu secrétaire à la presque unanimité, avec Mounier, Sieyès, Lally-Tollendal, Clermont-Tonnerre et Chapelier. Dans la déclaration des droits de l'homme, il fit inscrire celle de ses devoirs, et le nom de Dieu; le premier il avait adhéré à la constitution civile du clergé.

Les membres de la Constituante ne pouvaient être réélus à la Législative. Grégoire alors s'était établi dans son diocèse et avait publié ses lettres pastorales; enfin, à la presque unanimité encore, il avait été nommé à la Convention.

On attendait avec impatience les paroles qui allaient sortir de sa bouche dans cette grave question.

— Inutile d'attendre, dit-il; certes, personne ne proposera jamais de conserver en France la race funeste des rois. Nous savons trop bien que toutes les dynasties n'ont jamais été que des races dévorantes vivant de chair humaine. Mais il faut pleinement rassurer les amis de la liberté; il faut détruire ce talisman dont la force magique serait propre à stupéfier encore bien des hommes. Je demande donc que, par une loi solennelle, vous consacriez l'abolition de la royauté.

Au milieu des bravos et des cris frénétiques de toute l'assemblée, d'accord en principe sur ce point, le montagnard Bascle se leva :

— Je demande, dit-il, que l'on ne précipite rien et qu'on attende le vœu du peuple.

Mais Grégoire, qui s'était rassis, se redressa à ces paroles, et tirant du plus profond de son cœur cette terrible phrase, il la jeta au visage de son adversaire :

— Le roi est dans l'ordre moral ce que le monstre est dans l'ordre physique.

Et à l'instant même, d'un élan unanime, toute la salle s'écria :

— La royauté est abolie.

En ce moment, un homme dont la pâleur dénonçait la fatigue, les habits un long voyage, le costume un représentant du peuple aux armées, entra brusquement dans la salle tenant entre ses bras trois drapeaux, deux autrichiens et un prussien.

— Citoyens, s'écria-t-il l'œil rayonnant d'enthousiasme, l'ennemi est battu, la France est sauvée. Dumouriez et Kellermann vainqueurs vous envoient ces drapeaux pris sur les vaincus. J'arrive à temps pour entendre la grande voix de la Convention proclamer l'abolition de la royauté. Place parmi vous, citoyens, car je suis des vôtres !

Et, sans répondre aux signes que lui faisait Danton pour venir prendre place près de lui sur la Montagne, il alla s'asseoir au banc des girondins; mais, avant de s'asseoir, agitant son chapeau aux plumes tricolores encore tout imprégnées de la fumée de la bataille :

— Vive la république ! cria-t-il, et qu'elle date sa naissance du jour qui l'a consolidée : 21 septembre 1792.

Et en même temps on entendit le canon tonner. Il croyait ne tonner que pour la victoire de Valmy, il tonnait en même temps pour l'abolition de la royauté et la proclamation de la république.

*
* *

Et de même qu'en terminant le dernier chapitre nous nous sommes incliné devant ces hommes qui avaient sauvé militairement la France, inclinons-nous devant ces autres hommes dont la mission était bien autrement dangereuse et fut pour eux bien autrement mortelle.

Une seule fois j'ai été appelé à assister à un spectacle donné dans cette salle du théâtre des Tuileries où se tint cette formidable séance que nous venons de rapporter, et tant d'autres qui en furent la suite et la conséquence.

On jouait le *Misanthrope* et *Pourceaugnac*.

Je mets à part Marat, dont le couteau de Charlotte Corday a fait justice, et qui n'était d'aucun parti.

Les girondins, qui causèrent la mort du roi, furent punis de cette mort par les cordeliers.

Les cordeliers furent punis de la mort des girondins par les montagnards.

Les montagnards furent punis de la mort des girondins par les hommes de thermidor.

Enfin ceux-ci se détruisirent entre eux.

Ce qu'ils ont fait de mal ils l'ont emporté dans leurs tombes sanglantes.

Ce qu'ils ont fait de bon est resté.

Et tous, malgré leurs erreurs, leurs fautes, leurs crimes même, étaient de grands citoyens, d'ardents amis de la patrie ; leur amour jaloux pour la France les aveugla, ce fut cet amour frénétique qui en fit des Orosmanes et des Othellos politiques : ils haïrent et tuèrent parce qu'ils aimaient.

Marat entra.

On applaudissait ce double chef-d'œuvre de Molière, qui présente les deux faces de son auteur, le rire et les larmes.

Deux rois et deux reines étaient assis avec une foule de princes sur une estrade et applaudissaient.

Et je me demandais comment les rois osaient entrer dans une pareille salle, où la royauté avait été abolie, où la république avait été proclamée, où tant de spectres sanglants secouaient leurs linceuls, sans craindre que ce dôme qui avait entendu les applaudissements du 21 septembre 1792, ne s'écroulât sur eux.

Oui, certes, nous devons beaucoup à ces hommes, à Molière, à Corneille, à Racine, qui ont tant fait pour la gloire de la France à laquelle ils ont consacré leur génie.

Mais combien ne devons-nous pas plus à ces hommes qui ont prodigué leur sang pour la liberté.

Les premiers ont fondé les principes de l'art.

Les autres ont consacré ceux du droit.

Sans les premiers nous serions encore ignorants peut-être ; sans les autres, à coup sûr, nous serions encore esclaves.

Et ce qu'il y a d'admirable dans ces hommes de 1792, c'est que tous lavèrent dans leur propre sang leurs erreurs ou leurs crimes.

Mais parmi ces sept cent quarante-cinq hommes, pas un traître, pas un concussionnaire. Rien de lâche en eux. Fondateurs de la république, ils l'avaient dans le cœur. La république, c'était leur foi, c'était leur espoir, c'était leur déesse. Elle montait avec eux dans la charrette, elle les soutenait dans le douloureux trajet de la Conciergerie à la place de la Révolution. C'était elle qui les faisait sourire jusque sous le couteau.

Le dix thermidor, elle ne voulut point descendre de l'échafaud et fut guillotinée entre Saint-Just et Robespierre.

Et voilà ce à quoi je pensais, voilà ce que je voyais comme à travers un nuage dans cette salle des Tuileries où des rois et des reines, inintelligents du passé et insoucieux de l'avenir, applaudissaient ces deux excellents comédiens que l'on appelait mademoiselle Mars et Monrose.

Notre récit serait incomplet si, le lendemain de ce grand jour que nous venons de faire apparaître rayonnant dans le lointain de notre histoire, nous ne suivions pas Jacques Mérey retournant près de Dumouriez, porteur des instructions secrètes de Danton.

Jacques Mérey avait été absent trois jours ; à son retour à Sainte-Menehould, il ne trouva rien de changé : les Français, faisant toujours face à la France, semblaient l'envahir ; les Prussiens, lui tournant le dos, semblaient la défendre.

Les instructions de Danton étaient précises :

Tout faire pour que les Prussiens abandonnassent la France, et, en abandonnant matériellement la France, abandonnassent moralement le roi.

En somme, la bataille de Valmy n'était qu'un échec ; ce n'était point une bataille, mais une canonnade ; comme nous l'avons dit, les Prussiens y avaient perdu douze ou quinze cents hommes, nous sept à huit cents.

Les Prussiens n'étaient nullement entamés matériellement ; démoralisés, oui.

Les deux armées comptaient un nombre à peu près égal de combattants, soixante-dix à soixante-quinze mille hommes ; mais celle des coalisés était dans un état déplorable.

Les escarmouches sur le front de l'armée n'amenaient aucun résultat, et il avait été convenu d'un commun accord de les cesser ; mais Dumouriez avait détaché toute sa cavalerie dans les environs : il avait lancé tous ses cavaliers à cette chasse des vivres dont nos soldats se faisaient un plaisir et qui amenait l'abondance dans notre camp tout en poussant la famine dans le camp prussien.

L'armée coalisée perdait deux ou trois cents hommes par jour de la dysenterie.

Cependant Sa Majesté Frédéric-Guillaume tint bon pendant douze jours.

Mais nul n'était, dans toute cette armée composée d'éléments divers, plus troublé que le roi de Prusse lui-même. Il y avait schisme dans son camp, guerre civile dans sa tente, combat dans son cœur.

Le roi avait une maîtresse qu'il adorait. Les femmes n'aiment pas la guerre ; la comtesse de Lichtenau était à la tête du parti des pacifiques ; elle s'était avancée jusqu'à Spa et n'osait aller plus loin.

Elle craignait pour la vie de son royal amant, bien plus encore pour son cœur : les fêtes qu'on lui avait données à Verdun, ces vierges voilées qui avaient été au-devant de lui avec des fleurs et des dragées, n'étaient aucunement rassurantes. On voile souvent les vilains visages ; mais plus souvent encore les beaux. Elle écrivait au roi des lettres désespérées.

En échange, la nouvelle de l'échec de Valmy avait été reçue par le parti de la paix avec autant de joie que la trahison de Verdun avait causé de terreur. Brunswick, qui prenait ses soixante-huit ans, voyant que la campagne de France ne serait point, comme il l'avait cru, précisément une promenade militaire, aspirait au repos et à son duché, loin de se douter encore que son fameux manifeste les lui ferait perdre tous les deux. Le roi, de l'avis de Brunswick et des pacifiques, n'était plus retenu que par un certain respect humain. A toutes les observations des uns et des autres, et même de sa maîtresse, il répondait :

— Mais la cause des rois, mais la liberté de Louis XVI ! c'est une affaire d'honneur qu'un roi ne saurait abandonner sans une suprême honte.

Puis, il faut le dire, les nouvelles arrivaient désastreuses pour la coalition. Le 21 septembre, abolition de la royauté et proclamation de la république ; le 24, Chambéry ouvre ses portes, le 29, c'est Nice : la république, comme le Nil, commençait à déborder sur le monde pour le fertiliser.

Vers les derniers jours de septembre, le malaise devint intolérable dans l'armée des coalisés. Frédéric-Guillaume, que l'empereur d'Autriche et l'impératrice Catherine attendaient à la table splendide où ils dévoraient la Pologne, n'avait pas de quoi manger dans son camp.

Dumouriez lui envoya douze livres de café, c'est tout ce qu'il en avait lui-même.

Ces douze livres de café furent le prétexte des accusations qui s'élevèrent contre Dumouriez, et, il faut le dire aussi, la seule preuve.

Aux propositions faites par les premiers parlementaires envoyés, Dumouriez avait répondu au nom de l'Assemblée :

— Les Français ne traiteront avec l'ennemi que lorsqu'il sera sorti de France.

Mais les instructions secrètes que rapportait Jacques Mérey étaient loin d'avoir cette rudesse toute romaine :

Remporter une victoire moins glorieuse, mais aussi importante que celle de Valmy, sans combattre ;

Ne pas pousser l'ennemi à un de ces désespoirs qui nous ont valu Crécy et Poitiers ;

Reconduire l'armée prussienne avec tous les honneurs de la guerre, mais enfin la reconduire jusqu'à la frontière ;

Constater bien clairement que Frédéric-Guillaume, en abandonnant la cause de Louis XVI, abandonnait la cause des rois ; au lieu de mettre obstacle à la retraite des Prussiens, leur donner toute facilité de l'opérer.

Enfin, le 1er octobre, les Prussiens, ne pouvant tout à la fois résister à l'épidémie et à la disette, commencèrent à décamper.

Ils firent une lieue ce jour-là, une lieue le lendemain, mais enfin c'étaient deux lieues en arrière.

Le 30 septembre, une entrevue avait eu lieu entre Kellermann et Brunswick.

Brunswick avait deviné le plan de Dumouriez, mais Kellermann, esprit moins délié, ne l'avait pas compris.

Kellermann tenait absolument à poser les bases d'un arrangement.

Brunswick l'évitait ; il trouvait qu'il avait bien assez écrit comme cela.

Trop peut-être !

— Mais, insista Kellermann, comment tout cela finira-t-il ?

— Rien de plus simple, répondit Brunswick ; nous nous en retournerons chacun chez nous, comme les gens de la noce.

— D'accord, dit Kellermann. Mais qui payera les frais de la noce ? Il me semble que l'empereur, qui a attaqué le premier, nous doit bien les Pays-Bas pour indemniser la France.

— Quant à cela, la chose ne nous regarde en rien ; c'est l'affaire des plénipotentiaires.

Et, comme nous l'avons dit, la retraite commença le lendemain.

La retraite fut un échange de bons procédés. Dillon seul, qui n'approuvait pas cette manière de faire la guerre, se fit donner deux ou trois fois sur les ongles en voulant serrer l'ennemi de trop près.

L'ennemi, on le caressait, on le choyait, on lui donnait du pain et du vin pour qu'il eût la force de gagner plus vite la frontière.

Verdun fut abandonné le 14, Longwy le 22.

Enfin, le 26 octobre, le dernier Prussien vivant repassait la frontière.

L'armée coalisée laissait 35,000 morts pour engraisser les plaines de la Champagne.

XXIX

UNE SOIRÉE CHEZ TALMA

Le 25 octobre de la même année, il y avait double fête, au théâtre des Variétés du Palais-Royal, où Monvel avait engagé nos meilleurs artistes, un peu effarouchés par les premiers événements de la révolution.

Mademoiselle Amélie-Julie Candeille, qui était la maîtresse de Vergniaud, donnait la première représentation de sa pièce de la *Belle fermière*, où elle jouait le rôle principal, et Dumouriez, le vainqueur de Valmy, devait venir au théâtre.

Enfin, après la représentation, artistes, comédiennes, auteurs et hommes politiques devaient se rencontrer chez Talma, dans la petite maison de la rue Chantereine qu'il venait d'acheter, et où il donnait une de ces soirées, moitié bal, moitié bel-esprit, où l'on dansait et où l'on disait des vers.

Dumouriez était arrivé depuis quatre jours à Paris avec Jacques, chez lequel il avait trouvé un homme qui lui convenait sous tous les rapports.

L'œil loyal et profond du docteur l'inquiétait bien de temps en temps, en ce qu'il plongeait jusqu'au fond de sa poitrine, comme s'il n'était pas entièrement convaincu du dévouement de Dumouriez à la République ; mais sous ce rapport il avait affaire à forte partie ; d'ailleurs les faits étaient là pour démentir les soupçons.

On accusait Dumouriez d'avoir été un peu trop courtois pour les Prussiens en retraite ; mais Jacques Mérey savait d'où lui en était venu l'ordre, puisque cet ordre c'était lui-même qui l'avait transmis.

Dumouriez, sous prétexte de présenter au ministère son plan favori de l'invasion belge, était revenu à Paris étudier de son œil intelligent la situation. La royauté abolie, la république proclamée, venaient mettre un obstacle à son plan favori : faire du duc de Chartres un roi de France ; mais il savait combien facilement la France, bonne fille au fond, se laisse aller à ses haines et à ses enthousiasmes du moment.

Il pensait donc que tout espoir n'était point perdu et qu'il fallait laisser faire au temps.

A sa première entrevue avec madame Roland, Dumouriez, qui n'avait pas encore changé les talons rouges de Versailles contre les bottes de Valmy, avait traité un peu trop lestement la sévère matrone qui disait d'elle-même : Personne moins que moi n'a connu la volupté. Madame Roland, qui était le véritable ministre, qui sentait sa supériorité sur Roland et qui craignait avant tout le ridicule pour son mari, lui avait plus gardé rancune de ses façons cavalières envers elle, que de sa chute du ministère. En tout cas, le ministère girondin avait été admirable pour Dumouriez. Il l'avait, dans la mesure de son pouvoir, soutenu physiquement, et, dans la mesure de sa popularité, soutenu moralement. C'était à Dumouriez vainqueur de reconnaître à son retour à Paris la part que ses loyaux ennemis avaient prise à sa victoire, et à amener, s'il était possible, un rapprochement entre la Montagne et la Gironde. La chose était d'autant plus facile qu'il y avait déjà eu rapprochement entre Dumouriez et Danton.

La première représentation de la *Belle fermière* devait compléter ce raccommodement.

En arrivant à Paris, Dumouriez s'était présenté au ministère de l'intérieur ; puis, en passant du cabinet du ministre au salon de madame Roland, il avait fait prendre dans sa voiture un magnifique bouquet qu'il lui avait offert. Madame Roland avait reçu en souriant cet emblème des choses frivoles et éphémères ; et, sur cette demande de Dumouriez :

— Voyons, que pensez-vous de moi?

Elle avait répondu :

— Je vous crois quelque peu royaliste.

Puis elle était entrée, en femme politique, dans les projets de son mari et de ses collègues ; elle avait reconnu la grande intelligence de Dumouriez ; mais plus cette intelligence était grande plus il fallait s'en défier.

— Plus vous avez de talent, lui dit-elle, plus vous êtes dangereux, et la République désormais se gardera bien de vous subordonner les autres généraux.

Dumouriez haussa les épaules.

— La défiance est le défaut des républiques ; c'est avec la défiance qu'elles tuent le génie ; c'est la défiance qui crée ces éternelles paniques, ces cris de trahison poussés au hasard, qui ôtent toute force morale à l'homme que vous employez, et qui l'envoient impuissant et désarmé devant l'ennemi. Si les autres généraux ne m'avaient pas été subordonnés, je n'eusse pas pu réunir les forces de Beurnonville aux miennes, je n'eusse pas pu tirer Kellermann de Metz et le conduire à temps à Valmy, et à l'heure qu'il est les Prussiens seraient à Paris et c'est moi qui serais prisonnier à Berlin.

Dumouriez quitta madame Roland pour se rendre à la Convention ; c'était là qu'on l'attendait.

Il y avait eu changement de gouvernement ; il y avait donc un nouveau serment à prêter.

Mais Dumouriez s'était avancé à la barre, avait écouté les compliments de Pétion, et avait répondu :

— *Je ne vous ferai pas de nouveaux serments.* Je me montrerai digne de commander aux enfants de la liberté et de soutenir les lois que le peuple souverain va se faire par votre organe.

Le soir, il se présenta aux Jacobins. La dernière fois il n'avait pas marchandé avec la situation, et il avait mis le bonnet rouge ; cette fois il y vint tout simplement avec son chapeau de général ; quoique ce fût le même qu'il portait à Valmy, il fut reçu très froidement.

Collot-d'Herbois le comédien monta à la tribune, remercia le général de l'éminent service qu'il avait rendu à la patrie ; mais lui reprocha d'avoir reconduit le roi de Prusse *avec trop de politesse*.

Danton lui succéda à la tribune, et, après avoir expliqué les causes de cette conduite courtoise :

— Console-nous, lui dit-il, par des victoires sur l'Autriche, de ne pas voir ici le despote de Prusse.

On le voit, à la coupe où Dumouriez croyait venir boire le vin enivrant de la victoire, l'ingratitude démocratique mêlait déjà son fiel.

Deux des plus grands généraux de la révolution, deux des hommes à qui la république devait ses premières et ses plus belles victoires, devaient boire successivement à la coupe amère :

A peine vidée par Dumouriez, elle allait se remplir pour Pichegru.

Enfin, comme nous l'avons dit, cette fameuse soirée devait tout raccommoder, et c'était à l'œuvre innocente de mademoiselle Candeille que le baiser de paix devait se donner.

Roland avait mis sa loge à la disposition de Dumouriez.

Madame Roland devait y venir ; puis, quand Roland aurait fini son labeur ministériel, il les rejoindrait.

Danton avait loué la loge à côté, pour lui, sa femme et sa mère.

Soit qu'il se trompât de loge, soit qu'il le fît exprès, il entra avec Dumouriez et sa femme dans la loge de Roland et s'y installa. Madame Roland et madame Danton ne se connaissaient pas. Madame Roland était un grand esprit, madame Danton était un grand cœur. Les deux femmes devaient se convenir ; les deux femmes liées rapprochent les deux maris.

Puis l'effet était admirable pour le public :

On avait vu dans la même loge, Dumouriez et madame Roland, Danton et Vergniaud ! car Vergniaud avait promis de venir.

La maladresse d'une ouvreuse de loge fit manquer tout ce beau plan.

Lorsque madame Roland se présenta au bras de Vergniaud pour entrer dans sa loge :

— Pardon, madame, lui dit l'ouvreuse, mais la loge est occupée.

Madame Roland voulut savoir qui se permettait d'occuper une loge qui était louée au nom de son mari.

— Ouvrez toujours, dit-elle.

La femme ouvrit.

Madame Roland jeta un coup d'œil rapide dans sa loge, reconnut Dumouriez, vit Danton avec une femme tenant la place qu'elle devait occuper.

Elle savait Danton peu soucieux de l'honorabilité des femmes avec lesquelles il se montrait en public ; elle prit madame Danton pour une femme près de laquelle elle ne pouvait pas s'asseoir.

— C'est bien, dit-elle.

Et elle repoussa la porte, qui se ferma seule.

Avant que Danton l'eût ouverte, elle avait gagné l'escalier.

D'ailleurs ce refus d'entrer dans une loge où se trouvait madame Danton, était une insulte. Danton adorait sa femme, et d'autant plus en ce moment qu'elle avait déjà le cœur brisé par les journées de septembre. Une violente palpitation la prit, à la suite de laquelle elle s'évanouit. Elle était déjà atteinte de la maladie dont elle mourut, d'une anémie. Une partie du sang versé le 2 septembre semblait être le sien.

Il avait un dernier espoir de revoir Roland chez Talma ; quant à sa femme, à coup sûr elle n'y viendrait pas.

Danton passa sa soirée dans la même loge que Dumouriez, qui fut fort applaudi, mais beaucoup moins que s'il eût apparu au public entre madame Roland et Vergniaud.

Dieu seul sait combien coûta de têtes cette vivacité de madame Roland à refermer la porte de sa loge.

La pièce de mademoiselle Candeille, quoique appartenant à cette littérature molle et insipide de l'époque, eut un grand succès et resta au répertoire. Quarante ans après cette première représentation, j'y vis débuter mademoiselle Mante.

Le spectacle fini, l'auteur nommé au milieu des applaudissements, Danton chercha inutilement son ami Jacques Mérey, pour lui confier sa femme dont la santé commençait à l'inquiéter ; mais Jacques Mérey, qui devait venir le joindre au spectacle, n'avait point paru.

Les deux hommes reconduisirent madame Danton chez elle, la laissèrent passage du Commerce, et revinrent rue Chantereine, chez Talma.

La soirée était des plus brillantes. Talma était déjà à cette époque à l'apogée de sa réputation. Quoique appartenant par son opinion au club des Jacobins, quoique lié intimement avec David, l'ami de Marat, il appartenait par l'esprit, par l'art, par la littérature, à la Gironde, le plus élégant de tous les partis. Il en résultait qu'il réunissait chez lui hommes d'Etat, poètes, artistes, peintres, généraux, de toutes les opinions et de tous les partis.

Lorsque Dumouriez et Danton entrèrent, mademoiselle Candeille avait eu le temps de changer de costume et de venir recevoir les félicitations de ses camarades.

Ces félicitations étaient d'autant plus sincères que c'était un talent, comme poète, qui ne portait ombrage à personne.

Les nouveaux venus joignirent leurs compliments à ceux que mademoiselle Candeille était en train de recevoir, et, comme on venait de lui offrir une couronne de laurier, elle força Dumouriez de l'accepter.

Dumouriez la prit et alla la déposer sur un buste de Talma, où elle se fixa définitivement.

Talma présenta à Dumouriez tous ces hommes portant déjà des noms célèbres ou qui devaient le devenir. Tous ces noms étaient connus de Dumouriez, l'un des généraux les plus lettrés de l'armée ; mais éloigné par son état de la société parisienne, il ne connaissait que les noms.

Là étaient Legouvé, Chénier, Arnaud, Lemercier, Ducis, David, Girodet, Prud'hon, Lethière, Gros, Louvet de Coupvray, Pigault-Lebrun, Camille Desmoulins, Lucile, mademoiselle de Keralio, mademoiselle Cabarrus, Cabanis, Condorcet, Vergniaud, Guadet, Gensonné, Garat, mademoiselle Raucourt, Rouget de l'Isle, Méhul, les deux Baptiste, Dazincourt, Fleury, Armand Dugazon, Saint-Prix, Larive, Monvel, tout l'art, toute la politique du temps.

Là enfin, Dumouriez, applaudi par tous, goûtait cette joie sans mélange du triomphateur au triomphe duquel ne se mêle pas la voix de l'esclave.

Il croyait du moins que la chose se passerait ainsi.

Tout à coup une rumeur sourde courut dans les salons ; une inquiétude vague sembla s'emparer de tout le monde, et le nom de Marat, vingt fois répété, tomba sur les conviés du grand artiste, non pas comme des langues de feu, mais comme des gouttes d'huile bouillante.

— Marat ! dit Talma, que vient-il faire ici ? Que l'on m'appelle deux domestiques, et qu'on me le mette à la porte !

Mais David s'y opposa.

— Laisse-moi d'abord voir ce qu'il veut, dit David, ensuite tu décideras.

Talma fit un signe d'assentiment.

David s'avança jusqu'au vestibule.

— Que veux-tu ? demanda-t-il à Marat.

— Je veux parler au citoyen Dumouriez, répondit Marat.

— Ne pourrais-tu choisir un autre moment que celui où l'on donne une fête ?

— Pourquoi donne-t-on des fêtes à un traître ?

— Un traître qui vient de sauver la patrie.

— Un traître ! un traître ! un traître ! te dis-je.

— Mais enfin que viens-tu demander ?

— Je viens demander sa tête.

— Avec combien d'autres ? demanda Danton qui parut à la porte.

— Avec la tienne, dit Marat, avec celle de tous ceux qui ont pactisé avec le roi de Prusse. Oui, ajouta-t-il en montrant le poing, on sait que vous avez reçu chacun deux millions.

— Laissez entrer ce fou afin que je le saigne ! Il voit rouge ! dit Cabanis.

Marat entra.

Mais déjà beaucoup avaient disparu ou avaient passé dans les pièces à côté.

Dugazon avait pris une pelle et l'avait mis rougir au feu.

Marat était flanqué de deux jacobins, longs et maigres, ayant la tête de plus que lui.

Il venait demander compte à Dumouriez de l'épuration des volontaires de Châlons, dont il avait fait chasser les maratistes et ceux qui demandaient du sang.

Il comptait le folliculaire gonflé de fiel et de venin, épouvanter le général vainqueur comme il épouvantait les badauds de Paris.

Dumouriez l'attendit calme, appuyé sur le pommeau de son sabre.

— Qui êtes-vous ? demanda-t-il.

— Je suis Marat, répondit celui-ci, tordant sa bouche baveuse.

— Je n'ai affaire ni à vous ni à vos pareils.

Et il lui tourna le dos avec un profond mépris.

Tous ceux qui entouraient le général, et particulièrement les militaires, éclatèrent de rire.

— Ah ! dit Marat, ce soir je vous fais rire, demain je vous ferai pleurer !

Et il sortit en montrant le poing et en menaçant.

A peine fut-il sorti, que Dugazon tira du feu la pelle rougie, prit une poignée de sucre en poudre, et, sans dire une parole, partout où avait passé Marat brûla du sucre.

Cet épisode grotesque rendit la gaîté qui avait disparu.

Mais le but de la réunion de la Gironde à la Montagne était manqué, aussi bien dans le salon de la rue Chantereine que dans la loge du théâtre des Variétés du Palais-Royal.

Danton, en rentrant chez lui, trouva Jacques Mérey qui l'attendait avec impatience.

Le docteur vint à lui, et, sans lui donner le temps de l'interroger :

— Ami, lui dit-il, je ne veux pas, quelques jours après mon entrée à la Convention, demander un congé mais il faut, pour une affaire de la plus haute importance, que tu m'obtiennes une mission qui me laisse quinze jours de liberté appliqués à mes propres affaires.

— Diable ! fit Danton, à qui veux-tu que je demande cela ? Je suis mal avec Servan et Clavier. Ce qui vient d'arriver ce soir ne m'a pas mis au mieux avec Roland. Mademoiselle Manon Philippon, ajouta-t-il avec un accent de mépris, lui aura raconté la chose à sa manière. Il reste donc Garat, le ministre de la justice.

— Et comment es-tu avec celui-là ?

— Oh ! celui-là n'a rien à me refuser.

— C'est Garat justement qui a proposé, le 9 octobre dernier, la loi qui prononce la peine de mort contre les émigrés pris les armes à la main et leur exécution immédiate, n'est-ce pas ?

— C'est lui.

— Eh bien, qu'il me charge de rechercher l'identité du seigneur de Chazelay, pris à Mayence le 21 et fusillé le 22. Bien entendu que la mission est tout honoraire, et que je ferai les recherches à mes frais.

— La chose a l'importance que tu lui donnes ?

— Il y va de mon bonheur.

— Tu auras ta mission demain.

Jacques Mérey avait lu le soir même dans le *Moniteur :*

« Le chef d'une petite bande d'émigrés, après avoir combattu en Champagne avec ses hommes, voyant qu'il n'y avait plus rien à faire de ce côté-là, est venu vers les premiers jours d'octobre s'enfermer dans la ville de Mayence.

« Mais la ville de Mayence s'étant rendue le 21 octobre dernier, et aucune condition n'ayant été stipulée par le gouverneur en faveur des émigrés, M. de Chazelay a été pris les armes à la main et, en vertu de la loi du 9 octobre, fusillé dans les vingt-quatre heures.

« On dit que le seigneur de Chazelay, possédait de grands biens dans le département de la Creuse, aux environs de la ville d'Argenton.

« Encore un bel héritage pour la République ! »

Le lendemain Jacques Mérey avait sa mission signée Garat, mission à laquelle il pouvait consacrer depuis le 26 octobre jusqu'au 10 novembre inclusivement.

En conséquence, sans perdre un seul instant, il repartit pour Mayence avec une lettre de recommandation du général Dumouriez pour le général Custine.

La veille de son départ, sur la proposition de Garnier (de Saintes), la Convention avait rendu un décret qui bannissait les émigrés à perpétuité et qui punissait de mort ceux qui rentreraient en France, — sans distinction d'âge ni de sexe.

XXX

UNE LETTRE D'ÉVA

Jacques Mérey n'avait pas perdu un instant : à dix heures du matin, des chevaux de poste étaient attelés à une solide calèche de voyage ; et lui, attendait sa mission en costume de voyageur.

A onze heures du matin, Danton lui remettait l'ordre signé Garat, les deux amis s'embrassaient, et à onze heures cinq minutes, après avoir recommandé à Danton de veiller sur la santé de sa femme, Jacques Mérey criait au postillon :

— Route d'Allemagne !

C'était celle qu'il venait de faire à son retour avec Dumouriez.

Il revit Château-Thierry, Châlons. Il salua en passant le champ de bataille de Valmy, encore tout bosselé de tombes. Il trouva Verdun occupé, par une trop grande rigueur peut-être, à faire oublier sa trop grande faiblesse. Les représailles commençaient ; les malheureuses jeunes filles, dont la plupart, sans comprendre la grandeur d'un pareil crime, avaient été ouvrir les portes au roi de Prusse, étaient arrêtées et l'on instruisait leur procès. On sait que plus tard elles furent exécutées.

Il entra dans le Palatinat par Kaiserslautern et arriva à Mayence le troisième jour après son départ ; il avait fait deux cent huit lieues en soixante heures.

Mais le général Custine avait continué sa marche, et il était déjà à Francfort-sur-le-Mein.

Jacques Mérey s'informa auprès des officiers restés en garnison à Mayence, s'il n'était pas à leur connaissance que les émigrés pris les armes à la main eussent été fusillés.

Le fait était exact, et la chose avait même fait une profonde sensation dans la ville ; le décret était du 9, et c'était la première fois qu'il était appliqué.

Il l'avait été dans toute sa rigueur. Aucun des sept accusés n'avait échappé à la peine capitale.

Il demanda les noms de ces malheureux : on les avait oubliés.

Enfin on lui dit qu'un des officiers qui avaient fait partie du conseil de guerre était encore à Mayence, et on lui donna son nom et son adresse.

Jacques Mérey alla le trouver.

L'officier, qui était un capitaine, se rappelait parfaitement que le chef des six cavaliers émigrés avait déclaré se nommer Louis-Charles-Ferdinand de Chazelay ; mais, en tout cas, il trouverait le dossier dans les mains du rapporteur, qui était le plus jeune membre du conseil, et qui appartenait comme officier d'ordonnance à la maison militaire du général Custine.

Or, nous l'avons dit, le général était à Franfort.

Jacques Mérey repartit le jour même, et le soir il descendait sur la Zeill, à l'hôtel d'Angleterre.

Jacques Mérey s'était muni des noms du jeune officier, il se nommait *Charles André.*

Le lendemain, au point du jour, Jacques Mérey se présenta chez le général ; il était déjà levé et s'apprêtait à passer une revue de son corps d'armée.

Son titre de représentant du peuple effraya d'abord quelque peu Custine. Custine appartenait comme Dumouriez, par ses antécédents, au parti royaliste, et si son bras avait loyalement combattu, peut-être sa conscience n'avait-elle pas toujours été de l'avis de son bras.

La lettre de Dumouriez le rassura. Ce fut donc avec un

grand allègement du cœur qu'il fit appeler l'officier d'ordonnance Charles André, et lui donna l'ordre de mettre à la disposition de Jacques Mérey tous les documents qu'il pouvait avoir sur le ci-devant seigneur de Chazelay.

Le jeune officier promit d'être à l'hôtel d'Angleterre dans une demi-heure, avec le dossier du mort et les papiers qui avaient été trouvés sur lui et qui constataient son identité.

Il tint parole.

Ces papiers consistaient dans son interrogatoire, dans le procès-verbal d'exécution, et dans trois lettres à lui écrites par sa sœur, ex-chanoinesse à Bourges.

L'interrogatoire était conçu en ces termes :

« Le 21 octobre, à huit heures du soir, a comparu devant le conseil de guerre établi dans la ville de Mayence pour juger les émigrés pris les armes à la main, le ci-devant seigneur de Chazelay, lequel a répondu de la façon suivante aux questions qui lui ont été faites :

« D. Vos noms, prénoms et qualités ?

« R. Charles-Louis-Ferdinand, seigneur de Chazelay.

« D. Votre âge ?

« R. Quarante-cinq ans.

« D. Le lieu de votre naissance ?

« R. Le château de Chazelay, près Argenton.

« D. Pourquoi avez-vous quitté la France ?

« R. Pour ne pas être complice des crimes qui s'y commettaient.

« D. Où avez-vous été en quittant la France ?

« R. Me joindre au corps des émigrés qui servait en Champagne sous le prince de Ligne.

« D. Quand avez-vous quitté la Champagne ?

« R. Huit jours après la bataille de Valmy, quand j'ai su de la bouche même de M. de Calonne que la retraite était décidée.

« D. Pourquoi quittiez-vous la Champagne ?

« R. Parce qu'il n'y avait plus rien à y faire.

« D. Et vous êtes venu à Mayence pour y prendre de nouveau du service contre la France ?

« R. Non pas contre la France, mais contre le gouvernement qui la déshonore.

« D. Vous connaissez le décret de la Convention du 9 octobre, qui condamne à la peine de mort tout émigré pris les armes à la main ?

« R. Je le connais, mais ne le reconnais pas.

« D. Vous n'avez rien à dire pour votre défense ?

« R. Né royaliste et catholique, je meurs royaliste et catholique, c'est-à-dire dans la foi de mes pères.

« Le prévenu éloigné, le conseil a délibéré ; mais comme Charles-Louis-Ferdinand, ci-devant seigneur de Chazelay, n'a rien dit qui pût appuyer sa défense, et qu'au contraire il a été pour ainsi dire au-devant du châtiment qu'il avait mérité, il a été condamné à l'unanimité à la peine de mort.

« Le condamné, rappelé devant le conseil, a entendu tranquillement la lecture de son arrêt et a répondu par le cri de Vive le roi ! à la demande à lui faite s'il n'avait rien à ajouter ou à réclamer.

« Le lendemain, au point du jour, il a été fusillé et enterré dans les fossés de la citadelle. »

Jacques Mérey resta quelque temps absorbé en lui-même par cette lecture.

La conduite du seigneur de Chazelay en face du tribunal qui le jugeait était celle d'un mauvais patriote, c'est vrai, mais d'un gentilhomme brave et loyal qui, ayant engagé son serment au roi, tient son serment à la rigueur.

Comment cette foi politique se trouvait-elle dans le même homme qui, vis-à-vis de lui, avait manqué à toutes les lois de la délicatesse ?

C'est que la plupart du temps, chez l'homme, la conscience n'est qu'une affaire d'éducation ; l'éducation de la noblesse en général lui traçait des devoirs pour ce qui était au-dessus d'elle, mais laissait la plus grande latitude pour ce qui était au-dessous.

Or, dans l'esprit du seigneur de Chazelay, un médecin de village était tellement au-dessous de lui, que sa conscience, qui lui avait si courageusement fait affronter la mort pour un principe politique, ne lui avait rien inspiré en faveur du grand principe moral qu'il avait violé.

Le droit divin n'était pas seulement pour les rois, il était aussi pour la noblesse, et de même que le roi régnait de droit divin sur la noblesse, la noblesse régnait de droit divin sur ce qu'elle appelait le peuple.

— Pardon, lieutenant, dit le docteur, après avoir roulé pendant un instant ces pensées dans son cerveau et en avoir tiré les déductions que nous en avons tirées nous-mêmes, mais ne m'avez-vous pas dit que trois lettres étaient jointes au dossier de M. Chazelay ?

— En effet, les voici, dit le jeune officier.

— Est-ce une indiscrétion que de demander à en prendre connaissance ?

— Aucunement ; j'ai ordre de vous communiquer les pièces, et même de vous en laisser prendre les copies.

— Ces lettres, disiez-vous, étaient de mademoiselle de Chazelay, ex-chanoinesse aux Augustines de Bourges.

— Voulez-vous me permettre de vous les passer par rang de date ?

Jacques Mérey fit un signe affirmatif.

La première était du 16 août ; elle disait :

« Mon très cher et très honoré frère,

« Je suis revenue à Bourges avec le précieux dépôt dont vous m'avez chargée.

« Mais jusqu'à présent je ne puis, en vérité, l'apprécier que du côté physique ; quant au côté moral, je n'ai reçu de vous qu'une belle créature sans initiative et sans volonté, ne répondant pas à son nom d'Hélène et ne donnant signe d'intelligence qu'à celui d'Eva.

« Au nom d'Eva, en effet, son œil brille un instant ; elle l'arrête sur la personne qui l'a prononcé ; mais comme cette personne n'est pas celle qu'elle cherche, son œil se referme aussitôt et elle retombe dans sa somnolence habituelle.

« Je vous demande donc la permission de continuer à l'appeler Eva, puisque c'est le seul nom auquel elle réponde.

« Vous me dites dans votre lettre reçue ce matin, que vous êtes décidé à quitter la France et à aller prendre du service à l'étranger, et vous voulez bien, sur cette grande résolution, prendre l'avis d'une pauvre servante du Seigneur

« Mon avis est qu'un Chazelay, dont les ancêtres ont participé à deux croisades, et qui porte d'azur à la croix pattée d'argent, cantonnée d'une fleur de lys d'or, ne doit point pactiser, même par sa présence, avec les choses qui se passent aujourd'hui.

« Partez donc, et quand vous trouverez à propos que nous allions vous rejoindre, écrivez-moi ; vos ordres seront ponctuellement exécutés.

« Votre sœur obéissante et qui vous aime,

« MARIE DE CHAZELAY,

« En religion SŒUR ROSALIE. »

Cette lettre était déjà de la plus haute importance pour Jacques Mérey. Il savait quelle profonde douleur avait ressentie Eva de leur séparation. L'amour est égoïste jusqu'à la cruauté. La douleur d'Eva mettait un baume sur la sienne.

Le jeune officier lui passa la seconde.

Elle était conçue en ces termes :

« Très cher et très honoré frère,

« C'est avec un grand bonheur que j'ai appris que vous étiez arrivé sans accident à Verdun, où vous êtes du moins en sûreté. J'ai été enchantée de l'accueil que S. M. le roi de Prusse vous a fait, et ne puis qu'applaudir à la résolution que vous avez prise d'entrer dans les volontaires du prince de Ligne ; c'est un noble seigneur de vieille souche, un vrai prince du saint-empire ; ce doit être, d'après son âge et le portrait que vous m'en faites, le fils de Charles-Joseph, le petit-fils de Claude de l'Amoral second ; son père, Charles-Joseph, était un des plus braves et des plus spirituels gentilshommes qui aient existé. Un Chazelay peut servir sans déroger sous un l'Amoral.

« Hélène va un peu mieux, quoiqu'elle s'obstine à ne pas répondre à ce nom qu'elle semble ne pas connaître. Au reste, depuis le jour où je l'ai emmenée du château de Chazelay, pas un mot n'est sorti de sa bouche. Elle a commencé à prendre quelques cuillerées de potage, qui, avec un ou deux verres de sirop qu'elle avale par jour, suffisent à la soutenir. Hier, au lieu de la faire asseoir à la fenêtre donnant sur la cour, je l'ai fait asseoir à celle donnant sur le jardin. A la vue de la verdure et du petit cours d'eau qui l'arrose, elle a jeté un faible cri, s'est soulevée sur son fauteuil et est retombée en disant d'une voix désespérée : Non ! non ! non ! Je ne sais ce qu'elle voulait dire, mais au moins elle a parlé.

« Comme je crois qu'il y a beaucoup de mauvaise volonté dans ce mutisme et d'entêtement dans cette prostration, ayant entendu du bruit dans la chambre de votre fille avant-hier, après que Jeanne l'eut mise au lit, hier soir, je me ménageai, à l'aide d'un trou pratiqué dans la boiserie, la facilité de voir ce qu'elle faisait lorsque Jeanne fut sortie de sa chambre.

« Elle se leva et en s'appuyant aux meubles elle alla s'agenouiller sur le prie-Dieu placé au-dessous du crucifix qui est entre les deux fenêtres, et là, je ne sais si ce fut des lèvres ou du cœur, car je n'entendis rien, là elle fit ou parut faire une longue prière.

« Il paraît que cet homme près duquel elle est restée trop longtemps pour son malheur, n'était pas dénué de tout sentiment chrétien, puisque la pauvre enfant cherche un refuge en Dieu et prie.

« Voilà pour le moment tout ce que j'ai à vous dire J'espère que cette lettre, que j'adresse à Verdun avec ordre de faire suivre, vous arrivera.

« Votre sœur toute dévouée,

« MARIE DE CHAZELAY,

« En religion SŒUR ROSALIE. »

Jacques Mérey tendit vivement la main pour avoir la troisième lettre.

Voici ce qu'elle contenait :

« Très cher et très honoré frère,

« D'après ce que vous me dites de la victoire des Prussiens à Grand-Pré et de la déroute de l'armée française, ce n'est pas nous qui irons vous rejoindre en Allemagne, mais vous qui, dans quelques jours, serez à Paris.

« Hélas ! vous y arriverez trop tard pour empêcher les crimes abominables qui ont été commis, mais à temps du moins pour les venger.

« Notre pauvre roi et la famille royale sont, comme vous le savez, prisonniers au Temple. On parle de mettre l'élu du Seigneur en jugement ; mais le Seigneur pressera votre marche pour que ce crime atroce, le plus odieux de tous, ne s'accomplisse pas.

« Il n'y aurait rien d'étonnant que ce fût cet homme que vous avez cru reconnaître à la lueur d'un coup de pistolet qui fût en effet dans les rangs des républicains. Il a été nommé, comme vous le savez, membre de la Convention, et j'ai lu sur un journal qu'il était parti pour l'armée de l'Est avec une mission pour Dumouriez.

« Hélène a essayé de mettre une lettre à la poste ; mais elle a si peu de jugement que, sans penser que Jeanne, au lieu de la porter à la poste, me la remettrait, elle l'a confiée à Jeanne.

« Jeanne me l'a apportée comme une honnête fille qu'elle est. C'est le fruit d'une tête en délire. Je vous l'envoie pour que vous puissiez juger par vous-même de la folle passion de cette enfant et de la nécessité de lui faire quitter la France le plus tôt possible, si, contre notre attente, vous n'étiez pas dans quelques jours à Paris.

« Inutile de vous dire que j'ai recommandé à Jeanne d'assurer Hélène que sa lettre avait été mise à la poste ; il en sera de même de toutes celles qu'elle continuera de lui écrire. »

Jacques Mérey jeta un cri ; il venait de reconnaître entre les deux pages de la lettre de mademoiselle de Chazelay l'écriture d'Eva.

Il jeta de côté la lettre de mademoiselle de Chazelay et dévora les lignes suivantes :

« Mon ami, mon maître, mon roi, — je dirais mon Dieu si je ne devais pas garder Dieu pour le supplier de te réunir à moi.

« J'ai voulu mourir quand j'ai compris que nous étions séparés et que l'on m'a dit que c'était pour toujours.

« Mon père ou a eu peur de ma résolution ou s'est lassé de mes plaintes. A tout ce que l'on me disait je répondais par ton nom adoré, ou par ces mots : Je l'aime !

« Il a fait venir ma tante, la chanoinesse de Bourges, et il m'a donnée à elle pour qu'elle veille sur moi.

« On me croit folle. Peu s'en faut que je ne le sois, et j'ai mes pauvres idées bien troubles. Si ce n'est que je te vois sans cesse devant mes yeux et que je sais que tu vis, je me croirais morte et déjà dans le pays des ombres, tant tout me paraît gris, terne, impalpable. Cela doit être ainsi quand le cœur est mort et qu'on est enfermé dans le tombeau.

« Quitter le château de Chazelay a été pour moi une nouvelle douleur. Là je n'étais qu'à trois ou quatre lieues de toi, mon bien-aimé, et à chaque porte qui s'ouvrait je croyais que c'était toi qui allais paraître.

« En montant dans la voiture, ou plutôt quand on m'a portée dans la voiture, je me suis évanouie ; depuis lors je n'ai jamais bien complètement repris mes sens.

« Le second jour de mon arrivée à Bourges, on m'a fait asseoir à la fenêtre du jardin au lieu de me faire asseoir à celle de la rue. Là j'ai jeté un cri de joie et il m'a semblé qu'un rayon de lumière m'inondait et que je me retrouvais en face de notre Eden. Il y avait une pelouse comme la nôtre, un bassin comme le nôtre, mais pas de grotte, pas de tonnelle de tilleul, pas d'arbre de la science, et surtout pas de Jacques Mérey.

« O mon bien-aimé, je n'ai qu'une pensée, je n'ai qu'une espérance, je ne fais à Dieu qu'une prière :

« Te revoir !

« Si je ne te revois, je mourrai. Mais, sois tranquille, auparavant je ferai tout au monde pour te rejoindre.

« Je procède de toi, j'allais à toi, sans toi il n'y a plus de moi.

« Eva. »

— Oh ! monsieur, s'écria Jacques Mérey, vous avez dit, n'est-ce pas, que je puis copier les pièces dont je désirerais avoir le double ?

— Faites mieux, interrompit le jeune officier qui comprenait le désir du docteur, laissez-nous copie de cette lettre, que vous certifierez conforme, et gardez l'original.

Jacques Mérey jeta les bras au cou du jeune officier, voulut lui répondre pour le remercier, mais les larmes étouffèrent sa voix.

Il baisa vingt fois la lettre d'Eva, puis d'une main tremblante il commença de la copier.

La lettre copiée, il l'appuya sur son cœur.

— Monsieur, dit-il au jeune officier, je n'oublierai jamais ce que vous venez de faire pour moi.

L'officier paraissait avoir quelque chose à lui dire.

Mais il hésitait.

Jacques vit son hésitation et la comprit.

— Monsieur, lui dit-il, je n'ai pas besoin de vous dire que j'aime la fille de M. de Chazelay et que c'est moi qu'elle aime. Cette lettre que la mort de son père fait passer dans mes mains d'une si douloureuse façon m'était adressée, comme mon nom deux fois répété dans la lettre en fait foi. Je vais rentrer en France et faire tout au monde pour revoir la pauvre enfant qui sans moi est perdue. Savez-vous quelque chose de plus que ce que vous m'avez dit ?

— Monsieur, répondit le jeune officier, je me compromets en vous avouant tout cela ; mais je suis sûr que vous me garderez le secret. C'est moi qui ai commandé le feu le matin de l'exécution, et, sur le terrain même où elle allait avoir lieu, M. de Chazelay m'a remis une lettre pour sa sœur, en me priant de la lui faire passer comme sa volonté dernière. Je lui ai promis de mettre la lettre à la poste, et je lui ai tenu ma parole.

— Et, demanda Jacques Mérey, en recevant votre promesse, il n'a rien dit ?

— Il a murmuré ces mots : « Peut-être arrivera-t-elle à temps. »

Jacques Mérey sonna, baisa une dernière fois la lettre d'Eva, la mit sur son cœur, embrassa le jeune officier, fit mettre des chevaux de poste à sa voiture, passa au quartier général pour remercier Custine et lui serrer la main ; puis, avec le même laconisme que, trois jours auparavant, il avait dit : *Route d'Allemagne*, il dit : *Route de France*.

Et la voiture partit avec une égale rapidité.

XXXI

RECHERCHES INUTILES

Jacques Mérey, à son retour, traversa la France avec la même vitesse qu'à son départ. Seulement, à Kaiserlautern, au lieu de prendre la route de la Champagne par Sainte-Menehould, il prit celle de la Lorraine par Nancy.

Il allait tout droit à Bourges.

En arrivant à l'hôtel de la Poste, il s'informa si l'on connaissait à Bourges une demoiselle de Chazelay, ex-chanoinesse.

A cette demande, le maître de poste s'approcha.

— Citoyen, dit-il (le 10 du même mois d'octobre, dont on gagnait la fin, un décret avait substitué les noms de *citoyen* et *citoyenne* aux appellations de *monsieur* et de *madame)*, citoyen, nous connaissons parfaitement la personne dont vous vous informez, seulement elle n'est plus à Bourges.

— Depuis quand ? demanda Jacques Mérey.

— Tenez-vous à le savoir d'une façon positive ?

— Très positive. Je viens de faire plus de quatre cents lieues pour la voir.

— Je vais vous dire cela d'après mon registre.

Le maître de poste alla consulter son registre et cria de l'intérieur :

— Elle est partie le 23, à quatre heures de l'après-midi.

— Seule ou accompagnée ?

— Accompagnée de sa nièce, que l'on disait très malade, et d'une femme de chambre.

— Vous êtes sûr qu'elles étaient trois ?

— Parfaitement ; car je leur ai fait observer qu'elles pouvaient ne mettre que deux chevaux à la voiture et payer le troisième *en l'air* (1) ; ce à quoi la chanoinesse a dit : « Mettez-en trois, mettez-en quatre, s'il le faut, nous sommes

(1) Terme de poste qui signifie qu'on peut ne pas mettre le troisième cheval, pourvu qu'on paye moitié de son prix.

pressées. » Alors je leur ai mis leurs trois chevaux et elles sont parties.

— Pour où sont-elles parties?

— Je n'en sais, ma foi! rien.

— Vous devez le savoir.

— Comment cela?

— Je présume que vous ne vous êtes pas exposé à donner des chevaux sans vous être fait présenter le passeport.

— Oh! pour un passeport, elles en avaient un seulement pour quel pays? le diable m'emporte si je me le rappelle!

— Ce serait fâcheux, mon ami, dit gravement Jacques Mérey, si vous l'aviez oublié.

— Dans tous les cas, si vous y tenez absolument, vous pourrez le savoir à la préfecture qui l'a délivré.

— C'est vrai, dit Jacques Mérey.

Et comme il n'avait pas de temps à perdre :

— A la préfecture! cria-t-il.

Le postillon monta la rue au galop, et au galop entra dans la cour.

Jacques Mérey sauta rapidement à terre; mais, pensant qu'il fallait faire plus de façons avec un préfet qu'avec un maître de poste, il se munit de la lettre de Garat qui le chargeait de rechercher l'identité du seigneur de Chazelay, et, sa lettre à la main, il entra dans le cabinet du préfet.

— Citoyen préfet, dit-il, je suis chargé par le ministre de la justice, dont voici l'ordre, de constater l'identité du ci-devant seigneur de Chazelay, qui a été fusillé le 20 du présent mois à Mayence. J'arrive de Mayence, où cette identité a été constatée; mais ma mission ne s'arrêtait point à lui; elle s'étendait aux autres membres de la famille, à sa sœur et à sa fille, qui habitaient Bourges.

— Mais qui ne l'habitent plus, monsieur; elles sont parties le 24 de ce mois-ci.

— Et où sont-elles allées?

— Je ne pourrais pas vous le dire précisément; leur passeport était pour l'Allemagne.

— Sans désignation de ville?

— Sans désignation de ville. Je l'ai délivré sur le certificat du médecin constatant que la jeune fille malade avait besoin de prendre les eaux d'Allemagne.

— Et quel est le médecin qui soignait la jeune fille?

— Un excellent médecin, très patriote, M. Dupin.

— Seriez-vous assez bon pour me dire où demeure M. Dupin?

— Tout près, rue de l'Archevêché.

Jacques Mérey salua le préfet, et se fit conduire chez M. Dupin.

Là, le même interrogatoire recommença et faillit amener les mêmes réponses; mais, pressé de questions, le médecin voulut bien se rappeler qu'il avait désigné les eaux de Baden ou de Wiesbaden, seulement il ne se rappelait plus lesquelles.

Restait à Jacques Mérey à s'assurer, chose par laquelle il eût dû commencer peut-être, si quelque âme vivante n'était point restée à la maison qui pût donner des nouvelles de celles qui l'habitaient.

Mais le postillon fit observer à Jacques Mérey que, s'il le tenait une heure encore ainsi, il arriverait à lui faire doubler sa poste, ce qui était défendu par les statuts de l'administration.

Jacques Mérey reconnut la vérité de l'observation et se fit ramener Hôtel de la poste.

Là, le docteur s'informa de la demeure de mademoiselle de Chazelay.

Elle habitait la maison n° 23 de la rue du Prieuré.

Jacques prit un gamin qui était commissionnaire à l'hôtel et se fit conduire.

La maison n° 23 de la rue du Prieuré était hermétiquement close.

Le gamin frappa à toutes les portes et à toutes les fenêtres; fenêtres et portes restèrent fermées.

Une voisine sortit et répéta ce que Jacques Mérey savait déjà, c'est-à-dire que le 23, vers quatre heures de l'après-midi, ces dames étaient parties.

Elles avaient tout fermé, emporté toutes les clefs, et la chanoinesse, interrogée sur son retour probable, avait dit qu'elle allait rejoindre son frère en Allemagne et qu'elle ignorait si elle reviendrait jamais.

Par la date du départ, il était évident qu'elles ignoraient encore la mort de M. de Chazelay.

Maintenant, qu'était devenue la lettre qu'il avait écrite à l'heure de sa mort?

Le facteur passait.

Jacques Mérey l'appela.

— Mon ami, demanda Jacques Mérey, mademoiselle de Chazelay a-t-elle dit en partant où il fallait lui adresser ses lettres?

— Non, monsieur, répondit le facteur.

— Elles en ont reçu une cependant depuis leur départ.

— Elles ne l'ont pas reçue, dit le facteur, puisqu'elles n'y étaient pas.

— Je te remercie de m'avoir fait remarquer que j'étais encore plus bête que toi, mon ami, lui dit Jacques Mérey. Mais cette lettre, qu'en as-tu fait?

— Bon! comme elle était affranchie, je l'ai lancée pardessous la porte; quand ces dames reviendront elles la trouveront.

Jacques Mérey fit un geste d'impatience; le facteur le remarqua.

— Pourquoi donc aussi affranchissent-ils leurs lettres? dit-il. Du moment où les lettres sont affranchies, la poste ne s'en occupe plus.

Et le facteur passa son chemin, enchanté d'avoir laissé derrière lui cette maxime tout à la louange de l'administration des postes.

Le gamin approcha sa joue des pavés et regarda par-dessous la porte.

— Tiens, dit-il, on la voit la lettre. Rien ne serait plus facile que de l'attirer avec une baguette.

— Mon ami, dit Jacques Mérey après avoir réfléchi un instant, cette lettre n'est point à moi, cette lettre n'est point pour moi, je n'ai pas le droit de la lire.

Et il lui donna six francs en remercîment de la peine qu'il avait prise de l'accompagner.

Puis il rentra et se fit servir à dîner.

Mais, tout en dînant, il lui vint une idée :

Comme le petit commissionnaire, pour les six francs qu'il avait reçus, croyait devoir rester pour toute la journée au service du voyageur, et qu'il se tenait à la porte de la salle à manger son chapeau à la main :

— Comment t'appelles-tu? lui demanda Jacques.

— Francis, monsieur, pour vous servir, répondit l'enfant.

— Va me chercher le postillon qui, le 23, a conduit madame de Chazelay.

— Je le connais, dit le gamin, c'est Pierrot.

— Tu en es sûr?

— Si j'en suis sûr! à preuve qu'il m'a donné un coup de fouet parce que j'avais ramassé et que je mangeais une prune qui était tombée du panier de provisions de mademoiselle Jeanne.

Et Jacques se rappela en effet que, dans une de ses trois lettres à son frère, mademoiselle de Chazelay désignait sa femme de chambre sous le nom de Jeanne.

— Eh bien, va me chercher Pierrot, garçon, dit Jacques au commissionnaire.

Pierrot accourut avec une promptitude qui annonçait que Francis lui avait parlé des façons libérales du voyageur.

Le postillon avait le visage souriant.

— C'est toi, lui demanda Jacques, qui as conduit la voiture de mademoiselle de Chazelay, le 24 octobre dernier, à trois heures de l'après-midi?

— Mademoiselle de Chazelay? attendez donc, dit Pierrot; une vieille à mine de religieuse, avec une femme de chambre et une jeune fille qui avait l'air malade, n'est-ce pas?

— C'est cela, dit Jacques Mérey.

— Tu sais bien, Pierrot, que tu m'as envoyé un coup de fouet?

— Je ne m'en souviens plus, dit Pierrot.

— Ah! mais moi je m'en souviens, dit Francis.

— Ça devait être moi, ça devait être moi, dit le postillon en essuyant sa bouche avec la manche de sa veste, geste familier aux Berrichons.

— Alors tu te rappelles qu'elles ont pris la route de Dijon?

— Oh non! pas tout à fait.

— Alors, celle d'Auxerre.

— Non plus, dit Pierrot en secouant la tête, oh! vous n'y êtes pas.

— Comment, je n'y suis pas.

— Je ne voudrais pas vous contrarier, mais vous me demandez la vérité, n'est-ce pas? faut que je vous la dise.

— Vous ne me contrariez pas, mon ami; au contraire, vous me rendez service en m'indiquant la véritable route qu'elles ont prise. Il faut que je les rejoigne, comprenez-vous? pour une affaire de la plus haute importance.

— Ah bien! si vous voulez les rejoindre, ça n'est ni sur la route de Dijon, ni sur la route d'Auxerre qu'il faut courir.

— Mais sur laquelle alors?

— C'est tout à l'opposé, sur celle de Châteauroux.

Un éclair passa dans l'esprit de Jacques.

— Ah! dit-il, elles sont allées au château de Chazelay. Les chevaux à ma voiture, mon ami, les chevaux tout de suite!

— Bon, dit Pierrot, c'est justement à mon tour de conduire.

Et il s'élança dans la cour. Francis disparut en même temps que lui.

Un quart d'heure après, les chevaux étaient à la voiture et Pierrot en selle.

Jacques Mérey paya sa dépense, chercha des yeux son petit commissionnaire pour lui donner le reste de la monnaie que lui avait rendue le maître de poste, mais il ne le vit nulle part.

La voiture partit au grand trot, ce qui était la preuve toujours que Francis n'avait pas gardé le secret sur son écu.

Mais, en sortant de la ville, Jacques Mérey vit son commissionnaire qui lui barrait la route.

Il tenait une lettre à la main.

Sur ses signes réitérés qu'il avait quelque chose à dire à son voyageur, Pierrot arrêta sa voiture.

Le gamin sauta lestement sur le marchepied.

— Qu'y a-t-il encore? demanda Jacques Mérey.

— Il y a, répondit Francis, que, puisque vous allez courir après madame de Chazelay jusqu'à ce que vous la rejoigniez, il vaut mieux lui porter sa lettre que de la laisser sous la grand'porte. Elle a plus de chance pour arriver.

— Eh bien? demanda Jacques Mérey.

— Eh bien! la voilà, dit Francis en jetant la lettre dans la voiture, en sautant au bas du marchepied, et en criant à Pierrot :

— Fouette, postillon.

Jacques Mérey réfléchit que ce que venait de lui dire l'enfant était plein de logique; que la lettre que venait de lui remettre Francis contenait, selon toute probabilité, les dernières volontés du père d'Eva; qu'en la laissant où elle était, le vent et la pluie l'auraient bientôt rendue illisible; que mieux valait donc que, dépositaire fidèle, il la conservât intacte et inconnue jusqu'au moment où il la remettrait à l'une des deux personnes qui avaient le droit de l'ouvrir, à Eva ou à mademoiselle de Chazelay.

Il la mit en conséquence dans la poche secrète de son portefeuille

XXXII

LA MAISON VIDE

Jacques Mérey ne s'était point trompé. Mademoiselle de Chazelay était bien venue à Argenton, et, comme il était impossible d'aller en voiture au château, elle avait loué trois chevaux à la seule auberge de la ville, et s'était fait conduire à Chazelay par des hommes conduisant les trois montures au pas.

Les trois femmes y avaient passé une nuit, et le lendemain elles étaient revenues.

Puis on avait remis les chevaux de poste à la voiture, et cette fois on était parti pour la Châtre, Saint-Amand, Autun, la Bourgogne, etc., etc.

Or, comme mademoiselle de Chazelay avait cinq jours d'avance sur Jacques Mérey; comme, n'ayant pas reçu la dernière lettre de son frère qui lui annonçait son exécution, elle n'avait pu qu'obéir à l'avant-dernière lettre dans laquelle il lui ordonnait sans doute de le rejoindre; comme les eaux de Baden-Baden ou de Wiesbaden n'étaient qu'un moyen d'ouvrir aux trois fugitives les portes de l'Allemagne, Jacques Mérey, brisé de fatigue, ayant fait plus de 600 lieues par de mauvaises routes, ne jugea point urgent de se remettre en voyage, et se fit descendre à la porte de sa maison, si longtemps appelée la *maison mystérieuse*, et qui n'était plus que la *maison vide*.

Il y avait un peu plus de deux mois qu'il l'avait quittée.

Au bruit de la voiture s'arrêtant devant la porte, la vieille Marthe accourut et jeta un grand cri.

Elle avait cru ne jamais revoir son maître.

Lorsque Jacques Mérey fut entré et que la porte se fut refermée, il s'arrêta au bas de l'escalier, ne sachant où aller d'abord et tiré de tous côtés par ses souvenirs.

Sa mémoire réunissait dans un seul embrassement ces sept années qui, aujourd'hui qu'elles étaient écoulées, semblaient n'avoir eu que la durée d'un jour.

Il voyait Eva depuis le moment où il l'avait déroulée sur le tapis aux yeux de Marthe, objet informe, être inachevé, jusqu'à celui où elle avait été si cruellement arrachée de ses bras par un homme que la mort avait arraché de la vie avec la même cruauté, la même impitoyable froideur.

Et quoiqu'elle ne fût plus dans la maison, elle y flottait comme flotte une ombre invisible, et perceptible cependant, aux lieux que son corps a habités.

Tout était comme Jacques Mérey l'avait laissé. Il monta d'abord à la chambre d'enfant d'Eva, et retrouva le berceau dans lequel elle était restée de sept à dix ans, c'est-à-dire à cette époque végétative de la vie où, chrysalide d'amour, la beauté et l'intelligence luttaient tout ensemble contre la laideur et le néant;

Puis à sa chambre de jeune fille, où elle commença devant le miroir magique à dérouler et à nouer ses longs cheveux en cambrant sa taille de roseau aussi onduleuse que ces beaux torses de Jean Goujon, dont les bras soutiennent des corbeilles tandis que le bas du corps se perd et se divinise dans les draperies.

Puis de là il monta dans l'atelier, où l'orgue était resté ouvert et muet; il se rappela le jour où, à la suite d'une commotion électrique qui l'avait enveloppée d'un fluide vivifiant, elle était allée d'elle-même au piano, et, à son éternel étonnement, avait joué les mesures indécises, mais reconnaissables, d'un air entendu la veille. Là étaient les livres où ses yeux avaient déchiffré le premier mot, et lorsqu'il s'approcha sans le voir du haut de l'armoire où il était couché, le chat inapprivoisable bondit sur la fenêtre par laquelle il avait l'habitude de fuir.

Là, pêle-mêle sur les chaises, étaient les livres dans lesquels elle avait étudié la chimie, l'astronomie, la botanique; le dernier qu'elle avait ouvert, encore à l'endroit où la lecture s'était arrêtée.

Je ne connais pas d'endroits sous le vaste dôme des cieux où tombe du passé une mélancolie plus douce que dans une chambre devenue vide par une longue absence ou par la mort, après avoir été habitée, vivifiée, animée par une belle créature de quinze ans; son essence juvénile a passé dans tout; son haleine, l'émanation qui flotte autour de toute sa personne, compose une atmosphère à part qui vous fait amoureux avant qu'on ne sache même ce que c'est que l'amour.

Et qu'est-ce alors, quand on le sait!

Les bras tendus, car un voile flottait devant ses yeux, Jacques Mérey ne la voyant plus au milieu de cette vapeur qui semblait, comme le nuage de Virgile, cacher une déesse, Jacques Mérey alla instinctivement à l'orgue et posa au hasard, on l'eût cru du moins, ses deux mains sur les touches.

Un frémissement sonore s'échappa de l'instrument divin; pendant dix minutes, Jacques Mérey n'en tira que des harmonies, au milieu desquelles une plainte revenant sans cesse laissait tomber une larme sur le cœur, éveillant la même sensation que, dans un caveau sombre, fait éprouver la goutte d'eau qui tombe régulièrement dans un bassin de cristal.

Au bout de quelques instants cette plainte mélodieuse fut insuffisante, elle se traduisit par le nom d'Eva; mais à peine Jacques Mérey l'avait-il prononcé trois fois, qu'il ne put supporter ce crescendo de douleur et que son cœur éclata en sanglots.

Le docteur s'élança hors de la chambre sans avoir rien vu de ses anciens instruments de chimie : creusets à poussière de mercure, cornues impuissantes et oubliées, matrice rouge de cinabre, aux rebords de laquelle s'est figée une écume d'argent vermeil, vase dans lequel le carbone pur a commencé de se transformer en diamant, il oublia tout. Ce nom d'Eva était le glas funèbre qui mettait au tombeau tous ces rêves que la science avait caressés, comme Ixion la nuée de laquelle naquit le peuple fabuleux des Centaures.

En deux bonds il franchit l'escalier, et du troisième il se trouva dans le jardin.

Là ses souvenirs étaient non moins pressés, non moins vivants, non moins tendres, et, par conséquent, non moins douloureux.

Là était le ruisseau dans lequel, pour la première fois, elle se regarda en buvant, la tonnelle où elle écoutait chanter le rossignol jusqu'à une heure du matin, l'arbre où, pour la première fois, en se dressant pour cueillir la pomme vermeille, elle s'aperçut qu'elle était nue et rougit de pudeur.

Et Jacques Mérey allait du ruisseau à la tonnelle, de la tonnelle à l'arbre de la science, se disant que son espoir était insensé, et n'en espérant pas moins voir tout à coup apparaître Eva à l'angle de quelque buisson, au détour de quelque allée.

Mais ce fut surtout en s'approchant de la grotte que le cœur lui battit; c'était là, au murmure de cette source, qui, avec le ruisseau échappé du pied de l'arbre de science, alimentait la petite rivière du jardin, qu'appuyés tous deux à la roche moussue, Eva lui avait dit pour la première fois qu'elle l'aimait.

Cette voix chérie, cet accent mélodieux qui pénètre jusqu'au fond du cœur, ce mot pour lequel toutes les langues de la terre ont choisi leurs plus douces voyelles, leurs consonnes les plus euphoniques, ne l'entendrait-il plus?

Pour lui seul n'y aurait-il plus de printemps, plus de soleil, plus d'amour?

Dans quelle erreur profonde était-il lorsque, jeté dans ces débats solennels de la tribune qui faisaient et qui défaisaient des monarchies, dans ces grandes luttes de la guerre qui chassaient la terreur d'un camp dans l'autre et qui renvoyaient éclater sur l'Allemagne l'orage qui grondait sur la France, dans quelle erreur profonde était-il quand il avait espéré donner tout cela en pâture à son cœur, à la place de son amour?

Oh! son amour, il était, certes, depuis son départ d'Argenton, demeuré au fond de toute chose; pas un jour, pas une heure, pas un instant, il n'avait cessé d'y songer, et voilà que depuis qu'il était rentré dans cette maison, pas une seconde il n'avait pensé à ces grandes catastrophes au milieu desquelles il avait déjà joué et allait encore jouer un rôle.

Voilà qu'il avait oublié, comme si jamais ils n'eussent existé, Danton, Dumouriez, Kellermann, Valmy, le roi de Prusse, Brunswick, la Montagne, la Gironde, l'éloquent Vergniaud, madame Roland la sainte, madame Danton la martyre, l'immonde Marat laissant derrière lui chez Talma sa trace fétide, et le faible roi prisonnier au Temple, avec une femme coupable, deux enfants innocents, une sœur angélique.

Où retrouver Eva? Vivre tous les jours qui lui restaient à vivre sans jamais entendre parler de princes ou de rois, sans jamais voir reluire au soleil l'or d'une épaulette ou la lame d'un sabre, sans savoir s'il y avait un monde autour de cette maison et de ce jardin qui étaient son univers, voilà le seul bonheur qu'il eût demandé à Dieu, s'il n'eût pas placé Dieu si haut, que nos douleurs les plus poignantes, comme nos joies les plus sublimes, ne pouvaient, partant de si bas, monter jusqu'à lui.

Nous avons raconté les rêves du jour, nous n'essayerons pas de peindre ceux de la nuit.

Le premier bruit qu'entendit Jacques Mérey dans la maison fut celui d'Antoine ouvrant sa porte et frappant du pied en criant:

— Cercle de vérité, centre de justice!

Jacques Mérey eut du bonheur à revoir celui à qui il avait rendu un éclair de raison, n'ayant pas pu lui rendre sa raison tout entière.

Derrière lui monta Baptiste, qu'il reconnut à son tour au bruit que faisait sa jambe de bois frappant chaque marche de l'escalier.

Si Antoine lui devait une partie de sa raison, celui-là lui devait une partie de son corps.

C'étaient deux hommes à qui Jacques Mérey eût pu dire: Mourez pour moi, et qui seraient morts sans demander pour quelle cause il demandait leur vie.

Au reste, toute la ville d'Argenton était rassemblée devant la porte de la maison mystérieuse. Seulement, comme on savait Jacques Mérey triste, on avait banni toute gaieté de la réception qu'on voulait lui faire.

C'étaient des électeurs qui venaient remercier leur mandataire d'avoir déjà illustré son mandat. Et, en effet, on avait appris à Argenton la conduite que Jacques Mérey avait menée à Verdun. On savait qu'il s'était chaudement battu à Grand-Pré, et que c'était lui enfin qui avait rapporté à la Convention les trois drapeaux conquis dans la campagne.

Ils avaient lu sur le journal la mort du seigneur de Chazelay; il était peu regretté dans le pays: on savait tout le mal qu'il avait fait à Jacques Mérey. Et cependant, comme on connaissait l'amour immense qu'il avait pour sa fille, toute cette foule, toute vulgaire qu'elle fût, qui attendait Jacques pour le remercier du passé et le prier de se continuer dans l'avenir, eut la délicatesse de ne pas lui dire un mot du père ni de la fille.

Mais ce fut à qui lui parlerait, obtiendrait un mot de lui, lui toucherait la main, lui jetterait son vœu de bonheur.

Elle était allée d'elle-même au piano.

Si l'on eût osé, pour gagner sa voiture, Jacques Mérey eût marché sur des jonchées de feuilles et de fleurs.

Les chevaux arrivèrent; au bruit des grelots chacun s'écarta.

Au moment de monter en voiture, Jacques Mérey fit signe qu'il voulait parler.

Aussitôt il se fit un grand silence.

— Mes amis, dit-il, nous allons entrer dans une série de luttes terribles. Peut-être y laisserai-je ma vie, mais à coup sûr je n'y laisserai pas mon honneur, et vous serez toujours non seulement contents, mais fiers de votre élu.

Si je viens à succomber dans la lutte, je vous recommande ma vieille Marthe et mes deux bons amis, Antoine et Baptiste, c'est tout ce que je laisserai sur la terre après moi.

Puis, comme la voiture s'ébranlait pour partir, il n'y put résister plus longtemps et ce cri échappa de son cœur :

— Si elle revient, n'est-ce pas, vous me le ferez savoir ?

Et de toutes ces bouches qui semblaient attendre cette confidence pour parler, de tous ces cœurs qui semblaient attendre cet appel pour s'ouvrir, s'échappa cette promesse unanime :

— Oh! oui ! oui ! oui !

Pas une voix n'avait nommé Eva, et tous savaient que c'était d'elle qu'il avait voulu parler.

XXXIII

OU JACQUES MÉREY PERD LA PISTE

En quittant Argenton, la voiture prit la route de Saint-Amand. C'était le même postillon qui avait conduit mademoiselle de Chazelay qui conduisait Jacques Mérey.

A la première poste, c'est-à-dire à la Châtre, de nouvelles informations furent prises, et de postillon à postillon on eût encore une certitude.

A Saint-Amand, les renseignements commencèrent à être plus difficiles ; il fallut consulter les livres de poste, très exactement tenus à cette époque à cause des lois contre les émigrés.

A Autun, on perdit la trace. Probablement les voyageuses avaient passé pendant la nuit, et le maître de poste n'avait pas jugé à propos de se lever pour inscrire les chevaux sur son registre.

A Dijon, comme on dit en termes de chasse, on en revit, puis on continua, sur des indices plus ou moins certains, la route jusqu'à Strasbourg.

A Strasbourg, on se retrouva dans l'incertitude. Les trois dames avaient logé à l'hôtel du Corbeau. Le nom de mademoiselle de Chazelay, voyageant avec une femme de chambre, était écrit sur les registres, et le maître de l'hôtel avait été faire viser le passeport au comité, qui avait envoyé un de ses membres accompagné d'un médecin pour s'assurer si véritablement une des dames était malade et avait besoin de prendre les eaux.

Le médecin trouva, en effet, la plus jeune des trois voyageuses si faible, si pâle, si souffrante, qu'il ne fit aucune difficulté pour lui laisser continuer son voyage.

Mademoiselle de Chazelay avait passé le Rhin à Kehl, et s'était arrêtée à Bade, à l'hôtel des Ruines.

Là, elle avait annoncé qu'elle comptait rester un mois tandis que sa nièce prendrait les eaux ; elle avait fait son prix avec le maître de l'hôtel, puis tout à coup, à la lecture d'un journal, la plus âgée des voyageuses était tombée dans une attaque de nerfs et avait déclaré qu'elle voulait partir à l'instant pour Mayence.

Mais la plus jeune des voyageuses était si souffrante, que le médecin des eaux, qui l'avait déjà visitée, avait déclaré qu'elle ne pouvait supporter la voiture.

On avait alors, comme faisaient les voyageurs à cette époque, frété une jolie barque et l'on avait pris la voie du Rhin.

Il n'y avait dans tout cela aucun doute pour Jacques Mérey, ces dames étaient venues à Baden-Baden, en effet, avec l'intention d'y prendre les eaux, puis mademoiselle de Chazelay avait lu dans un journal, tombé par hasard entre ses mains, l'exécution de son frère.

De là l'attaque de nerfs et la résolution de partir à l'instant pour Mayence.

Mais Jacques Mérey savait d'avance que mademoiselle de Chazelay ne trouverait sur l'exécution de son frère que les renseignements vagues qu'il eût trouvés lui-même s'il n'avait pas eu une mission spéciale à ce sujet.

Les voyageuses seraient donc forcées d'aller jusqu'à Francfort. Mais à Francfort aucune pièce ne leur serait communiquée, si ce n'est une copie de l'interrogatoire et le procès-verbal d'exécution pour servir d'extrait mortuaire.

Maintenant Custine serait-il toujours à Francfort? Dans ce temps de rapides conquêtes, on ne savait jamais où retrouver les généraux.

Il s'informerait en passant par Mayence.

Le hasard servit Jacques Mérey à merveille ; depuis la veille le général Custine avait établi son quartier à Mayence, laissant garnison à Francfort, qui était encore fortifié à cette époque.

C'était un jour de voyage de moins, et, on se le rappelle, le docteur n'avait que quinze jours de congé.

Il arriva le 2 novembre à Mayence.

Il alla serrer la main du général, qui paraissait fort triste. Il était question de faire le procès à Louis XVI.

La Convention le jugerait.

Louis XVI, jugé par la Convention, était d'avance condamné à mort.

M. Custine, homme de vieille race, pouvait-il rester au service d'un gouvernement qui aurait condamné son roi ?

Toutes ces choses ne furent pas dites mais devinées, après quoi Jacques demanda s'il pourrait revoir son jeune ami Charles André ?

Le général sonna.

— Voyez dans les bureaux, dit-il, si le citoyen Charles André s'y trouve ; puis, se tournant vers le docteur :

— A propos, lui dit-il, n'oubliez pas de lui demander une lettre arrivée pour vous le lendemain ou le surlendemain de votre départ. Charles André, ne sachant où vous l'envoyer, l'aura gardée.

Les deux hommes se quittèrent poliment, mais sans regrets. Ces deux natures opposées s'emboîtaient mal l'une avec l'autre.

Quelle différence avec Charles André ! Les deux jeunes gens n'avaient eu besoin que d'un regard pour lire au fond du cœur l'un de l'autre ; aussi fut-ce les bras ouverts qu'ils s'abordèrent.

En deux mots Jacques lui expliqua la cause de son retour.

— Je les ai vues, dit Charles André ; c'est à moi qu'elles se sont adressées.

— Eva était bien souffrante ? demanda Jacques.

— Bien souffrante, mais bien belle.

Jacques hésita un instant ; il avait les timidités d'un premier amour.

— Vous lui avez parlé ? demanda-t-il en hésitant.

— Oui, j'ai eu le bonheur de rester seul avec elle, elle qui semblait muette ou trop faible pour parler. Je m'approchai d'elle et lui dis :

« — Mademoiselle, je l'ai vu.

« Elle bondit.

« — Vous avez vu Jacques Mérey ? dit-elle.

« Elle avait deviné que c'était de vous que je voulais parler.

« — J'ai vu Jacques Mérey, repris-je ; j'ai vu l'homme qui vous aime plus que sa vie!

« Elle poussa un cri et me jeta les bras au cou.

« — Vous êtes mon ami pour toujours, dit-elle. Oh ! moi aussi je l'aime ! je l'aime ! je l'aime !

« Et elle ferma les yeux comme si elle allait mourir.

« — Mademoiselle, lui dis-je, votre tante peut revenir d'un moment à l'autre ; laissez-moi vous dire.

« — Oui, dites, dites.

« — Une lettre que vous lui aviez écrite se trouvait dans les papiers de votre père.

« — Comment cela ?

« — Je l'ignore. Mais, en visitant les papiers, il a reconnu l'écriture et m'a demandé de copier cette lettre.

« — Oh ! cher Jacques !

« — Puis, la lettre copiée, j'ai pris la copie et lui ai laissé l'original.

« — Vous avez fait cela ? s'écria la belle enfant folle de joie.

« — Oui, ai-je eu tort ?

« — Comment vous appelez-vous, monsieur ?

« — Charles André.

« — Votre nom est là, dit-elle en mettant la main sur son cœur.

« Je m'inclinai.

« — Ah ! lui dis-je, mademoiselle, c'est trop de reconnaissance.

« — Vous ne savez pas tout ce que je lui dois à cet homme, à ce génie, à cet ange du ciel ! J'étais une pauvre créature, dénuée, abandonnée, ne connaissant rien à sept ans qu'un chien, Scipion ; c'était mon seul ami. Je ne parlais pas, je ne voyais pas, je ne pensais pas. Il m'a donné la voix ; il m'a soufflé la pensée pendant sept ans, comme le sculpteur florentin penché sur les portes du baptistère de Notre-Dame-des-Fleurs. Il a ciselé mon corps, mon cœur, mon esprit; tout ce que je sais, je le lui dois; tout entière je suis à lui. Pourquoi me trouvez-vous froide à la mort de mon père? c'est que je ne connais mon père que pour nous avoir séparés. Je n'avais jamais pleuré, je ne savais pas ce que c'était que les larmes: mon père m'est apparu et j'ai manqué mourir de douleur!

« En ce moment sa tante rentra.

« — Si vous le revoyez jamais, me dit-elle en me serrant la main, dites-lui que je l'aime.

« Mademoiselle de Chazelay entendit ces derniers mots.

« — Qui aimez-vous si fort? demanda-t-elle sèchement.

« — Jacques Mérey, madame, répondit la jeune fille.

« — Vous êtes folle, dit mademoiselle de Chazelay.

« — Je le serai peut-être un jour, répondit la jeune fille; mais qui m'aura rendue folle? vous le savez.

« — Dans tous les cas, à partir d'aujourd'hui, dites-lui adieu pour toujours; jamais nous ne rentrerons en France. Venez.

« Mademoiselle de Chazelay suivit sa tante, et je ne les ai pas revues.

— Merci, mon ami, merci, s'écria Jacques Mérey au comble de la joie. J'en sais tout ce que je pouvais espérer de savoir. Elles vont ou à Vienne ou à Berlin. Elles émigrent.

Un soupir passa à travers ses lèvres.

— Je ne puis les suivre à l'étranger, et d'ailleurs le général m'a dit que vous aviez une dépêche à me remettre.

— Ah! c'est vrai, dit Charles André.

Et il tira d'un portefeuille une lettre portant le grand cachet de la République et le timbre du ministère de l'intérieur.

Jacques Mérey décacheta la lettre et la lut.

Lecture faite, il tendit la main au jeune officier.

— Adieu, lui dit-il, je pars.

— Vous partez ainsi, à l'instant même?

— Quel jour du mois sommes-nous? depuis huit ou dix jours que je cours la poste je suis brouillé avec les dates.

— Nous sommes le 2 novembre, répondit le jeune officier.

Jacques calcula de tête.

— Je serai le 5, dans la journée, près de Dumouriez, dit-il.

— Près de Dumouriez? fit Charles André avec étonnement.

— La Convention m'attache à lui dans sa campagne de Belgique comme elle m'a attaché à lui dans sa campagne de Champagne.

— Est-ce que vous avez confiance dans cet homme? demanda le jeune officier.

— Dans son génie, oui; dans sa moralité, non. Mais quels que soient ses projets, il a besoin d'une grande victoire. Attendez-vous à un second Valmy.

— Par où allez-vous le rejoindre?

— Ma route est toute tracée: Hombourg, Trèves, Mézières. A Mézières, je saurai où rejoindre Dumouriez.

Les deux jeunes gens se dirent adieu, et comme Jacques Mérey avait fait renouveler les chevaux de poste pendant sa visite chez le général, il n'eut qu'à monter en voiture et à crier au postillon:

— Route de France, par Hombourg et Mézières!

XXXIV

LA VEILLE DE JEMMAPES

Dumouriez, nous l'avons dit, était revenu à Paris pour concerter avec le gouvernement son plan de l'invasion de Belgique.

Dumouriez avait pris ses mesures pour avoir, dans chaque parti puissant, un ami puissant dans ce parti:

Il avait Santerre à la Commune;

Il avait Danton à la Montagne;

Il avait Gensonné aux Girondins.

Ce fut d'abord Santerre, l'homme des faubourgs qu'il fit agir.

Par Santerre, il obtint que l'idée du camp sous Paris serait abandonnée;

Que tous les rassemblements que l'on avait faits en hommes, tous les approvisionnements que l'on avait réunis en artillerie, en munitions, en effets de campement, seraient reportés en Flandre pour servir à son armée, qui manquait de tout; qu'on y ajouterait des capotes, des souliers et six millions d'argent monnayé pour payer la solde des soldats jusqu'à leur entrée dans les Pays-Bas. Une fois là la guerre nourrirait la guerre.

Dumouriez était un stratégiste. Quoique le premier il ait donné l'exemple des victoires remportées par masses, système qui fut adopté depuis avec tant de succès par Napoléon, c'était un calculateur à longues vues; il préparait une bataille avec la même intelligence qu'un grand joueur d'échecs prépare son échec au roi et à la reine.

Donc son plan embrassait toute la frontière, depuis la Méditerranée jusqu'à la Moselle.

Montesquiou se maintiendrait le long des Alpes, tout en achevant la conquête de Nice et en conservant la neutralité suisse; Biron, à qui on enverrait des renforts, garderait le Rhin depuis Bâle jusqu'à Landau. Douze mille hommes aux ordres du général Meunier soutiendraient Custine, qui s'était avancé comme un fou jusqu'à Francfort-sur-le-Mein; Kellermann quitterait ses quartiers, passerait entre Luxembourg et Trèves, et, faisant ce que Custine aurait dû faire, il marcherait sur Coblentz; quant à lui, Dumouriez, il prendrait l'offensive avec quatre-vingt mille hommes, et porterait la guerre en Belgique, qu'il adjoindrait au territoire français; il attaquerait par la frontière ouverte, là où, comme le disait lui-même le téméraire aventurier, on ne pouvait se défendre qu'en gagnant des batailles.

En partant de Paris, Dumouriez avait dit à la Convention:

— Je serai le 15 à Bruxelles et le 30 à Liège.

« Il se trompa, dit Michelet; il fut à Bruxelles le 14 et à Liège le 28 ».

L'armée que commandait Dumouriez était une armée de volontaires; quelques vieux soldats seulement de place en place, comme, après une coupe dans les forêts, restent debout des échantillons de grands chênes.

Elle commença par un revers. Il y eût eu de quoi décourager une vieille armée qui n'eût marché que selon les lois de la discipline. Celle-ci marchait à la loi de l'enthousiasme: elle sentait la main de la France qui la poussait en avant; elle n'en tint compte.

On avait mis des réfugiés belges à l'avant-garde; c'était pour leur rendre une patrie qu'on faisait la guerre; il était trop juste qu'ils missent les premiers le pied sur la terre de la patrie.

A peine furent-ils à la frontière que rien ne put les retenir; ils s'élancèrent sur la terre natale et attaquèrent les avant-postes. Les avant-postes reculèrent. Les Belges se crurent victorieux; ils poursuivirent les Autrichiens et descendirent des hauteurs dans la plaine. Dumouriez vit la faute qu'ils commettaient, et il envoya quelques centaines de hussards, sous la conduite des deux sœurs Fernig, pour les soutenir.

Ce fut un bonheur. La cavalerie impériale les chargeait et allait les envelopper; sans les hussards et les deux braves enfants qui les conduisaient, la terre natale s'ouvrait sous leurs pas et se refermait sur eux.

Beurnonville et Dumouriez, leur lunette à la main, suivaient l'échauffourée.

Beurnonville voulait se replier et reformer toute cette troupe dispersée en désordre. Mais Dumouriez cria: En avant! et comme Beurnonville le regardait avec étonnement:

— Il faut, dit-il, garder à tout prix l'offensive; le jour où, en face des impériaux, nous ferons un pas en arrière, nous serons perdus.

Les craintes de Beurnonville n'étaient pas sans raisons; les impériaux cédaient si facilement, ils abandonnaient avec tant de courtoisie les meilleures positions, qu'il était évident qu'ils voulaient nous attirer sur un terrain connu d'eux et où ils pussent manœuvrer tout à leur aise.

— Ils veulent nous avoir à leur loisir dit Beurnonville à Dumouriez.

— Je le sais bien, répondit celui-ci.

— Ils ont préparé leur champ de bataille, dit Beurnonville.

— Je le connais d'avance, répondit Dumouriez.

— Ils veulent une grande bataille, à votre avis?

— Et au vôtre aussi, n'est-ce pas?

— Oui.

— Eh bien, ils l'auront, et cette bataille s'appellera Jemmapes.

Et, en effet, les Autrichiens considéraient Jemmapes comme une position inexpugnable. C'était aussi l'avis du général Clerfayt, un des hommes les plus distingués de l'armée impériale. Beaulieu, qui se fit plus tard une si grande réputation en Italie, voulait, au contraire, prendre vingt-huit ou trente mille vieux soldats, tomber la nuit et par surprise sur toute notre armée composée de recrues, l'écraser et la disperser. Mais de pareils coups de main n'étaient pas dans les habitudes de la vieille stratégie autrichienne: le duc de Saxe-Teschen, qui commandait l'armée en chef, préféra attendre l'armée française à Jemmapes et y combattre à l'abri de ses retranchements.

L'Europe avait les yeux sur la France; elle voyait avec étonnement ses armées surgir du sol, non pas seulement pour défendre ses frontières menacées, mais pour envahir les frontières ennemies. On s'attendait toujours à quelque grande victoire de la part des coalisés: mais on avait entendu le canon de Valmy et l'on avait suivi les Prussiens dans leur retraite; mais on avait vu Custine envahir le Palatinat et pousser une pointe téméraire jusqu'à Francfort-sur-le-Mein; et voilà que l'on voyait Dumouriez pousser devant lui toute cette vieille armée impériale qui n'avait jamais eu de rivale que ces grenadiers de Frédéric, dont l'ennemi n'avait jamais vu le dos, disait Voltaire, et qui pour la première fois, dans une retraite de onze jours, nous avaient montré leurs gibernes.

Dumouriez, lui aussi, comme les Autrichiens, voulait une grande bataille. Depuis cinquante ans les Français avaient la réputation d'être les meilleurs soldats du monde, mais seulement pour un coup de main. Depuis cinquante ans, en effet, ils n'avaient pas gagné une seule grande bataille rangée. Valmy ouvrait la série nouvelle; mais Valmy, disait-on, n'était qu'une canonnade, une bataille gagnée l'arme au bras.

Le 5 au soir, Dumouriez était à Valenciennes. Mais le 5 au soir, rien de ce qu'on lui avait promis n'était arrivé. Servan, le ministre de la guerre, surchargé de travaux, avait succombé à la fatigue et rétablissait sa santé au camp des Pyrénées; il avait été remplacé par Pache, grand travailleur, homme éclairé, simple comme un Spartiate. Il partait de chez lui le matin, emportant un morceau de pain dans sa poche, travaillant des journées entières, et ne sortant pas même du ministère pour manger.

Le 2 novembre, Dumouriez lui avait écrit qu'il lui fallait indispensablement trente mille paires de souliers, vingt-cinq mille couvertures, des effets de campement pour quarante mille hommes, et surtout deux millions d'argent monnayé pour payer la solde des soldats dans un pays où les assignats n'étaient point connus et où chaque homme serait obligé de payer ce qu'il consommerait.

Pache donna des ordres pour que Dumouriez eût tout ce dont il avait besoin; mais en attendant, le 5 était arrivé, on était à la veille de la bataille, et nos soldats n'avaient ni souliers, ni habillements d'hiver, ni pain, ni eau-de-vie.

Ils avaient bien envie de murmurer quelque peu lorsque, vers trois heures de l'après-midi, Dumouriez passa dans les rangs; mais aux premiers qui grognèrent, Dumouriez porta un doigt à sa bouche et, montrant la montagne de Jemmapes où étaient campés les Autrichiens:

— Silence! enfants! dit-il, l'ennemi vous entendrait.

Et alors, pour les consoler, il appela les officiers à l'ordre, et leur lut la lettre du ministre de la guerre leur annonçant qu'ils recevraient incessamment tout ce qui leur manquait.

Les soldats battirent des mains et promirent d'attendre.

Et cependant, d'où ils étaient, ils pouvaient voir dans tout son ensemble la formidable position qu'ils auraient à enlever le lendemain. Lorsque l'on arrive par la France, on voit, à partir du moulin du Boussu, cet amphithéâtre de coteaux au milieu duquel, entre Jemmapes et Cuesmes, passe la route qui conduit à Mons. Cet amphithéâtre, en effet, commence à la ville et finit au village que nous venons de nommer. Jemmapes est à gauche, Cuesmes est à droite. Jemmapes est bâti au flanc de la montagne et la couvre en partie. Cuesmes, au pied de la montagne, au lieu de défendre, était défendu; les deux montagnes étaient hérissées de redoutes; la route qui les coupe en deux passait à travers une forêt. Elle était palissadée, couverte d'abatis d'arbres. Derrière les derniers abatis et les dernières redoutes, outre ces redoutes et ces abatis, qu'il fallait vaincre et déloger d'abord, on trouvait toute une armée, c'est-à-dire dix-neuf mille soldats autrichiens. L'armée de Dumouriez était plus nombreuse que celle de l'ennemi; mais peu importait, puisque l'on pouvait se déployer et qu'il fallait absolument attaquer par colonnes.

Or tout dépendait de ces têtes de colonne; enlèveraient-elles des maisons crénelées? escaladeraient-elles des retranchements? iraient-elles prendre des canons jusque dans leurs batteries? soutiendraient-elles avec avantage, elles qui n'avaient jamais vu le feu, ce combat corps à corps où les vieilles troupes hésitent si souvent?

Dumouriez avait porté son quartier général au petit village de Rasme. Il était défendu de front par la petite rivière qui porte ce nom; à sa droite par un bois; à sa gauche, par les retranchements du Boussu, élevés par les Autrichiens, et qui, ainsi que nous l'avons dit, étaient tombés en notre pouvoir.

Il venait de se mettre à table et mangeait avec grand appétit une soupe aux choux que venait de lui faire son hôtesse, regardant du coin de l'œil un poulet qui tournait au bout d'une ficelle devant un grand feu, lorsqu'une voiture s'arrêta devant la porte et qu'un homme entra en criant:

— Place ce soir à la table! place demain à la bataille!

Cet homme, c'était Jacques Mérey, qui, comme il l'avait dit, rejoignait Dumouriez le 5.

Dumouriez jeta un cri de joie et lui tendit les bras.

— Ma foi! dit-il, je n'attendais plus que vous pour être sûr de la victoire; vous êtes mon porte-bonheur; c'est vous qui vous chargerez pour la Convention des drapeaux de Jemmapes, comme vous vous êtes chargé de ceux de Valmy.

Jacques Mérey se mit à table; tout l'état-major soupa avec la soupe aux choux, le poulet et du fromage, puis chacun se roula dans son manteau et attendit le point du jour.

Une heure avant le lever du soleil, Dumouriez était prêt; car il n'ignorait pas la nuit que venaient de passer ses soldats, et il savait que, le jour venu, ils auraient besoin d'être encouragés.

L'armée française, en effet, avait passé toute la nuit, l'arme au bras, au fond d'une plaine humide où il avait été impossible aux bivacs d'allumer leur feu. Aussi, pendant cette nuit, Beaulieu pour la seconde fois avait-il proposé de tomber sur nos soldats, et, tout affaiblis et trempés qu'ils étaient, de les anéantir.

Comme la première fois, le général en chef avait refusé.

Pour de vieilles troupes habituées et endurcies aux camps en plein air et aux bivacs sous la voûte du ciel, cette nuit eût déjà été une nuit terrible. Lorsque Dumouriez vit ces marécages, où le sol tremblait sous les pieds, et au milieu du brouillard s'agiter toute cette armée, il fut effrayé lui-même de l'état d'anéantissement où il allait la trouver.

Son étonnement fut grand lorsqu'il entendit rire et chanter.

Il leva les yeux au ciel. Jacques Mérey lui posa la main sur l'épaule.

— C'est la force infinie de la conscience et du sentiment du droit, lui dit-il, qui a fait ce miracle.

Et lorsqu'ils passèrent au milieu d'eux, ils virent que tout en chantant nos soldats grelottaient; le froid du matin faisait claquer les dents aux plus vigoureux, et ce qui les glaçait encore plus, c'était de voir étagés sur la montagne, lorsque le jour parut, les hussards impériaux dans leurs belles pelisses, les grenadiers hongrois dans leurs fourrures et les dragons autrichiens dans leurs manteaux blancs.

— Tout cela est à vous! dit Dumouriez; il ne s'agit que de le prendre.

— Ah! répondit un volontaire de Paris, ce ne serait pas difficile si on avait déjeuné.

— Bon! dit Dumouriez; vous déjeunerez après la bataille; vous en aurez meilleur appétit; en attendant, on va vous distribuer à chacun une goutte d'eau-de-vie.

— Va pour la goutte d'eau-de-vie! répondirent les volontaires.

O bienheureuse époque où les armées étaient réchauffées par leur enthousiasme, cuirassées par le fanatisme et vêtues par la foi!

L'histoire n'oubliera jamais que c'est pieds nus que nos soldats sont partis l'an Ier de la République, pour conquérir le monde.

XXXV

JEMMAPES

De même qu'en jetant les yeux sur la carte rien n'était plus facile que de se rendre compte de la bataille de Valmy, de même, en prenant la même peine, rien ne sera plus facile que de se rendre compte de la bataille de Jemmapes.

Nous avons dit que l'armée autrichienne était rangée sur les collines qui s'étendent en amphithéâtre depuis Jemmapes jusqu'à Cuesmes.

Dumouriez adopta le même ordre de bataille.

Le général Darville, qui occupait l'extrême droite de la ligne, vers Frameries, fut chargé de partir avant le jour et d'aller occuper derrière la ville de Mons les hauteurs formant la seule retraite des Autrichiens.

Beurnonville, qui venait après Darville dans notre ordre de bataille, devait marcher droit sur Cuesmes et l'aborder de face. Le duc de Chartres, à qui, dans son plan de royauté, Dumouriez destinait les honneurs de la journée, reçut le commandement du centre, et en même temps le grade de général. Sa mission était d'attaquer Jemmapes de front, en essayant de pousser une partie de ses hommes dans la trouée que forme la grande route de Mons entre Jemmapes et Cuesmes. Enfin le général Féraud, qui commandait la gauche, devait traverser le village de Quarégnon et se porter sur les flancs de Jemmapes pour soutenir l'attaque du prince.

Partout la cavalerie se tenait prête à soutenir l'infanterie, et notre artillerie à battre chaque redoute en flanc et à éteindre ses feux.

Une réserve considérable d'infanterie et de cavalerie se tenait prête à marcher derrière le petit ruisseau de Vasme.

Ce fut le canon qui, des deux côtés, commença l'attaque; puis, comme l'ordre en avait été donné, Féraud et Beurnonville se détachèrent, l'un allant attaquer la droite de Jemmapes, l'autre attaquant Cuesmes de front.

Mais ni l'une ni l'autre des deux attaques ne réussit.

Il était onze heures; on se battait depuis trois heures au milieu du brouillard, et le brouillard en se levant montra le peu de progrès que nous avions faits. Il fallait pour emporter la position de Jemmapes, un de ces hommes à qui on dit :

— Allez là, et faites-vous tuer !

Dumouriez avait cet homme sous la main ; c'était Thévenot.

Thévenot traverse Quarégnon, fait cesser la canonnade, entraîne tout le corps d'armée de Féraud avec lui, tête baissée, musique en tête, baïonnette au bout du fusil, et aborde les Autrichiens.

De la vallée, où l'on ne pouvait, à cause du brouillard qui se levait lentement, voir les progrès de nos soldats, on les devinait à la musique, dont l'harmonie majestueuse semblait marcher devant la France. De temps en temps, des volées de canon couvraient tout autre bruit ; mais, dans les intervalles de la détonation, on entendait toujours ces notes terribles de la *Marseillaise*, devant lesquelles devaient s'ouvrir les portes de toutes les capitales de l'Europe.

Au bruit de cette musique qui s'éloignait toujours, Dumouriez comprit que le moment était venu de lancer le jeune duc de Chartres. Le prince se met à la tête d'une colonne et trouve une brigade qui, voyant déboucher par la route de Mons la cavalerie autrichienne, manifestait une certaine hésitation.

Mais, dans ce moment même, le domestique de Dumouriez voyant le général qui reculait avec ses hommes, court à lui au milieu du feu, le menace de prendre sa place avec sa livrée, lui fait honte et le pousse en avant ; c'est alors qu'arrive le duc de Chartres : ralliant à lui tous les fuyards, en formant un bataillon auquel il donna le nom de *bataillon de Jemmapes*, il descend de son cheval qui ne peut gravir la pente trop escarpée, et à la tête de ces héros improvisés pénètre au milieu des feux d'une artillerie qui change la montagne en fournaise, jusqu'au village de Jemmapes, d'où il chasse les Autrichiens, et à l'extrémité duquel il fait sa jonction avec Thévenot.

Dumouriez, inquiet de ce qui se passait à sa gauche, prend lui-même une centaine de cavaliers et s'élance sur la route de Jemmapes ; mais à peine est-il au tiers de la montagne, qu'il rencontre le duc de Montpensier envoyé par son frère pour lui annoncer que Jemmapes est au pouvoir des Français.

Du point où il est arrivé, il a vu l'hésitation des troupes qui attaquent Cuesmes ; un triple rang de redoutes arrêtait Beurnonville, et cependant, au moment où Dumouriez arrivait, Dampierre s'était élancé seul en avant, et le régiment de flanc l'avait suivi, puis nos volontaires s'étaient précipités et l'on venait d'enlever le premier étage de la triple redoute.

Mais là il recevait le feu des deux autres. Un instant les volontaires parisiens crurent qu'on les avait réunis et entassés sous le feu de l'ennemi pour les anéantir. Dumouriez arrive, les trouve émus et sombres, et prononçant déjà tout bas le mot de trahison. Ce qui soutenait les deux bataillons jacobins cependant, c'était de voir le bataillon de la rue des Lombards, qui était girondin, recevoir la même pluie de feu. Puis ils étaient sous les yeux des vieux soldats de Dumouriez, qui regardaient comment ces conscrits se conduiraient sur le champ de bataille.

Ce fut en ce moment que Dumouriez, rassuré sur sa gauche, jugea important de faire un suprême effort sur sa droite et se jeta au milieu d'eux.

Comme si elle eût attendu ce moment, la lourde masse des dragons impériaux s'ébranla pour charger l'infanterie parisienne ; mais Dumouriez se plaça à la tête de cette infanterie, l'épée à la main.

— Feu à vingt pas seulement ! cria Dumouriez, celui qui aura fait feu avant aura eu peur.

Tous entendirent cet ordre, tous l'exécutèrent ; ils laissèrent approcher jusqu'à vingt pas cette cavalerie sous laquelle la terre tremblait, puis à vingt pas les trois bataillons firent feu.

Deux cents chevaux abattus, trois cents hommes tués, leur firent un rempart ; puis, ne donnant pas le temps à cette lourde cavalerie de se rallier, il lança sur elle sa cavalerie légère, qui poursuivit les dragons jusqu'à Mons.

Lui alors se mit à la tête des bataillons et entonna la *Marseillaise*.

Ce fut un entraînement général ; tous ces hommes s'avancèrent à la baïonnette en chantant l'hymne de la liberté. Tous sentaient que le monde avait les yeux fixés sur eux à cette heure, et chacun d'eux fut un héros.

En quelques minutes, les deux autres redoutes furent emportées, les canonniers égorgés sur leurs pièces, et les grenadiers hongrois poignardés à leurs rangs.

Dumouriez ne fit halte que sur les hauteurs de Cuesmes, de même que Thévenot et le duc de Chartres n'avaient fait halte que sur les hauteurs de Jemmapes.

Par malheur, Darville avait mal compris l'ordre qui lui enjoignait de garder les collines par lesquelles les Autrichiens devaient faire leur retraite ; il s'arrêta à Berthatmont et s'amusa à canonner sans aucun effet les redoutes.

Sans avoir été chargé d'aucune mission particulière, Jacques Mérey avait été vu partout : avec Thévenot lorsqu'il avait attaqué la gauche de Jemmapes ; avec le duc de Chartres lorsqu'il avait enfoncé le centre de l'ennemi ; avec Dumouriez lorsqu'il avait escaladé les redoutes.

Le lendemain il se trouvait nommé sur les rapports des trois chefs.

Le compte des morts fait, il se trouva que de chaque côté la perte était à peu près égale : quatre ou cinq mille morts.

Mais la bataille de Jemmapes avait un résultat plus sérieux qu'un calcul arithmétique. La bataille de Jemmapes c'était la cause des habitants du monde gagnée en première instance à Valmy, en appel à Jemmapes.

La bataille de Jemmapes n'était point, comme la bataille de Valmy, la victoire d'une armée.

C'était la victoire d'un peuple.

De Jemmapes date l'ère de l'infanterie française.

Sous Charles-Quint, l'infanterie espagnole fut la première infanterie du monde.

Sous le grand Frédéric, ce fut l'infanterie prussienne.

Depuis Jemmapes, c'est l'infanterie française.

A partir de Jemmapes, deux chants patriotiques remplacèrent pour nos soldats le vin et l'eau-de-vie que l'on verse chez les autres peuples.

Avec la *Marseillaise* on gagna les batailles de plaine.

Avec le *Ça ira !* on enleva les redoutes.

Au lieu de déjeuner nos soldats, nus, à jeun après une nuit de novembre passée dans les marais, avaient chanté et vaincu.

A deux heures, la bataille était gagnée sur tous les points ; ils cessèrent de chanter, s'aperçurent qu'ils étaient fatigués et qu'ils avaient faim.

Ils s'assirent et demandèrent du pain.

Ils eurent du pain et de la bière, ce qu'il fallait pour ne pas mourir de faim.

Mais, à l'horizon, les belles plaines de la Belgique, et derrière elle le monde.

J'ai visité le champ de bataille de Jemmapes, comme j'avais parcouru le champ de bataille de Valmy.

A Valmy, pas d'autre monument que le cœur de Kellermann, qui a voulu avoir sa victoire pour tombeau.

A Jemmapes, rien.

Que la France ait été ingrate envers ses enfants, c'est tout simple ; les enfants ont deux mères : celle qui les a enfantés comme hommes, celle qui les a enfantés comme peuples.

A la mère qui les a enfantés comme hommes ils doivent leur amour.

A la mère qui les a enfantés comme peuples, ils doivent plus que leur amour, ils doivent leur sang.

Mais la Belgique, à qui nous ne devions rien et à qui nous donnions la liberté, ne devait-elle pas, elle, une pierre à nos soldats ?

Cette pierre, elle en a fait sculpter un lion, et elle a mis ce lion sur le champ de bataille de Waterloo. Ce lion menace la France !

Orgueil de pygmée, ingratitude de géant !

XXXVI

LE JUGEMENT

Jacques Mérey fut envoyé à Paris par Dumouriez et chargé de présenter à la Convention le jeune Baptiste Renard, qui avait rallié une brigade au moment où celle-ci pliait.

Il partit le 6, à trois heures, courut la poste toute la nuit, et arriva le 7 à temps pour se présenter à la Convention et annoncer la nouvelle, attendue mais inespérée.

— Citoyens représentants, dit-il, messager de Valmy, je viens vous annoncer la victoire de Jemmapes ; en quatre heures, nos braves soldats ont enlevé des positions que l'on croyait inexpugnables.

— Comment cela ? demanda le président.

— En chantant, répondit Jacques Mérey.

— Et que demande le général pour sa brave armée ?

— Du pain et des souliers.

Il y eut un moment d'enthousiasme immense ; les canons des Invalides semblèrent faire feu d'eux-mêmes ; la nouvelle s'élança par toutes les portes et s'abattit sur Paris.

La grande ville, qui n'était qu'à moitié rassurée par la victoire de Valmy qui la débarrassait des Prussiens, fut folle de joie.

Les maisons s'illuminèrent toutes seules et dégorgèrent leurs habitants ; les rues s'emplirent, les cloches sonnèrent, la foule se porta aux Tuileries.

Marie-Joseph Chénier, qui était de la Convention, fit, séance tenante, la première strophe de son hymne :

La victoire, en chantant, nous ouvre la barrière...

Méhul en fit la musique.

Jacques Mérey détourna l'attention de lui et la ramena sur le jeune Baptiste Renard. Il raconta ce qu'il avait fait comme il savait raconter ; il montra l'âme du soldat sous la livrée du domestique, et comment tout avait grandi en France, jusqu'aux cœurs des mercenaires.

La Convention comprit qu'il fallait qu'elle grandît celui que s'était élevé ; elle lui vota et lui donna séance tenante les épaulettes de capitaine.

Puis elle reprit sa séance interrompue.

Le jour où l'on apprit la victoire de Valmy, la république fut proclamée ; le jour où l'on apprit la victoire de Jemmapes, le roi fut mis en jugement.

Puis les choses marchèrent à pas de géant.

Bruxelles fut occupé par le général Dumouriez.

La Convention rendit un décret par lequel elle promettait aide et secours à tous les peuples qui voudraient renverser leur gouvernement.

Qu'on me permette d'ouvrir ici une parenthèse que je n'ouvrirais pas dans un autre roman que celui-ci, ni dans un autre journal que le *Siècle*.

On a dû remarquer, ceux du moins qui nous ont lu avec attention, combien nous avons pris à tâche d'introduire l'histoire nationale dans nos livres, et combien la popularité qu'on nous a faite a été mise au service de l'éducation publique.

Michelet, mon maître, l'homme que j'admire comme historien, et je dirai presque comme poète au-dessus de tous, me disait un jour :

« Vous avez plus appris d'histoire au peuple que tous les historiens réunis. »

Et ce jour-là j'ai tressailli de joie jusqu'au fond de mon âme ; ce jour-là j'ai été orgueilleux de mon œuvre.

Apprendre l'histoire au peuple c'est lui donner ses lettres de noblesse, lettres de noblesse inattaquables et contre lesquelles il n'y aura pas de nuit du 4 août.

C'est lui dire que quoiqu'il ait toujours eu ses racines dans la nation, que quoiqu'il ait existé comme commune, comme parlement, comme tiers, il ne date réellement que du jour de la prise de la Bastille.

Pour monter dans les carrosses du roi il fallait faire ses preuves de 1399.

La noblesse du peuple date du 14 juillet.

Il n'y a pas de peuple sans liberté.

Mais, nous qui oublions parfois cette sainte maxime, mais qui toujours à un moment donné nous en souvenons, il est bon de voir, malgré nos défaillances, à quel point nous avons infiltré en Europe le principe révolutionnaire ; et, disons-le, relativement à la durée de la vie des peuples comparée à la vie humaine, combien rapidement il s'est fait jour !

Nous venons de dire que le 19 novembre, treize jours après la bataille de Jemmapes, la Convention, comprenant sa puissance et mesurant son droit, avait promis protection et secours à tous les peuples qui voudraient renouveler leur gouvernement.

Pourquoi n'avons-nous pas, l'un après l'autre, le temps de dire ce qu'étaient les rois qui représentaient ces gouvernements ?

Angleterre : Georges III, un idiot ; — Russie : Catherine, une goule ; — Autriche : François II, un Tibère ; — Espagne, Charles IV, un palefrenier ; — Prusse : Frédéric-Guillaume, un mannequin dont ses maîtresses tenaient le fil.

Mais les peuples ne marchent que les uns après les autres sur la route de Damas, et il leur faut des années de tyrannie pour que les écailles leur tombent des yeux.

L'appel aux peuples de 1792 fut proclamé ; le Brabant seul y répondit. La révolution du Brabant fut étouffée.

La révolution de 1830 arriva ; le gouvernement provisoire appela les peuples à la liberté. Trois peuples répondirent.

L'Italie, la Pologne, la Belgique.

Deux peuples furent noyés dans leur sang ; l'Italie et la Pologne. La Belgique y gagna la liberté et une constitution.

Puis vint la révolution de 1848, qui appela tous les peuples à la république.

Et alors ce ne fut plus seulement trois peuples qui réclamèrent leur liberté et demandèrent une constitution ; ce fut l'Autriche, ce fut la Prusse, ce fut Venise, ce fut Florence, ce fut Rome, ce fut la Sicile, ce furent les provinces danubiennes, ce fut tout ce qui est éclairé enfin par le soleil de la civilisation qui proclama la république.

L'Italie y gagna son unité ; l'Autriche, la Prusse, les provinces danubiennes, des constitutions.

Et nunc intelligite, reges !

Reprenons la suite des événements.

Le 27, un décret réunit la Savoie à la France.

Le 30, prise de la citadelle d'Anvers par le général La Bourdonnaye.

Arrêtons-nous ici encore un moment et jetons un coup d'œil sur l'Angleterre, sur l'Angleterre que nous appelions notre sœur aînée et que nous appelons notre amie.

L'Angleterre, le pays le plus savant en sciences mécaniques, le plus ignorant en force morale, nous avait depuis 1789 regardé faire, sans s'inquiéter autrement de nous ; elle avait haussé les épaules à notre enthousiasme, elle avait raillé nos volontaires ; au premier coup de canon prussien ou autrichien, elle avait cru les voir s'envoler vers Paris comme une volée d'oiseaux.

Pitt, ce grand politique qui n'a jamais été qu'un commis haineux, Pitt, doublé des Grenville, voyait la France, envahie par la Prusse, former une seconde Prusse.

Tout à coup elle voit s'illuminer le côté de la Belgique. Qu'y a-t-il ?

La France est au Rhin ; la France est aux Alpes ; Anvers est pris !

La baïonnette de la France est sur la gorge de l'Angleterre.

Alors l'île aux quatre mers est prise d'une de ces paniques qui lui sont particulières, comme elle en prit une en 1805 quand elle vit Napoléon à Boulogne, un pied sur les bateaux plats ; et une autre, en 1842, quand trois millions de chartistes entourèrent le parlement.

Déjà une société anglaise étant venue féliciter la Convention, son président Grégoire leur dit à leur grande épouvante :

— Estimables *républicains*, la royauté se meurt sur les décombres féodaux ; un feu dévorant va les faire disparaître ; ce feu, c'est la *déclaration des droits de l'homme*.

Vous figurez-vous l'effet que ferait la déclaration des droits de l'homme dans un pays où un paysan n'a pas le droit de tuer le renard qui mange ses poules ni le corbeau qui abat ses noix ?

Cependant le procès du roi se poursuivait, et la nécessité de faire disparaître tout ce qui faisait obstacle à la révolution devenait impérieuse.

Faire la conquête du monde, pour la France, n'était pas urgent ; mais faire la conquête d'elle-même était nécessaire.

La France avait contre elle trois principes ennemis :

L'Eglise ;

La noblesse ;

La royauté.

L'Eglise, on l'a vu par la guerre de la Vendée, qui fut toute aux mains des prêtres.

La noblesse, on l'a vu par les six mille émigrés de Condé qui portèrent les armes contre la France.

La royauté ! la royauté, qui était coupable, comme l'ont prouvé les royalistes eux-mêmes, lorsque chacun a réclamé, en 1815, la récompense de services qui n'étaient rien autre chose que des trahisons, et qui cependant, par sa fausse éducation, par son invincible ignorance, par l'erreur du droit divin, pouvait se croire innocente.

La France s'était débarrassée de l'Eglise en décrétant la mise en vente des biens des couvents.

La noblesse avait débarrassé la France d'elle en émigrant.

Restait donc la royauté.

C'était le dernier obstacle ; de là tant de haine dans sa destruction.

La maxime favorite de Louis XVI, c'est M. de Malesherbes, son défenseur, lui-même qui l'a dit, maxime qui dérive directement du fameux mot de Louis XIV L'ÉTAT, C'EST MOI, était celle-ci :

— LA LOI SUPRÊME, C'EST LE SALUT DE L'ÉTAT.

Seulement la question est là :

L'Etat est-il dans la royauté ou dans la nation ?

La question est reconnue aujourd'hui, et ceux-là même qui règnent avouent en montant sur le trône qu'ils ne sont que les mandataires de la nation.

Il est vrai qu'une fois sur le trône ils l'oublient presque aussitôt.

Mais oublier un principe n'est pas le détruire, c'est forcer les autres de s'en souvenir, voilà tout.

Louis XVI se trouva en face du portrait de Charles Ier.

L'erreur disait : « La loi suprême est le salut de l'État ».

La vérité dit : « La loi suprême est le salut public ».

Or le roi avait conspiré contre le salut public :

En essayant de sortir du royaume ;

En continuant ses relations avec ses frères ;

En protestant contre la révolution dans son adresse au roi de Prusse ;

En demandant à son beau-frère ou en faisant demander par la reine, ce qui était la même chose, les secours de troupes autrichiennes.

La Convention ignorait tout cela, puisque ces faits ne nous furent révélés qu'à la Restauration ; mais elle comprenait instinctivement que la mort du roi était nécessaire.

Le roi vivant, qu'en eût-on fait ?

Prisonnier, il eût constamment conspiré pour sortir de sa prison.

Exilé, il eût constamment conspiré pour rentrer en France.

La vie du roi était inviolable, dira-t-on.

Mais la vie de la France était-elle moins inviolable que celle du roi ?

Tuer un homme est un crime.

Tuer une nation est un forfait.

Et cependant tous ces hommes hésitaient à porter la main non pas sur le roi, mais sur l'homme.

Presque tous, soit dans leurs discours, soit dans leurs écrits, s'étaient prononcés contre la peine de mort.

Ces hommes qui ont tant tué, — nécessité aux coins de fer ! — ces hommes avaient presque tous pour principe cette première loi de l'humanité :

Ce qu'il y a de plus sacré c'est la vie humaine.

Duport avait dit : « Rendons l'homme respectable à l'homme. »

Robespierre avait dit : « Il faut au moins pour condamner que les jurés soient unanimes. »

Aussi, pour porter le dernier coup à Louis XVI, choisit-on un homme dont l'entrée à la Chambre était une violation de la justice : il n'avait que vingt-quatre ans, Saint-Just.

Etrange précaution de la Providence.

Il monta à la tribune.

Nous connaissons tous Saint-Just. Nous l'avons vu dans ses portraits, grave, mince, roide, le cou perdu dans sa cravate de batiste, avec son teint mat, ses yeux bleu faïence d'une dureté slave, ses sourcils les couronnant comme une barre tirée à la règle au-dessus d'eux, avec cela le front bas et les cheveux descendant jusqu'aux sourcils.

— Pour juger César il n'a fallu, dit-il, d'autre formalité que vingt-deux coups de poignard.

— Il faut le tuer, il n'y a plus de loi pour le juger, lui-même les a détruites.

— Il faut le tuer comme ennemi, on ne juge qu'un citoyen ; pour juger le tyran il faudrait d'abord le faire citoyen.

— Il faut le tuer comme coupable pris en flagrant délit, la main dans le sang. La royauté est d'ailleurs un crime éternel, un roi est hors la nature ; de peuple à roi, nul rapport naturel.

Il faut lire cette page, que nous empruntons à Michelet, pour se faire une idée exacte de l'effet que produisit le discours de Saint-Just.

« L'atrocité du discours eut un succès d'étonnement. Malgré les réminiscences classiques qui sentaient leur écolier (Louis est un Catilina, etc., etc.), personne n'avait envie de rire. La déclamation n'était pas vulgaire ; elle dénotait dans le jeune homme un vrai fanatisme. Ses paroles, lentes et mesurées, tombaient d'un poids singulier et laissaient de l'ébranlement, comme le lourd couteau de la guillotine. Par un contraste choquant, elles sortaient, ces paroles froidement impitoyables, d'une bouche qui semblait féminine. Sans ses yeux bleus fixes et durs, ses sourcils fortement barrés, Saint-Just eût pu passer pour femme. Etait-ce la vierge de Tauride ? Non, ni les yeux, ni la peau, quoique blanche et fine, ne portaient à l'esprit un sentiment de pureté. Cette peau très aristocratique, avec un caractère singulier d'éclat et de transparence, paraissait trop belle et laissait douter s'il était bien sain.

« L'énorme cravate serrée, que seul il portait alors, fit dire à ses ennemis, peut-être sans cause, qu'il cachait des humeurs froides. Le cou était comme supprimé par la cravate, par le collet roide et haut ; effet d'autant plus bizarre que sa taille longue ne faisait point du tout attendre cet accourcissement du cou. Il avait le front très bas, le haut de la tête comme déprimé, de sorte que les cheveux, sans être longs, touchaient presque aux yeux. Mais le plus étrange était son allure d'une roideur automatique qui n'était qu'à lui. La roideur de Robespierre n'était rien auprès. Tenait-elle à une singularité physique, à un excessif orgueil, à une dignité calculée ? Peu importe. Elle intimidait plus qu'elle ne semblait ridicule. On sentait qu'un être tellement inflexible de mouvement devait l'être aussi de cœur. Ainsi lorsque dans son discours, passant du roi à la Gironde, et laissant là Louis XVI, il se tourna d'une pièce vers la droite et dirigea sur elle avec sa parole, sa personne tout entière, son dur et meurtrier regard, il n'y eut personne qui ne sentît le froid de l'acier. »

Louis XVI fut condamné à mort sans sursis à la majorité de trente-quatre voix.

Jacques Mérey motiva ainsi son vote :

— Ennemi de la mort comme médecin et ne pouvant cependant méconnaître la culpabilité de Louis XVI, je vote pour la prison perpétuelle.

Il venait de prononcer deux arrêts à la fois, celui de Louis XVI et le sien.

XXXVII

L'EXÉCUTION

De tout ce que nous venons d'écrire il demeure clair pour les lecteurs que Louis XVI fut condamné parce qu'il *était un danger national*.

La France qui devait non seulement vivre et prospérer par sa mort, mais secouer, lui mort, l'esprit de la révolution sur les autres peuples, devait mourir avec lui et par lui.

Ce qu'on voulut tuer surtout avec le roi, c'est *l'appropriation d'un peuple à un homme*.

Le Breton Lanjuinais l'a dit : *Il y a de saintes conspirations*.

Les conspirations saintes *c'est le retour du droit, c'est la rentrée du vrai maître dans la maison, c'est l'expulsion de l'intrus*.

Les vrais régicides ne sont point Thraséas et ses complices qui tuèrent Caligula, ce sont les flatteurs qui persuadèrent à Caligula qu'il était dieu !

Le roi entendit avec beaucoup de calme sa sentence, que le ministre de la justice alla lui lire au Temple.

Une circonstance bizarre, presque providentielle, l'avait depuis longtemps mis en face de sa propre mort.

M. de Richelieu, le courtisan par excellence, avait à prix d'or, et pour en faire cadeau à madame Du Barry, acheté le beau portrait de Charles Ier par Van Dyck.

Quel rapport y avait-il entre madame Du Barry, le roi d'Angleterre et le peintre flamand ?

Il fallait un bien fin courtisan pour le trouver.

Le jeune page qui tient le cheval du roi était portrait comme le roi. C'était le page favori de Charles Ier. Il s'appelait Bary.

Il s'agissait de faire accroire à madame Du Barry que le page était un des ancêtres de son mari.

Ce ne fut pas chose difficile ; la pauvre créature croyait tout ce que l'on voulait.

Elle avait son appartement dans les mansardes de Versailles. Elle plaça le tableau debout contre la muraille. Il était de hauteur avec l'appartement.

M. de Richelieu l'avait au reste renseignée sur ce qu'était Charles Ier.

Et quand Louis XV la venait voir, elle le faisait asseoir sur son canapé, placé juste en face le portrait, et elle lui disait :

— Tu vois, la France, c'est un roi qui a eu le cou coupé pour n'avoir pas osé résister à son parlement.

Louis XV mourut. Madame Du Barry fut exilée. Le chef-d'œuvre de Van Dyck demeura dans les mansardes de Versailles.

Puis les journées des 5 et 6 octobre arrivèrent. Louis XVI et la famille royale furent ramenés à Paris.

Les Tuileries, inhabitées depuis longtemps, étaient démeublées. On prit au hasard, dans les appartements vides de Versailles, des meubles et des tableaux.

Les appartements des anciennes favorites fournirent leur contingent.

Louis XVI, en entrant dans sa chambre à coucher, se trouva en face du portrait de Charles Ier.

Il prit ce hasard pour un avertissement de la Providence, et depuis ce jour pensa à la mort.

Il dormit profondément la veille de l'exécution, se réveilla avant le jour, entendit la messe à genoux, refusa de voir la reine à qui il avait promis de dire adieu la veille, de peur de s'attendrir. Enfin, à huit heures, il sortit de son cabinet et entra dans sa chambre à coucher, où l'attendait la troupe.

Tout le monde avait le chapeau sur la tête.

— Mon chapeau ? demanda Louis XVI.

Cléry le lui remit et il se coiffa.

Puis il ajouta :

— Cléry, voici mon anneau d'alliance ; vous le remettrez à ma femme et lui direz que ce n'est qu'avec peine que je me sépare d'elle.

Puis, tirant son cachet de sa poche.

— Voici pour mon fils, dit-il.

Sur le cachet étaient gravées les armes de France.

Dans les traditions royales, c'était le trône qu'il lui transmettait.

Il s'approcha d'un homme de la Commune, nommé Jacques Roux

— Voulez-vous recevoir mon testament ? lui demanda-t-il.

L'homme se recula.

— Je ne suis ici, dit-il, que pour vous conduire à l'échafaud.

— Donnez, dit un autre municipal ; je m'en charge.

— Prenez-vous votre redingote, sire ? demanda Cléry.

Il fit signe que non.

Il était en habit de couleur sombre, en culotte noire, en bas blancs, en gilet de molleton blanc.

Au fond de la voiture, son confesseur, l'abbé Edgeworth, Irlandais, élève des jésuites de Toulouse, prêtre non assermenté, l'attendait.

Il y monta, s'assit près de lui. Deux gendarmes montèrent derrière lui et s'assirent sur la banquette de devant.

Le roi tenait un livre de messe à la main ; il se mit à lire des psaumes.

Il était dans une voiture à lui.

Les rues étaient à peu près désertes, portes et fenêtres étaient fermées ; personne ne paraissait même derrière les vitres.

On eût dit une nécropole.

Le pouls de Paris ne battait plus que sur la place de la Révolution.

Il était dix heures dix minutes lorsque la voiture s'arrêta en face le pont tournant.

Les commissaires de la Commune étaient sous les colonnes du garde-meuble ; ils avaient mission d'assister à la mort et de dresser procès-verbal de l'exécution ; autour de l'échafaud une triple batterie de canons menaçait les spectateurs de trois côtés, laissant entre leurs affûts et la plate-forme un grand espace vide ; de tous côtés on ne voyait que troupes, car il avait été question d'un complot pour enlever le prisonnier.

Grâce à cette quadruple haie de troupes qui environnaient de tout côté l'échafaud, et qui s'ouvrirent pour laisser passer les condamnés, les spectateurs les plus proches étaient à plus de trente pas.

Ces militaires étaient des fédérés que l'on avait choisis parmi les plus exaltés.

Vingt tambours, avec leurs caisses, se tenaient sur la face de l'échafaud où se trouvait la lucarne, et tournaient le dos par conséquent au pont Louis XV.

La voiture s'arrêta à quelques pas des degrés par lesquels on montait à la plate-forme.

Le roi retrouva quelques paroles impérieuses pour recommander son confesseur aux deux gendarmes qui étaient avec lui dans la voiture.

Puis il descendit vaillamment le premier ; son confesseur le suivit.

Les aides de l'exécuteur se présentèrent pour le déshabiller, mais lui fit un pas en arrière, jeta à terre son habit, son gilet et sa cravate.

Alors, au pied des degrés, une lutte d'un instant eut lieu entre les valets et lui.

Ils voulaient lui lier les mains avec des cordes.

Mais alors Sanson s'avança. Comme il l'avait dit à Jacques Mérey, il était un vieux serviteur de la royauté.

De grosses larmes roulaient le long de ses joues.

Voyant que le roi ne voulait pas se laisser lier les mains avec des cordes, il tira de sa poche un mouchoir de fine batiste, et avec la même humilité qu'un valet de chambre :

— Avec un mouchoir, sire, dit-il.

Ce mot, *sire*, que Louis XVI n'avait entendu depuis si longtemps que dans la bouche de son défenseur Malesherbes, qui, quoique en face de la Convention, ne l'appela jamais autrement, le toucha profondément. Il tendit les deux mains et se les laissa lier avec le mouchoir.

Pendant ce temps l'abbé Edgeworth s'était approché du roi et lui disait :

— Souffrez cet outrage comme une dernière ressemblance avec le Dieu qui va être votre récompense.

Mais déjà le roi avait tendu les deux mains, et en tendant les mains, acceptant cette comparaison entre lui et Jésus-Christ :

— Je boirai le calice jusqu'à la lie, dit-il.

Le roi s'appuya sur le prêtre pour monter les marches de l'échafaud trop roides pour qu'il pût les gravir sans soutien ; mais à la dernière marche une espèce de vertige lui prit ; il s'élança sur la plate-forme jusqu'à son extrémité et s'écria :

— Français, je meurs innocent du crime que l'on m'impute. Je pardonne...

En ce moment, à un signe de Henriot, les vingt tambours partirent à la fois et étouffèrent la voix du roi dans leur roulement.

Le roi devint très rouge, frappa du pied en criant d'une voix terrible :

— Taisez-vous !

Mais les tambours continuèrent.

— Je suis perdu, reprit le roi. Je suis perdu.

Et il se livra aux bourreaux.

Mais pendant qu'on lui mettait les sangles, il continua de crier :

— Je meurs innocent, je pardonne à mes ennemis. Je désire que mon sang apaise la colère de Dieu.

Les tambours continuèrent de battre et de couvrir sa voix jusqu'à ce que sa tête fût tombée.

Le valet du bourreau la prit et la montra au peuple. Sanson, appuyé à la guillotine, était prêt à se trouver mal.

Pendant les quelques secondes où le bourreau montra la tête au peuple, le peintre Greuze qui se trouvait là, et qui au reste avait eu souvent l'occasion de voir le roi, fit un terrible portrait de cette tête coupée.

Le corps, placé dans un panier, fut porté au cimetière de la Madeleine et plongé dans la chaux vive.

Pendant ce temps, les fédérés avaient rompu leurs rangs pour tremper leurs baïonnettes dans le sang. Le peuple se précipita à son tour, acheva de les disperser, et alors, soit haine, soit vexation, chacun voulut avoir une part de son sang, les uns y trempèrent leurs mouchoirs et les autres les manches de leurs chemises, les autres enfin du papier.

Quelques cris de grâce se firent entendre.

Pour beaucoup, la sensation que produisit cette mort fut terrible, pour quelques-uns mortelle.

Un perruquier se coupa la gorge avec son rasoir, une femme se jeta dans la Seine, un ancien officier mourut de saisissement, un libraire devint fou.

L'agitation causée dans Paris par cette exécution fut doublée par un assassinat qui avait eu lieu la veille et qui en faisait craindre d'autres.

Ce n'était point sans raison qu'on avait parlé d'un complot ayant pour but d'enlever le roi. Cinq cents royalistes s'y étaient engagés, vingt-cinq seulement se réunirent ; la tentative même échoua.

Mais un de ces hommes voulut, autant qu'il était en son pouvoir, venger le roi pour son compte.

C'était un ancien garde du corps, nommé Pâris.

Il se tenait caché à Paris, rôdant autour du Palais-Royal, dans le but de tuer le duc d'Orléans.

Il était l'amant d'une parfumeuse ayant sa boutique à la galerie de bois.

Après le vote, et après avoir lu les noms de ceux qui avaient voté, il alla dîner dans un de ces restaurants souterrains comme il y en avait quelques-uns au Palais-Royal.

Celui-là avait une certaine réputation, et se nommait Février.

Il y voit un conventionnel qui soldait sa dépense, il entend quelqu'un en passant dire :

— Tiens, c'est Saint-Fargeau !

Il se rappelle qu'il vient de lire que Saint-Fargeau a voté la mort du roi.

Il s'approche de lui.

— Vous êtes Saint-Fargeau ? lui demanda-t-il.

— Oui, répondit celui-ci.

— Vous avez pourtant l'air d'un homme de bien, dit le garde du corps d'une voix triste.

— Je le suis en effet, dit Saint-Fargeau.

— Si vous l'étiez, vous n'auriez pas voté la mort du roi.

— J'ai obéi à ma conscience, dit-il.

— Tiens, dit le garde du corps, moi aussi j'obéis à la mienne.

Et il lui passa son sabre au travers du corps.

Le hasard faisait dîner Jacques Mérey à une table voisine. Il s'élança, mais à temps seulement pour recevoir le blessé entre ses bras.

On le transporta dans la chambre des maîtres de l'établissement, mais en le posant sur le lit il expira.

— Heureuse mort ! s'écria Danton en apprenant l'événement. Ah ! si je pouvais mourir ainsi !

On a vu que, dans le récit de la mort du roi, je rectifie une erreur et donne une explication. L'erreur que je rectifie est d'exonérer la mémoire de Santerre du fameux roulement de tambour.

Santerre s'en était allé avec la commune du 10 août. Henriot était venu avec la commune révolutionnaire.

Je dois cette rectification au fils de Santerre lui-même, qui est venu me trouver la preuve à la main.

Quant à l'explication elle porte sur le débat qui eut lieu au pied de l'échafaud entre le roi et les exécuteurs.

Le roi ne luttait pas dans un désespoir inintelligent pour prolonger sa vie. Il luttait pour n'avoir pas les mains liées avec une corde.

Il ne fit pas de difficulté lorsqu'il s'agit d'un mouchoir.

Je dois ce curieux détail à M. Sanson lui-même, l'avant-dernier exécuteur de ce nom.

XXXVIII

CHEZ DANTON

Le soir même de la mort du roi, deux hommes se tenaient près du lit d'une femme, sinon mourante, du moins gravement malade.

L'un était debout, pensif, lui tâtant le pouls dont il comptait les battements, et était calme et froid comme la science dont il était le représentant.

L'autre, les doigts enfoncés dans les cheveux se pressait violemment la tête de ses deux mains, tandis qu'on voyait le bas de son visage se couvrir de larmes dont la source était cachée, et que sa bouche laissait échapper un râle sourd, indice de colère plus encore que de douleur.

Ces deux hommes étaient Jacques Mérey et Georges Danton.

La mourante était madame Danton.

En rentrant chez lui, Danton avait trouvé sa femme dans un tel état de prostration qu'il avait à l'instant même envoyé chercher Jacques Mérey; puis, en l'attendant, l'homme aux violentes étreintes avait voulu serrer la chère malade contre son cœur, et doucement elle l'avait repoussé.

C'était ce faible mouvement de la main d'une femme mourante qui avait brisé le cœur de cet homme à qui l'on croyait un cœur de bronze.

Dans ce mouvement, si faible qu'il fût, il y avait la séparation éternelle de deux âmes.

Danton, dans un moment de faiblesse, avait promis à madame Danton de ne pas voter la mort du roi.

Il l'avait, non seulement votée sans sursis, sans remise, mais provoquée violemment.

A dix heures et demie du matin, le roi avait été exécuté. En sortant de la Convention, il était rentré chez lui, avait trouvé sa femme plus mal, avait voulu l'embrasser, et avait été repoussé par elle.

Il ne cherchait plus même à lire dans les yeux du médecin la mort ou la vie.

Même avec la vie c'était encore la mort pour lui. Cette femme, qu'il aimait avec toute la passion dont son cœur était capable, cette femme qui avait toujours partagé ses caresses quand elle ne les avait pas sollicitées, cette femme l'avait repoussé.

La mère de ses deux enfants l'avait repoussé.

Il y avait donc dans le cœur de cette femme quelque chose de mort avant la mort: c'était son amour pour lui.

— Mon ami, dit Jacques Mérey après un instant de silence, veux-tu me laisser un instant seul avec ta femme?

Danton se leva, sortit en trébuchant, entra dans la chambre voisine, referma la porte; mais, malgré la porte refermée, on entendit le bruit d'un sanglot qui s'achevait en imprécation.

La malade resta muette, mais tressaillit.

Jacques Mérey s'assit près d'elle, gardant la main qu'il tenait entre les siennes.

— Vous avez eu aujourd'hui une émotion violente? demanda Jacques Mérey à madame Danton.

— N'est-ce point aujourd'hui, à dix heures et demie du matin, que le roi a été exécuté? demanda-t-elle.

— Oui, madame.

— En entendant crier *la mort* j'ai été prise d'un vomissement de sang.

— Est-il possible, madame, fit Jacques Mérey, qu'une chose qui vous est aussi étrangère que la mort du roi ait produit un pareil effet sur vous, la femme de Danton?

— C'est justement parce que je suis la femme de Danton que la mort du roi ne saurait m'être étrangère. Ne suis-je pas la femme de l'homme qui a voté la mort sans sursis, sans délai, sans appel?

— Trois cent quatre-vingt-dix représentants l'ont votée avec lui, insista Jacques Mérey.

— Vous ne l'avez pas votée, vous! s'écria-t-elle avec un accent profondément douloureux.

— Ce n'est point parce que le roi ne la méritait pas, madame, que je ne l'ai point votée, c'est parce que mon état de médecin et mon peu de croyance à une autre vie m'obligent de combattre la mort où je la rencontre.

Il se fit un silence d'un instant.

— Combien de temps croyez-vous que j'aie encore à vivre? demanda tout à coup madame Danton.

Jacques tressaillit et la regarda.

— Mais, lui dit-il, la question n'en est pas encore là.

— Ecoutez, dit madame Danton en lui pressant faiblement la main, j'ai reçu trois coups dont un seul suffirait à tuer une existence, et chacun est entré plus profondément: le 10 août, le 2 septembre et le 21 janvier. Quand je suis entrée dans ce sombre et froid hôtel du ministère de la justice, il m'a semblé entrer dans mon tombeau et je l'ai dit à Georges en souriant tristement: — Je ne sortirai pas vivante.

« Je me trompais de bien peu, M. Mérey, j'en suis sortie mourante.

— Et pourquoi cet hôtel du ministère vous faisait-il si grand'peur, madame?

La malade haussa imperceptiblement les épaules.

— Les hommes sont faits pour les révolutions, dit-elle. Dieu, en les créant forts, leur a dit: Luttez et combattez! mais les femmes sont faites pour le foyer et l'amour; Dieu, en les créant faibles, leur a dit: Soyez épouses, soyez mères! Pauvre fille d'un limonadier du coin du pont Neuf, toute mon ambition s'étendait à avoir comme mon père une petite maison à Fontenay ou à Vincennes. Je l'ai épousé pauvre et obscur; je croyais au génie de l'avocat et non à l'orageuse fortune de l'homme politique; le chêne a poussé trop vite et trop vigoureusement, il a tué le pauvre lierre.

La porte se rouvrit à ces mots, et, rugissant de douleur, Danton vint s'abattre à genoux devant le lit de sa femme, lui baisant les pieds.

— Non! criait-il, non! tu ne mourras pas. N'est-ce pas qu'on peut la sauver? Eh! mon Dieu! que deviendrais-je donc si tu mourais? Que deviendraient nos pauvres enfants?

— C'était au nom des pauvres enfants du Temple que je t'avais demandé de ne pas voter la mort du pauvre roi.

— Oh! s'écria Danton, les femmes ne comprendront donc jamais rien! Suis-je le maître de ce que je fais? pas plus que dans une tempête le patron d'une barque n'est le maître de son bateau; une vague me soulève, l'autre m'abîme. La femme qui m'aimerait, qui m'aimerait véritablement, ne devrait pas me juger, mais se contenter de me plaindre et de panser mes éternelles blessures. Les hommes qui, comme moi, jettent une si terrible abondance de vie en dehors, les tribuns qui nourrissent les peuples de leur parole, du souffle de leur poitrine, du sang de leur cœur, ont besoin du foyer et, au foyer, de douces mains qui leur refassent le cœur, d'une douce haleine qui leur hématose le sang; s'il y trouve les luttes, les querelles, les larmes, il est perdu.

« Non! s'écria-t-il, non, tu n'as pas le droit d'être malade! non, tu n'as pas le droit de mourir. Malade entre deux berceaux! Mourante et voulant mourir! voilà ce qu'il y a de plus douloureux, et, chaque fois que je rentre déchiré de plus de blessures que Régulus dans son tonneau, chaque fois que je laisse à la porte l'armure de l'homme politique et le masque d'acier, je trouve ici cette blessure bien autrement douloureuse, cette plaie bien autrement terrible et saignante: la certitude donnée par elle-même, par la femme que j'aime, je ne dirai pas plus que la France, puisque c'est à la France que je la sacrifie, mais plus que ma propre vie, que dans un mois, dans quinze jours, dans huit jours peut-être, je vais être déchiré de moi-même, coupé en deux, guillotiné du cœur; dis-moi, Jacques, connais-tu un homme aussi malheureux que moi?

Et il se redressa, levant les deux poings au ciel, menaçant et terrible comme Ajax.

— Mon ami, mon Georges, dit madame Danton, tu es injuste. Je ne veux rien, moi! Je ne puis rien moi! Je me sens glisser sur une pente, voilà tout, la pente de la mort. Chaque jour, je suis un peu moins une femme, un peu plus une ombre. Je fonds. Je te fuis, je t'échappe chaque fois que tes bras essayent de me serrer contre ton cœur. Oh! mon Dieu! moi aussi, s'écria-t-elle, je voudrais bien vivre. J'ai été si heureuse; puis elle ajouta tout bas: Autrefois!

— Le plus dur dans tout cela, vois-tu, reprit Danton, car je vois bien qu'elle dit vrai, c'est qu'il ne me sera pas même donné de la voir jusqu'au bout; c'est que je n'aurai pas la consolation de recevoir son adieu; c'est qu'il me faudra quitter ce lit de mort.

— Et pourquoi cela? Pourquoi cela? s'écria la pauvre femme, qui n'avait pas prévu cette suprême douleur et qui avait rêvé mourir au moins dans les bras de l'homme qu'elle aimait.

— Mais, parce que ma situation contradictoire va éclater, parce qu'il va peut-être m'être impossible, le roi mort, de mettre Danton d'accord avec Danton, parce que la France, parce que le monde ont eu les yeux sur moi dans ce fatal procès. Elle m'accuse d'avoir voté la mort. Et c'est moi qui ai hasardé le seul moyen de sauver le roi! C'est moi qui ai dit, pour me rapprocher de la Gironde, qui n'a pas eu l'intelligence de me tendre la main et de nous faire, avec la Commune et les cordeliers, une majorité, c'est moi qui ai dit par deux fois: *La peine, quelle qu'elle soit, doit-elle être ajournée après la guerre?* — Si la Gironde avait dit *oui*, la proposition passait. — C'était une planche que je posais sur l'abîme. La Gironde devait y passer la première, donner l'exemple au centre, qui l'eût suivie. La Montagne en resta muette d'étonnement. Robespierre me regarda et son œil brilla de joie. « Il se perd! disait-il, il se perd. Il avance vers la Gironde, c'est-à-dire vers l'abîme. » Vergniaud crut à une ruse: comme si Danton se donnait la peine de ruser! Au lieu de venir à moi, la Gironde alla à la Montagne: elle ne voulait que la mort de la royauté, et sa majorité vota la mort du roi. Du moment où la droite était divisée, elle était annulée. Il était facile de prévoir que le centre faible et flottant se porterait vers la gauche. Eh bien! que pouvais-je faire de plus pour elle? Le 15 décembre, jour où l'on vota sur la culpabilité, je suis resté ici, près d'elle. J'ai dit que j'étais inquiet de sa santé, et j'ai risqué ma tête. Mon acte d'accusation commencera par ces mots: Où étais-tu le 15? Quand je suis rentré le 16, il n'y avait plus de commune, il n'y avait plus de Gironde, il n'y avait plus que la Montagne tonnante et rugissante. Mais la Montagne n'est pas libre, c'est l'esprit jacobin, c'est la pression jacobine, c'est la police, c'est l'inquisition, c'est la tyrannie. La Révolution se faisant purement jacobine perdra ce qu'elle a de grand, de généreux, d'humanitaire. Je vis que la droite était perdue, et avec la droite la Convention. Je me vis, moi, Danton, avec ma force et mon génie, asservi à la médiocrité jacobine. J'avais ou à me créer une force nouvelle, ou à me laisser dévorer par la lourde mâchoire de Robespierre. C'est pour cela que je revins tonnant et terrible, déterminé à reprendre la tête de la Révolution. N'étais-je pas le plus fort de la Commune? les gens de la Commune ne sont-ils pas des cordeliers trop heureux de me suivre. Il me fallait redevenir et je suis redevenu le Danton de la colère, du jugement et de la mort. Ils l'ont voulu; j'avais été jusque-là le Danton de 92; à partir du 16 décembre je suis le Danton de 93.

« Ecoute ceci, ma bien-aimée femme, mon épouse chérie, dit Danton, descendant des hauteurs où il venait de s'élever. Je comprends le sacrifice, je comprends le dévouement lorsque, en se jetant dans le gouffre comme Curtius, on est sûr que le gouffre se refermera sur vous et que la patrie sera sauvée. Mais aujourd'hui ce n'est pas seulement la France qu'il s'agit de sauver, c'est le monde. Périr, qu'est-ce que c'est cela périr? un homme qui périt, c'est une unité de moins, un zéro souvent; mais la France! la France c'est aujourd'hui l'apôtre, le dépositaire des droits et de la liberté du genre humain. Elle porte à travers les tempêtes, l'arche sainte des lois éternelles, elle porte cette lumière si longtemps attendue, allumée par le génie après tant de siècles. On ne peut pas laisser sombrer l'arche, on ne peut pas laisser éteindre la lumière avant qu'elle ait illuminé la France, avant qu'elle ait éclairé le monde.

Des temps mauvais viendront peut-être où elle s'affaiblira, où elle disparaîtra même comme disparaissent les volcans; mais alors, si l'on ne sait plus où la trouver, on cherchera dans nos sépulcres. La flamme d'une torche n'en rayonne pas moins pour s'être allumée à la lampe d'une tombe!

Madame Danton poussa un soupir et tendit la main à son mari en disant :

— Tu as raison; sois tout ce que tu voudras, mais reste Danton.

XXXIX

LA GIRONDE ET LA MONTAGNE

Danton l'avait dit: Dans la femme était la pierre d'achoppement de la Révolution.

Ce qui se passait chez lui se reproduisait à tout moment et partout.

Depuis le Palais-Royal, regorgeant de maisons de jeu et de maisons de filles, jusqu'aux steppes de la Bretagne, où l'on rencontre de lieue en lieue une chaumière, c'était la femme qui énervait l'homme.

Si l'on peut compter quelques femmes ardentes et courageuses, comme Olympe de Gouges et Théroigne de Méricourt, quelques nobles matrones patriotes comme madame Roland et madame de Condorcet, quelques amantes dévouées comme mesdames de Kéralio et Lucile, le nombre des torpilles fut incalculable.

Les émotions politiques trop vives, les alternatives de la vie et de la mort, poussaient l'homme aux plaisirs sensuels.

On accusait Danton de conspirer.

— Est-ce que j'ai le temps! répondit-il. Le jour je défends ma tête ou demande la tête des autres; la nuit je m'acharne à l'amour.

Craignant de mourir, on prenait l'amour comme une distraction.

Las de vivre, on prenait le plaisir comme un suicide.

A mesure qu'un parti politique faiblissait, loin de se recruter, loin de se défendre, il ne songeait plus, comme ces sénateurs de Capoue qui s'empoisonnèrent à la fin d'un repas, qu'à se couronner de roses et à mourir.

C'est ainsi que meurt le constitutionnel Mirabeau; c'est ainsi que mourra le girondin Vergniaud; c'est ainsi que mourra le cordelier Danton; et qui sait si l'amour du Spartiate Robespierre pour la Lacédémonienne Cornélie, n'a pas énervé les derniers moments du chef des jacobins?

Il y avait du plaisir pour tous les tempéraments.

Il y avait le Palais-Royal, tout éblouissant d'or et de luxe, où des courtisanes patentées venaient à vous et vous priaient d'être heureux.

Il y avait les salons de madame de Staël et de madame de Buffon, où l'on vous permettait de l'être.

Les filles étaient en général pour l'ancien régime, les grands seigneurs payaient mieux évidemment que tous ces nouveaux venus de province arrivés pour *faire les affaires* de la France.

Les deux salons que nous venons de nommer, sans vouloir faire et sans permettre qu'il soit fait aucune comparaison, tenaient l'autre extrémité de l'échelle sociale, mais comme les étages inférieurs, avaient une tendance à la réaction.

Supposez tous les étages intermédiaires occupés par la bourgeoisie, qui depuis le 2 septembre était paralysée par la peur.

Et vous aurez l'inertie entre deux forces attractives.

Au milieu de ces deux forces attractives agissant au haut et au bas de la société, les hommes politiques s'énervaient.

Dans le milieu inerte ils se résignaient.

Un homme politique qui se résigne est un homme perdu.

Tous ces hommes qui étaient arrivés pleins d'enthousiasme, croyant à l'unité, à l'égalité, à la fraternité, et qui voyaient dès l'abord les dissensions terribles d'une Assemblée qui devait durer trois ou quatre ans, faisaient naturellement un soubresaut en arrière; alors ils étaient attirés dans un des milieux que nous avons dit, et peu à peu ils y perdaient non pas la force de mourir, mais celle de vaincre.

Madame de Staël n'avait jamais été véritablement républicaine. Mais du temps où il s'était agi de défendre son père, elle avait fait une ardente opposition. Apôtre de Rousseau d'abord, après la fuite de son père elle devint disciple de Montesquieu. Ambitieuse et ne pouvant jouer un rôle par elle-même, ne pouvant jouer un rôle par son honnête et froid mari, elle avait voulu en jouer un par son amant. Un jour, on la vit tout éperdue d'amour pour un charmant fat sur la naissance duquel couraient les bruits les plus étranges. M. de Narbonne fut nommé ministre de la guerre; elle lui mit aux mains l'épée de la révolution. La main était trop faible pour la porter, elle passa à celle de Dumouriez.

On la croyait très bien avec les girondins, Robespierre lui aussi; mais c'était le malheur de ces pauvres honnêtes gens d'être compromis non point parce qu'ils changeaient d'opinion, mais parce que les modérés prenaient la leur: les girondins ne devenaient pas royalistes, mais bon nombre de royalistes se faisaient girondins.

Le salon de madame de Buffon, quoique placé sous le drapeau du *prince Egalité*, n'en passait pas moins pour un salon réactionnaire, et à coup sûr celui-là n'avait pas volé sa réputation. Les Laclos, les Sillery et même les Saint-Georges avaient beau faire les démocrates, si le dernier n'était pas un grand seigneur, c'était au moins le bâtard d'un grand seigneur.

Quand on est trompé par ce titre, la Gironde, on commence par chercher dans ce malheureux parti des hommes de Bordeaux ou tout au moins du département, mais on est tout étonné de n'en trouver que trois, les autres sont Marseillais, Provençaux, Parisiens, Normands, Lyonnais, Genevois même.

Cette différence d'origine n'a-t-elle pas été pour quelque chose dans leur facile décomposition? Les hommes d'un même pays ont toujours quelques points d'homogénéité par lesquels ils se soudent les uns aux autres; quel lien naturel voulez-vous qu'il y ait entre le Marseillais Barbaroux, le Picard Condorcet et le Parisien Louvet?

La première condition de cette dissonance territoriale fut la légèreté.

Il y eut un moment où la Montagne eut deux chefs: au lieu de la laisser se diviser par la dualité, les girondins se crurent assez forts pour les abattre l'un après l'autre.

Lorsque Danton donna sa démission du ministère de la justice, les girondins lui demandèrent ses comptes; des comptes à Danton, qui rentrait aussi pauvre dans son triste appartement et dans sa sombre maison des Cordeliers qu'il en était sorti.

Ces comptes il fallait les rendre. Tant qu'ils n'étaient pas rendus, Danton était accusé. Il s'abrita sous le drapeau de la Montagne; Robespierre tenait ce drapeau, il fallait à son tour attaquer Robespierre.

Robespierre avait toujours avancé à force d'immobilité; ce n'était pas lui qui marchait, c'était le terrain même sur lequel il était placé; ses adversaires en se détruisant ne lui ouvraient pas un chemin pour aller aux événements mais, ouvraient un chemin aux événements pour venir à lui.

Vergniaud n'avait pas voulu qu'on attaquât Danton, qu'il regardait comme le génie de la Montagne.

Brissot ne voulait point que l'on attaquât Robespierre, que l'on n'était pas sûr d'abattre.

Mais madame Roland haïssait Danton et Robespierre; elle était haineuse comme sont les âmes austères, comme étaient les jansénistes; enfermée dans une espèce de temple, elle avait son Eglise, ses fidèles, ses dévots; on lui obéissait comme on eût obéi à la vertu et à la liberté réunies.

Ces hommages presque divins l'avaient gâtée; elle avait fait deux grands pas vers Robespierre, mais tout aux Duplay, elle n'avait eu aucune prise sur lui.

Elle lui écrivit en 91 pour l'attirer au parti qui fut depuis la Gironde. Il se contenta d'être poli, et refusa.

Elle lui récrivit en 92.

Il ne répondit point.

C'était la guerre.

Nous avons vu comment elle avait été déclarée à Danton.

On décida d'attaquer Robespierre.

Mais, au lieu de le faire attaquer par un homme comme Condorcet, comme Roland, comme Rabaut-Saint-Etienne, par un pur enfin, on le fit attaquer par un jeune, ardent, plein de feu, c'est vrai, mais qui ne pouvait rien contre un homme continent comme Scipion, incorruptible comme Cincinnatus.

On le fit attaquer par Louvet de Coupvrai, par l'auteur d'un roman sinon obscène, du moins licencieux; on le fit attaquer par l'auteur de *Faublas*.

On fit attaquer le visage pâle, la figure austère, l'âme intègre, par un jeune homme souriant, délicat et blond, paraissant de dix ans plus jeune qu'il n'était, par un marchand de scandale qui en avait fait pas mal pour son compte car on prétendait que lui-même était le héros de son roman.

Quand il monta à la tribune pour attaquer, il n'y eut qu'un cri :

— Tiens, Faublas !

L'accusation échoua.

Dès lors il y eut rupture complète entre Robespierre et les Roland, entre la Montagne et la Gironde.

Revenons à ce que nous avons dit au commencement de ce chapitre : que depuis le Palais-Royal regorgeant de maisons de jeu et de maisons de filles, jusqu'aux steppes de la Bretagne où l'on rencontre de lieue en lieue une chaumière, c'était la femme qui énervait l'homme.

Généreuse contre elle-même, la révolution, par un de ses premiers décrets, abolissait la dîme.

Abolir la dîme, c'était faire rentrer en ami dans la famille le prêtre qui jusque-là en avait été regardé comme l'ennemi.

Faire rentrer le prêtre dans la famille, c'était préparer à la révolution son ennemi le plus dangereux :

La femme.

Qui a fait la sanglante contre-révolution de la Vendée ? La paysanne, — la dame, — le prêtre.

Cette femme agenouillée à l'église et disant son chapelet, que fait-elle ? Elle prie. — Non, elle conspire.

Cette femme assise à sa porte, la quenouille au côté, le fuseau à la main, que fait-elle ? Elle file. — Non, elle conspire.

Cette paysanne qui porte un panier avec des œufs à son bras, une cruche de lait sur sa tête, où va-t-elle ? Au marché. — Non, elle conspire.

Cette dame à cheval qui fuit les grandes routes et les sentiers battus pour les landes désertes et les chemins à peine tracés, que fait-elle ? — Elle conspire.

Cette sœur de charité qui semble si pressée d'arriver, qui suit le revers de la route en égrenant son rosaire, que fait-elle ? — Elle se rend à l'hôpital voisin. — Non, elle conspire.

Ah ! voilà ce qui les rendait furieux ces hommes de la révolution qui se sont baignés dans le sang ; voilà ce qui les faisait frapper à tâtons, tuer au hasard. C'est qu'ils se sentaient enveloppés de la triple conspiration de la paysanne, de la dame et du prêtre, et qu'ils ne les voyaient pas.

Eh bien, tout sortait de l'église, de cette sombre armoire de chêne qu'on appelle le confessionnal.

Lisez la lettre de l'armoire de fer, la lettre des prêtres réfractaires réunis à Angers, en date du 9 février 1792. Quel est le cri du prêtre ? Ce n'est pas d'être séparé de Dieu, c'est d'être séparé de ses pénitentes. *On ose rompre ces communications* que l'Eglise non seulement permet, mais autorise.

Où croyez-vous que soit le cœur du prêtre ? Dans sa poitrine ? Non, le cœur n'est pas où il bat, où il est où il aime ; le cœur du prêtre est au confessionnal.

Et s'il est permis de comparer les choses profanes aux choses sacrées, nous vous montrerons cet acteur ou cette actrice. Sublimes de sentiment, de poésie, de passion, pour qui jouent-ils si ardemment, pour qui tentent-ils d'atteindre à la perfection ? Pour un être idéal qu'ils se créent, qui est dans la salle, qui les regarde, qui les applaudit.

Il en est de même du prêtre, même en le supposant chaste ; il a, au milieu de ses pénitentes, une jeune fille, mieux encore, une jeune femme, — avec la jeune femme le champ des investigations est plus complet, — dont le visage, vu à travers le grillage de bois, l'éclaire jusqu'à l'éblouissement, dont la voix, dès qu'il l'entend, s'empare de tous ses sens et pénètre jusqu'à son cœur.

En enlevant au prêtre le mariage charnel, on lui a laissé le mariage spirituel, le seul dont on dût se défier. Aux yeux de l'Eglise même, ce n'est pas saint Joseph qui est le vrai mari de la Vierge, c'est le Saint-Esprit.

Eh bien ! dans ces terribles années 92, 93, 94, tout homme dont la femme se confessa eut un Saint-Esprit ignoré dans la maison. Cent mille confessionnaux envoyaient la réaction au foyer domestique, soufflant la pitié pour le prêtre réfractaire, soufflant la haine contre la nation, comme si la nation n'avait pas été l'homme, la femme, les enfants ! soufflant le doute contre les biens nationaux, c'est-à-dire contre la prospérité, le bien-être, le bonheur de l'avenir.

Voici pour la province, pour la Bretagne et la Vendée surtout. Paris eut la légende du Temple.

Le roi et sa famille affamés ou à peu près !

Le roi avait au Temple trois domestiques et treize officiers de bouche.

Son service se composait de quatre entrées, de deux rôtis de trois pièces chacun, de quatre entremets, de trois compotes, de trois assiettes de fruits, d'un carafon de bordeaux, d'un de malvoisie, d'un de madère.

Pendant les quatre mois que le roi resta au Temple, sa dépense de bouche fut de 40.000 francs ; 10.000 francs par mois, 333 francs par jour.

On sait que le roi était grand mangeur, puisqu'il *mangeait* à l'Assemblée tandis que l'on tuait les défenseurs du château qu'il venait d'abandonner. Mais enfin avec 333 francs par jour cinq personnes ne meurent pas de faim.

Les gens que l'on retrouva fous ou hébétés à la Bastille, ne se rappelant même pas leur nom, avaient dû être plus mal nourris que ceux-là.

Toute la promenade du roi se composait de terrains secs et nus, avec des compartiments de gazons flétris, et quelques arbres brûlés au soleil de l'été ou effeuillés au vent d'automne ! Il s'y promenait avec sa sœur, sa femme et ses enfants.

Mais Latude, qui resta trente ans dans les cachots de la Bastille, eût regardé comme une grande faveur de faire une pareille promenade une fois tous les huit jours.

Mais Pellisson, qui dans les mêmes cachots n'avait pour distraction qu'une araignée que son geôlier lui écrasa, à qui on enleva l'encre et le papier, qui écrivit avec le plomb de ses vitres sur les marges de ses livres, mais Pellisson, que le grand roi tint cinq ans en prison, n'avait ni la table ni la promenade de Louis XVI.

Mais ce Silvio Pellico, brûlé par les plombs et dévoré par les moustiques de Venise, mais cet Andryane qui laissait une de ses jambes gangrenées aux chaînes de son cachot, avaient-ils pour satisfaire leur appétit un dîner à trois services, et un carré de terre pour se promener ?

Ce n'étaient pas des rois, je le sais bien, mais c'étaient des hommes ; aujourd'hui qu'on sait qu'un roi n'est qu'un homme, je demande la même justice pour eux la même haine pour leurs bourreaux que s'ils eussent été rois.

Nous avons employé tout ce chapitre à tracer le travail sourd qui se faisait non seulement dans toute la France, mais à Paris, pour séparer la miséricordieuse Gironde de l'inexorable Montagne.

Seulement la réaction, au lieu d'amener la pitié, amena la Terreur.

Veut-on savoir où la réaction était arrivée ? — Lisons ces quelques lignes de Michelet, — puissent-elles donner à la France entière l'idée de lire les autres !

« A la Noël de 92, il y eut un spectacle étonnant à Saint-Etienne-du-Mont ; la foule y fut telle que plus de mille personnes restèrent à la porte et ne purent entrer.

« Chose triste que tout le travail de la révolution aboutît à remplir les églises. Désertes en 88, elles sont pleines en 92, pleines d'un peuple qui prie contre la révolution, c'est-à-dire contre la victoire du peuple. »

Ce fut ce qui détermina Danton à faire une dernière tentative pour rapprocher la Montagne et la Gironde.

XL

LE PELLETIER SAINT-FARGEAU

Voilà ce que Danton avait voulu éviter.

C'était cette épilepsie fanatique qui, à la vue du sang de Louis XVI, allait fonder en face de l'autel de la patrie le culte du roi martyr.

Voilà pourquoi il avait posé cette question :

« *La peine, quelle qu'elle soit, sera-t-elle ajournée après la guerre ?* »

S'il avait obtenu ce sursis, d'abord la guerre ne finissait que quatre ans plus tard, en 1797, à la paix de Campo Formio.

Pendant ces quatre ans, la pitié, la miséricorde, la générosité, vertus françaises, faisaient leur œuvre.

Louis XVI était jugé et condamné, ce qui était d'un grand et solennel exemple. Mais il n'était pas exécuté, ce qui était un exemple plus grand et plus solennel encore.

Fonfrède ne comprit point, il se sépara de Danton, parla au nom de la Gironde et réduisit les trois questions à cette effroyable simplicité :

Louis est-il coupable ?

Notre décision sera-t-elle ratifiée ?

Quelle peine ?

Elles obtinrent ces trois réponses, plus laconiques encore que les demandes :

Est-il coupable ? — OUI.

Notre décision sera-t-elle ratifiée ? — NON.

Quelle peine ? — LA MORT.

Maintenant le salut de la France était dans l'unité.

Par qui et à quelle occasion faire prêcher cette unité ?

L'occasion était trouvée : les funérailles de Le Pelletier Saint-Fargeau.

Restait à désigner l'orateur.

Il fallait pour cela un homme dans le passé duquel on ne pût pas trouver trace d'une idée contraire à l'unité.

Or, il y avait un homme qui n'était apparu que deux fois à la Chambre pour y annoncer deux victoires, et qui chaque fois avait été reçu au bruit des applaudissements.

Une troisième fois il s'était levé et était monté à la tribune pour apporter son vote, et son vote il l'avait formulé d'une voix si ferme, que, quoique ce fût un vote de clémence, il avait été écouté sans murmures.

Il avait dit :

— Je vote pour la prison perpétuelle, parce que ma profession de médecin m'ordonne de combattre la mort, sous quelque aspect qu'elle se présente.

Quelques voix même avaient applaudi.

Cet homme s'asseyait sur les mêmes bancs que la Gironde.

On s'était demandé quel était cet homme, et l'on avait appris que c'était un médecin nommé Jacques Mérey, envoyé par la ville de Châteauroux.

A la suite de cette conversation qui eut lieu au pied du lit de madame Danton, Danton décida que l'homme qui prendrait la mort de Le Pelletier Saint-Fargeau pour prétexte de l'unité, serait Jacques Mérey.

Jacques Mérey accepta le rôle actif qu'il avait joué jusque-là dans la révolution. On ne lui avait pas encore permis de développer son talent d'orateur.

L'était-il, orateur ? il n'en savait rien lui-même : il allait s'en assurer.

L'éloge était beau à faire. Pour arriver à cette vie d'unité dont la république avait si grand besoin, il avait fait pour l'enfant un plan d'éducation et de vie commune qui suffisait à sa gloire.

Le Pelletier avait une fille ; elle fut solennellement adoptée par la France et reçut le nom sacré de fille de la République ; ce fut elle qui, sous des voiles noirs et accompagnée de douze autres enfants, conduisait le deuil.

Et, en effet, c'était à des enfants de conduire le deuil de celui qui avait consacré sa vie à cette grande idée : *donner une éducation sans fatigue à une enfance heureuse.*

Le corps était exposé au milieu de la place Vendôme, à la place où est aujourd'hui la colonne. La poitrine du mort était nue afin que tout le monde pût voir la blessure ; l'arme qui l'avait faite, tout ensanglantée encore, était à côté.

La Convention tout entière entourait le cénotaphe ; au son d'une musique funèbre, le président souleva la tête du mort et lui mit une couronne de chêne et de fleurs.

Alors à son tour Jacques Merey sortit des rangs, rejeta en arrière sa belle chevelure noire, monta deux marches, mit un pied sur la troisième, s'inclina devant le mort, et, d'une voix qui fut entendue de tous ceux non seulement qui remplissaient la place, mais qui occupaient les fenêtres comme les gradins d'un immense cirque, il prononça les paroles suivantes (1) :

« Citoyens représentants,

« Laissez-moi d'abord vous féliciter de l'unanimité que vous avez fait éclater aux yeux du monde qui avait les yeux fixés sur vous, le lendemain de la mort de Capet. Un roi égoïste a pu dire insolemment un jour, *l'Etat c'est moi.* La Convention, dévouée au grand principe de l'unité, a pu dire depuis huit jours, *la France est en moi.*

« Toutes les grandes mesures que vous avez prises ont été prises à l'unanimité.

« A l'unanimité vous avez voté, le 21 janvier, l'adresse annonçant aux départements la mort du tyran ; rédigée par la Convention, elle prend et donne à chacun de nous sa part de la mort qui a rendu la liberté à la France.

(1) Ceux qui sont familiers avec ce grand livre qu'on appelle la *Révolution*, de Michelet, et qui devrait être la Bible politique de la jeunesse française, reconnaîtront dans ce discours la paraphrase d'un des plus beaux chapitres du grand historien.

« Unanimité pour le vote des 900 millions d'assignats à émettre ; unanimité pour la levée de 300.000 hommes ; unanimité pour la déclaration de guerre à cette orgueilleuse Angleterre qui a osé envoyer ses passeports à notre ambassadeur.

« Maintenant la France a compris la grandeur de sa mission. Il ne lui reste pas seulement à défendre la France contre la ligue des rois, il lui reste à fonder l'unité de la patrie, l'indivisibilité de la république. Point de vie sans unité ; se diviser, c'est périr ! »

Ce que venait de dire Jacques Mérey répondait si complètement à la pensée générale, qu'il fut interrompu par d'unanimes applaudissements.

— « La France a trop longtemps souffert de ses divisions sous la prétendue unité royale pour croire à l'unité d'une monarchie, et c'est pour cela qu'elle a voté l'abolition de la royauté, la fondation de la République, la mort du tyran.

« La France ne peut admettre non plus comme applicable à son gouvernement ni l'unité fédérative des Etats-Unis, ni l'unité fédérative de la Hollande, ni l'unité fédérative de la Suisse.

« Peut-être la chose était-elle possible avec la France divisée en provinces ; elle est devenue impossible avec la France divisée en départements.

« Royalisme et fédéralisme sont deux mots sacrilèges. Seul un meurtrier de l'humanité peut les prononcer.

« Et remarquez bien que jamais ce problème de l'unité n'a été posé devant un grand empire ; 89 n'y pensait pas ; nous y répondrons tous en 93.

« Le sphinx est là sur la place de la Révolution.

« Devine ou meurs !

« Unité, avons-nous répondu en lui jetant la tête d'un roi.

« Et cependant rien ne nous guidait que le génie de la France.

« Rousseau, lumière insuffisante ! Son *Contrat social* dit : unité pour un petit Etat.

« Son *Gouvernement de la Pologne* dit : fédéralisme pour un grand.

« Qu'était l'ancienne France ? une royauté fédérative ; et Louis XI seulement a commencé l'unité.

« Si Louis XI eût vécu de nos jours, il eût été républicain et membre de la Convention.

« Qui a proclamé le premier l'unité indivisible de la France le 9 août 91 ?

« Notre illustre collègue Rabaut Saint-Etienne. Inclinons-nous devant le précurseur.

« La Gironde, à qui j'ai l'honneur d'appartenir en 92, veut quitter Paris menacé par les Prussiens ; une défaillance était permise dans ces jours de deuil ; elle avait rallié l'Assemblée presque entière à son opinion. L'arche de la France, le palladium de ses libertés, allait chercher un refuge dans ces riches et fidèles provinces du centre qui avaient abrité la royauté de Charles VII contre les Anglais.

« Un homme, un seul, dit non. Il est vrai que cet homme est un géant.

« Devant le *non* de Danton, Paris se rassura et demeura immobile.

« Le canon de Valmy fit le reste.

« Le christianisme lui-même, qui avait de si puissants moyens d'unité, n'est arrivé qu'à fonder la *dualité.*

« Il a fait un peuple de rois, de princes, d'aristocrates, de riches, de privilégiés, de savants, de lettrés, de poètes, le monde de Louis XIV, de Racine, de Boileau, de Corneille, de Molière, de Voltaire, et au-dessous de ce peuple d'en haut, le peuple d'en bas, le peuple des esclaves, des serfs, des misérables, le peuple pauvre, abandonné, sans culture, ne sachant ni lire ni écrire, n'ayant pas une langue mais des patois, et ne comprenant pas même la langue dans laquelle il demandait à Dieu son pain quotidien.

« Je sais bien qu'un voile couvre encore cette grande question de l'unité ; nous marchons vers l'idéal, mais avant d'y arriver nous avons à traverser comme tant d'autres une forêt ténébreuse défendue par tous les monstres de l'ignorance, une région inconnue que l'éducation répartie à tous pourra seule éclairer.

« Nous n'avons soulevé qu'un coin du voile, et ce que nous voyons nous montre une civilisation flottant à la surface, une lumière ne pénétrant pas jusqu'aux couches inférieures de la société. Nous avons inventé le théâtre populaire, nous avons décrété les fêtes nationales, mais celui qui est mort lâchement assassiné allait nous donner l'enseignement public, la première tentative d'éducation de la vie commune.

« Etait-ce son génie était-ce son cœur qui lui avait révélé ce grand secret de l'avenir ?

« Je n'hésiterai point à dire que c'était son cœur qui

l'avait élevé au-dessus de lui-même, par la bonté d'une admirable nature; l'assassin royaliste a deviné que ce cœur contenait la pensée la plus généreuse et la plus féconde de l'avenir. Il l'a frappé au cœur.

« Mais il était trop tard, le projet de Le Pelletier ne mourra pas avec lui. Il nous l'a légué. Nous ferons honneur à la confiance qu'il a mise en nous.

« Et remarquez, citoyens, que le projet de Le Pelletier n'est point une théorie, c'est un projet positif applicable dès demain, dès aujourd'hui, à l'instant même.

« Il n'y aura jamais d'égalité et de fraternité réelle que là où la société aura fondé une éducation commune et nationale; c'est l'Etat qui doit donner cette éducation dans la commune natale, afin que le père et la mère puissent la surveiller en ne perdant pas l'enfant de vue.

« Celui qui est couché là et qui nous entend, si quelque chose de nous survit à ce qui a été nous, avait vu ce triste spectacle de l'enfant pauvre, grelottant et affamé, à qui la porte de l'école était close et à qui le pain de l'esprit était refusé parce qu'il n'avait pas de quoi payer le pain du corps.

« Plus que tous tu as besoin d'instruction, lui criait la tyrannie, puisque tu es plus pauvre que tous; tu demandes l'éducation pour devenir honnête homme et citoyen utile; ramasse un couteau et fais-toi bandit!

« Non, si l'enfant est pauvre il sera nourri, habillé, instruit par l'école; la misère ici-bas, nous le savons, c'est le partage de l'homme; elle doit le poursuivre, elle doit l'atteindre, mais quand il sera assez fort pour lutter contre elle. La misère s'attaquant à l'enfance est une impiété. L'homme a des fautes à expier. A l'homme le malheur, mais l'enfant doit être garanti du malheur par son innocence!

« Les Grecs avaient deux mots pour rendre la même idée: la patrie pour les hommes, la matrie pour l'enfant.

« L'éducation au moyen âge, s'appelait *castoiement*, c'est-à-dire *châtiment*. Chez nous, l'éducation s'appellera maternité.

« Bénissons l'homme honnête et bon qui a fait descendre la révolution jusqu'aux mains des petits enfants, qui leur fait téter la justice avec le lait, qui leur assure qu'éloignés du sein maternel ils n'auront plus ni faim ni soif, et qui, en leur retirant la mère de la nature, leur donnera deux mères d'adoption, la patrie et la Providence. »

Le discours de Jacques Mérey, tout humanitaire et si peu en harmonie avec ceux qui se faisaient à cette époque, produisit un grand effet. Danton l'embrassa; Vergniaud vint lui serrer la main; Robespierre lui sourit.

Le convoi immense, se déroulant d'un bout à l'autre de la rue Saint-Honoré, soulevait partout un deuil réel.

Et, en effet, tous ceux de ces hommes dont l'œil pénétrait quelque peu dans l'avenir, savaient bien que cette union dont Jacques Mérey avait fait l'éloge n'était qu'une union momentanée. Vergniaud avait dit: *La révolution est comme Saturne: elle dévorera tous ses enfants.* Et tous *les girondins*, les premiers, s'attendant à être dévorés, avaient le pressentiment de leur mort prochaine. Ce deuil, ces funérailles, c'étaient leurs funérailles, c'était leur deuil; seulement, cette terre qu'ils arroseraient de leur sang serait-elle stérile ou féconde?

Ils pouvaient bien se faire alors cette question avec inquiétude, puisque aujourd'hui, soixante-quinze ans après que ce sang a coulé, nous nous la faisons encore avec désespoir.

Le Pelletier avait les honneurs du Panthéon. Sur les marches, le frère de Le Pelletier prononça en signe de séparation éternelle, le mot: Adieu!

Et sur le corps du martyr, sur la blessure encore ouverte, sur l'arme qui l'avait frappé, montagnards et girondins firent le serment d'oublier leur haine, et se jurèrent, au nom de l'unité de la patrie, union et fraternité.

XLI

LA TRAHISON

Un mois s'écoula, pendant lequel les promesses faites sur le corps de Le Pelletier Saint-Fargeau furent loyalement tenues de part et d'autre. La Gironde avait encore la majorité morale. Quoique Robespierre eût déjà l'influence révolutionnaire, Danton et ses cordeliers faisaient, selon qu'ils se portaient à la droite ou à la Montagne, la majorité numérique.

Mais, au milieu de ce calme douteux, on voyait tout à coup briller un éclair, ou tout à coup on entendait un roulement de tonnerre. La foudre ne tombait pas, mais on la sentait suspendue au-dessus de la France.

Cinq ou six jours après l'exécution, on apprit tout à coup que Basville, notre ambassadeur à Rome, dans une émeute que le pape n'avait rien fait pour réprimer, avait été assassiné.

Un perruquier l'avait frappé d'un coup de rasoir.

La nouvelle coïncidait avec l'arrivée à Rome de mesdames Victoire et Adélaïde, filles du roi Louis XV et tantes du roi.

Le pape Pie VI fit comme Pilate, il se lava les mains du sang de Basville, mais justice ne fut pas faite du meurtre.

Il y avait longtemps que la France avait à se plaindre de ce pontife bellâtre, qui se faisait comme les courtisanes de Rome une figure avec du blanc et du rouge, qui portait frisés à l'enfant ses cheveux autrefois blonds, devenus blancs; qui, adorateur de sa propre beauté, laquelle n'avait pas nui à son avancement dans sa scandaleuse jeunesse, avait voulu, en montant sur le trône pontifical, prendre le nom de Formose, et qui ne s'était arrêté dans ce désir que par l'atroce réputation qu'avait laissée le premier du nom, dont Etienne VI déterra le cadavre pour lui faire son procès; pape étrange qui, plus colérique encore que Jules II bâtonnant ses cardinaux, souffletait son tailleur parce que sa culotte faisait un pli.

Pie VI avait fortement contribué à la mort de Louis XVI, en l'encourageant dans sa résistance dont il lui faisait un devoir, et le jour où il mourut à Valence, sur cette terre française qu'il avait ensanglantée, il eut à répondre du demi-million d'hommes que nous a coûté la guerre de la Vendée.

Grand bruit à la Convention pour le meurtre de Basville. Kellermann, tout brillant encore des rayons de Valmy, est envoyé à l'armée d'Italie, et, en prenant congé de la Convention, dit au milieu des applaudissements:

— Je vais à Rome!

Puis vers la fin de février, bruit dans Paris à propos de la création d'un nouveau milliard d'assignats.

Baisse des assignats, hausse des marchandises, l'ouvrier ne recevait pas plus, et au contraire, recevait moins, le boulanger et l'épicier lui demandaient davantage.

Paris demande en vain le *maximum*, mais le 23 février Marat imprime:

— Le pillage des magasins à la porte desquels on pendrait les accapareurs, mettrait fin à ces malversations.

Le lendemain on pille les magasins, et sans l'intervention des fédérés de Brest on pendait les marchands.

Après une séance assez orageuse, la Gironde obtient que les auteurs et les instigateurs du pillage seront poursuivis par les tribunaux.

Mais le coup terrible fut en même temps l'insurrection vendéenne et la trahison de Dumouriez.

A l'est, le sabre autrichien; à l'ouest, le poignard de la Vendée; au nord, l'Angleterre; au sud, l'Espagne.

En partant de Paris, Dumouriez avait dit:

— Je serai le 15 à Bruxelles, le 30 à Liège.

Il se trompait. Nous l'avons dit, et plus grand que nous l'a dit avant nous. Dumouriez se trompait: le 14 il était à Bruxelles, et le 28 à Liège.

Les instructions de Dumouriez étaient: *Envahir la Belgique, la réunir à la France.*

Mais ainsi la révolution marchait trop vite et la question se trouvait par trop simplifiée.

Les Belges sentent si bien qu'ils sont dans la main de la France, et que cette main est une main amie, qu'ils offrent les clefs de Bruxelles à Dumouriez.

— Gardez-les, répond Dumouriez, et *ne souffrez plus d'étrangers chez vous.*

Paroles à double entente; dites contre les Autrichiens, elles pouvaient, elles devaient être, elles furent interprétées contre la France.

Les Français, tout libérateurs qu'ils étaient, n'étaient-ils pas *des étrangers* pour les Belges?

Là commençait la trahison de Dumouriez.

Quinze jours après, la Convention recevait une adresse couverte de trente mille signatures demandant, quoi? LE MAINTIEN DES PRIVILÈGES. Nous avons toujours eu l'inégalité, nous la voulons toujours.

La lecture de cette pétition produisit à la Chambre la première tempête sérieuse qu'il y eût eu depuis la mort du roi.

Les girondins appuyèrent la pétition belge, et invoquèrent le respect du principe de la souveraineté des peuples!

Danton se leva, Danton fit signe qu'il voulait parler. En trois pas il fut à la tribune, puis sa tête puissante, railleuse, apparut échevelée et menaçante.

« — O Gironde, Gironde! dit-il, seras-tu donc toujours esclave de principes étroits et qui ne sont pas faits pour notre époque? Ne vois-tu pas que la révolution marche à pas de géant? que 93 a laissé loin derrière lui 92? que 91 est à peine visible pour nous dans les brumes du passé? que 90 se perd dans la nuit, et que 89 est de l'antiquité? Oublies-tu que les quatre ou cinq mille lois qui ont vu le jour dans cette période ont été faites au point de vue de la royauté constitutionnelle et non pas au point de vue républicain. Nous sommes républicains depuis trois mois, nous sommes libres depuis six semaines, il est temps que nous entrions dans une nouvelle période et que nous soyons révolutionnaires.

« Le principe de la souveraineté des peuples, dis-tu, ô honnête, mais aveugle Gironde! est-ce que les Belges sont un peuple? La Belgique royaume indépendant est une invention anglaise. L'Angleterre ne veut pas l'indépendance de la Belgique, elle a peur de la France à Anvers et sur l'Escaut. Il n'y a jamais eu de Belgique, il n'y en aura jamais; il y a eu et il y aura toujours des Pays-Bas. Le peuple belge n'est-il pas souverain, souverain indépendant et libre? Et tu réclames pour lui la liberté, Gironde? C'est la liberté du suicide.

« Le peuple belge! continua Danton, mais à quoi reconnaîtrez-vous qu'il y a là un peuple? à un confus assemblage de villes? Mais les villes n'ont jamais pu se grouper sérieusement en province.

« Ne voyez-vous pas d'où part le coup?

« De cet ennemi éternel que trouvera sans cesse la religion devant elle, du clergé.

« Clergé dans la Vendée, clergé en Belgique, clergé à Paris, contre-révolution partout.

« C'est le clergé des Pays-Bas, dirigé par van Cupen et Vandernot, qui a armé le peuple contre Joseph II, qui, plus Belge que les Belges, voulait les débarrasser de leurs moines.

« Que voulait Joseph II? Ouvrir l'Escaut. L'Europe, l'Angleterre en tête, fut contre lui; alors il tenta de faire deux grands ports d'Ostende et d'Anvers; il avait compté sans les jalousies municipales du Brabant, de Malines, de Bruxelles. Divisés, les Belges voulurent rester divisés. Ainsi périt l'Italie, par la jalousie, la haine, la division.

D'ailleurs, qu'est-ce que trente mille signatures pour trois millions d'hommes? Ne reconnaissez-vous donc pas dans cette adresse le *credo* des jésuites? Entendez-vous le jésuite Feller qui non seulement crie, mais qui imprime « Mille morts plutôt que de prêter ce serment exécrable: *Egalité, liberté, souveraineté du peuple!*

« *Egalité*, réprouvée de Dieu, contraire à l'autorité légitime;

« *Liberté*, c'est-à-dire licence, libertinage, monstre de désordre;

« *Souveraineté du peuple*, invention séduisante du prince des ténèbres. »

« Et c'est cette même population fanatique, qui en octobre encombrait Sainte-Gudule, montant à genoux, pour l'anéantissement de la maison d'Autriche, le chemin du Saint-Sacrement, c'est elle qui hurle aujourd'hui contre la France.

« O Belges! malheur à vous, malheur à ceux qui vous trompèrent; les cris de vos arrière-petits-enfants maudiront un jour votre mémoire.

« Eh bien! je vous le dis, ce sont toutes ces fausses appréciations de notre droit révolutionnaire qui nous perdent. Donnons la main aux peuples qui sont las de la tyrannie, et la France est sauvée, et le monde est libre; que vos commissaires pleins d'énergie partent cette nuit, ce soir même; qu'ils disent à la classe opulente: « Le peuple n'a que du sang, il le prodigue; vous, misérables, prodiguez vos richesses. » Quoi! nous avons une nation comme la France pour levier, la raison comme point d'appui, et nous n'avons pas encore bouleversé le monde! Je suis sans fiel, non par vertu, mais par tempérament. » — Et son petit œil étincelant, déchiré par un éclair, se tourna presque malgré lui sur Robespierre. — « La haine est étrangère à mon caractère; je n'en ai pas besoin. Ma force est en dehors de la haine. Je n'ai de passion que le bien public. Je ne connais que l'ennemi, battons l'ennemi. Vous me fatiguez de vos dissensions. Je vous répudie comme traîtres. Appelez-moi buveur de sang, que m'importe! Avant tout conquérons la liberté, mais non pour nous seuls, pour tous. Que des lois prises en dehors de l'ordre social épouvantent les rebelles. Le peuple veut des mesures terribles, soyons terribles avec intelligence pour empêcher le peuple de l'être aveuglément. Organisez séance tenante votre tribunal révolutionnaire; que demain vos commissaires soient partis; que la France se lève, coure aux armes; que la Hollande soit envahie; que la Belgique soit libre malgré elle, s'il le faut; que le commerce de d'Angleterre soit ruiné; que le monde soit vengé! »

Vergniaud s'apprêtait à répondre et à discuter la question de droit. Il retomba sur son banc, écrasé par les applaudissements qui éclataient non seulement de toutes les parties de la salle, mais des tribunes.

On vit que Danton avait quelque chose à dire encore.

Et, en effet, il était resté les deux mains appuyées sur la tribune, la tête inclinée sur la poitrine, ses vastes flancs soulevés par de profonds soupirs.

Il releva la tête, l'expression de son visage avait complètement changé. Un abattement profond s'était emparé de sa personne.

« — Citoyens représentants, dit-il, ne vous étonnez pas de ma tristesse: ma tristesse n'est point pour la patrie; la patrie sera sauvée, dussions-nous y périr tous. Mais tandis que je viens vous demander la vie d'un peuple, la mort est chez moi, la mort inflexible, inexorable, qui marque du doigt sur la pendule les heures qui restent à vivre à la personne que j'ai le plus aimé au monde. A nul de vous, dans un pareil moment, je n'oserais dire: Quitte le lit d'agonie de ta femme et va où la patrie t'appelle, avec la certitude qu'à ton retour tu ne la trouveras plus. »

Et de grosses larmes, des larmes véritables, coulèrent de ses yeux.

« — Eh bien! continua-t-il d'une voix rauque et altérée par les sanglots, envoyez-moi en Belgique, je suis prêt à partir; car moi seul puis quelque chose sur l'homme qui nous trahit et sur le peuple que l'on trompe. »

De tous côtés ces cris retentirent:

« Pars! pars! punis Dumouriez, sauve la Belgique! »

Danton fit signe à Jacques Mérey et s'élança hors de la Chambre.

Jacques Mérey rencontra Danton dans le corridor. Danton l'entraîna dans le cabinet d'un des secrétaires.

Ils étaient seuls.

Danton se jeta dans les bras de son ami. En tête-à-tête avec lui, il n'essayait pas de lui cacher ses larmes.

— Ah! lui dit-il, c'est toi que j'aurais dû envoyer en Belgique; mais, égoïste que je suis, j'ai besoin de toi ici.

— Pauvre ami! dit Mérey, lui serrant les mains.

— Tu as vu ma femme hier, dit Danton.

— Oui.

— Comment va-t-elle?

Mérey fit un mouvement d'épaules.

— S'affaiblissant toujours, dit-il.

— Tu n'as aucun espoir de la sauver?

Jacques Mérey hésita.

— Parle-moi comme à un homme, lui dit Danton.

— Aucun, dit Jacques.

Danton poussa un soupir tiré du plus profond de son cœur.

— Combien de jours penses-tu qu'elle puisse vivre encore?

— Huit jours, dix jours, douze peut-être; mais une hémorrhagie peut l'emporter au moment où elle s'y attendra le moins.

— Mon ami, lui dit Danton, tu as tout entendu. Je pars; je vais essayer de sauver la Belgique que je plains, et Dumouriez que j'aime malgré moi. Tout ce que la science a de ressources, emploie-le pour la sauver; sinon pour la sauver, du moins pour prolonger sa vie. Ne m'écris pas: elle est morte ou elle va mourir; non, rien, laisse-moi dans l'ignorance, c'est le doute, le doute c'est encore l'espérance.

Jacques Mérey fit un signe d'obéissance.

— Si elle meurt, continua Danton d'une voix étouffée, embaume son corps, dépose-le dans un cercueil de chêne qui s'ouvrira avec une clef; puis dépose le cercueil dans un caveau provisoire. A mon retour je lui achèterai une tombe définitive; mais, avant de la rendre pour toujours à la terre, je veux... je veux la revoir.

Jacques lui serra la main et détourna la tête; à son tour il pleurait.

— Tu promets de faire tout ce que je demande? demanda Danton.

— Je te le jure, dit Jacques.

— Attends encore, reprit Danton.

Mérey fit signe qu'il écoutait.

— Nous sommes des hommes, nous, dit-il; nourris du lait viril de la raison, nous avons mesuré les préjugés politiques et religieux en les combattant et nous les avons vaincus; mais elle, c'est une femme; elle est restée humble et croyante; il ne faut ni la mépriser ni lui en vouloir; c'est moi qui l'ai tuée par mes actes violents.

Danton hésita.

— Parle, lui dit Jacques.

— Elle demandera sans doute un prêtre; si elle n'en demande point, c'est peut-être qu'elle n'osera. Offre-lui-en un de toi-même; laisse-le lui choisir assermenté ou non.

Quel qu'il soit, tu peux le protéger, protège-le. D'ailleurs, dans toutes ces pieuses commissions, elle aura sa mère qui recevra ses confidences et l'aidera. Quant aux deux enfants, ils sont trop faibles pour rien comprendre à leur malheur; laisse-les lui jusqu'au dernier moment, si le mal n'a rien de contagieux.

— Tu seras ponctuellement obéi.

— Et je t'aurai une reconnaissance éternelle.

— Dois-je t'accompagner chez toi?

— Non, je la quitte; je veux la voir seul; je veux lui dire adieu! Puis regardant Jacques:

— Toi aussi, lui dit-il, tu as un profond chagrin.

Jacques sourit tristement.

— Le tien a-t-il conservé quelque espoir?

— Bien peu, dit Jacques.

— Eh bien! à mon retour, tu me le raconteras, et l'inconsolable tentera de te consoler.

— Au revoir!... Hélas! à elle je vais dire adieu.

Et les deux hommes se jetèrent dans les bras l'un de l'autre.

Puis Danton sortit avec un visage désespéré.

Jacques le regarda s'éloigner avec une profonde tristesse; puis lorsque la porte se fut refermée sur lui:

— Heureux les humbles de science et les pauvres d'esprit, dit-il; ils croient à quelque chose au delà de ce monde; tandis que nous!...

Et il sortit avec un visage plus désespéré en regardant le ciel que Danton n'était sorti en regardant la terre.

XLII

LA COMMUNION DE LA TERRE

Liège n'avait pas suivi l'exemple de Bruxelles; elle s'était donné de grand cœur à la révolution. Sur cent mille votants, quarante seulement avaient refusé de se donner à la France, et dans tout le pays liégeois qui réunissait vingt mille votants, il n'y eut que quatre-vingt-douze voix contre la réunion.

Il y a trois ou quatre ans, habitant momentanément Liège, j'eus le malheur d'écrire: *Liège est une petite France égarée en Belgique.* Cette phrase, bien historique cependant, souleva un tonnerre de malédictions contre moi.

Hélas! le malheur de Liège fut d'être trop française: après avoir cru à la parole de la monarchie sous Louis XI, elle crut à la parole de la république sous la Convention; deux fois elle fut perdue par sa trop grande sympathie pour nous. Les Liégeois avaient à me reprocher l'ingratitude de la France. Ils nièrent le dévouement de Liège.

Par malheur, Liège ne savait pas quel était cet homme à face double qu'on appelait Dumouriez. Elle ignorait qu'il est difficile de tenir droite et haute l'épée loyale du soldat quand on a tenu la plume ambiguë des diplomaties secrètes de Louis XV; elle ne vit en lui que le défenseur de l'Argonne, que le vainqueur de Jemmapes, que l'homme qui avait eu besoin de se faire une position pour la vendre. Elle ne savait pas que cet homme ne pouvait s'empêcher d'écrire, de se mettre en avant, de se proposer; qu'après Valmy il avait écrit au roi de Prusse, après Jemmapes à Metternich; qu'avant d'entrer en Hollande, il écrivait à Londres à M. de Talleyrand.

Il attendait toutes ces réponses qui ne venaient pas, lorsque Danton, qu'il n'attendait point, arriva.

Il le trouva, entre Aix-la-Chapelle et Liège, derrière une petite rivière qui ne pouvait servir de défense, la Roër.

Ce dut être une curieuse entrevue que celle de ces deux hommes.

Danton — chose incontestable — avec son matérialisme en toute chose avait un immense amour de la patrie.

Dumouriez, tout aussi matérialiste, mais plus hypocrite, n'avait, lui, qu'une volonté bien arrêtée de tout sacrifier, même la France, à son ambition.

Assez étonné en voyant Danton, il se remit aussitôt.

— Ah! dit-il, c'est vous?

— Oui, dit Danton.

— Et vous venez pour moi?

— Oui.

— De votre part ou de celle de la Convention?

— De toutes les deux. C'est moi qui ai proposé de vous envoyer quelqu'un, et c'est moi qui en même temps ai proposé d'y venir.

— Et que venez-vous faire?

— Voir si vous trahissez, comme on le dit.

Dumouriez haussa les épaules.

— La Convention voit des traîtres partout.

— Elle a tort, dit Danton, il n'y a pas tant de traîtres qu'elle le croit, et puis n'est pas traître qui veut.

— Qu'entendez-vous par là?

— Que vous êtes trop cher à acheter, Dumouriez; voilà pourquoi vous n'êtes pas encore vendu.

— Danton! dit Dumouriez en se levant.

— Ne nous fâchons pas, dit Danton, et laissez-moi, si je le puis, faire de vous l'homme que j'ai cru que vous étiez, ou l'homme que vous pouvez être.

— Avant tout, là où sera Danton restera-t-il une place qui puisse convenir à Dumouriez?

— Si un autre que Danton pouvait tenir la place de Danton, soyez certain que je la lui céderais bien volontiers. Mais il n'y a que moi qui, d'une main, puisse souffleter ce misérable qu'on appelle Marat, et de l'autre arracher, quand le moment sera venu, le masque de cet hypocrite qu'on appelle Robespierre. Mon avenir, c'est la lutte contre la calomnie, contre la haine, contre la défiance, contre la sottise. Comme je l'ai déjà fait plus d'une fois, et comme je viens de le faire à la dernière séance de la Convention, je serai obligé de me ranger avec des gens que je méprise ou que je hais, contre des gens que j'estime et que j'aime. Crois-tu que je n'estime pas plus Condorcet que Robespierre et que je n'aime pas mieux Vergniaud que Saint-Just? Eh bien! si la Gironde continue à faire fausse route, je serai forcé de briser la Gironde, et cependant la Gironde n'est ni fausse ni traître; elle est sottement aveugle. Crois-tu que ce ne sera pas un triste jour pour moi que celui où je demanderai à la tribune la mort ou l'exil d'hommes comme Roland, Brissot, Guadet, Barbaroux, Valazé, Pétion?... Mais, que veux-tu, Dumouriez, tous ces gens-là ne sont que des républicains.

— Et que te faut-il donc?

— Il me faut des révolutionnaires.

Dumouriez secoua la tête.

— Alors, dit Dumouriez, je ne suis pas l'homme qu'il te faut, car je ne suis ni révolutionnaire ni républicain.

Danton haussa les épaules.

— Que m'importe! dit Danton, tu es ambitieux.

— Et, à ton avis, comment suis-je ambitieux?

— Par malheur, ce n'est ni comme Thémistocle ni comme Washington; tu es ambitieux comme Monck. Belle renommée dans l'avenir que celle d'avoir remis sur le trône un Charles II!

— Les Thémistocles ne sont pas de nos jours.

— Aussi ai-je dit: ou un Washington.

— Accepterais-tu donc un Washington?

— Oui, quand la révolution du monde sera faite.

— Celle de la France ne te suffit pas?

— Les véritables tempêtes ne sont pas celles qui soulèvent un coin de l'Océan, ce sont celles qui l'agitent d'un pôle à l'autre, et voilà où tu as manqué à ta mission, Dumouriez. Au lieu de faire la tempête en Belgique, et le vent de nos grandes journées ne demandait pas mieux que de souffler de l'Atlantique à la mer du Nord, tu y as fait le calme; au lieu de réunir la Belgique à la France, tu l'as laissée maîtresse d'elle-même.

— Et que devais-je donc faire?

— Tu devais mettre une main forte sur la Belgique et t'en servir pour délivrer l'Allemagne; la Belgique devait être pour toi un instrument de guerre et pas autre chose. Tu devais pousser en avant la vaillante population du pays wallon, qui ne demandait pas mieux, et en faire l'épée de la France contre l'Autriche. Toi, pendant ce temps, tu aurais organisé le Brabant et les Flandres; tu aurais décrété la révolution partout; tu aurais saisi les biens des prêtres, des émigrés, des créatures de l'Autriche; tu en aurais fait l'hypothèque et la garantie du million d'assignats que nous venons d'émettre. Tu devais enfin ne plus rien demander à la France, ni pain, ni solde, ni vêtements, ni fourrage. La Belgique devait fournir tout cela.

— Et de quel droit aurais-je disposé du bien des Belges?

— Est-ce sérieusement que tu demandes cela? Du droit du sang que l'on venait de verser pour eux à Jemmapes; du droit de l'Escaut, rouvert et rendu à la navigation; de l'Escaut qui va nous coûter une guerre acharnée, interminable, ruineuse contre l'Angleterre. Quand nous entreprenons pour la Belgique et pour le monde une lutte qui dévorera peut-être un million de Français; quand la France répandra du sang à faire déborder le Rhin et la Meuse, la Belgique hésiterait à donner en échange dix, vingt, trente, quarante millions! Impossible! Quand la France s'est levée en 89, elle a dit: *Tout privilège du petit nombre est usurpation. J'annule et casse par un acte de ma volonté tout ce qui fut fait sous le despotisme.* Eh bien du moment où la France a mis ce principe en avant, elle ne doit pas s'en départir. Partout où elle entre, elle doit se déclarer franchement *pouvoir révolutionnaire*, se déclarer franchement, sonner le tocsin. Si elle ne le fait pas, si elle donne des mots et pas d'actes, les peuples, laissés à eux-mêmes, n'auront pas la force de briser leurs fers.

« Nos généraux doivent donner sûreté aux personnes, aux propriétés; mais celles de l'Etat, celles des princes, celles de leurs fauteurs, de leurs satellites, celles des communautés laïques et ecclésiastiques, c'est le gage des frais de la guerre.

« Rassurez les peuples envahis, donnez-leur une déclaration solennelle que jamais vous ne traiterez avec leurs tyrans. S'il s'en trouvait d'assez lâches pour traiter eux-mêmes, avec la tyrannie, la France leur dira : Dès lors, vous êtes mes ennemis, et elle les traitera comme tels. Oh! quand on creuse, en fait de révolution, il faut creuser profond, sans quoi l'on creuse sa propre fosse.

— Mais alors, dit Dumouriez qui avait écouté avec la plus profonde attention, vous voulez donc qu'ils deviennent comme nous misérables et pauvres?

— Précisément, dit Danton ; il faut qu'ils deviennent pauvres comme nous, misérables comme nous; ils accourront à nous, nous les recevrons.

— Et après?

— Nous en ferons autant en Hollande.

— Et après?

— Non, non, plus loin, toujours plus loin, jusqu'à ce que nous ayons fait la terre à notre image.

Dumouriez se leva.

— Vous êtes fou, dit-il, et il alla s'appuyer le front à une vitre; la tête lui flambait.

— C'est vous qui êtes fou, dit tranquillement Danton, puisque c'est vous qui êtes forcé de rafraîchir votre tête.

Puis, après un instant de silence :

— Vous avez donc oublié ce que vous avez dit à Cambon, quand nous vous avons fait nommer général de l'armée que nous envoyions en Belgique, reprit Danton.

— J'ai dit bien des choses, répliqua Dumouriez du ton d'un homme qui ne se croit pas obligé de se souvenir de tout ce qu'il a dit.

— Vous avez dit : Envoyez-moi là-bas et je me charge de faire passer vos assignats.

— Faites qu'ils ne perdent pas, et alors je les ferai passer, dit Dumouriez.

— Le beau mérite, fit Danton ; mais c'est à vous autres généraux de la révolution de nous conquérir assez de terre pour que nos assignats ne perdent pas; la révolution française n'est pas seulement une révolution d'idées, c'est une révolution d'intérêts, c'est l'émiettement de la propriété dont l'assignat est le signe. Vous n'avez qu'un assignat de vingt francs, mon brave homme, soit, nous vous donnerons pour vingt francs de terre; quand vous aurez pour vingt francs de terre vous en voudrez pour quarante, rien n'altère comme la propriété. Il y a chez nos paysans et même chez ceux de la Vendée, il y a chez les paysans belges, il y a chez les paysans du monde entier, qui ont été pauvres, qui ont connu la glèbe, la corvée, le servage, qui ont fécondé enfin la terre pour d'autres, il y a une religion bien autrement enracinée que la religion catholique, apostolique et romaine, il y a la religion naturelle, celle de la terre; appelez tous les indigènes à cette communion, et que l'assignat en soit l'hostie! Et alors vous pourrez dire à tous les rois du monde : Oh! rois du monde, nous sommes plus riches que vous tous.

— Et c'est alors, dit en riant Dumouriez, que vous me permettrez d'être Washington.

— Alors soyez ce que vous voudrez, car la France sera assez forte pour ne plus craindre même César.

— Mais jusque-là...

— Jusque-là, si vous songez à trahir, à nous donner un roi ou à vous faire dictateur, guerre à mort!

— Oh! quant à moi, fit Dumouriez, ma tête tient bien sur mes épaules; elle y est soutenue par vingt-cinq mille soldats.

— Et la mienne, dit Danton, par vingt-cinq millions de Français.

Et les deux hommes se quittèrent sur ces paroles, envisageant déjà chacun de son côté le moment où l'on en viendrait aux mains.

XLIII

LIÈGE

Deux heures après Danton était à Liège, examinant par lui-même l'état des esprits.

L'annonce de l'arrivée du célèbre tribun fut reçue diversement par les Liégeois, mais cependant il est juste de dire que le sentiment le plus général fut celui de la crainte.

Depuis que Danton, voyant Marat, Robespierre et Panis assez lâches pour renier le 2 septembre, qui était leur œuvre, avait pris la responsabilité de ces terribles journées, il apparaissait aux populations ignorantes de son dévouement comme le fantôme de la terreur. En voyant ce visage labouré par la petite vérole, bouleversé par les passions, en écoutant cette voix tonnante qui avait quelque chose du rauquement du lion, le premier sentiment qu'on éprouvait était l'effroi. Ceux-là seuls qui avaient vu ce visage terrible s'adoucir devant la douleur, cet œil orageux se mouiller des larmes de la pitié, qui avaient senti pénétrer jusqu'à leur cœur cette voix dont les cordes douces étaient accompagnées d'un tendre frémissement, savaient tout ce qu'il y avait dans cette âme d'amour pour la France et de fraternité pour le genre humain.

A peine arrivé, Danton se rendit à la commune, où il convoqua au son de la cloche, comme au jour des grandes assemblées nationales, les notables et le peuple.

Là il monta à la tribune, là il exposa le plan de la France; il mit son cœur à nu, le montra plein de l'amour des peuples opprimés. Il raconta Valmy, il raconta Jemmapes, il expliqua la nécessité de la mort du roi. Il déplora que la France eût fait le procès d'un seul individu et non pas celui de la race tout entière. Il les montra assignés tour à tour à la barre de la Convention, faisant défaut, mais accusés, mais jugés tour à tour, Frédéric-Guillaume avec ses maîtresses, Gustave de Suède avec ses mignons, Catherine de Russie avec ses amants ; Léopold, épuisé à quarante ans, et composant lui-même les aphrodisiaques à l'aide desquels il essaye de redevenir homme ; Ferdinand, nouveau Claude aux mains d'une autre Messaline ; enfin Charles IV d'Espagne pansant ses chevaux, tandis que son favori Manoel, Godoy et sa femme Marie-Louise conduisaient son royaume à la guerre civile et à la famine. Le procès, non pas du roi, mais de la royauté fait alors, la révolution commençait la conquête du monde.

Puis tout en exaltant le dévouement de Liège, tout en montrant ce qu'elle venait de mettre au jour de courage et de patriotisme, il sépara la Belgique en vrais Belges et en faux Belges.

Il montra que les vrais Belges étaient ceux-là qui voulaient la vie de la Belgique, c'est-à-dire qu'elle respirât par l'Escaut et par Ostende cet air vivace de la mer que l'on appelle le commerce.

Il montra que les vrais Belges étaient ceux-là qui voulaient la tirer des mains improductives et égoïstes des moines pour la remettre aux mains de ses grands artistes, les Rubens, les van Dyck, les Paul Potter, les Ruysdaël et les Hobbema.

Il montra enfin que les vrais Belges étaient ceux qui reniaient la vieille tyrannie des Pays-Bas, la suprématie des villes sur les campagnes, qui voulaient la liberté et l'égalité pour les paysans comme pour les notables et qui luttaient franchement contre les faux Belges, qui mettaient la patrie dans les confréries et les corporations et qui voulaient maintenir le pays étouffé et captif.

Tout cela, c'est ce que les Liégeois avaient pensé tous, mais ce que personne ne leur avait formulé encore; puis on sait combien dans ses moments de grandeur Danton se transfigurait. Homme étrange qui avait l'enthousiasme et qui n'avait pas la foi!

Tout à coup une vague inquiétude se répand dans l'auditoire; quelques personnes entrent et ressortent effarées, et trois ou quatre voix font entendre ces paroles terribles : Les Français sont en retraite sur Liège !... Dans une heure les Autrichiens seront ici !...

— Un cheval et vingt-cinq hommes de bonne volonté pour faire une reconnaissance! s'écria Danton.

Les vingt-cinq hommes se présentent; dans dix minutes ils seront à cheval à la porte de l'hôtel de ville.

Au bout de cinq minutes, on amenait à Danton un cheval tout caparaçonné.

Il saute dessus en excellent cavalier qu'il était, court à la boutique d'un armurier, achète une paire de pistolets, les charge, les met dans ses fontes, se fait donner un sabre dont la poignée aille à sa puissante main, paye en or, met son chapeau à plumes au bout de son sabre, crie : A moi les volontaires! les réunit et s'élance sur la route de Maestricht.

Quinze jours auparavant, Miranda, qui l'a attaquée parce que, sur la parole de Dumouriez, à la première bombe, elle devait se rendre, a jeté sur Maestricht cinq mille bombes, et cela inutilement.

Avant d'arriver aux portes de Liège, Danton a déjà rencontré des fugitifs. Ils appartiennent au corps d'armée de Miaczinsky qui, après un combat meurtrier contre les Autrichiens commandé par le prince de Cobourg, combat dans lequel il a défendu une à une les maisons d'Aix-la-Chapelle, est obligé de faire retraite sur Liège.

Alors Danton change de route, et, au lieu de s'avancer vers

Maestricht, il pousse sa reconnaissance du côté d'Aix-la-Chapelle.

Il interroge alors les fugitifs et apprend que, outre le prince de Cobourg et les Autrichiens qu'il a devant lui, le prince Charles pousse hardiment les impériaux au delà de la Meuse et est à Tongres. Mais cela ne lui suffit pas, il veut voir de ses yeux, il s'avance jusqu'à Saumagne, et voit de là les têtes de colonnes autrichiennes qui débouchent d'Henry-Capelle.

Il n'y a rien à faire qu'à protéger dans sa retraite cette noble population de Liège. Il rentre dans la ville. Il espérait y trouver Miranda, dont on lui avait fort vanté le calme et le courage; il n'y trouva que Valence, Dampierre et Miaczinski, qui, se jugeant trop faibles pour risquer une bataille, veulent se retirer immédiatement sur Saint-Trond, où ils feront leur jonction avec Miranda et où ils attendront Dumouriez. Dès lors, il n'y a pas un instant à perdre. Au son des cloches, Danton rassemble de nouveau les Liégeois au palais communal. Là, il expose la situation à cette malheureuse population sans lui rien cacher, lui offre l'hospitalité au nom de la France; il ne l'abandonnera pas qu'elle ne soit hors de danger, mais il lui avoue qu'il y va de la mort pour elle à ne pas s'exiler.

Il était cinq heures de l'après-midi; la neige tombait à ce point que les Autrichiens ne crurent pas devoir se risquer dans les trois lieues qui leur restaient à faire pour atteindre Liège. Heureux répit donné à la ville. S'ils eussent continué leur marche, ils surprenaient les Liégeois avant qu'ils eussent eu le temps d'évacuer la ville.

C'est là que Danton déploie cette merveilleuse activité dont la nature l'a doué pour les situations extrêmes. Il va chez les riches, quête de l'argent pour les pauvres, met en réquisition tous les chevaux, toutes les voitures, toutes les charrettes, envoie commander du pain à Landen et à Louvain, fait prévenir Bruxelles de l'émigration, garnit les charrettes de paille et de foin et y entasse les femmes et les enfants, fait placer les malades dans les voitures plus douces, forme un corps de cavalerie avec les quatre cents chevaux qu'il trouve dans la ville, un corps d'infanterie avec tout ce qu'il y a d'hommes valides, donne son cheval au bourgmestre, et se met à l'arrière-garde, à pied, le fusil sur l'épaule.

Dans la nuit du 4 mars, par un temps épouvantable plus froid qu'en hiver, par une grêle effroyable qui lui coupe le visage, la lugubre procession se met en chemin, comme ces anciennes populations chassées par les barbares et qui, sans savoir où elles s'arrêtaient, allaient en quête d'une nouvelle patrie.

Il y avait huit lieues de Liège à Landen.

Les pleurs des enfants, les gémissements des femmes, les plaintes des malades et des blessés mêlés à la population fugitive, faisaient de cette retraite quelque chose qui brisait le cœur et surtout le cœur de Danton, si pitoyable aux Liégeois.

Puis joignez à cette douleur profonde la séparation de Paris, cet arrachement du cœur; sa femme adorée mourant dans sa triste maison du passage du Commerce, qu'il trouverait vide en rentrant.

Et cependant il n'eut pas l'idée d'abandonner un instant, mauvais pasteur, le troupeau douloureux qu'il conduisait. Son devoir était là qui le rivait à la triste émigration bien plus sûrement qu'une chaîne.

Vers huit heures, les premières voitures atteignirent Landen. Alors Danton passa de l'arrière-garde à la tête de la colonne; il fit ouvrir toutes les portes, faire du feu devant toutes les maisons et barricader avec les voitures vides la rue de Maestricht.

Des sentinelles à cheval furent placées sur la grande route. Si l'on avait à craindre une attaque de l'ennemi, c'était du côté de Saint-Trond, que nos troupes avaient abandonné pendant la nuit.

Vers midi, les sentinelles se retirèrent; on entendait les pas d'une troupe de chevaux.

Danton plaça dans les deux premières maisons une vingtaine de chevaliers de l'arquebuse et une soixantaine d'autres derrière les charrettes; il recommanda à chacun de viser les hommes et d'épargner les chevaux dont on avait besoin pour les malades et les nouvelles charrettes que l'on pourrait se procurer à Landen.

Ces cavaliers dont on avait entendu le bruit, c'était un escadron de uhlans qui allaient à la découverte.

La neige tombait épaisse, on ne voyait pas à cinquante pas devant soi, les cavaliers autrichiens approchèrent sans défiance jusqu'à trente pas de la barricade. Tout à coup une fusillade terrible éclata, et une soixantaine d'hommes tombèrent de leurs chevaux qui, tout effarés, s'élancèrent dans toutes les directions.

Les uhlans en désordre se retirèrent pour aller se reformer à un quart de lieue, puis ils revinrent au grand galop sur la barricade; mais, en arrivant à la ligne de morts qu'ils avaient laissée, ils essuyèrent une seconde grêle de balles qui leur faucha encore une trentaine d'hommes.

Cette fois ils tournèrent bride, mais pour ne plus reparaître.

Chacun se mit alors à courir après les chevaux sans maître, tandis que de nouveaux volontaires accourus au bruit commencèrent à dépouiller les uhlans de leurs pelisses et de colbacks, destinés à faire des fourrures pour les femmes et pour les enfants.

Toutes les maisons de la rue de Saint-Trond furent ouvertes pour recevoir les Liégeois fugitifs, et de grands feux furent faits dans les cheminées. Là on eut du pain et de la bière en abondance. Danton paya en bons sur le trésorier général.

A deux heures on put se remettre en route. Il n'y avait que six lieues de Landen à Louvain. Les chevaux, les pelisses et les colbacks des uhlans avaient apporté de grands soulagements dans la retraite.

Ils avaient été d'autant mieux reçus que nous n'avions eu ni tués ni blessés.

On arriva à Louvain vers neuf heures du soir. Toute la ville était illuminée pour faciliter les bivacs dans la rue; les femmes et les enfants furent reçus dans les maisons, les hommes restèrent dehors.

Danton refusa les logements et les lits qu'on lui offrait, il se jeta sur une botte de paille et dormit.

Il se réveilla sombre et frissonnant entre minuit et une heure. Il avait vu sa femme en rêve. Il était convaincu qu'elle était morte à cette heure et était venue lui dire adieu.

C'était dans la nuit du 6 au 7 mars.

Le lendemain il voulait prendre congé des pauvres fugitifs; ils n'avaient plus rien à craindre de l'ennemi. Les lignes françaises s'étaient reformées derrière Saint-Trond. Le corps d'armée de Miranda tout entier bivaquait entre Landen et Louvain.

Mais il semblait à ces pauvres gens que Danton, ce tribun si redouté, cet homme de sang, était leur palladium. Les femmes se mirent à genoux sur son chemin; elles firent joindre les mains aux petits enfants.

Il pensa à ses petits enfants et à sa femme, poussa un soupir..., mais il resta.

XLIV

L'AGONIE

Pendant ce temps Jacques Mérey, fidèle à la promesse qu'il avait faite à son ami, luttait contre le mal de tout le pouvoir de la science.

En quittant Danton dans le cabinet d'un des secrétaires de la Convention, il avait laissé à celui-ci deux heures pour faire ses adieux à sa femme; mais les adieux du terrible olympien n'étaient pas de ceux que l'on fait à une femme mourante.

Il trouva madame Danton souriante et brisée tout à la fois.

A cette époque, où les travaux chimiques du dix-neuvième siècle sur le sang n'étaient point faits encore et où l'on ignorait sa composition et ses éléments, la maladie dont madame Danton était atteinte n'était point ou était à peine connue sous le nom d'anémie, mais sous le nom d'anévrisme avec lequel on la confondait.

Toute excitation exagérée et persistante du système nerveux peut amener l'anémie, c'est-à-dire sinon l'absence du moins l'appauvrissement du sang; mais ce sont surtout les chagrins et l'abattement moral prolongés qui ont ce résultat fatal; alors les globules sanguins qui composent en partie le sang diminuent dans des proportions effrayantes, et des hémorrhagies se produisent par l'effet plus aqueux du sang.

On comprend parfaitement, le tempérament de madame Danton étant donné comme celui d'une femme calme, douce et religieuse, que les événements auxquels son mari avait pris part, que ceux bien plus encore dont il avait été le héros, eussent produit sur la santé de sa femme ce terrible changement.

Jacques Mérey l'avait déjà examinée avec la plus grande attention; mais le docteur, au courant de la science, la dépassant quelquefois à force de travail et de génie, ne pouvait voir autre chose dans l'état de madame Danton que ce qu'y eût vu le plus habile médecin.

La malade était couchée sur une chaise longue, elle avait le visage blême, les lèvres pâles, les joues décolorées. Il découvrit les bras et la poitrine: les bras et la poitrine avaient la teinte blafarde du visage. La langue et toutes les muqueuses participaient à cette pâleur.

Il lui prit le poignet; le pouls était petit, insensible, intermittent; parfois la chaleur de la peau était diminuée.

Madame Danton regarda tristement Jacques Mérey.

— Voulez-vous me dire ce que vous éprouvez? lui demanda-t-il.

— Une grande difficulté de vivre, répondit la malade; de l'essoufflement au moindre exercice.

— Des palpitations?

— Oui, des étourdissements, des étouffements, des éblouissements, des tintements d'oreille.

— Y a-t-il longtemps que vous avez perdu du sang?

Elle devait boire, chaque fois qu'elle aurait soif, une tisane amère.

Jacques prit congé de madame Danton.

Elle le suivit des yeux, et lorsqu'il fut à la porte, comme il se retournait, leurs yeux se rencontrèrent.

— Vous voulez me demander quelque chose, dit Jacques, qui se rappela les confidences que Danton lui avaient faites relativement aux tendances religieuses de sa femme.

— Oui, dit-elle.

Jacques se rapprocha de son lit.

Elle lui prit la main et le regarda.

— Je suis femme, dit-elle, et fidèle à la croyance de nos pères, je ne voudrais pas mourir hors de l'Eglise. Promet-

Danton monta à la tribune.

— Ce matin, la valeur d'un verre à peu près.

— Par la bouche ou par le nez?

— Par le nez.

— L'a-t-on mis de côté?

— Oui, ma belle-mère a dû le mettre à part.

Jacques appela madame Danton la mère; elle apporta le sang qu'elle avait conservé dans un plat creux.

La fibrine était presque nulle, tout était tourné en sérosité.

Jacques prit un papier et une plume.

Puis il prescrivit une décoction de quinquina et une préparation martiale, espèce d'opiat que l'on faisait avec de la limaille de fer et du miel.

Madame Danton devait prendre trois petits verres à bordeaux de quinquina en décoction par jour, et toutes les heures manger une cuillerée à café de miel et de limaille.

tez-moi de me dire quand il sera temps d'envoyer chercher un prêtre.

— Rien ne presse, madame, répondit Jacques.

— Il ne faudrait point par crainte de m'impressionner, continua madame Danton, m'exposer à ne pas remplir mes devoirs religieux. Je ferais une mauvaise mort. Et d'ailleurs, ajouta-t-elle, il me faut un peu de temps pour trouver un prêtre.

— Vous voulez un prêtre non assermenté? demanda le docteur.

— Oui, fit-elle en baissant les yeux.

— Prenez garde, ces hommes-là sont des fanatiques qui ne comprennent point la parole de Dieu. Ils seront implacables.

— Pour moi, n'ai-je pas toujours été bonne mère et chaste épouse?

— Non, pour votre mari.

Elle resta pensive un instant.

— Je veux essayer d'abord d'un prêtre non assermenté, dit-elle; s'il est trop sévère, vous m'en irez chercher un autre à votre choix.

Jacques s'inclina.

— Cette pensée de la confession vous tourmente-t-elle? demanda Jacques.

— Oui, je l'avoue.

— Eh bien, quand il sera temps je préviendrai votre belle-mère et elle viendra avec le prêtre.

Madame Danton sourit, laissa retomber sa tête sur le dossier de la chaise longue, et poussa un soupir de satisfaction.

Pendant un jour ou deux les remèdes du docteur opérèrent avec une certaine efficacité. Mais le troisième jour les symptômes fâcheux reprirent le dessus. La vue se troubla, des points noirs se dessinèrent sur les objets, la susceptibilité nerveuse devint extrême.

Jacques constata ces symptômes, ordonna les toniques les plus efficaces qu'il put trouver, mais en quittant madame Danton il dit à la belle-mère:

— Demain, allez chercher le prêtre.

Le lendemain le docteur comptait n'aller voir la malade qu'à sa sortie de la séance, afin de lui laisser tout le temps d'accomplir ses devoirs religieux; mais vers deux heures de l'après-midi Camille Desmoulins accourut, lui annonçant que madame Danton était au plus mal.

Il priait Jacques de tout quitter pour lui porter secours.

Le docteur fut étonné; il connaissait les accidents habituels de la maladie, et ne croyait pas à la mort avant quatre ou cinq jours.

Il interrogea Camille, qui ne put rien lui dire autre chose, sinon que la belle-mère de madame Danton était accourue chez lui pour lui dire que sa fille était au plus mal.

Jacques prit une voiture et se fit conduire passage du Commerce; les enfants et la belle-mère pleuraient; madame Danton priait, les yeux fermés et les mains jointes.

Des larmes coulaient entre ses paupières fermées.

Il demanda ce qui s'était passé.

La belle-mère secoua la tête.

— Le prêtre, oh! le prêtre, murmura-t-elle.

— Il a refusé l'absolution? demanda Jacques.

— Il l'a maudite.

— Pourquoi lui avez-vous dit chez qui il était? Le nom des mourants n'est pas un péché, et le prêtre n'a pas besoin de le savoir.

— Oh! je ne l'avais pas dit, répondit madame Danton, la mère; je m'étais rappelé votre recommandation. Mais, en entrant ici, il a vu le portrait de mon fils, par David. Il l'a reconnu, alors sa poitrine s'est gonflée de colère, ses yeux sont devenus sanglants, il a étendu la main vers la peinture.

— Pourquoi avez-vous le portrait de ce réprouvé ici? a-t-il demandé.

Nous n'avons répondu ni l'une ni l'autre.

— Tant que ce portrait sera ici, a-t-il dit en étendant le poing vers lui, Dieu n'y entrera pas!

Alors Georges, l'aîné des fils de Danton, s'est avancé vers le prêtre et lui a dit:

— Pourquoi montrez-vous le poing à papa?

— Cet homme est ton père! s'est écrié le prêtre.

— Mais oui, cet homme est mon père, a répondu l'enfant.

— Arrière, reptile!

— Monsieur! a dit ma belle-fille en étendant les bras vers son enfant.

— Ah! vous êtes sa mère, ah! vous êtes la femme de cet homme, ah! vous avez vécu avec ce Satan, avec ce réprouvé, avec cet antechrist, et vous espérez le pardon du Seigneur. Jamais! jamais! jamais! mourez dans l'impénitence finale. Je vous maudis, et que ma malédiction tombe sur lui, sur vous et sur vos enfants, jusqu'à la troisième et la quatrième génération.

Et il est sorti.

Les enfants pleuraient, ma fille s'est évanouie. J'ai couru chez Camille et vous l'ai envoyé. Voilà l'histoire telle qu'elle s'est passée.

— Le misérable! s'écria Jacques. Je l'avais prévu.

Puis se tournant vers madame Danton, qui restait muette et immobile:

— Je vais vous en chercher un, moi, dit-il, et qui ne vous maudira pas.

Il sortit, remonta dans son fiacre, courut à la Convention et en ramena l'évêque de Blois, le digne Grégoire.

Celui-ci entra avec le sourire sur les lèvres et la bénédiction dans le cœur.

— Je ne vous ferai qu'une question, madame, lui dit-il.

Elle rouvrit ses yeux pleins de larmes, et voyant le costume épiscopal de son visiteur:

— Laquelle, monseigneur? demanda-t-elle.

— Aimez-vous votre mari?

— Je l'adore, dit-elle.

— Eh bien, répliqua l'évêque, vous avez dû souffrir au delà des péchés que vous avez commis. Je vous absous.

Alors il s'assit près d'elle, lui parla de Dieu, de sa bonté infinie; il alla chercher les fibres les plus secrètes du cœur de la mère et de l'épouse, et comme il vit que, rassurée sur elle, c'était pour le salut de son mari qu'elle tremblait, il lui montra Dieu créant dans sa science de l'avenir les hommes pour les époques où ils doivent vivre, et mesurant sa miséricorde aux missions terribles que les Titans révolutionnaires reçoivent de lui.

Il l'avait trouvée dans les larmes et rebelle à la mort. Il la quitta pleine d'espérance et tendant les bras à la grande consolatrice de tous les maux.

Jacques, dès lors, n'eut plus qu'à adoucir matériellement, autant qu'il était en son pouvoir, le terrible passage de l'éternité.

Le lendemain, la maladie avait fait de nouveaux progrès et les symptômes étaient plus graves. La vue se perdait tout à coup, et, pendant des intervalles qui allaient toujours s'augmentant, l'enflure des jambes gagnait le corps; il y avait des syncopes pendant lesquelles on croyait que la malade allait succomber; la parole devenait lente et inintelligible.

La journée du 4 au 5 se passa ainsi.

Les journées du 5 et du 6 ne furent qu'une longue agonie. De temps en temps la malade rouvrait les yeux et les fixait sur le portrait de son mari qu'elle voyait comme à travers un brouillard. Elle voulait parler, mais elle ne pouvait articuler qu'une espèce de souffle modulé dans lequel on croyait reconnaître le nom de baptême de son mari: Georges.

Enfin, vers le soir du 6, le coma s'empara d'elle; vers minuit, elle fit quelques mouvements produits par une convulsion; enfin, entre minuit et une heure, elle prononça distinctement le mot: adieu! et expira.

Jacques Mérey alla à la pendule, et l'arrêta à minuit trente-sept minutes.

C'était juste l'heure à laquelle Danton avait affirmé qu'elle lui était apparue.

Jacques suivit de point en point les instructions de Danton, il plongea le cadavre dans une dissolution concentrée de sublimé corrosif, il le mit dans une bière de chêne s'ouvrant à l'aide d'une serrure, dont il garda la clef. Enfin, après toutes les cérémonies de l'église, après une messe mortuaire, où officia l'évêque de Blois, le cadavre de la noble créature fut déposé dans un caveau provisoire du cimetière Montparnasse.

Celui qui la conduisit à sa dernière demeure ne se doutait pas que, dans ce même pays où il avait contribué à détruire la royauté et la superstition, sous le règne du fils de Philippe-Egalité, l'archevêque de Paris, M. de Quélen, refuserait une messe à son cadavre, et qu'il serait porté à sa dernière demeure sans prières et sans prêtre, au milieu du concours vengeur de vingt mille citoyens.

XLV

RETOUR DE DANTON

Pendant l'absence de Danton, un orage terrible s'était élevé contre la Gironde.

Nous avons expliqué aussi brièvement que possible d'où venait son impopularité.

Les girondins n'étaient pas devenus royalistes, comme on le disait, mais les royalistes, de nom du moins, s'étaient faits girondins.

On sait de quelle popularité ils avaient joui d'abord; la révolution au 20 juin et au 10 août avait été en eux.

Les jacobins, de leur côté, s'étaient jetés dans des excès qu'à tort ou à raison ils avaient cru nécessaires à la révolution.

Ils avaient fait les journées de septembre.

Les girondins regardaient les actes des 2 et 3 septembre, comme des crimes atroces; ils avaient demandé la poursuite de ces crimes.

Ils firent, comme nous l'avons dit, accuser Robespierre à la tribune. — Par qui? Par Roland qui était l'intégrité; par Condorcet qui était la science; par Brissot qui était la loyauté; par Vergniaud qui était l'éloquence? Non. Par Louvet, l'auteur de *Faublas*, c'est-à-dire aux yeux de tous par la frivolité.

Robespierre répondit par deux mensonges. Il dit qu'il n'avait jamais eu de relation avec le comité de surveillance de la Commune, premier mensonge; il répondit qu'il avait cessé d'aller à la Commune avant les exécutions, second mensonge.

Les honneurs de la séance furent pour Robespierre. De ce jour date le premier nuage jeté sur la popularité de la Gironde.

Il s'agissait d'élire un nouveau maire. Un ex-cordonnier de la rue Mauconseil, nommé Lhuillier, balança trois jours le candidat girondin, Chambon, qui fut nommé à grand'peine.

Signe grave et sinistre, la majorité flottait entre elle et les jacobins.

Les jacobins et la Montagne avaient cru la mort du roi indispensable, et ils avaient, comme un seul homme, voté la mort du roi, sans appel et sans sursis.

Les girondins, au contraire, au moment de la chute du roi, avaient eu l'imprudence de lui écrire; puis, le moment venu de voter, ils avaient voté sans ensemble, les uns pour la mort simple, les autres pour la mort avec sursis, les autres pour la mort avec appel.

Les girondins étaient donc divisés, et ils avaient donné prise aux montagnards et aux jacobins, qui leur reprochaient à tout moment leur faiblesse politique.

Danton, nous l'avons dit encore, avait fait un pas pour se rapprocher de la Gironde. La Gironde s'était éloignée de lui. Guadet l'avait appelé septembriseur.

Danton s'était contenté de secouer tristement la tête.

— Guadet, lui dit-il, tu as tort, tu ne sais pas pardonner, tu ne sais pas sacrifier ton sentiment à la patrie, tu es opiniâtre; tu périras!

Et Danton avait laissé aller la Gironde à la dérive.

Les girondins avaient eu un ministère tiré du cœur même de la Gironde: Roland, Larivière et Servan.

Ce ministère n'avait pas su se maintenir en position.

Ils avaient eu un général girondin: Dumouriez.

Mais après avoir gagné deux batailles, après avoir sauvé la France à Valmy et à Jemmapes, il avait été accusé de ne l'avoir sauvée qu'au profit du duc de Chartres. Un voyage qu'il avait fait à Paris, quelques ouvertures qu'il avait risquées, avaient donné créance à ces bruits que les girondins n'osaient pas démentir. Seulement Dumouriez était l'homme heureux, et par conséquent l'homme indispensable.

Mais voilà qu'en quelques jours une grêle de nouvelles plus effrayantes les unes que les autres viennent s'abattre sur Paris.

La première est la révolte de Lyon.

Lyon, avec ses maisons à dix étages, avec ses caves noires où s'enterrent les canuts, Lyon était le refuge des agents d'émigration, des prêtres réfractaires et des religieuses exaltées. Les grands commerçants qui ne faisaient plus travailler, les marchands qui ne vendaient plus, pactisaient avec les nobles. Nobles, commerçants et marchands étaient royalistes et se disaient girondins, mais ces prétendus girondins avaient armé un bataillon de fédérés qui, sous le titre des fils de famille, insultaient les municipaux, brisaient la statue de la liberté et les bustes de Jean-Jacques.

Encore une accusation sourde qui retombait sur les girondins. Ce n'était pas le tout. De même qu'à la panique de Valmy, quinze cents hommes s'étaient éparpillés, fuyant et criant partout que l'armée était battue. Les fugitifs traversaient la Belgique, les uns à pied, les autres à cheval, disant que Dumouriez trahissait et qu'il avait vendu la France.

Dumouriez, l'homme des girondins!

Mais Dumouriez avait commis des crimes bien autrement graves que de se laisser battre. A son passage à Bruges on lui avait donné un bal.

Un petit jeune homme, tout en achevant sa contredanse, se présenta à lui, disant qu'il était commissaire du corps exécutif et qu'il se rendait à Ostende et à Nieuport pour faire monter des batteries et mettre ces deux places en état de défense.

Le général le regarda par-dessus son épaule et lui dit:

— Renfermez-vous dans vos fonctions civiles, monsieur, exécutez-les modérément et ne vous mêlez pas de la partie militaire qui me regarde.

Un autre commissaire, nommé Lintaud, lui écrivait une lettre, dans laquelle il le tutoyait et lui ordonnait de marcher immédiatement au secours de Ruremonde.

Dumouriez envoya cette lettre au ministre de la guerre avec cette apostille:

« Cette lettre devrait être datée de Charenton. »

Un troisième, nommé Cochelet, avait écrit au général Miranda, lieutenant de Dumouriez, lui ordonnant de prendre Maëstricht avant le 20 février, sans quoi, disait-il, il le dénoncerait comme traître.

On comprend que toutes ces noises de Dumouriez contre les agents de la Convention ne raccommodaient pas ses affaires avec les jacobins.

Ces nouvelles, en arrivant à Paris, excitèrent un grand tumulte non seulement dans les rues, mais au sein même de la Convention.

Une grande foule se précipita dans la salle, envahissant les tribunes et criant à pleins poumons:

— A bas les traîtres! à bas les contre-révolutionnaires!

C'est au milieu d'un effroyable tumulte que plusieurs voix crièrent tout à coup: Danton! Danton! et que celui-ci, dont la voiture s'était brisée et qui avait fait les trente dernières lieues à cheval et à franc étrier, entra couvert de boue à l'assemblée.

A cet aspect, tout le monde se tut.

Alors, d'une voix tonnante:

— Citoyens représentants, dit-il, le ministre de la guerre vous cache la vérité; j'arrive de Belgique, j'ai tout vu, voulez-vous des détails?

Sept cents voix répondirent par le cri: Parlez! parlez!

Alors Danton, avec l'énergie que nous lui connaissons, fait le récit qu'on a lu dans le chapitre précédent; il lui montre toute cette brave population de Liège, hommes, femmes, vieillards, enfants, nos alliés, abandonnant leurs maisons, mourant de faim, de froid, par les grands chemins, se réfugiant à Bruxelles et n'ayant d'espoir que dans la France.

Seulement, où la France puisera-t-elle son espoir à elle? Dumouriez est en pleine retraite; une partie de l'armée est en pleine déroute.

Puis il ajoute:

— La loi du recrutement sera trop lente; il faut que Paris s'élance.

Alors, de toutes les tribunes et de tous les bancs, un cri s'élance:

— Dumouriez à la barre! Mort à Dumouriez! mort aux traîtres!

Mais Danton s'écrie:

— Dumouriez n'est pas si coupable que vous le croyez. On lui a promis trente mille hommes de renfort; il n'a rien; il faut que des commissaires parcourent les quarante-huit sections, appellent les citoyens aux armes et les somment de tenir leur serment; il faut qu'une proclamation soit adressée à l'instant même aux Parisiens; s'ils tardent, tout est perdu; la Belgique est envahie; armons-nous, défendons-nous, sauvons nos femmes et nos enfants; qu'on arbore à l'Hôtel-de-Ville le grand drapeau qui annonce que la patrie est en danger, et que le drapeau noir flotte sur les tours de Notre-Dame!

Puis, au milieu des applaudissements, des bravos, Danton, pâle comme un spectre, sombre comme la nuit, descend du haut de la Montagne vers l'endroit où Jacques Mérey, non moins pâle et non moins sombre, l'attendait.

Les deux hommes n'échangèrent chacun que deux mots.

— Morte? demanda Danton.

— Oui, répondit Mérey.

— La clef?

— La voilà.

Et Danton sortit comme un fou des Tuileries.

Il sauta dans une des voitures qui stationnaient pendant toutes les séances à la porte des Tuileries, mit un assignat de dix francs dans la main du cocher, en lui disant:

— Ventre à terre! passage du Commerce.

Le cocher fouetta ses chevaux qui partirent aussi vite que peuvent partir des chevaux de fiacre.

Au pont Neuf, un embarras de voitures arrêta le fiacre; Danton passa sa tête bouleversée par la portière et cria:

— Place!

Un cabriolet avait engagé sa roue avec une charrette.

Le cocher du cabriolet tirait de son côté, le charretier tirait du sien.

— Place! cela t'est bien aisé à dire, fit le cocher du cabriolet. Fais-toi faire place toi-même, si tu peux.

Le conducteur de la charrette tirait avec cet entêtement plein de malveillance du conducteur des grosses voitures qui savent que les petites ne peuvent rien contre elles. Attelé de deux chevaux, il continuait de marcher, et traînait à reculons le cabriolet et son cheval.

Danton jeta un regard sur la physionomie sournoisement riante de cet homme et vit qu'il était inutile de lui rien demander. Il ouvrit la portière, sauta à bas de son fiacre, s'approcha, passa une épaule sous l'arrière de la charrette, et d'un violent effort la jeta sur le côté.

Puis il remonta dans sa voiture en criant au cocher:

— Passe maintenant.

Après une pareille preuve de force, Danton pensait bien que personne ne se mettrait plus sur sa route; aussi les autres voitures s'écartèrent-elles en une seconde, et cinq minutes après Danton était à la porte de la triste maison.

Là, il sauta à terre, monta rapidement les deux étages; mais arrivé à la porte il s'arrêta tout tremblant.

Il n'osait sonner.

Enfin il tira le cordon et la sonnette retentit.

Des pas alourdis s'approchaient de la porte.

— C'est ma mère, murmura-t-il.

Et, en effet, la porte s'ouvrit et madame Danton, vêtue de deuil, parut sur le seuil.

Les deux enfants, en deuil comme la grand'mère, étaient venus voir curieusement qui sonnait.

— Mon fils! murmura la vieille.

— Papa! balbutièrent les enfants.

Mais Danton ne parut voir ni les uns ni les autres; il entra sans dire une parole, ouvrit toutes les portes, comme s'il espérait dans chaque chambre retrouver celle qu'il avait perdue.

Puis, le dernier cabinet ouvert, il se rejeta tout éperdu dans la chambre à coucher, enveloppa de ses bras les oreillers sur lesquels elle avait rendu le dernier soupir, et les baisa convulsivement avec des cris et des larmes.

La vieille mère profita de ce moment où son cœur semblait se fondre pour pousser les enfants dans ses bras.

Il les prit, les pressa contre sa poitrine.

— Ah! dit-il, qu'elle a dû avoir de peine à vous quitter.

Puis il tendit la main à sa mère, l'attira à lui et appuya un baiser sur chacune de ses joues flétries.

— Et maintenant, dit-il, qu'on me laisse seul.

— Comment, seul? s'écria madame Danton.

— Ma mère, dit-il, il y a une voiture à la porte, montez dedans avec les enfants, conduisez-les chez Camille, laissez-les et restez vous-même avec Lucile, et envoyez-moi Camille, il faut que je lui parle à l'instant même; voici un second assignat de dix francs que vous donnerez au cocher pour qu'il reste à ma disposition.

Dix minutes après Camille accourait se jeter dans les bras de Danton.

— Il faut, lui dit celui-ci, que tu te fasses reconnaître du commissaire de police du quartier, que tu ailles avec lui jusqu'au cimetière Montparnasse. Le corps de ma femme est déposé dans un caveau provisoire; le commissaire de police t'autorisera à mettre la bière dans le fiacre; tu me la rapporteras; je veux revoir encore une fois celle que j'ai tant aimée.

Camille ne fit pas une observation, il obéit.

Camille se nomma et nomma Danton. Le nom de celui-ci inspirait une si grande terreur que le commissaire ne chercha pas même à discuter; il monta en fiacre avec Camille Desmoulins, se rendit au cimetière Montparnasse, alla au caveau provisoire, se fit remettre la bière, que deux fossoyeurs portèrent dans le fiacre.

Danton entendit le roulement de la voiture qui s'arrêtait devant la porte; il descendit ou plutôt se précipita dans les escaliers, remercia Camille et le commissaire, qui avait voulu s'assurer qu'il venait bien au nom de Danton.

Camille voulut faire signe à deux commissionnaires qui jouaient aux cartes sur une borne; mais Danton l'arrêta, fit ses remerciements au magistrat, chargea l'objet sur ses épaules et le monta au second étage.

Une grande table avait été préparée dans la chambre à coucher de madame Danton; il posa la bière dessus.

Puis, se tournant vers Camille, il lui tendit la main.

— Je veux être seul! dit-il.

— Et si je ne voulais pas te laisser seul, moi?

— Je te répéterais: *Je veux être seul.*

Et il prononça ces paroles avec une telle énergie que Camille vit bien qu'il n'y avait pas d'observation à lui faire.

Il sortit.

Resté seul en face de la bière, Danton tira de sa poche la clef que lui avait remise le docteur, lui fit faire un double tour dans la serrure; puis, avant d'oser lever le couvercle, il attendit un instant.

La morte était enveloppée dans son suaire. Danton en écarta les plis.

Alors, on dit qu'il enveloppa le corps de ses deux bras, l'arracha à la bière et, l'emportant sur le lit où elle était morte, essaya de la faire revivre dans un funèbre et sacrilège embrassement.

XLVI

SURGE, CARNIFEX

Ainsi, après une lutte de sept mois, après deux grandes batailles gagnées, Paris se retrouvait dans la même situation qu'en août 1792.

Comme en avril 1792, Danton venait de faire un appel au patriotisme des enfants de Paris.

Comme en 1792, Marat criait, ayant un écho dans la Montagne, qu'il fallait abattre la contre-révolution et surtout ne pas laisser derrière soi d'ennemis.

Paris fut admirable.

D'autant plus admirable que cette fois il n'y avait plus d'enthousiasme, non, l'enthousiasme avait été noyé dans le sang de septembre, mais seulement du dévouement.

Le faubourg envoya une garde à la Convention, et en deux jours fit trois ou quatre mille volontaires qu'il arma et équipa.

Les halles furent sublimes: une seule section, celle de la halle au blé, donna mille volontaires. Ils défilèrent à l'Assemblée, muets, sombres, la tête inclinée en avant par l'habitude de porter des sacs sur leur tête. Ils quittèrent tout, leur métier, leur femme et leurs enfants méritant par le cœur comme par le corps le titre qu'ils s'étaient donné eux-mêmes de *Forts pour la patrie*.

Le soir il y eut aux halles repas lacédémonien; chacun apporta ce qu'il avait; ceux-là le pain, ceux-ci le vin, ceux-ci la viande et le poisson; ceux qui arrivèrent les mains vides se mirent à table comme les autres et comme les autres mangèrent.

Un cri unanime de Vive la nation! se fit entendre; puis on se sépara; chacun avait ses adieux à faire, on partait le lendemain.

Maintenant toutes ces nouvelles, qui accablaient les girondins puisqu'elles venaient à la suite d'un ministère girondin, par les fautes d'un général girondin et par la révolte d'une ville girondine, donnaient prise sérieuse aux meneurs révolutionnaires, c'est-à-dire à leurs ennemis réunis: Montagne, Commune, jacobins, cordeliers, faubourgs.

Les girondins, presque tous avocats, nous l'avons déjà dit, prêchaient la soumission à la loi. Ils disaient: Tombons, mais légalement.

Ils oubliaient que les lois dont ils voulaient mourir victimes étaient des lois faites en 91 et 92, c'est-à-dire pour une époque de monarchie constitutionnelle et non pour une époque de révolution.

La loi qu'ils invoquaient était tout simplement le suicide de la République.

Il y avait un moyen d'obvier à tout, c'était de tirer du sein de la Convention même un tribunal qui concentrerait tous les pouvoirs dans ses mains, et qui prendrait le titre du *tribunal révolutionnaire.*

Pour lui, il n'y aurait d'autre loi que la loi du salut public.

Par lui, l'influence des girondins s'appuyant sur la *loi ancienne* était neutralisée. C'était à eux de se soumettre à la *loi nouvelle*. S'ils voulaient résister, on les briserait.

Et c'est ce que ne voulait pas encore la Convention. La Convention sentait parfaitement combien l'affaiblirait la mort d'hommes éloquents, honnêtes, dévoués à la république, ayant un immense parti, et dont le seul crime était l'hésitation à mettre le pied dans le sang.

Mais il y a dans tous les partis des enfants perdus qui veulent à quelque prix que ce soit le triomphe de leur idée; les enfants perdus de la Révolution se réunissaient à l'Evêché et y formaient une société régulière qui n'était pas reconnue par la grande société jacobine.

Cette société avait trois chefs: l'Espagnol Guzman, Tallien, ancien scribe de procureur, Collot d'Herbois, ex-comédien.

Les chefs secondaires étaient un jeune homme nommé Varlet, qui avait hâte de tuer; Fournier, l'Auvergnat, ancien planteur, ne connaissant que le fouet et le bâton et célèbre dans les massacres d'Avignon; le Polonais Lazouski, héros du 10 août et qui était l'idole du faubourg Saint-Antoine.

Les six conjurés, — on peut donner le nom de conjuration à un pareil projet, — se réunirent au café Corazza et décidèrent de profiter du trouble dans lequel était Paris pour y soulever une émeute. Il s'agissait tout simplement, au milieu de l'émeute, de faire marcher une section sur le club des Jacobins et l'autre sur la Commune.

Cette dernière section, accusant la Convention de laisser échapper le pouvoir à ses mains débiles, forcerait la Commune de le prendre.

La Commune, ayant des pouvoirs dictatoriaux, épurerait alors la Convention; les girondins seraient alors expulsés par l'Assemblée elle-même, ou si elle refusait, ils seraient tués pendant le tumulte.

Danton, préoccupé de la mort de sa femme, n'y mettrait aucun obstacle; Robespierre, qui à toute occasion invectivait la Gironde, à coup sûr laisserait faire.

Les girondins eux-mêmes fournissaient des armes contre eux.

Dans leur bonne intention, et pour rassurer Paris, leurs

journaux, dirigés par Gorsas et Flévée, disaient que Liège était évacuée, mais n'était pas prise, et que, en tout cas, l'ennemi n'oserait se hasarder en Belgique.

Et en même temps les Liégeois, démenti vivant, arrivaient à moitié nus, les pieds meurtris de la route, traînant leurs femmes par les bras, portant leurs enfants sur leurs épaules, mourant de faim, invoquant la loyauté de la France, et à son défaut la vengeance de Dieu.

Le nouveau maire de la Commune et son rapporteur, prévoyant ce qui allait se passer et voulant soustraire le pouvoir auquel ils appartenaient à cette responsabilité dont ils étaient menacés d'épurer la Convention, se présentèrent le 10 au matin à l'Assemblée.

Ils demandèrent des secours pour les familles de ceux qui partaient, mais ils demandaient surtout un tribunal révolutionnaire pour juger les mauvais citoyens. Puis des volontaires apparurent à leur tour pour faire leurs adieux à la Convention.

— Pères de la patrie, disaient-ils, n'oubliez pas que nous allons mourir, et que nous vous laissons nos enfants.

La harangue était courte et digne de Spartiates.

Mais implicitement, pour le salut de ces enfants laissés à la Convention, elle réclamait un tribunal révolutionnaire.

Alors Carnot se leva, Carnot que l'on nomma plus tard l'organisateur de la victoire.

— Citoyens, dit-il aux volontaires, vous n'irez pas seuls à la frontière, nous irons avec vous, nous vaincrons avec vous ou nous mourrons avec vous.

Et, l'Assemblée, à l'unanimité, décida que quatre-vingt-deux membres de la Convention se transporteraient aux armées.

Des députés avaient été chargés de visiter les sections; ils revinrent en disant que toutes insistaient pour la création d'un tribunal révolutionnaire. Jean Bon Saint-André se leva, appuyant la demande qui paraissait commandée par la volonté générale.

Pendant ce temps, Levasseur rédigeait la proposition.

Deux hommes doux et bons qui ignoraient quel instrument de mort ils bâtissaient!

Jean Bon Saint-André, un pasteur protestant qui nous improvisa une marine, la lança à la mer, se fit marin de prêtre qu'il était, et nous légua, après le fatal combat du 1er juin 1794, la consolante légende du *Vengeur*, qui n'est pas encore, mais qui deviendra un jour de l'histoire.

Levasseur, un médecin, qui, envoyé à une armée en pleine révolte, arrêta et soumit la révolte d'un mot.

Le tribunal révolutionnaire fut voté en principe, mais on en remit à plus tard l'organisation.

En ce moment, et au milieu du tumulte, Danton, qui depuis trois jours n'était pas venu à l'Assemblée, parut.

Danton, c'est-à-dire l'ombre de Danton! Danton, les genoux tremblants, les joues pendantes, les yeux rougis par les larmes, les cheveux blanchis aux tempes, encore livide de son contact avec la mort.

Il monta lentement et lourdement à la tribune lui qui d'habitude s'y précipitait. On eût dit qu'il sentait peser sur lui, sur sa douleur et sur les suites qu'elle avait eues, les regards de toute l'Assemblée.

Les regards de la Gironde surtout l'enveloppaient.

Ce grand parti et ceux qui s'y étaient rattachés comprenaient que cet homme qui montait à la tribune, que cet homme qu'ils avaient flétri du nom de septembriseur, que cet homme dont ils avaient refusé l'alliance, portait en lui leur salut ou leur mort.

On sentait qu'à la terreur qui pesait déjà sur l'Assemblée, Danton apportait un supplément de terreur.

— Vous avez, dit-il d'une voix rauque, voté *en principe* l'existence future du tribunal révolutionnaire, mais vous n'en avez pas décrété l'*organisation*. Quand sera-t-il organisé? quand fonctionnera-t-il? et quand satisfaction contre les traîtres sera-t-elle donnée au peuple? Avec les obstacles que nous rencontrons dans cette Assemblée même, nul ne le sait.

Puis, avec un sourire terrible: — Parlons donc d'autre chose, dit-il.

— Je vous rappellerai, continua-t-il, qu'en septembre on sauva les prisonniers pour dettes, en ouvrant les prisons la veille du massacre. Eh bien! aujourd'hui, je ne dis pas que les circonstances soient les mêmes; mais il est toujours temps d'accomplir une œuvre juste. Aujourd'hui, consacré est ce principe que nul ne peut être privé de sa liberté que pour avoir forfait à la société: plus de prisonniers pour dettes, plus de contrainte par corps; abolissons ces vieux restes de la loi romaine des douze tables et du servage du moyen âge; abolissons enfin la tyrannie de la richesse sur la misère; que les propriétaires ne s'alarment point, ils n'ont rien à craindre: respectez la misère, elle respectera l'opulence.

L'Assemblée frémit.

L'homme du 2 septembre annonçait-il un 12 mars?

En tous cas, elle comprit le sens et la portée de la nouvelle loi qu'on lui demandait; elle se leva avec empressement, et, à l'unanimité, elle vota l'abolition de la contrainte par corps.

— Ce n'est pas assez, ajouta Danton; ordonnez que les prisonniers de cette catégorie soient élargis à l'instant même.

Et l'élargissement immédiat fut voté.

Puis Danton se rassit, ou plutôt retomba sur son banc, dans le muet silence de la mort.

En ce moment, un homme assis au banc des girondins déchira une feuille de ses tablettes, écrivit dessus ces deux mots de Mécène à Octave:

— *Surge, carnifex!* Lève-toi, bourreau!

Et il signa: Jacques Mérey.

Danton, auquel un huissier remit la feuille déchirée des tablettes du docteur, tourna lentement un regard atone de son côté.

Jacques Mérey se leva, et, comme le commandeur à don Juan, il fit signe à Danton de le suivre.

Danton le suivit.

Jacques Mérey prit le corridor, ouvrit ce cabinet du secrétaire de l'Assemblée où il avait déjà eu une conférence avec Danton et attendit celui-ci.

Danton apparut un instant après lui à la porte.

— Ferme cette porte et viens, dit Mérey.

Danton obéit.

— Au nom du dernier soupir de ta femme que j'ai reçu, dit Jacques Mérey, où veux-tu en venir, malheureux?

— A vous sauver tous, dit Danton d'une voix sourde, et cela malgré vous-mêmes, qui voulez vous perdre.

— Etrange manière de t'y prendre! dit Mérey avec ironie.

— On voit bien que tu n'as pas été ministre de la justice et que tu ne sais pas ce qui se passe. Je vais te le dire en deux mots, puis je rentrerai pour faire un dernier effort en votre faveur. Tâchez d'en profiter.

— Parle! reprit Jacques Mérey.

— Commençons par la province, dit Danton, — ça ne sera pas long, sois tranquille, — et finissons par Paris. Tu sais que Lyon est révolté. La Convention n'avait pas une armée à envoyer à Lyon. La Convention a fait ce qu'eût fait Sparte: elle a envoyé un citoyen héroïque, un cœur intrépide, un homme que le sang n'effraye pas, car tous les jours depuis vingt ans il se lave les mains dans le sang, le boucher Legendre. Il a parlé comme s'il avait eu une armée de cent mille hommes derrière lui. On lui a présenté une pétition factieuse, il l'a mise en morceaux et l'a lancée à la tête de ceux qui la lui présentaient.

« Et si nous t'en faisions autant que tu viens d'en faire à notre pétition! » s'écria un des factieux.

« Faites! a-t-il répondu. Coupez mon corps en quatre-vingt-quatre morceaux et envoyez les morceaux aux quatre-vingt-quatre départements; chacun d'eux m'élèvera une tombe et chacun d'eux vouera mes assassins à l'infamie. »

Qu'est devenu Legendre? Nous n'en savons rien! assassiné probablement. Et sais-tu sous quel nom et sous quelle bannière les Lyonnais se sont révoltés? Sous le nom de *girondins*, sous la bannière de la *Gironde*. Le bataillon des fils de famille, *tous girondins*, s'est emparé de l'Arsenal, de la poudre, des canons; peut-être, à cette heure, les Sardes occupent-ils la seconde capitale de la France et le drapeau blanc flotte-t-il sur la place des Terreaux!

Sais-tu ce qui se passe en Bretagne et en Vendée? La Bretagne et la Vendée sont en pleine révolte; pendant que l'Autrichien nous met la pointe de l'épée sur la poitrine, la Vendée nous met le poignard dans le dos. Là, du moins ils ne se font pas passer pour girondins.

Mais votre général girondin trahit en Belgique, lui; nous avons à craindre non seulement la retraite mais l'anéantissement de l'armée; il ne nous y resterait ni un seul homme ni une seule ville, si Cobourg y avait lancé ses hussards et avait su profiter de l'irritation des Belges, qui seraient tombés sur nos fugitifs et les eussent anéantis. Et cependant ce Dumouriez il faut que nous le gardions jusqu'à ce qu'il nous perde, ou que nous nous sauvions en le perdant.

Maintenant, à Paris, voilà ce qui s'y passe. Les membres du club de l'Evêché ont décrété la mort de vingt-deux d'entre vous. Ces vingt-deux là seront assassinés sur leurs bancs, à la Chambre; le reste du parti sera emprisonné à l'Abbaye, et on renouvellera sur lui la justice anonyme de septembre

Veux-tu savoir ce qu'a dit Marat ce matin avant de venir à l'Assemblée?

« On nous appelle buveurs de sang, a-t-il dit, eh bien! méritons ce nom en buvant le sang des ennemis. La mort des tyrans est la dernière raison des esclaves. César fut assassiné en plein sénat; traitons de même les représentants infidèles à la patrie, et immolons-les sur leurs bancs, théâtre de leurs crimes. »

Alors Mamin, le même qui a porté la tête de la princesse de Lamballe pendant toute une journée au bout d'une pique, Mamin s'est proposé, lui et quarante de ses égorgeurs, pour vous assassiner tous cette nuit à domicile.

Hébert a appuyé.

« La mort sans bruit, donnée dans les ténèbres, a-t-il dit, vengera la patrie des traîtres et montrera la main du peuple suspendue à toute heure sur la tête des conspirateurs. »

Eh bien ! voilà ce qui a été décidé : l'assassinat de jour en pleine Convention, ou l'assassinat chez vous, nuitamment, dans vos demeures, comme à la Saint-Barthélemy.

Devines-tu maintenant ce que j'ai voulu faire pour vous ? En proposant de faire élargir les prisonniers pour dettes, j'ai voulu vous faire comprendre que la mort était suspendue au-dessus de vos têtes, j'ai voulu vous donner un dernier avis.

Tu as mal interprété mes paroles, tant mieux. Tu me forces à m'expliquer clairement, je m'explique. Je ne veux pas votre mort. Je ne vous aime pas; mais j'aime votre talent, votre patriotisme, tout mal entendu qu'il est; votre honnêteté, toute impolitique qu'elle soit. Rentre, va t'asseoir près de tes amis; dis-leur comme venant de toi, comme venant de moi, si tu veux, mais de moi ils se défieront, dis-leur, cette nuit, ou de se réunir en armes pour se défendre, ou de ne point coucher chez eux. Demain, demain, il fera jour ! Demain, le tribunal révolutionnaire sera organisé, et, si vous êtes véritablement des traîtres, c'est à un tribunal que vous répondrez de votre trahison.

Mérey tendit la main à Danton.

— Il ne faut pas m'en vouloir, lui dit-il, j'ai été trompé par l'apparence.

— T'en vouloir ! dit Danton en haussant les épaules, pourquoi faire ? On a besoin de la haine pour être Robespierre ou Marat, on n'a pas besoin de la haine pour être Danton, va.

Mérey avait déjà fait quelques pas vers la porte, quand Danton bondit vers lui.

— Ah ! dit-il en le serrant dans ses bras et en le pressant sur son cœur à l'étouffer, j'oubliais ce que tu as fait pour moi, ami ; je ne sais pas ce qui arrivera, mais tu as ta place dans mon cœur. Si tu es obligé de fuir, viens chez moi, et je réponds de ta vie, dussé-je te cacher dans le caveau où elle est renfermée !

Et, suffoquant au souvenir de sa femme comme un enfant que les larmes étouffent, il éclata en sanglots dans les bras de son ami.

XLVII

LE TRIBUNAL RÉVOLUTIONNAIRE.

Danton était bien instruit. Pendant qu'il dévoilait le complot à son ami Jacques Mérey, ce complot s'accomplissait.

Ces hommes dont la mission était d'être à la tête de toutes les actions sanglantes, ce flot révolutionnaire dont la nature était de déborder sans cesse, à qui tout ce qui tendait à fixer la Révolution était insupportable, tous ces hommes, las du nom d'assassins que Vergniaud et ses amis leur lançaient sans cesse du haut de la tribune, s'étaient mis en mouvement ; ils avaient couru à la section des Gravilliers. Elle était peu nombreuse ; ceux qui étaient présents, brisés de fatigue, dormaient.

— Nous venons, dirent les conspirateurs, au nom des jacobins ; les jacobins veulent une insurrection, et que la Commune saisisse la souveraineté, qu'elle épure la Convention.

Mais la section des Gravilliers était dans la main du prêtre assermenté Jacques Roux, celui qu'on avait présenté à Louis XVI pour l'accompagner à l'échafaud et qu'il avait refusé.

Il flaira un crime sous cette proposition ; il répondit que le peuple était assemblé dans un repas civique et que c'était au peuple qu'il fallait s'adresser.

Éconduits, ils s'éloignèrent.

Puis ils s'adressèrent à la section des Quatre-Nations, réunie à l'Abbaye, firent le même mensonge, obtinrent l'adhésion de quelques membres qui se joignirent à eux.

Armés de cette adhésion, ils se rendirent au repas civique qui s'étendait de l'Hôtel-de-Ville jusqu'aux halles.

On proposa à tous les convives, déjà un peu échauffés par le vin, d'aller fraterniser avec les jacobins.

La proposition fut acceptée.

Pendant qu'ils se mettaient en marche, Jacques Mérey rentrait dans la salle, laissant à Danton resté derrière lui le temps de se calmer. Assis à la gauche de Vergniaud, il lui communiqua l'avis de Danton, tendant à leur faire quitter la salle.

Vergniaud le communiqua aux autres girondins. Pas un ne bougea.

Danton rentra à son tour. Cette figure bouleversée était mobile comme l'ouragan. Chacun interpréta à sa guise la décomposition de ses traits, sa pâleur mortelle, ses soupirs profonds, qui semblaient prêts à faire éclater sa poitrine.

On venait de lire la lettre de Dumouriez ; Robespierre était à la tribune, et, contre toute attente, il disait :

— Je ne réponds pas de lui, mais j'ai encore confiance en lui.

Puis comme il ne pouvait monter à la tribune sans accuser, il ajouta que le moment demandait un pouvoir unique, secret, rapide, une vigoureuse action gouvernementale. Puis il accusa la Gironde comme toujours, revenant à son éternel refrain, disant que depuis trois mois Dumouriez demandait à envahir la Hollande et que depuis trois mois les girondins l'en empêchaient.

Danton était resté debout près de la porte, l'œil fixé sur les girondins, qui, impassibles sur leurs bancs, malgré l'avis donné, étaient restés pour faire face à la mort.

A cette nouvelle accusation de Robespierre, Danton tressaillit.

— La parole après toi ! cria-t-il à Robespierre.

— Tout de suite, répondit celui-ci, j'ai fini.

Et tandis qu'il descendait les marches de la tribune d'un côté, Danton les montait de l'autre...

Il suivit des yeux Robespierre jusqu'à ce que celui-ci eût regagné sa place entre Cambon et Saint-Just.

— Tout ce que tu viens de dire est vrai, fit-il ; mais il ne s'agit point ici d'examiner les causes de nos désastres, il s'agit d'y porter remède. Quand l'édifice est en feu, je ne m'occupe pas des fripons qui enlèvent les meubles, j'éteins l'incendie. Nous n'avons pas un moment à perdre pour sauver la République. Voulons-nous être libres ? Agissons. Si nous ne voulons plus, périssons ! car nous l'avons tous juré. Mais non, vous achèverez ce que nous avons commencé. Marchons ! Prenons la Hollande, et Carthage est détruite. L'Angleterre ne vivra que pour la liberté ! Le parti de la liberté n'est pas mort en Angleterre. Tendez la main à tous ceux qui appellent la délivrance; la patrie est sauvée, et le monde est libre. Faites partir vos commissaires; qu'ils partent ce soir, qu'ils partent cette nuit ; qu'ils disent à la classe opulente :

« Il faut que l'aristocratie de l'Europe succombe sous nos efforts, paye notre dette ou que vous la payiez ; le peuple n'a que du sang et le prodigue ; allons, misérables riches, dégorgez vos richesses ! »

Des applaudissements auxquels se mêlèrent malgré eux ceux des girondins lui coupèrent la parole.

Danton interrompit, d'un geste impatient les applaudissements qui l'empêchaient de continuer, et, comme si l'avenir lui apparaissait, il continua avec un visage rayonnant :

— Voyez, citoyens, les belles destinées qui vous attendent ! Quoi, quand vous avez une nation entière pour levier, l'horizon pour point d'appui, vous n'avez pas encore bouleversé le monde ?

Les applaudissements l'interrompirent de nouveau.

Mais lui, toujours impatient d'être enrayé dans sa route, sans leur donner le temps de s'éteindre, continua :

— Je sais bien qu'il faut pour cela du caractère, et vous en avez manqué tous ; je mets de côté toutes les passions, elles me sont toutes parfaitement étrangères, excepté celle du bien public. Dans des circonstances plus difficiles, quand l'ennemi était aux portes de Paris, j'ai dit à ceux qui gouvernaient alors :

« Vos discussions sont misérables ; je ne connais que l'ennemi, battons l'ennemi. Vous qui me fatiguez de vos contestations particulières, au lieu de vous occuper du salut public, je vous répudie tous comme traîtres à la patrie : je vous mets tous sur la même ligne. Attaquez-moi à votre tour, calomniez-moi à votre tour ; que m'importe ma réputation ! que la France soit libre, et que mon nom soit flétri ! »

A ce cri de Danton qui révélait toute sa pensée, qui expliquait septembre et le fardeau sanglant dont il s'était chargé, il n'y eut qu'un cri d'admiration dans toute la salle.

C'était le propre de cet homme d'exciter tous les sentiments extrêmes: haine, terreur, enthousiasme.

Et cependant la Convention hésitait encore. Mais un légiste estimé, député de Montpellier, qui fut plus tard rapporteur du Code civil, plus tard second consul, plus tard enfin archi-chancelier de l'empire, le doux et calme Cambacérès, se leva, et, de sa place, dit sans emportement:

— Il faut, séance tenante, décréter l'organisation d'un tribunal révolutionnaire; il faut que tous les pouvoirs vous soient confiés, citoyens représentants, car vous devez les exercer tous; plus de séparation entre le corps délibérant et le corps qui exécute.

En ce moment un homme vint dire quelque mots tout bas à l'oreille de Danton; et, comme il voyait que beaucoup de membres, trouvant la séance suffisamment longue, se levaient et voulaient remettre à la nuit le vote et l'organisation du tribunal, de la tribune qu'il avait gardée:

— Je somme, dit-il d'une voix tonnante, tous les bons citoyens de ne pas quitter leur poste!

Chacun s'arrêta à ce commandement: ceux qui avaient fait déjà quelques pas revinrent à leurs bancs; ceux qui n'avaient fait que se lever se rassirent.

Danton étendit un long regard sur l'Assemblée pour s'assurer que chacun était à son poste.

— Eh quoi! citoyens, dit-il, vous alliez encore vous séparer sans prendre les grandes mesures qu'exige le salut de la République! Vous ne savez donc pas combien il est important de prendre des décisions judiciaires qui punissent les contre-révolutionnaires. C'est pour eux que le tribunal que nous réclamons est nécessaire, car ce tribunal doit suppléer au tribunal suprême de la vengeance du peuple: arrachez-les vous-mêmes à cette vengeance, aveugle parfois, qui peut frapper l'innocent pour le coupable, le bon pour le mauvais; l'humanité vous ordonne d'être terribles pour dispenser le peuple d'être cruel. Organisons-le donc aujourd'hui, sans retard, à l'instant même, non pas bon, cela est impossible, mais le moins mauvais qu'il se pourra, afin que le glaive de la loi pèse sur la tête de ses ennemis au lieu du poignard des assassins; et, cette grande œuvre terminée, je vous rappelle aux armes, aux commissaires que vous devez faire partir, au ministère que vous devez organiser. Le moment est venu, soyons prodigues d'hommes et d'argent. Prenez-y garde, citoyens, vous répondez au peuple de nos armées, de son sang, de sa fortune.

Je demande donc que le tribunal soit organisé séance tenante; je demande que la Convention juge mes raisons et méprise les qualifications injurieuses qu'on ose me donner; pas de retard: ce soir, organisation du tribunal révolutionnaire, organisation du pouvoir exécutif; ce soir, départ de vos commissaires. Que la France entière se lève, que vos armées marchent à l'ennemi; que la Hollande soit envahie, que la Belgique soit libre; que le commerce anglais soit ruiné; que nos armes partout victorieuses portent aux peuples la délivrance et le bonheur qu'ils attendent vainement depuis trois mille ans, et que le monde soit vengé!

C'était à cette heure le cœur de la France lui-même qui battait dans la poitrine de Danton. Ses paroles retentissaient pressées comme les battements du tambour; c'était le pas de charge de la liberté s'élançant à la conquête du monde.

Il descendit de la tribune soulevé dans les bras de ses amis; puis il chargea Cambacérès, auquel il parlait pour la première fois, mais qui était venu lui porter un si utile concours, de veiller sur l'exécution des mesures qui venaient d'être votées d'enthousiasme.

Puis il s'élança hors de la Convention; le devoir qu'il s'était imposé dans cette journée terrible l'appelait ailleurs.

Cet homme qui était venu lui parler tout bas était venu lui dire:

— On propose en ce moment aux jacobins l'égorgement de la Gironde.

Voilà ce qui se passait:

Nous avons laissé les conspirateurs de l'Evêché, après avoir entraîné à leur suite quelques membres de la section des Quatre-Nations, proposant aux convives du repas civique d'aller fraterniser avec les jacobins.

La proposition acceptée, on suivit la rue Saint-Honoré avec des chants patriotiques et les cris de: Vaincre ou mourir!

Ce fut ainsi qu'ils entrèrent aux Jacobins, beaucoup à moitié ivres, quelques-uns le sabre à la main.

Un volontaire du Midi s'avança alors au milieu de la salle, et dans un patois à peine intelligible:

— Citoyens, dit-il, je demande à faire une motion. La patrie ne peut être sauvée que par l'égorgement des traîtres. Cette fois il faut faire maison nette; tuer les ministres perfides, les représentants infidèles.

A ces mots, une femme qui écoutait des tribunes descendit rapidement l'escalier qui conduisait à la porte du club, et allant sur les premières marches de celui qui remontait à la rue, elle heurta un homme qui se précipitait dans le club.

Deux noms s'échangèrent:

— Danton! s'écria cette femme.

— Lodoïska! murmura Danton.

Mais il ne s'arrêta point, il ne lui adressa point la parole. Elle, de son côté, s'enfuit comme plus épouvantée qu'auparavant.

Danton comprit pourquoi cette femme fuyait.

C'était la maîtresse de Louvet, c'était celle dont il avait mis le nom et tracé le portrait dans son roman de *Faublas*, c'était celle enfin qui, compagne de sa fuite et de son exil, devait, essayant de le suivre jusque dans la tombe, boire à l'heure de sa mort les six potions d'opium que le malade devait boire en six nuits.

La dose était trop forte, l'estomac de la femme dévouée ne put la supporter; elle la rejeta, et fut sauvée malgré elle.

Danton avait tout compris. On décrétait la mort des girondins; Lodoïska, présente, se sauvait pour annoncer à son amant et à ses amis le complot qui s'organisait contre eux et que lui-même avait découvert à Jacques.

En le voyant, la terreur de la pauvre femme s'était augmentée; elle croyait Danton l'ennemi de la Gironde.

Danton, au contraire, qui faisait en ce moment tout ce qu'il pouvait pour se rapprocher d'elle, venait pour sauver les girondins.

Il se précipita dans la salle. Un cri d'étonnement sortit de toutes les bouches. Le cordelier Danton chez le jacobin Robespierre! le chasseur entrait dans l'antre du tigre.

Mais lui, l'athlète au bras puissant et à la voix tonnante, il eut bientôt écarté ceux qui s'opposaient à son entrée et fait taire ceux qui ne voulaient point qu'il parlât.

Une fois à la tribune il était maître de l'assemblée.

Alors il expliqua à tous ces hommes qu'en voulant sauver la patrie ils allaient la perdre; que ce n'était pas par des assassinats et des égorgements qu'on rétablissait la tranquillité et la confiance publique; que ce n'était point des martyrs qu'il fallait faire, mais des coupables qu'il fallait frapper; il leur annonça qu'un tribunal révolutionnaire venait d'être voté; qu'à ce tribunal seul désormais appartiendrait la connaissance des délit politiques. Puis l'habile orateur, après quelques louanges à leur patriotisme, après une excitation de rejoindre promptement l'armée, après le serment fait par lui, Danton, eux partis, de veiller sur la République, il les convia à aller fraterniser aux Cordeliers, où Camille Desmoulins prévenu les attendait.

Et eux, changés tout à coup:

— Il a raison, dirent-ils. Vive la Nation!

Et ils s'éloignèrent pour aller fraterniser avec les cordeliers.

En un seul bond, Danton fut des Jacobins à la Convention, de la rue Saint-Honoré aux Tuileries.

Personne ne s'était aperçu de son absence. Pas un girondin ne s'était levé de son banc.

On votait l'organisation du tribunal révolutionnaire.

Voici ce qu'on décrétait, ce que décrétaient les girondins eux-mêmes, forgeant la hache qui devait abattre leurs têtes;

« Neuf juges nommés par la Convention jugeront ceux qui lui seront envoyés par décret de la Convention: nulle forme d'instruction; point de jurés; tous les moyens admis pour former la conviction.

« On poursuivra non seulement ceux qui prévariquent dans leurs fonctions, mais ceux qui les désertent ou les négligent; ceux qui, par leur conduite, leurs paroles ou leurs écrits, pourraient égarer le peuple; ceux qui par leurs anciennes places rappellent les prérogatives usurpées par les despotes.

« Il y aura toujours, dans la salle du tribunal, un membre pour recevoir les dénonciations. »

Les girondins avaient voté pour le tribunal révolutionnaire, mais non point pour une semblable rédaction, à laquelle se fut certes opposé Danton s'il se fût trouvé là, puisque Danton, comme eux, devait être condamné par ce tribunal

Ils votèrent contre la rédaction. La majorité l'emporta.

— C'est l'inquisition! s'écria Vergniaud, et pis que celle de Venise!

Et il s'élança hors de la Convention, suivi de tous ses amis, qui pour la première fois commençaient à entrevoir la profondeur du gouffre où on les poussait.

XLVIII

LODOISKA

Louvet, que nous avons vu imprudemment élevé par ses amis, logeait dans la rue Saint-Honoré, à quelques pas seulement du club des Jacobins. Sa hardiesse à accuser l'homme populaire par excellence, l'hôte du menuisier Duplay, l'incorruptible Robespierre, comme on l'appelait, le désignait à la haine du peuple, et il savait que du premier soulèvement il serait la première victime. Aussi sa vie était-elle d'avance celle d'un proscrit. Il ne sortait, même pour aller à la Convention, qu'armé d'un poignard et de deux pistolets. La nuit, il demandait asile à quelque ami, et ne rentrait que furtivement dans sa propre maison pour visiter la jeune et belle créature qui s'était dévouée à lui.

Cette femme, dont l'œil inquiet épiait sans cesse, entendit passer avec des vociférations et des chants patriotiques cette députation qui se rendait aux Jacobins ; au milieu de ces vociférations, elle entendit les cris de : Mort aux girondins ! et, soit préoccupation, soit réalité, elle crut même entendre celui de : Mort à Louvet !

Alors elle descendit, se mêla aux groupes, pénétra dans la salle avec eux, monta aux tribunes pour s'y dissimuler, et là, dans toute son étendue, elle entendit la motion d'égorger *les traîtres, les ministres perfides et les représentants infidèles.*

Pour elle il n'y avait pas de doute ; ce que demandait cette voix c'était la mort de son amant et tout le parti dont il était un des chefs.

On a vu comment elle s'était élancée hors de la salle, comment elle avait rencontré Danton sur la porte, et comment, dans son ignorance du but qui l'amenait, sa fuite n'avait été que plus précipitée.

Où courait-elle ?

Elle n'en savait rien d'abord elle-même. Ce jour-là, elle n'avait point de rendez-vous pris avec Louvet. Chez qui allait-elle porter la nouvelle terrible ? chez Roland ? car Roland était l'âme de la Gironde. Mais la sévère madame Roland, l'inspiratrice de son mari, même pour un danger de mort, consentirait-elle à recevoir chez elle la maîtresse de l'auteur de *Faublas ?* Non.

Chez Vergniaud ? Mais Vergniaud n'était jamais chez lui. Tous ces hommes de la Révolution, sachant le peu de temps qu'ils avaient à vivre, essayaient de doubler leur existence par l'amour. Vergniaud ne serait pas chez lui ; il serait chez mademoiselle Candeille, la charmante actrice, qui, dans son égoïsme, ne laisserait pas sortir son amant, de crainte qu'il lui arrivât malheur.

Chez Kervélagan ? Mais sans doute était-il déjà au faubourg Saint-Marceau, au milieu des fédérés bretons, s'il n'était pas encore parti de Paris.

Mais n'était-ce point achever de perdre les girondins que de leur faire chercher un refuge dans les rangs des Bretons, au moment où la Bretagne se soulevait ?

Au moment où, arrêtée au coin de la rue de l'Arbre-Sec, elle hésitait pour savoir si elle continuerait sa route ou franchirait le pont Neuf, elle vit passer près d'elle un homme qu'elle crut reconnaître pour un des leurs.

Il marchait calme et avec l'insouciance de l'homme ou qui ne connaît pas le danger ou qui le méprise.

Elle alla à lui.

— Citoyen, dit-elle, je suis Lodoïska, la maîtresse de Louvet ; il me semble que je reconnais en vous un girondin, ou tout au moins un ami de la Gironde.

Celui auquel elle s'adressait la salua respectueusement.

— Vous ne vous trompez pas, madame, lui dit-il, sans partager toutes les opinions de la Gironde je partagerai probablement son sort. Jeté dans Paris par un grand amour et une grande haine, je me suis assis sur un des bancs de vos amis, espérant y faire la guerre à la noblesse et ses privilèges, dont j'étais victime : je me suis trompé. La République est tellement forte, à ce qu'il paraît, que ses enfants se divisent, et que je n'assiste plus qu'à des récriminations de parti, qu'à des accusations de faiblesse ou de trahison. Vous pouvez donc vous fier à moi, madame ; mon nom est Jacques Mérey.

Lodoïska avait entendu prononcer ce nom comme celui d'un médecin savant, humanitaire et dévoué à la République.

Elle saisit son bras.

— Aidez-moi à les sauver, dit-elle, et à vous sauver vous-même.

Jacques Mérey secoua la tête.

— Je crois bien, dit-il, que nous sommes tous perdus. Peu m'importe ! à moi qui ne tenais à la vie que par mon amour. Je peux dire cela à vous qui ne vivez que par le vôtre, madame ; mais je n'en suis pas moins tout à vos ordres, si je peux vous aider en quelque chose.

— Mais vous ne savez donc pas ce qui se passe s'écria Lodoïska.

— Oh ! si fait ! dit Jacques, je suis au courant de tout, je quitte la Convention.

— Mais vous ne quittez pas, comme moi, les Jacobins, dit Lodoïska. Vous ne savez pas que la section des Quatre-Nations et les volontaires de la Halle sont venus au nombre de mille, avec des chants frénétiques et des cris féroces, demander la mort des girondins. — Et, tenez, dit-elle, en lui montrant une nouvelle colonne d'hommes du peuple qui s'avançait dans la rue Saint-Honoré, la plupart armés de sabres et de piques ; et tenez, voilà les bourreaux !

Et en effet ces hommes, en passant devant Lodoïska et Jacques Mérey, laissèrent échapper des imprécations de colère et des menaces de mort.

— Allons chez Pétion, lui dit Jacques Mérey ; c'est là que se sont donné rendez-vous tous nos amis.

Pétion demeurait rue Montorgueil. Mérey et Lodoïska franchirent les halles pleines de tumulte et de cris ; les femmes, qui croyaient que c'était à la trahison du ministre de la guerre Beurnonville et du général en chef Dumouriez et des girondins qu'était dû l'enrôlement forcé des derniers volontaires, étaient toutes armées de couteaux qu'elles agitaient sans nommer personne, mais en demandant la mort des traîtres. Quelques-unes avaient des piques et demandaient à marcher, elles aussi, sur la Convention.

— Ah ! murmurait Lodoïska, et quand on pense que c'est goûter les martyrs du peuple de mourir pour lui ? 20 juin, aux hommes du 10 août, aux hommes du 21 septembre, qu'on fait de pareils reproches, n'est-ce point à dégoûter les martyrs du peuple de mourir pour lui ?

Ils traversèrent toutes ces halles où, sur les tables tachées de vin, restaient des verres à moitié vides, et l'on gagna la maison de Pétion.

Là, en effet, comme le mot d'ordre en avait été donné aux girondins avant de se séparer, toute la Gironde était réunie.

En entrant dans la salle de la réunion, Lodoïska aperçut Louvet, courut à lui, lui sauta au cou en criant :

— Je t'ai retrouvé, je ne te quitte plus.

Alors, entraînant son amant dans un angle de la salle, elle laissa à Jacques Mérey le soin de tout expliquer.

Alors Jacques Mérey, en omettant seulement sa conférence avec Danton, raconta comment il avait rencontré Lodoïska et ajouta ce qu'il avait vu et entendu.

Alors la majorité des girondins décida qu'il était inutile d'aller braver la mort à la Convention ; une séance de nuit était plus dangereuse encore dans les circonstances où l'on se trouvait qu'une séance de jour, et on l'a vu, la séance de jour avait été plus que tumultueuse.

Chacun alors chercha l'asile où il pourrait passer la nuit. Vergniaud et Jacques Mérey déclarèrent que rien ne les empêcherait d'aller à la Convention. Quant à Pétion, au lieu d'aller chercher dehors un asile, après avoir écouté ce que Lodoïska et Louvet lui disaient du péril couru par lui, il alla tranquillement à la fenêtre, l'ouvrit, étendit la main au dehors, et, la rentrant toute mouillée :

— Il pleut, dit-il, il n'y aura rien.

Et, quelques supplications qu'on lui fît, il refusa de quitter la maison.

Jacques Mérey, qui était resté plus inconnu que les autres et plus populaire en même temps, parce que c'était lui qui était venu apporter la nouvelle de la victoire de Valmy et de celle de Jemmapes, offrit sa chambre à Louvet et à Lodoïska, à peu près sûr que son logement, où il ne recevait personne, auquel personne ne lui écrivait, était inconnu des assassins.

Puis, lorsqu'il les eut installés chez lui, il marcha droit à la Convention, où il trouva Vergniaud déjà établi sur son banc.

Cette colonne qui avait rencontré Lodoïska et Jacques Mérey, cette colonne qui s'avançait jetant l'insulte et la menace aux girondins, se rendait à l'imprimerie de Gorsas, rédacteur en chef de la *Chronique de Paris*, celui-là même qui avait annoncé, comme nous l'avons dit, que Liège n'était pas prise par les Autrichiens, au moment où les Liégeois proscrits, fugitifs, se répandaient dans les rues de Paris, augmentant par leur présence, la haine que l'on portait aux girondins.

Les émeutiers déchirèrent les feuilles déjà tirées, brisèrent les presses, dispersèrent les caractères et pillèrent les ateliers.

Quant à Gorsas, un pistolet de chaque main, il passa inconnu au milieu des assassins qui demandaient sa tête, agitant ses pistolets et criant comme les autres :

— Mort à Gorsas !

A la porte, il trouva un flot de peuple si épais qu'il craignit d'être reconnu par les imprimeurs de quelque autre presse ; il se glissa dans une cour par une porte entr'ouverte qu'il ferma derrière lui, puis il sauta par-dessus le mur de cette cour, et s'en alla droit à la section dont il faisait partie.

La section résolut d'aller avec lui porter plainte à la Convention.

Pendant ce temps-là, les émeutiers décidaient d'en faire autant chez Fiévée, qui, comme Gorsas, publiait une feuille girondine.

Comme chez Gorsas, tout fut pillé, brûlé, jeté à la rue.

La colonne dévastatrice ne comptait pas se borner là. Elle alla à la Convention pour y demander la mort de trois cents députés. On sentait Marat derrière toutes ces demandes. Marat procédait toujours par chiffres.

Mais voilà que, tandis que les émeutiers entraient d'un côté, Gorsas et les membres de la section, entraient par l'autre comme accusateurs. Gorsas tenant toujours ses deux pistolets à la main, s'élança à la tribune.

Inviolable à double titre, comme journaliste, comme membre de la Convention, il venait demander justice contre ceux qui avaient brisé ses presses.

Les émeutiers s'arrêtèrent étonnés : ils venaient comme accusateurs des girondins, et voilà qu'ils étaient accusés comme pillards, comme voleurs et comme assassins.

Un député alors monta à la tribune, c'était Barrère.

Il se tourna vers les émeutiers :

— Je ne sais pas, dit-il, ce que vous venez chercher ou demander ici ; je sais seulement que l'on a parlé cette nuit de couper des têtes de députés. Citoyens, dit-il en étendant vers eux une main menaçante, sachez, une fois pour toutes, que les têtes des députés sont bien assurées ; les têtes des députés sont non seulement posées sur leurs épaules, mais sur tous les départements de la République. Qui donc oserait décapiter un département de la France ? Le jour où ce crime s'accomplirait, la République serait dissoute. Allez, méchants citoyens, ajouta-t-il, et ne revenez plus dans de semblables intentions.

Les émeutiers délibérèrent un instant. Puis un des chefs s'avança, protesta de son dévouement et de celui de ses hommes à la République, et demanda à défiler devant les représentants au cri de Vive la nation !

Cette faveur leur fut accordée.

Au moment où ils passaient devant les bancs de la Gironde, occupés seulement par Vergniaud et par Jacques Mérey, tous deux se levèrent, croisèrent les bras en manière de défi.

Cette nuit, nuit du 10 au 11 mars, la Convention n'ayant plus ni argent, ni armée organisée, ni force intérieure, ni unité qui assurât son existence, la Convention créa ce fantôme sanglant qui épouvanta l'Europe depuis près d'un siècle et qui fit la Révolution si longtemps incomprise :

LA TERREUR !

On l'avait invoquée armée d'un glaive contre Paris, Paris la renvoya armée d'une hache au monde.

L'armée, vaincue non point par la lutte, par les combats, mais par le doute et la lassitude, l'armée, démoralisée, fuyait devant l'ennemi ; elle allait rentrer en France, livrer la France !

Elle vit la Terreur à la frontière, elle s'arrêta et fit face à l'ennemi.

Cette armée, c'était tout ce qui restait à la République. Rien à envoyer à Lyon ; rien à envoyer à Nantes.

Nos volontaires étaient à peine suffisants pour maintenir la Belgique qui nous échappait.

On envoya nos volontaires en Belgique.

A Lyon, Collot-d'Herbois ; à Nantes, Carrier.

C'est-à-dire la Terreur !

XLIX

DEUX HOMMES D'ÉTAT

La séance avait duré jusqu'au jour, Danton s'était endormi sur son banc, écrasé de fatigue ; personne ne songeait à le réveiller.

On eût dit un lion endormi, dont nul n'osait s'approcher.

Jacques Mérey laissa la salle s'évacuer entièrement, échangea une poignée de main, un sourire et un haussement d'épaules avec Vergniaud, puis il alla à Danton, et lui posa la main sur l'épaule.

Danton s'éveilla par un brusque mouvement et porta la main à sa poitrine, où était caché un poignard.

Chacun de ces hommes, en s'endormant libre, ignorait s'il ne s'éveillerait pas prisonnier le lendemain. Quelques minutes de repos avaient suffi à rendre la force au colosse.

Quant à Jacques Mérey, il avait cette force invincible des travailleurs et des savants habitués à lutter contre le sommeil.

Jacques prit le bras de Danton et sortit avec lui de la Convention.

Dans le corridor, ils rencontrèrent Marat qui causait avec Panis.

En voyant Danton, Marat vint à lui, jeta un regard de haine, en passant, sur Jacques, dit quelques mots à l'oreille de Danton, et s'éloigna.

— Pouah ! fit Danton avec un profond sentiment de dégoût. Du sang ! Le misérable ! toujours du sang ; il ne lui faut que du sang ! Sortons d'ici, la moitié de ces hommes me fait horreur ou pitié ; j'ai besoin de respirer un air pur.

Et il entraîna Jacques dans le jardin des Tuileries.

On était au 11 mars, au matin. La gelée était fraîche, la terre couverte d'une légère couche de neige, des stalactites de glace dans lesquelles se reflétaient, comme dans des girandoles de cristal, le soleil levant, pendaient aux arbres, et cependant on sentait que ce manteau d'hiver était jeté sur les épaules du blond avril ; les ramiers volant d'arbre en arbre et se poursuivant déjà avec des roucoulements d'amour, faisaient tomber des branches une pluie de diamants, tandis que les moineaux devenus moins frileux commençaient à reparaître et sautillaient en caquetant, à travers les lilas et les syringas des parterres.

Danton respira à pleine poitrine quelques haleines de cet air printanier et sa nature toute sanguine sembla se reprendre à la vie.

— Voilà, dit-il, des arbres, des ramiers et des oiseaux à qui tous nos débats sont bien indifférents, et qui ne connaissent ni montagnards, ni girondins, ni jacobins, ni cordeliers.

— Ajoute, dit Mérey, ni Robespierre, ni Marat ; ils sont bien heureux.

— Admire, philosophe, continua Danton, comme au milieu de tout cela la nature poursuit sa route immuable. Dans un mois les bourgeons vont pousser sur ces arbres, ces oiseaux s'aimer, ces fleurs s'ouvrir, un chant d'amour emplira la création, les nids se suspendront aux branches, le pollen fécondateur flottera dans l'air, jusqu'aux fenêtres de la Convention les hirondelles viendront gazouiller :

« Nous voilà de retour pour accomplir la grande œuvre du Seigneur, l'œuvre qui, de l'enchaînement de la vie à la mort, fait l'éternité. Que faites-vous, vous autres rois de la création, vous aimez-vous comme nous ? »

Deux voix leur répondront : Haine ! glapissantes comme celle du renard qui dira :

« Défiez-vous, citoyens ; défiez-vous de vos pères, défiez-vous de vos mères, défiez-vous de vos frères, de vos amis et de vos enfants. Nous sommes entourés de traîtres. Dumouriez trahit, Valence trahit, Custine trahit, la droite trahit, la plaine trahit, la Gironde trahit. Une chaîne de trahisons nous enveloppe : Pitt en tient un bout ; je vois d'ici celui qui tient l'autre ; et les anneaux de cette chaîne sont d'or. »

L'autre coassante, comme celle des crapauds : « Du sang ! du sang ! du sang ! »

Eh ! tu en auras du sang, poursuivit Danton avec un sourire mélancolique. Combien de nous qui verront encore ce printemps ne verront pas le printemps prochain, et plus encore ne verront pas l'autre.

— Tu es de sinistre augure, ce matin, Danton.

Danton haussa les épaules.

— Je suis comme cet homme dont parle l'historien Joseph, qui pendant sept jours tourna autour de la ville sainte en criant : Malheur à Jérusalem ! malheur à Jérusalem ! et le huitième jour cria : Malheur à moi-même ! Une pierre lancée des remparts lui brisa la tête.

— Nous sommes Jérusalem, n'est-ce pas, nous autres girondins, dit Jacques, et toi l'homme à la prophétie ?

— Que veux-tu ! Dieu nous a tous frappés d'aveuglement.

— Mais puisque toi seul vois clair, puisque toi seul sais ton chemin au milieu de cette foule d'insensés, pourquoi ne t'éloignes-tu pas de ces deux hommes, dont l'un, Marat, déshonore ta politique, dont l'autre, Robespierre, use ta popularité ? et ta popularité usée, tu l'as dit toi-même, menacera ta vie !

— Que veux-tu ? dit insoucieusement Danton, voilà le printemps qui revient, je ne suis pas un lépreux comme Marat, je ne suis pas un hypocrite comme Robespierre, je suis un homme de chair et de sang, je veux vivre, les quelques jours qui me restent à vivre.

— Danton, prends-y garde, dans la situation où est la France, dans la situation où est la République, avec la place que tu as conquise dans la Convention, une pareille insouciance ou un pareil découragement sont un crime. Ne vois-tu pas que le vaisseau de la France, pour avoir trop de pilotes, n'en a pas un seul? Ne laisse prendre le gouvernail ni par un hypocrite ni par un fou. Saisis les affaires de ta main puissante; mets un frein à la populace: donne une impulsion à l'esprit public, une direction à l'Assemblée; écrase comme de vils reptiles Marat dans sa bave et Robespierre dans son orgueil; toi seul en ce moment peux à la Convention ce que tu voudras; sois l'homme que je dis; prête ta force au côté faible mais honnête de l'Assemblée, nous oublierons le passé et nous te suivrons; ton ambition sera le salut de la patrie.

Danton fixa ses yeux sur ceux de Jacques, et sembla vouloir lire jusqu'au fond de son âme.

Puis, s'arrêtant tout à coup:

— Au nom de qui me parles-tu? demanda-t-il.

— Au nom de ceux, répondit le girondin, qui méprisent Marat et qui détestent Robespierre.

— Que je méprise Marat, tout le monde le sait, puisque tout haut je l'ai dit en pleine tribune; mais qui t'a dit que je détestasse Robespierre?

— Ton intérêt politique, et, à défaut de l'intérêt politique, ton instinct de conservation. Robespierre a déjà murmuré contre toi des paroles sinistres, et, si tu ne le préviens pas, il te préviendra.

— Es-tu chargé d'un mandat près de moi?

— Non, mais je suis prêt à accepter le tien.

— Et tu me répondrais de tes girondins?

— Je ne réponds que d'une chose, du désir de t'avoir pour chef. Je te crois à la fois homme de renversement et de fondation.

— Tu me crois cela, toi, parce que tu me connais depuis longtemps; mais tes amis... tes amis n'ont pas confiance en moi; je me perdrais pour eux, et, dépopularisé, ils me livreraient à mes ennemis. Non! *Alea jacta est!* Que la mort décide!

— Danton...

— Non, il y a entre vous autres et moi un abîme infranchissable, le sang de septembre, que je n'ai pas fait couler cependant. Un jour que nous aurons du temps à perdre je te raconterai cela. En attendant, écoute, Mérey; je t'aime depuis longtemps; dernièrement, tu as fait pour moi tout ce qu'un ami, tout ce qu'un frère pouvait faire. Eh bien, pendant que je suis puissant encore, demande-moi quelque chose.

Jacques regarda Danton.

— Que veux-tu que je te demande? Je suis un savant, beaucoup plus riche qu'un savant ne l'est d'ordinaire. J'ai en Champagne et du côté de l'Argonne des biens assez considérables. Je suis médecin, et, si je voulais exercer ma profession, je gagnerais des monceaux d'or. Je me suis fait nommer député, ou plutôt on m'a nommé député malgré moi. Je n'ai accepté que dans ma haine des privilèges que je voulais combattre. J'ai voté pour la prison perpétuelle dans le procès de Louis XVI, parce que, médecin, je ne pouvais voter pour la mort; mais depuis, mon vote a constamment précédé ou suivi les votes les plus ardents au bien de la nation. Que veux-tu faire pour moi? Je ne désire rien, et ce que je regrette tu ne peux me le rendre.

— Qui sait? réfléchis. Demain peut-être les tempêtes de la tribune nous éloigneront à tout jamais l'un de l'autre. Demande-moi ce que tu voudras, et, à ton grand étonnement, peut-être pourrais-je selon ton désir.

— Oh! c'est une trop longue histoire, dit Jacques Mérey.

— Écoute, dit Danton: j'ai acheté et meublé une maison de campagne sur les coteaux de Sèvres. Montons en voiture et viens déjeuner avec moi. Tu n'as aucun besoin de rentrer. personne qui t'attende?

— Non, au contraire, plus tard je rentrerai, plus ceux qui sont chez moi m'en sauront gré.

— Eh bien! voilà une voiture, montons-y; viens, et tu me conteras ton histoire tout le long du chemin.

Tout deux montèrent en voiture.

— A Sèvres! dit Danton.

La voiture partit.

Alors Jacques Mérey, dont le cœur trop plein débordait depuis six mois, raconta toute sa longue histoire à Danton, et, à son grand étonnement, cet homme de bronze l'écouta sans en perdre une parole, laissant son visage refléter toutes les émotions de son cœur.

Enfin Jacques aborda le véritable motif de sa confidence. Lorsqu'il lui eut dit la fuite, ou plutôt l'enlèvement d'Eva par mademoiselle de Chazelay, lorsqu'il lui eut dit comment, à Mayence, il avait perdu sa trace, ne pouvant la suivre au cœur de l'Allemagne; il lui demanda, demande difficile à faire, car elle touchait à cette accusation de trahison éternellement suspendue sur la tête de Danton par Robespierre, il lui demanda en hésitant:

— Toi qui as tant de relations à l'étranger, pourrais-tu me dire où elle est?

Danton le regarda fixement.

— Ma vie est là, dit Jacques Mérey, et, si je n'ai pas l'espoir de la retrouver, comme je ne crois à rien, quand la France n'aura plus besoin de moi, je me brûlerai la cervelle.

Et il serra la main de Danton.

On était arrivé à la porte de la maison de campagne. Le fiacre s'arrêta, les deux hommes en descendirent, sans dire un mot de plus, et montèrent dans une jolie salle à manger, située au premier étage.

Un grand feu brûlait dans l'âtre, une table était dressée avec plusieurs couverts.

— Tu attends du monde à déjeuner? dit Jacques.

— Non, mais je reviens rarement seul; mon domestique sait cela, et il s'arrange en conséquence.

Puis il s'approcha de la fenêtre, et, tandis que Jacques Mérey se réchauffait les pieds, il posa son front brûlant sur la vitre glacée et demeura immobile.

Mérey comprit qu'il attendait une apparition quelconque.

Au bout de quelques minutes, Danton fit un mouvement.

Puis, tournant la tête sur l'épaule:

— Viens voir? dit-il à Jacques.

— Quoi voir? demanda celui-ci.

— Regarde! dit Danton.

Et il approcha la tête de Mérey du carreau le plus voisin de celui par lequel il regardait lui-même.

Jacques vit alors de l'autre côté d'un petit jardin pouvant avoir vingt-cinq à trente pas de long, accoudée à une fenêtre ouverte, une petite tête blonde perdue dans ce que l'on appelait alors une palatine.

L'enfant pouvait avoir seize ans.

— Comment la trouves-tu? demanda Danton.

— C'est une charmante jeune fille, dit Jacques Mérey.

— Ressemble-t-elle à ton Eva?

— Toutes les femmes blondes se ressemblent, dit Jacques, excepté pour celui qui les aime.

— Laisse-moi ouvrir la fenêtre et causer un peu avec elle.

— Tu la connais?

— Oui.

— Et tu causes avec elle?

— Sans doute. Il faut d'abord que je l'habitue à ma laideur.

— Et puis après?

— Je l'habituerai à ma réputation.

— Et puis après?

— J'en ferai ma femme.

— Ta femme! s'écria Jacques Mérey en regardant Danton avec stupeur, et il y a huit jours à peine que ta première femme est morte!

— Oui, c'était chose convenue du vivant de l'excellente créature que j'ai perdue; Louise Gely, c'est son nom, est sa filleule, et elle l'a désignée pour servir de mère à ses enfants.

Danton ouvrit la fenêtre.

Jacques Mérey se retira en arrière.

Alors celui qu'on appelait l'homme de sang entama une idylle de Gessner avec cette jeune fille. Il lui parla du printemps, de l'amour, des fleurs, de la vie calme, du bonheur conjugal. Il fut jeune, il fut tendre, il fut amoureux, il fut poétique. Jacques, la tête posée sur sa main, regardait et écoutait avec stupéfaction. Il comprenait la fascination de cet homme sur une femme, comme celle du serpent sur l'oiseau; enfin ce fut Danton qui le premier dit à la douce jeune fille de prendre garde à la fraîcheur du temps, de se garantir de cet air glacé qui montait de la Seine au sommet des collines. Il entendit la fenêtre de Louise se refermer, et Danton rayonnant referma la sienne.

Du bout des doigts, en rentrant chez elle, Louise lui avait envoyé un baiser.

— En vérité, lui dit Jacques en le voyant refermer la fenêtre, s'asseoir à table rayonnant comme nous l'avons dit et demander son déjeuner, en vérité, tu me confonds.

— Pourquoi cela? demanda Danton; parce que devant toi philosophe, parce que devant toi médecin, je suis homme. Que t'ai-je dit ce matin? Que probablement tu ne verrais pas les fleurs de 94 et moi de 95. Eh bien! je veux vivre jusque-là.

— Alors tu penses que cette jeune fille t'aimera?

— Le sais-je? J'ai rendu de grands services à sa famille; le père était huissier audiencier au parlement; je lui ai fait avoir une place lucrative au ministère de la marine. On leur a dit quelques mots déjà de mariage; le père est royaliste, la mère est dévote. Comme tout cela va bien! Hier, je leur ai fait une visite: le père m'a reproché septembre, la mère m'a dit que l'homme qui épouserait sa fille accomplirait avant de l'épouser ses devoirs de religion.

— Tu feras cela?

— Moi, je ferai tout ce que l'on voudra pour arriver à l'accomplissement de mon désir. Je suis le tribun de la liberté, mais je suis le serf de la nature. Il y a un complot dans tout cela, complot de la sainte femme qui est morte et qui était royaliste; en me remariant à une belle jeune fille royaliste, elle croit du fond de sa tombe me tirer de la révolution, créer un défenseur à la veuve et à l'orphelin du Temple.

— Penses-tu parfois à de semblables utopies?

— Moi? Danton haussa les épaules. Je ne pense à rien. L'enfant du Temple, Egalité, Chartres, Monsieur, frère du roi, comme ils l'appellent, est-ce que tout cela n'est pas frappé de mort et ne mourra pas de soi-même? Ce que je veux, moi, c'est de doubler mes jours avec mes nuits; c'est, la nuit, de m'acharner à l'amour, le jour au combat; c'est de lutter, de m'épuiser, de me tuer moi-même si c'est possible avant qu'ils me tuent! Ne m'a-t-on pas appelé le Mirabeau de 93?

Et en parlant ainsi Danton dévorait des viandes saignantes et buvait à proportion. Pour soutenir cette puissante nature il fallait des repas de lion.

Le déjeuner fini :

— Reviens-tu à Paris? lui demanda Jacques.

— Ma foi! non, dit Danton. Je suis fatigué, je vais rester toute la journée ici; me refaire un peu par les yeux et, qui sait? peut-être par la parole. C'est la première fois que la chaste enfant me jette une caresse : je vais lui reporter le baiser qu'elle m'a envoyé.

— Je puis prendre ton fiacre alors?

— Parfaitement, à moins que tu ne préfères rester avec moi.

— Non, il faut que j'aille rendre la liberté à deux tourtereaux que la voix de mon ami Danton a effrayés.

— Bon! je parie que c'est à Louvet et à Lodoïska?

— Justement, dit en riant Jacques.

— Si je puis sauver ces deux-là, dit Danton, je le ferai, ils s'aiment trop.

— Et si tu ne peux les sauver? demanda Jacques.

— Je tâcherai qu'ils meurent ensemble.

Jacques tendit la main à Danton; Danton la lui serra cordialement; puis, comme Jacques essayait de la retirer, il la retint.

— Jacques, dit-il, c'est à Mayence que tu as perdu la trace de ton Eva et de madame de Chazelay?

— Oui.

— Eh bien, sois tranquille, je les retrouverai. Mais ne dis jamais ni par qui ni comment tu auras eu de leurs nouvelles.

Jacques poussa un cri et se jeta dans les bras de Danton avec des larmes plein les yeux.

— Eh bien, lui dit Danton, tu vois que, toi aussi, tu es un homme!

L

TRAHISON DE DUMOURIEZ

Robespierre avait dit dans la fameuse séance de la Convention que nous avons essayé de mettre sous les yeux du lecteur :

— *Je ne réponds pas de Dumouriez, mais j'ai confiance en lui.*

Si nous revenons encore à Dumouriez, c'est que le sort des girondins était lié à son sort, et que le sort de notre héros, Jacques Mérey, était lié au sort des girondins.

Certes nous eussions pu passer plus rapidement que nous ne l'avons fait sur ces époques terribles. Mais quel est l'homme de cœur, le vrai patriote qui, penché, la plume à la main, sur ces deux années 92 et 93, sur ces deux abîmes, ne sera pas pris du vertige de raconter?

Peut-être eût-il mieux valu pour l'intérêt de notre livre, en rapprocher les deux parties romanesques, et n'écrire entre elles deux que ces mots :

« Jacques Mérey, nommé député à la Convention nationale, y adopta le parti des girondins, et, vaincu comme eux, fut proscrit avec eux. »

Mais plus nous avançons en âge, plus nous marchons sur ce terrain mouvant de l'art et de la politique, plus nous sommes convaincu que, dans des jours de lutte comme ceux où nous sommes, et tant que le grand principe proclamé par nos pères ne sera pas la religion du monde nouveau, chacun doit apporter sa part de réhabilitation à ces hommes trop calomniés par les idylles royalistes, par ce miel de belladone et d'aconit, doux aux lèvres, mortel à l'intelligence et au cœur.

Revenons donc à Dumouriez, et, une fois de plus, lavons la Montagne, dans la personne de Danton, et la Gironde, dans celle de Guadet et de Gensonné, de toute complicité avec ce traître, qui n'eut pas même le prétexte de l'ingratitude du pays pour servir d'excuse à sa trahison.

Cette trahison il l'avait déjà dans le cœur en quittant Paris au mois de janvier; il s'était engagé vis-à-vis de la coalition à sauver le roi, et la tête du roi était tombée.

Pour prouver qu'il n'était point complice du meurtre royal, Dumouriez n'avait d'autre ressource que de livrer la France.

Et en effet il était mal avec tous les partis :

Mal avec les jacobins, qui, avec raison, le tenaient pour royaliste ou tout au moins pour orléaniste;

Mal avec les royalistes pour avoir deux fois sauvé la France de l'invasion, l'une à Valmy, l'autre à Jemmapes;

Mal avec Danton, qui voulait la réunion des Pays-Bas à la France, tandis que lui voulait l'indépendance de la Belgique;

Mal enfin avec les girondins, qui, tandis qu'il négociait avec l'Angleterre, avaient fait brutalement déclarer la guerre à l'Angleterre.

L'armée seule était pour lui.

Mais voilà que trois jours après celui où Robespierre, sans répondre de Dumouriez, avait affirmé sa confiance en lui, voilà qu'une lettre de Dumouriez arrive au président de la Convention, au girondin Gensonné.

C'était le pendant du manifeste de Lafayette.

Une séparation complète de principes, une menace à la Convention, un plan de politique complètement opposé à la sienne.

Barrère voulait communiquer la lettre à l'instant même à la Convention, demander l'arrestation et l'accusation de Dumouriez. Mais un homme s'opposa à cette double proposition.

Le tribun, dans sa double force physique et morale, ne s'inquiétait jamais du mal qui pouvait résulter pour lui d'une adhésion ou d'une proposition faite par lui. Jusqu'au jour où il fut contraint pour sa propre défense, et pour ne pas tomber avec eux, de se déclarer contre les girondins, il ne sortit jamais de ses lèvres une parole qui ne s'échappât de son cœur.

Il disait, puis de ce qu'il avait dit arrivait ce qu'il plaisait à Dieu.

Cette fois encore, sans s'inquiéter de la défaveur qui pourrait rejaillir sur lui de son opposition à cette proposition d'accuser et d'arrêter Dumouriez :

— Que faites-vous? s'écria-t-il. Vous voulez décréter l'arrestation de cet homme; mais savez-vous qu'il est l'idole de l'armée? Vous n'avez pas vu comme moi, aux parades, les soldats fanatiques baiser ses mains, ses habits, ses bottes. Au moins faut-il attendre qu'il ait opéré la retraite. Qui la fera, et comment la fera-t-on sans lui?

Puis d'une seule phrase il jeta un rayon de soleil sur cette étrange dualité que chacun dès lors put comprendre.

— *Il a perdu la tête comme politique, mais non comme général.*

Le comité en revint à l'avis de Danton.

Alors cette question fut naturellement posée :

— Que faut-il faire?

— Envoyer, répondit Danton, une commission mixte au général, pour lui faire rétracter sa lettre.

— Mais qui s'exposera à aller attaquer le loup dans son fort?

Danton échangea un regard avec Lacroix son collègue.

— Moi et Lacroix pour la Montagne si l'on veut, répondit Danton, pourvu que Gensonné et Guadet viennent avec nous pour la Gironde.

La proposition fut transmise à Gensonné et à Guadet, qui se trouvèrent bien assez compromis comme cela et qui refusèrent.

Danton s'offrit alors de partir seul avec Lacroix; le comité, de son côté, s'engagea à garder la lettre jusqu'à son retour.

Et, en effet, au milieu de son armée, Dumouriez était impossible à arrêter. Tous ces hommes qu'il avait menés à la victoire, tous ces braves qui lui croyaient un cœur français et qui ignoraient sa trahison l'eussent défendu.

Les volontaires sans doute, qui quittaient Paris, qui avaient entendu crier tout haut la trahison de Dumouriez, qui avaient eu un instant l'intention de venir sur les bancs même de la Convention égorger les girondins comme ses complices, ceux-là se fussent engagés à aller arrêter Dumouriez jusqu'en enfer. Mais les soldats l'eussent défendu, et la guerre civile se trouvait alors transportée de la France à l'armée.

Il fallait que les soldats français le vissent au milieu des Autrichiens, fraternisant avec eux, pour que les armes leur tombassent des mains, pour que la confiance leur échappât du cœur.

Mais avant que le jour se fût fait sur cette âme douteuse, avant que Danton l'eût rejoint, Dumouriez avait été contraint par l'ennemi, qui avait cinquante mille hommes et qui lui en savait trente-cinq mille seulement, Dumouriez avait été contraint par l'ennemi d'accepter la bataille.

La bataille fut une défaite. Elle s'appela Nerwinde, du nom du village où avait eu lieu l'action la plus meurtrière. Pris et repris trois fois, et la troisième fois par les Autrichiens, Nerwinde était un charnier de chair humaine; des rues duquel il fallut enlever quinze cents morts.

La disposition du terrain avait beaucoup de ressemblance avec celui de Jemmapes.

Le plan fut le même.

Miranda, un vieux général espagnol, calomnié par Dumouriez, devenu Français par amour de la liberté et qui devait redevenir Espagnol pour aider Bolivar à fonder les républiques de l'Amérique du Sud, Miranda commandait la gauche.

C'était la position de Dampierre à Jemmapes.

Le duc de Chartres, comme à Jemmapes, commandait le centre.

Le général Valence, le gendre de Sillery-Genlis, commandait la droite.

De même qu'à Jemmapes on avait laissé écraser Dampierre jusqu'à ce que le moment fût venu de faire donner le duc de Chartres pour décider le succès de la bataille, de même, à Nerwinde, on devait laisser écraser Miranda jusqu'à ce que Valence, vainqueur à droite, et le duc de Chartres, vainqueur au centre, revinssent délivrer Miranda.

Mais le hasard fit que dans l'armée que Dumouriez avait en face de lui, il y avait aussi un prince.

C'était le prince Charles, fils de l'empereur Léopold, qui, lui aussi, faisait ses premières armes et à la popularité duquel il fallait une victoire.

La supériorité du nombre la lui assura.

Miranda, qui, dans le plan de bataille, devait occuper Leavé et Osmaël, en était maître vers midi. Mais c'est alors que Cobourg, pour ménager une victoire au prince Charles, avait poussé contre Miranda colonnes sur colonnes.

La plus forte partie du corps français commandé par le général espagnol se composait de volontaires qui, voyant ces masses profondes marcher vers eux, se débandèrent, entraînant le général jusqu'à Tirlemont, malgré ses efforts surhumains pour les arrêter.

Dumouriez, vers midi, avait eu l'annonce de la victoire de Miranda, mais il n'avait eu aucune nouvelle de sa défaite. Le bruit que faisait son propre canon l'empêchait de calculer le progrès ou le décroissement du canon des autres.

Enfin la journée finie, chassé de Nerwinde, n'ayant plus que quinze mille hommes autour de lui, il comptait s'appuyer aux sept ou huit mille hommes de Miranda.

Mais des sept ou huit mille hommes de Miranda il ne restait plus que quelques centaines de fuyards.

Dumouriez apprend la défaite de son lieutenant au moment où, croyant la journée finie, il venait de mettre pied à terre. Il remonte à cheval, et, accompagné de ses deux officiers d'ordonnance, mesdemoiselles de Fernig, suivi de quelques domestiques seulement, part au galop, échappe par miracle aux hulans qui battent la campagne, arrive à minuit à Tirlemont; il y trouve Miranda presque seul, épuisé des efforts qu'il a faits.

C'est de Tirlemont qu'il donne des ordres pour la retraite.

Dès le lendemain, Dumouriez opérait cette retraite, et Cobourg avoue lui-même dans son bulletin, justifiant le mot de Danton, que si Dumouriez avait perdu la tête comme politique, il ne l'avait pas perdue comme général, que cette retraite fut un chef-d'œuvre de stratégie.

Mais il n'en était pas moins vrai que Dumouriez avait perdu son prestige; le général heureux avait été vaincu.

A partir de Bruxelles, Danton et Lacroix avaient trouvé la route pleine de fugitifs. D'après ces fugitifs, il n'y avait plus d'armée et l'ennemi pourrait marcher jusqu'à Paris sans obstacle.

De pareilles nouvelles faisaient hausser les épaules à Danton.

Les deux commissaires arrivèrent à Louvain.

On leur annonça que l'armée impériale ayant attaqué les deux villages d'Op et de Neervoelpe, le général avait couru lui-même au canon.

Les commissaires prirent des chevaux de poste, et, dirigés eux-mêmes par le bruit de l'artillerie, ils parvinrent au cœur de la bataille, et là trouvèrent Dumouriez qui repoussait de son mieux l'ennemi.

En les apercevant, le général fit un geste d'impatience.

Ils étaient parvenus à l'endroit le plus dangereux, et les balles et les boulets s'abattaient autour d'eux comme grêle.

— Que venez-vous faire ici? leur cria Dumouriez?

— Nous venons vous demander compte de votre conduite, répondirent Danton et Lacroix.

— Eh, pardieu! dit Dumouriez, ma conduite, la voilà!

Et, tirant son sabre, il se mit à la tête d'un régiment de hussards, chargea à fond et s'empara de deux pièces d'artillerie qui l'incommodaient fort.

Danton et Lacroix étaient restés impassibles.

En revenant, Dumouriez les trouva.

— Que faites-vous là? dit-il.

— Nous vous attendons, répondit Danton.

— Ce n'est pas ici votre place, répondit le général; si l'un de vous était tué ou blessé, ce ne serait pas l'ennemi qu'on accuserait, ce serait moi. Allez m'attendre à Louvain; j'y serai ce soir.

Il y avait du vrai dans ce que disait Dumouriez; aussi les deux commissaires revinrent-ils au pas de leurs chevaux, ne voulant pas en presser l'allure de peur qu'on ne crût qu'ils fuyaient.

Dumouriez fut fidèle au rendez-vous.

On comprend que dès les premiers mots, la conversation prit un ton d'aigreur qui n'était pas propre à avancer la réconciliation du général avec la Montagne.

Les deux opinions étaient tellement éloignées l'une de l'autre; celle de Danton voulant à tout prix garder la Belgique et lui faire accepter nos assignats, et celle de Dumouriez, au contraire, voulant que la Belgique restât libre, qu'il n'y avait pas moyen de s'entendre.

La soirée se passa en récriminations mutuelles. Dumouriez se refusa absolument à désavouer sa lettre; tout ce qu'il fit fut d'écrire ces quelques mots:

« Le général Dumouriez prie la Convention de ne rien préjuger sur sa lettre du 12 mars avant qu'il ait eu le temps de lui en envoyer l'explication. »

Les députés partirent vers minuit avec cette lettre insignifiante.

Le lendemain, il y eut une nouvelle attaque de l'armée impériale; Blierbeck fut attaqué et pris par une colonne de grenadiers hongrois.

Mais elle fut aussitôt chassée, avec perte de plus de la moitié des hommes, par le régiment d'Auvergne, commandé par le colonel Dumas, qui lui prit deux pièces de canon.

Trois attaques successives eurent lieu et furent repoussées. Les Autrichiens, très maltraités, se retirèrent de quelques lieues en arrière.

Mais, dès le matin de la nuit où les commissaires étaient partis, Dumouriez, qui désormais n'avait plus la crainte d'être dérangé dans ses négociations, envoya le colonel Montjoye au quartier général du prince Cobourg.

Il était chargé d'y voir le colonel Mack, chef de l'état-major de l'armée impériale.

Le prétexte était, comme toujours, une suspension d'armes, la nécessité d'échanger les prisonniers et d'enterrer les morts.

Mack laissa entendre qu'il serait heureux de conférer directement avec le général français.

Le lendemain de cette ouverture, le colonel Montjoye retournait au quartier général, et invitait de la part du général Dumouriez, le colonel Mack à venir le même jour à Louvain.

En parlant du colonel, Dumouriez dit dans ses mémoires: « *Officier d'un rare mérite.* »

A cette époque, en effet, telle était la réputation de Mack.

C'était un homme de quarante et un ans, d'une famille pauvre née en Franconie, entré au service de l'Autriche dans un régiment de dragons, et qui avait passé par tous les grades avant d'arriver à celui de colonel.

Il avait fait la guerre de sept ans sous le comte de Lacy, et la guerre de Turquie sous le feld-maréchal Landon.

En 92, il avait été envoyé au prince Cobourg, qui lui avait donné le poste de chef d'état-major. N'ayant encore éprouvé à cette époque aucun des désastres qui l'illustrèrent depuis si tristement, il avait la réputation d'un des officiers les plus distingués de l'armée autrichienne.

Voici ce qui fut ostensiblement conclu avec lui:

1° Qu'il y aurait armistice tacite;

Que, d'après cet armistice tacite, les Français se retireraient sur Bruxelles lentement, en bon ordre et sans être inquiétés;

2° Que les impériaux ne feraient plus de grandes attaques et que le général, de son côté, ne chercherait pas à livrer bataille.

3° Que l'on se reverrait après l'évacuation de Bruxelles pour convenir des faits ultérieurs.

Tout ce qui fut dit en dehors de ces trois conventions resta complètement inconnu à la France.

Ces conventions furent scrupuleusement tenues de part et d'autre.

Le 25, l'armée traversa Bruxelles dans le plus grand ordre et se retira sur Hall.

LI

RUPTURE DE DANTON AVEC LA GIRONDE

Le 29 mars, à huit heures du soir, Danton et Lacroix rentraient à Paris.

Au lieu de rentrer chez lui, passage du Commerce, ou à sa maison de campagne du coteau de Sèvres, Danton, profitant des ténèbres et du vaste manteau dans lequel il était caché, alla frapper à la porte de Jacques Mérey.

Sur le mot : Entrez ! la porte s'ouvrit et Danton parut sur le seuil.

Jacques le reconnut, et tandis que le regard inquiet de Danton s'assurait qu'ils étaient bien seuls, il alla droit à lui, lui tendit la main.

— Tu arrives ? lui dit-il.

— Tout droit de Bruxelles, répondit Danton.

Jacques approcha une chaise.

— Je viens à toi, dit Danton, comme à un homme que je crois mon ami, et à qui je veux prouver que je suis le sien. Ni cette nuit, ni demain je n'irai à la séance. Je veux avant d'y mettre le pied savoir bien au juste où en est l'opinion. En refusant de venir avec moi, auprès de Dumouriez, Guadet et Gensonné se sont perdus et ont perdu la Gironde avec eux. S'ils étaient venus avec moi, s'ils eussent parlé à Dumouriez avec la même fermeté que moi, j'étais obligé de rendre témoignage, et mon témoignage les défendait. Où en est-on ici ?

— L'exaspération est à son comble, répondit Jacques. Le comité de surveillance a la nuit dernière lancé des mandats d'arrêt contre Egalité père et fils, et ordonné qu'on mît sous les scellés les papiers de Roland.

— Tu vois, dit Danton s'assombrissant ; c'est la déclaration de guerre. Quelqu'un des vôtres va faire l'imprudence de m'attaquer demain : il faudra que je réponde, et je vous écraserai tous, toi malheureusement, comme les autres.

Maintenant, écoute ceci : Nous avons la nuit et la journée de demain devant nous. J'ai encore assez de pouvoir pour te faire envoyer en mission quelque part, dans le Nord, dans le Midi, à nos armées des Pyrénées, par exemple ; c'est là que tu serais le plus en sûreté ; tu n'as aucun engagement avec les girondins.

Jacques ne laissa point achever Danton ; il lui posa la main sur le bras :

— Assez, dit-il, tu ne fais pas attention que ton amitié pour moi est presque une insulte. Je n'ai aucun engagement avec les girondins, mais n'ayant pas voté la mort du roi, j'eusse été repoussé par la Montagne ; j'ai été m'asseoir dans leurs rangs, je leur étais inconnu, ils m'ont accueilli ; ils ne sont pas mes amis, ils sont mes frères.

— Eh bien, dit Danton, préviens ceux d'entre eux que tu voudras sauver, afin que d'avance, ils se ménagent des moyens de fuir lorsque le jour sera venu. Je ne suis pour rien dans la saisie des papiers de Roland, mais, selon l'habitude, c'est sur moi qu'on la rejettera. Si l'on ne m'atteint pas, je me tairai ; j'ai, Dieu merci ! assez fait pour amener une alliance entre tes amis et moi ; ils m'ont toujours dédaigneusement repoussé ; eh bien, ce n'est plus une alliance que je leur propose, c'est une simple neutralité.

— Tu ne doutes pas, répondit Jacques, de la douleur que j'éprouve lorsque je te vois en butte, d'un côté, à l'éloquence des girondins ; de l'autre, aux injures des montagnards, mais tu sais qu'il arrive une heure où rien ne peut détourner le fleuve de sa route. Nous sommes entraînés par une force irrésistible à l'abîme, rien ne nous sauvera.

J'allais souper, soupe avec moi.

Danton jeta son manteau et s'approcha de la table toute servie.

— D'ailleurs, dit Danton, tu sais que tu n'as pas besoin de chercher un refuge, tu en as un tout trouvé chez moi ; l'on ne viendra pas t'y chercher, et, vînt-on t'y chercher, moi vivant il ne tombera pas un cheveu de ta tête.

— Oui, dit Jacques en servant Danton avec le même calme que s'ils eussent parlé de choses auxquelles ils fussent étrangers ; oui, mais ta tête tombera à toi ; nous ne sommes plus à ces vieux jours de Rome où le gouffre se refermait sur Décius ; on y jettera nos vingt-deux têtes, car je crois qu'on les a déjà comptées pour le bourreau, et le gouffre restera ouvert pour la tienne et pour celles de tes amis. J'ai parfois, comme le vieux Cazotte, des moments d'illuminisme pendant lesquels je lis dans l'avenir. Eh bien, mon ami, ce que tu me disais il y a quelques jours en parlant de ceux qui ont vu ce printemps-ci et qui ne verront pas l'autre ; de ceux qui verront l'autre et pour qui l'autre sera le dernier, cela m'est souvent revenu dans l'esprit, et j'ai vu dans mes rêves bien des tombes sans nom, dans les profondeurs desquelles cependant je reconnaissais les ensevelis. Parmi ces tombes je n'ai pas vu la mienne ; je n'irai pas chez toi parce que, je te l'ai dit, je te perdrais probablement en y allant. J'ai un ami, moins cher que toi puisque je ne l'ai vu qu'une fois, mais dont la demeure est plus sûre que la tienne.

— Je ne te demande pas son nom, dit insoucieusement Danton ; tu es sûr de lui, c'est tout ce qu'il me faut. Tu as de bon bourgogne, c'est le seul vin que j'aime, leur diable de vin de Bordeaux n'est pas fait pour des hommes. On voit bien que tous tes girondins ont été nourris de ce vin-là. Eloquents et vides ! Sais-tu ceux que je crains parmi eux ? Ce ne sont pas les éloquents comme Vergniaud, comme Guadet, ce sont ceux qui vous jettent tout à coup à la face, en termes impolis, une injure à laquelle on ne sait que répondre. Heureusement que je suis préparé à tout. On m'a tant calomnié que je ne serai pas étonné le jour où on m'accusera d'avoir emporté sur mon dos les tours de Notre-Dame.

— Que fais-tu ce soir ? demanda Mérey, restes-tu avec moi ici, et veux-tu que je te fasse dresser un lit ?

— Non, dit Danton, j'ai voulu recevoir de toi un avis et t'en donner un, j'ai voulu te préparer à ce qui va se passer incessamment ; c'est-à-dire à la chute du parti auquel tu t'es allié ; comme tu n'es pas ambitieux, tu n'auras pas à regretter tes espérances perdues ; moi, je l'ai été ambitieux !

Et il poussa un soupir.

— Mais je te jure que si je n'étais pas enfoncé jusqu'à la ceinture dans la question, je te jure que si je ne croyais pas que la France a encore besoin de ma main, de mon cœur et de mon œil, je prendrais Louise, l'enfant que tu as vue l'autre jour et que je vais revoir ce soir, je prendrais Louise dans mes bras ; je fourrerais dans ses poches et dans les miennes les trente ou quarante mille francs d'assignats qui me restent et je l'emporterais au bout du monde, laissant girondins et montagnards s'exterminer à leur fantaisie.

Il se leva, reprit son manteau.

— Ainsi, tu dis que ce sera pour après-demain ? demanda Jacques Mérey.

— Oui, si tes amis me cherchent querelle ; s'ils me laissent tranquille, ce sera pour dans huit jours, pour dans quinze jours, pour la fin du mois peut-être ; mais ça ne peut aller loin. Songe en tout cas à ce que je t'ai dit. Ne te laisse pas arrêter, sauve-toi, et si l'ami sur lequel tu comptes te manque, pense à Danton, il ne te manquera pas.

Les deux hommes se serrèrent la main. Danton avait conservé sa voiture. Jacques s'était mis à la fenêtre pour le suivre des yeux ; il l'entendit donner l'ordre au cocher de le conduire à Sèvres, et, regardant le cabriolet s'éloigner vers le guichet du bord de l'eau :

— Il est heureux, murmura-t-il, il va revoir son Eva.

Jacques Mérey avait dit vrai ; jamais la Convention n'avait été plus tumultueuse. Danton était parti le 10, il revenait le 29. Pendant cet espace de temps, si court qu'il fût, une lumière s'était faite en quelque sorte d'elle-même ; personne ne doutait plus de la trahison de Dumouriez. La lettre n'avait pas été lue, nulle preuve n'était arrivée, ses entrevues avec Mack étaient encore ignorées, et cette grande voix qui n'est que celle du bon sens public, après l'avoir dit tout bas, disait tout haut :

— Dumouriez trahit.

Le 1er avril, les amis de Roland, qui recevaient leur inspiration de sa femme bien plus encore que de lui, arrivèrent furieux à la Chambre. Ils avaient appris qu'on avait saisi les papiers de l'ex-ministre.

Il y avait une chose singulière, c'était, à la droite comme à la gauche, un député envoyé par le Languedoc.

Le Languedoc avait envoyé à la Chambre, nous le répétons, deux ministres protestants, deux vrais Cévenols, aussi amers, aussi âpres, aussi violents l'un que l'autre.

A la droite, c'était Lassource, un girondin ;

A la gauche, c'était Jean Bon-Saint-André, un montagnard.

Au moment où Danton entra, Lassource était à la tribune ; il annonçait que Danton et Lacroix, arrivés depuis l'avant-veille, n'avaient point encore paru, qu'on avait pu le voir à la Chambre. Que faisaient-ils ? pourquoi cette absence de vingt-quatre heures dans de pareils moments ?

Evidemment il y avait un secret là-dessous.

— Voilà, disait Lassource, voilà le nuage qu'il faut déchirer.

En ce moment, nous l'avons dit, Danton entrait. Mais, arrivé à sa place, au lieu de s'asseoir, soupçonnant qu'il était question de lui, il resta debout. C'était debout que le Titan voulait être foudroyé.

Lassource le vit se dressant devant lui comme une menace; mais, loin de reculer, il fit un geste désignateur.

— Je demande, dit-il, que vous nommiez une commission pour découvrir et frapper le coupable; il y a assez longtemps que le peuple voit le trône et le Capitole; il veut maintenant voir la roche Tarpéienne et l'échafaud.

Toute la droite applaudit.

La Montagne et la gauche gardèrent le silence.

— Je demande de plus, continua Lassource, l'arrestation d'Egalité et de Sillery. Je demande enfin, pour prouver à la nation que nous ne capitulerons jamais avec un tyran, que chacun de nous prenne l'engagement solennel de donner la mort à celui qui tenterait de se faire roi ou dictateur.

Et cette fois l'assemblée tout entière se levant, Gironde comme jacobins, Plaine comme Montagne, droite comme gauche, chacun avec un geste de menace, répéta le serment demandé par Lassource.

Pendant le discours de Lassource, tous les yeux avaient été un instant fixés sur Danton. Jamais peut-être sa figure bouleversée n'avait en si peu de minutes parcouru toutes les gammes de la physionomie humaine. On avait pu y lire d'abord l'étonnement d'un orgueil qui, tout en prévoyant cette attaque, la regardait comme impossible; la colère qui lui soufflait tout bas de bondir sur cet ennemi qui n'était qu'un insecte comparé à lui, puis le dédain d'une popularité qui croyait pouvoir tout braver. L'esprit, à le regarder, se troublait comme l'œil à plonger dans un abîme; puis, quand Lassource eut fini, il se pencha vers la Montagne, en murmurant à demi-voix:

— Les scélérats! ce sont eux qui ont défendu le roi et c'est moi qu'ils accusent de royalisme!

Un député nommé Delmas l'avait entendu:

— N'allons pas plus loin, dit-il, l'explication qu'on provoque peut perdre la République; je demande qu'on vote le silence.

Toute la Convention vota le silence; Danton sentit qu'en ayant l'air de l'épargner on le perdait.

Il bondit à la tribune, renversant ceux qui voulait s'opposer à son passage; puis, une fois arrivé sur cette chaire aux harangues où il venait d'être attaqué si cruellement:

— Et moi, dit-il, je ne veux pas me taire; je veux parler!

La Convention tout entière subit son influence, et, malgré le vote qu'elle venait de rendre, elle écouta.

Alors, se tournant du côté de la Montagne et indiquant du geste qu'il s'adressait aux seuls montagnards:

— Citoyens, dit-il, je dois commencer par vous rendre hommage. Vous qui êtes assis sur cette Montagne, vous aviez mieux jugé que moi; j'ai cru longtemps que, quelle que fût l'impétuosité de mon caractère, je devais tempérer les moyens que la nature m'a départis, pour employer dans les circonstances difficiles où m'a placé ma mission la modération que les événements me paraissaient commander. Vous m'accusiez de faiblesse, vous aviez raison, je le reconnais devant la France entière. C'est nous qu'on accuse, nous faits pour dénoncer l'imposture et la scélératesse, et ce sont les hommes que nous ménageons qui prennent aujourd'hui l'attitude insolente de dénonciateurs.

Et pourquoi la prennent-ils? Qui leur donne cette audace? Moi-même je dois l'avouer! Oui, moi, parce que j'ai été trop sage et trop circonspect; parce que l'on a eu l'art de répandre que j'avais un parti, que je voulais être dictateur; parce que je n'ai point voulu, en répondant jusqu'ici à mes adversaires, produire de trop rudes combats, opérer des déchirements dans cette assemblée. Pourquoi ai-je abandonné aujourd'hui ce système de silence et de modération? Parce qu'il est un terme à la prudence, parce que, attaqué par ceux-là même qui devaient s'applaudir de ma circonspection, il est permis d'attaquer à son tour et de sortir des limites de la patience. Nous voulons un roi! eh! il n'y a que ceux qui ont eu la lâcheté de vouloir sauver le tyran par l'appel au peuple qui peuvent être justement soupçonnés de vouloir un roi. Il n'y a que ceux qui ont voulu manifestement punir Paris de son héroïsme, en soulevant contre Paris les départements; il n'y a que ceux qui ont fait des soupers clandestins avec Dumouriez quand il était à Paris; il n'y a que ceux-là qui sont les complices de sa conjuration!

Et à chaque période, on entendait les trépignements de la Montagne, et la voix de Marat, qui, à chacune de ces insinuations:

— Entends-tu, Vergniaud? entends-tu, Barbaroux? entends-tu, Brissot?

— Mais nommez donc ceux que vous désignez! crièrent Gensonné et Guadet à l'orateur.

— Oui, dit Danton; et je nommerai d'abord ceux qui ont refusé de venir avec moi trouver Dumouriez, parce qu'ils eussent rougi devant leur complice; je nommerai Guadet, je nommerai Gensonné, puisqu'ils veulent que je parle.

— Ecoutez! répéta Marat de sa voix aigre et criarde; et vous allez entendre les noms de ceux qui veulent égorger la patrie!

— Je n'ai pas besoin de nommer, reprit Danton, vous savez bien tous à qui je m'adresse; je terminerai par un mot qui contient tout. Eh bien, continua-t-il, je dis qu'il n'y a plus de trêve possible entre la Montagne, entre les patriotes qui ont voté la mort du tyran et les lâches qui, en voulant le sauver, nous ont calomnié par toute la France?

C'était ce que la Montagne attendait si impatiemment et depuis si longtemps.

Elle se leva comme un seul homme et poussa une longue exclamation de joie; la mise en accusation des girondins, de ces éternels réprobateurs du sang, venait d'être lancée par celui-là même qui avait essayé si longtemps la réconciliation de la Montagne et de la Gironde.

— Oh! je n'ai pas fini, cria Danton en étendant le bras; qu'on me laisse parler jusqu'au bout.

Et le silence se rétablit aussitôt, même sur les bancs de la Gironde, silence frémissant et plein de colère, mais qui, fidèle jusqu'au bout à son obéissance à la loi, laissait parler sans l'interrompre le tribun qui l'accusait, par cela même que c'était à lui la parole.

Alors Danton sembla se replier sur lui-même:

— Il y a assez longtemps que je vis de calomnie, continua-t-il; elle s'est étendue sans façon sur mon compte, et toujours elle s'est d'elle-même démentie par ses contradictions; j'ai soulevé le peuple au début de la Révolution, et j'ai été calomnié par les aristocrates; j'ai fait le 10 août, et j'ai été calomnié par les modérés; j'ai poussé la France aux frontières et Dumouriez à la victoire, et j'ai été calomnié par les faux patriotes. Aujourd'hui les homélies misérables d'un vieillard cauteleux, Roland, sont les textes de nouvelles inculpations; je l'avais prévu. C'est moi qu'on accuse de la saisie de ses papiers, n'est-ce pas? et j'étais à quatre-vingts lieues d'ici quand ils ont été saisis. Tel est l'excès de son délire, et ce vieillard a tellement perdu la tête qu'il ne voit que la mort et qu'il s'imagine que tous les citoyens sont prêts à le frapper; il rêve avec tous ses amis l'anéantissement de Paris! Eh bien, quand Paris périra, c'est qu'il n'y aura plus de République! Quant à moi, je prouverai que je résisterai à toutes les atteintes, et je vous prie, citoyens, d'en accepter l'augure.

— Cromwell! cria une voix partie de la droite.

Alors Danton se dressa de toute sa hauteur.

— Quel est le scélérat, dit-il, qui ose m'appeler Cromwell? Je demande que ce vil calomniateur soit arrêté, mis en jugement et puni. Moi, Cromwell! Mais Cromwell fut l'allié des rois. Quiconque, comme moi, frappe un roi à la tête, devient à jamais l'exécration de tous les rois!

Puis, se tournant de nouveau vers la Montagne:

— Ralliez-vous, s'écrie-t-il, vous qui avez prononcé l'arrêt du tyran; ralliez-vous contre les lâches qui ont voulu l'épargner; serrez-vous, appelez le peuple à écraser nos ennemis communs du dedans; confondez par la vigueur et l'imperturbabilité de votre caractère tous les scélérats, tous les modérés, tous ceux qui nous ont calomniés dans les départements; plus de paix, plus de trêve, plus de transaction avec eux!

Un rugissement qui partait de la Montagne lui répondit:

— Vous voyez, dit Danton, par la situation où je me trouve en ce moment, la nécessité où vous êtes d'être fermes et de déclarer la guerre à vos ennemis quels qu'ils soient. Il faut former une phalange indomptable. Je marche à la République; marchons-y ensemble. Lassource a demandé une commission qui découvre les coupables et fasse voir au peuple la roche Tarpéienne et l'échafaud, je la demande cette commission mais je demande aussi que, après avoir examiné notre conduite, elle examine celle des hommes qui nous ont calomniés, qui ont conspiré contre l'indivisibilité de la République et qui ont cherché à sauver le tyran.

Danton descendit dans les bras des montagnards. La haine était à son comble entre les girondins et les jacobins. Les girondins n'avaient duré si longtemps que parce que Danton les avait épargnés; son discours venait de briser la digue qui existait entre les deux partis; c'était maintenant à la colère et au sang d'y couler.

Séance tenante, au milieu du trouble jeté dans la droite par le discours de Danton, la Convention décrète:

Que quatre commissaires seront nommés pour sommer Dumouriez de comparaître à sa barre. Si Dumouriez refuse, ils ont ordre de l'arrêter.

Ces quatre commissaires sont: le vieux constituant Camus; deux députés de la droite, Bancal et Quinette; un montagnard, Lamarque.

Le général Beurnonville, que Dumouriez nomme son élève, et qu'il aime tendrement, les accompagnera pour employer toutes les voies de conciliation avant de rompre avec ce général que ses victoires ont rendu populaire, et qui est resté nécessaire malgré ses défaites.

LII

ARRESTATION DES COMMISSAIRES DE LA CONVENTION

Dumouriez, dont le projet était de surprendre Valenciennes, avait transporté son quartier général au bourg de Saint-Amand, où sa cavalerie de confiance était cantonnée.

C'était le général Neuilly qui commandait à Valenciennes vint lui demander la permission, sous prétexte de santé, de se retirer de l'armée.

Le général la lui accordait aussitôt.

Même permission était accordée au général Stetenhoffen.

Enfin il apprenait que Dampierre, le général Chamel, les généraux Rosière et Kermowant avaient donné parole aux commissaires de rester fidèles à la Convention.

Toutes ces nouvelles étaient désespérantes, du moment où l'on sait quel était le projet de Dumouriez.

Ce projet, que je ne trouve dans aucun historien et qui cependant avait bien son importance, était celui-ci :

Le colonel Montjoye invitait le colonel Mack à venir à Louvain.

et qui, croyant à tort pouvoir rester maître de la place, lui écrivait qu'il pouvait en tous points compter sur son concours et sur celui de la ville.

Cependant Dumouriez commençait à douter. A chaque instant il était obligé d'*épurer* l'armée en faisant arrêter quelque jacobin.

Le 1er avril, ce fut un capitaine du bataillon de Seine-et-Oise nommé Lecointre, fils du député de Versailles du même nom, et l'un des plus ardents montagnards, qui déclamait contre les constitutionnels.

Le même jour, une arrestation eut encore lieu, celle d'un lieutenant-colonel, officier d'état-major de l'armée, nommé de Pile, qui déclamait contre le général en chef.

La veille, le général Leveneur, qui avait suivi Lafayette dans sa fuite et que Dumouriez avait pris auprès de lui, Depuis longtemps Dumouriez se fût déclaré rebelle et eût marché sur Paris, en supposant que ses soldats eussent voulu le suivre, ce dont il commençait à douter, s'il n'eût été arrêté par la crainte que cette marche ne fût fatale au reste de la famille royale enfermée au Temple.

Voici ce qui avait été arrêté à Tournai entre lui et les généraux de Valence, Chartres et Thouvenot.

Le colonel Monjoye et le colonel Normann devaient être envoyés en France sous prétexte d'arrêter la fuite des déserteurs de l'armée ; ils auraient pour le ministre de la guerre Beurnonville des dépêches qui annonceraient leur séjour à Paris pendant deux ou trois jours. Ils devaient, la veille de leur départ, envoyer leurs trois cents hommes à Bondy, puis la nuit suivante arriver par le boulevard du Temple, enfoncer la garde, entrer au Temple, enlever en croupe les quatre prisonniers, retrouver dans la forêt une voiture, et les mener à toute bride jusqu'à Pont-Sainte-Maxence, où un autre corps de cavalerie les recevrait, puis les conduirait à Valenciennes et à Lille.

Mais pour cela il fallait être sûr de Lille ou de Valenciennes, et Dumouriez venait d'apprendre que les deux villes tiendraient pour la révolution.

Ce fut alors que Dumouriez pensa à se procurer le plus d'otages possible lui répondant de la vie des prisonniers.

Et, en attendant des otages plus illustres, il commença par remettre au général Clerfayt les deux prisonniers qu'il venait de faire, Lecointre et de Pile.

Le 2 avril, au matin, Dumouriez reçut avis par un capitaine de chasseurs à cheval, qu'il avait posté à Pont-à-Marck, que le ministre de la guerre avait passé se rendant à Lille, et disant qu'il se rendait près de *son ami* le général Dumouriez.

Dumouriez fut étonné de cette nouvelle; comment n'était-il pas prévenu?

Cette nouvelle ne pouvait que l'inquiéter dans la situation politique où il se trouvait.

Vers quatre heures de l'après-midi, deux courriers, dont les chevaux étaient couverts d'écume, annoncèrent au général qu'ils ne précédaient que de quelques instants les commissaires de la Convention nationale et le ministre de la guerre. Les courriers ne doutaient point que les quatre commissaires et le général Beurnonville ne vinssent pour arrêter le général Dumouriez.

Ils précédaient les commissaires et le général à si peu de distance que ceux-ci arrivèrent au moment même où ils achevaient leur annonce.

Beurnonville entra le premier; Camus, Lamarque, Bancal et Quinette le suivaient.

Le ministre embrassa d'abord Dumouriez, sous lequel il avait servi et qu'il aimait beaucoup; puis il lui montra de la main les commissaires, et lui dit:

— Mon cher général, ces messieurs viennent vous notifier un décret de la Convention nationale.

En apprenant l'arrivée du ministre de la guerre et des commissaires de la Convention, tout l'état-major de Dumouriez l'avait entouré. Il y avait là le général Valence, Thouvenot, qui venait d'être élevé à ce grade; le duc de Chartres, et les demoiselles de Fernig, dans leur uniforme de hussard.

Camus lui adressa le premier la parole, et, d'une voix ferme, il le pria de passer dans une chambre à côté pour entendre la notification du décret.

— Oh! dit Dumouriez, je le connais d'avance, votre décret. Vous venez me reprocher d'avoir été trop honnête homme en Belgique, d'avoir forcé à rendre l'argenterie aux églises, de n'avoir pas voulu empoisonner un pauvre peuple avec vos assignats. En vérité, vous, Camus, qui êtes un dévot, je suis étonné, je vous l'avoue, qu'un homme qui affiche autant de religion que vous, qui restez des heures entières devant un crucifix pendu dans votre chambre, vous veniez ici soutenir le vol des vases sacrés et des objets de culte d'un peuple ami. Allez voir à Sainte-Gudule les hosties foulées aux pieds, dispersées sur le pavé de l'église, les tabernacles, les confessionnaux brisés, les tableaux en lambeaux; trouvez un moyen de justifier ces profanations, et voyez s'il y a un autre parti à prendre que de restituer l'argenterie et de punir exemplairement les misérables qui ont exécuté vos ordres.

Si la Convention applaudit à de tels crimes, si elle ne les punit pas, tant pis pour elle et pour ma malheureuse patrie. Sachez que s'il fallait commettre un crime pour la sauver, je ne le commettrais pas. Les crimes atroces que l'on s'est permis au nom de la France tournent contre la France, et je la sers en cherchant à les effacer.

— Général, dit Camus, il ne nous appartient pas d'entendre votre justification, ni de répondre à vos prétendus griefs; nous venons vous notifier un décret de la Convention.

— Votre Convention, dit Dumouriez, voulez-vous que je vous dise ce que c'est que votre Convention? C'est la réunion de deux cents scélérats et de cinq cents imbéciles. Je vais marcher sur elle, votre Convention, je suis assez fort pour me battre devant et derrière. Il faut un roi à la France; peu m'importe qu'il s'appelle Louis ou Jacobus!

— Ou même Philippus, n'est-ce pas? dit Bancal.

Dumouriez tressaillit. On venait de le frapper au cœur de ses projets.

— Pour la troisième fois, dit Camus, voulez-vous passer dans une chambre à côté, pour entendre la notification du décret de la Convention?

— Mes actions ont toujours été publiques, dit le général, elles le seront jusqu'au bout. Un décret donné par sept cents personnes ne saurait être un mystère. Mes camarades doivent être témoins de tout ce qui se passera dans notre entrevue.

Mais alors Beurnonville s'avança.

— Ce n'est point un ordre que nous te donnons, dit-il, c'est une prière que je te fais. Qu'un de ces messieurs t'accompagne, nous te l'accordons.

— Soit! dit Dumouriez. Venez, Valence.

— Seulement la porte restera ouverte, dit Thouvenot.

— La porte restera ouverte, soit, répondit Camus.

Camus présenta alors au général le décret de la Convention qui lui ordonnait de se rendre immédiatement à Paris.

Dumouriez le rendit en haussant les épaules.

— Ce décret est absurde, dit-il; est-ce que je puis quitter l'armée désorganisée, mécontente comme elle l'est? Si je vous suivais, vous n'auriez plus dans huit jours un seul homme sous les drapeaux. Lorsque j'aurai terminé mon travail de réorganisation, ou lorsque l'ennemi ne sera pas à un quart de lieue de moi, j'irai à Paris, moi-même et sans escorte. Je lis du reste dans ce décret que, en cas de désobéissance, vous devez me suspendre de mes fonctions et nommer un autre général. Je ne refuse pas positivement l'obéissance, je demande un retard, voilà tout. Maintenant, décidez ce que vous avez à faire; suspendez-moi si vous voulez; j'ai offert dix fois ma démission depuis trois mois, je l'offre encore.

— Nous sommes compétents pour vous suspendre, dit Camus, mais non pour recevoir votre démission.

— Une fois votre démission donnée, général, demanda Beurnonville, que comptez-vous faire?

— Redevenant libre de mes actions, je ferai ce qu'il me conviendra, répondit Dumouriez; mais je vous déclare, mon cher ami, que je ne reviendrai point à Paris pour me voir avili par les jacobins et condamné par le tribunal révolutionnaire.

— Vous ne reconnaissez donc pas ce tribunal? demanda Camus.

— Si fait, dit le général. Je le reconnais pour un tribunal de sang et de crimes, et, tant que j'aurai trois pouces de fer au côté, je vous déclare que je ne m'y soumettrai pas. J'ajoute même que je le regarde comme l'opprobre d'une nation libre, et que si j'en avais le pouvoir il serait aboli.

— Citoyen général, dit Quinette, il ne s'agit d'aucune résolution funeste contre vous. La France vous doit beaucoup, et votre présence fera tomber toutes les calomnies; votre voyage sera court, et, si vous l'exigez, les commissaires et le ministre resteront au milieu de vos soldats tant que durera votre absence.

— Et, dit Dumouriez, si les hussards et les dragons dits de la République, qu'on a disséminés sur la route que je dois suivre, m'assassinent, soit à Gournay, soit à Roye, soit à Senlis, où ils m'attendent, ce ne sera pas de la faute du général Beurnonville ni de vous autres, messieurs les commissaires, mais je n'en serai pas moins assassiné.

— Citoyen général, dit Quinette, je m'engage à vous accompagner pendant toute la route; je m'engage à vous couvrir de mon corps si le danger se présente; je m'engage enfin à vous ramener ici sain et sauf.

— Citoyen général, dit Bancal, rappelez-vous l'exemple de ces généraux de Rome ou de Grèce qui, au premier appel de l'aréopage ou des consuls, venaient rendre compte de leur conduite.

— Monsieur Bancal, reprit Dumouriez, nous nous méprenons toujours sur nos citations et nous défigurons l'histoire romaine en donnant pour excuse à nos crimes l'exemple de ces vertus que nous dénaturons.

Les Romains n'avaient pas tué Tarquin comme vous avez tué Louis XVI. Les Romains avaient une république bien réglée et de bonnes lois; ils n'avaient ni club des jacobins, ni tribunal révolutionnaire. Nous sommes dans un temps d'anarchie. Des tigres veulent ma tête, je ne la leur donnerai pas. Je puis vous faire cet aveu sans craindre que vous m'accusiez de faiblesse; puisque vous puisez vos exemples chez les Romains, laissez-moi dire que j'ai joué assez souvent le rôle de Décius pour qu'on me dispense de celui de Curtius.

Bancal reprit la parole, il était girondin.

— Vous n'avez affaire ni aux jacobins ni au tribunal révolutionnaire, dit-il. Vous n'y êtes appelé que pour paraître à la barre de la Convention et pour revenir sur-le-champ à votre armée.

Le général secoua la tête.

— J'ai passé le mois de janvier à Paris, dit-il; et certainement, après des revers, Paris ne s'est pas calmé depuis. Je sais par vos feuilles que la Convention est dominée par Marat, par les jacobins et par les tribunes. La Convention ne pourrait pas me sauver de leur fureur, et, si je pouvais prendre sur ma fierté de paraître devant de pareils juges, ma contenance seule m'attirerait la mort.

— Assez, dit Camus, nous perdons notre temps en paroles inutiles; vous ne voulez pas obéir aux décrets de la Convention?

— Non, dit Dumouriez.

— Eh bien, dit Camus, je vous suspens et je vous arrête.

Pendant la discussion, tous les familiers de Dumouriez étaient entrés un à un dans la salle.

— Quels sont tous ces gens-là ? demanda l'intrépide vieillard en regardant particulièrement les demoiselles de Fernig, dont il était facile de reconnaître le sexe malgré leur déguisement. Allons, donnez-moi tous vos portefeuilles.

— Ah ! c'est trop fort ! dit Dumouriez en français. Puis il ajouta en allemand et à voix haute :

— Arrêtez ces quatre hommes !

Les hussards allemands, qu'on avait fait venir dans la chambre à côté, se précipitèrent alors dans celle où était Dumouriez et arrêtèrent les quatre commissaires.

— Eh bien, quand je vous l'affirmais, dit Camus, que nous avions affaire à un traître !... Tout prisonnier que je suis, je te déclare traître à la patrie ; tu n'es plus général ; j'ordonne qu'on ne t'obéisse plus !

Alors Beurnonville alla reprendre son rang parmi les commissaires.

— Et moi, dit-il à son tour, je t'ordonne de m'arrêter avec mes compagnons, pour qu'on ne croie pas que je pactise avec toi, et que, comme toi, j'ai trahi la nation !

— C'est bien, dit Dumouriez, arrêtez-le avec les autres ; seulement, ayez les plus grands égards pour lui et laissez-lui ses armes.

Les quatre commissaires et le ministre arrêtés furent conduits dans la chambre voisine. Là on leur servit à dîner pendant qu'on attelait la voiture qui devait les conduire prisonniers à Tournay.

Dumouriez recommanda de nouveau les plus grands égards pour le général Beurnonville ; puis il écrivit une lettre au général Clairfayt, lui mandant qu'il lui envoyait des otages qui répondraient des excès auxquels on pourrait se livrer à Paris.

Une heure après, la voiture partait escortée de ces mêmes hussards de Berchiny, qui avaient, le 13 juillet 1789, chargé dans le jardin des Tuileries.

En même temps que les commissaires de la Convention partaient pour Tournai sous escorte, Dumouriez envoyait le colonel Montjoye pour prévenir Mack de ce qui s'était passé, et pour le prier de hâter une entrevue entre lui, le prince de Cobourg et le prince Charles.

La journée du lendemain se passa sans que l'événement du 2 eût fait grand bruit et fût bien connu de l'armée. Mais cependant, dans l'après-midi du 3, le mot de *traître* commença de circuler.

Dumouriez voulait s'assurer de Condé afin d'en purger la garnison, de réunir dans cette ville tous ceux de son armée, soldats ou généraux, qui voudraient s'attacher à sa fortune, et de Condé, avec une armée mixte, autrichienne et française, marcher sur Paris.

La réponse du général Mack avait été que le 4 au matin le prince de Cobourg, l'archiduc Charles et lui se trouveraient entre Boussu et Condé, où le général se rendrait de son côté, et que là on conviendrait du mouvement à imprimer aux deux armées.

Le 4 au matin, le général Dumouriez partit de Saint-Amand avec le duc de Chartres, le colonel Thouvenot, Montjoye et quelques aides de camp.

Ils n'avaient pour escorte que huit hussards d'ordonnance, qui, avec les domestiques, formaient un groupe de trente chevaux.

Une escorte de cinquante hussards qu'il avait commandée se faisant attendre, Dumouriez, qui voyait se passer l'heure du rendez-vous du prince de Cobourg, laissa un de ses aides de camp pour se mettre à la tête de l'escorte et lui indiquer la route qu'elle devait suivre.

Parvenu à une demi-lieue de Condé, entre Fresnes et Doumet, il vit arriver au grand galop un adjudant qui venait de la part du général Neuilly, pour lui dire que la garnison était en grande fermentation, et qu'il serait imprudent à lui d'entrer dans la ville.

Il renvoya cet officier avec ordre de dire au général Neuilly d'envoyer au-devant de lui le dix-huitième régiment de cavalerie dont il croyait être sûr.

Il attendrait ce régiment à Doumet.

En ce moment il fut rejoint sur le grand chemin par une colonne de trois bataillons de volontaires qui marchaient sur Condé avec leurs bagages et leur artillerie. Étonné de voir s'accomplir une marche qu'il n'avait point ordonnée, il appela quelques-uns des officiers et leur demanda où ils allaient.

Ils répondirent qu'ils allaient à Valenciennes.

— Allons donc, dit le général, vous lui tournez le dos à Valenciennes.

Puis il ordonna de faire halte et s'éloigna à cent pas du grand chemin pour entrer dans une maison et donner par écrit l'ordre à ces trois bataillons de retourner au camp de Bruill d'où ils étaient partis.

Il était déjà descendu de cheval pour entrer dans la maison, lorsque la tête de colonne rebroussa chemin et se porta sur lui.

Il se remit aussitôt en selle et s'éloigna au petit trot jusqu'à ce qu'il fût arrêté par un canal qui bordait un terrain marécageux.

Des cris, des injures, le mot Arrête ! arrête ! et la marche toujours plus rapide des volontaires qui avait pris l'allure d'une poursuite, le forcèrent à passer le canal. Mais son cheval s'étant refusé à le franchir, il abandonna l'animal rétif et le passa à pied.

Mais alors, aux cris de... Arrête ! arrête ! commencèrent de succéder des coups de fusil.

Il n'y avait pas moyen de faire face à un pareil danger, il fallait fuir. Mais Dumouriez ne pouvait fuir à pied.

Son neveu, le baron de Schomberg, qui était arrivé la veille, et qui avait couru mille dangers pour arriver jusqu'à lui, avait sauté à bas de son cheval, le pressant de le prendre. Dumouriez refusa obstinément ; mais il sauta sur le cheval d'un domestique du duc de Chartres, qui, étant très leste, répondait de se sauver à pied.

Pendant ce temps-là, les coups de fusil continuaient.

Deux hussards furent tués ainsi que deux domestiques du général, dont un portait sa redingote. Thouvenot eut deux chevaux tués sous lui, et se sauva en croupe de ce même Baptiste Renard qui, ayant reformé un bataillon en déroute à Jemmapes, avait été nommé capitaine par la Convention.

Le général dit lui-même, dans ses mémoires, que plus de dix mille coups de fusil furent tirés sur lui. Son secrétaire, Quentin, fut pris, et le cheval du général, resté de l'autre côté du canal, fut conduit en triomphe à Valenciennes.

Dumouriez ne pouvait rejoindre son camp ; les volontaires lui en coupaient le chemin et ne paraissaient pas décidés à l'épargner. Il longea l'Escaut, et, toujours poursuivi d'assez près, il arriva à un bac en avant du village de Mihers.

Il passa le bac, lui sixième.

Il était sur la terre de l'Empire, traître et émigré.

Avec lui étaient le général Valence, le duc de Chartres, Thouvenot, Schomberg et Montjoye.

Et cependant le lendemain, tant la patrie est chose sacrée, tant le nom de traître est lourd à porter, Dumouriez, déterminé à périr s'il le fallait pour se relever, Dumouriez annonça au général Mack qu'il allait retourner au camp français voir s'il avait encore quelque chose à attendre de l'armée.

Mais cette fois il voulut s'exposer seul.

Mack ne voulut pas le laisser partir sans lui donner une escorte de douze dragons autrichiens.

Ce fut sa perte. Ces manteaux blancs, tant détestés de nos soldats, criaient trahison contre lui.

Sans eux peut-être réussissait-il ?

Le bruit s'était répandu dans l'armée que Dumouriez avait failli être victime d'un assassinat ; on le croyait mort.

Les soldats furent tout joyeux de le revoir vivant. La ligne, s'attendrissant à sa vue, cria vive Dumouriez !

Les volontaires seuls restaient menaçants et sombres.

— Mes amis, dit Dumouriez, passant sur le front de la ligne, je viens de faire la paix ; nous allons à Paris arrêter le sang qui coule.

Quand les soldats sont en paix, ils demandent la guerre ; mais bientôt las, quand la guerre est malheureuse, ils demandent la paix. Cette nouvelle, annoncée par Dumouriez, que la paix était faite, produisit une grande impression.

Il était alors en face du régiment de la couronne, et il embrassait un officier qui s'était distingué à la bataille de Nerwinde.

Un jeune homme sortit alors des rangs, un fourrier, nommé Fichet ; il vint se placer à la tête du cheval de Dumouriez, et, montrant du doigt les Autrichiens qui l'accompagnaient :

— Qu'est-ce que ces gens-là ? dit-il à Dumouriez. Et qu'est-ce que ces lauriers qu'ils portent à leurs bonnets ? Viennent-ils ici pour nous insulter ?

— Ces messieurs, dit Dumouriez, son devenus nos amis ; ils formeront notre arrière-garde.

— Notre arrière-garde ! reprit le jeune fourrier, ils vont entrer en France ! Ils fouleront la terre de France ! Nous sommes bien assez de trente millions de Français pour faire la police chez nous ! Des Autrichiens sur la terre de la République, c'est une honte, c'est une trahison ! Vous allez leur livrer Lille et Valenciennes ! Honte et trahison ! répéta-t-il à haute voix.

Ces deux mots, honte et trahison, coururent comme une traînée de poudre sur toute la ligne ; Dumouriez fut ajusté. Le fusil détourné fit long feu. Un bataillon tout entier le mit en joue.

Dumouriez sentit qu'il était perdu, il piqua son cheval des deux et s'éloigna au galop. Les Autrichiens le suivirent. Ils avaient tracé entre lui et la France un abîme que jamais il ne put franchir.

Pour lui, la Restauration arriva vainement. Voyant les

Bourbons remonter sur le trône, il comptait sur le bâton de maréchal de France. Ils lui jetèrent dédaigneusement une pension de 20.000 francs comme général en retraite; et, le 14 mars 1823, ignoré, oublié de ses contemporains, flétri par l'histoire, trop sévère peut-être pour lui, il mourut à Turville-Park.

Il avait passé cinquante ans dans les intrigues, trois ans sur un théâtre digne de lui, trente ans en exil.

Deux fois il avait sauvé la France.

LIII

LE 2 JUIN

Du moment où la trahison de Dumouriez fut avérée et où, en livrant les commissaires de la Convention à l'ennemi, il eut mis le comble à son crime, les girondins furent perdus et les deux mois qui s'écoulèrent entre le 2 avril et le 2 juin ne furent pour eux qu'une longue agonie.

Jacques Mérey, que son vote à l'occasion de la mort du roi avait, bien plus que l'ensemble de ses opinions qui étaient jacobines, rangé parmi les girondins, avait suivi leur fortune quoiqu'il vît bien qu'ils allassent au gouffre.

La séance qui livra les girondins aux bourreaux fut terrible; elle dura trois jours, du 31 mai au 2 juin; pendant trois jours, Henriot, l'homme de la Commune, entoura la Convention de son artillerie; pendant trois jours, Paris soulevé autour des Tuileries cria: Mort aux girondins! pendant trois jours les tribunes dans la salle même se firent l'écho de ces sanglantes vociférations.

Nous eussions voulu faire assister nos lecteurs à ces séances terribles où la Convention, se sentant opprimée et ne voulant pas voter sous le couteau la mort de vingt-deux de ses membres, sortit, son président en tête, pour se frayer un passage, et partout fut repoussée, au Carrousel comme au pont tournant. Nous eussions voulu vous montrer ces hommes qui surent si mal combattre et qui surent si bien mourir; attendant sur l'heure l'assassinat ou la prison, et ne voyant venir ni les assassins ni les gendarmes; car on avait voulu respecter dans l'enceinte de la Chambre l'inviolabilité du député, s'élançant dans ces rues tumultueuses où la chasse à l'homme allait commencer, parcourir la Normandie et la Bretagne, et ne s'arrêter que dans les landes de Bordeaux, sur le cadavre de Pétion.

Au milieu du trouble qui régnait dans l'assemblée, il sembla à Jacques Mérey que Danton lui faisait signe de sortir.

Il se leva sur son banc, Danton se leva. Il fit un pas vers la porte, Danton aussi.

Il n'y avait plus de doute, Danton voulait lui parler.

Jacques Mérey descendit sans presser le pas, regardant fièrement tout autour de lui pour donner le temps à ses ennemis de l'arrêter si c'était leur intention.

Il atteignit ainsi la porte. Le tumulte était si grand que nul ne s'était aperçu du mouvement qu'il avait fait.

Dans le corridor il rencontra Danton.

— Fuis, lui dit-il, tu n'as pas un instant à perdre.

Et, lui donnant la main, il glissa un papier dans celle du docteur.

— Qu'est-ce que ce papier? lui dit Jacques Mérey en le retenant.

— Ce que tu m'avais demandé, son adresse.

Jacques jeta un cri d'étonnement et de joie, se rapprocha d'un quinquet pour lire.

Pendant ce temps Danton disparaissait.

Jacques déplia le papier et lut:

« Mademoiselle de Chazelay, Josephplatz, nº 11, Vienne. »

Il se fit alors et instantanément un changement ou plutôt un bouleversement complet chez le docteur.

Son insouciance de la vie disparut comme par enchantement. Le coup qui venait de le frapper lui et ses compagnons lui sembla un bienfait du sort, et en effet sa proscription, en lui rendant la liberté personnelle, lui ouvrait les portes de l'étranger; citoyen français protégé par la République, il pouvait parcourir impunément toute l'Allemagne!

Mais pour parcourir toute l'Allemagne il fallait d'abord sortir de France: il fallait, ce qui était bien autrement difficile, sortir de Paris.

La séance était finie; un flot de spectateurs débordait des tribunes et s'écoulait dans la rue. Jacques Mérey s'y jeta à corps perdu et se laissa entraîner par lui.

Le flot le poussa rue Saint-Honoré par le guichet de l'Echelle.

Neuf heures du soir sonnaient à l'horloge du Palais-Royal dont toutes les fenêtres étaient fermées depuis l'arrestation de son illustre propriétaire. Le palais, privé nuit et jour de toute lumière, semblait un tombeau.

Jacques Mérey n'avait aucun besoin de rentrer à l'hôtel de Nantes. Depuis que les girondins étaient menacés et ne savaient jamais si la séance s'écoulerait sans qu'ils fussent obligés de fuir, Jacques payait son appartement ou plutôt sa chambre au jour le jour, et portait sur lui dans une ceinture cinq cents louis en or.

Il avait en plus dans son portefeuille deux ou trois mille francs en assignats.

Au reste, le danger était moins grand à cette heure où les trois quarts de Paris ignoraient encore la proscription des girondins qu'il ne l'eût été le lendemain; mais sur tout son chemin cependant le fugitif put se faire une idée de l'exaspération qui régnait dans Paris.

Des bandes, lancées dans les rues par Hébert, par Chaumette, par Gusman, par Varlet, les unes armées de piques, les autres de sabres, quelques-unes de haches, toutes portant des torches, passaient en criant: Mort aux traîtres! Mort au girondins! Mort aux complices de Dumouriez!

Sur la place des Victoires il rencontra une de ces bandes et n'eut que le temps de se jeter dans la rue Bourbon-Villeneuve; mais, en arrivant à la rue Montmartre, il vit une autre bande avec des torches qui descendait de la rue des Filles-Dieu; il se jeta dans la rue de Cléry, mais à peine y fut-il que, au coin de la rue Poissonnière, apparut une autre bande qui barra complètement le chemin.

Tout cela marchait vers la Convention.

Celle-là se composait de maratistes qui criaient: Vive l'ami du peuple!

Etre girondin et tomber dans les mains des maratistes, c'était être massacré à coup sûr, et, depuis qu'il possédait l'adresse d'Eva, depuis qu'il avait l'espérance de la retrouver, Jacques Mérey ne voulait plus mourir.

Essayer de passer à travers cette bande sans être reconnu était une chose impossible, revenir sur ses pas était chose dangereuse.

Une de ces malheureuses créatures qui se tiennent le soir sur le seuil d'une porte entr'ouverte, et qui, sans comparaison avec la Galatée de Virgile, fuient cependant comme elle pour être poursuivies, disparut dans son allée. Jacques Mérey s'y élança derrière elle; mais, au lieu de la suivre dans l'escalier tortueux, repoussa la porte.

La femme se rapprocha de lui.

— Ah! ah! citoyen, dit-elle, il paraît que tu n'es pas de la même opinion que tous ces criards-là, qui empêchent les pauvres filles de faire leur métier.

— Silence! dit Jacques en tirant de sa poche un assignat de cent francs et en le glissant dans la main de la fille.

Et en même temps de l'autre main il essuya son front trempé de sueur.

La femme vit ce visage noble et intelligent, et comme la beauté est une puissance:

— On ne me paye que quand je travaille, dit-elle. Mais quand je rends des services c'est pour rien.

Et, enlevant le chapeau de Jacques pour le mieux voir, elle lui essuya à son tour le front avec son mouchoir.

— Ah! par ma foi! tu as raison, mon joli garçon, dit-elle, de ne pas vouloir te laisser couper la tête. Allons, allons, reprends ton assignat.

Pendant ce temps la bande passait, criant, hurlant, vociférant.

La fille mit la main sur le cœur de Jacques.

— Et brave avec ça! dit-elle. Son cœur ne bat pas.

La bande était passée.

Jacques essaya de faire reprendre son assignat à la fille.

— Inutile, dit-elle, quand j'ai dit non, c'est non.

— Je voudrais cependant bien te laisser un souvenir de moi, dit-il, cherchant une chaîne, une bague, un objet quelconque.

— Vraiment? dit-elle.

— Parole d'honneur!

— Eh bien, embrasse-moi au front, dit-elle. Depuis ma mère, personne n'a eu l'idée de m'embrasser là.

Mérey étonné de trouver une perle dans cet égout, ôta son chapeau, leva en souriant les yeux au ciel, et l'embrassa au front avec le même respect qu'il eût embrassé une vierge.

— Ah! dit-elle en soupirant, c'est bon ces baisers-là.

Puis, rouvrant la porte et voyant la rue libre:

— Maintenant, tu peux partir.

Jacques Mérey portait à la main gauche une de ces bagues fort à la mode à cette époque: c'était ce qu'on appelait un *jonc*, c'est-à-dire un cercle d'or surmonté d'un diamant, valant trois ou quatre cents francs. Il le passa vivement au doigt de la fille et bondit de l'autre côté.

— Soit! puisque tu le veux absolument, dit-elle; mais, en vérité, tu me gâtes ma satisfaction. En tout cas, bon voyage et bonne chance! Quant à moi, ma promenade est finie pour ce soir. Adieu!

Et elle referma sa porte.

Jacques Mérey continua sa route et arriva au boulevard sans accident.

Mais là Santerre, à la tête du faubourg Saint-Antoine, barrait le boulevard.

Des sentinelles étaient placées à la rue Saint-Denis et à la rue de Bondy.

Santerre, à cheval, paradait sur le boulevard vide.

Il n'y avait pas à reculer. Jacques Mérey connaissait Santerre pour un patriote ardent; mais en même temps pour un très brave homme.

Il alla droit à lui et mit la main sur le cou de son cheval. Santerre se baissa, voyant bien que cet inconnu qui venait à lui avait quelque chose à lui dire.

— Citoyen Santerre, lui dit Jacques, je suis le représentant qui vint annoncer à l'assemblée les deux victoires de Jemmapes et de Valmy.

— C'est vrai, dit Santerre; je te reconnais.

— Je me nomme Jacques Mérey. Je suis ami de Danton, qui m'a offert un asile chez lui, mais à qui je refuse de peur de le compromettre. Je siégeais avec les girondins et je suis proscrit comme eux; descends de cheval, donne-moi le bras et conduis-moi jusqu'à la rue de Lancry. Demain, tu diras tout bas à Danton ce que tu as fait pour moi, et Danton te serrera la main.

Santerre ne prononça pas une parole, il descendit de cheval, donna son bras à Jacques Mérey, et le conduisit jusqu'à la rue de Lancry.

— As-tu besoin que j'aille plus loin? lui demanda-t-il.

— Non, dans cinq minutes je serai arrivé où je vais.

— Que Dieu te conduise! dit Santerre oubliant que Dieu était aboli.

— Merci, dit simplement Jacques, j'en eusse fait autant pour toi, Santerre.

— Je le sais bien, répondit le brave brasseur.

Les deux hommes se serrèrent la main et tout fut dit. Jacques Mérey remonta la rue de Lancry jusqu'à la rue Grange-aux-Belles, puis il prit la rue des Marais, la descendit jusqu'au numéro 33, et là, voyant une maison basse et sombre, il s'arrêta, regarda autour de lui pour s'assurer qu'il n'était point suivi et ne se trompait pas.

Il hésita un instant entre deux sonnettes, l'une à gauche, près d'une boîte fermant à cadenas.

L'autre à droite, pendant à la muraille.

Il tira celle qui était pendue à la muraille.

Presque aussitôt la porte s'ouvrit et un homme vêtu de noir, cravate blanche et en culotte courte, s'effaça pour le laisser passer.

Sans doute les deux hommes se reconnurent, car l'homme vêtu de noir, ayant salué respectueusement Jacques Mérey, referma la porte et marcha devant lui en disant:

— Par ici, monsieur.

Jacques Mérey le suivit.

L'homme vêtu de noir le conduisit par un corridor, éclairé pour s'y conduire et voilà tout, à la salle à manger, dont la porte en s'ouvrant jeta un flot de lumière.

En effet, la salle à manger était illuminée comme pour un jour de fête; six couverts étaient mis autour d'une table élégamment servie; cinq personnes, y compris l'homme vêtu de noir, semblaient en attendre une sixième.

Ces cinq personnes étaient une femme de trente-six à trente-huit ans, encore belle, deux jeunes filles de seize à dix-huit ans, charmantes toutes deux, et un garçon de treize ans. L'homme vêtu de noir faisait la cinquième personne.

A l'arrivée de Jacques Mérey tout le monde se leva.

— Femme, et vous, enfants, voyez cet homme, dit-il en montrant Jacques Mérey, c'est lui qui, sur l'échafaud même n'a pas dédaigné de porter secours à notre...

La femme vint à Jacques Mérey, lui baisa la main, puis les deux jeunes filles, puis le jeune garçon.

— J'espère que vous n'oublierez jamais, continua l'homme vêtu de noir, qui n'était autre que M. de Paris, que le citoyen Jacques Mérey, proscrit injustement, est venu demander asile à notre humble toit.

Puis, montrant le sixième couvert à Jacques:

— Vous voyez que nous vous attendions, dit-il (1).

(1) L'épisode qui forme la fin du *Docteur Mystérieux*, a pour titre: *la Fille du Marquis*.

TABLE DES MATIÈRES

DU

DOCTEUR MYSTÉRIEUX

www.ingramcontent.com/pod-product-compliance
Ingram Content Group UK Ltd.
Pitfield, Milton Keynes, MK11 3LW, UK
UKHW012240240726
13966UKWH00003B/1187

9 782012 877245